Fı

Sämmtliche Werke

Zweiter Band

Anatiposi

Franz von Baader

Sämmtliche Werke

Zweiter Band

Unveränderter Nachdruck der Originalausgabe von 1851.

1. Auflage 2023 | ISBN: 978-3-38200-732-4

Anatiposi Verlag ist ein Imprint der Outlook Verlagsgesellschaft mbH.

Verlag: Outlook Verlag GmbH, Zeilweg 44, 60439 Frankfurt, Deutschland
Vertretungsberechtigt: E. Roepke, Zeilweg 44, 60439 Frankfurt, Deutschland
Druck: Books on Demand GmbH, In de Tarpen 42, 22848 Norderstedt, Deutschland

Franz von Baader's
SÄMMTLICHE WERKE.

Systematisch geordnete,

durch reiche Erläuterungen von der Hand des Verfassers bedeutend vermehrte,

vollständige Ausgabe

der gedruckten Schriften

sammt

dem Nachlasse, der Biographie und dem Briefwechsel.

Herausgegeben

durch einen Verein von Freunden des Verewigten:

Professor Dr. **Franz Hoffmann** in Würzburg,

Prof. Dr. Julius Hamberger zu München, Prof. Dr. Anton Lutterbeck zu Giessen, Baron F. von Osten, Prof. Emil August von Schaden zu Erlangen und Prof. Dr. Christoph Schlüter zu Münster.

Zweiter Band.

Leipzig.

Verlag von Herrmann Bethmann.

1851.

Franz von Baader's

SÄMMTLICHE WERKE.

Erste Hauptabtheilung.

Systematische Sammlung der zerstreut erschienenen Schriften.

Zweiter Band.

Leipzig.

Verlag von Herrmann Bethmann.

1851.

Franz von Baader's
Gesammelte Schriften

zur

philosophischen

GRUNDWISSENSCHAFT

oder

Metaphysik.

II

Herausgegeben

von

Dr. Franz Hoffmann,

ordentl. öffentl. Professor der Philosophie an der Hochschule zu Würzburg.

Leipzig.

Verlag von Herrmann Bethmann.

1851.

Druck von Fr. E. Thein in Würzburg.

Einleitung

zum

II. Bande der I. Hauptabtheilung.

Die in diesem Bande zusammengefassten Schriften bieten dem Leser mit jenen des ersten Bandes die Grundlagen der Weltanschauung Baaders dar. Streng genommen hätten, weil Baaders Logik selbst ein Theil der Grundwissenschaft ist, diese beiden Bände zusammen mit der Ueberschrift: „Zur ph. Grundwissenschaft" versehen werden sollen. Es geschah aus bloss äusseren Gründen nicht und da die Sache selbst hinreichend klar dargelegt worden ist, so wird hoffentlich daraus kein Missverständniss entspringen. — In der Voraussetzung, dass es einem grossen Theile der Leser, wenn nicht allen, willkommen und förderlich sein möchte, vor der Einführung in die schwierigen und viel verschlungenen Untersuchungen dieses Bandes nochmals die Grundgedanken der Erkenntnisswissenschaft Baaders zu überschauen, um mit grösserer Sicherheit in das Verständniss der Tiefen der nachfolgenden Schriften einzudringen, will der Herausgeber es sich nicht verdriessen lassen, hier eine solche gedrängte Uebersicht der Erkenntnisswissenschaft unseres Denkers mitzutheilen, zugleich als Ergänzung des in der Einleitung zum ersten Bande Gesagten, und zwar soviel möglich mit den eigenen Worten Baaders, um den

Leser sicher zu stellen, dass er es dabei überall mit unserem Denker selbst, und nicht mit einer Auslegung und Deutung seiner Lehre zu thun hat. Auch wird sich der Herausgeber dabei nicht auf den Inhalt der Schriften des ersten Bandes beschränken, sondern auch, wo es zweckmässig erscheinen wird, aus allen übrigen Schriften Baaders ergänzende Gedanken herbeiziehen. Baader lehrt nun aber:

Wenn Thomas von Aquino sagt, Deum esse non creditur, sed scitur, so behauptet er mit Recht, dass es ein Wissen von Gott gibt, welches schlechterdings von jedem Thun oder Nichtthun der intelligenten Creatur, von jeder Willkür wie von jeder Verderbtheit derselben unabhängig und unweichbar in ihr besteht. Non *Deum* credere, sed *in Deum (Deo)* credere religio est (et Daemones credunt et contremiscunt Jacob. 2, 19.) Diese radicale Ueberzeugung von Gott oder diese Gewissheit Gottes bringt nun aber die Sollicitation, ja den Imperativ und die Verbindlichkeit mit sich, als der bereits fertigen Wahrheit und Weisheit sich gläubig zu überlassen und in sie eingehend sie in sich eingehen zu lassen, und dieser Glaube an die Weisheit, welcher in dem Wissen ihres Seins und Daseins wurzelt und dessen Verbindlichkeit selbst ein Gewusstes und Wissbares ist, ist das Fundament der Liebe zu ihr und der Hoffnung auf ihren völligen Erwerb. Es ist demnach nicht ein dunkles, subjectives, nichtmittheilbares Gefühl, sondern ein mittheilbares Wissen, was dem Glauben zum Grunde liegt und ihn bedingt, ohne welches man auch von keiner Verbindlichkeit des Glaubens sprechen könnte, von keinem Glauben, welcher Gesetz ist, und von keinem Unglauben, der Sünde ist. Dieses den Glauben bedingende Wissen muss nun ebensowohl von jenem unterschieden werden, welches den Glauben belohnt, als von jenem, welches den Unglauben bestraft, und die Verkennung, sowie die Verdunkelung dieses doppelten Wissens musste das Wissen mit dem Glauben in eine Opposition bringen, die keineswegs als wahr zugestanden werden kann, da nicht der Glaube dem Wissen, das Wissen dem Glauben, auch nicht der Glaube dem Unglauben, das Wissen der Unwissenheit, sondern der rechte oder wahre Glaube dem schlechten Glauben, das wahre Wissen dem falschen entgegensteht.

Wenn Paulus sagt: „Welch ein Volk es ist, solch einen Gott hat es auch," so gilt diese dem Verhalten der Creatur zu Gott entsprechende Transmutabilität der Manifestationsweise Gottes auch hier, und anders muss freilich das Wissen von Gott bei jener Creatur sein, welche mit Gott denkt, anders bei jener, welche ohne Gott, und endlich anders bei der, welche wider oder gegen Gott zu denken strebt. Eine und dieselbe Wahrheit oder Idea, welche sich der ihrem Eingange und ihrer weiteren Promulgation willig öffnenden, sie hiemit anerkennenden creatürlichen Intelligenz als deren Erkenntnissvermögen befreiend, fördernd, expandirend, erhebend, d. i. erleuchtend, erweiset, wird sich im Gegentheile, wenn sich die Creatur wissentlich von ihr abkehrt und ihr verschliesst, der erkannten Wahrheit widerstrebt, endlich ihr zum Gerichte offenbaren d. h. ihre Intelligenz hinrichtend, sie verfinsternd, deprimirend oder blendend. Denn alle Verfinsterung ist im Grunde eine Blendung oder terror lucis, und dasselbe Licht, das im himmlischen Aether freundlich und standhaft scheint, durchblitzt nur schreckend den Orkus und macht die Finsterniss fühlbar ohne sie zu erleuchten. Diese strafende und peinliche Näherung und Berührung der Idea muss darum freilich jene Ideophobie in jeder creatürlichen Intelligenz hervorrufen, welche diesen tiefsten Grad der Verkehrtheit oder Abgekehrtheit von Gott erreicht hat. Ich vermag mich selber nicht zu begreifen und als begriffen mich mir selber nicht auszusprechen oder zu nennen, ohne mich zu überwinden. Der erste Fassungsact ist ein Subjectionsact und da der endliche Geist sich immer schon gefasst findet, so findet er sich subjicirt dem ihn fassenden oder setzenden Gott. Wie sich nemlich alle Gestirne nur auf einmal oder zugleich bewegen, ja wie die Bewegung des kleinsten Sandkornes sich von dieser kosmischen oder Allbewegung nicht loszumachen vermag, so muss man dasselbe vom Gedanken behaupten, nemlich, dass alle Geister nur zugleich denken, und dass kein Gedanke eines einzelnen Geistes sich der Macht des Centralgedankens oder der Gravitation desselben zu entziehen vermag. Es ist der Anhauch

Gottes, der ewigen Wahrheit, wodurch der Mensch zur vernünftigen Seele, d. h. zum denkenden Geiste wird. Im Denken ist er mit der Wahrheit selber im thätigen Verhältniss und Bezug und durch den wahrhaften Gedanken überwältigt und bezwingt er die Endlichkeit, d. i. die natürliche Unvollendtheit seiner Existenz. Das Denken, Wissen und Erkennen geht über die Endlichkeit (Einzelnheit) hinaus und ist die Vollführung der unmittelbaren Anschauung zur vermittelten, welche man sonst auch die intellectuelle nennt: es ist jener zur klaren Vernunft sich erhebende Glaube an die Wahrheit, die sich erprobende und bewährende Zuversicht des Herzens auf sie. Denn, wie alle Offenbarung nur das Erzeugniss des göttlichen Gedankens für den Gedanken der Creatur ist (was vom Gedanken kommt, ist nur für den Gedanken), so ist dieselbe in ihrem ersten Momente, insoferne sie ein dem Menschen zwar Gegebenes, aber zugleich auch Aufgegebenes ist, eben nur Princip oder Anfang der Erkenntniss und noch nicht deren Vollendung, so wie die Unschuld noch nicht die ausgewirkte, feste Gestaltung des guten Charakters oder die Speise noch nicht der ausgewirkte Leib ist. Wie es nemlich für den Menschen keine bereits fertige Tugend oder Güte gibt, obschon er an diesem Fertigsein derselben in objectiver Hinsicht nicht zweifeln darf, so gibt es auch keine ganz fertige Wahrheit für ihn und wie er selbst für den Fall, dass er seinem ersten oder paradiesischen Unschuldstande einer gegebenen Erkenntniss treu geblieben wäre, doch nur durch entwickelnde, auswirkende Selbstthätigkeit dieses nur im Princip oder Anfang ihm gegebene und also auch noch unvollendet für ihn vorhandene Wissen sich hätte vollenden und substanziren sollen, so muss er um so mehr nun, da er umgekehrt sich dem Unwahren (Eitlen) hingegeben hat, durch Selbstthun und durch successives Aufheben dieses Unwahren jene Wahrheit zuerst wieder in sich erheben. Hier ist es nun, wo die religiöse und irreligiöse Philosophie sich unterscheiden und wo alle Bedenklichkeiten wegen eines vermeintlichen nothwendigen Widerstreites der philosophischen und der religiösen Erkenntniss sich gänzlich heben. Die religiöse Philosophie nemlich, d. i. die christliche, den Fall des Menschen, und die aus diesem sich ergebende Finsterniss und Schwächung (Impotenz) seiner Intelligenz anerkennend, erkennt zugleich an, dass der Mensch jene Function der Scheidung und Unterscheidung der Wahrheit und des Irrthums, welchem letzteren er sich durch seine Abkehr von der Wahrheit preisgegeben hat und in welchem er sich beim Erwachen seiner Vernunft als in einem Erbirrthum verstrickt befindet, so wenig dermalen durch blosses Selbstthun und ohne die Hilfe einer befreienden, sein Urtheil oder Theilungsvermögen sichernden und leitenden höheren Action (die sich innerlich wie äusserlich ihm kund gibt) auszuüben vermag, als er im Zeitleben und im Augenblicke der Wahl zwischen Bösem und Gutem vermöge seiner bereits vorhandenen Neigung zum ersten einer solchen Wahl oder Willkür fähig wäre, falls nicht wenigstens für diesen Moment der Effect jener Neigung in ihm suspendirt würde. Nur aber die klare Anerkennung sowohl der Nothwendigkeit als der Wirklichkeit einer solchen befreienden höheren Assistenz, sowohl in als ausser uns, gibt der Philosophie den Charakter einer wahrhaft religiösen oder christlichen, d. h. einer auf den Begriff der Unfreiheit der sich selbst überlassenen Intelligenz und ihrer Gebundenheit an das Unwahre, somit der Nothwendigkeit und Wirklichkeit ihrer Befreiung begründeten Philosophie, eine Befreiung, welche indess, wie jene in der Wahl, es dem Menschen frei lässt, von derselben in der Function seines Erkennens Gebrauch zu machen oder nicht. Wie aber der aufrichtigen Gesinnung, so liegt auch dem aufrichtigen zweifellosen Streben nach Wahrheit entweder die Hoffnung (als beginnender Glaube) oder die Ueberzeugung von einer solchen bereits geschehenen oder begonnenen Menschwerdung der Wahrheit und ihrer Erkenntniss zum Grunde und mit dieser Ueberzeugung die Zuversicht, durch Anschliessen und Theilhaftwerden dieser begonnenen Menschwerdung dieselbe in sich fortzusetzen, weil nur die Berührung oder das Eingehen in den Freien befreit.

Zum Begriffe der Wahrheit vermag der Mensch sich nur mit rückhaltlosem Willen und sonach mit Hilfe dieser Wahrheit selber zu erheben und nur durch diese Aufgabe seiner natürlichen

Selbstheit eröffnet sich dem Gemüthe die Wahrheit und deren Erkenntniss. Sie ist das Licht, das jeden Menschen, der in die Welt tritt, theils anleuchtet, theils ihm einleuchtet. Sie geht in uns ein, wofern wir in sie eingehen, und sie ist bei und mit uns nur unter der Bedingung dieser wechselseitigen Inwohnung. Auch in der Region des Gedankens, dessen Religion und Cultus die Philosophie ist, lebt und wirkt der Mensch mit dem Vertrauen auf die beständige Gegenwart der Wahrheit und er denkt durch, mit und in ihr d. h. durch, mit und in Gott. Sein Denken bedarf der Begründung, der Leitung und der Bekräftigung oder Vollendung durch Gott. Der Mensch vermag den unmittelbaren Bezug nicht zu verkennen, in welchem er als denkend und sprechend mit der ersten Causalität in seinem Innersten steht, weil er das Wesen der Dinge, wenn schon nur nachdenkend und nachsprechend, nicht zu erkennen und auszusprechen vermöchte, wenn dasselbe nicht einem Denken und Sprechen seinen Urstand wie seinen Bestand verdankte, d. h. dasselbige Wort, wie die Schrift sagt, welches die Welt schuf und trägt, schwebet uns gleichsam in unserem Herzen und Munde; der Mensch ist auch in seinem Herzen denkend und sprechend doch nicht allein und der sich hier allein wähnende Atheist und Egoist ist, einer wie der andere, nur ein Phantast. Obschon nun aber der Mensch als denkend und sprechend vermöge seiner Natur berechtigt und berufen ist, mit diesem ersten oder Urdenken und Ursprechen in unmittelbarer, freier Gemeinschaft zu sein und sich fortwährend in solcher zu befinden, so sehen wir doch, dass er dermalen keineswegs dieser freien Gemeinschaft sich erfreut, und dass er, wie immer, seine ursprüngliche Denk- und Sprechfreiheit eingebüsst hat. La pensée, sagt Voltaire, n'est plus à nous, nemlich: wir befinden uns zwar beständig gleichsam in Mitte von bereits fertigen Gedanken, die wir nicht selber erzeugt haben und die wir nicht selber sind, die aber unsere eigene Denkthätigkeit zu ihrer Aufnahme, Forterzeugung oder Sensibilisation sollicitiren. Wir finden uns indessen hiebei ebenso oft übelthätigen, geistverfinsternden und destructiven Gedanken preisgegeben, als wir nach wohlthätigen, lichtgebenden, geistbefreienden und productiven

Gedanken uns umsonst sehnen. Bei dieser unleugbaren Unfreiheit, Passivität und Abhängigkeit des Menschen in seinem innersten Thun, welche ihm den unwiderlegbaren Beweis gibt, dass es nicht mehr res integra mit ihm ist, bleibt ihm indessen doch noch immer das Vermögen der freien Wahl oder Auswahl unter diesen sich ihm darbietenden Gedanken. Wenn er es schon leiden muss, dass ihm nichtgute Gedanken neben guten dargeboten werden, so vermag er doch dieselben zu beurtheilen, die einen zu verwerfen und von sich abzuhalten, indem er die anderen adoptirt, die Negirungskraft der einen in der Affirmation der anderen zu gewinnen, d. h. freiwollend sich diesen Gedanken als sich in ihm zu gestalten strebenden, ihre Intussusception in ihm suchenden Potenzen zu öffnen oder zu verschliessen. Ja er darf selbst hoffen, dass er durch Beharrlichkeit, Treue und Geduld endlich von allen diesen störenden und von jenem Urgedanken und seiner Gemeinschaft ihn ablenkenden Einflüssen frei geworden zum Besitze und Genusse dieser freien Gemeinschaft wieder durchdringen werde.

Die intelligente Creatur muss sich frei und selbständig eben nur in, mit und durch Gott wissen, sowie denn dieselbe eigentlich weder sich noch Anderes wahrhaft weiss, wenn sie sich nicht von Gott gewusst weiss und dieses sich Gewusstwissen ist eigentlich die Grundlage und die Voraussetzung alles ihres Wissens. Es ist eine Einseitigkeit unserer Erkenntnisstheorien, dass sie zwar das Bedürfniss des Menschen zu wissen und zu erkennen, aber nicht jenes, erkannt zu werden und sich erkannt zu wissen, anerkennen. Dem Bedürfnisse an das Licht zu kommen, steht freilich das Bedürfniss, sich demselben zu entziehen, entgegen. Die neueren Erkenntnisstheorien gehen sämmtlich von einem falschen Begriffe der Selbständigkeit und Freiheit der Erkenntniss aus und laut oder stillschweigend bekennt man sich in denselben zur Ueberzeugung, dass eben diese Isolirung und Absraction der Vernunft jedes einzelnen Menschen oder ihr Verlassensein von Gott und Menschen, von Vergangenheit und Gegenwart gleich der Isolirung eines Robinson Krusoe die alleinige Bedingung und Garantie ihrer Freiheit sowohl als des Reichthums ihrer Entwickelung sei;

dass folglich diese isolirte und sich separirende Vernunft als Industrie eben nur durch ihr theils Verzichten auf Fond, Capital, Vorschuss und Credit, theils durch ihren destructiven Angriff auf letztere am schnellsten zum soliden Reichthum gelangen könne und werde. Wie man es sich denn seit Cartesius einander nachsagt, dass nicht der Glaube, sondern der Zweifel an allem (und also wohl auch der Zweifel an seinem Zweifel) der Punct sei, von dem man auslaufen müsse, um die Nordwestpassage zu entdecken. Da unsere Anschauungen, Erkenntnisse und Ueberzeugungen doppelter: beweisender und beweisbarer Natur, ursachlich und verursacht, sind, und die Erweisbarkeit oder Deducirbarkeit der ersteren sie als solche ebenso aufheben würde, wie die Nichterweisbarkeit der letzteren diese aufheben würde, so liessen sich die antireligiösen Philosophen angelegen sein, diesen Unterschied unserer Ueberzeugungen zu ignoriren und die beiden Arten derselben untereinander zu werfen oder in eine Reihe zu stellen. Für eine philosophische Taschenspielerei muss man es darum erkennen, wenn man nach Cartesius das Erkennen mit dem Ich als einem absolut Primitiven anfangen will, oder nach Anderen mit einem selbstlosen Nichtich, und wenn man das Secundäre dieser beiden Ueberzeugungen leugnet, weil doch beide nur mit einer tieferen primitiven, ihnen zum Grunde liegenden Ueberzeugung eines Ersten, nemlich Gottes, auftreten und das Nichtanfangen mit Diesem schon dessen Leugnen ist. Mit dieser philosophischen Taschenspielerei fällt aber jene zusammen, gemäss welcher man dem Menschen die einfache Ueberzeugung aus dem Auge rückt, dass er als schauend und erkennend sich in einem ihn Schauenden und Erkennenden, als wollend in einem ihn Wirkenden begriffen weiss. Das erkennende Wesen steht in dreifacher Relation zum Erkenntnissobjecte. Das Erkennen und Erkanntwerden ist nemlich entweder wechselseitig oder nur einseitig und letzteres ist entweder nach oben oder nach unten gekehrt, so dass ich von einem mir Höheren gewusst bin, ohne dieses hinwieder zu wissen, ja selbst ohne dieses mein Gewusstsein zu wissen, sowie ich ein mir Niedrigeres weiss, ohne von ihm gewusst zu sein oder ohne mich ihm zu wissen zu geben, ja selbst nicht zu können. Die Logiker nahmen aber bisher stillschweigend das Object als Erkennbares nur im letzteren Sinne als das Seiende, welches erkannt wird ohne den es Erkennenden und ohne sich zu erkennen, und betrachteten eben auch Gott nur als ein Erkennbares, mit welchem unsere Vorstellung von ihm übereinstimmen soll, zu welchem als Erkennbarem der Mensch nur hinzuträte, nachdem er mit sich selber und seinem Sichselber-Wissen bereits fertig und im Reinen ist (Cogito, ergo sum statt cogitor, ergo sum). Indem nun mehrere Philosophen auf solche Weise von Gott als von einem unserem Erkennen exponirten, wo nicht gar unterworfenen Objecte sprachen, hatten sie auch keine Ahnung von jener Fundamentalwahrheit: dass alles Erkennbare sich nur durch sich selbst erkennbar macht, sei es, dass es als ein sich selbst wissendes Wesen diese Offenbarung seiner selbst wirkt, sei es, dass das erkannte Wesen hiezu von einer Intelligenz bestimmt wird. Woraus hervorgeht, wie unverständig es ist, ohne Gott d. i. ohne seinen Geist erkennen zu wollen und keine andere Kenntniss Gottes zu statuiren, als eine beliebig genommene, d. i. postulirte.

Nur der sich selber Erkennende erkennt Anderes, wie nur der sich Empfindende Anderes empfindet, nur der sich selbst Begründende Anderes begründet, nur der sich selbst Bewegende Anderes bewegt. Nicht nur bedingt aber die Selbsterkenntniss die Erkenntniss eines Anderen, sondern letztere nimmt auch die Weise der ersteren an. Dieses erkennbare und erkannte Andere ist als Object ein sich selber gleichfalls Erkennendes, und der Erkannte erkennt nicht nur sein Erkanntsein, sondern er erkennt auch seinen Erkenner, wie er selber von ihm erkannt wird. Oder dieses Andere ist ein Selbstloses, welches zwar erkannt wird, aber nicht selbst erkennt. Oder das (erkannte) Andere ist weder dem Erkennenden gegenüber, noch unter ihm, sondern über ihm als gleichfalls Erkennendes, wo der Erkennende sein Erkanntwerden von letzterem erkennt und weiss. In der ersteren von diesen drei Erkenntnissweisen erkennt der Erkennende sowie er erkannt wird, in der zweiten erkennt er und wird nicht erkannt, in der dritten erkennt er zwar sein Erkanntsein, aber seinen Erkenner nicht. Das Anerkennen des Erkanntseins vom Höheren ist der elastische Punct, von dem alles übrige Erkennen ausgeht und in dem es gründet. Es verhällt sich nemlich mit dem Erkennen wie mit dem Lieben. Denn indem der Mensch sein Geliebtsein ven Gott inne wird, erlangt er das Vermögen, sowohl Gott wieder zu lieben, als sich, Andere und selbst die Natur unter ihm. Und wie der Mensch das Vermögen dieser dreifachen Liebe nur als eine Gabe Gottes empfängt, so empfängt er sein dreifaches Erkenntnissvermögen gleichfalls nur als eine solche Gabe. Es ist ebenso absurd, die Erkenntniss Gottes sowie anderer Intelligenzen und Nichtintelligenzen lediglich vom Selbsterkennen (Selbstbewusstsein) des Menschen deduciren zu wollen, als es absurd ist, die Liebe von der Selbstliebe des Menschen deduciren zu wollen.

Wenn ein Erkennendes, wie immer, aus seiner höheren Ordnung in eine niedrigere weicht, so muss sich die Erkenntnissweise dem entsprechend ändern, und zwar: wenn es frei in diese niedrigere Ordnung sich herablässt, so nimmt es auch nur frei (beliebig) die jener entsprechende niedrigere Erkenntnissweise an, ohne die höhere hiemit aufzugeben; wenn es aber unfrei in dieser niedrigeren Ordnung sich befindet, so bleibt die Erkenntnissweise ihm unfrei und aufgenöthigt. Daher ohne Vermittelung, d. h. ohne vorübergehende oder bleibende Wiederherstellung jener verlorenen ersten und höheren Relation die ihr entsprechende höhere Erkenntnissweise nicht zu erlangen steht. Hieraus gewinnt man zugleich Einsicht in das Verhältniss des Glaubens zum Schauen für ein solches seiner höheren Region entrücktes, in einer niedrigeren Region festgehaltenes Schauendes. Wenn nemlich schon Letzterem das Schauen genommen ist, so muss doch der Zug nach demselben in ihm bleiben oder doch wieder in ihm erweckbar sein. Dieser Zug ist, wie alle Attraction, eine actio in distans und eben das, was man den Glauben an das Unsichtbare nennt, gleichviel hier, ob das so Gezogene den Zug in sich frei aufnimmt, oder ob es dasselbe nur nicht zu leugnen vermag.

Dem Solipsismus der Subjectivitätsphilosophie entgegen ist die Simultaneität und Untrennbarkeit eines Gegebenseins und eines Aufgegebenseins in allem Wissen nachzuweisen und zu zeigen, dass der Mensch nur das wahrhaft weiss, und sagen kann, was ihm (innerlich) gesagt wird, was er vernimmt. Denn vernünftig sein ist ab intus vernehmen, so wie der Unvernünftige oder Thörichte der Hörlose heisst. Zu dieser Einsicht führt übrigens schon der logische Begriff dessen, was Princip einer Erkenntniss heisst, weil, wenn jedes Erkennen als Urtheilen ein Subsumiren unter ein solches Princip ist, dasselbe einerseits sowohl ein Sichsubjiciren (Subjicirt- oder Subsumirtsein) des Urtheilenden unter jenes, als anderentheils von Seite des Urtheilenden ein actives Subjiciren des dem Urtheil Unterworfenen oder Zuunterwerfenden ist. Sowie man sagt, dass der urtheilsprechende Richter sich ganz im Gesetze vergisst, dasselbe nur hörend, also schweigend zu dessen Organ oder zum Non sum gegen dasselbe sich macht, zugleich aber gegen den Beurtheilten als Ego sum und als Sprecher sich kund gibt. Der Erkennende verhält sich also gegen dies Princip als empfangend, sich vertiefend, nicht sich setzend, sondern es fortsetzend, denn jedes Gesetz will fortgesetzt, angenommen, nicht genommen sein und dies Princip ist dem Erkennenden ein Unmittelbares, das nicht er zu vermitteln hat, sondern das ihm, indem er sich jenem subjicirt, die Macht und das Recht gibt, Anderes zu vermitteln oder seinerseits aufzuheben. Das Aufgehobene findet sich nemlich elevirt oder deprimirt, oder, wie in der normalen Begründung, beides zugleich, weil das zu Begründende etwas an seinen Grund abgibt oder geben soll, was an ihm aufzuheben oder einzufangen (im Grund zu halten) ist, wogegen es von demselben etwas empfängt, womit es sich aus dem Grunde befreit werdend erhebt. In diesem Sinne heisst es: dass nur der sich Vertiefende erhöht wird. Hieraus kann man schon vorläufig den Unterschied dieser von der Vermittelungs- und Aufhebungs-Theorie Hegels einsehen, indem diese Lehre zwar mit Hegel ein unter dem Erkennen seiendes Unmittelbares, in den Process der Vermittelung Eingehendes anerkennt, zugleich aber auch ein über dem Erkennenden stehendes Unmittelbares, sowie jene Lehre den Verstand des Menschen zwar als unter seiner Vernunft, diese aber als unter dem göttlichen architektonischen Verstande stehend erkennt. Wenn nemlich Hegel die von ihrer Bestimmtheit als Verstand sich gleichsam lösende Bewegung der Intelligenz die dialektische Bewegung ihrer als Vernunft nennt, so bemerkt er nicht, dass diese Bewegung keinen anderen Zweck haben soll, als den, eine höhere Bestimmtheit zu gewinnen, ausserdem diese Dialektik negativ oder entgründend wird, als anom, weil autonom. Wer nun vernimmt (hört), der macht sich, wie gesagt, zum Non sum gegen den Sprechenden und anerkennt in der empfangenen Gabe (erhaltenen Bestimmtheit seines Erkenntnissvermögens) den Geber, ist also erkenntlich gegen diesen oder erkennt die Präsenz eines seine eigene Intelligenz bestimmenden intelligenten Princips, weil ein nichtintelligentes Princip höchstens als von aussen hemmend, nicht aber als von innen bestimmend einer Intelligenz sich kund geben kann, und es eben so richtig ist, dass nur, was von einem Verstande kommt, dem Verstande eingeht, als dass nur, was vom Herzen kommt, zum Herzen geht. Wie denn nichts Unverständigeres sein kann, als eine Theorie des Erkennens, welche die Kategorien des Verstandes ausschliessend in das erkennende Subject legt (als das a priori des Erkennens), dieselben aber im Objecte leugnet und sich dann hinterher (wie Kant in seiner Kritik der Urtheilskraft) darüber verwundert, dass sich der verständige Mensch denn doch als solcher in die (nicht intelligente) Natur findet. Wenn man nun auch hier von jener Bestimmtheit (und Bestimmungsfähigkeit) unserer Intelligenz noch absieht, welche der letzteren eigenes Thun (somit Wollen) gar nicht afficirt und gegen welche jene sohin weder frei noch unfrei genannt werden kann, so bemerkt man doch nicht, dass alle Action unserer Intelligenz doch nur ein Selbstbestimmen oder Selbsterfüllen derselben bezweckt, sowie dass das bewusste Vernehmen oder Finden einer Bestimmtheit unserer Intelligenz, zu der wir durch freie Annahme eines dieselbe bestimmenden, folglich durch Innehalten oder Suspension unseres eigenen Thuns gegen ein Intelligirendes, wenn schon nicht Intelligirtes, das Finden jener Bestimmtheit unserer Intelligenz ist, die uns durch Glauben geworden ist. Gehorsam des Willens und Handelns ist dessen Glaube und der Glaube der Erkenntniss ist deren

Gehorsam, entgegen jenem: non audiam, non serviam, non credam, non orem der Subjectivitätsphilosophie. Wie nun der Mensch verpflichtet ist, seine Labilität in Bezug auf das ethische Gesetz als seine erste constitutive Location in sich radical tilgen zu lassen, so ist er auch verpflichtet, in Bezug auf jede ihm von innen gegebene Bestimmtheit seiner Intelligenz, das posse dubitare in sich zu tilgen und tilgen zu lassen, damit die unmittelbare im Glauben gegebene Gewissheit als das Prius oder Posterius seines eigenen Wissens durch sein Mitwirken zur vermittelten Gewissheit in ihm formirt und confirmirt werde, wie dasselbe von jedem Organismus in Bezug auf den ihm eingeschaffenen oder eingeborenen Urtypus gilt. Die Wissenschaft soll und kann nemlich nichts Wenigeres und nichts Mehreres sein, als der zum Charakter gediegene Glaube im Erkenntnissvermögen mittelst der radicalen Tilgung des Unglaubens selbst als Fähigkeit, wie denn in der bewährten Creatur Glauben und Wissen, Unschuld und Tugend in Eines wieder zusammengehen, folglich Glauben und Wissen durch die Bewährung etwas Anderes und Besseres geworden sind, als sie vor derselben waren gleichwie es auch Grundlehre des Christenthums ist, dass das intelligente Geschöpf als solches noch nicht Kind Gottes, wohl aber zu dieser Kindschaft geschaffen worden ist. Der bisherige Streit des Glaubens und Wissens (letzteres als des Thuns der Intelligenz) in Folge der Verkennung der Concretheit beider ist im Princip ganz derselbe, wie jener alte Streit über das Verhältniss des Glaubens und der Werke, welchen bekanntlich vorzüglich Paulus gegen die judaisirenden Christen seiner Zeit damit schlichtete, dass er den Glauben (in den Auferstandenen) als das schöpferische (Kraft schöpfende) Princip oder als die Genialität alles Wirkens erkenntlich machte.

Allen jenen im Grunde Gottesleugnerischen Theorien des Wissens entgegen, welche den Menschen sich seiner bewusst und fertig sein und sodann erst zum Wissen von Gott gelangen lassen, ist zu behaupten, dass der Mensch Gott weiss und von Gott weiss, nicht weil und wie er beliebig will, sondern weil und wie sich Gott ihm zu wissen und als gewusst zu verkünden zugleich gibt und aufgibt. Wesswegen das Wissen Gottes das Wissen des Gewusstseins von Gott einschliesst, und nicht, wie Kant lehrte, nur ex post postulirt wird. Schon Platon zeigte, dass, falls ich in ein mich sehendes Auge blicke oder ein solches Auge in meines sieht, ich das Gesehensein meiner selbst, wo nicht schon sehe, so doch empfinde, so wie wir in unserem Lieben Gottes unser Geliebtsein von Gott inne werden, oder so wie wir in unserem Sollicitirtsein zum Glauben die Präsenz (Berührung) desjenigen inne werden, welcher unseren Glauben als eine Basis will, um in uns wirken zu können. Die Logik hätte also als Erkenntnisslehre vor allem jene (bereits von Scotus Erigena aufgeführte) Trilogie des Gewusstseins und Nichtwissens, des Gewusstseins und Wissens und des Wissens und Nichtgewusstseins oder, wie Paulus sagt, des Sehens und Nichtgesehenseins, als der drei Elemente alles Selbstbewusstseins, als oberstes Princip der Kritik alles Wissens aufstellen sollen. Wenn übrigens derselbe Apostel sagt, dass wir im irdischen Zeitleben nicht schon Gott und die göttlichen Dinge (den Ewigen und das Ewige) so sehen, wie wir von ihm gesehen sind, und dass nur mit der Befreiung vom irdischen Sein uns dieses directe Erkennen, so wie wir bereits erkannt sind, zu Theil wird, so sagt der Apostel nur bestimmter, was mehrere Weise vor ihm sagten oder zu verstehen gaben, nemlich, dass es für die in der Zeit im Schauen und Wirken befangene Intelligenz kein directes Schauen (und so auch Wirken) ins Ewige gibt, sondern nur ein indirectes, spiegelhaftes, unganzes, somit nie völlig begriffenes, wie man denn auch von jedem noch zeitbefangenen Menschen sagen muss, dass er selbst weder völlig weiss, was er sieht, noch was er thut. Hätte der in die Weltzeit gesendete Mensch sich nicht selbst dislocirt oder ins Zeitliche übersetzt, so könnte er auch diese Uebersetzung aus dem Ewigen ins Zeitliche (diese Weltzeit) im Urtext lesen, was er jetzt nicht mehr kann. Nun steht aber bekanntlich auch die beste Uebersetzung weit hinter dem Urtexte zurück, geschweige dass das Beste in letzterem unübersetzbar ist.

Wie die Tugend nur im Kampfe mit der Untugend und durch deren Entkräftung erst zu solcher (zum bewährten oder wahrgewordenen Charakter) wird, indem dieselbe die von der Untugend per usurpationem an sich gehaltenen Kräfte, solche wieder frei machend, sich aneignet, ebenso kommt das Wissen, jenes nicht bloss von aussen anleuchtende, sondern einleuchtende Licht nur durch Entkräftung des in uns kräftig gewordenen Irrthums und der Lüge zu Stande, d. h. durch Freimachung und Freihaltung jener Manifestationskräfte, welche diese als Raub in sich verschlungen und gebunden hält. Denn die Zeit selbst (als fixirtes Herausgehaltensein des Zeitlichen aus der Ewigkeit) entstund und besteht nur mit und durch ein solches Verschlungensein und so wie das opus sex dierum mit einer Scheidung oder Wiederbefreiung der Manifestationskräfte des Lichtes, folglich mit einer Depotenzirung der Macht der Finsterniss seinen Anfang nahm, so setzt sich diese Scheidung und Befreiung durch die gesammte Zeit fort. Weil nun jeder von uns Irrthümer und Untugenden, sei es in der Anlage als Keime, sei es als bereits in das Gewächse gegangen, in sich trägt, so begreift man hieraus den Schmerz, welcher die Polemik begleitet, indem die Ausgeburt jeder Wahrheit oder des Lichtes in uns nur durch sensible Tilgung und Tödtung des dieser Geburt widerstrebenden, noch kräftigen Irrthums möglich ist. Es gibt also ein Kreuz der Speculation, einen Schmerz und eine Schmach der Geistesarmuth (der Armuth am Geiste, nicht im Geiste), welche jeder auf sich zu nehmen hat, will er anders ins Himmelreich der Wahrheit eingehen, welches Gewalt leidet und folglich Allen verschlossen bleibt, die den Ernst, die Anstrengung und Härte dieser Gewalt scheuen.

Bei so gearteten erkenntnisswissenschaftlichen Grundsätzen muss es im höchsten Grade interessant sein, zuzusehen, wie sich in dem Geiste unseres Denkers die Ideen von Gott, Schöpfung, Welt, Geist und Natur und deren Wechselbeziehung gestaltet haben und wodurch sich seine Lehre von den Lehren der bedeutendsten Philosophen der neueren Zeit unterscheidet. Ungleich den meisten bedeutenden Denkern, die mit Eifersucht für eignen Ruhm möglichst darauf bedacht sind, überall selbst zu sprechen, stets aus eigenem Geistesfond zu schöpfen und nicht ohne Noth sehen zu lassen, dass sie ihren Vorgängern Bedeutendes zu danken haben, erblicken wir vielmehr unseren Philosophen in den meisten seiner Schriften sich als den Schüler der Denker aller Zeiten und aller Schulen benehmen und fortlaufend die eigenen Gedanken an die Aussprüche Anderer anknüpfen. Wer daher die Sache nur auf der Oberfläche ansieht, kann leicht zu der Meinung kommen, als ob Baader nur ein in der Literatur sehr bewanderter Eklektiker gewesen sei, der mitunter auch einige originelle Einfälle gehabt habe. Wer aber etwas genauer zusieht, wird bald die Bemerkung machen, dass Baaders eigenthümlicher Gedankengehalt gar nicht den vielen citirten Geistern gegenüber verschwindet, dass vielmehr die herangezogenen Gedanken unter seiner Hand ein eigenthümliches Gepräge der Grossartigkeit und selbst meistens oder doch oft eine tiefere Beseelung und Begeistung empfangen und dass sich durch Alles hindurch eine geniale, sich der Einheit ihrer Gedanken bewusste, Weltanschauung hindurchzieht. Unter allen Forschern, die Baader berücksichtigt, nimmt Jacob Böhme unstreitig die hervorragendste Stelle ein. Der philosophus teutonicus wird von ihm so oft citirt, so vielfach commentirt und ausgelegt, ja eine ganze Reihe seiner inhaltreichsten Schriften bewegt sich so hauptsächlich um diesen merkwürdigsten und grossartigsten aller Theosophen, dass Baader Vielen in demselben aufzugehen scheint und dass sie die Bedeutung Baaders erschöpft zu haben glauben, wenn sie ihn als den geistvollsten und tief in das ächte Verständniss eingedrungenen Ausleger Böhme's bezeichnen, der aber auch alle Mängel des noch beschränkten Böhme'schen Standpunctes theile. Wie wenig indessen hiedurch die Bedeutung Baaders erschöpft ist, kann dem nicht entgehen, der weiss, wie sehr Baader mit den bedeutendsten philosophischen Systemen der neueren Zeit vertraut war, mit welcher Freiheit er sich in den eigenthümlichen Formen dieser Schulen bewegte und mit welchem tiefeindringenden Blicke er ihre Vorzüge und ihre Mängel zu unterscheiden verstand. Die Kritik, welche Baader an den Kerngedanken Spinoza's, Leibnizens, Kants, Fichte's, Schellings und Hegels, wenn gleich nirgends in stetigem Zusammenhange, sondern leider abspringend, genug,

gleichwohl gewaltig geübt hat, gehört zu den hervorragendsten Leistungen, die je von einem genialen Denker ausgegangen sind, und diese Kritik wird in der weiteren Entwickelung der Wissenschaft zuverlässig noch die fruchtbarsten und folgenreichsten Wirkungen üben. Mag Vielen diese Polemik und die Polemik unseres Denkers überhaupt zu rücksichtslos, zu derb, zu schroff, ja grob und unbarmherzig erscheinen, ihre schlagende Kraft, ihre vernichtende Gewalt, ihre grandiose Ueberlegenheit wird kein genauer Kenner in Abrede zu stellen vermögen.

Nicht um eine erschöpfende Darstellung der in den Schriften Baaders zerstreuten polemischen Beziehungen auf die genannten Denker kann es hier zu thun sein, wohl aber dürfen wir uns erlauben, die Hauptpuncte jener Polemik zur Sprache zu bringen, weil nichts geeigneter sein kann, in das Verständniss der Lehre Baaders einzuführen, als eine solche Beleuchtung.

Spinoza.

Indess Hamann sich durchaus nur negativ gegen Spinoza verhalten hatte, wusste Baader in ihm das Wahre vom Falschen zu scheiden und jenes so sehr hervorzuheben, wie er dieses entschieden verwarf. Ungleich so vielen Denkern, die von vornherein nur in einem offenen oder versteckten Dualismus Rettung gegen den Spinozismus suchten — und natürlich nicht fanden, gab Baader willig zu, dass Spinoza mit der Behauptung von der Alleinigkeit der absoluten Substanz eine ewige Wahrheit ausgesprochen habe *). Aber er gab weder zu, dass derselbe diese Wahrheit zuerst ausgesprochen, wie er sie denn als eine Offenbarungslehre des alten Testamentes nachwies, noch auch, dass er sie in gleicher Tiefe, wie die h. Schrift sie lehre, aufgefasst und verstanden habe. Während Baader in den Urkunden der h. Schrift des alten und neuen Testamentes die absolute Substanz als den lebendigen Gott dargestellt fand, erblickte er in dem Gotte Spinoza's nur den erstarrten Steinabdruck des lebendigen

*) Fermenta cognitionis VI, 39. Im vorliegenden I. Bande der s. Werke S. 399.

Gottes der h. Schrift und er fand bei solcher Fassung die Leugnung der secundären Substantialität zwar folgerecht, aber mit sammt ihrem Princip verwerflich und falsch. Nur ein lebendiger Gott, begriff Baader, konnte auch ein supramundaner, aber ein lebendiger Gott musste auch nothwendig ein supramundaner sein. Der supramundane Gott ist allein der freie Gott und allein der freie kann freie Wesen schaffen, kann überhaupt Wesen zur Freiheit entlassen.

Der Grundirrthum Spinoza's besteht nach Baader darin, dass er Gott als ein blosses Sein vorstellt, womit die Leblosigkeit, Bewegungslosigkeit und Ideelosigkeit des Absoluten ja schon von selbst ausgesprochen ist, nicht weniger aber auch die Herz- und Gemüthlosigkeit desselben und hiemit die völlige Unfähigkeit dieses Systems, eine wahrhafte Ethik zu begründen. Allein Spinoza kann den Begriff des Absoluten als des puren Seins nicht festhalten, denn die Erfahrung bietet Vielheit, Mannigfaltigkeit, Werden, Entstehen und Vergehen dar. Diese aufdringliche Erfahrung will erklärt sein, sie lässt sich aber aus dem puren Sein nicht erklären und doch kann nur das Sein sein und sonst nichts. Unterschied, Vielheit, Mannigfaltigkeit, Werden, Entstehen und Vergehen können daher als verschieden von der Substanz nicht wahrhaft sein, sie können nichts Wirkliches sein, also sind sie nur als Affectionen der Substanz Verneinungen des Seins ohne selbst (getrennt von der Substanz) etwas Wirkliches zu sein, d. h. sie sind zwar Bestimmungen der Substanz, aber sofern sie die Substanz nicht selbst sind nichtige Bestimmungen, gleichviel ob diese Verneinungen wie die Attribute und Modi der Attribute ewig, oder wie die Modificationen der Modi vergänglich sind. Da sie nun als Verneinungen des Seins doch sind, so sind sie zwar nichts Wirkliches, denn was und inwiefern etwas die Substanz nicht selbst ist oder ausdrückt, das kann gar nichts Wirkliches sein, aber sie scheinen etwas Wirkliches zu sein, die Unendlichkeit des Seins würde ewig verhüllt und verschlossen sein, wenn sie nicht in unendlichen (endlos vielen) Negationen ihrer selbst erschiene. Diese unendlichen (endlos vielen) Bestimmungen und deren Erscheinungen sind die Offenbarung des Unendlichen und inwiefern Sichoffenbaren Leben ist, sind sie das Leben des

Absoluten. Das Absolute ist also zwar in sich, es wird und lebt aber in der Unendlichkeit (Endlosigkeit) der endlichen Erscheinungen. Als das Absolute wird es nicht, sondern ist es ewig, aber als das sich offenbarende Absolute wird es ebenso endlos, als es sich endlos offenbart. Sieht man darauf, dass das Unendliche nur in endlichen Formen und Erscheinungen völlig offenbar werden kann, so erblicken wir alle Dinge als vergänglich, als nichtig, als Schein des Seins, blickt man aber darauf, dass das Unendliche in der Unendlichkeit der Endlichkeiten und nur in ihnen völlig offenbar wird, sein unendliches Leben lebt, so erscheint das Universum gotterfüllt, so ist Gott das Sein in allen Dingen und ist alle Dinge*). Aber so wie

*) Thomas hat in seiner Schrift: Spinoza als Metaphysiker (Königsberg, Gräfe und Unzer 1840) zeigen wollen, dass Spinoza nicht was wir Spinozismus nennen, sondern vielmehr einen Individualismus (Monadologie, Atomismus) gelehrt habe, — hat man ja doch sogar versucht, Spinoza als Theisten erscheinen zu lassen. Erdmann hatte diess (Jahrbücher für wissenschaftliche Kritik, 1843, S. 628 und: Vermischte Aufsätze, Leipzig, Vogel, 1846 S. 189) so aufgefasst, als ob Thomas behaupte, Spinoza's wahres System sei nur individualistisch, alles Pantheistische dagegen aus einer Anhänglichkeit an (oder auch aus blosser Gefälligkeit gegen) den Cartesianismus zu erklären. Wenn nun Thomas in seiner neueren Schrift: Spinoza's Individualismus und Pantheismus (Königsberg, Samter, 1848) gegen diese Auslegung Einsprache erhebt und erklärt, es rechtfertige sich die Behauptung, dass Spinoza zwar Pantheist, aber doch nicht Spinozist im modernen Sinne gewesen sei (S. 17), der Individualismus vertrage sich ganz gut mit seinem Pantheismus (S. 31), so hat er dadurch den Stand seiner Streitsache offenbar nicht gebessert, sondern vielmehr seiner Polemik die Spitze abgebrochen. Denn von einer Lehre, von der behauptet würde, dass sie zugleich Pantheismus und Individualismus sei, wird man nur urtheilen können, dass sie entweder nicht wahrhaft das erste oder nicht wahrhaft das zweite oder weder wahrhaft das eine, noch wahrhaft das andere, sondern höchstens eine inconsequente Mischung beider Standpuncte sei. Die letztere Ansicht vertritt auch in der That mit Recht Erdmann und hat dadurch in der Hauptsache Alles Herrn Thomas zugegeben, was ihm zugegeben werden kann. Versteht man, sagt Erdmann (l. c. S. 187) unter der Consequenz eines Systems dies, dass es mit sich selbst übereinstimmt und gar keinen Widerspruch enthält, so wird man von einer Consequenz des Spinozismus kaum sprechen können. Vielmehr gehen zwei verschiedene Auffassungen des Seins neben einander her. Einmal ist das Sein das èine untheilbare Unendliche, die natura

das Absolute **ist** ohne Warum, so **wird** es auch in den endlichen Dingen ohne Warum. Ohne Wissen und Wollen ist es,

---

naturans, dann ist sie wieder die unendliche Vielheit der Dinge, die natura naturata. Beide stehen getrennt von einander, getrennt durch das quatenus, welches Herbart einmal das Zauberwort nennt, wodurch Spinoza alle möglichen Widersprüche verberge. (Man könnte auch sagen: **verhindert**, denn in der That bildet das quatenus die Scheidewand, welche beide entgegengesetzte Bestimmungen trennt.) Der Spinozismus, so weit er sich mit der natura naturans beschäftigt, ist Pantheismus. So weit er aber die natura naturata zum Gegenstand hat, ist er Individualismus, oder, wenn man den Ausdruck vorziehen sollte, Atomismus. Ihm ist es nicht möglich, beide mit einander so zu vereinigen, dass er einen Standpunct geltend machte, der über beiden steht" etc. Wenn man die Widersprüche in den Schriften Spinoza's mit der Zuversicht vergleicht, womit er überall sich ausspricht, so sieht man sich in Verlegenheit, ob man annehmen soll, Spinoza habe mit unendlicher Naivetät schlechterdings nichts von diesen Widersprüchen gemerkt, oder ob man annehmen soll, seine Zuversicht sei nur eine gemachte und es sei mit ihr so weit her nicht gewesen. Das erstere ist bei den vielfachen Proben eines seltenen Scharfsinns, wovon viele Partieen seiner Schriften Zeugniss ablegen, kaum zu glauben und da es an offenbar bewussten Accomodationen, Verdeckungen und Umhüllungen, hinterrückigen Stellen und selbst bis zum schlechtverhüllten Spott und Hohn getriebenen Aeusserungen in seinen Schriften nicht fehlt, so gestehen wir, dass wir uns nicht bloss zu der letzteren Alternative neigen, sondern dass wir sogar dafür halten, diese Annahme lasse sich streng beweisen. Schon J. G. Fichte hat es unumwunden ausgesprochen, dass Spinoza auf einer Unredlichkeit betroffen werde, wenn er nicht zugestehe, dass nach seinen Lehren von der Nothwendigkeit aller Dinge von einer Tugend im sittlichen Sinne des Wortes nicht weiter die Rede sein könne. Je mehr man sich in die Schriften Spinoza's vertieft, um so weniger kann man in ihm einen redlichen und consequenten Denker erblicken und um so mehr wird man geneigt, dem Urtheile Hamann's beizupflichten, nach welchem er nichts weniger als der Messias der speculativen Vernunft, sondern vielmehr ein Strassenräuber der gesunden Vernunft ist. Vergl. Hamanns Briefe an Jacobi in Jacobi's Werken (Leipzig, Fleischer 1819) IV, c. 47, 82, 89, 292, und besonders S. 348, wo es heisst: „So leichtsinnig ist diese Ethik, dass mir daran ekelt, und ich begreife nicht, wie es möglich ist, diese cartesianisch-cabbalistische Juno für eine Göttin anzusehen" etc. u. S. 359: „Die erste Definition hat mir des Spinoza Ethik so verekelt, dass ich nicht im Stande bin, weiter fortzufahren, und ich kann mir deinen Geschmack; deinen aushaltenden Geschmack und Lessings seinen an einem solchen Strassenräuber und Mörder der gesunden Vernunft und Wissenschaft nicht erklären. Zuletzt vergleiche man noch S. 357 u. 372.

zerfällt es in die sich nothwendig widerstreitenden Endlichkeiten und macht sie wieder in sich zerfallen, um endlos den monotonen und blinden Rhythmus des Zerfallens und des Wiederzerfallens des Zerfallenen zu wiederholen. So fasste Baader *) den Spinozismus im Wesentlichen auf und diese weder wahrhaft logisch consequente, noch irgend lebendige, geschweige tiefsinnige Weltanschauung missfiel von jeher dem urlebendigen Geiste Baaders so gründlich, dass er von Spinoza, im Hinblick auf das, was die wahre Philosophie zu leisten hat, nie mit besonderer Hochschätzung sprach und vermuthlich in seinen Schriften auf ihn wenig Rücksicht genommen hätte, wenn er nicht von seinen Zeitgenossen so hoch gepriesen worden wäre **). Schon vom J. 1806 an oder nicht viel später gerieth er mit Schelling im persönlichen Umgange in (freundschaftlichen) Streit darüber, dass dieser noch immer nicht von dem „dürren Magister“ Spinoza loskommen könne, indess J. Böhme schon vor Spinoza so ganz andere Tiefen der Erkenntniss erschlossen habe. Er glaubte, dass sich Schellings Genie viel reicher entwickelt haben würde, wenn er gleich anfangs in die Tiefen J. Böhme's eingedrungen wäre, anstatt sich von Spinoza beherrschen zu lassen ***), und Schleiermacher zog sich von ihm ernste Vorwürfe zu, dass er in Spinoza's Lehre

---

*) Ferm. cognit. I. 48. II. 23. III. 26. IV. 43. V. 63. VI. p. XIII. S. 39. Philosophische Schriften und Aufsätze, I. 6, 50, 150, II. p. VII. S. 175, 406. Vorlesungen über spec. Dogmatik I. 25, II. 35. IV. 11, 42, 47. V. 16, 34, 39. Kleine Schriften Zweite Ausgabe S. 161, 198, 203, 209, 271, 605. Ueber den Begriff des gut- oder des nicht gutgewordenen endlichen Geistes S. 8, 10, 14, 30, 37.

**) Die geistige Begabung Spinoza's unterschätzte Baader jedoch kaum, obgleich er sie weit nicht so hoch anschlug, als seine schwärmenden Verehrer. Die grellen und zahlreichen Widersprüche seiner Lehre — von seinem entschieden antichristlichen Geiste wollen wir nicht reden — erblickt auch der neueste Apologet Spinoza's, J. E. Horn, nicht, der uns in seiner übrigens interessanten und lehrreichen Schrift: Spinoza's Staatslehre (Dessau Katz, 1851), desselben Begründungsversuch der Begriffe von Natur-, Vernunft- und Staatsrecht als in der Hauptsache gelungen ganz vergebens vorzudemonstriren sucht.

***) Vergl. Philosophische Schriften und Aufsätze von Fr. Baader. Münster, Theissing 1831—32. II. 388.

tiefe Frömmigkeit hatte finden wollen *). Hegel erschien ihm schon darum als der bedeutendste Philosoph der neueren Zeit, weil er am bestimmtesten erkannte, dass Gott als absolute Substanz zu fassen unzulänglich sei und den Versuch machte, Gott als absoluten Geist zu fassen, obgleich ihn die pantheistische Weise dieser Fassung freilich nicht befriedigen konnte.

Leibniz.

Dass unser Forscher in dem philosophischen Systeme des Leibniz eine tiefere Richtung des Denkens erkannte, leuchtet von selbst ein. Dennoch hielt er das System der Monadologie selbst wissenschaftlich für sehr unbefriedigend. Leibnizens Begriff des absoluten Geistes genügte ihm nicht, schon weil derselbe rein spiritualistisch gedacht war **). Daher konnte ihm natürlich auch der Leibnizische Schöpfungsbegriff nicht genügen. Unter der Voraussetzung des reinspiritualistischen Gottes hielt er die Ableitung einer Wesensverschiedenheit Gottes und der Geschöpfe für unmöglich ***). Dass der Begriff eines Naturwesens, nach

*) Kleine Schriften Baaders. Zweite Ausgabe. S. 209.

**) Mit Recht sagt Feuerbach: „der Sinn der Leibnizischen Philosophie ist im Allgemeinen der: Nur die Kraft ist Sein . . Die Kraft aber ist immateriellen Wesens . . Nur die Seele (die Kraft) ist Sein, ist Realität.“ Auf Gott angewandt muss also nach Leibniz gesagt werden: Gott ist die absolute, unendliche, uneingeschränkte (thätige) Kraft, die unendliche Denk- und Willens-Kraft. Ein Bewusstloses, ein Selbstloses, Natur, Wesen kann in Gott nicht gedacht werden, in den endlichen Wesen (Kraftdaseinsweisen) als vorstellenden Wesen nur als verworrenes Bewusstsein, als gehemmte Kraft, als Schranke.

***) Vergl. Vorlesungen über J. Böhme's Theologumena und Philosopheme: fünfte Vorlesung in der 2ten Ausgabe der kleinen Schriften Baaders S. 606, 613, 619 ff. Werke Baaders II, 165 ff. Von dem Grundgedanken aus: Gott ist thätige unendliche Kraft des Denkens und des Wollens und sonst nichts, konnte Leibniz consequent nicht zu Geschöpfen und nicht zu Monaden kommen, sondern nur zu Modificationen der unendlichthätigen Denk- und Willenskraft Gottes, wovon in dem Ausdrucke der göttlichen Fulgurationen noch ein halbes Bewusstsein durchschimmert. Leibniz leitete in der Genesis seines Systems nicht die Monaden aus der Urmonas, aus Gott ab, sondern er hatte das Verfahren verwerfend, vom Gottesbegriff dergestalt auszugehen, als ob nichts Gewisses gewusst wer-

Baaders Fassung eines selblosen Wesens, rein aufgehoben war, verhehlte Leibniz selbst nicht, indem er nicht etwa nur alle Monaden als vorstellungsfähige und wirklich vorstellende Wesen erklärte, sondern auch den qualitativen Unterschied der von ihm angenommenen drei Stufen oder Arten von vorstellenden Wesen aufhob. (Leibniz als Denker von Schilling, S. 41—42, 129, 134, 136 ff. Leibnizii opera philos. ed. Erdmann I. 125 ff. II. 711 ff.)

Die Frage nach dem Zusammenhange, der Wechselwirkung oder dem Einklange der Seele und des Leibes war also vielmehr die Frage nach dem Zusammenhange der Centralmonade mit den zum Leibphänomen verbundenen unzähligen peripherischen oder secundären Monaden. Die Schwierigkeit des Problems lag demnach nicht in der Erklärung der Wechselwirkung zwischen Geist oder Seele und Natur oder Leib, zwischen Bewusstem und Bewusstlosem, sondern in der Frage: wie überhaupt die Monade auf Monaden, höher entwickeltes Bewusstes oder Vorstellendes auf weniger entwickeltes Bewusstes oder Vorstellendes wirken könne, wie die Centralmonade auf die Totalität ihrer secundären Monaden und wie eine Centralmonade auf die übrigen? Dass Leibniz davon keine befriedigende Erklärung gab, indem er allen

---

den könnte, ausser unter Voraussetzung der Existenz Gottes, die Idee der Monaden schon für sich fix und fertig und brachte sie dann erst mit der Idee der Urmonas zusammen, um sie mit ihr auszugleichen, sie also hintennach abzuleiten oder als abgeleitete erscheinen zu lassen. Allein sie sträubten sich ihm unter der Hand gegen diese Ableitung, pochend auf die ihnen im Grunde zugeschriebene Absolutheit. Ausdrücklich nemlich sagt Leibniz (Leibniz als Denker von Schilling S. 48): „Jeder Geist ist gleichsam eine besondere Welt, sich selbst genügend, unabhängig von jedem andern Geschöpf, er trägt die Unendlichkeit in sich, drückt das Universum aus, er hat dieselbe Dauer, dieselbe Beständigkeit, dieselbe Absolutheit, wie das Universum der Geschöpfe selbst.“ Allein entweder sind die endlichen Wesen geschaffen, dann kommt ihnen keine Absolutheit zu, oder sie sind absolut, dann sind sie nicht geschaffen. Wollte man etwa sagen, Leibniz habe hier doch nur den endlichen Wesen eine abgeleitete Absolutheit beilegen wollen, wie Schelling später von einer solchen abgeleiteten Absolutheit als einem Denkbaren sprach, so durfte dieser Begriff doch sicher nicht stillschweigend eingeführt, sondern er musste genetisch entwickelt und streng erwiesen werden, wenn das System nicht schon an diesem Puncte scheitern sollte.

realen Einfluss, freilich consequent, leugnend nur einen idealen, d. h. eigentlich keinen, übrig liess, sondern die Erklärung mit seiner prästabilirten Harmonie nur auf die unerforschliche Weisheit Gottes zurückschob, war unverkennbar. Am schärfsten aber wendete sich Baader gegen den Leibnitzischen Begriff der Monade. Er fand in der Monadologie (wie in allen rein monadologischen Systemen) nur eine idealistische Atomistik. Die Atomistik war ihm aber nicht bloss in ihrer realistischen Gestalt ungenügend, sie war ihm ebenso verwerflich in ihrer idealistischen Gestaltung. Bekämpfte Leibniz die realistische Atomistik mit trefflichen Gründen, so ward er nur nicht inne, dass die erschöpfende Entwickelung dieser Gründe zum Gerichte seiner idealistischen Atomistik werden musste*). Der Satz des Leibniz: Wo Zusammengesetztes ist, da müssen einfache Wesen sein, blendete den hellen Verstand Baaders nicht. Er antwortete, wenn auch nicht

---

*) G. W. Freiherr von Leibniz. Eine Biographie, von Dr. G. E. Guhrauer. Breslau, Hirt (1842) I, 242. — Leibniz als Denker. Auswahl seiner kleineren Aufsätze zur übersichtlichen Darstellung seiner Philosophie. Uebersetzt und eingeleitet von Gustav Schilling. Leipzig, Fritzsche, 1846, S. 38 ff., 43 ff. Gleichwie nemlich nach der realistischen Atomistik alle Verbindungen der Atome, also auch die chemischen, nichts als Aggregationen sind, so bleiben auch nach der Leibnizischen Monadologie alle Verbindungen der Monaden, also auch die der geistigen Wesen, nichts anders als ideelle Aggregationen; organische, innige und unauflösliche Verbindungen gibt es nicht, jede Monade ist eine Welt für sich, sich selbst genug und bleibt ewig jeder andern entfremdet. In der Liebe zum Beispiel ist die geistige Monade nicht wirklich innig mit dem Geliebten verbunden, sondern die Monade stellt sich nur vor mit ihm verbunden zu sein. Wen weht hier nicht die innere Kälte, die idealistische Frostigkeit des Deismus an? Um nicht Alles in ein Ununterschiedenes zusammenfliessen zu lassen, trennt Leibniz die Wesen durch unausfüllbare Klüfte, und um nicht die Wesen sich unendlich zu entfremden, verschmilzt Spinoza sie in eine unterschiedslose Substanz. In andern zum Theil nur geistreicheren Formen geschieht dasselbe in den herrschend gewordenen philosophischen Systemen bis zur neusten Zeit. Deismus und Pantheismus liegen sich in den Haaren und merken nicht, dass sie nur zwei entgegengesetzte Formen desselben Grundirrthums sind, wonach weder Einheit im wahrhaften Unterschiede, noch Unterschied in wahrhafter Einheit denkbar sein soll und somit Einheit mit Unterschiedslosigkeit und Unterschied mit Trennung identisch wäre.

den Worten, so doch der Sache nach: Allerdings, aber man kann nicht zugeben, dass jedes in Einheit verbundene Mannigfaltige zusammengesetzt und dass das Einfache das Unterschiedslose sei. Das Unterschiedslose ist ein Abstractum, im Reiche des Wirklichen gibt es kein Wesen, das schlechthin unterschiedslos keinerlei Vielheit oder Mannigfaltigkeit in sich hätte. Erstlich nicht dem Vermögen nach, denn jedes Wesen hat nothwendig eine Mehrheit von Vermögen, oder genauer gesagt, offenbart und entwickelt die Einheit seiner Vermögen in einer Mehrheit von Vermögen, dann aber auch nicht der Wirksamkeit nach. Die Mehrheit der Vermögen der einheitlichen Wesen als unterschiedener Weisen und Richtungen der Einheit ihrer Vermögen hätte Leibniz selbst um so weniger in Abrede stellen sollen, als nach ihm die Monaden nichts von Aussen empfangen, wie er sagt, keine Fenster haben (womit auf der andern Seite wieder weit zu viel behauptet ist), folglich schon Alles in sich haben müssen und jede Monade in sich ein Spiegel des Universums ist. Wirksamkeit ohne Vermögen ist überall unmöglich, wenn daher die Monaden in mannigfaltigen Wirksamkeiten begriffen sind, so müssen ihnen in ihrer Einheit unterschiedene, mannigfaltige Vermögen zukommen. Der Begriff des Wirklichen ist der Begriff des Vieleins, die verschiedenen Arten, Stufen und Formen des Wirklichen sind ebenso viele unterschiedene Weisen des Daseins des Vieleins, Gott ist es auf unendliche, die geschaffenen Wesen sind es auf begränzte Weise. Einfach ist nicht was unterschiedslos ist, sondern dessen mannigfaltige Momente harmonisch geeint sind und zusammenstimmen. Zusammengesetzt ist nicht was überhaupt Mehrheit oder Vielheit hat, sondern dessen mannigfaltige Momente nicht harmonisch, organisch geeint sind, sondern in nichtnormaler Correlation sich befinden *).

Leibniz macht mit Recht einen Unterschied zwischen Bestimmungen und Theilen der Monaden. Die letzteren verwirft er mit Recht als unmöglich, undenkbar, die ersteren verwirft er zwar gleichfalls, aber doch nur im Widerspruche mit seinem Prin-

*) Werke Baaders II, 160 ff., 170.

cip der Entelechie, der Selbstthätigkeit der Monade. „Die Einfachheit, sagt er, hindert nicht die Vielheit der Modificationen oder Bestimmungen, die sich in einer und derselben einfachen Substanz zugleich vorfinden müssen; und diese Bestimmungen müssen in den mannigfaltigen Beziehungen auf die Aussendinge bestehen. Ebenso finden sich in einem Mittelpuncte oder Puncte trotz seiner Einfachheit doch eine unendliche Menge von Winkeln, die von den in ihm zusammenlaufenden Linien gebildet werden *)." Diese Stelle enthüllt eine der Hauptschwächen des Leibnizischen Systems, denn sie zeigt uns, dass Leibniz offenbar die Monade, getrennt von allen anderen gedacht, nur als unterschiedslose Einheit, obgleich als Kraft der Vorstellung unendlicher Unterschiede, sich vorstellte, die aus den ideellen Beziehungen zu allen anderen Monaden entspringen. Die Monade bezieht sich also unmittelbar gar nicht auf sich selbst und wird nicht erst durch ihre Selbstbeziehung befähigt, sich auf Anderes zu beziehen, sondern sie bezieht sich nur durch ihre Beziehungen auf alle anderen Monaden auf sich selbst. Sie selbst hat gar keinen Inhalt, der ihr vorgestellt werden oder den sie sich selbst vorstellen könnte, sondern sie empfängt oder gibt sich erst und nur durch ihre Weltbeziehungen Inhalt. Die Monade ist zwar in sich selbst und hat und entwickelt Alles in sich und aus sich selbst, aber was sie in sich und aus sich hat und entwickelt ist nicht sie selbst, sondern nur die ihren Weltbeziehungen entsprechenden Vorstellungen oder genauer ihre Weltbeziehungen als Vorstellungen.

Gleichwie die Pantheisten Gott als eine Monas vorstellen, die in sich selbst keine Erfüllung hat, sondern alle Realität ausser sich in der Welt hat, diese Welt aber doch nur als sich selbst, ähnlich stellt Leibniz die Monade als ein in sich selbst leeres Wesen ohne allen eigenthümlichen Inhalt vor, welches seinen Inhalt sich nur durch seine idealen Beziehungen auf den Inbegriff aller anderen Monaden gibt und zwar diese Beziehungen und nur diese

*) Leibniz als Denker von Schilling S. 133. Leibnizii opera philosophica omnia, editione Erdmanni II, 714.

Beziehungen als ihren eigenen Inhalt. Die Monade ist daher ein vollkommener Widerspruch als ein Wesen, das sich selbst nur durch seine Vorstellungen von Anderem vorstellt, indess doch nur ein Wesen Anderes vorstellen kann, das sich selbst sich selbst vorstellen kann und vorstellt. Wie einerseits die Monade zu einem in sich und an sich leeren Wesen herabgedrückt wird, so wird sie andererseits zu einem Alles, das ganze Universum, ideell aus sich erzeugenden Wesen hinaufgeschraubt und ihm im Widerspruche mit seiner vorausgesetzten Abkunft aus Gott unverhohlen Absolutheit beigelegt, so dass man unvermeidlich auf die Frage geführt wird, ob nicht die absolute Energie der wenn gleich in sich leeren Monade verlangt, anzunehmen, dass selbst die Vorstellung von Gott und von ihrem Geschaffensein durch ihn nicht gleichfalls nur eine aus ihr erzeugte, wenn gleich nothwendige, Vorstellung ist, und ob folglich Gott eine andere als eine ideelle Wirklichkeit und Wahrheit haben kann? Der Idealismus des Leibniz consequent ausgeführt löset so gut wie jeder andere abstracte Idealismus alle Realität in die blosse Vorstellung der Realität auf.

Wie dürftig unserem Denker der Beweisversuch der Unsterblichkeit der menschlichen Seele aus ihrer Einfachheit im Sinne der Unterschiedslosigkeit erscheinen musste, bedarf keiner Ausführung *). Wenn ihm gleich aus der Idee Gottes und seiner Schöpfung hervorging, dass Gott auch unvergängliche Wesen erschaffe, weil geistige, so gab er doch nicht zu, dass darum alle geschaffenen Wesen nothwendig unvergänglich sein müssten. Eben so war Baader keineswegs mit der Theorie des Leibniz von der Freiheit des Willens einverstanden und er tadelte es ganz ausdrücklich, dass Leibniz in Rücksicht der Wahl des Willens das Verhältniss der Ursache zum Grunde verkannt habe, wesshalb sein System über den Determinismus nicht hinausgekommen sei **). Der Ausdruck: Rechtfertigung Gottes in Rücksicht des Daseins des Bösen und des Uebels schien ihm unpas-

*) Werke Baaders II. 160.

*) Werke Baaders II. 154.

send, aus ähnlichen Gründen, aus welchen Krause sich gegen den Gebrauch desselben ausspricht.

Sein stärkstes Missfallen erregte aber die Ableitung des Bösen aus der Beschränktheit und Begrenztheit des Endlichen und die Begriffsbestimmung des Bösen als blossen Mangels, blosser Abwesenheit des Guten. Hiegegen richtete er die ganze Schärfe seiner Polemik und was Schelling Treffendes gegen Leibniz in dieser Beziehung in seinen Untersuchungen über das Wesen der menschlichen Freiheit gesagt hat, das hatte Baader schon lange vorher erkannt und ausgesprochen *).

Kant.

Wie Sokrates der Vater der späteren Philosophenschulen in Griechenland gewesen ist, so Kant für die neueren philosophischen Systeme in Deutschland. Gleich den meisten Systemschöpfern der neueren Zeit war auch Baader ursprünglich von Kant ausgegangen. Doch nicht in dem Sinne, als ob er seine erste philosophische Bildung aus den Kantischen Schriften geschöpft hätte. Vielmehr finden wir ihn bereits als gereiften Denker, bevor nur mit einem Worte bei ihm von Kant die Rede ist. Es ist nicht unwahrscheinlich, dass er seine erste philosophische Schulbildung von einem Wolffianer empfing. Schlosser will wissen, dass er ein Schüler Bened. Stattlers gewesen sei. Allein seine Angabe ist ohne alle bestimmte Nachweisung und hat wenig Wahrscheinlichkeit für sich. Dagegen glaubt sich der Herausgeber jedoch nur dunkel erinnern zu können, im Hause Baaders selbst gehört zu haben, dass der nachmalige Bischof M. Sailer als junger Mann oder Jüngling Hauslehrer in dem väterlichen Hause Baaders zu München gewesen sei. Sicher ist, dass Baader diesem hervorragenden Manne zeitlebens hohe Achtung zollte, so wie Sailer ihn als christlichen Philosophen sehr hoch stellte **). Baader bezog mit seinem um zwei Jahre älteren

---

*) Fr. Baaders kleine Schriften. Zweite Ausgabe. Vorrede CI. ff. Schellings philosophische Schriften. (Landshut, Krüll, 1809.) I. 443 ff. 447.

*) Man sieht aus den Tagebüchern, dass Baader Sailers Logik im Jahre 1786 studirte. Vergl. den 11. Bd. d. Werke Baaders S. 80. Sailer er-

Bruder Joseph im Jahre 1781 die Universität Ingolstadt, studirte dort und in Wien bis 1785 Medicin und nahm hierauf 1785 zu Ingolstadt das Doctorat der Medicin. Im Jahre 1786 erschien seine Probeschrift: Vom Wärmestoff, welche, da sie einer Bemerkung im Anhange zufolge schon ein Jahr früher hatte gedruckt werden sollen, schon im Jahre 1793 oder 1792, wenn nicht noch früher, muss geschrieben worden sein. In dieser Schrift zeigt er schon eine ausserordentliche Belesenheit in den physicalischen Schriften des In- und Auslandes seiner Zeit, wie nicht minder der naturwissenschaftlichen Schriften des Hippokrates, des Aristoteles, der Schriften Boerhave's, Baco's, de Cartes', Büffon's, Newton's und Anderer. Von Kant ist darin nirgends die Rede, was beweiset, dass er seine dynamische Naturanschauung, die er schon dort andeutet, nicht bloss von Schelling nicht, sondern auch nicht von Kant ursprünglich empfing. Dagegen darf nicht übersehen werden, dass darin bedeutsam auf Herder hingewiesen wird, den Baader dort als einen der erhabeneren Genien des Jahrhunderts feiert, dessen tiefen, reinen und züchtigen Natursinn er in allen seinen Schriften bewundere und verehre *). In gleicher Weise sehen wir in den Tagebüchern Baaders gleich in den Aufzeichnungen des Jahres 1786 (weiter gehen sie nicht zurück) überall den Einfluss Herders auf Baaders Denk- und Gefühlsweise, wobei sich jedoch Baader keineswegs völlig an ihn hingibt, sondern seine selbständige und tiefere Natur überall bewahrt **). Zwar wird schon auf den ersten Blättern des Tagebuchs vom Jahre 1786 auch Kants erwähnt und es werden fast fortlaufend Aussprüche Kants herbeigezogen und zur Bekräftigung der eigenen Denkweise gedeutet und verwendet ***), aber Kants eigenthüm-

---

wähnt Baaders mit hoher Auszeichnung in seiner Vernunftlehre für Menschen wie sie sind. Dritte Auflage. Sulzbach, Seidel 1830. II. 145. Im Briefwechsel Baaders wird Mehreres über Sailer vorkommen.

*) Vom Wärmestoffe. Wien und Leipzig, Krauss 1786. S. 51.

**) Fr. v. Baaders Tagebücher aus den Jahren 1786—93. Eilfter Band der sämmtl, Werke S. 10, 22, 29 ff., 41, 52, 85, 117, 139, 397.

***) Baaders Tagebücher. S. 4, 52, 703, 160, 168, 170, 185, etc.

liche Denkweise hatte um jene Zeit sichtbar noch nicht den Einfluss auf Baader gewonnen, als einige Jahre später, da er in England sich einem umfassenderen Studium der Schriften dieses Denkers hingegeben hatte, ohne dass doch geleugnet werden kann, dass auch schon in jenen früheren Jahren Kant einigen Einfluss auf Baaders Entwickelung gewonnen hatte. Lebhafter und andauernd sehen wir aber Baader sich mit Kant beschäftigen während der vierjährigen Dauer seines Aufenthaltes in England und Schottland von 1792—96 *). In diese Zeit des Aufenthaltes in Schottland und zwar zumeist, wie es scheint, in Edinburg, fällt auch die Ausarbeitung zweier Abhandlungen über die Kantische Philosophie, deren nähere Betrachtung für unseren Zweck von grosser Wichtigkeit ist. Die erste, welche Bruchstück geblieben war, ist von Baader selbst nie veröffentlicht worden. Sie fand sich von seiner Hand in englischer Sprache geschrieben in seinem Nachlasse, und ist, vom H. Prof. E. A. von Schaden in die deutsche Sprache vortrefflich übersetzt, als Anhang zu den Tagebüchern mit der Aufschrift: „Vorläufiger Bericht über die durch Prof. Kant in Deutschland eingeleitete Umgestaltung der Metaphysik" ans Licht gestellt worden. In diesem genialen Bruchstück, dessen Nichtvollendung tief zu beklagen ist, erblicken wir den Einfluss der Kantischen Philosophie auf Baader auf ihrem Höhepuncte. Hier scheint sich Baader Kant ganz hinzugeben und auf seinen eigenthümlichsten Standpunct ganz und vollkommen einzugehen. Allein es scheint auch nur so. Bei näherer Betrachtung erblickt man mit Erstaunen, dass Baader, indem er Kants Lehre und nichts als Kants Lehre darlegen zu wollen scheint, dieselbe bereits von innen heraus überschritten und überflügelt hat. Aehnlich wie Fichte nicht glauben wollte, dass Kant selbst nach dem Buchstaben seiner Kritik habe verstanden sein wollen, legte Baader mehr in seine Lehre, als in derselben ausgedrückt war. Eine Lehre, die wie die Kantische dem Verstande nichts mehr und nichts Anderes gegeben sein

*) Baaders Tagebücher: Werke XI. S. 199, 207, 289 ff., 312, 338—344, 347, 351, 354—361, 372—400 (Schluss).

liess, als das Sinnliche, musste einem Geiste wie Baader nothwendig so unverständlich sein, dass er sie unmöglich einem so scharfsinnigen, andererseits doch so sehr auf das Sittliche gerichteten, so reich begabten Geiste wie Kant zutrauen konnte. In Betreff der Logik Kants glaubte daher Baader versichern zu können, der Leser dürfe überzeugt sein, dass es sich hier (bei Kant) nicht um ein Werk gleich der Logik des Aristoteles handle. Er hatte hiebei offenbar die transscendentale Logik Kants im Auge und stellte sich dabei ohne Zweifel vor, es sei Kant mit dem Abhängigmachen derselben von der bloss formalen Logik selbst nicht ernst oder er werde dies vielleicht nur aus Accomodation an die herrschende flache Zeitbildung noch beibehaltene Anhängsel selbst noch fallen lassen oder doch nichts dawider haben, wenn Andere es in seinem Namen fallen liessen. Wenn nun Baader fortfährt zu erklären, eben so verhalte es sich mit einem anderen psychologischen Werkzeuge, welches seiner Natur zufolge der Welt minder bekannt und bis jetzt noch als eine esoterische Wissenschaft in den Händen nur Weniger geblieben sei; die dazu Befähigten würden diese Verwandtschaft erkennen, die Anderen würden sie nicht wahrnehmen und seien daher auch nicht der Gefahr ausgesetzt, sich selbst oder Andere mit dieser scharfen Waffe zu verwunden; so mag er darunter verstanden haben, was er will, jedenfalls hat er etwas damit gemeint, was den Kreis der Kantischen Begriffe überschritt. Die Behauptung der Apriorität der Sittengesetze hat in Baaders Darstellung der Kantischen Lehre eine wirklich ächt metaphysische und viel festere und consequentere Haltung, als bei Kant selbst, in ihr findet sich nichts von jener Beimischung des Pedantischen, Halbskeptischen und im Grunde Gemüthlosen, wodurch Kants Darstellungen getrübt sind. Die Gefühle und ihr Verhältniss zur Vernunft (zum Erkennen) werden von Baader in einer Weise aufgefasst, wie sie Kant zu fassen niemals verstanden hat. Die Worte: „obgleich das zerstreute (zersplitterte) Licht nicht wärmen kann, erscheint es doch wieder als erzeugende Hitze, sobald es nur im Brennpunct concentrirt worden ist; die wahre Einheit selbständigen Gefühls und autonomer Vernunft ist desshalb allein der höchste Grad von Gedankenklarheit" *), drücken die eigenthümlichste Anschauung Baaders, wie sie ihm im frühesten Jünglings- und im spätesten Greisenalter charakteristisch angehörte, nicht aber die Ansicht Kants, aus. Wenn Baader am Schlusse unseres Bruchstückes im genauesten Zusammenhange mit seiner Ansicht vom Verhältnisse des Gefühls zum Erkennen gegen Rousseau's Behauptung vom Aufhören des Gefühls oder Empfindens mit dem Beginne des Denkens polemisirt, indem er die empfindsamen Geister nach der Weise Rousseau's darüber zu belehren sucht, dass das wahre concentrirte Licht selbst mehr brenne, als die einfache dunkle Hitze und es tadelt, dass man ein anderes System der Moral und Religion für den Kopf, ein anderes für das Herz aufgestellt habe **), so ist diese Polemik keineswegs genau im Sinne Kants ausgefallen und wenn man der Sache recht auf den Grund gehen will, so wird man finden, dass beim Lichte betrachtet Kant mit Rousseau in dem gleichen Vorurtheil und Irrthum begriffen war, nur dass er nicht wie jener das Gefühl gegen den Verstand, sondern den Verstand gegen das Gefühl in Schutz nahm. Baader aber verwarf das eine wie das andere und täuschte sich also, wenn er seine Ansicht als von Kant getheilt voraussetzen zu können glaubte.

Baader zeigt in der ganzen Abhandlung keine Spur jener Kantischen Scheue vor der Annahme der Möglichkeit einer Erkenntnis des Uebersinnlichen, überall wird es als eine sich von selbst verstehende Sache vorausgesetzt, dass ächte Metaphysik die Aufgabe habe, die Dinge zu erkennen wie sie sind und endlich bringt Baader sogar den bekannten Ausspruch St. Martin's in Erinnerung, man müsse die Dinge durch den Menschen und nicht den Menschen durch die Dinge erklären ***). Wie vieles Baader in Kant hineindeutet, um diesen gewaltigen Geist einmal recht con amore bewundern zu können, ergibt sich unverkennbar aus

---

*) Baaders Tagebücher, Werke XI. S. 430.
**) Baaders Tagebücher, Werke XI, S. 434.
***) Baaders Tagebücher, Werke XI, S. 422.

seiner Aeusserung, Kants Kriticismus habe keine andere Tendenz, als jenes grosse Fundamentalprincip St. Martins zu bewahrheiten.

So wenig vermochte sich Baader in den engen Schranken der Kantischen Unwissenheitsphilosophie zu halten, dass er ihm Einsichten andichtet, die er nicht hatte und nach seinem Standpuncte nicht haben konnte. Obgleich nun aber Baader den Kantischen Standpunct bereits überflügelt hatte, so war er doch zugleich mehr oder minder von Kant noch befangen und die Spuren davon sind in der fragmentarischen Abhandlung ebenso unverkennbar. Dagegen finden wir ihn in der nur um wenige Jahre später noch in England (1796) geschriebenen Abhandlung über Kants Deduction der praktischen Vernunft völlig befreit von jenem Kantischen Einflusse und bis in das Herz desjenigen Standpunctes vorgedrungen, der das Eigenthümliche seiner Weltanschauung bezeichnet und den er fortan stets mit unerschütterlicher Festigkeit bewahrt und geltend gemacht hat. Um die Bedeutung jenes ursprünglich in englischer Sprache geschriebenen Fragmentes über die Kantische Philosophie für den Entwickelungsgang Baaders nicht in einem falschen Lichte zu erblicken, darf man nicht vergessen, dass dasselbe erstlich unvollendet geblieben war und dass es von Baader selbst in dieser Gestalt nie zum Drucke bestimmt worden ist. Es liegt uns also darin nur ein Versuch vor, sich des Geistes der Kantischen Philosophie zu bemächtigen, ein Versuch, der am Ziele angelangt, leicht wieder rückwärts die ganze Reihe der Entwickelungen auflösen und die Kantische Philosophie in einem anderen Lichte zu zeigen sich genöthigt sehen konnte. Mitten im Entwurfe mochte Baader inne geworden sein, dass er den ächten Kriticismus doch nicht vorgetragen habe, dass aber auch dieser idealisirte Kriticismus den Anforderungen der Wissenschaft nicht Genüge leiste und diess Innewerden mochte der eigentliche Grund sein, wesshalb die Abhandlung unvollendet liegen geblieben ist. Lernte Baader, wie vermuthlich, da die Schrift in einer Anmerkung der Baaderschen Abhandlung vom J. 1796 citirt ist, noch in England Kants im J. 1793 erschienene Schrift: Die Religion innerhalb der Grenzen der blossen Vernunft kennen, so musste diess vollends den kritischen Scheidungsprocess in dem

Geiste Baaders zur Vollendung bringen. Von da an finden wir Baader in allen seinen Schriften als entschiedenen Gegner Kants, aber als einen Gegner, der die Bedeutung dieses Forschers überall zu würdigen wusste und der über dem Bekämpfen der Irrthümer desselben nie vergass, die von ihm an das Licht gebrachten Wahrheiten hervorzuheben. Wie seine Polemik überall nicht rein negativ, sondern scheidend und vermittelnd war, so auch insbesondere in Beziehung auf Kant. Sein ganzes Leben lang beschäftigte ihn das Studium der Kantischen Werke und fast in allen seinen Schriften kommt er bald verneinend, bald zustimmend, bald vermittelnd auf die Lehren dieses trotz kaum glaublicher Irrthümer grossen Forschers zurück. Der ethische Geist des Kantischen Systems und dessen Anfänge einer dynamischen Naturansicht waren es hauptsächlich, welche für Baader so grosse Anziehungskraft übten. Diese Elemente hob Baader nicht auf, sondern er bildete sie nur fort, befreite sie von dem Charakter der Subjectivität, des halben Scepticismus und halben Idealismus und erhob sie in den universellen Zusammenhang einer religiösen Weltanschauung, welche mit éinem Worte als die Erhebung und Fortbildung des Kantischen Halbidealismus zum wahren Idealismus und seines postulirten Deismus zum wahrhaften Theismus bezeichnet werden kann. Hatte Kant die Idee von Gott als urgeistigem Wesen, von der Freiheit und Unsterblichkeit des menschlichen Geistes als Gegenstände des Glaubens wie immer bewahrt, so bestritt Baader nur die subjective Begründungsweise dieses Glaubens, war aber mit dem Glauben selbst mit Kant in Uebereinstimmung und bewahrte daher einen tieferen Zusammenhang mit dem Kern der Kantischen Lehre, als die pantheistischen Systeme Fichte's, Schellings und Hegels, zu denen er also insoferne mit Kant (sowie mit Jacobi und Herbart) einen Gegensatz bildete. Andererseits freilich musste er wieder mit diesen Forschern gegen Kant (wie gegen Jacobi und Herbart) stehen, in wieferne es darauf ankam, die Unzulänglichkeit des Subjectivismus der Kantischen Erkenntnisslehre und des Kantischen Deismus (und des Jacobischen Gefühls-Deismus wie des Herbartschen Glaubensdeismus) nachzuweisen. Dabei aber hielt sich

Baader ebensofrei von dem Pantheismus Fichte's, Schellings und Hegels, als von dem postulirten Deismus *) Kants (sowie dem Deismus Jacobi's und Herbarts) und wies bedeutsam auf eine höhere Versöhnung dieser unwahren Gegensätze hin, ja er vollbrachte diese Versöhnung wenigstens im Principe und führte sie auch weiter in das Einzelne hin aus, als diejenigen sich vorstellen, welche die Schriften Baaders nicht genugsam kennen.

Jacobi.

Eine ähnliche Stellung wie zu Kant nahm Baader zu Jacobi ein. Frühe schon beschäftigten die Schriften dieses Forschers den Geist Baaders nicht wenig. Er fand auch in ihnen Bekräftigung seiner antipantheistischen Denkweise, aber weder sein religiöses, noch sein wissenschaftliches Bedürfniss fand Befriedigung in Jacobi's Gefühls-Deismus. Er wendete sich polemisch gegen diese Richtung in den beiden Aufsätzen: Ueber den Affect der Bewunderung und der Ehrfurcht und: Ueber die Behauptung, dass kein übler Gebrauch der Vernunft sein könne, und ermüdete nicht bis an sein Ende, den Subjectivismus, die Wissensscheue und die Ablehnung Jacobi's in Rücksicht des Glaubens an die Menschwerdung Gottes zu bekämpfen. Wenn sich Baader in dem Streite Jacobi's und Schellings auf die Seite des letzteren stellte**), so darf man zur richtigen Beurtheilung dieses Verhaltens nicht übersehen, dass diese Polemik in eine Zeit fiel, wo Schelling bereits seit Jahren die spinozisch-pantheistische Richtung verlassen und in seinen Untersuchungen über das Wesen der menschlichen Freiheit im Jahre 1809 den Umschwung zum Theismus hin vollbracht hatte. Mochten der bestimmteren Fassung dieses Theismus auch noch Mängel ankleben, mochte man diesem Theismus

---

*) Unter Deismus wird hier jede Lehre verstanden, welche die innige Wechselbeziehung und Wechselwirkung Gottes und der Welt, und den Culminationspunct derselben, die geschichtliche Offenbarung und die Menschwerdung Gottes leugnet.

**) Vergl. die Anmerkung in der Abhandlung: Gedanken aus dem grossen Zusammenhange des Lebens S. 24 des vorliegenden (I.) Bandes der Werke Baaders.

seine Herkunft und Herausbildung aus dem Pantheismus noch immer ansehen, mochte die Stellung, welche Schelling der Natur in Gott gab, noch nicht die richtige sein und das System nicht völlig von naturalistischen Voraussetzungen sich befreit haben, in keinem Falle war Jacobi berechtigt, von diesem Umschwung so gut wie keine Notiz zu nehmen und gegen diese Gott ausdrücklich als Urwille und somit Urbewusstsein und folglich Urgeist bezeichnende Lehre dieselben Vorwürfe zu erheben, wie er sie gegen die frühere spinozisch-pantheistische Richtung zum Theil mit Recht, zum Theil mit Unrecht, erhoben hatte. Aus dieser Ungerechtigkeit Jacobi's erklärt sich auch wenigstens zum Theil die grosse Heftigkeit Schellings in seinem Denkmal der Schrift Jacobi's von den göttlichen Dingen. Ohne diese Heftigkeit würdig zu finden, kann man doch nicht verkennen, dass Schelling auf das bitterste gereizt worden war. Nimmt man noch hinzu, dass Schelling die Mysterien des Christenthums denn doch ungleich geistvoller und tiefer zu würdigen wusste, als Jacobi *), und dass der letztere namentlich in seiner Schrift von den göttlichen Dingen in gar vornehm herablassender Weise die Gläubigen an die Lehre von der Menschwerdung Gottes zurechtweisen zu können meinte, so wird das Verhalten Baaders in jenem Streite ebenso sehr erklärt als gerechtfertigt erscheinen.

J. G. Fichte.

Nicht weniger als in Kants und Jacobi's Schriften vertiefte sich Baader in jene F i c h t e's. Aber ein Idealismus, welcher alle Realität in die bloss ideelle der Vortellung als blossen Gedankens auflöste, konnte von vornherein dem concreten Sinne Baaders nimmermehr

*) Kein Unbefangener kann leugnen, dass der Einfluss der Schellingischen Philosophie auf die Theologie, o b g l e i c h n a c h g e w i s s e n w i c h t i g e n B e z i e h u n g e n i r r e l e i t e n d, ein ungleich wohlthätigerer war, als jener Kants, Fichte's, Jacobi's und selbst Hegels. Das Ideale des Christenthums wurde durch Schelling wieder lebendiger erkannt und der Geist tieferer Forschung in den Mysterien des Christenthums neu geweckt und belebt. Es ist bekannt, wie vieles Daub, Schleiermacher und so viele andere geistvolle Theologen Schelling zu danken hatten und auch Marheineke ist davon nicht ausgenommen, ganz abgesehen davon, dass die Hegelsche Philosophie doch nur aus der Schelling'schen emporwuchs.

zusagen *) Er ehrte die Ehrlichkeit und Geradheit, womit Fichte seine auf das Höchste gerichteten Ueberzeugungen aussprach, aber er hielt seinen Idealismus zu allen Zeiten für eine ungeheuere Verirrung.

Wohl stimmte Baader mit Fichte darin überein, dass alle wahre Philosophie Idealismus (in dem höheren Sinne der Einheit

*) Der abstracte Idealismus war geboren, als Fichte sich für berechtigt hielt, von der Behauptung auszugehen: „Das Ich setzt sich selbst, und es ist, vermöge dieses blossen Setzens durch sich selbst; und umgekehrt: das Ich ist, und es setzt sein Sein, vermöge seines blossen Seins. Es ist zugleich das Handelnde und das Product der Handlung; das Thätige und was durch die Thätigkeit hervorgebracht wird; Handlung und That sind Eins und ebendasselbe." J. G. Fichte's sämmtliche Werke I, 96. Setzt sich das Ich im absoluten Sinne selbst, so ist es auch alles Sein und da das Ich nur Bewusstsein ist, so ist auch alles Sein nur Form des Bewusstseins und von einem anderen Sein zu sprechen, ist unmöglich. Das Ich ist dann nicht bloss der Focus des Wissens auch von Anderem, die Bedingung dieses Wissens, sondern es ist absolutes Princip alles Wissens und alles Wissen ist nur Moment des Sichwissens des Ich. Das Ich ist absolutes Subject, es ist schlechthin, weil es ist und was es ist, beides für das Ich. So unbedingt das Ich ist, so unbedingt setzt es sich ein Nicht-Ich entgegen, bedingt ist das Entgegensetzen der Materie, nicht der Form nach; insofern es nur möglich ist unter Bedingung der Einheit des Bewusstseins des Setzenden und des Entgegensetzenden. Aber obgleich von allem, was dem Ich zukommt, kraft der blossen Gegensetzung dem Nicht-Ich das Gegentheil zukommen muss, so ist doch das Nicht-Ich Product einer ursprünglichen Handlung des Ich. Diese Handlung ist daher ein Einschränken beider Entgegengesetzter durch einander und das Product sind die Schranken. (Ibid. S. 91—108 ff., 125 ff.) So haben wir denn das merkwürdige Schauspiel des zur Absolutheit forçirten endlichen Ich, welches seine Absolutheit nur im Acte des Producirens geniesst, sofort aber von dem Producte seiner schöpferischen Thätigkeit in Schranken und Fesseln gelegt wird, Schranken und Fesseln, die das sie doch schaffende Ich überwinden will (und weil es will, soll), aber nicht kann und in Ewigkeit nicht kann. Der Monismus Fichte's birgt also den zwiespältigsten Dualismus. In diese Sackgasse eines unvollziehbaren Monismus und Idealismus gerieth Fichte aus purer Furcht vor dem Schreckbilde des ausserdem für unvermeidbar gehaltenen Spinozismus. „Ich bemerke noch, sagt er, (ib. S. 101), dass man, wenn man das Ich bin überschreitet, nothwendig auf den Spinozismus kommen muss." Kein Wunder daher, dass Fichte, als er zuletzt denn doch die Nothwendigkeit erkannte, das Ich bin zu überschreiten, nicht zwar zum rohen und ungeläuterten Spinozismus, doch aber zu einem veredelten und idealisirten Spinozismus zurückkehrte.

des Idealismus und Realismus) sein müsse und dass der wahre Idealismus nicht von aussen her durch den Realismus sich zu ergänzen habe, sondern von innen heraus den wahren Realismus erzeugen müsse, aber Baader machte auch wirklich Ernst mit der Erzeugung des wahren Realismus aus dem ächten Idealismus und begnügte sich nicht damit, wie Fichte, den abstracten Idealismus für den wahren Realismus selbst zu erklären. Nach Baader ist die Natur nicht neben dem Geiste, aber auch nicht blosse Vorstellung, bloss ideelle Realität des Geistes, sondern durch den Geist reell gesetztes Wesen als selbstloses Organ und Werkzeug der Selbstverwirklichung des Geistes, in Gott im Original, in der Welt im Nachbilde, in Gott ewig vollendet, in der Welt erst zur Vollendung zu erheben. Die ewige und ewig vollendete Natur ist von der geschaffenen Natur zu unterscheiden und die geschaffene Natur ist nicht ursprünglich und nicht im ganzen Universum materiell, sondern ist erst auf Veranlassung des Geistersturzes und noch mehr auf Veranlassung des Falles des Menschen materiell geworden und zwar dem Bösen entgegen als Rettungs- und Erlösungsanstalt der gefallenen, aber noch integrirbaren geistigen Wesen und zwar nur in unserer Weltregion. Die Materialität der Natur unserer Weltregion wird einst aufhören und dann wird nur reines Wesen der Natur im Himmelreiche, das überall sein wird, und reines Unwesen oder Widernatur in der Hölle fortbestehen, bis auch diese nach Erschöpfung ihrer negativen Widerstandskraft zwar nicht in die active Versöhnung, aber doch in eine passive Einigung aufgenommen sein wird.

Dass dem Deismus und dem Pantheismus eine solche Weltanschauung nicht bloss nicht zusagen kann, sondern dass er sie für phantastisch, abentheuerlich, ja für widersinnig erklären muss, versteht sich von selbst *). Nur sollte man wenigstens nicht über-

*) Wie könnte dem phantasielosen wie dem phantasiereichen Phantasten das Vernünftige anders als phantastisch erscheinen? Man wird versucht in Bezug auf das Verhalten dieser Zeit zu dem im Kerne der Sache die aller Anderen überragenden Leistungen Baaders mit Göthe auszurufen:

„Und wenn sie selbst den Stein der Weisen hätten,
Der Weise fehlete dem Stein.“

sehen, dass diese Weltanschauung keineswegs eine Erfindung der Mystiker ist, sondern dass sie vielmehr ihrem ganzen Wesen nach in den h. Schriften des alten und neuen Testamentes dargelegt erscheint. Hätte Fichte dieses erkannt, so würde er entweder seine Lehre nach erneuter gründlicher Prüfung verworfen haben, oder er hätte wenigstens seiner Polemik eine andere Richtung gegeben *).

Man hat Baader darüber hart angelassen, dass er es rund und energisch aussprach, J. G. Fichte's Lehre sei gottesleugnerisch oder atheistisch. So sagt Troxler: „Baader erklärt in seiner religiösen Philosophie ohne viel Gewissen und Umstände den seligen Fichte für einen Atheisten, weil Fichte seinen Gott als ein persönlich begränztes und als ein auf menschliche Weise intelligentes Wesen sich nicht vorstellen konnte, wie Baader in seinem Trinar sich Gott denkt. Dies ist Ignorantia Elenchi. Bei denen, die Spinoza missverstanden, war es aber Fallacia, bei dem, der Fichte so missdeutet, sollte es wahrscheinlich Captio werden. Wer sich Gott auf eine Weise, wie er kann und mag (!), vorstellt und bestimmt, der ist vielleicht ein Irrender, aber ein Gottesleugner ist er nicht **)." Allein diese Art zu argumentiren heisst denn doch die Begriffe verwirren und nichts weniger als den Gesetzen der Logik Genüge thun. Wenn man mit Troxler, Krause und Anderen nur denjenigen einen Atheisten nennen zu sollen glaubt, der alle und jede Absolutheit leugnet, so war Fichte sicher nicht Atheist, ebenso Spinoza. Allein Baader behauptete nicht, dass Fichte und Spinoza jede Absolutheit geleugnet hätten, er behauptete bloss, dass diese Forscher denjenigen Begriff von Gott geleugnet hätten, welcher das Charakteristische und Unterscheidende des Theismus ausmacht, inwiefern man darunter die Lehre von Gott als der absoluten Persönlichkeit versteht.

Dass Fichte und Spinoza Atheisten in dem vagen und weitschichtigen Sinne Troxlers und Krause's gewesen seien, konnte

*) Vergl. J. G. Fichte's nachgelassene Werke. I, 335.

**) Logik. Die Wissenschaft des Denkens und Kritik aller Erkenntniss von Dr. Troxler. St. u. T. bei Cotta 1829, II, 133.

Baader um so weniger zu behaupten einfallen, je mehr er der Ansicht war, dass es streng genommen Leugner aller und jeder Absolutheit gar nicht geben könne, wie er denn überall in seinen Schriften zu zeigen suchte, dass nirgends schlechthinige Verneinung statt finde, sondern stets die Verneinung des Einen zugleich Bejahung eines Anderen sei oder mit ihr verbunden sei*). Ueberdies ist es falsch, dass sich Baader Gott als ein auf menschliche Weise intelligentes Wesen gedacht habe, da er sich ihn vielmehr als ein auf eine übermenschliche und unendliche Weise intelligentes Wesen gedacht hat. Darin bestund eben der Irrthum Fichte's, dass er, indem er sich bewusst war mit Recht jede endliche Form des Bewusstseins von Gott zu verneinen, glaubte alle und jede Form des Bewusstseins von Gott als Gott verneinen zu müssen, mit andern Worten, dass er ein unendliches Bewusstsein oder bewusste Unendlichkeit für undenkbar hielt. Das Unendliche war ihm nur als Bewusstloses, und das Bewusste nur als Endliches, Eingeschränktes denkbar**). Aus diesem Grundirrthum entsprang nun aber die ganze Reihe von Irrthümern, die, allem Phantheismus gemeinschaftlich, von Baader so energisch bekämpft wurden. Es folgte daraus die Wesensidentität des Unendlichen und des Endlichen oder des Absoluten und des Bedingten und doch zugleich die Unvermeidlichkeit des anfangs- und endlos bestehenden Zwiespaltes zwischen Jenem und Diesem, nicht minder zwischen dem Geiste und der Natur, mochte die letztere auch rein idealistisch gefasst sein. Der Sache nach war schon hier, wie später ausdrücklich bei Schelling und Hegel, die Welt der Abfall der göttlichen Idee von sich selber, die Weltgeschichte ein Process nothwendiger Evolution, die geistigen Individuen waren der Consequenz nach nur Erscheinungsformen des Absoluten. Die Hauptirrthümer der Schellingschen und der Hegelschen Phiolosophie lagen zum Theil entwickelt, zum Theil

*) Man vergleiche Krause's Absolute Religionsphilosophie I, 102. — Werke Baaders I, 69—70.

**) J. G. Fichte's sämmtliche Werke V, 186, 220, 264, 266, 368, 439, 441, 443, 445, 448, 350, 471, 475, 543.

unentwickelt bereits in der Fichte'schen Philosophie. Die Abweichungen betreffen nur beziehungsweise untergeordnete Puncte und Vermittlungsweisen, subjective Zuthaten, Einkleidungen &c. Die Fichte'schen Irrthümer stammten aber der Hauptsache nach aus Spinoza. Zwar strebte Fichte sein Leben lang über Spinoza hinauszukommen und ein beziehungsweise dem Spinozismus entgegengesetztes System zu begründen, d. h. dem Nothwendigkeitssystem des Spinoza ein Freiheitssystem entgegenzusetzen oder vielmehr überzuordnen und es damit zu überflügeln. Auch vergeistigte Fichte den Spinozismus und überflügelte ihn insofern allerdings, aber da er doch den Wurzelirrthum Spinoza's nicht zu überwinden vermochte, so erreichte er das Ziel einer streng wissenschaftlichen Begründung des Freiheitssystems nicht und opferte seinem edleren, tiefen Geistesdrange und unter scheinbarer Verstandeskälte verborgenen Gemüthe die Consequenz, welche jedenfalls Spinoza in höherem Grade für sich in Anspruch nehmen konnte. Diesen Zusammenhang mit Spinoza, aber auch sein über denselben hinausgerichtetes Streben hatte Baader bei seinen zerstreuten polemischen Bemerkungen gegen Fichte stets vor Augen. Daher wusste er auch seinem Idealismus den richtigen Gesichtspunct abzugewinnen, dass die weitere Entwickelung des Fichte'schen Begriffs vom Selbstbewusstsein die Philosophie vom Phantheismus hinweg zu Theismus führen müsse. Baader sagt dies zwar nicht mit diesen Worten aber doch der Sache nach*). Noch mehr aber hob er diese Hinführung zum Theismus bei Hegel hervor, wenn er gleich nicht die andere, zum Materialismus hinführende Seite des Janusgesichts des Fichte- Schelling-Hegel'schen Philosophirens übersah. Der bisherige Entwicklungsgang der Philosophie in Deutschland hat diese Anschauung gerechtfertigt. Noch Fichte selbst erklärte, dass die Bezeichnung Gottes als eines Geistes wenigstens als Negation der Körperlichkeit Gottes seinen triftigen Sinn habe, dass Gott der Materie nach lauter Bewusstsein sei, reine Intelligenz und dass dieses Intelligente

*) Vergleiche: Ges. Schriften zur philosophischen Erkenntnisswissenschaft als I. Band der Werke Baaders S. 178.

nur nicht in einen Begriff gefasst werden könne *). Noch näher trat Hegel dem Theismus, indem er die Bezeichnung Gottes als des absoluten Geistes zur positiven und somit zur Wesensbestimmung Gottes machte, obgleich freilich nur in einem pantheistischen Sinne, und Schelling erhob sich ausdrücklich zum Theismus, wenn auch seinen Theismus gewisse naturalistische Irrungen trüben oder genauer und richtiger gesagt, obgleich sein Theismus im Grunde doch nur ein Persönlichkeitspantheismus ist und auch dies nicht in der reinsten Gestalt, deren der Persönlichkeitspantheismus fähig ist, insofern nach ihm der Persönlichkeit Gottes ein unvordenkliches blindes Sein in Gott wenn nicht zeitlich, so doch dem Begriffe nach, vorausgeht. Dem inneren Zwiespalte des Pantheismus entsprechend zerfielen schon die Anhänger der früheren Schelling'schen Philosophie und noch bestimmter die Anhänger Hegels in eine rechte und linke Seite, wovon jene sich immer bestimmter dem Theismus, diese immer entschiedener dem Naturalismus und Materialismus zuwendete. (Oken und Blasche, Feuerbach und M. Stirner.)

Schelling.

Ueber das Verhältniss Baaders zu Schelling kann sich hier der Herausgeber kurz fassen, da er dasselbe bereits in seiner Vorrede zu der zweiten Ausgabe der kleinen Schriften Baaders **) beleuchtet und streng beweisende Nachweisungen für seine dort aufgestellten Behauptungen gegeben hat, worauf also hier verwiesen werden muss.

Baader huldigte mit éinem Worte dem Schelling'schen Pantheismus zu keiner Zeit und war vielmehr, schon während seines Aufenthaltes in Schottland in die Weltanschauung St. Martins und J. Böhme's eingeweiht so wie ihr in der Hauptsache zugewendet, nicht ohne Einfluss auf den seit dem Jahre 1809 her-

---

*) J. G. Fichte's sämmtliche Werke V, 264 ff.

*) Franz Baaders kleine Schriften. Zweite, bedeutend vermehrte Ausgabe. Leipzig, Bethmann, 1850. Vorrede LXXI—CXXXVI. Auch besonders abgedruckt unter dem Titel: Fr. v. Baader in seinem Verhältniss zu Hegel und Schelling. Ibid.

vorgetretenen Umschwung der Schelling'schen Philosophie vom Pantheismus zum Theismus hin. Sobald aber Baader erkannte, dass dieser Umschwung auf halbem Wege stehen blieb, wendete er sich polemisch gegen Schelling und die letzte Gestaltung der Philosophie desselben, so weit sie aus seinen Vorlesungen zu München bekannt wurde, hatte nichts weniger als Baaders Beifall. Er tadelte mit strengem Ernste hauptsächlich, dass noch immer in derselben in Gott die Natur als etwas vor dem Geiste erscheine, indem Schelling noch immer von einem unvordenklichen blinden Sein in Gott spreche, welches allem Bewusstsein in Gott zuvorkomme *), dass Schelling noch immer die Vollendung Gottes durch den Weltwerdungsprocess sich vermitteln lasse **) und somit den Abfall und das Böse für nothwendig erkläre ***), dass seine Trilogie von Seinkönnen, Sein und Sein des Seinkönnens sich nicht wesentlich von der übrigens fehlerhaften Trilogie Hegels von Sein, Nichts und Dasein unterscheide †), dass er den Λόγος dem Creatum universale gleichsetze, welches sofort seine potentia durch die wirkliche Creaturisirung ad actum zu bringen haben solle, womit denn dieser vom Vater zwar nicht (wie Hegel wolle) abgefallene, aber doch ausgeschlossene oder verwiesene Sohn freilich sein Schicksal und seine Geschichte erhalte und durch mancherlei Fata, so gut oder schlecht es gehe, sich durchschlagen müsse, hiemit aber werde von Schelling der Erst- und Ewigingeborene, das Angesicht Jehovah's selbst, als Geschöpf heraus und herab gesetzt, das sprechende Wort werde, mit Böhme zu reden, mit dem durch dasselbe ausgesprochenen Wesen vermengt, ersteres somit geleugnet und mit ihm das Lebensprincip des Christenthums selbst ††). Nicht minder verwarf Baader begreiflicherweise Schellings noch überdies im Einzelnen höchst

*) Vergl. Baaders Werke, I, 378.

**) Baaders Werke I, 169, 179, 207, 309.

***) Vorlesungen über speculative Dogmatik im Anhang zum I. Heft ad S. 104. IV, 9, 11, 61.

†) Vorlesungen über speculative Dogmatik IV, 75, 95, 139, 142, bes. V, 27. Kleine Schriften. Zweite Auflage. S. 185, 197.

††) Vergl. Vorlesungen über speculative Dogmatik IV, 33—34, 95. An letzterer Stelle erklärt Baader, dass Gott, um fertig zu werden eben-

willkürliche Constructionen der mythologischen Gestaltungen des Alterthums als Stufen des theogonischen Processes.

Hegel.

Nicht minder merkwürdig als sein Verhältniss zu Schelling ist jenes, in welchem Baader zu Hegel gestanden hat. Keiner der grossen Philosophen der neueren Zeit in Deutschland hat Hegeln eine so hohe Bedeutung eingeräumt, als Baader und doch hat ihn keiner so aus dem Grunde widerlegt und in Rücksicht der obersten Principien überflügelt, als derselbe Forscher. Die Polemik desselben gegen Hegel gehört zu den bedeutendsten Erscheinungen, welche die Geschichte der Philosophie aufzuweisen hat. Mit einer Grossartigkeit, Gerechtigkeitsliebe und Unbefangenheit seltener Art wusste Baader die bedeutenden Verdienste Hegels um die Fortbildung der Philosophie hervorzuheben; aber weit entfernt in seinen Zugeständnissen so weit zu gehen, dass er sich von Hegels Lehre hätte umstricken lassen, ging er den Irrthümern derselben vielmehr bis auf den Grund und zeigte den Panlogismus derselben in seiner inneren Haltlosigkeit*). Er rechnete es Hegeln zum hohen Verdienste an, dass derselbe, als die durch Schelling geweckten Geister der Philosophie bereits wieder einzuschlummern begannen, mit mächtiger Geisteskraft namentlich durch seine Phänomenologie des Geistes und durch seine Logik

---

sowenig einen historischen Cursus (Schelling), als einen logischen Cursus (Hegel) durchzumachen habe.

*) Besonders die Phänomenologe des Geistes und die Logik pflegte Baader in seinen Vorlesungen und in Unterredungen mit Freunden und Schülern als Werke zu rühmen, auf welche die deutsche Nation stolz zu sein alle Ursache habe. Nicht aber die positiven Ergebnisse Hegels waren es, die einen so mächtigen Eindruck auf Baader hervorbrachten — diese erschienen ihm vielmehr in der Hauptsache als unbefriedigend, — sondern hauptsächlich die Geisteskraft bewunderte er, womit Hegel gründlicher als alle seine Vorgänger die abstracten Verstandessysteme des gemeinen Rationalismus und der äusserlichen Orthodoxie im dialektischen Feuer seiner Methode sich aufheben liess. Hiedurch schien ihm Hegel die Bahn gebrochen zu haben zu einer tieferen Erfassung des Wesens der Religion, der Geschichte wie der Natur, obgleich ihm selber das heilige Land zu betreten nicht vergönnt war.

dieselben wieder aus dem Schlummer zu wecken begann, und obgleich er es bedauerte, dass Hegel die Wahrheit durch Vergeistigung des Spinozismus erreichen zu können glaubte *), so verkannte er es doch nicht, dass derselbe durch die Bestimmung Gottes als des absoluten Geistes und durch die Art der Fassung dieses Begriffs einen mächtigen Schritt über Spinoza, Fichte und Schelling hinaus, der Wahrheit entgegen, gemacht hatte. Aber Baader zeigte mit tiefeindringender Kritik und mit unwiderleglichen Gründen, dass Hegels Fassung des Begriffs des absoluten Geistes dem Forscher nicht Befriedigung gewähre, indem, da nach Hegel der absolute Geist doch nur im Weltprocesse sich vollziehen solle, die Absolutheit Gottes doch nicht zu ihrem Rechte gelange und desshalb das System dennoch in die Negativität zurücksinke, die es überwinden zu wollen Miene gemacht hatte. Baader zeigte, dass ein in den Weltprocess verflochtenes, sich anfangs- und endlos mit blinder, bewusstloser Nothwendigkeit, also aus Bedürfniss, aus Mangel und Noth sich entlassendes oder richtiger blind hineinstürzendes, von sich selbst abfallendes und den Abfall nur durch Wiederaufhebung oder Vernichtung und Verschlingung versöhnendes Absolutes kein wahrhaft Absolutes, kein wahrhafter Gott sei. Er liess sich von jenen von Hegel am Schlusse der Phänomenologie des Geistes citirten Versen Schillers nicht blenden.

„Freundlos war der grosse Weltenmeister,
Fühlte Mangel; darum schuf er Geister,
Sel'ge Spiegel seiner Seligkeit.
Fand das höchste Wesen schon kein Gleiches,
Aus dem Kelch des ganzen Wesenreiches
Schäumt ihm die Unendlichkeit.“ **)

---

*) Die Behauptung: „Ohne Spinozismus keine Philosophie“ konnte freilich von Hegel nicht in dem Sinne genommen werden, als ob der Spinozische Substanzbegriff nicht überschritten werden müsse, denn er überschritt ihn ja selbst. Aber hätte ihn Hegel nur in dem Sinne genommen, dass die wahre Philosophie die Einheit des Absoluten fest zu halten habe, so würde dieser Gedanke nicht nothwendig mehr spinozistisch sein, da die absolute Einheit als absoluter und wenn die Absolutheit wahrhaft gedacht wird überweltlicher Geist nicht bloss nicht spinozistisch, sondern selbst antispinozistisch ist.

**) Philosophische Briefe zwischen Julius und Raphael. Schillers sämmtliche Werke in einem Bande. M. St. u. T. Cotta, 1830. S. 768.

In dieser Weltanschauung, insoferne sie pantheistisch verstanden wird, fand er keineswegs wahre Erhabenheit, vielmehr erschien ihm eine Lehre dürftig, welche Gottes Reichthum, Fülle und Genüge nicht in ihm selbst sucht, sondern in nichts als in der Endlosigkeit von lauter Endlichkeiten und im Sinne jenes Systemes lauter Nichtigkeiten. Nicht aus einer vorausgesetzten Armuth, Bedürftigkeit und Noth Gottes, sondern aus dem überfliessenden Reichthume seines Seins ging ihm die Schöpfung hervor *). Rechnete es Baader Hegeln zum hohen Verdienste an, dass er die Lehre von der Dreieinigkeit speculativ zu fassen suchte, so war er doch von Hegels Construction dieses Begriffes so wenig erbaut, als von jener Schellings, die Hegel doch nur copirte und höchstens etwas weiter entwickelte, so wie der spätere Schelling nur wieder die Hegelsche zu überflügeln suchte, aber nicht konnte. Mit der ganzen Energie seines Geistes setzte er sich jener damit zusammenhängenden Vorstellung entgegen, welche Schelling aus dem indischen und gnostischen Pantheismus herübergenommen und auf Hegel übertragen hatte, nach welcher die Weltwerdung (um nicht zu sagen Weltschöpfung) der Abfall Gottes als der absoluten Idee von sich selbst sein soll **). Allein Baader begnügte sich nicht, diese, wie er glaubte, der Religion verderblichen Irrthümer zu verwerfen und als verwerflich zu bezeichnen, er deckte

*) Baader erhob den herrlichen Gedanken Platons und Jacobi's, dass der Ueberfluss der göttlichen Liebe sich das Bedürfniss erfunden habe, zur speculativ erkannten Wahrheit, und indem er so den völlig unspeculativen Gedanken einer Zufälligkeit der Schöpfung beseitigte konnte er doch entschieden jener Ausleererei Gottes entgegentreten, die ihm erst durch die geschaffene Welt Inhalt, Fülle und wenn möglich Genüge gibt.

**) Philosophie und Religion von Schelling. (Tübingen, Cotta, 1804) S. 48 ff. Hegels Encyclopädie der philosophischen Wissenschaften. Erste Ausgabe, (Heidelberg, Oswald 1817) S. 128: „Mit Recht ist die Natur überhaupt als der A b f a l l der Idee von sich selbst bestimmt worden, weil sie in dem Elemente der Aeusserlichkeit die Bestimmung der Unangemessenheit ihrer selbst mit sich hat.“ In der zweiten Ausgabe der Encyclp. d. ph. W. (Heidelberg, Osswald, 1827) S. 219 finden wir das: „mit Recht“ gestrichen, obgleich hiedurch nichts Wesentliches verändert ist. Hegels Werke VII, 28. Vergl. ib. 14 ff., 24, 31, 36–38. Vorrede zu der zweiten Ausgabe der kleinen Schriften Baaders XL–XLVIII, XCII, XCV, CII–CVIII.

auch mit dem eminentesten Scharfsinne und mit zum Innersten vordringendem Tiefsinne die tiefste Wurzel dieses weitschweifigen Irrthums auf. Er zeigte, dass der jenem Irrthume überall zu Grunde liegende Satz Spinoza's: „Determinatio est negatio“ *) falsch und ihm der Satz entgegenzusetzen sei: „Omnis determinatio est positio, ergo negatio indeterminationis seu nonpositionis“ **). Er bewies mit anderen Worten, dass alle Bestimmung Bejahung, Setzung und hiemit Aufhebung der Unbestimmtheit sei, dass jede Verneinung eine Bejahung voraussetze und dass die Verneinung nichts als die Bedingung der organischen Gliederung des Reichthums des Seienden und somit der Bejahung im ursprünglichen und normalen Leben dienend und gut sei ***). Somit erschien das absolute Leben Gottes als das in unendlicher Gliederung und Harmonie dieser Gliederung ewig vollendete und sich ewig vollendende. Der Abfall Gottes von sich selbst erschien als eine Unmöglichkeit und die geschöpfliche Offenbarung Gottes zeigte sich als eine solche, die der Möglichkeit nach ohne Actualisirung des Negativen, somit ohne Widerspruch ihrer Momente unter sich und mit Gott in ihre Vollendung eintreten konnte. Durch diese Nachweisungen und von diesem Standpuncte aus trug Baader das Hegel'sche System mit allen Ehrenbezeigungen zu Grabe und es war bereits „besorgt und aufgehoben“, als Hegel den irdischen Schauplatz verliess †). Hegeln selbst überkam noch ein Gefühl

---

*) Spinozae opera ed. Paulus I, 634.

**) Kleine Schriften Baaders. Zweite Ausgabe S. 271.

***) Man vergleiche die mit Baaders Lehre übereinstimmenden dialektischen Nachweisungen Platons über das Verhältniss der Begriffe der Einerleiheit und der Verschiedenheit etc. im Σοφιστής (248. a—260). Wie viel hätte nicht Spinoza aus Platon lernen können, wenn ihn der Hochmuth nicht verblendet hätte, mit Geringschätzung auf diesen (weit tieferen und erhabeneren) Geist herabzusehen. Die Dialektik Platons von Dr. Fr. Hoffmann (München, Jaquet, 1832) S. 16—22.

†) Wenn man uns etwa einwenden wollte, ein System könne nur durch ein System widerlegt werden, und die Angriffe Baaders seien schon viel zu zersplittert und vereinzelt gewesen, um für eine Widerlegung des Hegel'schen Systems gelten zu können, so antworten wir, dass das System der Sache nach vorhanden ist und dass die Widerlegung der Hauptgrund-

davon und wie man die Sache auch ansehe und deute, so wird jene Erklärung Hegels in der Vorrede zur zweiten Ausgabe der Encyclopädie der philosophischen Wissenschaften (1827) S. XXVIII immer denkwürdig bleiben, worin er sagt, dass es ihm erwünscht sei, sowohl durch den Inhalt der mehreren neuerlichen Schriften Baaders, als in den namentlichen Erwähnungen vieler seiner Sätze die Zustimmung zu denselben zu ersehen; über das Meiste dessen oder leicht Alles, was Baader bestreite, würde es nicht schwer sein, sich ihm zu verständigen, nemlich zu zeigen, dass es in der That nicht von seinen Ansichten abweiche. Wir zweifeln nicht, dass Hegel, dieser kerndeutsche und grundredliche Mann, in diesen Worten seine innerste Ueberzeugung ausgesprochen hat. Allein wir vermögen sein System so wenig im Einklange mit Baaders Lehre zu finden, dass uns die obige Erklärung nur als eine Selbsttäuschung erscheinen kann. Die behauptete Uebereinstimmung würde selbst dann noch grosse Unterschiede zurücklassen, wenn man sich derjenigen Auslegung Hegels anschliessen könnte, welche von der sogenannten rechten Seite der Hegel'schen Schule ausgegangen ist*). Allein immerhin liegt in den ange-

lagen eines Systems so gründlich und schlagend sein kann, dass sie werthvoller ist als ganze Bände von Widerlegungsversuchen. Wir erinnern uns hier unwillkürlich, wie Baader einst mit liebenwürdigstem Humor einigen Freunden den Unterschied seiner Polemik von jener des J. Görres auseinander setzte. Görres, sagt er, schlägt immer mit der Keule drein. Er zielt gut und trifft den wundten Fleck, aber es kümmert ihn nicht, ob er das gesunde Fleisch neben daran mit trifft. Dagegen erinnert meine Weise an die Kunst jenes Mannes, der in einer heiteren Gesellschaft die Wette einging, den Kopf eines Apfels vor Aller Augen mit einem feinen Messerchen so zu durchschneiden, dass Niemand etwas von seiner Handbewegung und von dem geschehenen Durchschnitt mit blossen Augen gewahr werden solle. So wie jener Mann nach mit Blitzesschnelle vollzogenem Durchschnitt den scheinbar unverletzten Apfel der Gesellschaft präsentirte und sagte: Belieben Sie nur abzunehmen: er ist schon durch! so könnte ich manchem meiner Gegner zurufen: Belieben Sie Ihren Kopf nur abzunehmen: er ist schon durch! Es benimmt dieser Selbstcharakteristik nichts an treffender Wahrheit, dass hiemit doch nur eine Seite der Polemik Baaders bezeichnet ist.

*) Bekanntlich gesteht die rechte Seite und das Centrum der Hegelschen Schule die pantheistische Auffassung der Lehre Hegels nicht zu. So

führten Erklärungen Hegels ein bedeutendes Zugeständniss und eine Art von Ahnung, dass in Baaders Lehre dem Gehalte nach

erklärt Rosenkranz, dass er wenigstens Hegel immer so verstanden habe, als wenn er weder abstracter Theist noch abstracter Phantheist sei und dass es vollkommen mit Hegels Logik und Methode übereinstimme, eine weder pantheistische noch theistische negative Identität zu setzen *). So wäre denn Hegel nach Rosenkranz ein theistischer Pantheist und ein pantheistischer Theist. Sollte nun in der That eine solche Identität des Theismus und des Pantheismus möglich oder denkbar sein, so wird Rosenkranz doch zugeben, dass in dieser Identität wie nicht der Pantheismus im Theismus, so gewiss nicht der Theismus im Pantheismus untergehen könne, denn im letzteren Falle würde sicher doch nur wieder ein abstract pantheistisches System zum Vorschein kommen. Es müsste also, welches auch das Verhältniss der Welt zu Gott wäre, doch gewiss die Bestimmung Gottes als des persönlichen Urgeistes aufrecht erhalten bleiben. Rosenkranz gibt dies auch ausdrücklich zu und erläutert (S. 53—55 seiner Kritik des Strauss) den Begriff des absoluten Subjects, den Begriff der Schöpfung und die Begriffe der Immanenz und Transscendenz scharfsinnig und geistreich. Dass seine Ansicht Hegels Lehre selbst sei, glaubt Rosenkranz unter Anderem durch eine einem ungedruckten Aufsatze Hegels entnommene Stelle beweisen zu können. Dieser Aufsatz ist vom 11ten October 1811 datirt und die Stelle daraus spricht allerdings ganz bestimmt den theistischen Begriff von Gott und von der Schöpfung aus. (Ib. S. 65—66.) Da es nun der Begriff des absoluten Subjectes ist, von dem hier Hegel zeigt, dass er nur als der Begriff des absoluten Geistes adäquat gedacht werde und da Hegel schon in der Phänomenologie des Geistes (1807) dem Substanzbegriffe Spinoza's entgegen den Begriff des absoluten Subjects für Gott vindicirte, so sollte man allerdings glauben dürfen, dass Hegel wirklich den Pantheismus hinter sich gelassen habe. Wir vermögen indess die Werke Hegels mit dieser Annahme und Auslegung nicht in Einklang zu bringen und keiner der bisherigen Versuche seiner Schüler, die dieser Auslegung entgegenstehenden Schwierigkeiten zu heben, hat uns zu befriedigen vermocht. Wenn die rechten Freunde Hegels ihrer Sache so sicher sind, so thun sie schweres Unrecht, dass sie den gegnerischen Werken von J. G. Fichte, Ulrici, C. Ph. Fischer, Staudenmaier und den Angriffen eines Baader, Schelling, Herbart und seiner Schüler, Braniss, Chalybäus, Weisse, Günther, Sengler und anderer namhafter Männer nicht ein umfassendes, aus dem Grunde widerlegendes Werk entgegenstellen. Doch ist zuzugeben, dass es noch wichtiger ist, dass endlich einer der geistreichsten Jünger Hegels, Carl Rosenkranz, begonnen hat, in einem umfassenden Werke darzulegen, wie sich das

*) Kritik der Principien der Strauss'schen Glaubenslehre. Von Carl Rosenkranz (Leipzig, Brauns, 1845) S. 45

das Höchste liege, was die Speculation bis dahin erreicht habe. Diess möge an diesem Orte über Hegel genügen, da der Raum nicht gestattet, hier auf eine umfassende Darlegung der vielseitigen und tiefeindringenden Polemik einzugehen, welche Baader an Hegel geübt hat.

Herbart.

Auf Herbart nimmt Baader ausdrücklich nicht viel Rücksicht *), wohl aber scheint er ihn öfter ohne ihn zu nennen, mit im Auge gehabt zu haben. Im Ganzen musste ihm dessen Lehre als Reflexionsphilosophie sich von dem Empirismus nur im Widerspruche mit sich selbst losgerissen zu haben scheinen. Indem Herbart alles Apriorische im Bewusstsein leugnet und in demselben nichts als das Gegebene und die Reflexion über das Gegebene zugibt, erhebt er sich im Grunde nur dadurch über den Standpunct Locke's, dass er bestimmter als dieser in der Reflexion eine Denknothwendigkeit des Fortschreitens anerkennt, so wie er auch in dem Gegebenen eine solche Nöthigung zum Fortschreiten antrifft, indess er sich auch von ihm durch die bestimmtere Behauptung, dass wir trotz des von unserer Willkür unabhängigen Gegebenen völlig in unsere Vorstellungen eingeschlossen seien und durch die unleugbare Originalität und den zum Theil eminenten Scharfsinn seiner Combinationen aus jenen

---

System seines Meisters, gereinigt von untergeordneten Mängeln, bereichert durch die Berücksichtigung der Fortschritte der Wissenschaften und fortgebildet durch strengere Handhabung der Methode Hegels, in seinem Geiste darstellt, so wie die Zusage, diesem encyclopädischen Werke (System der Wissenschaft. Ein philosophisches Encheiridion. Von Dr. C. Rosenkranz. Königsberg, Bornträger 1850.) eine Reihe von Monographien über die verschiedenen Zweige der Philosophie folgen zu lassen, jeden Freund der Wissenschaft hoch erfreuen muss. Denn wie es sich auch mit Hegels System verhalte, wenn uns Rosenkranz oder wer immer von Hegels Jüngern nur das wahre System oder doch ein solches gibt, welches einen wahren Fortschritt der Wissenschaft bezeichnet und in den Hauptgrundlagen Befriedigung gewährt. Doch ist hier der Ort nicht, auf das wichtige Werk von Rosenkranz einzugehen.

*) Vergl. übrigens Vorlesungen über speculative Dogmatik. (Münster, Theissing 1836.) Viertes Heft, S. 79. und Fünftes Heft, S. 81.

Elementen sehr zu seinem Vortheile unterscheidet*). Glaubte Herbart den Leibnizischen (wiefern er dem Locke'schen Empirismus

---

*) Herbart bemüht sich freilich, uns einen bedeutenden Unterschied zwischen seinem und Locke's Standpuncte aufzuzeigen. Empirismus, sagt er, sei im allgemeinen die Maxime, es bei den rohen Producten des psychologischen Mechanismus bewenden zu lassen. Bestünde der Empirismus darin, dass man in den sinnlichen Empfindungen, ihrer Verknüpfung und mannigfaltigen Reproduction den Ursprung alles unseres Wissens anerkennt: so wäre Empirismus die wahre Psychologie; und insofern mit der wahren Philosophie unzertrennlich verbunden. Aber nicht darum, weil aus Sensation und Reflexion alle Erkenntniss abgeleitet werde, sondern wegen des resignirenden Stillstehens bei gewissen Dunkelheiten, die sich durch fortgesetztes Denken gar wohl aufhellen liessen, sei Locke als das Haupt der neueren Empiristen anzusehen. (Herbarts Werke III, 194—195.) Allein bleibt denn nicht auch Herbart zuletzt resignirend bei den unerkennbaren Qualitäten der Realen stehen und also bei Dunkelheiten, von denen andere Metaphysiker behaupten, dass sie sich durch fortgesetztes Denken gar wohl aufhellen liessen. Wir können also hierin keinen principiellen Unterschied von Locke erblicken. Gleichwohl findet sich auch bei Herbart ein Moment des Aprorischen, ohne welches seine Lehre auch nicht einmal den Schein eines philosophischen Systems haben könnte. Dies Moment liegt in der vorausgesetzten Denknothwendigkeit, die er in die Einheit des erkennenden Wesens setzt (V, 238), die aber doch ihrer Natur entgegen nicht als ein wahrhaft Apriorisches anerkannt wird, oder, genauer zu sprechen, nach Herbart sollen Leibniz und Locke zugleich Recht haben, nur soll der intellectus, der nach Leibniz sich selbst angeboren ist, nichts Präformirtes in sich haben, die blosse Einheit der Seele soll zureichen alles nicht aus der Erfahrung Stammende zu erklären (V, 239). Allein was wäre ein Aprorisches ohne Präformation, was eine Seele, die trotz ihrem Apriorischen eine tabula rasa wäre? Wenn Herbart behauptet, die Erfahrung selbst nöthige uns über die Erfahrung hinaus zu gehen, so sieht man nicht, wie die Erfahrung dazu nöthigen könnte, wenn es nicht ein von der Erfahrung unterschiedenes und unabhängiges Mittel im Geiste selbst gäbe und es bleibt ein Widerspruch, die Denknothwendigkeit als ein durch die Erfahrung erst zu Gewinnendes oder Gewonnenes, von ihr Aufgedrungenes ansehen zu wollen. Die Denknothwendigkeit kann sich wohl und muss sich in der Erfahrung bewähren, sie kann aber nie aus ihr entspringen und die letztere setzt die erstere immer schon voraus. Diese Einsicht hat Krause sogar dazu geführt, selbst nicht mit dem Apriorismus des Leibniz zufrieden zu sein. Wenn Leibniz nemlich lehrt, dass die logisch metaphysischen Kategorien nur der Möglichkeit nach (potentiâ, virtualiter) dem Geiste angeboren seien, so behauptet Krause, dass dies nicht genüge und nichts erkläre, da sie auf diese Weise doch nur auf Anlass der Erfahrung ins Bewusstsein träten;

entgegensteht) realen und den Kantischen formalen Apriorismus einreissen zu müssen, so ging er doch über Kant insoferne mit Recht hinaus, als er einerseits nicht zugab, dass die Philosophie, bevor sie an die Erkenntniss der Gegenstände selbst gehen könne, sich mit einer Kritik des Erkenntnissvermögens zu beschäftigen habe, und zwar darum nicht, weil wir das Erkenntnissvermögen doch nur denkend und erkennend prüfen können und sonach nur mit Hilfe desselben Vermögens, dessen Erkenntnissfähigkeit als in Frage stehend geprüft werden sollte *), und als er andererseits die Schranke, welche Kant zwischen dem subjectiven Erkennen und dem objectiven Sein der Dinge errichtet hatte, insoweit aufhob, dass er die Möglichkeit und Nothwendigkeit im Erkennen über die Erscheinung hinaus und zu dem Sein, worauf sie hinweise, fortzugehen einräumte. Indem er es aber für eine unerschütterliche Wahrheit erklärte, dass wir, obgleich gewiss wissend, dass es reale Wesen gebe, dass deren nothwendig eine endliche, wenn auch für uns nicht bestimmbare Anzahl sei, dass jedes eine von der aller anderen verschiedene Qualität besitze, und dass die Relationen der Realen die Gesammtheit der Erscheinungen hervorbringen, doch die Qualität der Realen nicht zu erkennen vermöchten, unterschied sich seine Lehre zwar von Kant's Unwissenheitsphilosophie, indem sie die Grenzen des möglichen menschlichen Wissens etwas weiter hinausrückte, aber sie hielt dasselbe doch in bei weitem zu enge Grenzen eingeschlossen und erreichte den Ruhepunct der Forschung schon darum nicht, weil sie, auf die Erkenntniss des Cardinalpunctes aller Philosophie, des Absoluten und seines Verhältnisses zu den bedingten Wesen, Verzicht leistend, diese Gegenstände, ohne deren Erkenntniss alle

vielmehr müsse ihr Vorhandensein im Geiste auch der Wirklichkeit nach anerkannt werden und so erst seien sie wahrhaft apriorisch. Diese Lehre wird wenigstens nicht durch Herbarts Principien erschüttert. (Vergl. Vorlesungen über die psychische Anthropologie. Herausgegeben von Ahrens (Göttingen, Dieterich, 1848) S. 109. — S. Werke Baaders I, Vorrede (XLV). Ob Krause daraus mit Recht die Präexistenz der Seele nicht bloss als göttliche Idee von der Seele, sondern als wirkliche Existenz folgert, das ist eine andere Frage.

*) Herbarts s. Werke V, 227.

übrige Erkenntniss nichts bedeutet, dem Glauben überweiset. Wie konnte es auch anders sein in einer Philosophie, in welcher die Vernunft unter der Despotie und dem bleiernen Drucke des Verstandes gefangen gehalten ist!

In Bezug auf Fichte erwarb sich Herbart allerdings das Verdienst, die Widersprüche des Idealismus nachgewiesen und den Realismus wenigstens angebahnt zu haben*). Er zeigte, dass man mit Unrecht die Anerkennung der Thatsache, dass wir in unseren Begriffen völlig eingeschlossen seien, Idealismus nenne, dass etwas Anderes sei die Behauptung, unter allen Umständen können nur Begriffe über die reale Natur der Dinge entscheiden, und etwas Anderes die Behauptung, weil nur Begriffe darüber entscheiden, weil nur in Begriffen Gegenstände erfasst werden können, darum sind auch die Gegenstände nichts Anderes, als unsere Begriffe von ihnen**). Allein Herbart huldigte dennoch der Subjectivitätsphilosophie seiner Zeit nur in eigenthümlicher Weise, inwiefern er nicht von der Gewissheit Gottes als der absoluten Wahrheit ausgeht, ja nicht einmal zu einem Wissen von Gott gelangt und dennoch sich, dem endlichen Geiste, ein unerschütterliches und absolut gewisses Wissen (von den Erscheinungen und den Realen sammt deren Relationen) beilegt***).

Herbart macht daher das Ich so absolut wie nur immer Kant und Fichte es absolut gemacht hatten und seine Philosophie ist nicht weniger als die jener Denker vom Geiste der Selbstüberhebung ergriffen.

Diese Behauptung scheint sich freilich nicht zu bestätigen, wenn man die bescheidene Definition vergleicht, welche Herbart von der Philosophie gibt, indem er sie die Wissenschaft von der Begreiflichkeit der Erfahrung nennt und das ganze Thun der Philosophie in der Bearbeitung der gegebenen Begriffe erschöpft sein lässt†). Aber sie bestätigt sich gerade auch darin, weil man in dieser engen Auffassung nicht eine Spur von ächter Hoch-

*) Herbarts Werke I, 262, 273. II, 213 ff. III, 275—283, 295.

**) Herbarts Werke I, 72, 221, 270. VI, 71—72.

***) Herbarts Werke I, 4, 39, 158, 261, 277.

†) Herbarts Werke I, 27, 47.

achtung der ewigen Ideen, der unendlich um ihrer selbst willen verehrungswürdigen Wahrheit, antrifft. Ist es nicht, als ob nach Herbart den Realen (um von den ewigen Ideen gar nicht zu sprechen) nur so viel Werth zukomme, als sie zur Erklärung der Erfahrung dienlich sind (abgesehen davon, dass unbegriffene Realen auch die Erscheinungen nicht erklärbar machen können und dass wenn jene unbegreiflich sind, auch diese unbegreiflich bleiben), ist es nicht, als ob nach ihm die Erscheinungen die Hauptsache wären, und die Realen nur um ihretwillen vorhanden, damit diese (oder doch dass und warum sie sein können und sind) erkannt werden? Wir wissen wohl, dass sich dies Verhältniss diesem Denker unter der Hand umkehrt. Aber dann passt wahrlich die gegebene Definition nicht mehr, um das wahre Wesen der philosophischen Erkenntniss zu bezeichnen.

Wir wollen nicht über den unbestimmten Ausdruck: Bearbeitung der gegebenen Begriffe rechten *), auch nicht über die Annahme, dass alles Gegebene schon als solches (wenn gleich widersprechender) Begriff sein soll. Wenn nun aber einmal das gesammte Thun der Philosophie in der Bearbeitung der gegebenen Begriffe bestehen soll, so ist man doch jedenfalls berechtigt, zu erwarten, dass nichts, was sich der Reflexion im Bewusstsein, wenn auch nur mittelbar als nothwendig hervortretendes Product der Reflexion, als Gegenstand der Bearbeitung darbietet, von dieser Bearbeitung ausgeschlossen werde und dass die bis zu ihrer letzten Grenze fortgeführte Bearbeitung der Begriffe durch die ganze Reihe hindurch bis zu ihrem höchsten Zielpuncte zu einem g e w i s s e n Wissen führe. Man sollte daher glauben, dass nach der Consequenz des Herbartschen Standpunctes, nach welchem nichts als die äussere und innere Erfahrung gegeben ist und alles Andere durch Reflexion erschlossen werden muss, auch Gott, der absolut unendliche Geist, da er nicht geschaut und nicht vernommen werden kann, wenigstens erschlossen und als

---

*) Hartenstein ergänzt: „Zum Zwecke der Erkenntniss.“ Dessen Probleme und Grundlehren der allg. Metaphysik (Leipzig, Brockhaus 1836) S. 10.

erschlossen auch gewusst, wenn auch nicht begriffen werden können müsste. Hatte doch Herbart selbst gesagt: „Mein Erstes kann es nicht sein, nach dem in der höchsten Höhe Verborgenen zu greifen, ... bei mir steht das Kostbarste am Ende." *) Nun steht es bei ihm freilich am Ende (ob mit Recht ist eine andere Frage), aber es steht nicht als Ergebniss strenger Wissenschaft, als ein philosophisches, gewisses Wissen am Ende, sondern plötzlich reisst der wissenschaftliche Faden, nachdem er zur Begründung eines unerschütterlich gewissen Wissens von den endlichen Realen zugereicht hatte, bei der hier doch unleugbar sich aufdrängenden Frage nach dem letzten Grunde der Realen, nach Gott und dem Begriffe von Gott wie seinem Verhältnisse zu den Realen, ab und statt eines philosophischen Wissens von Gott wird uns eine blosse „Stütze des religiösen Glaubens" geboten (auf die sich Niemand recht stützen kann) und die Versicherung gegeben, es könne auf dem Wege der teleologischen Naturbetrachtung (und, wovon Herbart anderwärts spricht, der Beobachtung unserer selbst und anderer namentlich der edelsten Menschen sammt der Ausbildung der praktischen Ideen) freilich nicht ein wissenschaftliches Lehrgebäude der natürlichen Theologie zu Stande kommen, welches als Erkenntniss betrachtet sich dem vergleichen liesse, was Naturphilosophie und Psychologie zu werden bestimmt seien. Für das Wissen von Gott fehlten uns nun einmal die Data — und vielleicht seien sie uns weislich versagt. Denn es wäre erst noch zu beweisen, dass der Religion durch den Mangel eines solchen Wissens etwas Wesentliches abgehe. ... Religion beruhe auf Demuth und dankbarer Verehrung. Die Demuth werde begünstigt durch das Wissen des Nichtwissens. — Und doch nimmt Herbart sofort Jacobi in die Schule darüber, dass derselbe „den grundlosen Besorgnissen über Verminderung des Glaubens durch fortschreitendes Wissen" sich hingegeben habe **). — Als ob zwar das Wissen des Endlichen, so weit es möglich, die Bewunderung seiner inneren Herrlichkeit,

*) Herbarts sämmtliche Werke I, 4.
**) Herbarts sämmtliche Werke I, 281 ff.

seines Gehaltes und seiner Zweckmässigkeit nicht aufhebe, wohl aber das Wissen von Gott die Bewunderung, Verehrung, Ehrfurcht und Demuth vor Gott!

Allerdings würde Herbart im Rechte sein, wenn von einer Erkenntniss Gottes die Rede wäre, die als Begriff von allem Sein sich benehmen, die Gott absolut durchdringend erkennen wollte, so wie sich Gott selbst erkennt. Allerdings würde eine solche absolute Erkenntniss Gottes sich mit der Demuth vor Gott nicht vertragen. Aber es ist nicht gerechtfertigt, desshalb weil der Mensch Gott nicht erkennen kann wie sich Gott selbst erkennt, dem Menschen alle Erkenntniss von Gott abzusprechen und „die Begriffe von ihm" völlig in das Gebiet des Glaubens hinüberzuweisen. Hätte nicht auch in Herbarts Kopfe die falsche Vorstellung gespukt, dass doch nur eigentlich eine absolutdurchdringende Erkenntniss Gottes die rechte Erkenntniss wäre, so würde er nicht zur Verwerfung der Möglichkeit alles Wissens von Gott gekommen sein. Der eine Irrthum ist nur die Kehrseite des andern. Kein Mensch von gesundem Verstande wird sich einreden lassen, dass das gewisse Wissen von Gottes Dasein seiner Demuth vor Gott gefährlich werden könnte und eben so absurd ist es, zu meinen, die gewisse Wissenschaft davon, dass Gott allmächtig, allweise, allgütig und heilig sei, könne irgendwie der Demuth vor Gott etwas entziehen, da doch dieses Wissen augenscheinlich die Demuth, Verehrung, Bewunderung und den Gehorsam wie die Liebe zu Gott befördern und kräftigen muss.

Herbart macht nicht einmal einen Unterschied zwischen dem Wissen und Erkennen von dem Dasein Gottes und jenem, um in Herbarts Sprache zu reden, von seiner Qualität. Wenn Herbart von dem mannigfaltigen Schein auf die vielen Realen schloss, warum schloss er denn nicht auch von dem Sein der vielen Realen auf das Sein des éinen Absoluten? Wenn die Unbekanntschaft mit der Qualität der Realen das Wissen und Erkennen ihres Daseins nicht ausschloss, so schloss auch die Unbekanntschaft mit der Qualität des Absoluten (die Unerkennbarkeit des Wesens Gottes) das Wissen und Erkennen von seinem

Dasein nicht aus, und wenn der erste Schluss richtig ist, so sieht man nicht, wesshalb nicht aucht der zweite richtig sein sollte. Es sei denn freilich, dass etwa die unbestimmbar vielen, aber doch in eine endliche Zahl eingeschlossenen Realen selbst als absolut erkannt würden. Freilich! Freilich! Dann ist Alles klar. Da es schon dem Verstande auf eine Hand voll Absurditäten nicht ankommen durfte, woher soll denn der Glaube das Recht nehmen, sich und wären es auch die faustdicksten Absurditäten zu verbitten? Er wird sich schon darein zu finden wissen, die Realen dennoch als von Gott geschaffene Wesen hinzunehmen. Oder wurde Herbart vielleicht durch einen geheimen Instinct dazu geleitet, den Schluss von der Vielheit der Realen auf die Einheit des Absoluten völlig auf sich beruhen zu lassen, weil da nothwendig die fatale Frage sich einstellen musste: wenn alles Reale als schlechthin einfach (in sich unterschiedslos) gedacht werden muss, wird da das Absolute eine Ausnahme machen können? Ist es aber nicht schlechthin widersinnig, das Absolute, so unerkennbar übrigens sein Wesen auch sein möchte, als absolut einfach, als absolut unterschiedslos zu denken? Und was würde da aus den Realen geworden sein, in welchem Verhältnisse hätten sie möglicherweise zu dem Absoluten stehen können? Da sie alsdann absolute Wesen in keinem Falle für den Begriff hätten sein können, wie wäre zu verhindern gewesen, dass sie sich nicht in blosse Erscheinungen der in sich unterschiedslosen absoluten Qualität verwandelt hätten?

Wenn Herbart behauptet, die Begriffe des unmittelbar Gegebenen seien mit Widersprüchen behaftet, welche durch ihre Bearbeitung entfernt werden müssten, so würde Baader dies im Allgemeinen nicht nur zugegeben, sondern er würde noch überdies gezeigt haben, dass Herbart die Widersprüche des Gegebenen noch lange nicht in ihrem ganzen Umfange erkannt und lange nicht weit genug verfolgt habe. Zwar erweist sich Herbart scharfsichtig genug, um die Widersprüche nicht bloss im Wahrgenommenen, im Logischen und Speculativen des durch die wahre metaphysische Erkenntniss nicht geläuterten, nicht wiedergeborenen Menschen zu suchen und anzutreffen, sondern ausdrücklich findet er sie auch im Moralischen. Ich bin der Meinung, sagt er, dass im Speculativen, wie im Moralischen, der Mensch, der in sich einkehrt, sich selbst und sein eigenes Denken im Argen liegend antreffe; dergestalt, dass es nothwendig werde, den Entschluss zur Besserung zu fassen. Wer aber seine Verkehrtheit liebgewinnt; — „„wer éin Laster liebt, der liebt die Laster alle;"" — und wer éinen Widerspruch zulässt, der lernt bald am sanftesten schlafen in ganzen Nestern von Ungereimtheiten." *). Wie kam es nun aber, dass Herbart, obgleich er auch die Widersprüche im Wollen des zur Vernunft erwachenden Menschen erkannte, nicht den ganzen Umfang und die ganze Tiefe der Widersprüche des unmittelbar Gegebenen inne zu werden strebte? Wie kam es, dass er sich auf die realen (nicht bloss logischen) Widersprüche, dergleichen doch die des Wollens sicher sind, nicht näher einliess? Warum erkannte und schilderte er uns nicht die Widersprüche des auf Erden waltenden Verhältnisses des Geistes zum Leibe, des Menschen zur materiellen und geistigen Aussenwelt, der irdischen Schöpfung in dem Verhalten ihrer Elemente und ihrer Producte untereinander? Warum erkannte er also nicht, dass entweder der Widerspruch zur Offenbarung des Wesens der Dinge selbst gehören, oder dass mit dieser irdischen Schöpfung eine Katastrophe vorgegangen sein müsse, wodurch die nicht sein sollenden Widersprüche doch factisch sich Wirklichkeit gegeben haben **)? Hätte er dies erkannt, so würde er

---

*) Herbarts sämmtliche Werke 5, 10.

**) Was würde Herbart wohl auf die Frage geantwortet haben, ob die Erscheinungen für den sie in Begriffe fassenden Geist, sobald derselbe durch deren Bearbeitung zu den erstrebten widerspruchslosen Begriffen hindurchgedrungen, in der Sphäre der Erscheinungen aufhören, sich zu widersprechen? Widersprechen sich die gegebenen Begriffe, weil diese Begriffe den Erscheinungen nicht entsprechen, so kann der Widerspruch nur subjectiv sein und man sieht nicht, warum jeder Mensch nothwendig mit widersprechenden Begriffen beginnen muss, warum sollten nicht Viele oder doch Einer und der Andere sich gleich Anfangs von solcher Subjectivität frei halten können? Wiedersprechen sich aber die gegebenen Begriffe, weil die Erscheinungen sich selbst wirklich widersprechen, so werden sie sich nicht um die Veränderung bekümmern, welche der Denker mit ihnen vornimmt und sie werden sich nach wie

auch eingesehen haben, dass diese Widersprüche nicht durch blosse Bearbeitung der Begriffe hinweggeschafft werden könnten, durch blosse Umänderung und Erweiterung. Es unterliegt gar keinem Zweifel, dass die ächte und wahre Philosophie mit abhängig ist von der Gründlichkeit der Erfahrung und Erfahrungswissenschaft. Aber es wird leider meist eben so unachtsam erfahren und unaufrichtig von der Erfahrung berichtet, als schlecht und falsch speculirt wird über das wirklich Erfahrene oder das vermeintlich Erfahrene.

Baader würde übrigens noch bemerkt haben, dass Herbart da Widersprüche zu finden glaubte, wo keine sind und dass er sie da nicht erblickte, wo sie anzutreffen waren. Wenn Herbart z. B. in dem Begriffe der Ursache und der Wirkung, in dem Begriffe des Dinges mit mehreren Merkmalen, in dem Begriffe der Veränderung und in dem Begriffe des Ich Widersprüche anzutreffen glaubt, so ist es nur das unlogische Denken des abstrahirenden Verstandes, welches ihm diese vermeintlichen Widersprüche vorspiegelt. Diese Begriffe können sich unmöglich an sich selbst, sie können sich höchstens nur so widersprechen, wie sie Herbart zunächst gefasst hat und wie sie vielleicht, wir wollen das nicht untersuchen, alle Menschen zuerst erfassen. Herbart setzt ja selbst die Möglichkeit der Reinigung dieser unmittelbaren Begriffe zur Widerspruchslosigkeit. Könnten diese Begriffe nicht selbst ohne aufzuhören sie selbst zu sein von den vermeintlichen oder wirklichen Widersprüchen ihrer Unmittelbarkeit gereinigt werden, so wäre überhaupt nichts mit ihnen anzufangen, oder man müsste im Widerspruche nolens volens die Wahrheit suchen. Herbart reinigt sie auch in der That nur dadurch und nur insoweit von ihren angeblichen Widersprüchen, dass und

vor widersprechen. Wenn man der Sache auf den Grund geht, so ist der Widerspruch nach Herbart so nothwendig als nach Spinoza und Hegel. Herbart leugnet im Grunde die Nichtnothwendigkeit des intellectuellen, moralischen und physischen Uebels so gut als Spinoza. Herbart ist Determinist wie Spinoza, gleichwie der strenge Deismus überall so deterministisch ist, als der strenge Pantheismus. Sie gleichen der Schere, deren beide Hälften einander zu schneiden scheinen, indess sie nur das Dazwischenliegende (die Wahrheit) schneiden oder doch zu schneiden suchen.

insoweit er zuletzt doch im Grunde findet, dass sie wirklich keine Widersprüche enthalten.

Herbart beschränkt die Erfahrung nicht auf die äussere (oder die innere vom Aeusseren), sondern er hebt vielmehr entschieden auch die innere Erfahrung (oder die innere vom Inneren) hervor und will, dass beide Arten von Erfahrung in das Gleichgewicht und in Verbindung gebracht werden *). Aber die innere Erfahrung ist ihm nichts als Selbsterfahrung. Fremdes Geistiges (endliches oder unendliches) kann nicht unmittelbar erfahren oder gegeben werden, es kann nur (wenn es überhaupt gewusst werden kann) erschlossen werden **). Dass also Gott Gegenstand einer geistigen Anschauung, einer Wahrnehmung, eines Vernehmens sein oder werden könnte, ist unmöglich. Könnte er überhaupt gewusst werden, so wäre es nur durch Schlussfolgerung. Aber auch das ist unmöglich. Gott kann auch nicht Gegenstand eines mittelbaren Wissens werden, weil das Unendliche wissen ein Widerspruch wäre. Das gewusste Unendliche wäre nicht mehr das Unendliche. Das Unendliche kann nur geglaubt werden, es soll geglaubt werden und das ist genug.

So ist denn Gott gar nicht Gegenstand der Metaphysik als Wissenschaft und höchstens kann er in derselben vorkommen als Gegenstand des Glaubens, der doch ein psychologischer Vorgang ist und als solcher doch wohl der Erklärung bedarf. Die Metaphysik muss ihre Probleme lösen können, ohne von Gott irgend etwas zu wissen und Gott kann in ihr höchstens als Ergebniss eines psychologischen Vorganges vorkommen, den wir Glauben nennen. Auch dieser Glaube ist nicht Bedingung des metaphysischen Wissens, sondern nur dessen Ergebniss. Das metaphysische Wissen ist also ein Wissen ohne Gott und bedarf der Gewissheit Gottes nicht. Der Mensch bringt sein metaphysisches Wissen absolut allein durch sich selbst zu Stande und höchstens soll er glauben, dass er es nicht zu Stande bringen würde, wenn er nicht

*) Herbarts sämmtliche Werke I, 28.

**) Herbarts sämmtliche Werke I, 277.

glaubte, dass Gott ist und dass er sammt allen Wesen von Gott als Reales mit bestimmter Qualität geschaffen ist. Immerhin muss also Herbart doch zuletzt sein Wissen auf den Glauben gründen, wenn er das erstere nicht geradezu zu einem schlechthin absoluten und aus sich selbst begreiflichen machen will. Soll aber sein Glaube sein Wissen begründen, so muss er ein schlechthin gewisser Glaube sein und ist er diess, so sieht man nicht, wie er sich noch vom Wissen unterscheiden soll. Zu diesen Erwägungen gelangt freilich Herbart nicht und so bleibt er denn auch natürlich in dem Dualismus des Wissens und des Glaubens gänzlich befangen. Sein Wissen entspringt absolut aus sich selbst, trägt sich, erhält sich und vollendet sich aus sich selbst, sein Glaube entspringt zuletzt denn doch nur aus dem geglaubten Zuge Gottes im Herzen des Menschen, in und nach seinem Wissen ist das Ich autonom, sich selbst genug, absolut, „fürchtet weder Gott noch den Teufel", nach dem Glauben dagegen ist das Ich geschaffen von Gott, bedingt, abhängig, der göttlichen Hilfe bedürftig, demüthig und fromm, voll Gottesfurcht und nur zur Furcht vor dem „Teufel zu aufgeklärt. In der That, man begreift nicht, wie das Herbart'sche Wissen und das Herbart'sche Glauben in einem und demselben Kopfe Platz greifen konnten, das Wissen und das Glauben ergänzt sich nicht, sondern jedes widerspricht dem andern und sucht sich diesen Widerspruch nur dadurch zu verbergen, dass jedes das andere ungebührlich einschränkt. Denn man sage was man wolle, so fühlt sich doch das Herbart'sche Wissen durch den Glauben eingeschränkt und gehemmt, da es sich zu einem selbstbewussten Widerspruch mit dem Glauben nicht forttreiben darf, und das Herbart'sche Glauben fühlt sich durch das Wissen eingeschränkt und gehemmt, da es dem Wissen nicht allen Raum entziehen oder versperren darf, und so kommt es denn natürlich nur zu einem halben Wissen und zu einem halben Glauben, obgleich auch diese Halbheiten sich widersprechen.

Sehen wir nun zu, wie Herbart seine Metaphysik zu Stande bringt, so begegnen wir hier allen den Fehlern, welche den Philosophemen der Reflexion, des abstrahirenden Verstandes, so oder anders, eigen sind. Nirgends kommt es zu einer wahrhaften Einheit, deren Mangel allein schon die Abwesenheit ächter Vernunftforschung darthut, vielmehr zersetzen sich alle Bestimmungen und anstatt die Widersprüche hinwegzuräumen, verläuft vielmehr Vieles wenn nicht Alles in noch schlimmere Widersprüche, als die vermeintlich oder wirklich vorhandenen des unmittelbar Gegebenen nur immer enthalten hatten.

Die Behauptung Herbarts, dass der unleugbar vorhandene Schein auf Sein deute, unterliegt keinem Zweifel. „Schein lässt sich aus sich selbst nicht erklären, er setzt Sein voraus. Da Schein vorhanden ist, so ist auch Sein“ *). Wenn aber Herbart fortfährt: „So viel Schein, so viel Hindeutung auf Sein“, so wäre dieser Satz nur dann wahr, wenn zuvor bewiesen wäre, dass ein schlechthin absolutes Sein nicht die Gesammtheit des Scheins bewirken könne, oder, im Falle viele Seiende angenommen werden müssten, dass nicht jedes dieser Seienden eine relative Totalität (Vielheit) des Scheins zu bewirken im Stande sei. Das wäre aber nur dann nicht unmöglich, wenn das Reale wirklich absolut einfach wäre. Das absolut einfache Reale würde natürlich nicht mehrfachen Schein setzen oder bewirken können. Wäre also das Reale absolut einfach, so würde die unleugbar vorhandene Vielheit des Scheines Vielheit des Seins beweisen. Es kommt also Alles auf die Rechtfertigung der Behauptung der absoluten Einfachheit des Realen an. Siegt Herbart hier, so mag seine Metaphysik ungestört ihre Triumpfe feiern. Unterliegt er hier, so zerfällt die stolze Burg seiner Metaphysik in Trümmer, gleich der Riesenmauer des Riesen Schlagadodro auf Schloss Brambambra, als Held Tulifäntchen **) den einzigen zusammenhaltenden dünnen Stift aus der künstlichen Maschinenmauer herausgezogen hatte. Unerwarteterweise hat aber Herbart selbst die Rolle Held Tulifäntchens übernommen. Denn nachdem „der Maschinengrübeltiefen tiefster Grübelmaschinist“ ***) den Begriff der Einfachheit des Realen auf die höchste Spitze völliger Undenkbarkeit hinauf-

*) Herbarts Werke I, 216. III, 13—14. IV, 64—81.

**) Tulifäntchen in drei Gesängen in Carl Immermanns Schriften (Düsseldorf, Schaub, 1835). Erster Band, S. 304—306 und 315—316.

***) Ibid. S. 304.

geschraubt hat, (denn was könnte da gedacht werden, wo schlechterdings nichts zu unterscheiden ist, — „in der Nacht sind alle Kühe schwarz“ —, wie könnte ein Wesen real sein ohne bestimmte Qualität und wie könnte es von bestimmter Qualität sein, ohne actuose Einheit innerer Unterschiede zu sein, wie könnte es sich auf Anderes beziehen, ohne sich auf sich selbst zu beziehen?) sieht er sich selbst, wenigstens der Sache nach, genöthigt, den absracten Begriff der Einfachheit aufzugeben und Mannigfaltigkeit in der Einheit zuzulassen und diese Zulassung nicht widersprechend zu finden. Vortrefflich hat diess unter anderen Prof. Dr. Carl Biedermann nachgewiesen in seinem reichhaltigen Werke: Die deutsche Philosophie von Kant bis auf unsere Zeit &c. (Leipzig, Meyer und Wigand 1842) II, 618—625.

Der Begriff der Einfachheit des Realen ist das eigentliche *πρῶτον ψεῦδος* der Herbartschen Philosophie, und nicht, wie Ulrici meint, der Begriff des Ich inwiefern Herbart in ihm als dem sich in sich Unterscheidenden einen erst noch zu lösenden Widerspruch finde *); denn er fände diesen nicht, wenn er nicht den falschen Begriff der Einfachheit des Realen voraussetzte. Falsch aber ist dieser Begriff darum, weil er auf einer Verwechselung und Identificirung einerseits des Begriffs des Mannigfaltigen mit dem des Zusammengesetzten, andererseits des Begriffs der Einheit mit dem des Unterschiedslosen beruht. Nicht jede Einheit ist eine aus vielen Einheiten zusammengesetzte und nicht jede Mannigfaltigkeit ist bloss äusserlich zu einer Einheit zusammengefasst. Ursprüngliche Einheiten sind Mächte innerer Mannigfaltigkeit. Ursprüngliche Mannigfaltigkeiten sind Gesammtoffenbarungen ihrer Einheiten. Die Einheit wird nur in eigener Mannigfaltigkeit, die Mannigfaltigkeit nur in Einheit offenbar.

*) Geschichte und Kritik der Principien der neueren Philosophie von Dr. Hermann Ulrici (Leipzig, Weigel, 1845) S. 535. Uebrigens ist Ulrici's Darstellung und Kritik der Herbartschen Philosophie bis auf wenige untergeordnete Puncte ausgezeichnet. Die Herbartsche Schule hat unseres Wissens weder diese noch die Kritik von Chalybäus (Historische Entwicklung der speculativen Philosophie von Kant bis Hegel. Dritte Auflage S. 78—173) widerlegt und wird sie auch der Hauptsache nach unwiderlegt lassen.

Nur als in sich selbst mannigfaltig bestimmt vermögen die ursprünglichen Einheiten mit andern Einheiten in reale Beziehungen zu treten, und hiedurch von aussen kommende Bestimmungen anzunehmen, die möglicher Weise nur vorübergehend und wechselnd sind. Wenn es den Realen widerspräche, sich in sich zu unterscheiden, Unterschiede in sich zu setzen und zu haben, so dass ihnen nicht einmal Vermögen und Kraft zukäme, Mehrheit von Bestimmungen in sich zu setzen, so wäre es unmöglich, sie unter sich in Beziehungen gesetzt zu denken und es wäre nichts, weder Erscheinung noch Schein, aus ihnen erklärbar. Es hilft nichts zu sagen, die Realen sind nun einmal so wie sie sind zusammen, sie sind nun einmal in Beziehungen und sie können sich diese Beziehungen so zufällig sie für sie sind und eben weil sie ihnen zufällig sind, gar nicht nehmen. Woher aber Beziehungen, wenn diese Realen sich nicht ziehen, nicht aufeinander wirken können und wie könnten sie aufeinander wirken, wenn sie nicht einmal auf sich selber wirken können, wenn sie überhaupt gar keine Vermögen und Kräfte haben oder sind? Sind die Realen absolut einfache Wesen, so ist dafür gesorgt, dass sie sich in Ewigkeit nicht stören und stören sie sich nicht, so werden sie auch nicht zu Selbsterhaltungen veranlasst, wozu sie ohnehin unfähig wären und sie bleiben in alle Ewigkeit, wenn sie überhaupt etwas sind, Inseln ohne Brücken und ohne Schiffe, die nur durch die Brille der zufälligen Ansichten des aus dem Luftschiffe der Reflexion herabspeculirenden Philosophen in lebhaftester Communication begriffen zu sein scheinen, ohne sich dadurch im geringsten anzugreifen oder zu alteriren. Doch wie sich auch Herbart wende und drehe, er kann schon hier in der reinen Metaphysik dem verhassten Zugeständnisse nicht entgehen, dass doch irgendwie Mannigfaltigkeit in der Einheit zu denken nicht unmöglich sein könne, da wenigstens dasjenige Reale, welches einmal seiner bewusst geworden, durch seine mannigfaltigen Beziehungen zu anderen Realen von Mannigfaltigem weiss, und dies Wissen von Mannigfaltigem doch ein Wissen des in seine Vorstellungen eingeschlossenen Ich ist, ein Wissen, welches zwar ohne die Beziehungen zu anderen Realen nicht wäre, welches aber doch

— wenn auch auf Veranlassung der störenden Realen — doch aus dem Ich selbst sich erzeugen, bilden oder gestalten muss vermöge seiner Selbsterhaltungen, die denn doch nicht auch wieder als lediglich von aussen kommend erklärt werden können. Die Mannigfaltigkeit der Vorstellungen im Ich ist also im Grunde auch hier wie bei Leibniz keine dem Ich äussere und fremde, oder wenn sie es wäre, so ergäbe sich der Widerspruch, das Selbstbewusstsein aus dem Bewusstsein von Anderem entstehen zu lassen oder gar es mit ihm für identisch zu erklären.

So wie Herbart das Reale bestimmt als ein Wesen von schlechthin einfacher Qualität, welches einer weiteren Erklärung und Begründung nicht bedarf, weil es schlechthin absolute Position ist, kann er die Annahme der Möglichkeit einer Mehrheit von Seienden nur durch den grellsten Widerspruch gegen den Begriff der Absolutheit selbst behaupten*). Eine Mehrheit bedingter Wesen enthält sicher keinen Widerspruch; aber es ist der gröbste Widerspruch, die Möglichkeit einer Mehrheit absoluter Wesen zu statuiren. Im Begriffe des bedingten Realen liegt freilich nichts, was die Möglichkeit numerischer Vielheit ausschlösse, aber dass auch im Begriffe des absoluten Realen die Möglichkeit der numerischen Vielheit nicht ausgeschlossen sei, kann nur behaupten, wer es zu der Kunst gebracht hat, Kameele zu schlucken und Mücken zu seigen.

Herbart fehlt ebenso gut wie Spinoza der Begriff des bedingt Seienden oder Realen, alles Bedingte ist ihm so gut nur Schein als dem Spinoza, und Herbart entgeht dem Spinozismus nur durch einen Widerspruch, der wo möglich noch heilloser ist, als der Spinozismus selber. Er bevölkert das Universum mit einer zwar endlichen, aber unbestimmbaren Anzahl von absoluten Wesen, trotz ihrer Endlichkeit absoluten Wesen, Göttern oder doch Halbgöttern, die dennoch ärmer sind, als der geringste

*) Herbarts Werke IV, 87 ff. Wenn H. sagt: „Wie Vieles sei, bleibt durch den Begriff des Sein ganz unbestimmt“, so ist dieser Satz falsch, wenn, wie Herbart will, darunter absolute Position verstanden werden soll: die absolute Position verträgt ohne Widerspruch mehrfache Setzung nicht.

Wurm der erscheinenden Welt, der doch lebt und sich bewegt und in seiner Art sich seines Daseins freut, indess jene Götter oder Halbgötter von Wesen wie starre Marmorbilder, wie eingefrorene Götzen ohne Seele, ohne Leben, ohne Bewegung und ohne Gestalt von Ewigkeit zu Ewigkeit gleichgültig das bunte Schauspiel der dennoch durch sie gesetzten wechselnden Erscheinungen an sich vorüberziehen lassen.

„Sage, was sind die gediegenen kalten
Göttinnen, welche die Ewigkeit drückt,
Gegen die blühenden, weichen Gestalten,
Welche der Reiz der Vergänglichkeit schmückt" *).

Wären nur auch die blühenden, weichen Gestalten der Vergänglichkeit aus dem Schoosse jener kalten Göttinnen der Ewigkeit abzuleiten. Da stünde es noch leidlich mit dieser Philosophie. Aber wo nichts darin ist, wie soll da etwas herauskommen? Haben wir in dem absolut einfachen Realen nicht wieder die Zaubertasche des Fortunatus, der stets Goldstücke daraus hervorholt, obgleich nichts darin ist? Ist das nicht eine Art von Verstandesschwärmerei, gefährlicher noch als die Gefühls- und Vernunftschwärmerei, da sie mit der anspruchvollsten Prätension der Besonnenheit und dem schwer zu besiegenden Dünkel der Unfehlbarkeit vergesellschaftet ist?

Nicht minder unbefriedigend und reich an Widersprüchen ist Herbarts praktische Philosophie. Wie seine Metaphysik nicht mit seiner Logik, seine Psychologie nicht mit seiner Metaphysik, so hängt auch seine Ethik nicht mit seiner Psychologie und nicht mit seiner Metaphysik zusammen. Wie sich seine Realen nicht um einander kümmern, so auch nicht die verschiedenen Disciplinen seiner Philosophie. Dennoch sind sie durch eine Art von Einheit nur zu sehr verbunden, nemlich durch dieselbe falsche Methode und durch dieselbe erkünstelte Verknüpfungsweise der Gedanken.

Was kann man sich aber von einer praktischen Philosophie versprechen, welche allen und jeden Zusammenhang mit den

---

*) System der Wissenschaft von Carl Rosenkranz, S. XVI.

Ergebnissen der theoretischen Philosophie zerreisst oder keinen anerkennt und die sich getraut zu erkennen, nicht bloss dass für den menschlichen Willen ein Sollen unbedingte Gültigkeit habe, sondern auch welches in allen Lagen und Verhältnissen des Lebens, ohne die geringste Kenntniss von dem Wesen dieses Willens, ja ohne die geringste Ueberzeugung davon, dass der Wille das auch könne, was er solle. Ausdrücklich erklärt nemlich Herbart, man sollte fast glauben im Vertrauen auf den Spruch des Mephistopheles in Göthe's Faust:

> „Ein ganz vollkommner Widerspruch bleibt gleich geheimnissvoll
> für Kluge wie für Thoren“,

wie in der Psychologie, so in der Sittenlehre hänge das Sollen nicht vom Können ab*). In der That wenn die Absurdität der Schöpfer des Weltalls wäre, so hätte Herbart sicher hier das Wahre getroffen, gewiss aber nicht, wenn, wie ja auch Herbart selbst aus dem (gläubigen) frommen Schubfache seines Geistes herausruft, Gott, der höchst weise und gütige Urgeist die Welt geschaffen hat**). Es widerspricht sich allerdings nicht zu behaupten, dass das Sollen für den Willen fortdauere, auch wenn derselbe durch seine Schuld das Können verloren hat, was bekanntlich Baader so entschieden festhält. Aber es ist ein unerträglicher Widerspruch, anzunehmen, dass es ein Sollen für den Willen gebe, wenn auch derselbe niemals das Vermögen hatte, jenem Sollen zu genügen.

Trotz dem angeblichen Nichtzusammenhange der praktischen mit der theoretischen Philosophie wird Niemand erwarten, dass sich ein anderer Geist dort wie hier offenbaren werde. So sehen wir denn auch im besten Einklange mit der Theorie, wonach die unbestimmbar vielen Realen absolute Wesen sind — freilich von einer sehr sonderbaren und zweideutigen Absolutheit — die Ableitung der ethischen Gesetze aus dem Willen Gottes ablehnen, unter dem Vorgeben, dass durch eine solche vermeinte fremde Autorität blosse Dienstbarkeit entstehen müsste, wofern nicht die

---

*) Das Grundprincip der Philosophie kritisch und speculativ entwickelt von Dr. H. Ulrici II, 527.

**) Herbarts Werke I, 57, 158 u. s. w. III, 48.

Autorität nach schon vorausgesetzten sittlichen Begriffen veredelt würde *). Im Unendlichen das Urprincip des endlichen Willens zu suchen erklärt Herbart — theoretisch von Gott nichts wissend — für hohe Reden, die für die praktische Philosophie ganz und gar unverständlich seien. Wofern jedoch, fährt er fort, ein angebliches reales Urprincip des Willens, oder auch der ganzen Persönlichkeit, etwa den Stolz eines Familien-Hauptes annähme, und sich seines Ranges wegen die Entscheidung über den Werth der einelnen Bestrebungen anmaasste: so ist zu erwarten, dass, mit völliger Nicht-Achtung dieser Anmaassungen, die gewöhnliche und gemeine Beurtheilung nach wie vor daneben fortgehen würde; indem es ihr einmal eigen ist, sich keiner Autorität zu unterwerfen. So sehr eigen, dass, erschiene jenes Urprincip selbst auf irgend eine Weise unter der Gestalt eines Willens, es sich eben dadurch ohne Zweifel der nemlichen Censur, wie aller Wille überhaupt, darbieten würde **). In diesen Aeusserungen enthüllt sich so recht der gottverlassene, sich aufspreizende, hohle und eitle Vernunftstolz eines unserer Philosopheme des Staubes, wie Baader sich ausdrückt. Wie kann ein Mann, der auf den Glauben einen so hohen Werth zu legen versichert, die Offenbarung des göttlichen Willens an den Menschen dem Stolze eines Familienhauptes gleich oder analog setzen, das bloss auf den Grund seines Ranges hin Anerkennung der Vernünftigkeit und Sittlichkeit seiner Vorschriften und Gehorsam verlangt, wie kann der Mensch Gott gegenüber und seinen Offenbarungen wie seinen Befehlen sich erdreisten, von Anmaassung zu sprechen, welcher er völlige Nichtachtung entgegenzusetzen berechtigt, ja sogar verpflichtet wäre. Weiter lässt sich wohl der Dünkel der menschlichen Vernunft nicht treiben, wenigstens nicht von Jemand, der im Glauben Gott anzuerkennen und von Ehrfurcht vor Ihm erfüllt zu sein vorgibt. Dennoch liegt zwar keine Rechtfertigung, aber doch eine Entschuldigung für Herbart in dem Umstande, dass von so vielen christlichen Religionslehrern der göttliche

*) Herbarts Werke VIII, 8.

**) Herbarts Werke VIII, 6 ff.

Wille als eine absolutistische Macht (was nicht dasselbe ist mit absoluter Macht) vorgestellt wird, welche aus reiner Willkür heraus ihre Entschliessungen und Gebote ergehen lasse. Freilich bei so gearteter Beschaffenheit des göttlichen Willens, wonach es bei strenger Consequenz nicht undenkbar wäre, dass Gott heute die Nächstenliebe und morgen den Todschlag des Nächsten geböte, obgleich jene christlichen Religionslehrer sich wohl hüten, die Consequenz so weit zu treiben und vielmehr durch allerlei Verklauselirungen ihrem Princip die Spitze abzubrechen wissen, in der That bei so gearteter Beschaffenheit des göttlichen Willens würde dem Menschen nichts übrig bleiben, als im Falle der Unterwerfung blosse Dienstbarkeit (blosser Knechtsdienst), oder völlige Nichtachtung der ergangenen Gebote und Ablehnung ihrer Verpflichtungskraft als Anmaassungen eines despotischen Willens *). Aber wusste denn Herbart nicht, dass diese Art, die ethischen Gesetze aus dem Willen Gottes zu begründen weder Grund in den Religionsurkunden des Christenthums hat, noch auch von den grossen Kirchenlehrern und den tieferen christlichen Philosophen getheilt wird? Er durfte keineswegs glauben, den Begründungsversuch der Ethik auf den und aus dem Willen Gottes erschüttert zu haben, wenn er jene seichten Lehren mancher Religionslehrer und selbst mancher Philosophen als unzulänglich erkannt hatte.

Das hier Gesagte hindert uns nicht, das beziehungsweise grosse Verdienst Herbarts anzuerkennen. Mit Recht wird Herbart

---

*) Folglich nichts als die Verzweiflung, wenn nicht Stumpfsinn oder Hoffart sie verhindern. Die Freiheit des göttlichen Willens wird ebenso sehr verkannt, wenn sie als blind wirkende Nothwendigkeit, als wenn sie als zufällige Willkür vorgestellt wird. Ein absolut heiliger Wille kann weder blind, noch zufällig sein. Blindheit wie Zufälligkeit würden ihn gleichsehr seiner Absolutheit wie seiner Unendlichkeit berauben. Wenn so Viele stets von ihrer Besorgniss sprechen, dass man Gott in seinen Gedanken verendliche, so sollten sie vor Allem davor auf der Hut sein, solcher Verendlichung sich nicht schuldig zu machen durch Andichtung zufälliger Willensentschliessungen. Denn wenn überhaupt zufällige Willensentschliessungen möglich sind, so können sie nur im Gebiete der Endlichkeit angetroffen werden, niemals aber im unendlich vollkommenen Willen des göttlichen Wesens.

den bedeutenden Philosophen der neueren Zeit beigezählt. Die Natur unserer Aufgabe sowie der Raum gestattet uns nicht, die grossen Verdienste Herbarts hier näher zu bezeichnen. Aber bei Unparteiischen kann die Behauptung keinen Widerspruch erfahren, dass mit demselben Rechte, mit welchem Leibniz dem Spinozismus seine Monadologie entgegensetzte, Herbart die seine dem Schelling-Hegel'schen Pantheismus entgegensetzte. Fast in gleichem Grade, wiewohl kaum in ganz gleichem, als Leibniz nicht durch Spinoza verdunkelt wird, wird auch Herbart nicht durch Schelling und Hegel verdunkelt. Leibniz erscheint uns allerdings bedeutender als Herbart, dennoch muss man Herbart Vorzüge zugestehen, deren Leibniz entbehrt. Leibniz und Herbart haben in einer zum Pantheismus sich neigenden Zeit, der zuletzt meist in Materialismus ausläuft, das nicht hoch genug anzuschlagende Verdienst sich erworben, die Rechte des Individuellen gegen das Allgemeine geltend gemacht zu haben, und wenn sie gleich den Bogen überspannt und dadurch sich unkräftig gezeigt haben, dem neuen und stärkeren Hervorbrechen des Pantheismus Schranken zu setzen, so haben sie doch das Bedürfniss einer tieferen Vermittelung des Individuellen mit dem Allgemeinen allgemeiner fühlbar gemacht und eine solche angebahnt, Leibniz übrigens kräftiger als Herbart, weil er ein lebendigeres und tieferes Bewusstsein vom Allgemeinen hatte und darum sich befähigt zeigte, wenigstens einen Versuch solcher Vermittelung zu machen, während Herbart das Problem gar nicht als ein Problem der Wissenschaft anerkannte oder doch dessen Lösung für unmöglich erklärte.

Im Grunde stellt sich uns einerseits in Spinoza, Schelling und Hegel, andererseits in Leibniz und Herbart nur eine gesteigerte Form jenes Gegensatzes dar, der sich in der Philosophie des Mittelalters den Namen des Realismus und des Nominalismus gegeben hatte. Jene sind Realisten, diese Nominalisten, so jedoch, dass Leibniz einer höheren Vermittelung der Gegensätze sich anzunähern sucht. Beide Richtungen sind beziehungsweise gegen einander im Rechte und im Unrechte. Sie weisen dadurch von selbst auf die Nothwendigkeit einer höheren Vermittelung und Versöhnung hin. So lange diese höhere Vermittelung nicht gefunden oder doch nicht erkannt und anerkannt ist, so lange wird uns die Geschichte der Philosophie das Schauspiel darbieten, dass jedem pantheistischen Systeme ein monadologisches und wieder dem monadologischen ein pantheistisches System sich entgegensetzt. Baaders System hat diesen Gegensatz mit einer Tiefe des Geistes vermittelt, wie kein anderes System vor ihm und allein von seinen Principien aus wird die Kluft dieses Gegensatzes wahrhaft ausgefüllt werden können.

Die Zeit wird kommen, da sich unsere Philosophen durch die äusseren Mängel und mancherlei Unvollkommenheiten der Schriften Baaders nicht mehr werden abhalten lassen, sich gründlicher als bisher in dieselben zu vertiefen und es kann alsdann nicht ausbleiben, dass die reichen darin niedergelegten Schätze tieferer Erkenntniss gewaltig befruchtend auf den Fortgang der Wissenschaft wirken werden.

Die Stimmen, welche sich bis jetzt über das Unternehmen und insbesondere über den zuerst ausgegebenen Band der Tagebücher so wie über die Kleinen Schriften Baaders haben vernehmen lassen, sind ohne Ausnahme im Ganzen so erfreulich für die Herausgeber, dass sie zu doppelter Anstrengung befeuern, das Werk würdig hinauszuführen *). Gerade aber in derjenigen Recension, welche vielleicht mit am meisten Liebe für die Sache geschrieben ist, in der im Repertorium der theologischen Literatur von W. Reuter befindlichen, werden einige Behauptungen des Herausgebers beanstandet, wovon wir eine an diesem Orte (die anderen anderwärts) in Schutz zu nehmen uns aufgefordert fühlen. Herr Reuter gibt uns zu, dass allerdings, insoferne Baader das volle und ganze Christenthum zur Grundlage, Mitte und Spitze seiner Philosophie gemacht habe, in seiner Lehre mehr Wahrheitsgehalt zu finden sei, als in den Systemen unserer grossen

*) Blätter für literarische Unterhaltung 1851. Nr. 31—33. — Repertorium der theologischen Literatur von W. Reuter. 1851. 4tes Heft. S. 39 bis 74. — Zeitschrift für lutherische Theologie von Rudelbach u. Guerike. III. Heft. S. 582—588. — Zeitschrift für Protestantismus und Kirche von Harless, Höfling, Thomasius, Hofmann. Neue Folge XXII. B. 2tes Heft. S. 67—96. — Beilage zu Nr. 205 der A. allg. Zeitung 1851. S. 3274 ff.

Philosophen. Allein er meint, in der Philosophie komme es keineswegs bloss auf den Gehalt, sondern ganz besonders auch auf die Form, den Beweis, an. Habe es nun B. an letzterem fehlen lassen, so sei die ihm vindicirte Superiorität kaum mehr eine in philosophischer Hinsicht, wenigstens eine sehr bedingte. Dass Baader seiner Lehre die Form des Systems nicht gegeben hat, ist nie von uns bestritten worden und wir müssen auch zugeben, dass, da der Beweis in vollendeter Gestalt nur im Systeme gegeben werden kann, den Beweisen Baaders in formeller Rücksicht die wissenschaftliche Vollendung fehlt. Dennoch, behaupten wir, liegt der Werth der Leistungen Baaders nicht lediglich in ihrem grösseren Wahrheitsgehalte an sich selbst, sondern es kommt ihnen auch ein bedeutender wissenschaftlicher Werth zu, sowohl vermöge der Tiefe der Principien, als vermöge des inneren Zusammenhanges, der Consequenz der Gedanken und selbst der Begründungsweise derselben. Baader hat es zwar im Grossen und Ganzen an der wissenschaftlichen Form, nicht aber im Einzelnen am Beweise fehlen lassen. Es gibt ganz entschieden Grade der Vollkommenheit in der Beweisführung und Baader nimmt zwar sicher nicht entfernt die höchste Stufe des möglichen Grades der fraglichen Vollkommenheit ein, aber auch sicher nicht die niedrigste. Die bloss äussere Construction eines Systems bietet keine Gewähr für die Wahrheit seiner Behauptungen und es ist nicht unmöglich, dass ein genialer Denker, obgleich er seine Gedanken nicht in Reihe und Glied stellt, den Zusammenhang seiner Ideen doch erkennbarer und einleuchtender macht, die Beweise gründlicher führt und seine Lehre weit mehr wie aus einem Gusse hinstellt, als es in allen bisher in der Form des Systems erschienenen Philosophemen geschehen ist. Wir stehen nicht an, das hier als möglich Gezeigte als bei Baader factisch eingetreten zu behaupten. Die Gedanken Baaders stimmen unter sich besser zusammen, als die der berühmtesten Systemschöpfer und es liegt in denselben eine grössere Beweiskraft, als in den Gedanken jener Systeme. Es ist das Interesse der Wissenschaft, dass die Wahrheit an das Licht komme und so lange der Werth der Schriften Baaders nur einseitig von den öffentlichen Stimmen beurtheilt wird, muss die Wirksamkeit derselben mehr oder weniger gehemmt bleiben.

Inhaltsanzeige des zweiten Bandes der ersten Hauptabtheilung.

I.

Ueber Sinn und Zweck

der

Verkörperung, Leib- oder Fleischwerdung

des Lebens.

Beiträge zur dynamischen Philosophie im Gegensatze der mechanischen.

Berlin, Realschulbücherverlag. 1809. S. 113—119.

Vis ejus integra si conversus fuerit in terram.

Man stellt sich zwar mit Recht jedes sich ausbildende, verkörpernde oder realisirende, vollendende Leben als von einem Centrum ausgehend vor, in welchem die einzelnen Glieder des Organismus als so viel partielle Leben vorerst noch ungeschieden und im samlichen, stillen Zustande, in Potentia, lägen, d. h. noch nicht als einzeln wirklich oder sich als solche aussprechend, als wozu eben ihr geschiedenes wechselseitiges Hervor- und Auseinandergehen die nothwendige Bedingung sei; aber man verdirbt sich diese richtige Vorstellung meist wieder damit, dass man zwei andere irrige ihr beigesellt, welche erstere entstellen. Man unterscheidet nämlich 1) hier nicht den Ungrund, der sich zu seiner Offenbarung (seinem Sich-öffnen oder Sich-aufschliessen) in Grund einführt, von diesem Grunde, nicht das esoterische Eine von dem Centrum, in das es sich involvirend (sich zusammennehmend)*) einführt, um sich aussprechen zu können, man confundirt folglich den esoterischen Gott mit der Natur und dem exoterischen göttlichen Wesen. Und 2) beschränkt man die Function jenes esoterischen Gottes dahin, dass solcher zwar durch seine Explosion die Natur und Creatur erzeugt, hiemit aber, sich erschöpfend, selbst schachmatt und ein Ens nihili werdend, in seinem Gezeugten auf d. i. daraufgeht**). Eine wahrhaft

*) Dieses Sich-zusammennehmen, Sich-sammeln, Sich-fassen &c., diese Involution ist nämlich Bedingung aller Evolution. Bei einer gewissen Dünnheit der Luft findet weder Schallen noch Leuchten statt.

**) Wenn nämlich mehrere Naturphilosophen von einem Schöpfer sprechen, der in seinen Geschöpfen (im arithmetischen Sinne) aufgeht, so heisst dies doch nichts anderes, als dass er in ihrer Schaffung dar-

atomistisch-mechanische Vorstellung von Gott sowohl, als von der Natur, und der durch Bewegung der letztern gewordenen Creatur, aus der nichts Kluges herauskommen kann, weil das Licht und Leben, welches in der Natur (im Centrum) zwar entsteht, doch nicht in ihr, sondern nur in derselben Freiheit (Einheit — Ungrund) besteht, und als Leben der letztern in ihr aus

---

aufgeht, so dass nur das Wieder-Daraufgeben des Geschöpfes ihn wieder herstellt. [Wer könnte in diesen Worten (sowohl des Textes als der Anmerkung) die Polemik gegen Schelling und überhaupt gegen den Pantheismus verkennen! Ueberall nemlich ist es das Bestreben Baaders zu zeigen, dass die Welt oder Weltschöpfung nicht die unmittelbare Selbstdarstellung, Selbstoffenbarung und Selbstverwirklichung Gottes sei und sein könne, sondern dass vielmehr die Weltschöpfung die immanente Selbstvollendung Gottes als des unendlichen Geistes voraussetze, die Welt somit nicht unmittelbar aus dem Wesen Gottes als Folge seines blossen Seins hervortrete, sondern aus seinem freien Erkennen und Wollen als Product seiner nicht naturlosen, wohl aber naturfreien Geistigkeit entspringe. Baader hätte nur bestimmter zeigen sollen, dass diese Anschauung keineswegs nothwendig auf eine Zufälligkeit der Weltschöpfung führe, eine Annahme, die, wenn es auch hie und da so scheint, doch dem Geiste seiner Philosophie nicht entspricht. Sagt auch Baader einmal, der menschliche Geist solle und dürfe nicht nach einem Beweggrund zur Schöpfung in Gott forschen, so will er doch alle Indifferenz mit Recht aus dem Begriffe des göttlichen Geistes entfernt wissen und er spricht ausdrücklich von dem unendlich vollkommenen Charakter Gottes. Baader konnte unmöglich behaupten wollen, es finde in Gott kein Beweggrund zur Schöpfung statt, denn dies würde seiner eigenen Behauptung widersprochen haben, dass die Schöpfung kein blindes, kein bloss natürliches Thun Gottes sei. Findet aber ein Beweggrund zur Schöpfung in Gott statt und er findet so gewiss statt als die Schöpfung ein bewusstes und gewolltes Werk Gottes, ein aus seiner freien Geistigkeit entsprungenes Wirken ist, so kann er auch nur ein Gottes würdiger sein, und wenn schon sein Wesen kein absolut Unerforschliches ist, so kann auch sein Erkennen und Wollen kein absolut Unerforschliches sein. Nichts hat dem Pantheismus vielleicht grösseren Schein der Vernünftigkeit und somit der Wahrheit verliehen, als die Meinung, jeder theistische Schöpfungsbegriff laufe nothwendig auf die Annahme einer Zufälligkeit der Schöpfung hinaus und die Behauptung, die Schöpfung sei ein freier Akt Gottes, sei identisch mit der Behauptung, sie sei ein zufälliger Akt Gottes. Wer aber Zufälligkeit in Gott verlegt, unterwirft Gott nur auf entgegengesetzte Weise wie der Pantheist, der in Allem nur Naturnothwendigkeit sieht, dem blinden Fatum. H.]

dem Naturcentrum aufgeht, in und aus welcher Freiheit dieses Naturcentrum selbst entsteht, so dass folglich diese Freiheit (Ungrund) der Anfang und das Ende des ganzen Processes, und ihr ewiges Naturcentrum nur das ewige Uebergangsmittel von jener ihrem stillen, magischen Sein zum offenbaren, lauten Leben ist; von einem Sein, das weder Finsterniss, noch strahlendes Licht schon ist, zum wahren Glänzen und Leuchten. — Das Irrige der oben erwähnten zwei Vorstellungen zu zeigen, mögen nun folgende Betrachtungen dienen.

Man nehme eine beliebige Anzahl Factoren eines Lebens, z. B. eine dreifache: a, b, c, in welche sich dieses in seiner Leibwerdung oder Vollendung ausscheidet; so wird sofort eine zweifache Circulation in diesem Organismus anerkannt werden müssen, nämlich sowohl die der Punkte a, b, c unter sich, als die jedes einzelnen Punktes oder einzelnen Gliedes direct mit der sich hier entfaltenden Einheit. Da aber jeder dynamische Verkehr nur im Wechselspiel eines kräftigen Gebens und Nehmens besteht, so wird sohin jedes einzelne Glied auch direct vom Universalprincip des Organismus empfangen und ihm auch unmittelbar wieder geben (Frucht bringen), so wie jedes einzelne Glied direct von jedem anderen empfangen und ihm auch wieder wird geben müssen. In letzterer Hinsicht leben nun alle einzelnen Glieder (im gesunden, einträchtigen, einmüthigen Organismus) von allen und für alle, und alle wieder für jedes einzelne und von allen übrigen, thuend und wirkend, leidend und geniessend, als Bürger eines und desselben Staates, deren jeder (nach dem Principe der Theilung der Production und Gemeinsammachung der Consumtion) *) sein eigen und besonder Amt

*) So viel auch die staatswirthschaftlichen Schriftsteller von der Vertheilung der productiven Arbeiten einander nachschreiben, so hat doch schier keiner das Original jener in der Idee eines Organismus nachgewiesen und zugleich in der Anwendung auch durchgeführt, so wie sie die der Vertheilung der Production nothwendig gleichlaufende und ihr entgegenkommende Gemeinsammachung der Consumtion hiebei ausser Acht liessen, und eben so wenig sich klar machten, dass jene Theilung der Production nicht etwa eine Trennung oder Isolirung derselben, sondern als Vertheilung eine Association der Production ist od. eine Gliederung derselben.

treibt, für alle seine Mitbürger producirend und von allen hinwieder consumirend. Nun würde aber dieser peripherische Verkehr der Glieder eines Lebendigen weder verständlich, noch beständlich sein, falls man jenen centralen jedes Gliedes mit der Central-Einheit hiebei ausser Acht liesse, und das Untergeordnetsein jenes ersteren unter diesen verkennete. Bei diesem centralen und inneren Verkehr ist nun zu erwägen, dass zwar das éine zeugende A sich jedem einzelnen Gliede a, b, c in seiner Totalität, obschon nur im samlichen Zustande eingibt, dass aber jedes der letzteren vermöge seiner bestimmten Receptivität als gleichsam ein einzelner Nenner (denominator) des A nur einen bestimmten Theil (gleichsam Farbe) dieses A aufnimmt*). Wie aber die Bedingung jedes Gebens ein Gegengeben, so ist auch hier die Bedingung des Sichgebens des A ein Rückgeben jedes Einzelnen, a, b, c an A. Auf solche Weise bringt nun a das von b und c Empfangene, b das von a und c Empfangene, c das von a und b Empfangene demselben A dar, und A erhält sohin ein dreifaches a b c, in deren jedem das eine der drei Glieder die herrschende Qualitat oder Gestalt ist. Mit anderen Worten: das Leben wird der Einheit, auf solche Weise entfaltet und in der Zahl der Lebensglieder vervielfacht, verdoppelt und reflectirt, zurückgegeben, und der Sinn und Zweck des Organismus war eben kein anderer, als dieser Reflex, durch dessen Vollendung das Eine mit seiner realisirten Lebensfülle (Vielheit) ganz in allen einzelnen Gliedern und ganz in sich selber lebt. Zugleich leuchtet hieraus ein, wie diese Reflexion des von allen Gliedern gesammelten und gleich einem Opferduft emporwallenden Lebens, die jedem dieser Glieder aufgegebene Function (Tagewerk) ist, an die sein eigenes gesundes Bestehen im gemeinsamen Organismus und sein Zusammenhalten (Cohäsion) mit allen übrigen Gliedern bedungen ist. Es muss seinen Schöpfer verherrlichen oder Frucht tragen, und es wird ihm nur insofern gegeben, als es selber hat und gibt. Aber tiefer liegt eine andere Bemerkung,

*) Dieser Nenner ist das, was man die Zahl in Bezug auf die Monas nennen muss.

welche freilich eine eigene Auseinandersetzung erforderte, die ich jedoch hier nur ihres natürlichen Verbandes wegen mit dem bisher Gesagten anzeige. Sie ist nämlich diese, dass jedes Partial-Leben zwar auch in seinem Partial-Centrum involvirt zu betrachten ist, dass aber dieses einzelne Leben sich nicht von und für sich selbst zu evolviren vermag, und zwar dieses so wenig, als z. B. der in der Erde liegende Keim im eigentlichen Sinne von selbst schon aufgeht. Vielmehr ist hiezu die Hilfe eines grossen, bereits evolvirten Lebens unumgänglich nöthig, eine bereits aufgeschlossene Sonne (Gestirn), welche jener partiellen, gleichsam noch vergrabenen, Sonne sich mittheilend, eingebend, ihr das Complement zur reellen Existenz, d. h. zum Hervorwachsen gibt, und sie (die Creatur) in solcher Evolution ihres Lebens erhält. Gibt sich nun die Creatur dieser Universalsonne nicht ein und verschliesst sich gegen sie, sich in ihre Selbheit (Centrum) erhebend, so mag eine solche Creatur freilich so lange nicht zum freien Leben kommen. Der partielle Lebensprocess der Lebensgeburt dieser Creatur stimmt sodann mit jenem universalen Lebensprocess nicht ein, den ich oben bemerklich gemacht habe und der in einem ununterbrochenen Aufgehen der Freiheit aus dem Naturcentrum und durch dieses in sich selbst besteht, wo also dieselbe Einheit, durch das Medium dieses Centrums hindurch sich selbst berührend, sich selbst findend und empfindend, ewig in sich selber eingeht, welches Insichselbereingehen und welche Conjunction aber in dieser Creatur, freilich nur in der partiellen Wiederholung jenes Processes, gehemmt und suspendirt wird. Eine Hemmung die sich gleich einer Erkältung sofort in einem eigenen Producte bemerklich macht, und wo das Zeugende (der Vater) sich nicht in seinem Sohne findet, wesswegen denn auch seine ewige Liebebegierde, sein Suchen, sofort als unversöhnter, rächender Grimm in solch einer Creatur aufgeht *).

*) Das war das Streben (der abgefallenen Creatur), dass das Seelenfeuer aus des Vaters Eigenschaft sich von des Sohnes Eigenschaft wendete. Signatura rerum von J. Böhme, 5, 6. [Böhme's sämmtliche Werke von Schiebler. IV, 304. H.]

Aus dem bisher Gesagten sieht man nun ein, wie der Kreislauf des Lebens nur dann vollendet ist, wenn das von allen Gliedern erzeugte Partialleben in die Liebearme des gemeinsamen Vaters wieder aufgenommen wird, und wie der Ausgang (das Sichäusserlichmachen und Leibwerden) nur diesen verherrlichten Wiedereingang bezweckte. Denn jeder Ausgang, sagt Tauler, ist nur des Wiedereingangs wegen, und das exoterische Leben ist nur Baugerüste dem esoterischen. Insofern endlich das innere, dynamische Verhalten jedes Empfangenden ein Ruhen in dem Gebenden aussagt, so ergibt sich bei dem oben bemerklich gemachten doppelten, äusseren und inneren, Lebensverkehr auch ein wechselseitiges Ruhen ineinander, der Glieder in ihrem Zeugeprincip, dieses in jenen und wieder der Glieder unter und in sich, welches Ruhen ineinander nicht nur mit wechselseitiger Thätigkeit coincidirt, sondern von dieser und zwar der ungehemmten Thätigkeit bedungen ist. Das Ruhegebende ist aber auch hiemit eben das Alimentirende, Sichzurspeisegebende, und man wird also hieraus nicht bloss den allgemeinen Sinn dieser Alimentation und zwar einer innern und äussern, peripherischen und centralen, begreifen, sondern auch die Bedeutung jenes alten Satzes verstehen, „dass nämlich jeder Geist (jedes Leben) nur von seinem Leibe (seiner Mutter) sich speise“, womit die Alten eigentlich dasselbe sagen wollten, was auch mit dem Satze, „dass jeder Sohn in der Natur seinen Vater zu regeneriren bestimmt sei.“ Kant deutete diesen magischen Cirkel des Lebens damit an, dass er sagt, „im Organismus bringe die Ursache ihren Effect hervor und dieser werde wieder zur Ursache*)“.

*) Vergl. Kants Kritik der Urtheilskraft. Werke Kants von Hartenstein. VII, 242.

II.

Gedanken

aus

dem grossen Zusammenhange des Lebens.

Allgemeine Zeitschrift von Deutschen für Deutsche.

Herausgegeben von Schelling.

Nürnberg, Schrag, 1813.

Ersten Bandes drittes und viertes Heft.

Den neuern Theologen ist nebst manchem anderen auch die Theorie der Opfer völlig abhanden gekommen, und sie wissen uns über jene bedeutende Stelle im 3. Buche Moses C. 17. V. 11. „denn das Blut ist die Versöhnung fürs Leben", so wie unser Thierblut das Gefängniss unserer Seele ist, keinen Bescheid zu geben. Schätzbare Beiträge zu einer solchen Theorie der Opfer verdanken wir dem Verfasser des Buchs: Le ministére de l'homme-esprit. Paris 1802, *) welcher durch eine glückliche Anwendung des Naturgesetzes der Ableitung oder Versetzung (Derivatio und Transpositio) der Kräfte auf die Opfer viel Licht über diesen Gegenstand verbreitete. Es ist nemlich eine bekannte Beobachtung, dass ein gesundes, kräftiges Blut bloss durch seine Nähe ein ungesundes heilt, indem es die übelthätige Action, von letzterem sie ableitend, an sich zieht und absorbirt. Es ist ferner bekannt und begreiflich, dass frisch vergossenes Blut dessen Wirksamkeit vermehren muss, und dass also das Vergiessen des Blutes theils dazu diente, dessen ableitende Kräfte zu erhöhen, theils die übelthätigen, welche selbes an sich gezogen, fortzuschaffen, gleichsam zu präcipitiren, indem sie keine Basis mehr hatten, auf der sie hätten ruhen können. In der That sehen wir bei jedem Opfer irgend eine Basis einer höheren, mit ihr übereinstimmenden, Action entweder entwickelt dargeboten werden, um diese Action wirksamer zu machen, und sie herab oder herauf

---

*) Wir besitzen von diesem Werke eine treffliche deutsche Uebersetzung: Der Dienst des Geistmenschen von L. C. von St. Martin. Aus dem Französischen von dem Uebersetzer des Werkes: „Dante und die katholische Philosophie des dreizehnten Jahrhunderts." Münster, Deiters, 1845. Vergl. bes. S. 188 ff., 196—280.

zu ziehen, oder zerstört werden, um diese Action, wenn selbe durch jene Basis gebunden war, völlig zu befreien, und da die Function des Feuers eben keine andere, als die solche Hüllen zerstörende, und Kräfte entwickelnde, befreiende ist, so begreift man auch leicht, welche bedeutende Rolle das Feuer bei dem Opferprocesse zu spielen hatte. Da nun die Alten in der Kenntniss des Zusammenhangs oder der Correspondenz des sichtbaren Systems mit einem unsichtbaren es weit gebracht hatten, da sie jeden einzelnen Naturkörper als ein wirkliches Sinnbild und hiedurch als ein Organ und gleichsam den Zuleiter und Nerv irgend eines unsichtbaren Kräftigen betrachteten, so lässt sich einsehen, wie ihnen die Opfer Gelegenheit gaben, diese ihre ausgebreiteten Naturkenntnisse in Anwendung zu bringen. — Endlich lässt sich auch dieselbe Theorie der Befreiung und Erhöhung eines Kräftigen durch Entwickelung oder Zerstörung seiner natürlichen Basis auf die Opfermale anwenden, denn das Blut übt ohnediess bei jedem Assimilationsgeschäfte die Function des Opferfeuers aus als die wohlthätigen Actionen befreiend und ins System erhebend und die übelthätigen präcipitirend; und es ist wohl kein blosser Zufall, dass das Wort Coena (Abendmal) von einem hebräischen Worte stammt, welches heiligen, weihen (sacrificari) bedeutet.

Da jede Gegenwirkung (Contr'action als feindliche, nicht als helfende Reaction *)) oder Hemmung durch Schmerz sich bemerklich macht, so begreift man, warum der Schmerz des Propheten, durch die Laster des Volks veranlasst, dieser lasterhaften Wirkung als Gegenwirkung das Gleichgewicht halten muss, warum jener Schmerz des Propheten der elektrische Leiter der göttlichen Action ist, und wie der Prophet durch Ableitung (per derivationem) dem Volke selbst die Last seiner Sünde tragen hilft und ihm den Zugang und die Berührung der göttlichen Action erleichtert **).

---

*) Bekanntlich verwechselte Fichte diese beiden Reactionen.

**) Baader hat offenbar hier hauptsächlich den Propheten Jesaias und Jeremias im Auge. Vergl. Jesaias 43, 24—26; 50, 5—11; 53, 3—12. Jere-

Das Gute wie das Böse tritt innerlich zum Menschen, nicht nur, um durch ihn eingelassen, aufgenommen, sondern um auch hiemit erhoben zu werden ins freie Leben, um durch und in dem Menschen zu fructificiren. Es genügt also nicht, dass der Mensch dem Bösen, der Sünde, entfliehe und ausweiche, er muss auch selbes verfolgen, als ein wie immer zum Leben Gekommenes tödten, und in das Schattenreich des Orkus, aus dem es sich durch Usurpation in die Region des Lichts und Lebens erhub, als ohnmächtigen Schatten wieder hinabstürzen. Der schlechte, böse Trieb a, den ich auf solche Weise, gleich einem giftigen Insect, in mir abgewürget habe, wird auch keinen andern Menschen mehr verfolgen. Im Gegentheil wird jedes derlei von mir nicht getödtete, sondern gehegte, aufgefütterte Insect seinen Stachel auch andern Menschen fühlen machen. Dieselbe Behauptung gilt von jeder jedes einzelne Menschenindividuum befallenden feindlichen, lebenhemmenden Action, bis herab zum äussern Schmerz. Denn der Mensch haftet durchaus in solidum für alle Menschen. Diese Ansicht gibt in Verbindung mit der vorhergehenden eine Theorie des Schmerzes, die nicht minder lehrreich als trostreich ist.

Sohn, Son, gothisch Sunus, angelsächsisch Sunu. Die alten Deutschen haben durchaus Sun gesagt, oft auch nur Su. Söhnen, Sühnen heisst expiare, *reducere* in gratiam. Sone oder Sun bedeutet pacificatio, daher Sun und Berichtigung machen zwischen uneinigen Theilen. Nun heisst aber Sonne (Sol) gleichfalls Sun, und Sun abend deutet auch hier wieder auf Pacification, Stillung, Schlichtung, Befriedigung eines Zwistes. Wie ferner Söhnen, Versöhnen, eine Wiedereinung getrennter und entzweiter Dinge bedeutet, so mag Sünde wohl von Sundern (asunder, Sondern, Trennen) abgeleitet werden. Die Worte: Sohn (Filius) und Sonne (Sol) scheinen also durch den Mittelbegriff und das Wort: Söhnen, Versöhnen, dieselbe Bedeutung zu erhalten, oder wenigst

---

mias 8, 21—22; 9, 1 u. 10; 14, 17. Der Dienst des Geistmenschen S. 250. H.

in einen natürlichen Verband zu treten, und dieses Zusammentreffen der Wortableitung mit dem Zusammenhang der Begriffe selbst verdient wohl eine weitere Nachforschung. Denn der Zusammenhang des äussern Sonnenprocesses mit einem innern, höhern ist bekannt, und die dunkle oder deutliche Erkenntniss dieses Zusammenhangs lässt sich in allen Religionen nachweisen, wie denn schon Dupuis *) bewies, dass jeder Gottesdienst ein Sonnendienst war und ist. In der That deutete die äussere Sonne symbolisch und gleichsam prophetisch von jeher auf eine innere psychische als Heiland und Friedefürst, und wie das Verständniss der äussern Natur eigentlich nur jenes des äussern solarischen Processes in ihr ist, so beruht das Verständniss der inneren Natur auf jenem ihres innern solarischen Processes, und so wie sich diese beiden Processe in einander spiegeln, so kann man auch einen ohne den andern nicht verstehen. Das Erkennen dieses reellen Zusammenhangs beider dieser Sonnenprocesse liegt nun durchgehends der ältern, höhern Chemie zum Grunde, und man kennt wenig von dieser vorzüglich von Deutschen in ältern Zeiten cultivirten Wissenschaft, wenn man sie mit jener später durch Missverstand und Entartung aus ihr hervorgegangenen Goldmacher- und Leibverjüngungskunst vermengt.

Nur was der Geist (Kopf) bewundert, das verehrt, liebt, und betet das Herz an. Aber die Intelligenz (welche insofern auch Penetranz heisst) soll eben das Wunderdasein (la chose admirable) thätig enthüllen, und ruht nur dann von ihrem Tagewerk, wenn selbes vollendet ist. Denn nun erst tritt der Affect der Bewunderung, sofort jener der Verehrung, Liebe &c. ein. So lange folglich die Intelligenz noch in jener enthüllenden Thätigkeit begriffen ist, so lange ist die Berührung, der Genuss des erkämpften Wunders, noch nicht erreicht, und letztere kann darum

*) Origine de tous les Cultes. Paris 1795. [Deutsch von Rhé, Ueber den Ursprung des Cultus. Ein geschichtlich erwiesener Parallelismus zwischen Glaubenslehre und Religionsgebräuchen der Heiden und Christen. Stuttgart 1839. H.]

auch nur der Lohn der bis an die Gränze ihres Vermögens siegreich durchgedrungenen Thätigkeit der Intelligenz sein. Dieser Lohn kann folglich auch nur, wie jener der Tugend, erkämpft werden gegen die feindlichen Mächte der Finsterniss. Es ist darum nicht genug, dass ihr euer Herz, ihr müsst auch eueren Kopf anstrengen, ihr müsst euch Licht, wie Wärme erkämpfen ritterlich, und wollt ihr den Affect der anbetenden Liebe in euerem Herzen kräftig nähren, so sorget ja dafür, dass dem erkennenden Geiste die Gegenstände der erhebenden Bewunderung nicht ausgehen. *)

Es ist nur eine Hoffart, ohne Leib (Natur) sein wollen. In diesem Sinne war der erste hochmüthige Geist auch der erste Supernaturalist, indem er sich von seiner Natur losmachen und sie überfliegen wollte. Freilich ist das freie Leben ein Schweben über (inner) seiner Wurzel oder Natur, und ist insofern über-(inner-) natürlich. Aber eben dieses Nieder- und Herausgehaltensein und bleiben der Wurzel, zugleich mit dem untrennbaren Zusammenhang (nicht Confusion) **) des Lebens (als Geistes, als der Blüthe und Krone der Natur) mit ihr, bürgt für die ewige Fortdauer des Lebens selbst. Könnte man dieses ewige Band trennen, könnte man Gott naturlos, die Natur gottlos machen, so verschwänden beide, und anstatt des sich offenbarenden, exoterischen Gottes bliebe nur ein esoterischer, ein Gott in Potentia übrig. ***). Man kann darum Gott nicht verleugnen, ohne zu-

---

*) Liebe Brüder, schreibt Paulus 1. Korinth. C. 14. V. 20. „werdet nicht Kinder (kindisch) an dem Verständniss, sondern an der Bosheit seid Kinder, an dem Verständniss aber seid vollkommen."

**) Mit der Confundirung der ewigen Natur mit Gott als dem Licht und Leben dieser ewigen Natur ist auch jene der letztern mit der äussern zeitlichen Natur schon gegeben.

***) Sofern nemlich Gott als Gott (im Unterschiede von der Welt) des exoterischen Seins entbehrte. Da aber Gott doch nicht bloss esoterisch sein kann, so würde eben die Welt sein exoterisches Sein darstellen. Nach dieser Ansicht würde Gott und Welt nur wie potentia und actus unterschieden sein, der Theismus fiele und der Pantheismus siegte. Baader will also zeigen, dass weit entfernt dass die Lehre von der ewigen Natur

gleich seine ewige Natur, und diese nicht, ohne zugleich Gott zu verleugnen, und die Theophobie oder Gottesscheue ist überall von Naturscheue oder Naturhass begleitet. In allen Religionen wird darum der gotthassende Geist zugleich als Naturfeind und Naturverderber vorgestellt.

Wie der Chemiker nur das kennt, was er bis auf seine Wurzel zersetzt und zerlegt hat, so erkennen wir auch die Elemente (Basen) der Thier- und der Finsterwelt nur erst dann, nachdem wir diese Welten in uns todt gemacht, depotenzirt, d. i. sie nicht mehr in uns leben haben. (Hier ist nämlich von einer Innewohnung die Rede, von welcher uns eine andere in uns wesentlich wordene Erkenntniss befreien und jene erste zur bloss figürlichen depotenziren oder sie desubstanziren soll.) Und dieses mag wohl die Hauptschwierigkeit sein, welche sich der gründlichen Kenntniss des Bösen in und ausser uns entgegensetzt. Die Welt glaubt übrigens zu stark an den Teufel, sie glaubt ihm zu viel, um ihn glauben zu können; denn dass es keinen Teufel gebe, macht der Welt nur der Teufel weiss*).

---

in Gott zum Pantheismus führe, vielmehr gerade umgekehrt, jede Lehre, welche die Natur in Gott leugnet, unvermeidlich zum Pantheismus hingetrieben wird oder vielmehr im Grunde schon Pantheismus ist. Schelling näherte sich in den Untersuchungen über die menschliche Freiheit, im Denkmal der Schrift von den göttlichen Dingen und in dem Antwortschreiben an Eschenmayer diesem tiefsinnigen Theismus Baaders, erreichte denselben aber nicht in seiner Reinheit, da er der Natur in Gott nicht die rechte Stellung gab, nemlich eine zu hohe. Vergl. die Vorrede des Herausgebers zur zweiten Ausgabe der kleinen Schriften Baaders XCVIII ff. H.

*) Es ist bekannt, dass es den Gründern der protestantischen Confessionen, einem Luther, Calvin, Zwingli, Melanchthon etc. nicht einfiel, die Existenz bewährter und somit guter, und gefallener, somit böser Engel zu leugnen. Sie hielten sich davon überzeugt, dass die h. Schrift die Existenz derselben lehre und so galt ihnen der Glaube daran als ein wesentlicher Theil der christlichen Religion. Deismus und Pantheismus haben in der neueren Zeit an diesem Glauben so sehr gerüttelt, dass selbst tiefer strebende Geister an jenem Glauben völlig irre geworden sind, und sich nicht scheuen, die h. Schrift auf das Gewaltsamste zu drehen und zu wenden, um jener missliebigen guten und bösen Dämonen

Das basische Princip des Lebens der selbstthätigen oder intelligenten Creatur ist in und von ihr erregbar, entzündbar, und die Creatur versetzt und sperrt sich selbst (d. h. ihr Leben und ihren Geist) hiemit in einen Lebenszirkel, den sie sich selbst geschaffen, erweckt hat*), gleichsam in eine andere Region des göttlichen Wesens, oder in einen anderen Gott als den des freien, gemeinsamen Lebens der Liebe und des Lichts. Indessen, und weil dieser göttliche Lebens- und Lichtprocess von der Creatur unaufhaltlich und unwiderstreblich ist, fährt dieselbe Creatur doch auch nun fort, selben, zwar nicht mehr vollendet in sich, sondern

los zu werden. So erklärt der geistreiche Verfasser der Reden an die Gebildeten deutscher Nation über die Zukunft der evangelischen Kirche (Zweite Auflage, Leipzig, Weidmann, 1849) S. 331—334, die Engel und die himmlischen Heerschaaren der h. Schrift seien nicht als geschaffene Wesen, sondern als die im Gemüthe der Gottheit auf- und niedersteigende, in ewigem Fluss, in stetem Werden und Wandel begriffene Gestaltenwelt anzusehen, als der Inbegriff der schöpferischen Gedanken der Gottheit, die insofern auch himmlische Geister genannt werden könnten. Es versteht sich, dass unter dieser Voraussetzung die bösen Engel oder Geister gleichfalls sich in unpersönliche Formen verwandeln müssen und was könnte wohl anders dafür eingesetzt werden, als die nothwendig gesetzten Möglichkeiten des Bösen, der Inbegriff der verlockenden und versuchenden Mächte zum Bösen. Aehnliches lehrte auch Schelling in seinen Münchener und Berliner Vorlesungen. Allein Niemand wird uns glaublich machen, dass die Schrift im Grunde selbst nichts Anderes lehre. Wie ist es möglich, solche Behauptung festzuhalten im Angesichte der biblischen Thatsachen? Man vergleiche die bezüglichen Schriftstellen des alten und neuen Testamentes im Zusammenhalt mit dem ganzen Lehrinhalt der Schrift und man wird nicht zweifelhaft sein können, dass gleich sehr der Geist wie der Buchstabe der h. Bücher das Zugeständniss erfordere, dass die himmlischen Heerschaaren ihr als persönliche Geister, als intelligente Geschöpfe gelten, und dass nach ihr ein Theil der unverdorben geschaffenen Engel freiwillig sich dem Bösen zugewendet hat. J. T. Beck hat in seiner Schrift: Die christliche Lehrwissenschaft nach den biblischen Urkunden (Stuttgart, Balser, 1841) I, 173, 186 u. 247—262 die hierher gehörigen Lehren in Heranziehung und Erläuterung der bezüglichen Schriftstellen trefflich dargestellt. H.

*) Das in Natur befangene, von Rückkehr in Freiheit aufgehaltene, unfreie Leben, im Gegensatz des naturfreien (nicht naturlosen). — Jedes Leben wird in der Enge (Angst, angustia) geboren, und in der Freiheit genossen.

durch sich, und dermassen zu fördern und zu reproduciren, dass dessen Complement immer ausser sie fällt. Mit andern Worten: dieser göttliche Lebensprocess durchwohnt oder durchgeht sie nun bloss, ohne ihr inzuwohnen, und in ihr sich zu öffnen, in seiner Vollendung zu offenbaren. Die Nichtergänzung dieses Lebensprocesses in solch einer Creatur, verbunden mit dem untilgbaren Imperativ dieser Ergänzung in ihr, macht nun eben die Pein und die Bestrafung eines solchen Creaturlebens, welches von dem gemeinsamen Leben sich ausgeschieden, isolirt und ausgeschlossen hat; und diese Ansicht führt auf eine Theorie und Erklärung des Ursprungs des Bösen, die eben so natürlich als ungezwungen aus der Kenntniss des Zusammenhangs des gemeinsamen und centralen Lebensprocesses mit dem partiellen jeder einzelnen Creatur sich ergibt.

Das Wort: Cultus hat mit dem Worte: Cultur (Lebenspflege) dieselbe Bedeutung. Ein Gottesdienst als Lebensdienst ist in der allgemeinsten Bedeutung das Gesetz, vermöge dessen ein Lebendiges sich unaufhörlich dasjenige zuzueignen sucht, dessen es bedürftig ist zur Ergänzung seines Lebensprocesses, sich demjenigen Wesen nähert, zu welchem es dieses Bedürfniss immer zurückruft, und jenes Wesen flieht, das seinen Lebensprocess hemmt und stört. Diesen Naturalismus findet man in der Bibel überall auch auf den innern, ewigen Lebensprocess angewandt, und eben darum mögen die Supernaturalisten nichts von diesem Buche wissen.

Aus der Kenntniss des Zusammenhangs, Zusammenfliessens und Zusammenathmens des gemeinsamen, centralen, göttlichen Lebensprocesses mit dem partiellen der einzelnen Creatur folgt, dass dieser Zusammenhang, dieser Verkehr des Lebens einem gewissen Gesetze unterworfen sein, dessen Nichtbefolgung sich sohin auch, so wie die jedes Naturgesetzes, sofort bemerklich machen und rächen muss. Wie es nämlich nicht gleichgültig ist, wohin ich die Spitze (aura, Hauch) eines elektrisirten Körpers in einem elektrischen System solcher Körper richte, wie es nicht gleichgültig ist, wohin ich den Focus eines Brennglases oder Brennspiegels richte, so kann es auch nicht gleichgültig sowohl für den Menschen, als für das ihn umgebende System lebendiger Wesen (höherer und niedrigerer) sein, wohin selber seinen Kraftfocus, seine Begierde und Liebe, als gleichsam seine geistige, elektrische Spitze kehrt; und er kann sich alle Augenblicke durch das Experiment davon überzeugen, dass sowie er seinen Kraftfocus von dem centralen oder göttlichen Lebensstrom abkehrt, sowie er also an und durch sich jenes Wiederkehren seines partiellen Lebens in das gemeinsame hemmt, er auch den unmittelbaren Rück- und Zufluss der göttlichen Kräfte in sich aufhält. Denn auch hier ist die Reaction der Action gleich. Das ist Sünde, sagt Tauler, dass die Creatur nicht zurück in die Einheit (Ende) als ihren Anfang mit all ihren Kräften w a l l e n d. i wollen mag.

Mit der oben gegebenen Ansicht eines Naturgesetzes für den Verkehr des Göttlichen mit dem Creaturleben stimmt auch die alte Lehre des Einkehrens und Auskehrens des Menschen. Was sich nemlich nur auskehrt (nach aussen kehrt), kann innerlich nichts empfangen, weil das Empfangen ein Begegnen und Treffen, also ein wechselseitiges Zukehren des Gebenden und Empfangenden voraussetzt. Da nun das Göttliche als das Centrale nicht einfahrend von aussen, sondern nur aufgehend von innen in die Creatur tritt, so ist ohne dessen Einkehr nach innen kein Treffen, kein Begegnen und also auch kein Empfangen des Göttlichen möglich.

Was in mir wirken, aufgehen soll, muss sich erst fassen, gründen in mir. Aber nur das, dem ich meinen Willen einführe oder übergebe, dem ich mich (wollend) öffne, eingebe, überlasse, vermag sich in mir zu fassen. Dieses Sichöffnen einem A heisst eben dieses A wollen, und ist ein Untergehen, ein Sichzugrundlassen, wogegen das Gründende das Sichzugrundlassende ergreift und besitzt als Basis, und eben hiedurch aufgeht in dem Besessenen und dieses wieder in sich oder zu sich erhebt (gleichsam als Leib aufzieht). Man begreift sohin, wie die Sünde darin besteht, dass die Creatur selbst, d. h. nicht Gott, sondern Sich, will, und wie Liebe ein Nicht- (Selbst-) wollen, und Selbst-wollen Nicht-Liebe ist*). Wenn nun aber das so zu Grund gelassene, besessene B wieder in dem besitzenden A erhoben wird, so kann es nur als diesem zu-, ein- oder nachgebildet (assimilirt), d. h. als sein Bildniss und Gleichniss in ihm erhoben werden, und A besitzt nun eigentlich dieses sein Gleichniss oder Bild in B, oder besitzt B durch dieses sein Bild **), woraus begreiflich wird, wie jedes Wollen ein Imaginiren oder Einbilden ist, und wie die Theorie der Lehre von dem Ebenbilde Gottes im Menschen, im Gegensatze des äusseren Weltbildes in ihm, in dem ewigen Naturgesetz des gemeinschaftlichen Lebens der Wesen zu suchen ist.

Die Luft drückt nur auf luftleere Körper, der Geist drückt nur auf geistleere, entgeistete Wesen***). Der Austritt des Geistes (Lebens) oder die Entgeistung bezeichnet sohin den Eintritt der Schwere. Das Welt-ordnende und stellende Princip (Weltgesetz als Weltwesen setzende) äussert sich sohin als zwingende, durchwohnende Macht, als Schwerkraft, lastend auf den entgeisteten, von ihm leeren Wesen, und trägt und hält dagegen selbe, als ihnen inwohnend und sie beseelend, leicht empor. †) Die Perpendicularrichtung kommt aber auf die eine wie auf die andere Weise zu Stande. — Diese Ansicht führt auf eine fruchtbare, obschon noch völlig unbekannte Theorie des Schweren und Leichten, im Physischen wie im Psychischen.

---

*) Das sich zu Grund Lassende (Zerlassende) muss sein Naturrecht aufgeben — Feuerschmelzen — Assimilation. „Coquor dum destituor, digeror dum transformor, unior dum conformor."

**) Siegel — Eigenthumsbezeichnung. „Gebet dem Kaiser, was des Kaisers ist etc."

***) So drückt der Geist, als Last der Unwissenheit, auf den geistleeren Kopf, wie selber auf das entgeistete Herz als Gewissenslast drückt.

†) Das Leichte hat seinen Träger in sich, das Schwere ausser sich — innere Gehilfin, äussere Gehilfin. Dasselbe gilt vom Licht.

Gott, als ewiges Leben, ist ein ewiges Sein und ein ewiges Werden zugleich. *) Als Letzteres ist aber Gott gleichsam ein ewig fortgehender Process (dieses Wort im Sinne der Physiker genommen), und da der Mensch eben nur berufen ist, dieses Werden, diesen Process in einer niedrigern Sphäre zu wiederholen, fortzusetzen oder nachzumachen (wie er denn unleugbar es in seiner Gewalt hat, diesen Process, so viel an ihm ist, nicht fortzusetzen, sondern zu hemmen, und „die Wahrheit in Ungerechtigkeit aufzuhalten“), so begreift und versteht er, als selbstthätiges Wesen, eigentlich nur das von Gott, was er ihm nachzuthun berufen ist. Wogegen ein Gottesdienst, welcher dem Menschen Gott als ein in seiner (des Menschen) Wirkungssphäre bereits vollendetes und blosses Sein vorstellt, nur auf ein unverständiges und müssiges Angaffen dieses Seins führen muss.

Wie unser (wahres) Wissen vom Nichtwissen (Aufgeben des falschen Wissens), so fängt auch unser (gutes) Wollen, wie der Wandsbeckerbote bemerkt, nur vom Nichtwollen (Aufgeben, Verleugnen, In- oder Niederhalten des nichtguten Wollens) an. **) Aber es fängt auch nur verneinend an, und endet oder beruht keineswegs in dieser Verneinung, sondern in positivem wahren Wissen und guten Wollen.

Wenn der Mensch mit Nichtwollen des Bösen (mit Selbstverleugnen ***) seines nichtguten Wollens) seine moralische

---

*) Deus sicut mens est, quae movetur: secundum haec et subsistit Sextii Pythagorei sententiae.

**) Gelassenheit im Wissen, höhere Deutung des Sokratischen Nichtwissens; aber dieses Nichtwissen ist ein Gewusstwerden. -- Eben so fängt mein Rechtthun vom Folgen (Nicht-selbstthun) an.

***) Ich habe bereits anderswo (Beiträge zur dynamischen Philosophie 1809 S. 158) den bekannten Einwurf gegen Selbstverleugnung als Selbstmord damit zurückgewiesen, dass ich zeigte, wie hier nicht von Verleugnung des Selbsts als wahrhaften Wesens, sondern bloss von Zurücknahme eigener Lüge die Rede sei. Verleugnung sein selbst als wahrhaften Wesens (als Gottesbildes) und Selbstbejahung als äusseren Weltbildes ist eben der Fall.

Laufbahn beginnt, so ist zu bemerken, dass er ganz sich selber überlassen oder ganz allein, auch selbst dieses Nichtwollen (Selbstverleugnen) nicht zu Stande bringen, dass er sein böses Wollen nicht anders lassen kann, als an und durch einen sich seinem Gemüthe darbietenden, ihm helfend entgegen kommenden guten Trieb oder Lust (als Sollicitation oder Anmuthung zum Gutwollen), dessen Berührung, Insichnehmen, Zu- oder Aneignen die conditio sine qua non zur Niederschlagung (im eigentlichen oder chemischen Sinne) oder Depotenzirung jenes in ihm allein lebendigen, bösen Willens *), und zur Erzeugung eines neuen (guten) Wollens (Geistes) ist, zu welchem letzteren jene Lust das eine, ergänzende Element darreichen muss. Ohne diese sich dem Menschen frei und freundlich darbietende gute Lust vermag er die böse und schlechte in sich nicht zu dämpfen, aber er kann auch diese gute Lust nicht sich selber schaffen, und sie muss also ausser ihm oder von aussen der ihn besitzenden bösen Lust erst entgegentreten, um wieder im Menschen emporzukommen. **)

Wenn darum schon das Leben freilich nur von innen heraus jedem Lebendigen quillt, wenn derselbe Gott in jeder lebhaften Creatur (als central) nur aufgehend, nicht von aussen einfahrend sich offenbart ***), so ist es doch nicht minder gewiss, dass

---

*) Christi Tod; denn wir allein vermögen dieses böse Leben nicht zu tödten.

**) Wir sind (durch den Fall) unvermögend, das Gute (in Selbstheit) zu thun, und vermögen nur durch Hingabe unseres Wollens an jenen uns anmuthend Wollenden, diesem als Werkzeuge zu dienen. So viel die Creatur stille steht oder vielmehr zurückgeht, von ihrem selbsteigenen Wirken in Gott eingeht, so viel geht Gott durch sie vorwärts oder aus Χάρις, Χάριστος, Χριστός. Von dieser Charis spricht Paulus, Ep. ad Titum 2. 11. 12.

***) Ich habe in der Vorrede zu Schuberts Uebersetzung des Buches: Vom Geist und Wesen der Dinge (Leipzig, Reclam, 1812 etc.) S. X durch Aufstellung des Satzes, dass man nur das hat (und folglich auch nur geben kann), was man ist, allem Transfusionismus bestimmter, als solches bis dahin geschehen, widersprochen. In welcher Hinsicht St. Martin sehr richtig bemerkt, dass ein Lebendiges einem andern nur die „douceurs ou les horreurs de son propre existence,“ als nemlich den Modus

dieses Leben, falls es innerlich erkrankt, falls die Stimme Gottes im Lebendigen (wie immer) zum Schweigen gebracht wird, diese nun nur von aussen wieder erweckbar (freilich nicht eingiessbar) ist in dieser Creatur. Nur der die Stimme seines Gottes zum Schweigen gebracht habende, nur der gefallene, erkrankte, entstellte Mensch bedarf folglich eines Gottgesandten ausser und neben ihm, der, zu Hilfe kommend jenem innerlich gehemmten Leben, dieses wieder erwecke, befreie und in seine ursprüngliche Rechte wieder einsetze. Wobei denn freilich nicht zu übersehen ist, dass dem Menschen als selbstthätigem (spontanem) Wesen auch diese Hilfe wieder nicht auf- oder eingezwungen oder eingetrichtert werden, sondern dass er sie als eine ihm frei dargebotene Gabe nur selbst sich nehmen kann und muss (wahrnehmen).

Und so löset sich denn dem Forscher das Räthsel, wie nämlich, nachdem die centrale Offenbarung Gottes in der Creatur einmal in ihre Latenz getreten, wir eine peripherische an ihrer Stelle aufgehen sehen*), und wie und warum derselbe Gott, dessen wesentlicher Offenbarung der Mensch (wenigst zum Theil) sein Inneres verschloss, nun von aussen ihm erscheint oder erscheinend sich ihm offenbart, und gleich als wäre Er nicht das Wesen aller Wesen, als Erscheinung dem Menschen (geschichtlich) entgegentritt. — Ist nemlich das Gottesbild im Menschen, als in actu untergegangen, und nur in potentia noch in ihm vorhanden, und lebt dagegen das äussere Welt- oder gar das Höllenbild in ihm, so ist ihm auch so wenig, als einem Kranken oder einem Emigrirten (mit Titeln ohne Mittel) mit jener ohnmächtigen Potentia als blossem oder aller Kräfte entblösstem Vermögen geholfen, und selbst die Erinnerung (welche gleich-

---

seines eigenen inneren beständigen Werdens oder seines Lebensgeburtsprocesses, mitzutheilen vermag. Dies heisst die Schrift: der göttlichen Natur theilhaft werden. Matthäus 12. 25.

*) Im engeren Sinne versteht man nämlich unter Offenbarung die Senkung eines höhern Wesens in eine niedrigere Region, eines Centralen in die Peripherie.

sam ein Wiederaufschliessen des innerlich Verschlossenen ist) an seine Gesundheit, an seinen angebornen Adel, sagt schon die Hilfe aus eines sich ihm nun von aussen darstellenden, erscheinenden, d. i. sich ihm gestaltenden, in ein Bild contrahirenden Gottes oder einer göttlichen Gestalt, und beweiset folglich die Gegenwart und das kräftige Berührtwerden von dieser Gestalt*). Der gefallene (seinem ursprünglichen Sitze entfallene) Mensch und freilich nur er, bedarf sohin allerdings eines sich ihm entäussernden (mit ihm sich en niveau stellenden) Gottes, eines Gottmenschen, eines Heilandes oder Christus! und so ist es denn keineswegs „ein, wenn schon unschuldiger Irrthum, religiöser Materialismus, Götzen- oder Bilderdienst, verliebte Thorheit &c., wenn der Christ, der durch Christus die Gottheit ersieht, und mit ihm als einer gottgesandten, himmlischen Gestalt zu den höchsten Ideen sich emporschwingt", wenn, sage ich, dieser Christ glaubt (und glaubend inne wird), dass er wirklich nur an oder vielmehr in Ihr sich emporschwingt**), denn das Wesen der

---

*) In einem Systeme finster gewordener oder ihre Selbstleuchtungskraft verloren habender Körper kann das Licht nicht anders, als in und durch einen einzelnen Körper wieder aufgehen, und ich habe darum schon im vorhergehenden Hefte dieser Zeitschrift auf den innern Zusammenhang aufmerksam gemacht, welcher zwischen dieser Verkörperung oder vielmehr diesem zu einem einzelnen Bilde Werden des äussern Lichts als Sonne und jener innern Weltepoche (des verbum Caro factum est) Statt findet.

**) Von den göttlichen Dingen und ihrer Offenbarung von Jacobi. Leipzig 1811. S. 63. u. f. — Es muss allerdings befremden, einen Schriftsteller, der doch nicht im blinden Heidenthum, sondern mitten unter Christen geboren und erzogen worden ist, bei Gelegenheit der Rede vom Glauben an Christus auch nicht die geringste Erwähnung machen zu sehen von der diesem Glauben doch einzig zum Grunde liegenden Idee dieses Christus, als solchen, d. i., wie das Wort sagt: als Heilandes, Wiederherstellers und Erinnerers an unsere ursprüngliche Natur; denn nur ein flüchtiger Hinblick auf diese Idee hätte dem Herrn F. H. Jacobi jeden Scrupel wegen eines jenem Glauben etwa zum Grunde liegenden Bilderdienstes (er meinte Personendienstes) benehmen, und ihn abhalten müssen, den Wandsbeckerboten über seine ihm zugemuthete, obschon verziehene, — Bornirtheit, in die Schule nehmen zu wollen. Womit denn Hr. F. H. Jacobi freilich nicht nur seinem Freunde, sondern allen Christen aller Secten, welche an Christus als an ein reelles Wesen

Christen-Religion ist eben nur Christus-Religion oder, wie die Gegner sagen: Christolatrie. —

Plato lässt seinen (sich Aberglauben und Naturalismus freilich nur zu oft zu Schuld kommen lassenden) Sokrates behaupten, dass uns die Tugend weder durch Lehre, noch durch unsere Natur, sondern durch Einfluss (oder als Gabe) der Götter zu Theil werde, und dass der Umgang und die blosse Nähe eines göttlich gesinnten Mannes uns zum Gutwerden behilflich und förderlich sei, wie man in der Gegenwart eines beherzten

---

glauben, und von ihm mehr als „von jedem über die Erde fliehenden Schatten“ oder jedem Roman- oder Fabelhelden (2. Epist. Petr. C. 1, V. 16.) halten, diesen ihren Glauben an Christus sogar zur Gewissenssache (als nämlich wohlverstanden mit der Moralität nicht verträglich) machen will, wofern sie anders, nachdem ihnen nun der 18hundertjährige Staar gestochen ist, bei diesem ihrem abergläubischen Bilderdienst noch länger beharren, und selben nicht gegen eine reine (leere) und heilandlose (heillose) Moral fahren lassen würden. Der Wandsbeckerbote wird auch keineswegs Hrn. Jacobi zugeben, dass dieser seine S. 57 citirte Stelle nach ihres Verfassers Sinn richtig deutete, indem Herr Jacobi sie als seiner eigenen Meinung völlig entsprechend anführt. Denn indem der Wandsbeckerbote sagt: „die menschliche Seele sei unsterblich (gesund), wenn sie es nur sein wolle und nur den Muth habe, sich ihrer edlen Haut zu wehren“, so zeigt der ganze Context zu deutlich, dass der Wandsbeckerbote hiebei jenes: „Sanabilibus aegrotamur malis, nosque in rectum genitos, si sanari velimus, Natura adjuvat“ — im Sinne hatte, und folglich das Vorhandensein und die ungehemmte Wirksamkeit jener Natura adjuvans oder Heilsanstalt voraussetzte, ohne welche dieser Wille und dieser Muth nicht zu Stande kommen, sondern höchstens blosser Wunsch bleiben würden. Endlich scheint auch Hr. F. H. Jacobi den eigentlichen Sinn jener S. 70 von Hamann angeführten Stelle nicht ganz beherzigt zu haben, worin dieser schreibt, „dass sein Aberglaube an diese Reliquien (die heiligen Bücher) im Grunde nur herzlicher Dank sei für die Dienste, welche sie ihm gethan und noch thun, trotz aller Kritik, die von der Bühne, und nicht aus dem Loch der Grube“ raisonnirt, worin nämlich der gefallene Mensch wie jener Prophet in der Schlammgrube sich befindet, und aus welcher Grube jene Reliquien ihm, wie „die alten Lumpen“ dem Propheten, emporhelfen. [Vergl. Matthias Claudius Werke. Siebente Auflage. Hamburg und Gotha bei Perthes 1844 II, 9. — Fr. H. Jacobi's Werke (Leipzig, Fleischer, 1819) vierten Bandes dritte Abtheilung (Hamanns Briefwechsel mit Jacobi) Herausgegeben von Fr. Roth, S. 13. H.]

und muthvollen Kriegers sich selbst beherzter fühlt. Nun glauben aber die Christen eben an die (innere) Gegenwart eines solchen (verstorbenen und doch lebenden) Helden und Siegesfürsten (Apostelgesch. 25. 19.) und dieser Glaube ist es, der ihnen hilft, weil sie glaubend diesen Gegenwärtigen erfahren und inne werden. Denn glaubend berühren sie wirklich diese himmlische, kräftige Gestalt, und ohne Berührung (oder in der Ferne) gibt es ja kein Wirken, kein Erfahren*). Durch Glauben öffnen sie ihr Inneres, ihr Gemüth diesem himmlischen Gemüthe, und eignen sich dieses oder vielmehr ihm mit all seinen Kräften, mit dem ganzen Schatz seiner ewigen Lebensfülle, an und ein. Und so wie die geringste Oeffnung eines finstern verschlossenen Gemachs dem selbes beleuchtenden Sonnenbild Eingang schafft, so schafft die leiseste Berührung dieses himmlischen Gemüthes als ein Sichöffnen unseres Gemüths jenem den Eintritt in uns. Eine Berührung, Oeffnung oder en rapport Setzung**), die bekanntlich im Gebet geschieht, und einen zwar innerlich und heimlich, aber ganz natürlich vor sich gehenden Lebensverkehr andeutet, der in der That nur dann (im gemeinen Sinne dieses Worts) wunderbar sein würde, falls er nach einem andern Gesetze Statt fände, was nun dagegen auch unsere seichten Aufklärer und moralischen Rumfordischen Armensuppenspender vorbringen mögen.

*) Und alles Volk begehrte ihn anzurühren, denn es ging Kraft von ihm, und heilete sie alle, Luc. 6, 19.; und alle, die ihn anrühreten, wurden gesund, Marc. 6, 56.

**) Wem andere Erfahrungen noch mangeln, dem gibt allerdings der magnetische Rapport ein anschauliches Beispiel, wie ein Lebendiges eines andern, eine Person einer andern theilhaft werden kann in dem Maasse, dass die eine Person der andern Sensorium und Medium der Weltanschauung wird. — In welcher Hinsicht jener Schrifttext besonders merkwürdig ist, den die Vulgata noch treuer als die Uebersetzung Luthers gibt, und welcher (ad Hebraeos C. 3. V. 14.) heisst: „Participes enim Christi effecti sumus, si tamen initium substantiae ejus (dessen Lebenszunder oder gleichsam Krystallisationskeim) usque ad finem firmum retineamus.“

III.

Ueber den Blitz

als

Vater des Lichtes.

Aus einem Schreiben an den geheimen Hofrath Jung.

Épée & Amour

Speise ging aus dem Fresser und Süsse aus dem Starken.

Richter 14, 14.

(1815.)

— Rien n'eclaircit l'esprit comme les larmes du coeur; c'est la ce qu'il attend sans cesse pour se montrer. Cela tient à la grande base universelle de l'origine de l'eau (huile) et de celle de la lumière, qui ne peut se montrer tant que la coagulation subsiste, et que l'astringent ne se résout pas en fluide doux, comme on le voit dans le Tableau des nuages. Aussi voilà pourquoi il a ète dit: Beati qui lugent!

St. Martin Oeuvres posth. I. p. 194.

Schon Paulus lehrte vor Athens Philosophen, dass wir alle in und von (sohin auch für) Gott als in und von einem Elemente lebten. (Apostelgeschichte 17, 18.) — Ohne Zweifel würden wir nun jenen Menschen einen Thoren nennen, welcher sein äusseres oder Thierleben ohne alle Kunde und Beachtung jenes oder jener äussern Elemente und ihrer Actionen erhalten und fortbringen wollte, von welchen Elementaractionen dieses sein Leben als ihr Geschöpf doch jeden Augenblick abhangt, in und von denen es, selben dienend, nur lebt, und auf welche es ununterbrochen wirkt, so wie sich dieses Creaturleben der eben so ununterbrochenen Reaction jener Elementaractionen auf keine Weise zu erwehren, und also auch nicht für sich allein zu leben vermag. Aber nur wenigen Menschen scheint es aufzufallen, dass sie sich, in Hinsicht auf ihr höheres, inneres (kosmisches) oder sogenanntes moralisches Leben, doch in völlig gleichem Falle befinden, indem sie hier (in völliger Ignoranz und Nichtbeachtung des innern Elements und seiner Actionen) wirklich allein, und (nicht als Geschöpfe, sondern als schaffende Götter) wie in sich, so auch von und für sich selber leben zu können wähnen (a se, in se, sibi sufficiens), vergessend oder nicht eingedenk, dass doch auch dieses ihr inneres Leben nicht minder jeden Augenblick das Geschöpf von gewissen Elementaractionen höherer Ordnung (und die innerlich eben so experimentirbar, wie jene äussern äusserlich sind) ist, auf welche der Mensch auch bei seinen leisesten und geheimsten Lebensfunctionen (im Sinnen, Begehren &c.) wirkt, von deren Reaction er sich keinen Augenblick los machen, ihrer zu entbehren oder sich zu erwehren vermag, und deren Dienst (Cultus) die Kunst seines Lebens selbst ausmacht. — In jenem frechen und doch zugleich stupiden egoistischen oder Selbstdünkel musste nun allerdings den Menschen eine Moralphilosophie bestärken, welche jeden Gottesdienst (entsprechend dem oben erwähnten Elementendienst) ignorirend, die Worte: Autonomie, Selbstzweck und Selbständigkeit der menschlichen Natur nicht etwa bloss relativ (gegen die niedrigere Thiernatur), sondern völlig absolut deutete, sohin ihre Tendenz kund gab, den Menschen in Selbstsucht und Ichtrunkenheit zu satanisiren, nachdem die früheren niederträchtigen, vorzüglich französischen, materialistischen Philosopheme die Bestialisirung des Menschen bezweckten.

Folgende kleine Schrift gibt nun nicht nur über jene Elementaractionen höherer Ordnung neue Aufschlüsse, sondern sie weiset auch in einer längst vergessenen oder vielmehr nie verstandenen Feuer- und Lichttheorie eines alten deutschen Schriftstellers einen auffallenden Parallelismus dieser innern Elementar-Actionen höherer Ordnung mit denen der äussern nach, welcher den aufmerksamen Natur- und Schriftforscher zu tiefen Betrachtungen und erfreulichen Entdeckungen führen kann.

Schwabing bei München den 5. Julius 1815.

Der ich das Licht mache und schaffe die Finsterniss; der ich den Frieden gebe und schaffe das Uebel.

Jesaias 45. 7.

Die Signatur des dunkeln Brennens (finstern Feuers) ist oscillirend und durch einander fahrend (gleichsam ein wahres Streit- und Mordleben), die des Lichts strahlend (stille nicht bloss durchdringend, sondern auch innewohnend und innebleibend), die des Blitzes aber, zwar gleichfalls geradlinig, jedoch gebrochen und zackig (par saccades) mit Zerschmetterung und Schall durchbrechend. Nach Marum's und Anderer Beobachtung*) zeigt sich dieser Blitz immer dreizackig, sohin der Verzweigung der Aeste (bei Pflanzen) und des Geäders (beim Thier) ähnlich, wie denn das Leben überall nur im Blitze anschiesst (Mineral).

Der dunkeln Hitze im Aeussern entspricht im Innern jene Angsthitze und Qual, jene beengende Angstunruhe (angustia) als ein Nichtbleibenkönnen und doch nicht von der Stellekönnen, welcher Widerspruch jene sich selbst verschlingende Rotation, jenes Ixionsrad gibt, das ich (Ueber die Begründung der Ethik durch die Physik S. 16, 17) als das Centrum (den Lebenszirkel) und die Wurzel alles Natur- und Creatur-

*) Wo sich das göttliche Feuer in Etwas offenbart, macht es in seiner Anzündung einen Dreiangel. Myster magn. 4, 2. Unter Blitz wird hier nicht das momentan sich erzeugende oder wieder erlöschende Licht (die Flamme), sondern die auch ohne alles Leuchten für sich statthabende und diesem Leuchten jedesmal unmittelbar vorgehende Corruscation oder Explosion oder Schrack (durchdringende Erschütterung) verstanden, ein Schrack, welcher entweder stille oder laut jeder Lichtentzündung vorgeht, und Folge des Contacts zweier sich entgegengesetzter Principien ist, deren eines das andere comprimirt oder sich unterordnet. Vergl. Des Erreurs et de la verité. Par un Ph. inc. Edinbourg (Lyon) 1775. S. 156.

lebens bereits bemerklich machte, und welche Wurzel auch (wie dieses der chemische Beweis fordert) bei der Zersetzung und Analyse dieses Lebens zuletzt wieder als Radical zum Vorschein kommt*).

Die Figur auf dem Tittelblatte dieser Schrift ist das Sinnbild der Lehre J. Böhme's von den sieben Naturgestalten und mit Hinzunahme der drei Principien von den zehn Momenten des Lebensprocesses. Die sechs Ecken der in den Kreis eingezeichneten zwei Dreiecke bedeuten die sechs Quellgeister oder die innerliche, siderische oder Seelengeburt, das erste Princip. Der Kreis bedeutet den siebenten Quellgeist, Natur, Leib oder die äusserliche Geburt, in seiner Entzündung das geschiedene dritte Princip. Das Centrum als Ternar stellt vor die innerste Geburt, das zweite oder göttliche Princip (Seelengeist).

Die ewige Natur kann nach J. Böhme sich selbst überlassen ewig nichts, als verdichten, comprimiren, anziehen, sammeln und drehen. Aber dieser Ternar ist doch nur Dualismus, weil die dritte Gestalt die beiden ersten nicht wahrhaft eint, sondern nur beisammen hält. Einschliessen ist Intensiren, Ineinandersetzen, aber das Intensirungsstreben kann sich nicht äussern, ohne sich — als das Zerstreute sammelnd — auszubreiten, und hier ist also der Widerspruch zweier entgegengesetzter Tendenzen, wo die compressive Kraft auch als ein Anziehen ad intra, die expansive als ein Ziehen ad extra vorgestellt werden kann, deren Zusammenfassung (nicht Einung) die Rotation gibt. Nur im Naturternar, wenn er durch die vierte Gestalt d. i. durch das Feuer in Himmel transmutirt wird, hält der Vater, sammelt der Sohn und sind beide wahrhaft im Geiste eins. Deux puissance une — nicht deux puissances ensemble. Vergl. Law la voie de la science divine. III. Dialogue.

Finster und licht gehen als zwei Leben aus dem durch den Blitz zersprengten, essentialen Naturcentrum hervor. Feuer schei-

---

*) Todesangst — Geburtsangst. Die Infusorien oder Räderthierchen mit ihrer phantastischen Proteus-Umgestaltung stellen uns recht lebhaft jenes Naturchaos in seinem noch unsinnigen bestand- und verstandlosen Treiben vor.

det und einigt Licht und Finsterniss. Im normalen Leben ist die Finsterniss im Lichte verschlungen, seiner Offenbarung dienend. Im Lichte ist Gottes Reich (Liebe), im Feuer Gottes Stärke und in der Finsterniss Gottes Zorn und Hölle. Der Lebensbaum ist Feuer, das ziehet von Unten und von Oben an sich, zehrt und lebt vom Finster- und vom Lichtreich. Das Feuer begehret des Lichtes, sagt J. Böhme, dass es Sanftmuth und Wesen bekomme zu seinem Brennen und Leben und das Licht begehret des Feuers, sonst wäre kein Licht (actu), hätte auch weder Kraft, noch Leben und die alle beide begehren die finstere Angst, sonst hätte das Feuer und Licht keine Wurzel und wäre Alles ein Nichts. (Wider Tilken II. 142.) Feuer und Licht ist das göttliche Wesen und die Materie, daraus das Feuer brennt, ist die Finsterniss. (Wider Tilken, I, 163. Vgl. Gnadenwahl c. 3 §. 17, 18).

Im Vorbeigehen bemerke ich hier, dass das geschöpfliche Unvermögen und die Hilfsbedürftigkeit (oder Abhängigkeit der Natur in ihrer Vollendung und Erfüllung oder Verklärung von der Gnade) wohl nicht deutlicher und besonders für das ethische Leben lehrreicher nachweisbar ist, als auf diesem Wege; indem man hier klar einsieht, wie und warum eine Creatur, in welcher (wie immer) jenes Ixionsrad einmal entzündet, jener finstere Wurm des Lebens einmal zu Willen gekommen ist, ohne die Beihilfe eines sie nicht nur berührenden, sondern in dieses Geburtsrad sich selber von innen aus eingebenden Gottes (eines auf solche Weise nur jenes Ixionsrad stillenden Orpheus) nicht wieder zur Vollendung ihres Lebensgeburtprocesses kommen mag, was auch dagegen die frechen Selbständigkeitslehren und moralischen Autonomie-Systeme unserer Zeiten gegen das Bedürfniss einer solchen Wiedergeburt vorbringen möchten. Genug! mit der Entstehung (dem Setzen) der Creatur ist ihr innerer Widerspruch (Zweiheit oder Entzweiung) schon gegeben, und mit diesem Widerspruch ist sie auf die Hilfe ihres Gottes (die geistige Rückkehr in ihn) hingewiesen, welcher diesen Widerspruch löse, und der Cultus dieses Gottes fällt sohin mit der eigenen Lebenspflege zusammen. Nicht die wirkliche Entzündung, wohl aber die Entzündbarkeit jenes Ixionsrades ist der Creatur angeboren. Aber sie bedarf der Hilfe ihres Gottes, sowohl um jene Entzündbarkeit in sich für immer zu tilgen, als auch um die durch ihre Schuld geschehene wirkliche Entzündung desselben wieder zu tilgen. — Ein Gott, der nicht als Erlöser sich bezeugte, wäre sohin kein Gott, und Deismus ist Atheismus. Noch muss ich hier erinnern, dass jener Finster-Ternar, der sich als Basis des Naturlebens bezeugt (△), gerade verkehrt dem aus ihm hervorgehenden Licht-Ternar durch seine eigene Umkehrung (▽) zur Basis dient. Aus Hochfahrt wird Tief- oder Demuth.

Der Begriff des Geschöpfes bringt schon dessen Sein nach, von und in einem Seienden (dem Schöpfer oder dem Schaffenden) und ein Sein in d. h. inner dem Geschöpf (welches Sein nur wieder dasselbe Schaffende ist) mit sich. Zwischen diesem als Anfang und jenem als Ende besteht das Geschöpf als im Mittel. Das Geschaffene oder das Geschöpf steht also als solches schon in einer dreifachen Beziehung zu dem Schaffenden oder dem Schöpfer als von ihm, durch ihn und in ihm, als von ihm durchdrungen, erfüllt und umgeben. Es würde aber widersinnig sein, den creaturisirenden Process, das Wirken des Schöpfers durch den Process oder das Wirken des Geschöpfs sich als erschöpft vorzustellen, so dass man demnach an und in dem Geschöpf von jener ersten Activität (in Theorie und Praxis) abstrahiren könnte. (In allem ihrem Thun halten sie Gott für nichts, sagt der Psalmist). Vielmehr ist mit und in jeder geschöpflichen Wirksamkeit — als einer partialen, localen &c. — die des Schöpfers und Erhalters — als einer centralen, universellen, kosmischen — schon überall gegeben und in und mit ihr dermassen gegenwärtig — in untrennbarem dynamischem Zusammenhang und zwar unterschieden, aber weder getrennt von ihr, noch vermischt mit ihr — dass die Afficirung und Modificirung der einen Wirksamkeit auch die andere afficirt und modificirt, dass somit der Schöpfer durch das und in dem Geschöpf, das Geschöpf durch den Schöpfer berührbar ist und wirklich alle Augenblicke berührt wird. Omnia sacramentum. — Am allerwenigsten darf nun jene Abstraction des Geschöpfs vom Schöpfer sich der Mensch erlauben, der vermöge seiner Centralnatur gleichsam der Mittler (der Nerve, d. h. Gottes Empfindungs- und Bewegungsorgan in der Natur) zwischen dem Schöpfer und allem übrigen Geschöpf ist und in dem also jene wechselseitige Berührbarkeit sich vorzugsweise bewahrheiten muss. Ein Baumeister, welcher bei Stellung seiner Steine von der Schwerrichtung — der unaufhörlichen Centralaction der Erde in jedem einzelnen beweglichen Irdischen — abstrahiren und jene nicht ununterbrochen an und mit dieser (durch das Senkblei) confrontiren wollte, würde sicher übel fahren, und sein Werk könnte — als nicht in der Erde, d. h. in und nach ihrem Willen oder diesem conform gethan, nicht bestehen. Vergl. Joh. 3. 21. Was aber das Senkblei dem irdisch Bauenden, das ist das Gebet (sursum corda! — die Emporrichtung zu Gott — „dein Wille geschehe!“) dem innern, Geistiges und Ewiges bauenden Menschen und derselbe confrontirt nicht nur im Gebet somit jede partielle, beschränkte Willensrichtung oder Action mit der centralen und universellen, sondern er bringt jene — gemäss seiner Priestermacht und Würde mit dieser in wirklichen und wirksamen Contact als in den göttlichen Kraftstrom, analog wie ein noch rohes unassimilirtes Aliment im Magen in Contact mit der Lebenskraft des ganzen Systems kommt. So richtig, natürlich und tief gegründet ist also jener bekannte Ausdruck der Gottvertrauten, welche ehe sie über irgend eine einzelne Sache einen Entschluss fassen, dieselbe erst durch das Gebet in den Tod (der Einzelnheit) versenken (opfern) zu müssen sich verpflichtet halten.

Schon die Beachtung obenbemerkter dreier Signaturen (die sich auf gar mancherlei Weise in der Natur wiederholen) hätte können auf die Anerkennung eines hier sich zeigenden Ternars (von finster, Feuer, Licht) führen, nämlich zur Entdeckung, dass im Finsterfeuer (der Feuerwurzel) ein zur freien Offenbarung Strebendes noch gehemmt, im Blitz kämpfend durchbricht, und erst im (als) Licht seine freie und eben darum ruhige und stille Offenbarung (der Offenbarungstrieb seine Erfüllung) erreicht hat. Ecclesia pressa, militans, triumphans, oder Dante's Infernum,

Purgatorium, Paradisum.*) — Aber man übersah den Blitz, als den Vater des Lichtes, der dieses aus der Finsterniss in sich gebiert, und durch welchen selbes wieder erlischt, so wie die ersten Bewegungen des Embryo's und die letzten des sterbenden Thieres nur Zuckungen (Convulsionen) sind. Jacob Böhme war der erste Naturkundige (Deutschlands und der Welt), welcher bei seiner Feuer- und Licht- d. h. Lebenstheorie jenen Uebergangsmoment als Blitz saisirte, eben hiemit eine derlei Theorie überall erst möglich machend. Ihm verdanken wir den Beweis des für Physik wie Ethik (Religion) gleich wichtigen Fundamentalsatzes, „dass alles Leben (das Originalleben der Gottheit sowohl, als das copirte der Creatur), um vollendet zu sein, zweimal geboren werden oder dass jeder Lebensgeburtprocess zwei Momente durchlaufen muss (welche Momente der Creatur sich nothwendig als einzelne, geschiedene Regionen präsentiren in einem und demselben Wesen); so dass jedes im ersten Momente noch begriffene Leben diese seine erste Mutter erst zu brechen hat, und folglich überall nur das zweit- oder wiedergeborne Leben wahrhaftes, vollkommenes und darum bestehendes, ewiges Leben ist." **) — Ein Fundamentalsatz der Physiologie, von dessen

---

*) Feuer und Licht, sagt J. Böhme, ist das göttliche Wesen und die Materie, daraus das Feuer brennet, ist die Finsterniss, darum mag keines ohne die zwei anderen bestehen; denn das Feuer begehret des Lichtes, dass es Sanftmuth und Wesen bekomme zu seinem Brennen oder Leben, und das Licht begehret des Feuers, sonst wäre (actu) kein Licht, dieses hätte auch weder Kraft noch Leben, und die alle beide begehren die finstere Angst, sonst hätte das Feuer und Licht keine Wurzel und wäre alles ein Nichts. Im Licht, sagt derselbe Schriftsteller, ist Gottes (Liebe) Reich, im Feuer Gottes Stärke und in der Finsterniss Gottes Zorn und Hölle, und der Mensch (falls sein Leben sich göttlich in ihm gebiert) hat die Figur wie sich die Gottheit hat von Ewigkeit aus dem (Feuer) Grimm durch das Ersinken (den Tod) in ein anderes Principium anderer Qual ausgeboren.

**) Diese Ewigkeit des Lebens muss als wahrhaft kosmisch und universell, intensiv, protensiv und extensiv zugleich, sohin tetradisch oder alle Dimensionen erfüllend vorgestellt werden, wie dieses schon Paulus that. Epheser 3, 18. — Ein wenig bekannter Schriftsteller (Sclëus) gibt uns übrigens von der Wiedergeburt dieselbe Ansicht, indem er sagt: Die Creatur ist in ihrem ersten Hervortreten nichts anderes, als der Tod,

vollständiger Durchführung (welcher ich ein bereits begonnenes Werk widme) sich für die Lehre und Kunst des Lebens (im allgemeinsten Sinne dieses Worts) viel Gutes erwarten lässt.

---

und dieser kann nicht anders, als sterben, entweder in sich selbst, (denn in sich selber leben wollend macht sie nur den Tod in sich lebendig) oder in Gott, und letzteres Sterben ist die Wiedergeburt, denn die Creatur stirbt auf diese Weise, so wie der Leib des Samenkorns, wodurch der Keim (das ausgeflossene Wort oder Name Gottes) in's Leben tritt. Sclei Theosophische Schriften S. 774 §. 79 u. 80. Der Wiedergeborne heisst in jenem indischen Gedichte (Fr. Schlegel's Sprache und Weisheit der Indier S. 261): Duijo oder der Zwiefach-geborne (d. h. einmal natürlich, das anderemal geistig). Durch die zweite oder Wiedergeburt findet erst jene organische Vereinung der Creatur und Gottes statt, wodurch die Creatur in die Sohnschaftlinie tritt. Aus Gott und Creatur wird nun Ein — Christus! Gleichwie der Vater und Sohn im Geiste Eins sind, wesswegen auch jenes aus Gott und Creatur Einswerden die Geistgeburt heisst. Der eigentliche Sinn und die Function des Creaturlebens ist eben nur dieser beständigen „Wiedergeburt und Verjüngung Gottes“ dienend. Vergl. Sclei Theosophische Schriften, 1686, besonders seine Betrachtung des Vaterunsers. S. 655 ss. Gott erwartet für sein uns (als Same, durch den er sich uns exponirt und in uns empfindlich macht) dargereichtes Wort und Kraft die Herrlichkeit (als Frucht). Vergl Hahns h. Schriften der guten Botschaft. II. 809. 4. 11. Alle Empfindung geschieht nemlich durch Exposition eines Ausflusses Sein Selbst. „Wenn das Waizenkorn nicht verweset, so bringt es keine Frucht“ und: „Wer sein Leben meinetwegen (das Wort heisst in der Schrift überall der Same) verliert, der wird es gewinnen“ &c., deuten das ganze Geheimniss des Lebenverkehrs zwischen Geschöpf und Schöpfer an. Joh. 12, 24, 25. 1. Korinth. 15. 36. Du Narr, das du säest (der natürliche Leib) wird nicht lebendig (geistiger Leib), es sterbe denn. Jenes Sterben (Verzehren, Verwesen) geschieht nun durch das Feuer. Hierüber ist folgende Stelle in Sclei Theosoph. Schriften S. 115 ss. lehrreich: „Gott, der höchste Künstler, der alle Dinge alleine schaffet und thut im Himmel und auf Erden, in Christo unserem Herrn, nach der Schrift Psalm 135 der ist der einige Spagyrus alleine, welcher seinen Sohn, sein unaussprechliches Wort, in so eine wunderbare sichtige und durchsichtige Anatomiam gesetzt hat, dass es zugleich einig und dreifaltig, licht und dunkel, todt und lebendig sein könne. Daraus seine Wahrheit und Barmherzigkeit und seine grossmächtige, unüberwindliche Allmacht recht ersehen würde (Psalm 18. 19. 25. 29. 104). In welcher wunderbaren Anatomia Er sich so wunderbarlich verjüngte, ausbreitete, vervielfachte und wachsen machte, dass auch Sein gar kein Ende möge gefunden werden: also dass Er doch auch gleichwohl in dieser vielfältigen Multiplication (bei J. Böhme Schiedlichmachung des Wortes) das einige Eins zugleich sei und bleibe, und also alle Dinge ist und doch auch Nichts (kein einzelnes Ding) ist, welches denn als das

Jede geradlinige oder strahlende Offenbarung beweiset und bezeugt freilich das völlige Befreitsein des so sich offenbarenden von allem (störenden) Einfluss des umgebenden Systems d. h. die Superiorität über dieses (darum auch Reinheit, Geradheit und siegende Stärke im Physischen, wie im Ethischen synonym sind): mit andern Worten: sie bezeugt nur das (relativ) hyperphysische, die Impassivität, (relative) Geistlichkeit, Centralität und Innerlichkeit (lauter gleichbedeutende Worte) des sich offenbarenden gegen das System (Natur), worin diese Offenbarung Statt hat, und das aus seiner Basis (Lichtträger) Hervorleuchtende (diese Basis hiemit Verklärende) verhält sich sohin zum Verklärten überall wie Immaterielles zu Materiellem, wie Centrum zur Peripherie, wie Belebendes zum Belebten. — Aber wenn auch dieses (strahlende) Centrum von seiner Peripherie (Basis) frei ist, so ist es darum doch nicht los von ihr, so wie umgekehrt, wenn gleich das Centrum seiner Peripherie innewohnt, selbes von letzterer doch auch an seiner freien Durchwohnung nicht gehindert wird. Und so wohnt denn Gott als liebend und sich seiner Creatur fasslich machend (sie speisend) dieser inne, und durchwohnt sie doch auch zugleich als unbegreifliche, unfassliche Macht. *)

---

höchste Wunder der gottlosen Welt, die sich in die Werke Gottes nicht finden kann, wunderbarlich und seltsam fürkommt" &c. — Gottes Wort soll wesentlich werden und daher ist die Schöpfung die Organisationsanstalt des Wortes. Durch Fülle (Erfüllung) wird in der Schrift die Vollendung angezeigt, die nur in der Leibwerdung geschieht. — Wie der Herr seine Verklärung erst nach seiner Auferstehung und seinem Wandeln im Paradiese durch die Himmelfahrt erlangte, so würde auch Adams und aller Adamskinder Erhöhung aus der geschöpflichen in die Sohnschaft- (Erstgeburt-) würde und Kraft doch selbst, wenn Adam nicht gefallen wäre, erst durch den in Mitte der Zeit menschgewordenen Thronfürsten (Jesum) bewirkt worden sein; wonach die Stelle bei dem Ap. Paulus (Korinther 1. 15. 45) auch einen von der Verderbniss der Natur unabhängigen Sinn hat. Uebrigens wird das Geheimniss der Menschwerdung Gottes (und Gottwerdung des Menschen) uns täglich an jeder Pflanze, durch die in ihrem Wachsthum geschehende Erdewerdung der Sonne und Sonnenwerdung der Erde vordemonstrirt.

*) Auf ähnliche Weise zeigt sich der Geist des Menshen, wenigst in jenen Momenten (der Ekstasis), in denen selber seine kosmische Virtuali-

Unverkennbar ist in der dunkeln Feuergährung (Gier — Gyratio, gleichsam der Höllen- und Geburtangst) die Steigerung eines sich wechselseitig setzenden und spannenden Conflicts oder Gegensatzes *), der (insofern man ihn als in der Zeit sich äussernd betrachtet) bei einem gewissen Momente der Spannung seine Akme erreicht, in welchen das zur Freiheit, d. h. zu leuchten strebende (und bis in diese, nämlich die kosmische Gemeinschaft oder Universalität durchbrechende) seinen bis dahin hemmenden Gegensatz erschöpft und überwindet (seine Kraft als Siegesbeute in sich nun tragend), und dieses Durchbrechen ist eben ein Durchblitzen (ein Explodiren der Angstspitze) **); aber die wichtigste, und bis dahin schier völlig übersehene Bemerkung ist hiebei diese, „dass nämlich diese Ueberwindung oder Erschöpfung des Gegensatzes sich (sofern die Lebens- und Lichtgeburt gelingt) sofort als dessen Umwandlung, wechselseitige Anneigung oder was die Physiologen Assimilation nennen, bezeugt ***), — sohin der Dualismus des

---

tät (oder seine weit über seinen irdischen Leib (Raum) und Zeit hinausreichende, in diesem Raume und Zeit organisch gegenwärtig sich beurkundende Macht) als seinem (irdischen) Leibe zugleich innewohnend und doch auch frei und unbeschränkt ihn durchwohnend (d. h. unaufgehalten von ihm). — Ich habe übrigens in meiner Schrift: Sur l'Eucharistie jenes Sich-fasslich-machen einer niedrigeren Natur als ein freiwilliges Sich-depotenziren oder Sich-zur-Materie-machen vorgestellt.

*) Jacob Böhme nennt diesen Conflict das ewige (Natur-) Band, das sich ewig selber macht, und keinen anderen Macher hat, als den ewigen Willen Gottes sich zu offenbaren.

**) Blitz ist also Pförtner, Oeffner, und darum stehen alle Sinnenkräfte im Blitze. — Er öffnet aber und schliesst zugleich, nämlich dem Gutgesinnten (der kosmischen Assimilation Sich-überlassenden) öffnet er den Eingang (in diese höhere Region), stösst aber den Rebellen als Bann-Richter in die Finsterniss (unter sich). — Der Feuerblitz gibt darum in sich (unter sich) die Finsterwelt, aus sich die Lichtwelt.

***) Die ausser der Einheit entstandene Spontaneität (einzelne Energie) wird in dieser Ueber- und Rückgabe in die Einheit oder in ihre Conjunction als Einzelnes mit jedem anderen Einzelnen zum Ganzen — als Gliedmaass zum Leibe — conformirt. Uror dum destituor, digeror dum transformor, unior dum conformor, sagt der h. Bernhard. Was also die Wissenden sehr richtig das Einführen einer Sache in den Tod durch

vernichtenden Hasses in jenen der schaffenden, gebärenden, nährenden Liebe sich umgestaltet." — Denn mit der höchsten Spannung der einschliessenden (condensiven, intensiven) Thätigkeit und Energie (gleichsam der Entzündung der Ichheit, dem höchsten geistigen Erstarren und der tiefsten Verfinsterung) tritt, wenn anders diese Macht und Energie der Ichheit der durch den Blitz geöffneten Region der Freiheit zum Opfer gebracht oder dieser creditirt wird, sofort eine Depotenzirung jener Energie ein, eine Ueberwundenheit und ein Weichen (Weichheit — Gewicht — Sinken, Schwere oder Gravitiren, ein Gelassen- oder Zerlassen-, Flüssig-sein gegen jene Region*); d. h. aus jener Energie (des Egoismus als

---

das Gebet nennen, bedeutet jenes „uror" einer dem Ganzen noch widerstreitenden einzelnen Energie (ihrer Form, Richtung), um selbe ersterem conformiren zu lassen. Vergl. über die Function der Tetras (Logos) in Unterscheidung, Mischung und Assimilirung der Elemente in luctu virium Oetingers Schrift: die Wahrheit des sensus communis etc. Stuttgart 1753, Einleit. Frickers Positionen. (Ueber die Schriften Oetingers vergl. Oetingers Selbstbiographie, herausgegeben von Dr. J. Hamberger. Stuttgart, Liesching, 1845, S. 115—122 u.: die Theosophie Oetingers von Auberlen. Tübingen, Fues, 1847. H.] Jedes Sichlassen oder Sichfreigeben ist ein Sich-zur Essenz-machen d. h. zu 1⁰ machen oder Depotenziren. J. Böhme nennt dieses 1⁰ das Sinken und ist das Corpus der Natur und die siebente Natur-Gestalt. Mit und in dem Sinken ist aber auch der Geist gegeben und zwar sowohl für die Lichtregion, als für die Finsterregion, denn der Blitz scheidet die prima materia, wie er sich selber scheidet. Materie ist gegen den Geist schwer, so wie der Geist das dieses Schwere Tragende.

*) Schon hieraus ersieht man deutlich das durchaus Relative der Materie und des Geistes, weil, was Materie (Wesen) in welch immer einer Region ist, solche nur im Verhältniss zu irgend einem Geiste ist, so wie der Geist nur im Verhältniss zu einer Materie sich als solcher kund geben kann, das Bestehen beider sohin nur durch ihre Conjunction begreiflich ist. J. Böhme vom dreifachen Leben d. M. C. 3. §. 8. sagt: u. weil sie (die herbe Matrix, welcher der Blitz die Macht genommen) ohnmächtig wird, wird sie wesentlich. Ibid. c. 4. §. 10. J. B. nennt dieses 1⁰ das Sinken, und ist (nach der Schrift vom dreifachen Leben c. 5. §. 22) das Corpus der Tinctur und die 7te Naturgestalt. Mit und im Sinken ist aber auch der Geist (Aufsteigen) gegeben. Ib. c. 6 §. 50 und zwar sowohl für die Lichtregion (Menschwerdung J. Christi III, 10) als für die Finsterregion, denn der Blitz scheidet die prima materia (Vom dreif. Leben c. 5. §. 11. Signatura rerum c. 14. §. 20. 30. c. 3. §. 38. c. 4 §. 13. c. 5. §. 11.)

gleichsam einem Gase, dem finstern Naturgeiste) wird (in diesem wunderbaren Transmutationsprocesse, wobei das Feuer der wahre Alchemicus ist) Wesen, Prima materia *), oder jenes räthselhafte und bis dahin aller Construction sich entzogen habende 1^0, welches Wesen nun jenem Blitz (Feuergeist) als Hülle oder Leib dient, in dem nun auch jener nicht mehr als durchbrechender, gleichsam zürnender unfasslicher Blitz (als absoluter, jede Natur unter sich verneinender Herr) seine zerstörende (verzehrende) Macht äussert, sondern als innewohnendes, sich fasslich machendes und zu fassen gebendes, bildendes, nährendes Licht (gleichsam versöhnt und besänftigt) kund gibt. Denn Er (der Blitz oder Vater) hat nun eine Stätte zu seiner Innewohnung gefunden, nach welcher Ihn gelüstet, als Seine Beleibung, daher nun sein stilles befriedigtes Bleiben (Innebleiben) d. i. der Bestand (Verstand) des Lichts entgegen dem Unbestand des nichtfasslichen, keinen Grund sich findenden Blitzes. —

---

wie er sich selber scheidet (Vom dreif. Leben c. 5. §. 20. 37. 38). In der Schrift: La voie de la sciençe divine S. 230 wird die eigentliche materia prima der finstere Stoff genannt, welchen die drei ersten Naturgestalten in ihrer Verkettung ununterbrochen als ihren Fond erzeugen, der depotenzirt als 1^0 die Basis zum Leuchten des (ausserdem nicht leuchtenden) Lichtes gibt. Durch den neuerlich aufgestellten Satz „des Erlöschens einer Productivität im Product“ deutete man auf die Construction von 1^0 hin.

*) Offenbar kommt diese Prima materia (der wahre Lichtstoff) nur durch eine stätige Conjunction der Freiheit ausser der Natur, und der Strengheit in der Natur zu Stande, wesswegen H. P. Voigts vor einiger Zeit in Erwägung gebrachter männlicher und weiblicher Lichtstoff mehr, als man dachte, auf sich hat. — Jenes 1^0 hat man übrigens nur darum bisher nicht zu construiren vermocht, weil man selbes jeder Energie voraussetzend, sich es nicht beifallen liess, das Wesen überall als gleichsam ein Caput mortuum einer erschöpften Energie (als Destruct) bei seinem ersten Entstehen zu betrachten. Eben so wenig konnte aber auch die neuere (dynamische) Physik von der Stelle kommen, welche, ohne von einem solchen Depotenzirungsprocess (durchs Feuer) Kunde zu haben, mit lauter Energien und Kräften ein diesen ja nicht entgegengesetztes, sondern subjicirtes, nämlich Materie oder Wesen hervorbringen wollte. — Nach Oetinger (Metaphysik der Chemie S. 462) ist 1^0 die undeterminirte Einheit, und 7^0 die determinirte, weil sieben der Exponent aller Organisirung. — 7 ist der Exponent der Auswicklung jeder

Und so geht denn dem Denker ein Licht über das Geheimniss des Zeitlebens und der Zeitregion auf, wie nemlich dieses unser, und durch uns jeder Creatur Zeitleben keinen andern Zweck und Sinn hat, als jenes 1^0 der bildenden, bauenden, göttlichen Licht- und Liebe-Region zu werden, und dass wir zugleich Bauleute und Baustoff (jenes nach unten, dieses nach oben) zu jenem Tempel und Leib Gottes werden und sein sollen, zu dessen Herstellung (Epheser 1, 23. und 2, 21. 22.) diese ganze Schöpfungsanstalt (als ⧉) nur Baugerüste ist.*)

Wir verstehen ferner aus dem Gesagten, warum in jeder Region des Lebens der Aufgang des Lichts mit der Wassererzeugung (jenem 1^0 als Anfang aller Corporisation) zusammenfällt, oder wie im innern Sinne mit der Demuth (Tiefmuth) oder dem Sinken als dem Vorsichgehen und Sichhingeben der höhern Region diese leuchtend in Glorie und Majestät eben in diesem Sinken (gleichsam zum Oele-werden) aufgeht, so wie mit dem Rück- oder Hintersichgehen in der Macht der Ichheit jene Glorie (die Ehre oder Herrlichkeit Gottes) nicht zum Vorschein kommt, Gott sohin nicht geehrt, d. i. verunehrt wird. — Wir verstehen hieraus ferner, warum alle Kosmogonieen die Welt (ihren Urstoff) mit dem Lichte entstehen, mit dem Feuer (Blitze) aber wieder vergehen lassen; denn auch der dumpfeste Sinn ahnet im Blitze die fürchterlich erhabene, weltenrichtende Gewalt, entgegen der segnenden Charis, die uns im Lichte anspricht**), indem jener den strafenden und rächenden Ein- und Austritt eines höheren

---

der 7 Eigenschaften ins Unendliche. — Die aufgehobene (aufgegebene) Einzelnheit wird Allgemeinheit oder Wesen.

*) Von jenem dem Moses gewiesenen Urbild auf dem Berge, durch die geheimnissvolle Arche, die Stiftshütte und den Salomonischen Tempel hindurch bis zu jenem himmlischen Jerusalem in der Apokalypse finden die Bau-Brüder mit Recht einen und denselben Sinn und Deutung, welche auch im Mittelalter aus den Geheimnissen und Werkvertheilen der Bauleute der sogenannten gothischen Kirchen hervorblickt. — Der zur Einsicht hindurchgedrungene Freimaurer erblickt nämlich im Salomonischen Tempelbau das Sinnbild jenes ewigen und unbeweglichen Baues des Hauses (Leibes) Gottes, dessen Anfang in Christo gemacht worden.

**) Man vergleiche die Manifestation auf Horeb mit jener auf Tabor.

Princips in und aus einem niedrigern Systeme (im letzten Falle dessen letzte Todeszuckung) bezeichnet, wie hingegen das Licht die freundliche Herunterlassung und Einverleibung des Höhern ins Niedrigere, zugleich mit der Erhebung (Emporhaltung) des letztern anzeigt. Amor descendendo elevat! *)

Wie nun aber der Blitz der Vater des Lichtes, dieses der Sohn des Blitzes ist, welchen Er gleichsam durch Seine stäte Umwandlung (Seine zweite oder Wiedergeburt) aus und in Sich gebiert, so trägt hinwieder das freundliche allernährende Licht doch jenen alles verzehrenden (d. h. alles in und unter sich in die Finsterniss setzenden) allmächtigen Blitz (in potentia) in sich, und dieser fährt auch sofort rächend aus dem Lichte wieder hervor, so wie nemlich jener diesen Blitz in Licht umwandelnde (den Sohn gebärende) Process gestört, gehemmt oder aufgehalten wird, nämlich jener geheime (oben bemerklich gemachte), in einem unzugangbaren Heiligthum (der Schechina) vor sich gehende liebe- und leibgebärende Process, welcher ewig den Zorn (die zerschmetternde, zerstörende, zornliche Kraft) in bauende, gestaltende Liebekraft verwandelt; denn eben die zornliche, zerstörende Macht wird auf solche Weise ewig die bildende. — Blitz (Feuer) und Licht, Vater und Sohn**) zeigen sich sohin

---

*) Jede Creatur, der in irgend einer Region das Licht aufgeht, kann also mit jenen Bewohnern von Lystra (Apostelgesch. 14, 11.) sagen: „Die Götter sind den Menschen gleich worden und zu uns herunter kommen.“ Dasselbe kann man bei jedem angezündeten Lichte, par excellençe aber von dem Lichte aller Lichter hienieden, dem Sonnenlicht, sagen. Vergl. Oetingers Metaphysik der Chemie S. 545. Alles was offenbar gemacht wird, wird licht, sagt Paulus im Briefe an die Epheser. Dieses Offenbarmachen einer Sache ist sie in kosmische (allgemeine) Gemeinschaft bringen oder sie mit dem Ganzen confrontiren. Vergl. Aurora 10, 38.

**) Wie der Blitz des Lichtes (Sohnes) Vater, so ist der durch und aus dieser Lichtgeburt hervorgehende Geist ihr Verkünder. Jede Kraft ruht nemlich nur sich frei entwickelnd, aussprechend oder wirkend, und wirkt nur ruhend. Dieses Ruhen oder Sichbegründen bedingt folglich das Sichaussprechen, und somit ergibt sich der Quaternar: des Sprechers, Sprechgrundes, Sprechens und Ausgesprochenen, welcher Quaternar (freilich nicht etwa als □, sondern als ◬) so wenig den Ternar aufhebt, dass er diesen vielmehr erst begründet. Hierüber kann man sich am besten von J. Böhme belehren lassen. Die Stimme der Sanftmuth, sagt Johannes

überall als zwei, und doch wieder zugleich als Einer und Derselbe, und so wie das Lamm das Löwenherz, so trägt hinwieder der Löwe das Lammherz in sich. — Unzugangbar (dem Profanen) und unverletzbar ist aber diese Liebe- und Lichtregion darum, weil alles, was sie hemmend, trübend oder verletzend, sich ihr naht, sofort nur in und gegen sich selber jenes rächende, ausstossende, scheidende Flammenschwert des Paradieses wieder entzündet, und den Verbrecher sohin das Schicksal Usahs trifft (Samuel 2, 6. 6).

Und so steht denn die Creatur im ersten Momente ihrer Lebensgeburt (im Aufgang des Blitzes) zwischen dem Vor und Hinter (in) sich, zwischen ihrem evolutionären und revolutionären Lebensmoment; sie mag vor sich, durch den (assimilirenden) Feuertod hindurch, der Lichtregion sich ergebend, diese bildend und gestaltend in sich gründen und aufgehen lassen*),

---

Menge (Beiträge zur Erkenntniss des göttlichen Werks. Lübeck 1822 1. Heft. S. 91), überwindet eine gereizte Macht, denn es kann ohne Reiz keine Macht zerstörend, sondern nur bauend thätig sein. Die ihres Reizes und ihrer Reizbarkeit (Erzürnbarkeit) befreite Macht ist die versöhnte und auf solche Weise wandelt sich nach J. Böhme's Theorie das Zornfeuer in bauendes und schauendes Licht (als architektonisches Schauen) um.

*) Der Blitz verzehrt nemlich jeden Grund und jedes Wesen, in dem er nicht als Licht aufgehen (sich frei aussprechen) kann, er kann dies aber nur in jenem Grund und Wesen, das er sich selber hiezu erzeugt und bereitet hat, und was sich dieser seiner Bereitung nicht entzieht, sondern übergibt. So muss man sagen, dass der Vater in uns nur den Sohn hört und erhört, und unser Gebet kann nur um dieses Gebet (des Sohns) in uns sein! Denn nur Gottes Wesen besteht in Gottes Feuer, nur der Sohn (und was im Sohne) im Vater! — Meister Eckart sagt (Tauler Predigten, Basel 1522. S. 245): „Der Vater gebiert seinen Sun dem Gerechten, und den Gerechten gebiert Er Seinem Sun. Denn alle die Tugend des Gerechten und nit allein die Tugend, sondern ein jegliches Werk, das von der Tugend kommt des Gerechten, das ist anders nicht, denn dass der Sun von dem Vater geboren wird. Denn des Gerechten Wirken das ist nichts anders, dann das Gebären des Vaters. Darum so geruhet der Vater nimmer, er jaget und treibet allezeit dazu, wie dass Sein Sun in mir geboren werde. Und dies müssen grob Leute glauben, und aber erleuchten Menschen ist es zu wissen.“ — Anderswo sagt Tauler (Köllnerausgabe s. Predigten 1543. S. 93): „Alldieweil sich etwas gebiert in dir, des Gott nit vorhin ein Ursach und ein Bilder ist,

oder zurück in der Macht der Ichheit als finsterer und (den Sohn oder das Licht) in sich verneinender Feuergeist sich erheben, und hiedurch den Ein- oder Uebertritt in den zweiten Moment ihrer Lebensgeburt sich selbst verschliessen. Dort wie hier dient sie doch nur ihrem Gott, wollend (als Sohn, Kind) dort, nichtwollend (als Knecht und sei es auch als Henkersknecht) hier! Alterius sit, qui suus *non esse* potest, oder: Fata volentem ducunt, nolentem trahunt! Wogegen des Atheisten als moralischen Republicaners Motto ist: Alterius (Dei) non sit, qui suus esse potest (durch absolute Autonomie). Nur täuscht er sich entsetzlich, indem er sich diese absolute Autonomie zuschreibt, da er nun nur der Macht Gottes anheimfällt, nachdem er den Gehorsam und die Liebe aufgesagt hat.

---

dem es allein zu Lieb und Lob geschehe, so wisse dass du damit einen Kauf (Simonei) treibest und verkaufest in der Wahrheit diese minnigliche Geburt des Vaters, und wisse in der lautern Wahrheit, alldieweil sich etwas in dir gebiert und sein Bild in dich wirft, des Gott nit ein Sach ist, und du doch darnach wirbest, und dein Herz williglich damit bekümmerst und verbildest, dass sich Gott in keiner Weis in dir gebiert, es sei was es doch sei, lass es sein Gut oder Ehre, Menschen oder Freund, oder was du erkennen magst von Creaturen, die ihr Bild in dich wirft und sich gebiert (fortpflanzt) in dir, und du solches mit Wohlgefallen empfahest, mit eigen Willen (darauf rastend), so wiss in der Wahrheit, dass du damit verkaufest den Sun des ewigen Vaters, und das ewig Wort, das der himmlische Vater soll sprechen in deiner Seel und gebären, das nit geschieht, es muss alles vorhin dannen gethan werden." — Tauler von einem wahren evangelischen Leben. Folio. Cölln. 1543. S. 93. Wohinein ich imaginire (begehre) oder was ich in mich imaginiren lasse, das erwecke ich in mir, das fortpflanze, bilde, gebäre ich in mir. Bildgebärvermögen der Seele ist Begehrungsvermögen. Vermöge seiner central-kosmischen oder solarischen Natur soll nämlich der Mensch in allen seinen Willensgeberden eben so nur Gott meinen, als jedes Einzelnbewegliche auf Erden (vermöge seiner Schwere) nur die Erde meint, und er soll kein einzeln Bild ausser dem Urbild (Sohn), sondern nur dieses in sich (und alles einzelne nur in diesem) gebären lassen. Eine Willensrichtung, durch die Gott nicht gemeint wäre (Sünde), würde, falls sie in der That sich geltend machen könnte (was nicht ist), eben so das ganze System verrücken (Gott Selbst entsetzen), als eine dem Gesetz der Beweggemeinschaft widerstreitende einzelne Bewegung den Massenpunct des Systems entsetzen (verrücken) würde. —

Per Ignem ad Lucem.

Non alia ad Lucem ducit via; perge per Ignem,
Quo te ducit *amans*; hoc duce tutus eris.
Nam Lucis Pater est Ignis: sed quidquid in Igne
Deperdes, Ingens hoc reputato Lucrum! *)

---

*) Per ignem heisst bekanntlich auch per crucem, weil das Kreuz überall die Tetras (Vater — Decussation) bedeutet, wie auch schon die Zahlhieroglyphe (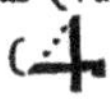 oder ) dieses andeutet. Besonders merkwürdig ist aber hier, dass die menschliche Creatur (als mit ihrem Lebensaufgang in der ewigen Natur und durch sie im Vater stehend) eigentlich nur von Vier (als der Central- und Scheidezahl) aus nach 1· ·0 · · ·4· sowohl vor- als rückwärts zu zählen vermag, sohin der Mensch durch diese seine ursprüngliche Zahl sowohl seinen ursprünglichen Standpunct, als seine Urfunction im Universum ankündet als nämlich dieses vermittelnd mit Gott. Der Mensch (und durch ihn das ganze Schöpfungsall) soll Lichtstoff, d. h. eine Substanz werden, welcher Gott innewohnen, in welcher er sich ausbreiten — diese Substanz als seinen Leib erfüllen — als Licht sich offenbaren kann: denn so lange er als — Stoff verzehrendes — Feuer wirkt, bleibt er im Nichtausbreitungs- oder Contractionszustande. Aber dieses Feuer muss sich selber diesen Lichtstoff (assimilirend) bereiten, welcher insofern ein durch das Feuer Gegangenes (Verbranntes und eben darum nicht mehr Verbrennliches) ist. Ursprünglich und eigentlich ist aber die Herrlichkeit jener Lichtstoff oder die Schechina, in der Gott unmittelbar wohnt, und wenn es heisst, dass die Creatur Gott Herrlichkeit geben (lassen) soll, so versteht man darunter, dass sie die Erfüllung ihrer selbst durch diese und mit dieser Herrlichkeit fördern soll. Licht ist das göttliche Wesen, sagt Hahn zum Epheserbrief S. 208, oder der reine himmlische unzerstörliche Leib aus unseres himmlischen Vaters Natur und Eigenschaft, der unseren irdischen Leib und unsere Seele wie ein Geruch durchgeht und durchdringt. Amictus lumine sicut vestimento (Psalm). Dieser Lichtleib ist also Basis (Mutter) des Lichtgeistes (des Leuchtens). Das Wort (Licht) ist ewig und ist der untödtliche geistige Leib, heisst es in Sclei Theosophischen Schriften S. 714. Jeder Ausfluss ist Descensus. Hahn deutet in seinem Commentar des Epheserbriefs S. 98 darauf hin, wie aus dem finstern Erdeprincip für den Menschen der nöthige Bestandtheil zu jenem Lichtstoff genommen wird: was sich daraus erklärt, dass bei jenem durch den Geisterfall präcipitirten Weltstoff das Gute mit verschlungen ward. Es ist aber, sagt J. Böhme in der Morgenröthe im Aufgang c. 10. §. 24, in unserem verderbten Fleische nur wie ein Wetterleuchten: denn so ich den Blitz, den ich gar wohl sehe und erkenne, wie er ist, könnte in meinem Fleische begreifen, so wollte ich meinen Leib damit verklären.“ Begreifen heisst: Fixiren, bleibend innewohnend machen, beleiben. Vergl. auch Morgenröthe c. 8. §. 78.

IV.

SUR

LA NOTION DU TEMS.

A MUNIC.

CHEZ CHARLES THIENEMANN LIBRAIRE.

1818.

Tous ceux qui entrent dans la carrière sainte par de simples velléités et non point par les profondeurs des grands principes et de l'Intelligence, se jètent sur les s. écritures, et de préférence sur les évangiles et les livres sapientaux, parcequ'ils y trouvent des fruits tous venus, et qu'ils n'ont pas la peine de les cultiver pour les faire naître: mais aussi, il est rare que la nourriture qu'ils prennent le pénètre bien avant, tant qu'ils ne cherchent pas à percer jusque dans le suc de l'arbre. Ils sont dans ce genre comme les gens du monde qui sont accoutumés à s'embaumer du parfum des fleurs, et à flatter leur goût par toutes les productions de la terre, sans connoître aucun des procédés qui les ont fait croître, et sans verser la moindre sueur pour en diriger la culture. Mais aussi, ils ne peuvent pas être comptés au rang des cultivateurs; leur nourriture est précaire et ils peuvent très aisément se trouver au dépourvu pour leur subsistance. Enfin, ils sortent du véritable état de l'homme, ou de l'état prophétique qui est la seule epoque de l'écriture où l'homme soit *une terre en culture*.

De l'Esprit des Choses. Vol. II. p. 266.

Dans le même moment dans lequel en Allemagne l'action sensible de l'esprit surmontante plus ou moins les bornes du tems et de l'espace vient de se manifester et de se prouver dans plusieurs somnambules par le fait même, la Philosophie dans ce pays commence à se faire jour et à marcher à la démonstration la plus parfaite, qu'outre cette région temporelle il y a encore deux autres régions et classes des Etres, dont l'une se trouve *dessus*, l'autre *dessous* ce tems, et dont l'existence et l'influence effective c. à. d. leurs *Correspondances* actives dans et avec cette région temporelle peuvent et doivent dévenir de nouveau comme elles l'étoient chez nos ancètres, le sujet des observations (et même des *Expériments*) aussi convainquantes dans leur ordre que le sont celles faites dans l'ordre purement temporel; ce qui fait le contenu de l'Ecrit suivant, lequel j'espère servira non seulement pour réconnoître plus clairement le problême fondamental de la Philosophie, savoir celui de nous donner une Théorie complète du tems, mais aussi pour faciliter la solution de ce problême, et pour contribuer ainsi au bien-être de l'homme-esprit en diminuant la douleur de l'ignominie de son ignorance.

Schwabing près de Munic Août 1818.

Le mouvement accompli de la vie roule sur ces trois points de l'origine, de la permanence et de la rentrée, ou en autres mots, la production (la descente) la conservation et la réintégration (réascente). C'est dans ce sens que Dieu est réprésenté dans l'Ecriture comme l'Etre qui est, qui a été et qui sera *toujours.*

C'est donc avec erreur qu'on a réprésénté jusqu'ici l'Eternité comme une présence immobile et glacée, ne voyant pas que dans cette présence les deux autres tems (le passé et l'avenir) doivent y être compris, afin d'effectuer l'existence ou la permanence accomplie dans ses trois dimensions. Tout ce donc qui est dans l'éternité c. à. d. tout ce qui est reçu dans la vie accomplie (parfaite ou absolue, car c'est le sens vrai du mot: *vie éternelle*) doit se réconnoître comme existant toujours, comme ayant existé toujours et comme devant exister à jamais, et par la réposant dans son mouvement toujours et toujours se mouvant dans le répos, ou comme toujours nouveau et cependant toujours le même *).

A ce tems éternel, lequel on peut appeler avec St. Martin le *tems vrai*, on a opposé jusqu'ici le tems dans le sens rétréci, dans lequel le présent manque toujours (parce qu'il n'y a que les deux dimensions du Ternaire complet du tems qu'y sortent, savoir le passé et l'avenir) et dans lequel le vide de la présence

---

*) „Dans la classe ou région divine la production a toujours été, la conservation est toujours et la réintègration sera toujours.“ Oeuvres posthumes de St. Martin 2. Vol. p. 203. — En réconnoissant l'essence de l'homme-esprit comme originante directement de la divinité, on la réconnoit éternelle tant *a parte ante* quant *a parte post.*

vraie n'est rempli que par une présence apparente (Praesentia Phaenomenon).

Apparence laquelle on n'auroit pas tort de nommer *Apparition* dans toute la force de ce terme, et de nommer par conséquent ce tems dernier, dans un sens un peu plus profond qu'on est accoutumé de donner à cette expression, le *tems apparent.*

Mais c'est nullement la présence apparente, c'est au contraire la négation absolue de toute présence vraie, laquelle se trouve opposée directement à la présence vraie, et l'opposition entre le tems vrai et le tems apparent n'est donc qu'apparente elle-même, au moins point directe, laquelle ne se trouve qu'entre le prémier et un troisième tems, lequel on doit nommer le *tems faux* *). En effet le *Dualisme* du tems apparent (haletant et palpitant toujours) se montre en dernière analyse comme l'effet d'une telle réaction négative s'opposante à la manifestation parfaite de la présense vraie, quoique cette reaction elle-même se trouve toujours réprimée de nouveau, de sorte qu'elle ne sauroit jamais éclater elle-même, et qu'elle ne puisse manifester sa propre présence que négativement c. à. d. par la non-manifestation de cettte présence réelle ou du tems vrai. Le feu qui cherche ici de s'ouvrir ou de faire son explosion, n'est donc point un feu générateur et nourrissant mais un feu déstructeur, et l'inflammabilité de ce feu (nommé dans l'Ecriture „Le ver rongeur, ne mourrant jamais") fait le danger et pour ainsi dire le sérieux de chaque vie créée ou emanée (Periculum vitae **).

---

*) Si le tems vrai a trois dimensions, si le tems apparent n'en a que deux, le tems faux n'en peut donc avoir qu'une.

**) Plusieurs de nos Philosophes modernes ne semblent point avoir une notion de ce danger de la vie, parceque c'est justement dans ce fin ou dans ce mort de la vie (lequel comme un mystère dangereux auroit du rester toujours ou reposer dans son état de *latence*) qu'ils cherchent son commencement, ne voulants même allumer leur flambeau de la vie comme Prometheus au feu céleste (supérienr générateur) mais au feu souterrain et destructeur. De cette même erreur fondamentale c. à. d. de l'apothéose ou l'Eternalisation du tems apparent, part aussi l'idée de fonder la demonstration de l'immortalité de l'ame sur sa perfectibilité infinie, de sorte que cette pauvre ame, chassée comme le Juif errant par sa perfectibilité dans toutes les éternités souffriroit toujours le supplice de

Ce n'est point à tort, qu'on a comparé plusieurs fois le mouvement de la vie dans le tems apparent avec le mouvement *périphérique,* celui-ci n'étant produit comme on sait que parceque ni la puissance qui réalise ou pose le centre, ni la puissance opposée laquelle l'annule, ne sont en état de se faire valoir exclusivement. Cette comparaison saisie organiquement, et non pas seulement mécaniquement seroit dévenue plus instruisante si on eut bien considéré que les notions du centre et de la périphérie s'entend íci dans leur rapport mutuel au-dedans d'un seul et méme système organique. Car dans un tel système ce n'est que par le répos „le posement" du centre que se fait le mouvement libre dans sa périphérie (dans son Extérieur), *parceque tout mouvement ne part que de l'Immuable,* comme ce n'est que par le non-répos de ce centre (c. à. d. son ouverture ou sa disparition *) que s'effectue la gehênne de l'arrêt du mouvement libre dans la périphérie. Au milieu de ces deux Extrêmes se trouve un état troisième, c. à. d. un mouvement dans la périphérie qui n'étant ni appuyé par son centre interne ou propre

---

Tantale de ne pouvoir jamais se rèjouir d'une existence et béatitude accomplie. — *Kant* dans sa dèmonstration de l'immortalité de l'ame n'a pas été plus loin que cela. Au reste il n'y a d'autre moyen pour dèmontrer aux hommes l'immortalité de leur être intégral, que celui de dèvelopper en eux la vie vraie. Car du moment que cette vie vient de prendre ressort en eux, il vous serait autant impossible de leur faire douter de leur immortalité c. à. d. du développement entier de cette vie, qu'il serait impossible de faire douter à un ressort quoique comprimé de sa nature élastique. —

*) Il faut bien saisir cette idée que la disparition du centre se fait *par son ouverture comme d'une chose laquelle devroit rester fermée.* Cette ouverture est justement l'ouverture de ce feu destructeur de toute substantiation, dont on vient de parler, lequel on a nommé aussi le feu rongeur *d'angoisse* et de *l'abime,* parceque chaque être lequel a perdu son centre, se trouve *abimé.* Au reste on ne comprendra que par la suite de ce traité, et par sa note dernière, pourquoi l'abimation d'un être se fait par l'ouverture de son centre, parceque cette ouverture d'une chose laquelle devroit rester fermée, ne peut se faire que par la fermeture d'une autre chose laquelle devroit rester ouverte c. à. d. d'un autre centre, ou *du centre de la vie* de cet être. Le premier centre *Jac. Böhme* nomma le *centre de la nature;* et ce n'est qu'à lui qu'on doit la connoissance parfaite de la *duplicité* du centre de chaque être.

(raison pour laquelle ce mouvement ne peut être libre) ni arrêté par l'ouverture de son autre centre, part d'un centre extérieur á l'être qui se meut de cette sorte dans la périphérie. Et c'est précisement ce mouvement dans la périphérie qui caractérise le tems apparent.

En effet nous nous trouvons renvoyés par l'Ecriture même à cette théorie du tems (du monde temporel), lorsqu'elle appelle l'Esprit négatif le menteur et le meurtrier *du commencement*, c. à. d. du commencement de ce tems apparent. Car commencer ce tems, ce n'est que finir (arrêter ou suspendre) pour soi-même le tems vrai, *et celui qui a commencé* (de cette maniére) *de passer, ne saurait plus* (au moins réduit à ses propres fonds) *finir de passer* *).

Supposons naître au milieu d'un systéme des Etres une action contrariante et menaçante l'unité et l'harmonie active de ce systéme. On comprend que le rapport (ou la rélation) du centre d'un tel systéme avec cette action ne peut plus rester le même et qu'il doit changer sur l'instant. Si l'agent dans le moment de la naissance de cette action réfractaire se trouva en rélation *directe* ou *totale* avec ce centre, celui-ci réagira à son tour dans sa totalité ou directement sur et contre cet agent pour arrêter et annuler son action ou pour *l'éloigner* de soi-même, pas absolument il est vrai, parcequ'un éloignement absolu sera un anéantissement absolu, mais rélativement, c. à. d. l'agent rébell cessera de se trouver en rapport actif direct avec le centre

---

*) Les fameux *Antinomies* (chez *Kant*) ou ces contradictions dans lequelles se trouve impliqué chaque être dans ce tems et dans cet espace, s'expliquent trés naturellement par la chute et le déplacement d'un tel être (du centre d'une région dans sa périphérie). Si donc l'homme destiné par son origine d'être *dessus* ce tems ou dans le centre même de cette enveloppe temporelle, en se trouvant dans sa périphérie, ressent une résistance et contradiction ou opposition continuelle dans tout acte de son être vrai, qu'elle doit donc être cette résistance pour un être, lequel destiné pour demeurer dans le tems vrai, se trouve même *au-dessous* du tems apparent ou dans le tems faux. — C'est le Professeur *Daub* qui vient de nous donner des apperçus précieux sur la situation terrible d'un tel être dans le deuxième et troisième cahier du *Judas Iscarioth*.

producteur*) Il ne sera plus soutenu et rempli par lui *qu'extérieurement*, de sorte que la durée d'un tel agent ou être ne se trouvera plus fondée que dans son extérieur, tandis que dans son intérieur cet être ne se trouvant que dans une étisie permanente ne puisse faire que *désiner* ou *descendre* toujours. Désinence inarrêtable dans l'intérieur, correspondante au plàcement pour ainsi dire, inamovible dans l'extèrieur *(c. à. d. dans l'espace).* **) —

Un agent au contraire, lequel dans le moment de l'exercice d'une telle action contrariante l'unité du systéme, ne se trouva pas dans un rapport direct ou *total* ave cette unité, ou un agent dont l'action contraire n'aura pas attaqué directement le centre, mais seulement indirectement, ne ressentira pas non plus la réaction directe supprimante ou le poids total du dernier, et tant son éloignement du centre que l'anéantissement dans son intérieur (comme l'effet naturel de cet éloignement) ne seront donc non plus qu'indirectes ou partielles.

C'est précisement dans ce dernier cas que se trouve l'homme dans ce tems apparent, vis-à-vis ou dessous de la Divinité, et il sera instructif de développer quelques caractéres de ce tems, lesquels trés obscures d'ailleurs et incompréhensibles, s'exliquent trés naturellement quand on les considére sous ce point de vue.

Prémièrement si dans ce tems apparent l'homme ne peut trouver jamais l'action totale du centre, il suit qu'il ne puisse jamais trouver son Dieu *total* autant qu'il ne se tient que *dans* ce tems. Tout ce qui se présente à lui dans ce tems et l'espace, le sollicite donc (ou d'une maniére douce ou d'une manière terrible) d'en sortir; car ce n'est, comme on

---

*) Observez qu'il ne se fait ici qu'une séparation de la part de *l'action*, et que l'être rèbelle continue toujours de tenir dans son intérieur à Dieu *par son essence.*

**) Le tems comme l'espace ne s'expliquent donc que par une descente de l'être supérieur dans une région inférieure et rétrécie. C'est pourquoi pour l'animal qui, étant dans ce tems (dans cette région inférieure) n'y est pas descendu, il n'y a pourtant point du tems, parceque l'animal n'est pas un être transposé. C'est pourquoi l'animal ne s'ennuie pas.

le sait parfaitement en théorie, quoiqu'on l'oublie toujours dans la pratique, qu'une illusion quand cet homme abusé toujours de ce tems, y *croit* pourtant toujours c. à. d. quand il espére toujours de trouver *dans un autre point ou partie* de ce *même* tems ou de ce *même* espace ce qu'il n'a pas pu trouver dans un *premier*. — Toutes les soi-disantes démonstrations de Dieu ou proprement tous les cultes, qui ne vous font pas effectivement sortir du tems*) ne vous manifesteront donc jamais ce Dieu total dont vous sentez le besoin. Enfin comme c'est la nature de chaque fraction de l'unité de diminuer dans sa valeur en proportion qu'elle monte dans ses puissances, et de s'approcher par cette progression ou croissance vers le néant, on voit donc pourquoi chaque être temporel, n'étant qu'une fraction de l'unité et point un entier dans son ordre (raison par laquelle il est composé en essence es dissoluble)**), et ne pouvant s'élever dans ses puissances qu'en se séparant toujours plus de cette unité centre, doit en croissant s'épuiser toujours plus (c. à. d. *vieillir*) et que sa vie (temporelle) même le doit mener à sa mort***).

Une autre conséquence plus consolante de cette manière de voir est la suivante: savoir, que dans la notion d'un tems apparent même se trouve comprise celle d'une rédemption ou

---

*) Le bésoin indestructible de notre ame d'admirer n'est que son bésoin de sortir du tems, car c'est l'admiration vraie la quelle nous soulève toujour hors de ce tems, et nous extasie; admirer, c'est donc exercer le culte réligieux.

**) Raison par laquelle il est *passif*. (Tableau naturel 2. p. 29.)

***) On a donc raison de taxer ce mort comme naturel pour chaque être lequel par sa naissance ne se trouve pas capable de se mettre ou de se tenir en rapport parfait avec l'unité, mais on auroit tort de le nommer naturel pour chaque être lequel par son origine n'étoit nullement destiné pour demeurer *dans la région des fractions*. *V. sagesse de Salomon I,* 13. Avant que les sentiers de ce tems fussent été ouverts pour la région divine, il étoit donc vrai, que personne ne pouvoit voir Dieu et vivre. — Ce n'est pas ici la place de développer une autre vérité majeure, savoir que ce fut originellement l'homme qui dévroit soutenir cette communication indirecte entre la nature externe et son Principe créateur, et que la chûte de l'homme en rompant ce fil sépara cette nature externe encore plus de son principe. C'est pourquoi on pourroit dire que l'homme a *tué* de nouveau cette nature, ou qu'il l'a rendue *veuve*.

réintégration possible et *que* par concéquence *la nature temporelle se montre comme la prémière réligion.* C'est l'amour miséricordieux qui *temporise* avec ses enfants égarés, et l'eau élémentaire, nommée par *Steffens* la larme de la nature, peut donc être nommée par la même raison la larme pemiére de cet amour. — En effet comme la communication indirecte de l'être encerclé dans ce tems se présente comme communication médiate, l'idée d'un *médiateur* nous rencontre, comme le fil d'Ariadne, du moment lequel nous entrons dans ce tems.

Cette communication médiate en étant plus extérieure, c. à. d. plus abaissée ou déprimée que la communication directe, il suit que le centre même autant qu'il soutient sa communion active avec l'être dégradé se trouve à son tour dans une espéce de dépression. Dépression laquelle on auroit pourtant tort, de la croire être autre chose qu'une émanation descendante de ce centre *(l'amour descend)* lequel se fait ou rend *organe* par cette émanation ou descente, sans cesser pourtant de demeurer centre ou principe *). Cette émanation en suspendante ses puissances développées (sa gloire. *Philipp* 2, 6, 7.) en *s'expatriante*, se reduit donc à l'état inostensible de germe ou de racine, pour pouvoir se semer dans les êtres dégradés, afin que par sa réascension ou croissance elle puisse les réunir et les rélèver en et par soi-même dans le tems vrai, comme la sémence d'un arbre en ressemblante dans son unité collective les puissances végétatives, dispersées et supprimées par leur dispersion, dans la

*) Nous sortons nous même de notre propre enceinte spirituelle-particulière lorsque nous découvrons quelque altération en nous, soit au moral, soit au physique; nous nous efforçons de rétablir par notre puissance centrale les dégradations que nous apercevons, et nous ne le pouvons qu'en prenant ainsi en nous la place des facultés qui n'étoient qu'organes et qu'en remplissant leurs canaux avec toutes les puissances que nous faisons émaner de notre centre principe: „mais remarquez que ceci s'opère sans cependant que notre centre principe vide et sans que nous le quittions.“ *Esprit des choses* Vol. II. p. 152. Observez du reste que ce ne sont que *deux* pouvoirs du centre, qui sont descendus avec l'homme dechu, savoir *la volonté et l'action*, mais que la *pensée fixe* (le pouvoir de la législation ou la sagesse) n'est pas descendue avec lui.

terre, les relève avec soi au-dessus de cette terre. Mais régardez ici l'industrie de cet amour! Car ce centre générateur en dévenant régénérateur c. à. d. en descendant plus profondement dans son propre être, pour y puiser cette émanation régénératrice, trouve par cela le moyen *d'entrer aussi plus avant dans les êtres à régénerer*, de sorte que ceux-ci aprés leur régéneration ou réintégration se trouveront plus intimement unis et plus élévés dans leur centre générateur qu'ils ne l'étoient avant leur chute ou départ, et qu'ils se trouveront dorénavant inséparables *(illabiles)* de la vie du centre; à-peu-près comme nous voyons la nature organisatrice fortifier toujours une partie blessée de l'organisme et la rendre moins vulnerable pour l'avenir! Felix culpa! —

On le trouvera bien clair sous ce point de vue, que *l'athée* (ou celui qui s'opposant à la manifestation complette de Dieu dans son intérieur, pourroit être nommée *Déicide* *) ne nie que cette manifestation intérieure (morale, comme on dit) de ce Dieu, mais non pas sa manifestation extérieure, nommée par lui *loix de la nature, sort, fatalité* &c. &c. et on ne peut réfuter un tel athée qu'en lui montrant, que sa propre *anomie* (privation intérieure de toute loix) **) contre laquelle il oppose vainement son *autonomie* mensongère, ou en autres mots: que sa séparation intérieure de Dieu n'est que son propre ouvrage et l'effet de sa propre faute.

A la notion du tems apparent se lie étroitement celle de la *pesanteur* ***). On nomme pesant, dans le sens le plus général,

---

*) Dans mon écrit: *Sur l'éclair comme père de la lumière* j'ai montré que l'athée en arrêtant dans son intérieur la génération de la lumière divine, ne nie proprement que le *Fils* et point le *Père*, et que le vrai athéisme n'est donc que le non-Christianisme.

**) Non datur pax (subsistentia) impiis.

***) On dit qu'un être pèse sur un autre, si celui-ci se trouve contenu par le premier de sorte qu'il se trouve en même tems, déprimé dans le developpement ou l'ascente de ses forces; mais on dit qu'un être est pesant en soi-même, quand il lui manque la force nécessaire pour se soutenir dans sa région (loix) natale, et en conséquence de s'expandre, et c'est dans ce sens dernier passif que ce mot va être pris dans

ce qui, séparé *intérieurement* de son principe générateur et abandonné à soi-même et dans l'impuissance de se soutenir (en existence) et a besoin pour cela d'un secours *extérieur*, pour conserver et entretenir une communion il n'y aurait point de conservation ou permanence. Et il semble être important de fixer l'identité de ces deux notions, savoir celle de la conservation d'un tel être et de son support (ou pour ainsi dire: remplissement) extérieur.

Comme l'être temporel, séparé de son centre, ne le comprend plus dans soi-même *) ou: comme cet être n'est pas

---

ce qui suit. — Nos physiciens modernes n'ont pas fait toujours cette distinction, de sorte que par *le centre de gravité* ils entendent tant le rassemblement de l'impuissance d'un être pesant, tant le rassemblement des forces ou le centre porteur et soutenant cette impuissance, c. à. d. exactement le contraire de l'idée première. En confondant de cette manière *le centre de gravité active* avec *le centre de gravité passive* tant dans l'être physique que dans l'être moral, on ne pouvoit plus voir clair ni dans l'une ni dans l'autre région.

*) On ferait mieux de distinguer les forces soi-disantes expansives et compressives (attractives) lesquelles S. Martin nomme: la force et la resistance, par le noms de puissance *soutenante ou remplissante (car c'est qui remplit, soutient, comme ce qui vuide, déprime)* et de la puissance *contenante.* — L'existence parfaite de chaque être défini suppose que cet être soit contenu ou compris par et dans son principe générateur et que ce même principe le remplisse, *de sorte que ce principe fasse sa loix (sa circonscription) et qu'il la remplisse.* L'action première doit toujours précéder l'être défini (comme son vrai: *à priori*) et se montrer supérieure et indépendante de l'action du dernier (indépendance, priorité et supériorité lesquelles caractérisent toute loix) mais l'accomplissement de cette loix ne peut se faire sans l'acte ou la coopération de cet être fini lui-même. Et ce n'est que par ce dernier acte (par lequel le principe générateur contenant se manifeste aussi comme remplissant ou *s'expandant* dans l'être défini) que ce principe infini *se saisit soi-même* par *l'intermède* de cet être fini, *parceque ce n'est que par la distinction (organique) des facteurs que se fait l'union ou la sensation active ou vivante, et que par cette distinction et union entre la puissance contenante et la puissance remplissante faites par l'intermède de cet être fini (la créature) se repète dans cette créature la distinction et l'union originelle de ces mêmes puissances* faisantes comme on sait la circulation et la sensation de la vie éternelle dans le ternaire saint et originel. — Au reste chaque être défini peut être consideré comme une abscission de l'espace infini, et c'est donc proprement par une négation de soi-même faite de la part de l'être infini que celui-ci crée, ou

rempli (intérieurement), c. à. d. comme il est vide de lui, il doit trouver dans sa propre circonscription la même impuissance

---

émane c. à. d. affirme ou pose l'être défini, comme le *donner* de l'amour n'est au fond rien autre chose, qu'un affirmer de l'objet aimé par une négation de soi-même. Voila donc pour ainsi dire une *suspension* de l'être infini, comme amour producteur, laquelle attend de la part de l'être produit pour *retour d'amour* une négation de soi-même, et par cette négation la réaffirmation de l'être producteur; et ce n'est que par cette dernière négation de l'être produit, que celui-ci puisse manifester son être créateur, en réaliser l'image *ou le propager*. Car en faisant le contraire, il ne manifestera *ou ne propagera que soi-même (St. Jean. I, 13.)*. — C'est donc dans ce sens très vrai que mon ami respectable *Mr. de Meyer* (Blätter für höhere Wahrheit. Frkft. 1818. I. p. 76) vient de dire que l'accomplissement de l'existence d'une créature (sa béatitude) ne puisse se faire que par un sacrifice mutuel et réciproque entre le créateur et la créature. Enfin des yeux perçants verront dans ce qui vient d'être dit, comment l'abus de la faculté divine de propager faisa le crime originel. — Pour ce qui regarde la théorie de la puissance contenante et de la puissance remplissante dont je vient de donner les premiers élèments dans cette note, il faut encore ajouter, *prémièrement:* que la puissance contenante est en même tems la puissance représentante et réfléchissante et qu'elle donne donç la base pour ce qu'on nomme le *miroir* d'un être. — *Secondement* que plusieurs de nos philosophes modernes, observants l'hostilité laquelle se trouve entre la puissance contenante et remplissante de la matière ou de l'être temporel, sont tombés dans l'erreur de prendre cette hostilité pour originelle et constitutive (voyez p. e. *Fichte*) au lieu de chercher la raison de ce dérangement et de cette duplicité hostile dans les racines de cet être temporel. Car ce double centre faisant la base de tout être, et se manifestant comme un double désir, savoir comme le désir de l'être de rester dans son propre centre, et comme celui d'y développer toutes ses forces, c. à. d. de s'expandre ou de sortir de soi-même, ce double désir, dis-je, ne se trouve dans l'origine nullement dans une opposition hostile, et l'une puissance cherche au contraire l'autre parcequ'elle en a besoin pour se réaliser elle-même. C. à. d. la puissance a besoin de la puissance expandante ou saisissable parceque sans elle il n'y auroit rien qui puisse être contenue ou saisi, comme la puissance expandante a besoin de la contenante comme de son sujet expansible. Mais si ces deux puissances se refusent réciproquement leur service, alors au lieu de se développer l'une l'autre, elles se contiennent réciproquement, et c'est alors que le Caducée, *séparant deux serpens qui se battent*, devient l'image expressive d'un tel être (c. à. d. de l'univers temporel) ou on voit toujours une troisième puissance (nomée *Mercure* par les anciens) maintenir l'equilibre entre *l'eau et le feu* pour le soutien des Corps. L'emblême du Caducée (☿) est donc, comme dit *St. Martin*, un champ inépui-

de soutenir ses éléments ou facteurs dans leurs centres respectifs (de les remplir) et il sera montré dans une autre occasion comment cette constitution de l'être temporel a pu donner naissance à cette théorie des *atomes*, prise par les philosophes anciens des grecs dans un sens beaucoup plus profond, que par nos mécaniciens modernes depuis *Descartes*. En effet la même tendance, ou pente de se séparer de son centre soit par une éxplosion, soit par une dissolution se continue dans ce même être tombé, lequel ou après qu'il a conçu la volonté rebelle de surmonter son centre ou la volonté basse de se subordonner à un centre inférieur*) ressent naître cette même volonté réfractaire ou basse, dans tous les points de sa circonscription particulière. *Parceque le principe supérieur, porteur ou élévant et soutenant (le centre de gravité ou l'orient) est en même tems le principe unissant, substantant ou corporisant pour chaque être.* **).

Pour chaque être séparé de son centre générateur, et tombé dans une enceinte plus extérieure (donc plus *étroite*) on peut donc fixer l'échelle suivante pour sa réascension ou réintégration possible. 1) Désordre ou solution de la vraie continuité ou corporisation supérieure (laquelle se montre donc rélativement à cette enceinte inférieure comme une corporisation dans l'ordre

---

sable des connaissances et d'instructions, et nos philosophes en fixants de nouveau leur attention sur le *dualisme* de l'être temporel, feront bien de tâcher d'approfondir cet emblème.

*) C'est pourquoi la séparation du centre se fait sentir à l'être rebelle comme une force déprimente et à l'être déchu par l'attrait d'un centre inférieur (l'homme) comme une impuissance ou foiblesse, parceque le prémier a abusé de sa force, et le dernier a manqué par foiblesse.

**) C'est le soleil qui soutient la terre et la remplit de la vie, comme il soutient toutes le planètes dans des distances proportionnées à l'espèce de reflexion des puissances solaires, pour laquelle chaque planète comme un point d'appui fut posée par ce soleil et sorta de lui. L'opinion reçue de nos astronomes que le soleil ne tache par sa pesanteur énorme que d'engloutir ou de détruire cette terre comme toutes les autres planètes, dont il n'est empêché que par une force aveugle centrifuge (dont personne ne sait ce qu'elle est et d'ou elle vient), cette opinion ou manière d'envisager le système céleste, dis-je, est la plus indigne de la grandeur et de l'harmonie vivifiante de ce systéme qu'on a pu imaginer.

des principes). 2) Immédiatement à cet état succède un rassemblement forcé ou une corporisation inférieure et extérieure, laquelle serve pour fixer un esprit central et de ralliement sur elle. Cette corporisation (laquelle ne peut exister que par une translocation ou transposition (sensible et douloureuse) de ses éléments, parceque l'être qui se corporise de cette manière inférieure est lui-même transposé) sert a) à la réunion des débris épars de cet être comme en même tems à la séparation de ceux, lesquelles se trouvent dans un rassemblement contre nature*), *afin que tant par ces ralliements que par ces séparations* cet être se corporise de nouveau dans l'ordre supérieur; b) comme arme**) et résistance contre une action opposée à cette corporisation dernière, action laquelle se tâche de se corporiser ou de se substanter à son tour, mais se trouve toujours

---

*) Toute transposition fait ce qu'on nomme une composition, comme la position normale fait la simplicité de l'être. L'homme sous les loix de sa matière est emprisonné et borné de tous les cotés: il a fallu pour les lier ainsi, qu'on rassemblât, dans une sorte d'unité, les puissances, les forces et les facultés qu'il avoit laissé sortir de lui-même, et qu'il avoit disséminées dans toutes les régions, pour y opérer le désordre de ses plans impies et mensongers. L'ennemi appuye encore sur les chaînes dont on l'a chargé et cherche par-là à traiter comme son jouet et sa victime celui qu'il a feint autrefois de vouloir traiter comme son ami. Mais ce double poids rassemblant et concentrant, de plus en plus, dans une unité les puissances et facultés de l'homme, le rend dans sa privation même, une nouvelle image de cette unité qu'il auroit du représenter dans ses justes développemens: alors cette harmonie concentrée rècouvrant naturellement une sorte de rapport avec l'hormonie supérieur et libre, elle l'attire insensiblement à elle, et elle en reçoit les secours dont elle est susceptible selon la mésure génée et restreinte. Nouvel homme p. 20.

**) Le mal une fois formé ne peut être détruit autant qu'il reste dans l'état de partialité et de la subdivision, comme une maladie doit *pointer* pour qu'on puisse la détruire radicalement. Il faut donc commencer par faire sortir le mal de son état de subdivision pour qu'il se rassemble ou pour qu'il montre a découvert sa tête afin qu'on puisse la saisir. Mais ce ralliement forcé ne se fait que par la corporisation extérieure, dont je parle dans le texte, et ce trait de lumière suffira pour faire comprendre comment l'être principe bon faisa lui-même usage de cette corporisation extérieure pour attirer *par* elle et *sur* elle *son pôle opposé*, c. à. d. la tête du serpent laquelle il fallu que *l'homme-principe* l'écrasa afin que les autres hommes puissent écraser les membres de ce serpent à leur tour.

empêchée dans cette entreprise par la corporisation *regulière* extérieure. Enfin 3) après que le but de cette corporisation inférieure est rempli (c. à. d. que la corporisation supérieure et dorénavant indissoluble est finie) la mort, ou la dissolution de la corporisation infèrieure doit coincider avec la génération accomplie de la corporisation supérieure, comme l'échaffaudage s'écroule après que la maison est bâtie. *)

C'est donc dans un sens très vrai, qu'il nous est dit dans les proverbes *que chaque être ici bas a son tems*, lequel doit finir pour lui *ou* quand il en a fait tout l'usage bon, pour sa corporisation supérieure *ou* quand il en a fait l'usage contraire. — Le même tems c. à. d. la même matière corruptible donnée à l'homme pour sauver sa vraie ame, s'il en fait usage d'un *holocauste* (Moise III. c. 17. v. 11) exerce donc un effet bien différent sur un être lequel, ou en tant qu'il se trouve déja *dessous* ce tems, et c'est très justement, que *St. Martin* disoit: *que cette nature externe exerce la fonction de tenir en dissolution continuelle l'être pervers afin que le mal ne puisse jamais prendre nature ou corps.* **)

---

*) II. Corinthiens 5, 1. — Il faut remarquer que cet ordre universel pour toute corporisation se répéta chez les Juifs par leur corporisation nationale et la dissolution subséquente de cette corporisation extérieure, après que son but *(le rassemblement des debris épats de l'ame humaine)* étoit accompli, ou après que cette corporisation ne pouvoit plus servir à ce rassemblement. — *Solutio corporis fit cum coagulatione spiritus, et coagulatio spiritus fit cum solutione corporis.* — En ne désignant pas ici par ces mots: Esprit et corps deux eléments d'un même être, mais deux êtres de deux régions différentes, dont chacun en tant qu'il a pris forme dans sa région, se montre *corporisé* dans cette région. Car la corporisation, en prenant ce mot dans son sens vrai et général, ne désigne que l'accomplissement du développement d'un être. Ce qui fait le centre d'une chose doit finir par faire aussi sa pèriphérie. Vis ejus integra, si conversus in terram.

**) Proprement dit: dans tout ce tems apparent ce n'est que l'homme qu'il soit *ouvert* à l'être pervers, c. à. d. autant qu'il s'ouvre lui-même au dernier, et la nature externe peut donc être considérée d'ailleurs comme un bouclier formidable et puissant, par lequel le créateur tient toujours la bouche fermée au père du mensonge, *afin que le blasphème ne se prononce pas*, et que cette parole morte et mortifère, retombante et rentrante

Ce penchant intérieür à tomber et à passer se fera donc rémarquer dans tous les êtres temporels, mais d'une manière différente, selon que ces êtres n'étoient destinés par leur origine qu'à une communication indirecte avec le principe générateur (ce qui s'applique à toutes les créatures proprement dites temporelles), ou selon que ces êtres, comme l'homme étoient déstinés par leur origine à une communication directe et *entière* avec Dieu. *) Distinction, laquelle nous donne des lumières pour discerner entre la *création* et *l'émanation*. Savoir un être créé est proprement celui, qui en sortant de son principe générateur s'en trouve dans son action séparé intérieurement, ce qui prouve qu'il n'est pas sorti qu'indirectement de ce principe. **) Au contraire l'être emané

---

toujours dans son centre générateur, fasse non supplice perpétuel. Car c'est précisement de sa propre géniture que chaque être doit se nourrir et vivre. Du reste comme l'être pervers trouve par le moyen de l'homme accès dans ce tems apparent, l'écriture parle de son jugement parfait comme d'une chose, laquelle n'arrivera qu'avec la fin de ce tems apparent. — La notion d'un purgatoire involve donc celle de la permanence des hommes morts *terrestrement* dans l'enveloppe temporelle, et l'église orientale a eu donc raison de ne pas admettre une stricte démarcation entre ce purgatoire et l'enfer pendant la durée de ce monde temporel. Enfin comme de l'une coté la nature externe et dans son intégrité s'oppose à la corporisation parfaite du mal, de l'autre coté une action médicatrice, dont il fut question dans une note précédente, en attirant dehors de ses subdivisions ou de ses organes ce mal, le force pour ainsi dire de lâcher sa proie, en le délogeant toujours. —

*) L'action directe ou l'action entière est ici l'action *centrale*, laquelle est nommée aussi plusieurs fois *la parole* parceque l'action immediate de l'Etre esprit est la parole de commande. L'oeuvre originel temporel de l'homme primitif fut de réunir successivement tous les rayons de cette action centrale (de la parole) dans son être, et *d'hommifier ainsi le verbe*, hommification de laquelle comme on le sait Deu se charga lui-même après que l'homme manqua son dévoir. Tachez donc à comprendre cet oeuvre originel temporel de l'homme, avant de vous approcher du mystère de l'incarnation du verbe.

**) Un tel être est donc intèrieurement vide de la vie (de l'action centrale) c. à. d. *il lui manque la parole*. L'être pesant par sa nature, est donc *muet et obscur* par cette nature ou ne parlant ni luisant de soi-même. Un tel être ne parle (ne luit) c. à. d. n'agit pas qu'autant qu'on le *fait* parler (luir) ou agir, et on doit distinguer ce mutisme et cette obscurité *passive*, du mutisme et de l'obscurité *active*, parcequ'il y a une différence

est celui, qui sorti directement de son principe, entre ou peut entrer en rapport direct avec lui. Le premier être *pèse*, mais pas l'autre dans son état originel, lequel dans cet état quoiqu'l ne soit nullement son propre appui (prérogative du Dieu seul, *qui seul se port soi-même*) le trouve pourtant *en dedans* de sa circonscription, et ne connoit donc pas le besoin de sortir de soi-même pour le chercher *dehors*. C'est pourquoi le souffle vivifiant donné à l'homme (selon la genèse) ne fut pas une création mais une émanation, et cette émanation auroit du soutenir et soulever tout le reste créé de cet homme (et par lui toute la créature, *Romains* 8, 19) dans la ligne des êtres incréés. Après donc que l'homme par sa chute a enseveli pour ainsi dire ce souffle divin (divinae particulam aurae), sous les décombres de sa partie créée et qu'en se créaturisant par cela tout entier, a fait rétrograder cette ascente intentionnée de la part du Dieu, il fallut donc que ce souffle fusse resuscité de nouveau, afin que l'homme entier puisse être élève d'un homme naturel et créé en homme-esprit et enfin en enfant de Dieu (I. Corinth. 15, 45).

---

entre un miroir *nul* et un miroir *réfractaire*. Du reste les philosophes ont toujours mal saisi le sens du mot: monde externe, en ne prenant cette expression que dans le sens général dans lequel on dit que chaque chose doit avoir son extérieur comme son interieur. Car c'est précisement le caractère distinctif et énigmatique de ce monde extérieur ou externe qu'il n'est *que tel*, ou qu'il lui manque le remplissement et le soutien intérieur (vanité ou vide faisant le *mutisme* de ce monde). C'est pourquoi si l'homme s'abandonne tout à-fait à ce monde externe, non seulement celui-ci nourrit pas cet homme intérieurement, ou le laisse vide, mais en l'attirant continuellement tout en dèhors, le vide même toujours plus, comme un vrai sangsue (ou s'il seroit permis de faire usage d'un nouveau mot: comme un vrai *coeur-sue*). Raison pour laquelle je disois dans mon traité „Sur l'Eucharistie p. 19 que“ nous nous trouvons dans ce monde sous la puissance d'un être „qui ne cesse de manger notre corps et de boire notre sang (amo).“ c'est qui et donc l'inverse de la communion vraie, ou beatifique. — Enfin l'homme qui s'identifie ou se confond tout-à-fait avec ce monde externe, finit par se croire être de la même nature vaine (vide ou intérieurement nulle) comme lui. Croyance laquelle malheuresement n'est que trop commune parmi nos philosophes modernes, qui se disent: philosophes de la nature, et laquelle fait le πρῶτον ψεῦδος de leur philosophie.

Car l'émanation a la même relation à la génération, laquelle se montre entre la faction d'un oeuvre et la création. *)

Nos philosophes modernes ont donc mal saisi cette pesanteur, prise dans le sens le plus général, en la confondant avec *l'attraction.* Car surement ce qui *tombe* est censé se trouver tout-à-fait dehors et dessous sa loi, donc dans les ténébres absolus, et n'ayant nullement présente dans son intérieur la direction (but ou *guide*) de son mouvement, présence laquelle au contraire caractérise exactement le mouvement de l'attraction, et nous donne la raison de la clairvoyance *de l'amour* comme de l'aveuglement de chaque *passion.* Car celui qui est entrainé par sa passion, se trouve comme dit le Christ, dans les ténèbres, et ne sait pas où il va. —

J'ai fait déjà remarquer ailleurs **) cette différence essentielle, se trouvant entre la pesanteur et l'attraction dans toutes les régions, et il sera développé dans mon ouvrag[illegible] la réligion comment cette manière fausse d'envisager cette pesanteur ou le tems apparent a du contribuer à obscurcir jusqu'ici nos vues tant dans la science de la nature exsterne que dans celle de l'homme. En effet et prenant ce mot: pesanteur ici dans le sens actif, ou comme le *poids* lequel pèse *sur* un étre, il est clair, que comme

---

*) Le *Fils* est *généré*, *l'esprit*, en ne désignant ici par ce mot que l'être dessous la divinité, *émané*, et la *nature créée* — c'est pourquoi l'homme ne peut participer à la génération divine que par le Fils, tandis que l'esprit émané et la nature créée peuvent émaner et créer à leur tour. — Du reste il n'y a surement pas un homme lequel ne se pourroit convaincre journellement et dans chaque moment de sa vie de la vérité de notre théorie sur la pesanteur. Car ne se sent-il pas s'élever *dans sa ligne antigrave* exactement en proportion qu'il recouvre sa communication directe avec son principe c. à. d. *qu'il sort du tems*, en s'élévant dessus lui? En arrachant une vérité lucide aux ténèbres de l'erreur et du mensonge, en arrachant une vertu aimante et expansive à la puissance meurtrière de l'égoisme, ou même en développant une force de l'ordre *du physique actif* de chaines *de son physique inerte et passif* (dévelloppement observé et pratiqué dans les opérations magnétiques). L'homme sent son être radical *s'élever et s'expandre*, tandis que chaque acte contraire le déprime et le comprime plus, le rend plus matière ou pour ainsi dire — *plus oxyde.* —

*) Schellings Allg. Zeitschrift v. D. f. D. I. vol. 3. H. p. 318.

l'air ne pèse que sur le corps qui en sont vides, ou lesquels cet air ne remplit pas, l'esprit, l'air divin ou la *parole* ne pèsent sur nos ames qu'autant elles s'en trouvent vides, ou qu'elles tiennent fermé l'accès à cet esprit ou à cette parole, air ou souffle. — C'est dans ce sens que *St. Paul* nous dit que nous ne restons *au-dessous* de la loi, que nous n'en sentons le *poids* *) qu'autant que l'esprit de cette loi ne nous remplit et nous ne soutient pas. C'étoit donc une méprise assez grande de plusieurs de nos moralistes modernes, dont le coryphée fut le celèbre *Kant*, quand ils vouloient fonder leur morale sur *l'impératif* seul de la loi, et en exclure *l'optatif*, c. à. d. nous mettre dessous la ligne d'un être lequel nous *contient* par la *crainte*, sans pourtant nous mettre en rapport ou contact avec l'être lequel nous *remplit et soutient* par *l'amour* **) — C'est

---

*) Autant que cet esprit ou cette parole n'est que dessus ou seulement dehors de nous, il n'est pas à sa place, et ce déplacement (metastase) se manifestant par une *tension*, fait, comme on sait, partout une *maladie*; aussi c'est proprement cette *tension* laquelle se fait sentir comme le *poids* dont je viens de parler. La *tension électrique* nous donne ici un exemple très instructif, parceque cette tension ne peut s'expliquer que par un déplacement ou dérangement semblable des Poles, quoique cette notion ne soit pas encore reçue par nos physiciens. Du reste cette tension électrique finissante toujours par un choc et par l'étincelle ou par *l'éclair* nous peut prophétiser chaque moment que le désordre universel finira aussi par un éclair, exécuteur du jugement ou du remplacement universel des Poles.

**) L'acte de fondement (en allemand dit: *der Begründung*) ou de position pour chaque être se resout en dernière analyse en deux actes, savoir celui d'une dépression et celui d'une élévation, puisqu'un être ne peut se trouver *soutenu* qu'autant qu'il a gagné le dessus sur quelque chose en soi, laquelle il *contient* ou retient dessous lui. (Mathieu 23, 12). L'être lequel n'a pas fait l'usage légitime de cette puissance offerte à lui dès son origine pour contenir dans son intérieur ce qui devroit être et rester contenu, a donc *ouvert* ce qui devroit rester fermé pour lui et *se ferma* ce qu'il devroit rester ouvert pour lui. A un tel être l'impératif auroit beau dire de se contenir soi-même, si l'amour ne viendroit lui-même et ne lui prêteroit de nouveau cette puissance necessaire pour se contenir, perdue par cet être tombé. — Au reste il est essentiel de remarquer que cette fermeture ou enfoncement se fait successivement dans le développement successive de la vie d'un être (développement qui fait son *Histoire*) de sorte que ce qui dans une époque antécédante faisoit le

pourquoi la morale de ces néologues comme leur Physique ne pouvoit guère nous interesser jusqu'ici que comme ces recits des sections des cadavres, parceque ce n'est surement que sur des ames vides de la vie, comme sur une nature sans vie, qu'ils ont appliqué leurs observations et leurs analyses *). —

---

dessus ou le pivot de cet être, doit en faire dans une époque suivante le dessous ou la base. Toutes ces révolutions remarquées dans l'histoire des êtres, ne sont donc comme dit le terme, qu'une réversion de l'ordre ou un relèvement nouveau de ce qui ne devroit plus se rélever. Par exemple les puissances formatrices de la terre, se rélevantes dans une époque suivante de nouveau au-dessus et contre les organisations, dont elles ne devroient plus faire que la base, ou les puissances animales dans l'homme se rélevantes dessus l'esprit. Voyez Gügler Darstellung der heiligen Schriften. I. S. 112.

*) In den Blättern für höhere Wahrheit von J. Fr. v. Meyer (Frankfurt, Brönner 1818. I, 164—171) findet sich ein Aufsatz von Baader: Ueber den Begriff der Zeit, welcher vermuthlich der erste gedrängte Entwurf der dann in französischer Sprache gegebenen weiteren Ausführung gewesen ist. Da er nicht wesentlich Anderes oder Neues enthält, haben wir ihn hier nicht aufnehmen zu müssen geglaubt. Man findet ihn übrigens in den kleinen Schriften Baaders S. 48—90. H.

Ueber den Begriff der Zeit.

(Uebersetzung der Schrift: „Sur la notion du tems," von Therese Edel, geb. Hoffmann, vom Verfasser selbst durchgesehen.)

In demselben Augenblick, in welchem in Deutschland die sensible Action des Geistes, mehr oder weniger die Grenzen der Zeit und des Raumes durchbrechend, durch die That selbst sich in mehreren Somnambülen geoffenbaret und erwiesen hat, beginnt die Philosophie in diesem Lande sich Licht zu verschaffen und der vollkommensten Einsicht sich zu nahen, dass ausser dieser zeitlichen Region noch zwei andere Regionen und Classen von Wesen existiren, wovon die eine über, die andere unter dieser Zeit sich befindet; und deren Existenz und wirksamer Einfluss, d. h. ihre thätigen Wechselbezüge in und mit dieser zeitlichen Region können und sollen von neuem der Gegenstand der Beobachtungen (und selbst der Versuche) bilden, wie sie es bei unsern Voreltern waren, und zwar eben so überzeugend in ihrer Ordnung, als diejenigen, die in der rein zeitlichen Ordnung angestellt werden. Diess ist es, was den Inhalt der folgenden Schrift ausmacht, welche, wie ich hoffe, nicht allein dazu dienen wird, das Fundamentalproblem der Philosophie, nemlich dasjenige, uns eine vollständige Theorie der Zeit zu geben, klarer erkennen zu lassen, sondern auch, die Auflösung dieses Problems zu erleichtern, und so zum Wohle des Geistmenschen durch Minderung des Schmerzes und der Schmach seiner Unwissenheit beizutragen.

Diese kleine Schrift entstund übrigens auf Veranlassung von Daubs Judas Ischariot (Heidelberg, Mohr und Winter 1816—18), aus welcher Schrift sich herausstellte, dass deren Verfasser die erlösende Macht des Zeiträumlichen (der Materie) von der Macht des Bösen nicht klar geworden war.

Schwabing bei München, August 1818.

„Alle diejenigen, welche nur durch einen wenigkräftigen Antrieb des Willens, nicht durch die Tiefen der Principien des Geistes auf die Bahn der Heiligung geführt werden, wenden sich gleich an die h. Schriften und vorzugsweise an die Evangelien und die Bücher der Weisheit, weil sie darin schon reife Früchte finden, die sie nicht erst mühsam anzubauen nöthig haben. Aber selten eignen sie sich auch die Nahrung, welche sie nehmen, tief genug an, da sie nicht bis zu den Lebenssäften des Baumes vorzudringen suchen. Sie gleichen hierin den Vornehmen der Welt, welche gewohnt sind, sich mit den Oelen und Wässern wohlriechender Blumen zu besalben und ihren Gaumen mit allen Erzeugnissen der Erde zu kitzeln, ohne die mindeste Kenntniss von der Weise zu haben, wie dieselben gezogen werden und wachsen, und ohne sich die Leitung ihres Anbau's auch nur die geringste Mühe kosten zu lassen. Allein ebenso kann ihnen darum auch nicht der Rang der Arbeiter oder Anbauer im Reiche Gottes zukommen; ihre geistige Nahrung ist ihnen nicht sicher, und es kann ihnen leicht begegnen, um ihren Unterhalt in Verlegenheit zu sein. Sie gehen endlich aus dem wahrhaften Zustande des Menschen oder aus dem prophetischen hinaus, den die Schrift als die einzige Epoche bezeichnet, in welcher der Mensch als ein in der Bearbeitung befindliches Stück Erde erscheint.“ (St. Martin. De l'Esprit de Choses. Vol. II. p. 226. Uebersetzung von G. H. Schubert II. 240.)

Die vollendete, in sich sich beschliessende, Bewegung oder Veränderung des Lebens kreiset inner den drei Momenten des Ausgangs, des Bestandes und des Wiedereingangs, oder mit andern Worten: der Hervorbringung (des Herabsteigens), der Erhaltung (Conservation) und der Wiederausgleichung (als Wiederaufsteigens). In diesem Sinne wird denn auch Gott in der Schrift als das Wesen vorgestellt, welches ist, welches war, und welches immer sein wird.

Irriger Weise hat man also bisher die Ewigkeit als eine unbewegliche und starre Gegenwart vorgestellt, indem man nicht einsah, dass in dieser Gegenwart die zwei andern Zeiten, die

Vergangenheit und die Zukunft, mit einbegriffen werden müssen, um die erst in diesen drei Abmessungen vollendete Existenz oder Fortdauer zu bewirken. Also alles, was in der Ewigkeit ist, d. h. alles, was in das vollendete (vollkommene und vollendete) Leben (denn diess ist der wahre Sinn des Wortes: ewiges Leben) aufgenommen ist, muss erkannt werden als immer seiend, als immer gewesen seiend und als immer sein werdend, und dadurch immer ruhend in seiner Bewegung und immer sich bewegend in der Ruhe, oder als immer neu und dennoch immer dasselbe *).

---

*) In der göttlichen Region ist die Hervorbringung immer gewesen, die Erhaltung ist immer, und die Wiedereinigung (Reintegration) wird immer sein. Oeuvres posthumes de St. Martin II. Vol. p. 203. St. Martin will sagen, dass das wahrhaft Seiende keinen Anfang, wie kein Ende sich weiss, das Nochnichtgewesensein wie Nichtmehrsein in ihm nie statt findet, indem sein Sein immer gewesen ist, sein Nichtsein nie ist und nie sein wird. Die Circulation des Lebens als beständiges Einen (Vermitteln) des Anfangs und des Endes setzt das beständige Unterschiedensein zweier oder vielmehr dreier voraus, so wie Gegenwart die Vergangenheit und Zukunft, den Ausgang (die Production) und den Eingang (die Reintegration) vermittelt. Die Gegenwart macht nemlich, dass das Vergangene immer zur Zukunft, das Zukünftige immer zu Vergangenem wird, der Anfang das Ende, das Ende der Anfang. Denn daran merkt man ja nur die eigentliche Zeit, dass das Kommende (die Zukunft) nicht das Vergangene (ein Anderes), dass das Vergangene nicht das Zukünftige ist. Nicht das Auseinandergehaltensein des beständigen Andersseins vom Dasselbesein (der Erneuerung vom Dasselbebleiben), sondern die Zusammen- oder Ineinsfassung beider gibt die Lebenskreisbewegung. Wenn Sein und Werden einmal (im Geschöpf) getrennt werden, so erhält man ein gewordenes Sein ohne Werden, oder ein Sein, das zu werden aufhörte -- ein lebloses, erloschenes Sein —, so wie ein werdendes Sein oder Werden ohne Sein. Jenes Praeteritum, dieses Futurum. Das wahrhafte Sein kann also nur als immer gewordenes und werdendes zugleich gefasst werden. Was übrigens Vergangenes und Zukünftiges vermitteln (einen) soll, das muss über beiden, sohin vor jedem Vergangenen und über jedes Zukünftige hinaus sein, d. i. gegenwärtig. (Dasselbe gilt von der Vermittelung der Raumdifferenz (wo die Tiefe die Gegenwart ist) als zweier entfernter Oerter mit einem Daseienden). Die Zeit geht also nach Obigem in einer Creatur auf, in der das ewige Sein vom ewigen Werden getrennt wird und nur das Werden in der Creatur bleibt. Jedes Zeitlichsein ist nur arrêt (Suspension) des Immerseins, wie jedes Räumlichsein Suspension des Ueberallseins, und dieses Immer und Ueberall eines Wesens sind eigentlich Kants Anschauungen a priori der Zeit und

Dieser ewigen Zeit, welche man mit St. Martin die wahre Zeit nennen kann, hat man bisher die Zeit entgegengesetzt, in dem engeren Sinne, in welchem die Gegenwart ihr immer mangelt, weil in ihr nur die zwei Abmessungen des vollständigen Ternars der Zeit, welche aus ihr hervorgehen, sich finden, nemlich die Vergangenheit und die Zukunft, und in welcher die Leere der wahren Gegenwart nur durch eine Scheingegenwart erfüllt wird (Praesentia Phaenomenon). Ein Schein, welchen man nicht Unrecht hätte, eine Erscheinung in der ganzen Bedeutung dieses Wortes, und folglich diese letztere Zeit eine Scheinzeit zu nennen in einem tiefern Sinne, als in welchem man diesen Ausdruck zu nehmen gewohnt ist.

Allein es ist keineswegs die Scheingegenwart, sondern vielmehr die absolute Verneinung aller Gegenwart direct der wahren Gegenwart entgegengesetzt, und der Gegensatz zwischen der wahren und der Scheinzeit ist also selbst nur scheinbar, wenigstens

---

des Raumes. Nur inner dieser Zeit und inner diesem Raum findet ein endloses Aussereinander statt, wogegen in dem sie durchdringenden (einenden) Immer- und Ueberallsein dieses Aussereinander gänzlich aufgehoben ist. Die Benennung des Immer und des Ueberall, d. i. des Einzigen, der immer und überall derselbe Einzige ist, drückt schon die Relation des Bleibens im Wechsel — also beständige Erneuerung — und des Einen Gegenwärtigen im Vielen aus. Dieses Ueberall und Stets als leer gibt den Abgrund, in den sich Satan aufgelöset, die er zu Bedingungen seines Seins gemacht hat und die er zu Bedingungen alles Seins zu machen strebt. Vergl. Daubs Judas Ischariot 2. Heft 2. Stück S. 342. Darum ist Satan seiner Freiheit in der Zeit, seiner Vernunft im Raume verlustig, der Erzfatalist und Erzmaterialist. Vergl. dasselbe Buch S. 344. Denn zeitlich ist unfrei, räumlich unvernünftig. In dem loco dieser Welt entstund das Bestreben Lucifers, sich überall und immer zu manifestiren, somit Gottes Manifestation zu tilgen. Diesem Bestreben entgegen trat nun jenes Schein-Ueberall und Schein-Immer in diesem loco hervor. Wie es ein wahres Immer (Gegenwart), ein scheinbares und ein falsches, so muss es ein wahres Ueberall, ein Scheinüberall und ein falsches Ueberall geben. Vergl. St. Martin de l'Esprit des choses I, 212, wo vom obstacle gesagt wird, dass es eine universelle Concentration ohne einige Entfaltung mit dem beständigen Bestreben sei, Alles zu sein und universelles Develloppement (Allgegenwart) zu haben. — Wenn man das Wesen des Geist-Menschen als unmittelbar der Gottheit entspringend erkennt, so erkennt man es als ewig sowohl a parte ante, als a parte post,

ist er nicht direct, denn ein directer Gegensatz besteht nur zwischen der ersten und einer dritten Zeit, welche man die falsche Zeit nennen muss *). (Alles Wesen ist in der falschen Zeit in der Vergangenheit.)

In der That, der Dualismus der Scheinzeit (die ohne Ruhe jagt und hastet) zeigt sich in der letzten Zergliederung als der Erfolg einer solchen verneinenden Gegenwirkung, die sich der vollkommenen Offenbarung der wahren Gegenwart widersetzt, obschon diese Gegenwirkung selbst sich immer von neuem zurückgedrängt findet, so dass sie niemals selbst zum Ausbruch kommen und ihre eigene Gegenwart nur auf verneinende Weise offenbaren kann, d. h. durch die Nichtoffenbarung der wirklichen Gegenwart oder wahren Zeit.

Das Feuer, welches hier sich zu öffnen und auszubrechen trachtet, ist also kein erzeugendes und ernährendes Feuer, sondern ein zerstörendes, und die Entzündbarkeit dieses Feuers (in der heiligen Schrift der nagende Wurm genannt, der niemals sterben wird) macht die Gefahr, und so zu sagen, den Ernst jedes erschaffenen oder aus Gott hervorgegangenen Lebens aus (Periculum vitae). **)

---

*) Wenn die wahre Zeit drei Abmessungen hat, wenn die Schein-Zeit deren nur zwei hat, so kann also die falsche Zeit nur éine haben.

**) Mehrere unsrer neueren Philosophen scheinen keinen Begriff von dieser Gefahr des Lebens zu haben, weil sie eigentlich in diesem Aufhören oder in diesem Tode des Lebens (welcher als ein gefährliches Geheimniss immer in seinem Latenz-Zustande hätte bleiben oder ruhen sollen) seinen Anfang suchen, indem sie nicht selbst ihre Lebensfackel anzünden wollen, wie Prometheus, am himmlischen (höhern, erzeugenden) Feuer, sondern an dem unterirdischen und zerstörenden Feuer. Sie sind von dem Wahne befangen, aus dem Tode das Leben, aus dem zehrenden Feuer das zeugende, nährende erklären zu können. Aus eben diesem Grund-Irrthum, d. h. der Vergötterung oder Verewigung der Schein-Zeit geht der Gedanke hervor, den Beweis der Unsterblichkeit der Seele auf seine Fähigkeit zu unendlicher Vervollkommnung zu gründen, so dass diese arme Seele, gejagt wie der ewige Jude, durch ihre Vervollkommnungsfähigkeit in alle Ewigkeit fort die Strafe des Tantalus erdulden müsste, ohne jemals sich einer vollendeten Existenz und Seligkeit erfreuen zu können. — Kant ist in seinen Beweisen für die Unsterblichkeit der Seele über diesen Gedanken nicht hinausgekommen. Uebrigens gibt es keinen,

Nicht mit Unrecht ist öfter die Bewegung des Lebens in der Scheinzeit mit der peripherischen Bewegung verglichen worden, indem diese nur entsteht, wie man weiss, weil weder die Macht, welche das Centrum (die Einheit) bejaht oder setzt, noch die entgegengesetzte Macht, welche es (sie) verneint, im Stande ist, sich ausschliesslich geltend zu machen. Dieser im organischen und nicht bloss im mechanischen Sinne aufzufassende Vergleich würde weit unterrichtender geworden sein, wenn man wohl erwogen hätte, dass die Begriffe des Centrums und der Peripherie hier in ihrem gegenseitigen Bezug in einem und demselben organischen Systeme zu nehmen sind. Denn in einem solchen bewirkt nur die Ruhe, das Gesetztsein („le posement") des Centrums die freie Bewegung in seiner Peripherie (in seinem Aeussern), weil jede Bewegung nur aus dem Unbeweglichen hervorgeht, wie nur durch die Nichtruhe dieses Centrums (d. h. seine Oeffnung oder sein Verschwinden) *) die Qual der Hemmung der freien Bewegung in der Peripherie sich verwirklicht.

---

anderen Weg, dem Menschen die Unsterblichkeit seines Daseins zu beweisen, als ihn zu vermögen, das wahre Leben in sich zu entwickeln. Denn von dem Augenblick an, da dieses Leben Triebkraft in ihm gewänne, würde es auch eben so unmöglich sein, ihm einen Zweifel an seiner Unsterblichkeit, d. h. der vollen Verwirklichung dieses Lebens beizubringen, als es unmöglich wäre, eine zusammengedrückte Spann-Feder, falls sie Bewusstsein hätte, an ihrer elastischen Natur zweifeln zu machen.

*) Dieser Gedanke, dass das Verschwinden des Censtrums durch Oeffnung eines Verschlossen-bleiben-sollenden (weil jede Manifestation durch eine ihr entsprechende Occultation bedingt ist) geschieht, verdient sorgfältig aufgefasst zu werden. Eben diese Oeffnung ist die Oeffnung jenes Feuers, welches alle Substantiation zerstört, wovon soeben gesprochen wurde, ein Feuer, welches man auch das zehrende Feuer der Angst und des Abgrundes genannt hat, weil jedes Wesen, welches sein Centrum verloren hat, sich entgründet zeigt. Uebrigens wird nur das in der Folge dieser Abhandlung, besonders in der Note, Vorgetragene ganz verständlich machen, warum die Entgründung eines Wesens durch die Oeffnung seines Centrums geschieht, weil nemlich diese Oeffnung eines Verschlossen-bleiben-sollenden nur durch die Verschliessung desjenigen möglich ist, welches offen bleiben soll, d. h. durch die Verschliessung eines andern Centrums oder des Centrums des Lebens dieses Wesens. Das erste Centrum nannte Jacob Böhme das Centrum der Natur; und nur ihm verdanken wir die vollkommene Kenntniss der Dopelheit des Centrums eines jeden Wesens.

In der Mitte dieser zwei Extreme befindet sich ein dritter Zustand, d. h. eine Bewegung in der Peripherie, welche, da sie weder durch ihr inneres oder eigentliches Centrum begründet ist (wesshalb diese Bewegung nicht frei ist), noch durch die Oeffnung seines andern Centrums gehemmt wird, von einem diesem Wesen äussern Centrum ausgeht, das sich auf diese Weise in der Peripherie bewegt. Und gerade diese Bewegung in der Peripherie ist es, welche die Scheinzeit characterisirt.

In der That finden wir uns durch die Schrift selbst zu dieser Theorie der Zeit (der zeitlichen Welt) hingewiesen, da sie den verneinenden Geist den Lügner und den Mörder von Anfang nennt, d. h. vom Anfange dieser Scheinzeit. Denn diese Zeit anfangen heisst schon von selbst nichts anders, als die wahre Zeit enden (aufhalten oder aufheben), und derjenige, welcher angefangen hat, (auf diese Weise) aufzuhören, würde nicht mehr (wenigstens auf seine eigene Kraft beschrankt) im Stande sein, diesem Aufhören ein Ende zu machen *).

Setzen wir voraus, dass in Mitte eines System's von Wesen eine der Einheit und wirksamen Harmonie dieses System's widerstrebende und sie bedrohende Action entstehe, so begreift man, dass der Bezug (oder das Verhältniss) des Centrums eines solchen System's zu (mit) dieser Action nicht mehr derselbe bleiben kann, und dass er in demselben Augenblicke sich verändern muss. Wenn das wirkende Wesen (Agens) in dem Augenblicke der

*) Die berühmten Antinomieen (bei Kant) oder jene Widersprüche, in welche sich jedes Wesen in dieser Zeit und in diesem Raume verwickelt findet, erklären sich sehr natürlich durch den Fall und die Versetzung eines solchen Wesens (aus dem Centrum einer Region in seine Peripherie). Wenn also der Mensch, der seinem Ursprunge nach bestimmt war, über dieser Zeit oder in dem Centrum selbst dieser zeitlichen Hülle zu sein, indem er sich in ihrer Peripherie befindet, einen Widerstand und einen Widerspruch oder ein unaufhörliches Widerstreben in jedem Acte seines wahren Seins fühlt, wie gross muss also der Widerstand für ein Wesen sein, welches, dazu bestimmt, in der wahren Zeit zu leben, sich sogar unter der Schein-Zeit oder in der falschen Zeit befindet. Professor Daub eröffnet uns vortreffliche Blicke in die schreckliche Lage eines solchen Wesens in dem zweiten und dritten Hefte seines Judas Ischariot.

Entstehung dieser widerstreitenden Action sich in directer oder totaler Beziehung zu diesem Centrum befindet, so wird dieses seinerseits in seiner Totalität oder direct auf und gegen dieses thätige Wesen zurückwirken, um seine Action aufzuhalten und zu vernichten, oder um es von sich selbst zu entfernen, zwar nicht absolut, weil eine absolute Entfernung eine absolute Vernichtung sein würde, sondern relativ, d. h. das sich empörende Wesen wird aufhören, sich in activer, unmittelbarer Beziehung zu dem schöpferischen Centrum zu befinden *). Es wird dann nur noch äusserlich von ihm begründet und erfüllt werden, so dass die Dauer eines solchen Agens oder Wesens sich nicht anders, als in seinem Aeussern gegründet finden wird, während dieses Wesen, indem es sich in seinem Innern nur in einem fortdauernden Schwinden befindet, nichts thun kann, als immer aufzuhören oder niederzusinken: ein unhemmbares Aufhören im Innern, entsprechend einer unbeweglichen Festsetzung im Aeussern, d. h. im Raum **). (Das Niedersinken, immanent gefasst, ist nur ein Kreisen.)

Ein Wesen dagegen, welches in dem Augenblicke der Ausübung einer solchen, der Einheit des Systems widerstrebenden, Action sich nicht in einer directen oder totalen Beziehung zu dieser Einheit befindet, oder ein Wesen, dessen entgegengesetzte Action das Centrum nicht direct, sondern nur indirect angreift, wird auch nicht die directe niederdrückende Gegenwirkung, oder das ganze Gewicht des letztern empfinden, und eben sowohl seine Entfernung vom Centrum, als die Vernichtung in seinem

---

*) Man bemerke, dass hier nur eine Trennung von Seiten der Action geschieht, und dass das sich empörende Wesen fortfährt, im Innern durch seine Essenz mit Gott verbunden zu bleiben. Dieser Zusammenhang der Essenz (οὐσία) bleibt dem Geschöpfe ewig Geheimniss.

**) Die Zeit wie der Raum erklären sich also nur durch das Herabsteigen des höheren Wesens in eine untere und beschränkte Region. Wesshalb für das Thier, welches, obgleich es in dieser Zeit (in dieser untern Region) lebt und nicht in dieselbe herabgestiegen ist, dennoch keine Zeit ist, weil das Thier kein versetztes Wesen ist. Darum hat das Thier keine Langeweile.

Innern (als die natürliche Wirkung dieser Entfernung) wird also auch nur indirect oder partiell sein.

Gerade in diesem letztern Falle befindet sich der Mensch in dieser Schein-Zeit gegenüber oder unter der Gottheit, und es wird belehrend sein, einige charakteristische Eigenschaften dieser Zeit zu entwickeln, welche, sonst sehr dunkel und unbegreiflich, sich sehr natürlich erklären, wenn man sie von diesem Gesichtspuncte aus betrachtet.

Erstens wenn der Mensch in dieser Schein-Zeit niemals die totale Action des Centrums finden kann, so folgt, dass er niemals seinen Gott total finden kann, insoferne er sich nur in dieser Zeit hält. Alles, was sich ihm in dieser Zeit und diesem Raume anbietet, versucht ihn also (entweder zu seiner Beseligung oder zu seiner Verdammniss) aus ihr herauszutreten; denn es ist, wie man es vollkommen in der Theorie weiss, obschon man es immer in der Praxis wieder vergisst, nur eine Täuschung, wenn dieser immer von dieser Zeit missbrauchte Mensch dennoch an dieselbe glaubt, d. h. wenn er immer in einem andern Puncte oder Theile derselben Zeit oder desselben Raumes das zu finden hofft, was er nicht in einem ersteren finden konnte. —

Alle sogenannten Beweise für das Dasein Gottes, oder eigentlich aller Gottesdienst, welcher ein Heraustreten aus der Zeit nicht bewirkt *), werden Euch niemals diesen totalen Gott offenbaren, dessen Bedürfniss Ihr fühlet.

Endlich, da die Natur jedes Bruches der Einheit es ist, seinen Werth in dem Verhältnisse zu vermindern, als er in seinen Potenzen steigt, und sich durch dieses Fortschreiten oder Wachsen dem Nichts zu nähern, so sieht man also, warum jedes zeitliche

---

*) Das unzerstörbare Bedürfniss unserer Seele, zu bewundern, ist nur ihr Bedürfniss aus der Zeit herauszugehen, denn die wahre Bewunderung ist es, welche uns immer dieser Zeit enthebt und welche uns entzückt; bewundern heisst also, einen religiösen Cultus ausüben. Geschähe dem Menschen keine Manifestation, die ihn über das Zeit- und Raum-Wesen erhebt, so würde er nicht bewundern und nicht anbeten (d. h. er würde keine Religion üben).

Wesen, indem es nur ein Bruch der Einheit und nicht ein Ganzes in seiner Ordnung ist (wesshalb es in der Essenz zusammengesetzt und auflösbar ist), und sich nur erheben kann zu seinen Potenzen, indem es sich immer mehr von dieser Centraleinheit trennt, im Wachsen sich immer mehr erschöpfen, d. h. altern, und dass sein (zeitliches) Leben selbst es zum Tode führen muss *).

Eine andere tröstlichere Folge dieser Anschauungweise ist die folgende, nemlich: dass in dem Begriff einer Schein-Zeit selbst sich jener einer möglichen Erlösung oder Reintegration mitbegriffen findet, und dass folglich die zeitliche Natur sich als die erste Religion zeigt. Es ist die barmherzige Liebe, welche mit ihren verirrten Kindern temporisirt, und das elementarische Wasser, von Steffens die Thräne der Natur genannt, kann also aus demselben Grunde die erste Thräne dieser Liebe genannt werden. In der That, wie die indirecte Gemeinschaft des in dieser Zeit eingeschlossenen Wesens sich als mittelbare Gemeinschaft darstellt, so bietet sich uns die Idee eines Mittlers dar als der Faden der Ariadne, von dem Augenblicke an, in welchem wir in diese Zeit eintreten.

Da diese mittelbare Gemeinschaft mehr äusserlich ist, d. h. mehr erniedrigt oder niedergedrückt, als die unmittelbare Gemeinschaft, so folgt, dass das Centrum selbst, insoferne es seine

---

*) Man hat also recht, diesen Tod als natürlich für ein jedes Wesen anzusehen, welches durch seine Geburt sich nicht fähig findet, sich in vollkommene Gemeinschaft mit der Einheit zu setzen oder zu halten; allein man hätte Unrecht, ihn natürlich zu nennen für jedes Wesen, welches durch seinen Ursprung auf keine Weise bestimmt war, in der Region der Brüche zu bleiben. Siehe Weisheit Salomons 1, 13. — Die Behauptung war also richtig, dass, ehe die Wege dieser Zeit zu der göttlichen Region geöffnet waren, Niemand Gott sehen konnte und leben. — Es ist hier nicht der Ort, eine andere, höhere Wahrheit zu entwickeln, nemlich die, dass es ursprünglich der Mensch war, welcher diese indirecte Gemeinschaft zwischen der äussern Natur und seinem schöpferischen Principe unterhalten sollte, und dass der Fall des Menschen, indem er diesen Faden zerriss, diese äussere Natur noch mehr von seinem Princip trennte. Darum könnte man sagen, dass der Mensch von Neuem dieser Natur das Leben genommen, oder dass er sie zur Wittwe gemacht hat.

active Gemeinschaft mit dem herabgesetzten Wesen unterhält, sich gleichfalls in einer Art Erniedrigung oder Herabsetzung befindet; eine Erniedrigung, welche man dennoch unrecht haben würde, für etwas Anderes zu halten, als für eine von diesem Centrum herabsteigende Emanation (amor descendit), welches Centrum sich durch diese Emanation oder diess Herabsteigen zum Organe macht oder gestaltet, ohne doch aufzuhören, Centrum oder Princip zu sein *).

Indem diese Emanation ihre entwickelten Kräfte, ihre Herrlichkeit (Philipper 2, 6. 7.) innehält (suspendirt), indem sie ihre Heimath verlässt (sich expatriirt), führt sie sich zurück in den unscheinbaren Zustand des Keims oder der Wurzel, um sich in die gefallenen Wesen einsäen zu können, damit sie durch ihr Wiederaufsteigen oder ihr Wachsthum jene Kräfte in und durch sich selbst wieder zu vereinen und zu heben, vermögen in die wahre Zeit, wie der Same eines Baumes, indem er in seiner Collectiv-Einheit die zerstreuten und in der Zerstreuung unterdrückten wachsthümlichen Kräfte vereint und sie mit sich über die Erde emporführt. Allein man betrachte hier die Sorgfalt dieser Liebe!

---

*) „Wir selbst treten aus unserer eigenen geistig besondern Sphäre heraus, wenn wir irgend eine Veränderung in uns gewahren, sei es eine moralische, sei es eine physische; wir bemühen uns, durch unsere centrale Kraft die Herabwürdigungen, welche wir bemerken, wieder gut zu machen, und wir können es nur, indem wir selbst die Stelle jener Vermögen in uns einnehmen, welche nur Organe sind, und indem wir ihre Canäle mit allen Kräften erfüllen, die wir aus unserem Central-Princip ausfliessen lassen: aber man bemerke, dass dieses bewirkt wird, ohne dass doch unser Central-Princip leer wird und ohne dass wir es verlassen.“ St. Martin Esprit des choses Vol. II. p. 152. (Uebersetzung von Schubert II. 137.) Uebrigens bemerke man, dass nur zwei Vermögen des Centrums mit dem gefallenen Menschen herabgestiegen sind, nemlich die Vermögen des Willens und des Handelns, dass aber der unwandelbare Gedanke (die Macht der Gesetzgebung oder die Weisheit) nicht mit ihm herabgestiegen ist. Der Rangstreit zwischen Verstand (νοῦς) und Vernunft (λόγος) ist damit entschieden, dass man im Verstand das legislative, inflexible Princip anerkennt, wogegen in der Vernunft bereits die Willkür (Wille der Creatur), also auch die Möglichkeit der Corruption anfängt.

Denn indem dieses gebärende Centrum wiedergebärend wird, d. h. indem es tiefer in sein eigenes Wesen hineingeht, um darin diese wiedergebärende Emanation zu schöpfen, findet es durch dieses das Mittel, auch tiefer in demselben Verhältnisse einzugehen in die wiederherzustellenden Wesen, so dass diese nach ihrer Wiederherstellung oder Reintegration sich inniger vereint und höher erhoben in ihr schaffendes Centrum finden werden, als sie es vor ihrem Fall oder Abfall waren, und dass sie sich von nun an untrennbar, unfallbar in dem Leben des Centrums finden werden, beiläufig wie wir die organisirende Natur immer einen verletzten Theil des Organismus stärken, und ihn für die Zukunft weniger verwundbar machen sehen! Felix culpa! —

Aus diesem Gesichtspuncte wird man es sehr klar finden, dass der Atheist (oder derjenige, welcher, da er sich der vollkommenen Offenbarung Gottes in seinem Innern widersetzt, Gottesmörder genannt werden könnte)*) nur diese innere Offenbarung (die moralische, wie man sagt) dieses Gottes leugnet, nicht aber seine äussere Offenbarung, welche von ihm Naturgesetz, Schicksal, Verhängniss &c. genannt wird, und man kann einen solchen Gottesleugner nur widerlegen, indem man ihm zeigt, dass seine eigene Anomie (Gesetzlosigkeit oder innerer Mangel alles Gesetzes)**), welcher er vergeblich seine lügnerische Selbstgesetzgebung (Autonomie) entgegensetzt, oder mit andern Worten: dass seine innere Trennung von Gott nur sein eigenes Werk und der Erfolg seiner eigenen Schuld ist.

Dem Begriffe der Zeit schliesst sich enge jener der Schwere an***). In dem allgemeinsten Sinne nennt man das schwer, was,

*) In meiner Schrift: Ueber den Blitz als Vater des Lichtes, habe ich gezeigt, dass der Gottesleugner, indem er die Erzeugung des göttlichen Lichtes in seinem Innern aufhält, eigentlich nur den Sohn und nicht den Vater leugnet, und dass die eigentliche Gottesleugnung die Leugnung der Wahrheit des Christenthums ist.

**) Non datur pax (subsistentia) impiis.

***) Man sagt, dass ein Wesen auf ein anderes drückt oder lastet, wenn dieses von dem ersteren auf eine Weise umfasst (begriffen) ist, dass es sich zugleich in der Entwickelung oder dem Aufsteigen seiner Kräfte niedergedrückt findet; allein man sagt, dass ein Wesen schwer in

innerlich getrennt von seinem zeugenden Princip und, sich selbst überlassen, nicht nur sich in der Unmacht befindet, sich in dem Dasein zu erhalten, darum einer äusseren Hilfe oder eines äusseren Trägers bedarf, um eine vermittelte Gemeinschaft mit diesem Princip zu erhalten und zu unterhalten; weil ohne alle Gemeinschaft keine Erhaltung oder Fortdauer bestünde und absolute (innerliche und äusserliche) Getrenntheit eines Hervorgebrachten von seiner hervorbringenden Region absolutes Zunichtewerden desselben sein würde. Und es scheint wichtig zu sein, die Identität dieser zwei Begriffe festzuhalten, nemlich der Erhaltung eines solchen Wesens und des äussern Getragen- oder so zu sagen Erfülltseins desselben. Ein solches Wesen wird also äusserlich nur getragen, nicht innerlich erhoben. Im Normalzustande tritt beides zugleich ein.

Da das zeitliche, von seinem Centrum getrennte, Wesen dasselbe nicht mehr in sich selbst hat*), oder da dieses Wesen

sich selbst sei, wenn ihm die nöthige Kraft fehlt, sich in seiner heimathlichen Region (in seinem Gesetz) zu erhalten, und in diesem letzteren, passiven Sinn wird in Folgendem die Bedeutung dieses Wortes genommen. Unsere neueren Physiker haben nicht immer diesen Unterschied gemacht, so dass sie unter dem Gravitations-Centrum ebensowohl die Sammlung der Unmacht eines schweren Wesens verstehen, als die Sammlung der Kräfte oder das diese Unmacht tragende und unterstützende Centrum, d. h. gerade das Gegentheil davon. Indem man auf diese Weise das active Gravitations-Centrum sowohl in physischen, als in moralischen Wesen vermengte, so konnte man weder in der einen, noch in der andern Region klar sehen. Unsere Definition der Schwere kommt mit jener St Martin's überein, der (de l'Esprit des choses) sagt, die Schwere (dermalige Erde) trete dann ein, wenn die Resistançe (die heraushaltende Potenz) die forçe (die hineinhaltende Potenz) überwiege, d. h. wenn jene nicht mehr bloss äusserlich, diese nicht mehr innerlich sei (als innerer Einigungsprocess oder äussere Geschiedenheit innerlich aufhebender Process). Da nun beide Potenzen im Centro jedes Existirenden geeint sind, so muss dieses Centrum hiebei selbst versetzt werden, oder in Zwietracht treten, wo in jenem Falle gänzliche Auflösung (Erlöschen des Products), in letzteren aber Schmerz oder Pein der Zwietracht entsteht. — Schwere ist also höchste (tiefste) Ohnmacht oder Tod, Abtrennung von seiner zeugenden und also auch erhaltenden Region.

*) Man würde besser thun, jene sogenannte ausdehnende und zusammendrückende (verdichtende) Kraft, welche St. Martin die Kraft und den

nicht mehr (innerlich) erfüllt ist, so muss es in seiner eigenen Umschreibung dieselbe Unmacht, seine Elemente oder Factoren

---

Widerstand nennt, durch die Benennung tragende oder erfüllende Kraft (denn das, was erfüllt, hält empor) und enthaltende Kraft zu unterscheiden. Man könnte sie auch hinaufsteigende und herabsteigende Kraft (ascendante et descendante forçe) nennen in dem Sinne, dass erstere das Hervorgegangene hinein (in sein Hervorbringendes), letztere dasselbe heraushält als für sich bestehendes. Wobei nur immer zu bemerken ist, dass falls beide Mächte nicht in ein Centrum schon geeint wären, sie in dem Product, dem Existirenden, auch nicht zusammen sein würden. Das vollkommene Dasein eines jeden endlichen Wesens setzt voraus, dass dieses Wesen enthalten oder begriffen ist in seinem zeugenden Princip, und dass dieses Princip dasselbe erfüllt, so dass dieses Princip sein Gesetz (seine Umschreibung) macht und es erfüllt. Die erstere Action muss immer dem endlichen Wesen vorangehen (als sein wahres a priori) und muss sich höher und von der Action des Letztern unabhängig zeigen. Eine Unabhängigkeit, eine Priorität und Superiorität, welche jedes Gesetz charakterisiren; allein die Erfüllung dieses Gesetzes kann nicht ohne die Action oder die Mitwirkung dieses endlichen Wesens selbst geschehen Und nur durch diesen letztern Act (durch welchen das enthaltende, zeugende Princip sich auch als erfüllend oder in dem endlichen Wesen sich ausbreitend offenbaret) erfasst sich dieses unendliche Princip selbst vermittelst dieses endlichen Wesens, weil nur durch die (organische) Unterscheidung und Einigung zwischen der enthaltenden und erfüllenden Kraft, welche vermittelst dieses endlichen Wesens (des Geschöpfes) sich vollziehen, sich in diesem Geschöpfe die Unterscheidung und ursprüngliche Vereinigung derselben Kräfte wiederholt, welche, wie man weiss, die kreisende Bewegung und die Empfindung des ewigen Lebens in dem heiligen und ursprünglichen Ternar bewirkt. Die Relation des Enthaltenden, folglich Erfüllten und des Enthaltenen, folglich Erfüllenden ist dieselbe, wie jene des Zeugenden und des Gezeugten, des Begnügten und des Begnügenden oder Genügenden, d. h. des Vaters und des Sohnes, die im Geiste eins sind (in der Identität jener Duplicität).

Uebrigens kann jedes endliche Wesen als eine Begrenzung der Allgegenwart betrachtet werden, und also geschieht es eigentlich durch die Selbstverneinung des unendlichen Wesens, dass dasselbe das endliche Wesen erschafft oder heraussetzt, d. h. bejaht oder setzt, wie das Geben der Liebe im Grunde nichts anderes ist, als eine Bejahung des geliebten Gegenstandes durch eine Verneinung seiner selbst.

Hier ist also gleichsam eine Innehaltung (Verleugnung) des unendlichen Wesens als hervorbringender Liebe, welche von Seiten des hervorgebrachten Wesens als Erwiderung der Liebe eine Verneinung seiner selbst und durch diese Verneinung die Wiederbejahung des hervorbringenden Wesens erwartet; und nur durch diese letztere Verneinung des

in ihrem respectiven Centrum zu tragen (sie zu erfüllen) finden, und es wird bei einer andern Gelegenheit gezeigt werden, wie

---

hervorgebrachten Wesens kann dasselbe sein schöpferisches Wesen offenbaren, indem es das Bild verwirklicht oder es fortpflanzet. Denn thut es das Gegentheil, so wird es nur sich selbst offenbaren oder fortpflanzen. Joh. 1, 13. — In diesem sehr wahren Sinne also sagt mein Freund, der verehrungswürdige Herr von Meyer (in seinen Blättern für höhere Wahrheit, Frankf. Brönner 1818. I. p. 76.), dass die Erfüllung der Existenz eines Geschöpfes (seine Seligkeit) nur durch gegenseitige Opferung des Schöpfers und des Geschöpfes geschehen könne. Leute von durchdringendem Blicke werden endlich aus dem Gesagten ersehen, wie der Missbrauch des göttlichen Vermögens, fortzupflanzen, das ursprüngliche Verbrechen ausmachte. — Was die Theorie der enthaltenden und der erfüllenden Kraft anbelangt, von welcher ich eben die ersten Elemente in dieser Anmerkung gegeben habe, so muss ich noch hinzufügen, erstens: dass die enthaltende Kraft zugleich die vorstellende und die zurückstrahlende Kraft ist, und dass sie also die Grundlage für das gibt, was man den Spiegel eines Wesens nennt; zweitens: dass mehrere unserer neueren Philosophen, indem sie die Feindseligkeit, welche sich zwischen der enthaltenden und erfüllenden Kraft der Materie oder des zeitlichen Wesens findet, bemerkt haben, in den Irrthum verfallen sind, diese Feindseligkeit für ursprünglich und constitutiv zu halten (wie z. B. Fichte), anstatt die Ursache dieser Unordnung und dieser feindlichen Zwietracht in der Wurzel dieses zeitlichen Wesens zu suchen. Denn dieses doppelte Centrum, die Grundlage jedes Wesens ausmachend und sich als doppeltes Verlangen offenbarend, nemlich als die Begierde des Wesens, in seinem eigenen Centrum zu bleiben, und als diejenige, alle seine Kräfte darin zu entwickeln, d. h. sich auszubreiten oder aus sich selbst herauszugehen, dieses doppelte Verlangen, sage ich, findet sich ursprünglich keineswegs in einer feindlichen Entgegensetzung, und die eine Kraft sucht im Gegentheil die andere, weil sie derselben bedarf, um sich selbst zu verwirklichen, das heisst: die enthaltende Kraft bedarf der ausbreitenden oder erfassbaren Kraft, weil ohne sie nichts wäre, was enthalten oder erfasst werden könnte, wie die ausbreitende Kraft der enthaltenden Kraft als ihres ausbreitbaren Gegenstandes bedarf. Allein wenn diese zwei Kräfte sich gegenseitig ihren Dienst versagen, alsdann hemmen sie sich gegenseitig, anstatt dass die eine die andere entwickeln sollte, und alsdann wird der zwei sich bekämpfende Schlangen trennende Hermesstab das ausdruckvolle Bild eines solchen Wesens (d. h. des zeitlichen Weltalls), oder man sieht immer eine dritte Kraft (von den Alten Hermes genannt) das Gleichgewicht zwischen dem Wasser und dem Feuer zur Unterhaltung der Körper erhalten. Das Sinnbild des Mercuriusstabes ☿ ist also, wie St. Martin sagt, ein unerschöpfliches Feld der Erkenntnisse und der Belehrung, und unsere Philosophen, wenn sie von Neuem ihre Aufmerksamkeit auf

diese Constitution des zeitlichen Wesens veranlassen konnte jene Theorie der Atome, welche von den alten griechischen Philosophen in einem viel tiefern Sinne genommen wurden, als von unsern neueren mechanischen Philosophen seit Descartes. In der That, das nemliche Streben oder der Hang, sich von seinem Centrum zu trennen, sei es durch eine Explosion, sei es durch eine Auflösung, wird in demselben gefallenen Wesen fortgesetzt, welches entweder, nachdem es den empörerischen Willen, sein Centrum zu überfliegen, oder den niederträchtigen Willen, sich einem untergeordneten Centrum*) zu unterwerfen, gefasst hat, denselben widerspänstigen oder niederträchtigen Willen in allen Momenten seiner besondern Sphäre entstehen fühlt. Weil das höhere, tragende oder erhebende und begründende Princip (das Gravitations-Centrum oder der Aufgang) zugleich das vereinigende, wesengebende oder leibbildende Princip für jedes Wesen ist**).

Für jedes von seinem schöpferischen Centrum getrenntes und in eine mehr äusserliche (also engere) Region gefallenes Wesen kann man folgende Stufenleiter für seine mögliche Wiederaufsteigung oder Reintegration festsetzen:

---

diesen Dualismus des zeitlichen Wesens richten wollten, würden wohl thun, sich zu bestreben, dieses Sinnbild zu ergründen.

*) Darum macht sich die Trennung vom Centrum dem sich empörenden Wesen als eine niederdrückende Gewalt und dem durch die Versuchung, den Reiz, eines niederen Centrums abgefallenen Wesen (dem Menschen) als ein Unvermögen oder eine Schwäche kund, weil das erstere seine Kraft missbraucht, und das letztere aus Schwäche gefehlt hat.

**) Die Sonne ist es, welche die Erde trägt und sie mit Leben erfüllt, wie sie alle Planeten trägt, und in Entfernungen von ihr erhält, welche der Weise der Reflexion ihrer Kräfte entsprechen, für welche Reflexion jeder Planet als ein Stützpunkt von der Sonne gesetzt wurde und aus ihr hervorging Die von unseren Astronomen angenommene Meinung, dass die Sonne durch ihre ungeheuere Schwere die Erde wie alle andern Planeten zu verschlingen und zu zerstören strebe, woran sie nur durch eine blinde Centrifugalkraft verhindert werde (von der Niemand weiss, was sie ist und woher sie kommt), diese Meinung oder diese Art, das Himmelsystem zu betrachten, sage ich, ist die unwürdigste, welche man von der Grösse und lebendigen Harmonie dieses Systems erdenken konnte.

1) Unterordnung oder Auflösung des wahren Zusammenhanges oder der höheren Verkörperung, welche sich also beziehungsweise auf diese niedere Region als eine Verkörperung in der Ordnung der Peripherie zeigt. Diesen Zustand der Unordnung kann man den Zustand der Abymation, Entgründung nennen.

2) Unmittelbar auf diesen Zustand folgt eine gewaltsame Sammlung oder eine niedere oder äusserliche Verkörperung, welche dazu dient, einen zusammenfassenden Geist auf dieselbe zu fixiren. Diese Verkörperung (welche nur durch eine empfindliche, sensible, und schmerzliche Versetzung seiner Elemente möglich ist, weil das Wesen, welches sich auf diese niedere Weise verkörpert, selbst versetzt ist) dient:

a) zur Widervereinigung der zerstreuten Trümmer dieses Wesens, wie zu gleicher Zeit zur Trennung von jenen, welche sich in einer widernatürlichen Sammlung befinden, damit dieses Wesen sowohl durch diese Wiedereinigung, als durch diese Trennung sich von neuem in der höheren Ordnung verkörpere.

b) Als Waffe*) und Widerstand gegen eine dieser letzteren Verkörperung entgegengesetzte Action, eine Action, welche sich zu verkörpern oder sich zu substanziren strebt, aber immer in diesem Streben sich durch die gesetzliche äussere Verkörperung verhindert findet. Endlich

3) nachdem der Zweck dieser niederen Verkörperung erfüllt ist, d. h. nachdem die höhere und von nun an unauflösbare Ver-

---

*) Wenn das Böse einmal entstanden ist, so kann es nicht wieder zerstört werden, so lange es in dem Zustande der Partialität oder der Vertheilung bleibt, wie eine Krankheit ihre Akme erreichen muss, um von Grund aus gehoben werden zu können. Man muss also damit beginnen, das Böse aus seinem Zustande der Vertheilung heraustreten zu lassen, damit es sich sammle oder sich mit unverhülltem Haupte zeige, um diess fassen zu können. Allein diese erzwungene Sammlung geschieht nur durch die äussere Verkörperung, von welcher ich im Texte spreche und dieser Lichtstrahl wird genügen, um begreiflich zu machen, wie das gute Princip selbst Gebrauch von dieser äussern Verkörperung machte, um durch sie und auf sie seinen entgegengesetzten Pol anzuziehen, d. h. das Haupt der Schlange, welches der Centralmensch zertreten musste, damit die andern Menschen ihrerseits die Glieder dieser Schlange vernichten könnten.

körperung vollendet ist, muss der Tod oder die Auflösung der unteren Verkörperung eintreten, wie das Gerüste zusammenstürzt, nachdem das Haus gebaut ist. Nulle dissolution qui n'engendre une réintegration de ce qui étoit transposé sagt St. Martin de l'Esprit des choses II, 249. Nämlich jede Corporisation exterieure (forçé) besteht nur durch solche Transposition oder Differentiation, daher ihre Zusammengesetztheit und Auflösbarkeit. Wie sie selbst dislocirt ist, besteht sie nur durch die Dislocation ihrer Elemente. Jedes der letzteren muss nemlich sein Contingent auch ausser die Einheit hiemit setzen, was bei Wiederauflösung des Körpers wieder in diese rückkehrt. 2. Cor. 5, 1. Man muss bemerken, dass dieses allgemeine Gesetz für jede Verkörperung bei den Juden durch ihre nationale Verkörperung und nachfolgende Auflösung dieser äussern Verkörperung sich wiederholte, nachdem ihr Zweck (die Einigung der zerstreuten Trümmer der menschlichen Seele) erfüllt war, oder nachdem diese Verkörperung nicht mehr dieser Sammlung dienen konnte. — Solutio corporis fit cum coagulatione spiritus, et coagulatio spiritus fit cum solutione corporis. — Man bezeichnet hier nicht durch diese Worte: „Geist und Körper" zwei Elemente eines Wesens, sondern zwei Wesen aus zwei verschiedenen Regionen, deren jedes in dieser Region sich verkörpert zeigt, insofern es in seiner Region Gestalt angenommen hat. Denn die Verkörperung, wenn man dieses Wort in seinem wahren und allgemeinen Sinne nimmt, bezeichnet nur die Erfüllung der Entwickelung eines Wesens. Was das Centrum eines Dinges bildet, muss dahin gelangen, dass es auch seine Peripherie bildet. Vis ejus integra, si conversus fuerit in terram.

Sehr wahr also sagt uns der Prediger (c. 3. 21.) dass „jedes Ding hienieden seine Zeit hat," welche für es endigen muss, sowohl wenn es durchgängig guten Gebrauch für seine höhere Verkörperung, als wenn es den entgegengesetzten davon gemacht hat. Dieselbe Zeit, d. h. dieselbe verwesliche Materie, welche dem Menschen gegeben ist, um seine wahre Seele zu retten, wenn er den Gebrauch eines Opfers davon macht (Moses III. C. 17. V. 11.), übt also eine sehr verschiedene Wirkung über ein Wesen aus, welches (oder insoferne es) sich schon unter dieser Zeit befindet, und mit vielem Rechte sagte St. Martin, dass diese äussere Natur die Function hat, zu verhindern, dass das Böse Natur oder Leib annehmen könne. Wie diese externe (temporelle) Corporisation während ihres Bestandes die Dissolution oder Nichtcorporisation des Bösen bewirkt, so bewirkt sie durch ihre (normale) Auflösung dessen gänzliche Dispersion, indem sie die höhere Corporisation entwickelt. Eigentlich gesagt: in dieser ganzen Scheinzeit ist es nur der Mensch, der den verderbten Wesen offen ist, d. h. insofern er sich selbst den letztern öffnet, und die äussere Natur kann also betrachtet werden als ein furchtbarer und mächtiger Schild, durch welchen der Schöpfer dem Vater der Lüge immer den Mund verschlossen hält, damit die Gotteslästerung sich nicht ausspreche, und damit diess todte und tödtende Wort, indem es immer in sein schöpferisches Centrum zurückfällt und zurückkehrt, seine immerwährende Strafe ausmacht. Denn gerade von seinem eigenen Erzeugten muss jedes Wesen sich nähren und leben. Da übrigens das verderbte Wesen vermittelst des Menschen Zutritt in dieser Scheinzeit findet, so spricht die Schrift von seinem vollkommenen Gerichte als von einem Ereigniss, welches nur mit dem Ende dieser Scheinzeit eintreten wird. Der Begriff eines Fegfeuers schliesst also jenen der Fortdauer der irdisch gestorbenen Menschen in der Zeithülle ein, und die orientalische Kirche hatte also recht, keine strenge Scheidelinie zwischen diesem Fegfeuer und der Hölle während der Dauer dieser zeitlichen Welt zuzulassen. Da nemlich von der einen Seite die äussere Natur in ihrer Vollendtheit sich der vollkommenen Gestaltung des Bösen widersetzt, so zwingt sie, so zu sagen, von der andern Seite eine vermittelnde Action, von welcher in einer vorhergehenden Anmerkung die Rede war, indem dieselbe aus ihren Theilmomenten oder ihren Organen dieses Böse herauszieht, ihre Beute fahren zu lassen, indem sie dieselbe immer aus ihrem Besitzthume vertreibt.

Dieser innere Hang, zu fallen und zu vergehen, wird sich also in allen zeitlichen Wesen bemerkbar machen, jedoch auf verschiedene Weise, je nachdem diese Wesen ihrem Ursprunge nach nur zu einer indirecten Gemeinschaft mit dem schöpferischen Princip bestimmt waren (was sich auf alle eigentlich zeitlich genannte Geschöpfe anwenden lässt), oder je nachdem diese Wesen, wie der Mensch, ihrem Ursprunge nach zu einer directen und völligen Gemeinschaft mit Gott bestimmt waren. Die directe oder völlige, totale Action ist hier die centrale Action, welche auch öfter das Wort genannt wird. Das ursprüngliche zeitliche Werk des Urmenschen war, alle Strahlen dieser centralen Action (des Wortes) nach und nach in seinem Wesen zu vereinigen und also das Wort in sich Mensch werden zu lassen. Eine Menschwerdung, welche, wie man weiss, Gott selbst übernahm, nachdem der Mensch sie vernachlässigte. Trachtet also, dieses ursprünglich zeitliche Werk des Menschen zu begreifen, bevor ihr euch dem Geheimnisse der Menschwerdung des Wortes nähert. Eine Einsicht, welche uns Licht gibt, zu unterscheiden zwischen Creation und Emanation. Nemlich ein erschaffenes Wesen ist eigentlich dasjenige, welches, indem es aus seinem Zeugeprincip hervorgeht, sich in seiner Action innerlich von ihm geschieden findet, was beweist, dass es nicht unmittelbar aus diesem Princip hervorgegangen ist *). Das emanirte Wesen hingegen ist das-

*) Ein solches Wesen ist also innerlich leer vom Leben (der Central-Action) d. h. es mangelt ihm das Wort. Das seiner Natur nach schwere Wesen ist also dieser Natur nach stumm und finster, oder von sich selbst weder sprechend noch leuchtend. Ein solches Wesen spricht (leuchtet) d. h. handelt nur insofern man es sprechen (leuchten) oder handeln macht, und man muss diese passive Stummheit und Finsterniss von der activen Stummheit und Finsterniss unterscheiden, weil ein Unterschied ist zwischen einem Nicht-Spiegel und einem refractären Spiegel. Uebrigens haben die Philosophen den Sinn des Wortes: „äussere Welt“ stets unrichtig erfasst, indem sie diesen Ausdruck in dem allgemeinen Sinne nahmen, in welchem man sagt, dass jedes Ding sein Aeusseres wie sein Inneres haben muss. Denn es ist gerade der unterscheidende und räthselhafte Charakter dieser äussern und äusserlichen Welt, dass sie nur eine solche ist, oder dass ihr die innere Erfüllung und Begründung fehlt (eine Eitelkeit oder Leere, welche die Stummheit dieser Welt ausmacht). Desshalb, wenn der Mensch sich gänzlich dieser äussern Welt überlässt, so nährt diese nicht nur nicht innerlich diesen Menschen, oder lässet ihn leer, sondern indem sie ihn unaufhörlich ganz nach Aussen hinzieht, leert sie ihn selber immer mehr, wie ein wahrer Blutsauger, oder wenn der

jenige, welches, direct aus seinem Princip hervorgegangen, in directen Bezug zu ihm tritt oder treten kann. Vergl. Böhme's Menschwerdung Christi I, C. 16. §. 2—4 und St. Martin de l'Esprit des choses I, 120 und II, 151.*)

Gebrauch eines neuen Wortes erlaubt ist: wie ein wahrer Herzsauger; wesshalb ich in meiner kleinen Schrift: „Ueber das heil. Abendmal" S. 19 sagte, dass wir uns in dieser Welt unter der Gewalt eines Wesens befinden, welches nicht aufhört, unsern Leib zu essen und unser Blut (unsre Seele) zu trinken. — Der Mensch endlich, welcher sich mit dieser äussern Welt gänzlich vereinerleit oder vermengt, gelangt zuletzt zu dem Glauben, selbst von derselben eitlen (leeren oder innerlich nichtigen) Natur zu sein, wie sie. Ein Glaube, welcher unglücklicherweise nur allzugemein unter unsern neuern Philosophen ist, die sich Natur-Philosophen nennen, und welcher das πρῶτον ψεῦδος (die erste oder Grundtäuschung) ihrer Philosophie ist.

*) „Adam hatte göttliche Wesenheit und seine Seele war aus dem ersten Principio aus des Vaters Eigenschaft, die sollte sich mit der Imagination richten in des Vaters Herz als ins Wort und Geist der Liebe und Reinigkeit, und (magisch) essen von der Liebe Wesenheit; so hätte sie Gottes Wesen im Wort des Lebens an sich behalten und wäre mit der Kraft aus dem Herzen Gottes (magisch) geschwängert worden, davon sie denn aus sich selber in ihre Wesenheit imaginirt, und ihre (eigene) Wesenheit selber (wieder) geschwängert hätte (die erste Schwängerung wäre also die magische, deren Product der Same, die zweite die wesentliche als eigentliche Besamung der Matrix), dass also wäre eine ganze Gleichniss nach dem ersten Bilde durch Imagination und der Seelen Willen Einergeben entstanden, und in der Kraft der Wesenheit empfangen worden. Weil aber dieses in Adam nicht sein konnte, wegen der Irdigkeit, die ihm anhing, so geschah es im andern Adam, in Christo, der ward auf solche Art durch Gottes Imagination und Eingehen in des ersten Adams Bildniss empfangen. Und ist uns erkenntlich, dass weil der erste Adam seine Imagination hat in die Irdigkeit gesetzt, und irdisch worden, auch solches wider Gottes Vorsatz gethan, dennoch Gottes Vorsatz bestehen musste. Denn allhier setzte Gott seinen Vorsatz in Adams Kind und führte seine Imagination in die verderbte Bildniss (weibliche Kraft) und schwängerte dieselbe mit seiner göttlichen Kraft und Wesenheit und wendete um der Seele willen aus der Irdigkeit in Gott, dass Maria eines solchen Kindes schwanger ward, als Adam sollte schwanger werden &c. J. Böhme's Werke von Schiebler VI, 211—212. Vergl. ib. S. 218. — Ueber die dreifache Spiegelerzeugung Gottes erklärt sich St. Martin de l'Esprit des choses I. (Uebersetzung von Schubert I, 47—50.) Ueber denselben Unterschied ist auch folgende Stelle desselben Werkes II, 151 (Uebersetzung von Schubert II, 136) lehrreich: „In der

Das erstere Wesen ist schwer, das zweite aber nicht in seinem ursprünglichen Zustande. Dieses letztere findet in diesem Zustande, obgleich es sich nicht selber gründet (was nur von Gott allein gesagt werden kann), seine Begründung doch inner seiner Sphäre und kennt also nicht das Bedürfniss, aus sich selbst herauszugehen, um sie ausser sich zu suchen. Desshalb war der dem Menschen gegebene belebende Hauch (nach der Genesis) nicht eine Creation, sondern eine Emanation, und diese Emanation hätte alles übrige Geschaffene dieses Menschen gründen und erheben sollen (und durch ihn alles Geschöpf. Römer 8, 19.) in die Höhe der unerschaffenen Wesen. Nachdem also der Mensch durch seinen Fall diesen göttlichen Hauch gleichsam vergraben hat (divinae particulam aurae) unter den Schutt seines erschaffenen Theiles, und nachdem er sich gänzlich dadurch creaturisirt hat, ist durch ihn dieses von Seiten Gottes beabsichtigte und erwartete Wiederaufsteigen rückgängig gemacht worden. Dieser Hauch musste also von neuem wieder erweckt werden, damit der ganze Mensch von einem natürlichen und erschaffenen Menschen zu einem Geistmenschen und endlich zu einem Kinde Gottes erhoben werden konnte (I. Cor. 15, 45). Denn die Emanation steht in eben demselben Verhältniss zu der Generation, wie die Faction eines Werkes zu der Creation *).

Gottheit ist das Zeugeprincip und das productive Organ untrennbar eins und formiren ein und dasselbe Sein. In den Geistesmanifestationen, welche aus dem Schoosse des Ewigen hervorgehen, bleibt das Zeugeprincip in Gott und nur das Organ ist unterschieden und ist gleichsam emancipirt (woraus begreiflich wird, warum nicht der Gedanke dem Geiste (dem hervorgegangenen) zugehört, und nur der Wille), doch müssen sie beide, das in dem emanirten Geiste seiende Organ und das in Gott bleibende Princip in Gemeinschaft der Action sein. In den materiellen (schon in den natürlichen) Generationen sind Princip und Organ nicht nur von einander unterschieden, sondern beide verschieden von Gott und Gott wirkt nur mittelbar auf beide. St. Martin nennt übrigens das Princip *époux*, das Organ *épouse* und sagt, dass die einzige Strafe Gottes für fällige Wesen diese Trennung des Bräutigams und der Braut sei, damit sie nicht das Böse erzeugen können, nachdem sie das Gute nicht erzeugten

*) Der Sohn ist erzeugt, der Geist (nemlich das unmittelbar unter der Gottheit stehende Wesen) ausgehaucht (emanirt), und die Natur

Unsere neueren Philosophen haben also diese Schwere, die sie in dem allgemeinsten Sinne nehmen, indem sie dieselbe mit der Anziehungskraft vermengen, schlecht aufgefasst. Jedes gefallene Wesen muss als durchaus ausser und unter seinem Gesetz, also in der absoluten Finsterniss sich befindend und in seinem Innern keineswegs die Richtung (den Zweck oder die Leiter) seiner Bewegung gegenwärtig habend begriffen werden. Eine Gegenwart, welche im Gegentheile gerade die Bewegung der Anziehung charakterisirt und uns den Grund des Hellsehens der Liebe, wie der Erblindung jeder Leidenschaft gibt. Denn derjenige, welcher von seiner Leidenschaft hingerissen wird, befindet sich, wie Christus sagt, in der Finsterniss, und weiss nicht, wohin er geht.

Ich habe schon anderswo diesen wesentlichen Unterschied zwischen der Schwere und der Anziehung in allen Regionen be-

---

geschaffen. Darum kann der Mensch nur durch den Sohn an der göttlichen Generation Theil nehmen, während der emanirte Geist und die erschaffene Natur ihrerseits jener emaniren und dieser erschaffen können. Vergl. Böhme's Menschwerdung Christi I, 3, 24, wo gesagt wird, dass der Mensch nach seinem Lichtbildniss (Geist) ein Kind Gottes (geboren aus Gott) und nicht bloss Gleichniss sei. Nachdem früher die Seele ihm von Gott eingeblasen (spirirt oder emanirt) und der Leib geschaffen vorgestellt ward. Darum nennt der Christ seinen Gott: Vater, nicht Schöpfer, weil das Ebenbild (Lichtbildniss oder Geist) weder emanirt, noch geschaffen, sondern geboren ist aus Gott, — Uebrigens gibt es gewiss nicht einen Menschen, welcher sich nicht täglich und in jedem Augenblicke seines Lebens von der Wahrheit unserer Theorie der Schwere überzeugen könnte. Denn fühlt er sich nicht genau in dem Verhältnisse von der Schwere befreit, als er seine directe Gemeinschaft mit seinem Princip wieder erlangt, d. h. als er aus der Zeit herausgeht, indem er sich über sie erhebt? Indem der Mensch den Finsternissen des Irrthums und der Lüge eine lichtvolle Wahrheit entreisst, indem er eine lebendige und expansive Kraft der mörderischen Gewalt des Egoismus entreisst, oder selbst, wenn er eine Kraft in der Ordnung der activen Natur aus den Ketten seiner trägen und passiven Natur befreit (eine in den magnetischen Operationen beobachtete und ausgeübte Befreiung), so fühlt er sein Wurzel-Wesen sich erheben und ausbreiten, während jeder entgegengesetzte Act ihn mehr niederdrückt und zusammenpresst, ihn mehr zu Materie macht oder so zu sagen mehr oxydirt.

merkbar gemacht *) und es wird in dem Werke, welches von mir über die Religion erscheinen soll, entwickelt werden, wie diese falsche Betrachtungsweise der Schwere und der Scheinzeit dazu beitragen musste, unsere Einsichten sowohl in der Wissenschaft der äussern Natur, als in jener des Menschen bisher zu verfinstern. Und in der That, wenn man dieses Wort: Schwere, hier in dem activen Sinne nimmt, oder als das Gewicht, welches auf ein Wesen drückt, so ist klar, dass, wie die Luft nur auf die Körper drückt, welche leer von ihr sind, oder welche diese Luft nicht erfüllt, auch der Geist **), die göttliche Luft oder das Wort nur insofern auf unsere Seele drücken, als sie sich von demselben leer finden, oder als sie diesem Geiste oder diesem Worte, Luft oder Hauch, den Zugang verschlossen halten. In diesem Sinne sagt uns der h. Paulus, dass wir nur dann unter diesem Gesetze stehen, und nur dann seinen Druck empfinden, wenn der Geist dieses Gesetzes uns nicht erfüllt und nicht trägt.

---

*) Schelling's Allgem. Zeitschrift von Deutschen für Deutsche, 1813, 1. Bd. 3. H. S. 318. Die Attraction ist Reintegration bezweckend, also die Geschiedenheit der Substanzen oder die Production nicht aufhebend, sondern sie als Conservation bewährend. Die Attraction geht also auf Verhalten innerer zur äusseren Berührung, auf Sympathie der Bewegung, Identität der Expansion, keineswegs auf deren Vernichtung, ausgenommen nur wenn diese Expansion selbst nur Folge einer Dislocation, Composition, Unganzheit und Reintegration ist und durch eine solche Expansion aufgehalten wird, wie dieses der Fall bei der Materie ist.

**) Insofern dieser Geist oder dieses Wort nur über oder nur ausser uns ist, ist er oder es nicht an seiner Stelle und diese Entstellung (Metastase), welche sich durch eine Spannung offenbart, verursacht überall, wie man weiss, eine Krankheit; auch ist es eigentlich diese Spannung, welche sich fühlbar macht als der Druck, von dem ich eben gesprochen habe. Die elektrische Spannung gibt uns hier ein sehr unterrichtendes Beispiel, weil diese Spannung nur durch eine ähnliche Verrückung oder Unordnung der Pole erklärt werden kann, obschon dieser Begriff noch nicht von unsern Physikern angenommen ist. Da übrigens diese elektrische Spannung immer mit einem Schlag oder Stoss und mit dem Funken oder dem Blitze endigt, so vermag sie uns jeden Augenblick zu prophezeien, dass die allgemeine Unordnung auch durch einen Blitz endigen wird, welcher der Vollbringer des Gerichtes oder der allgemeinen Wiederherstellung der Pole ist.

Es war also ein ziemlich grosser Missgriff mehrerer unserer neueren Moralisten, deren Haupt der berühmte Kant war, dass sie ihre Moral auf den Imperativ des Gesetzes allein gründen und den Optativ davon ausschliessen wollten, d. h. uns Wesen gleich stellen, welche nur durch die Furcht nieder gehalten werden, ohne uns in Bezug zu oder in Berührung mit dem Wesen zu bringen, welches uns durch die Liebe erfüllt und erhält. *)

Desshalb konnte bisher die Moral dieser Neuerer wie ihre Naturlehre uns nicht mehr interessiren, als Berichte von Leichensectionen, weil jene ja ihre Beobachtungen und Zergliederungen nicht minder nur an leblosen Seelen, als diese nur an leblosen Naturen angestellt haben.

---

*) Der Act der Begründung oder der Beleibung für jedes Wesen löst sich in letzter Zergliederung in zwei Acte auf, nemlich in den einer Unterordnung - und in jenen einer Erhebung, weil ein Wesen sich in soferne nur begründet finden kann, als es die Herrschaft über sein Natürliches, welches an ihm ist und von ihm befasst ist, sich erworben hat. (1. Matth. 23, 12.) Das Wesen, welches von dieser ihm seit seinem Ursprunge angebotenen Kraft nicht den gesetzmässigen Gebrauch gemacht hat, um in seinem Innern das inne zu halten, was inne gehalten sein und bleiben soll, hat also das geöffnet, was für es geschlossen bleiben sollte, und sich das verschlossen, was für es geöffnet bleiben sollte. Einem solchen Wesen würde der Imperativ vergeblich sagen, dass es sich selbst inne zu halten habe, wenn die Liebe nicht selbst käme und ihr von neuem diese zur Selbstbeherrschung nothwendige, durch den Fall verlorne Kraft liehe. (Vergl. Böhme's drei Principien c. 21, § 20—21.) Uebrigens ist wesentlich, zu bemerken, dass diese Verschliessung oder Vertiefung successiv in der successiven Entfaltung des Lebens eines Wesens geschieht, (eine Entfaltung, welche seine Geschichte ausmacht), so dass das, was in einer vorhergehenden Epoche das Obere (den Gipfel) dieses Wesens ausmachte, in einer folgenden Epoche das Untere oder die Grundlage ausmachen muss. Alle jene in der Geschichte der Wesen bemerklichen Revolutionen sind also, wie der Ausdruck sagt, nur eine Umkehrung der Ordnung oder eine neue Erhebung dessen, was sich nicht mehr erheben sollte; z. B. die bildenden Kräfte der Erde, wenn sie sich in einer folgenden Epoche von neuem über und gegen die Organisationen erheben, von denen sie nichts als die Grundlage ausmachen sollten; oder die thierischen Kräfte im Menschen, wenn sie sich über den Geist erheben. S. Güglers Darstellung der h. Schriften I, §. 112.

V.

Sätze

aus

der Bildungs- und Begründungslehre des Lebens.

☿

Berlin 1820, bei Ferdinand Dümmler.

Folgende 44 Sätze aus der Bildungs- oder Begründungslehre des Lebens machen einen bedeutenden Theil eines umfassenden Werks über Religion aus, dessen Ausarbeitung mich schon seit einigen Jahren ernsthaft beschäftiget. Dem sinnigen Freunde der Schrift und der Natur wird es erfreulich sein, schon aus diesen Sätzen die Ueberzeugung zu schöpfen, dass eine Menge und zwar die bedeutendsten Zweifel und Unbegreiflichkeiten, welche wie eine düstere Wolke über den Wahrheiten unserer Religion lagen, lediglich in unserem Nichtverständniss der Gesetze des Lebens ihren Grund hatten, und besonders der in dieser Schrift durchgeführte Satz: „dass das Leben überall in und an sich schon einen hyperphysischen Charakter hat," wird dem Theologen willkommen sein, weil er hiedurch die bisher für unausfüllbar gehaltene Spalte zwischen Natur und Gnade sich füllen und schliessen sieht. Wenn übrigens auch bei uns in Deutschland, oft und arg, die Naturlehre als Waffe gegen die Religion gemissbraucht worden ist und auch noch wird, so wird die Pflicht um so dringender, selbe als Waffe für die Religion zu handhaben, wie ja Gott selbst diese Natur als Waffe gegen das Böse handhabt. — Worin diejenigen, die hiezu berufen sind, sich nicht dürfen stören lassen von all jenen Einwürfen und Bedenklichkeiten, welche sowohl einzelne übelunterrichtete Fromme, als der ganze Haufen frömmelnder Heuchler (unsere neuen Pharisaei und moralischen Gesetzeiferer mit eingerechnet) gegen diesen, wie sie meinen und vorgeben, neuen Naturalismus vorbringen; — gegen welchen im Grunde der Teufel am meisten protestiren muss, weil er es nämlich wohl leiden mag, wenn die

Menschen, einer supernaturalistischen Lehre fröhnend, alles Hyperphysische (d. h. jede höhere Natur, dieses Wort hier in seinem allgemeinen und jenem Sinne genommen, in welchem die Schrift von der göttlichen Natur spricht) nicht bloss als frei von der ihr niedrigeren Natur, sondern als völlig los von ihr betrachten, sohin auch ohne allen Einfluss auf letztere, wodurch denn eben der Teufel in der gewünschten Possessione bonorum, d. h. im unangefochtenen Besitz des executiven Organs, und hiemit der Mensch ihm leibeigen bleibt.

Da übrigens das Verständniss dieser Schrift jenes einer früheren, bereits vergriffenen: „Ueber den Blitz" voraussetzt, so habe ich für gut erachtet, letztere mit einigen Zusätzen gegenwärtiger Schrift wieder beidrucken zu lassen, hoffend, dass beide ihren Zweck als Fermenta Cognitionis bei Lesern, denen es hiezu nicht an Empfänglichkeit mangelt, nicht verfehlen werden.

Schwabing bei München den 1. October 1819.

---

*) Die bemerkte kleine Schrift konnte nach unserem Princip der Anordnung natürlich nicht gleichfalls hier als Anhang aufgenommen, sondern musste schon oben unter Nro. III mitgetheilt werden. H.

1.

Der Bildungstrieb des Lebens (nisus formativus) ist als Gestaltungs- oder Sichstellungstrieb der Begründungstrieb desselben.

2.

Dieser Begründungstrieb des Lebens kann auch als dessen Suchen (Sucht) nach Ruhe gedeutet werden, weil Ruhe des Lebendigen nur die Bedingung seines freien (ungehemmten) Wirkens, und dieses Lebendige nur wirkend (sich gestaltend, veraendernd, bewegend) ist (ruht) und nur seiend (ruhend) wirkt (sich bewegt); das nicht wirkende (nicht functionirende) Organ geht bekanntlich ein.

3.

Sichgestalten, begründen, beleiben oder substanziren bezeichnet sohin in der Sprache der Physiologie das Sichvollenden des Lebens: vis ejus integra si conversus fuerit in terram! — Letzteres Wort in seinem allgemeinsten Sinne genommen. Dasselbe gilt auch von der Vollendung der Erkenntniss. Die wahre connoissance und jouissance fällt in eins zusammen.

4.

Aber suchend nach Ruhe findet das Leben vorerst die Unruhe, und als Streben, sich zu begründen (Grund zu fassen), stört es sofort sich seinen Un- und Abgrund auf. Strebend nach Erfüllung (mit Licht) findet das Leben vorerst die Leere der Finsterniss in sich.

Die Nachweisung, wie der Begründungs- oder Bildungstrieb des Lebens sofort seinen Un- und Abgrund sich aufstört, ist nicht

7*

mit der factischen Erkenntniss, dass solches geschieht, zu verwechseln. Denn so nur einerlei Wille wäre, so thäten alle Wesen nur éin Ding, aber im Widerwillen erhebet sich ein jedes in sich selber zu seinem Sieg und zu seiner Erhöhung, und in diesem Streite stehet alles Leben und Wachsen, und dadurch wird die göttliche Weisheit (Beschaulichkeit — Augenlust) offenbar (entwickelt), und kommt in eine Formung zur Beschaulichkeit und Freudenreich, denn in der Ueberwindung ist Freude (wie in der Einung des Vielen Form), aber ein einiger Wille ist ihm selber nicht offenbar: denn es ist weder Böses noch Gutes, weder Leid noch Freude in ihm: und obs wäre, so muss sich doch das Eine als der einige Wille erst in ein Widerspiel in ihm selber einführen, auf dass er sich möge offenbaren. Mysterium Magn. 40, 8*).

5.

In dieser Hinsicht kann man allerdings das Bestehen des Lebendigen als Folge eines aufgehaltenen Vergehens desselben betrachten, oder die Bejahung des Lebens als aus einer doppelten Verneinung hervorgehend! Der Begriff der Kraft schliesst den eines Gegenstandes ein, aber dieser ist überall besiegter Widerstand. Diese Doppelgestalt des Objects als Widerstandes und Gegenstandes ist unserer neueren Philosophie noch ganz unerkannt geblieben. Fichte kannte das Object nur als Widerstand.

6.

Begreiflich wird auch hieraus, warum alles Leben, um sich bewähren, d. h. erst wahr machen (constituiren oder substanziren) zu können, die Feuertaufe der Versuchung durchgehen muss, welches Wort hiemit auch eine ungleich tiefere Bedeutung erhält, als Physiker und Theologen ihm bisher gaben.

Hieraus wird denn auch begreiflich, was man unter Periculum vitae eigentlich zu verstehen hat, so wie das bedenkliche Naheaneinander-Gränzen der evolutionairen und der revolutionairen Be-

---

*) J. Böhme's s. Werke v. Schiebler (Lpzg. J. A. Barth 1831-47) V, 306. H.

wegungen des Lebens. Das schon gewordne Gold ist keiner Versuchung (keinem Vorwitze) mehr unterworfen.

7.

Begreiflich macht obigen Satz (4) die wohlverstandene Lehre des Dualismus, welcher gemäss *der Conflict der das expansive Gegenstreben in sich erweckenden und erregenden condensiven Energie mit jener sofort die Rotation* (die *Unruhe*) *gibt*, d. h. eben die Aufstörung jenes Ab- und Ungrundes alles Lebens, wie dessen Ausgleichung die Ruhe. Es versteht sich aus der Natur der Sache von selbst, dass diese Ausgleichung nicht als statisches Moment, sondern als Process zu fassen ist. S. *Ueber die Begründung der Ethik durch die Physik.* München, 1813. S. 16. 17.

8.

Insofern ist auch das Principium contradictionis das Principium rationis sufficientis. Man mag nämlich des Lebens Aufgang von aussen als *Feuer*, oder von innen als *Begierde* betrachten, so ist es dort, wie hier, ein Widerspruch (Widerstreit, Brandung des Feuers oder Contrarium), in welchem dieser Ausgang wurzelt, und aus welchem das Leben, als gleichsam ihm zu entfliehen strebend, empor steigt. Jener Abgrund des Lebens ist uns darum in jeder Begierde und in jedem Feuer nahe genug, d. h. in jeder feurigen Begierde, und in jedem begierigen Feuer. Natura indigentia gratiae. Derselbe Gedanke liegt Hegels Ableitung des Etwas aus dem Widerspruche des Seins und des Nichtseins zum Grunde.

9.

Was die Alten mit ihrem *Naturcentrum* (dem ersten, gleichsam magischen, Lebenszirkel) oder *Geburtsrad* andeuteten, war eben nichts anderes, als jene Rotation. (7.)

Die bekannte Figur ⊕ bezeichnet schon einen zweiten Moment der Lebensgeburt, nämlich den aus jenem Naturrad hervorbrechenden Feuerblitz, worüber meine Schrift: *Ueber den Blitz als Vater des Lichtes* nachzusehen.

10.

Dieses Centrum Naturae in seiner Aufstörung ist eben jenes chaotische Nichts, jene Untiefe, aus welcher als dem Bestandlosen und Unsichtigen das Bestehende und Sichtige geschaffen worden und geschaffen wird. Unter dem chaotischen Nichts ist nicht die Indifferenz, sondern die höchste Differenz zu verstehen, durch welche jene durchgehen muss, um sich gliedernd sich entfalten zu können; und dies ist eben der Sieg nnd die Seligkeit des Lebendigen, dass es aus der feindlichen Region der Widerstände in die der freundlichen Gegenstände durchdringt.

Seitdem Manes in den Irrthum fiel, dieses Nichts dem Schöpfer gleich zu setzen, hielten sich besonders die Theologen so fern von seiner Betrachtung, dass es ihnen am Ende ganz abhanden gekommen, worüber ich auf meine kleine Schrift: Ueber die Vierzahl des Lebens verweisen darf.

11.

Was oben von einer Aufstörung des Un- oder Abgrundes, gesagt ward, gilt für die normale Lebensevolution nur insofern, als es hier immer nur bei der blossen Sollicitation (den differentiellen Momenten) zur Aufstörung (wirklichen Entzündung) jenes Ungrundes bleibt.

12.

Diese Aufstörbarkeit des Lebensabgrundes macht die sogenannte labilitas jeder ins (ewige, d. i. vollendete) Leben geschaffenen Creatur in ihrem ersten oder sogenannten Unschuldstande aus, und sie ist untrennbar von dem Orgasmus der Schöpfung selbst. Gnadenwahl 12, 8. *) Die wirkliche Aufstörung tritt aber nur dann ein, wenn (durch Schuld der Creatur selbst) jene differentiellen Momente (11.) sich bis zu einem negativen Integral zu potenziren vermögen.

13.

Was das Leben gegen die Aufstörung jenes Abgrundes, sohin gegen sein Zugrundegehen sichert, ist dasselbe, was jene

*) Böhme's Werke h. v. Schiebler (Lpzg, Barth 1831—47) IV, 615. H.

Sollicitation des Abgrundes beständig in Latenz erhält, selbe auf andere Weise gleichsam verwendend, nämlich zur Bauung des Leibes, zu welchem jener das erste Element geben muss.

Der Tod, sagt Jac. Böhme, muss zum Leben den Leib hergeben. Wäre folglich jene Aufstörbarkeit des Abgrundes nicht, so könnte auch das Leben sich nicht beleiben, bewähren. (6.) Dieses gilt mutatis mutandis sowohl von Bauung des verweslichen, als des nicht verweslichen Leibes. Jeder Krankheitsgeist ist das Gespenst eines verdorbenen Organs.

14.

Wo immer nun jene differentiellen Momente des Abgrundtriebs sich zu einem wirklichen Trieb oder Streben potenzirt haben, da tritt jenes Nichts als vernichtend, jener aufgestörte Tod als tödtend in der Creatur empor; und was (in seiner Latenz oder im Wurzelstande) das Leben (dessen Leibwerdung) nothwendig bedingte, das tritt nun als Potenz diesem Leben (Leib) selbst feindlich entgegen, und obschon gleich einem Eingeweidwurme ihm einerzeugt, sohin nicht zu bestehen vermögend ohne und ausser demselben, zeigt es sich doch als Opponenten des Lebens, und zwar selbst lebendig (vie fausse) dem Individuum als individuelles, der Person als persönliches Wesen oder vielmehr Unwesen erscheinend!

Zu bemerken kommt hier, dass jene Potenzirung des Abgrundes nie vollendet (bis zum Cubus) gelangen kann; sie zeigt sich darum nur als Tiefe lügend d. h. die wahre Tiefe verleugnend, und eine falsche erlügend. Zeitlebens (Sinnen-) Trug. — Was übrigens von physischen Krankheiten gilt, dass sie sich nämlich bis zur Individualisation zu steigern streben (bis zum Eingeweidwurm), dasselbe gilt auch von den psychischen Krankheiten. Wie bald steigert sich nicht eine Leidenschaft bis zur vollkommnen Besessenheit? — und wie wenig Einsicht in die zu erklärende räthselhafte Erscheinung verrathen diejenigen, welche die factisch gegebene Objectivität durch ihr Wegleugnen und Reducirenwollen auf blosse Subjectivität erklären wollen! Die Seele hat die sieben Eigenschaften der innern geistlichen Welt nach der Natur, aber der Geist ist ohne Eigenschaften, denn er stehet ausser der Natur in der Einheit Gottes und wird aber durch die seelische feuernde Natur in der Seele offenbar, denn er ist das wahre Ebenbild Gottes als eine Idea, in der Gott selber wirkt und wohnt, sofern die Seele ihre Begierde in Gott führt und sich dem Willen Gottes ergibt. Wo aber nicht, so ist diese Idea als der Geist stumm und wirklos und steht nur als ein Bild, in einem Spiegel verblichen, und bleibt ohne Wesen, wie Adam im Fall geschah; so sich aber die Seele Gott ergibt, und ihren magnetischen Hunger in Gottes Liebe einführt, so zeucht die Seele göttlich Wesen als die wesentliche Weisheit Gottes in sich, so wird ihre Idea oder Geist in der Lichtkraft wesentlich und bekommt geistlich Leben: so ist es dann der Tempel Gottes, darin Gottes Einheit wirkend oder offenbar ist. (Adde animam, i. e. coagula!) So sich aber die Seele mit der Begierde in sich selber als in eigne Liebe (Einheit) einführet, und sich mit der Begierde in die sieben Eigenschaften wendet, dieselben (einzeln) zu probiren, und von der Lust der Eigenschaften isset, so erhebet sie sich und macht ihr ein Evestrum (Gespenst) als einen astralischen Gegenwurf, welches Evestrum alsbald nach der Eitelkeit falscher Lust hungert, wie Lucifern und Adam geschah, da sich das Evestrum Lucifers in die Phantasei gebildet, und das Evestrum Adams Seele in die thieririschen Eigenschaften der äussern Welt: davon die Seele vergiftet ward, und zuhand den Leib aus dem limo der Erden auch ansteckte, dass die thierischen Eigenschaften (einzeln) in ihm aufwachten, und nach irdischer, viehischer Speise, als nach Hitze und Kälte, nach Herbe, Bitter, Süsse, Sauer, lüsterten, und sich mit solchen Eigenschaften in einen Quellbrunn solcher Lust einführten, und mit der Begierde von Bös' und Gut assen, davon das Bild Gottes, als die Idea, verfinstert und wirklos ward, so war der rechte Geist, als die wirkliche Idea, stumm und todt, wie ein Bild im Spiegel todt ist, also war die Seele von Gott getrennt, und stand in eignem natürlichem Wollen, denn Gottes Wille im Lichtgeiste wirkte nicht mehr, und fing an das Wollen des Evestri, als die Gegenbildung der finstern und der äussern Welt, denn der heilige Genius (die Gegenbildung der Lichtwelt) ward verwandelt. Tabula Principiorum 66. 67. — Vergl. auch 76 *).

15.

Befasst und versteht man unter dem Worte: Leben nicht den *ganzen* Lebensbaum, sondern nur seine *Krone*, so ist es freilich richtig, dass das Leben nur in dem Vonsich- oder Untersich- (Insichhinab- oder hinein-) halten seiner dunkeln Wurzel (jenes Abgrundes) besteht, und das Leben selbst wird darum nur als oder im *Schweben* über dieser Geburts- oder Grabesstätte begriffen.

Das was ich hier Krone des Lebens nenne, kommt durch die *dritte Potenz* des Letztern zu Stande, wodurch das Leben sich erst *cubirt* (ergänzt oder erfüllt) und wodurch dessen *Untiefe* einer *Tiefe und Höhe weicht*. Nur in dieser Krone (dem Culminationspuncte des Lebens) findet übrigens jene (den tiefern Regionen desselben heimliche) Verbindung und Vermälung mit der diesem Leben höhern, sie belebenden Natur, statt. In der dieser dritten und höchsten Potenz des Lebens nächst niedrigern war selbes noch unganz, weil nur *zwei* Factoren noch in ihm herrschten, wogegen in dieser der *dritte* Factor eintritt — Diejenigen, welche noch immer den Ternar mit dem Quaternar nicht reimen können, hätten sich übrigens schon daraus, *dass die dritte Potenz cubirt*, eines Bessern belehren, und die Zahlgesetze: Trinitas reducit dualitatem ad unitatem, oder: qand on est à trois, on est à quatre c. à d. à un — durch jenes Symbol (◬) verstehen lernen können. — Unitas a principio in binarium mota (binario superato) in trinitate consistit. S. Gregorii I. oratio de Filio.

16.

Man fängt an, sich darüber zu verständigen, dass jede Begründung oder Gestaltung dreigliedrig ist, und man unterscheidet

---

*) Böhme's W. h. v. Schiebler, (Lpz. Barth 1831-47) VI, 653 und 654. H.

mit Recht an jedem seienden Gebilde das selbes enthaltende, das es erfüllende, und endlich ein beide vereinendes Drittes.*)

Eigentlich ist diese dreifache Gründung im Ternar des Obern, Mittlern und Untern im Leben gegeben. S. 5. 36. Zu einem Vertrage gehören drei Stücke, die beiden ihn abschliessenden Parteien und ein drittes Basirendes (Höheres). S. Nothwendigkeit einer theologischen Grundlage der Staatswissenschaft und Staatswirthschaft (Lpzg. 1819) v. A. Müller S. 40.

17.

Die Function dieses Dritten wird um so deutlicher, wenn man sich des Widerstreits erinnert, aus dem alle Lebensbegründung hervorgeht. Denn jene beiden sich bekämpfenden Elemente oder Energien mögen nur äusserlich zusammengehalten werden, oder wirklich auch innerlich geeint, so begreift man, dass dieses nur mittelst einer dritten einenden Potenz geschehen kann, welche dort das Gebilde nur durchwohnt, hier selbem auch inwohnt, und nur nachdem ein solcher Beitritt oder Eintritt des einenden Princips geschehen ist, vermögen jene beiden erst sich widerstreitenden, d. i. sich einander verneinenden Energien, sich jede, die eine als enthaltende, die andere als erfüllende Potenz an und im Gebilde zu offenbaren!

Vor diesem äussern oder auch innern Einung zerbricht nämlich jede der zwei Gestalten immer die andere, denn so die widerwärtige Essenz in einander eingeht, so machts eine Feindschaft, Ueberwinden und Einander-Zerbrechen; éine Eigenschaft zerbricht die andere und kränket die andere; davon das Sterben und des Leibes Zerbrechen (Nichtbauung). — Denn was nicht in der (bloss äussern oder auch innern) Temperanz steht, mag nicht bestehen (entstehen); was aber in ihr steht, hat (in so lange) keinen Zerbrecher. Nur in ihr (innerlich als Liebe) ist des Lebens (Leibes) Entstehen, Wachsen und Erhalten. Mysterium magnum 21, 5. 6.**).

---

*) S. De nisu formativo, scrps. D. Friedreich. 1818. §. 1. und meine Schrift sur la notion du tems. 1818. S. 64. Das Erfüllende ist aber auch das Enthaltende; was mich erfüllt, erhebt (expandirt) mich, Licht ist also organisch entfaltend.

**) Böhme's Werke v. Schiebler V, 114. H.

Die Eintracht der Eigenschaften setzt sohin die Geschiedenheit (Gliederung) derselben voraus. — Ein Arretiren oder Ausführen aus dem in einander wirrenden Feuerrad.

18.

Insofern Einen eines Ungezählten ein Zählen desselben, und dieses ein unter einen gemeinsamen Nenner-Bringen (sohin ein Benennen) ist, so lässt sich leicht begreifen, dass die Alten die schaffende, Leben begründende Energie bald sich unter dem Bilde eines Zählenden, bald unter dem eines Benennens oder Rufens bei seinem Namen vorstellten. Ruft doch der Mensch jeden Gedanken in sich hervor, der ihm nicht ohne sein Zuthun kommt, so wie er jede Bewegung (Thätigkeit) in seinem Organe hervorruft, sie nennend, und seine Sprache, ist sie was anderes, als eine mehr oder minder gelungene — Geistercitation?

Indem ich wollend meinen Arm bewege spreche ich innerlich dieses Bewegen aus und meinem Bewegungsorgan ein. Meine eigentliche Action hört also mit diesem Sprechen (Nennen, Rufen) auf, und die des Organs hebt hiemit an.

19.

Dass das Leben nicht ohne Finsterniss und Licht begriffen werden kann, darüber sind nun zwar auch unsere Physiologen einig, aber sie verkannten bisher den Dualismus in der Finsterniss und die einende, jenen Zwist versöhnende, Potenz im Lichte. Mit Recht hielten sie das Finstere dem Schweren, Insichbestandlosen gleich, aber mit Unrecht diesen Begriff der passiven Schwere mit dem der activen Attraction vermengend, die Ohnmacht sohin mit der Kraft, das bestandlose Zueinende mit dem bestandgebenden Einenden, die Last mit dem Träger, oder in der Sprache des Pythagoras das alterum mit dem unum, mussten sie sich endlich jedes Erhoben- oder Emporgehaltenwerden als ein Hinauffallen wegerklären.

Man sehe hierüber in meiner Schrift über den Zeitbegriff nach, und beachte was Daub im Judas Ischariot Heft II, S. 146 u. 155. über das Oben und Unten im kosmischen Sinne sagt.

20.

Wie das Fallende in sich zerfällt, so eint dagegen und hält zusammen das Tragende. Dieses ist aber das Lichtprincip, welches sohin überall als die begründende, bleiben machende oder bleibende, d. h. schaffende Potenz sich bezeugt. Das wahrhafte Centrum gravitatis, von dem unsere Physiker sprechen, ist eben nur das Lichtcentrum, und nach ihm tendirt jener Bildungstrieb und gründet nur in ihm!

Ich habe bereits in der Schellingschen Allgemeinen Zeitschrift von und für Deutsche den Parallelismus bemerklich gemacht zwischen dem solarischen Processe in der nichtintelligenten und jenem in der intelligenten Natur, und ich kann hier auf die weitern Erläuterungen hinweisen, welche jedem sinnigen Leser meine Schrift: Sur la notion du tems, hierüber geben wird, falls er nur den Muth hat, jene, wie Vögel- und Hasenscheuen, an den Gränzen ihrer subjectiven Unwissenheit gegen Mysticismus ausgesteckten Warnungspfähle unserer Neologen zu überschreiten. — Was übrigens jedes menschliche Gemüth, dem sich das Auge der Geisterregion einmal geöffnet hat, mit anderen Worten, was der Christ „die Freude und Stärke in dem Herrn" nennt, ist in jener höhern Region dasselbe, was jedes organische Individuum, falls es sprechen könnte, seine Freude und Stärke in der Sonne nennen würde! — Denn nur nachdem die Creatur dieser Sonne in sich gleichsam habhaft geworden, nachdem diese Sonne in ihr Gestalt gewonnen, schwingt sie sich ins freie Sonnenleben hervor und empor! Alles Gewächse ist Sonnenleib, dienend der Sonnenbildung (Sonnengeist, Idea) oder Sonnenglorie! und die Sonne sagt zu allen Creaturen auf Erden: Ohne mich könnt ihr nichts thun. Man muss sich daher verwundern, dass unsere Rationalisten, nachdem sie gegen die Einzigkeit des Christs protestirt haben, nicht auch gegen die Einzigkeit der Sonne Protest einlegen. Wenn man übrigens unter Temperatur jene Wärme versteht, welche, als die einem Leben oder Leibe gedeihliche, dessen Bestand bedingt, so hat man obigem Worte eine tiefere Bedeutung, nemlich die der Verbindung zweier Factoren (der Kälte und Hitze) zu geben, und nur aus diesem Standpunct ist die Function des Lichts und sein Verhalten zu Kälte und Hitze begreiflich. Wärme ist Temperatur des heissen und kalten Brennens oder Feuers. Ebenso verhält es sich mit der geistigen oder seelischen Wärme, der Liebe.

21.

Nur das schaffende Princip kann das beleuchtende oder das Erkenntnissprincip sein. — Viele Skeptiker (unter andern auch der selige Jacobi) meinten aller Wissenschaft, insofern diese auf Construction des Erkannten ausgeht, mit dem: „scimus quia facimus" den Garaus zu machen, weil hienach ja der Mensch nur das wüsste, was er selbst machte. — Aber diese Skeptiker bemerkten nicht, dass das wahre eigene Sehen der Creatur nur durch ein Eingerücktsein in das Ursehen, welches zugleich auch das Urthun oder Schaffen ist, begriffen wird und werden soll. Auch Gott erkennt Sich ja bloss, indem Er Sich hervorbringt und umgekehrt, und über dieses Verhalten des Vaters (als zeugenden, ewigen In-Sich-Gehens) zum Sohn (als ewigen Ausgang) drückt sich besonders Tauler (in seiner ersten Predigt auf Weihnachten) klar aus, indem er sagt: „Der Vater an seiner persönlichen Eigenschaft kehret sich in sich selber mit seiner göttlichen Verständniss und durchschaut sich selber im klaren Verstehen im Abgrund seines Wesens, und vom blossen Verstehen Sein Selbst spricht Er Sich ganz aus, und das Wort ist sein Sun, und das Bekennen Sein Selbst ist das Gebären Seines Suns*)." — Das heisst mit andern Worten: Er erkennt Sich und gebiert. — Diese absolute Identität des Seins und Bewusstseins gilt übrigens originaliter und par excellence nur von Gott.

22.

Die deutschen Philosophen sind dermalen ziemlich darüber im Klaren, dass kein Wirken ohne Werkzeug, kein Sichpotenziren ohne ein ihm dienendes Depotenziren, kein Geist ohne Wesen sein und sich kund geben kann. Aber nicht so klar ist noch die Ueberzeugung, dass auch umgekehrt kein Wesen ohne Geist,

---

*) Joh. Taulers Predigten (Frankf., Hermann, 1826) I, 90-91. H.

keine Depotenzirung ohne eine entsprechende Potenzirung Statt findet. Jacob Böhme war übrigens der Erste, welcher den Begriff des Wesens (die Materie im allgemeinsten Sinne) als mit dem des Schweren d. i. des Unfixen, Unmächtigen, Nichtselbständigen zusammenfallend erfasste, sei es nun, dass die hier stattfindende Depotenzirung und Potenzlosigkeit freiwillig (wie in Liebe), oder unfreiwillig geschieht, und dass sohin das Richtungbestimmende (guide) des Schweren gegen seinen und zu seinem Träger, als in oder ausser selbem wohnend, sich kund gibt. S. Sur la notion du tems.

23.

Aus dem Bisherigen ergibt sich nun sattsam für jede Classe der Lebendigen die höhere Dignität der sogenannten reproductiven Region jedes Lebendigen über die zwei übrigen, da in der ersten vorzüglich nur das begründende, gestaltende oder bildende Leben herrscht, so wie in den letztern das bereits gestaltete und begründete Lebendige, dort mehr das Belebende, hier mehr das Belebte, hauset.

24.

Gilt dieses für jede Classe der Lebendigen, so muss es auch für den Geistmenschen (das intelligente Leben) gelten, und auch dieses Leben muss seine reproductive Region haben, deren schaffendes Walten der Erkenntniss- und Wirkungsphäre des individuell-persönlichen Geistes, unmittelbar wenigst, gleichfalls entnommen bleibt. Derselben Steigerung, welche das plastische (sonst auch Gefühls-) Leben im Thierorganismus fähig ist, wovon der Somnambulismus Beweise gibt, ist auch die pneumatische Gefühlsregion fähig. Marcus 4, 27.

25.

Und hier zeigt sich nun das Charakteristische und von allen früheren und späteren Lehren über den Geistmenschen Scharfsichunterscheidende der christlichen Religionslehre, indem diese jene dritte oder vielmehr erste Region des Geistlebens fixirt, wogegen alle übrigen Doctrinen, selbe ganz oder grösstentheils vernachlässigend, nicht viel Gescheidteres hierin zu leisten vermochten, als z. B. Physiologen des Thierlebens leisten würden, welche mit Umgehung der Lehre von der Gestaltung und Umgestaltung lediglich nur jene der Sinn- und Bewegungsfunctionen vortrügen.

26.

Richter stellt in seinen Betrachtungen über den animalischen Magnetismus (1817. S. 42. Anm.) den Satz auf: „dass mit dem Instincte einer Wesenclasse zugleich ein theilweises Erhobenwerden derselben zu jener Stufe von Kraft und Intelligenz verbunden ist, welche bei einer höhern (in die eben diese niedrigeren Wesen sich erhoben befinden) die gewöhnliche (natürliche) Wirkensweise ausmacht.“ — Nimmt man nun diesem Satze jene Beschränkung, die er auf dem Standpuncte des Verf. noch haben musste, so erscheint selber als einer der bedeutendsten in der Physiologie.

27.

Schon J. Wilhelm Ritter bemerkte nemlich, dass eine niedrigere Natur (z. B. eine unorganische), in die Wirkungsphäre (in den Rapport) einer höhern gebracht (z. B. der menschlichen), ganz andere und höhere Kräfte entwickelt, als sie sich selber überlassen (ausser jenem Rapport) vermöchte.*) — Ist nun aber das Leben in seiner ganzen Offenbarungsscale überall was anderes, als der Effect eines solchen Rapports (Adspects) einer niedrigeren Natur mit einer höheren, welche letztere eben nur hiedurch belebend, so wie jene belebt, sich offenbart? — Als Beispiele dienen die Rapports der Monde zu ihren Planeten, dieser zur Sonne, der mineralischen Natur zur Pflanzennatur, dieser zur Thier-, dieser zur intelligenten, dieser endlich zur göttlichen Natur!

*) Schon oben (15.) ward der Charakter des Lebens als ein Schweben über seiner Wurzel, d. h. über seiner eigentlichen Natur, sohin als hyperphysisch aufgestellt. Wer übrigens darüber Bedenklichkeiten hätte, dass hier die göttliche Natur selbst mit in der Scale der Lebensmanifestation nur als oberstes Glied aufgeführt wird, da selbe doch das Ganze befasst, dem kann jener §. 15. bei gehörigem Nachdenken seine Zweifel genügend lösen.

28.

Eine auf solche Weise über sich erhobene, sich gleichsam enthobene Natur, findet sich nun in diesem höhern Sein und Wirken, aber erfindet dieses nicht. Es kann also in Bezug auf sein Erkennen und Wirken nach aussen und abwärts dieses höhere Sein nur als Gabe (Instinct — Gnade) in sich finden, und dieses muss denn auch von der Natur der Intelligenz in ihrem Rapport zur göttlichen Natur, d. h. von der Weise gelten, auf welche nur selbe (nach der Schriftsprache) dieser göttlichen Natur theilhaftig zu werden vermag.

Der von mir (Beiträge zur dynamischen Philosophie S. 106) aufgestellte Satz: non elevari est labi, zeigt sich sohin als Constitutionsgesetz alles Lebens. Jeder niedrigern Natur ist es nämlich so sehr natürlich in einer ihr höhern Natur sich, d. h. ihres Lebens Krone (15.), gehalten zu befinden, dass im Gegentheil ihr (d. h. ihrer Krone) eigentliches Zu-sich-selber-kommen oder In-sich-zurück- (nieder-) gehen sofort auch ihr wahrhafter Untergang wird. Was fällt, zerfällt auch. — Wer übrigens mit seiner Vernunft noch nicht so weit im Klaren ist, dass er diesen Vernunftinstinct, diese vom Geist in sich vernommene Gabe (in allen Seinsweisen als Erkennen, Wollen und Wirken), mit der Freiheit des Geistes in diesen seinen Functionen für unvereinbar hält, (welche Freiheit im Gegentheil auf dieselbe Weise hiemit nur erst begründet wird, wie dieses der Fall mit jedem in den Organismus aufgenommenen Organ ist (S. meine Schrift Ueber die Ekstase. Nürnberg 1819 S. 19), den kann man zur weitern Belehrung auf Daub's *Theologumena*, so wie auf Marheineke's jüngst erschienene Dogmatik verweisen. — Nur das Versenktsein einer Natur, d. h. ihrer Lebenskrone (15.), in eine ihr niedrigere oder in ihre eigne (in ihren eignen Abgrund) macht unfrei und äussert sich als ein Befangen- und Comprimirtsein ihres wahren Charakters oder ihrer Einzelnheit und Einzigkeit, es mag diese als blosse Individualität oder als individuelle Persönlichkeit sich zu äussern haben. Hierauf beruht auch der Unterschied des Genius von Selbstsucht. — Jener ist einzig, diese erlügt und **erzwingt** Einzigkeit. — Jener **dient** in seinem **Amte**, diese will **herrschen** im Eigenthum.

29.

Mit der hier gegebenen höheren Bedeutung des Worts: **Instinct**, erhält nun auch das ihm verwandte Wort: **Gefühl**, seine höhere Dignität wieder. Mit diesem Worte wird nemlich das Höchste, wie das Unterste des menschlichen Gemüths angedeutet, je nachdem hiemit das Afficirtsein desselben von einer höhern, oder von einer niedrigeren Natur, sohin Etwas, zu dem sich dieses Gemüth zu erheben, oder Etwas, über das sich selbes zu erheben hat, angezeigt wird. Dasselbe gilt darum auch von dem Worte: **Lust** und **Unlust**, und man sieht hieraus, was es mit jenem Bestreben einiger Philosophen auf sich hat, welche alles Gefühl in Erkenntniss (Licht) erklären oder dem Gemüthe in der Religion **alle Lust benehmen**, d. h. uns mitten im Sonnenlichte gerade durch dessen Concentration — erfrieren machen möchten. Erlogen ist es übrigens, wenn man sagt, dass Gefühle, als solche schon jedesmal dunkler Natur seien und einen Schatten in des Menschen Geist würfen, denn dieses gilt nur von jenen Gefühlen, die dem Menschen von **unten**, nicht von jenen, die ihm von **oben**, und die jedesmal im Lichte kommen. Dieses Oben und Unten unterscheidet aber das unbefangene Gemüth so zuverlässig, als das Rechts und Links, und spürt auch beim leisesten Eintritt eines solchen Gefühls oder einer solchen Lust oder Unlust sogleich aus, ob es ein Gefühl sei, dessen sich der Mensch zu schämen, oder eines, vor dem sich der Mensch zu schämen hat.

30.

Richter macht in der oben angeführten Note noch die Bemerkung, dass derlei Ekstasen meist nur im Culminationspuncte des Lebens, d. h. **in jenem seiner Fructification oder Fortpflanzung** statt finden, und dieser Schriftsteller streift sohin auch mit dieser Bemerkung an die grösste Heimlichkeit des

Lebens selbst. Die niedrigere Natur ist nemlich dienend der Fortpflanzung des Höhern (spiegelnd dessen Bild).

31.

Nemlich, und um des Lesers Aufmerksamkeit sogleich auf das Höchste, dessen die menschliche Natur fähig ist, zu lenken, bemerke ich, dass die christliche Religion es zur Fundamentallehre macht: dass jede gelungene Erhebung des Menschen in die ihm höhere (d. i. göttliche) Region oder Natur sich fixirt, d. h. dass selbe eine wahrhafte, organische Einerzeugung (Ein- oder Ineinsbildung, Einverleibung) in diese höhere Region (wenigst ein einzelner Moment derselben) ist, welche sohin in demselben Verhältnisse belebend in der Geistesnatur als ihrem Leib (Organ) aufgeht, in welchem diese durch sie und in ihr belebt, jene begründend, diese begründet, aufgeht. —

32.

Die christliche Lehre lässt übrigens diesen höhern neuen Einerzeugungs-, Einbildungs- und Einverleibungsprocess zwar mittelst éines Individuums, durch Mittheilung (per infectionem vitae) sich durch alle übrigen Individuen fortpflanzend (als nisus formativus in der höchsten Region des Lebens), sich verbreiten; dieses éine Individuum selbst aber wird in dieses höhere Leben per generationem originariam oder spontaneam einerzeugt vorgestellt.

In der Zeitregion selbst ist kein Sein, sondern nur ein Werden und Entwerden dieses Seins, und so lange der Mensch noch in dieser Zeitregion lebt, kann nur von einzelnen Momenten, nemlich von jenem der Einerzeugung (Empfängniss) und von jenen der successiven Ein- oder Ausbildung, nicht aber von einer vollendeten Aus- als Wiedergeburt die Rede sein. Was nun jenen ersten Einerzeugungs- (Erweckungs-) Moment ins ewige Leben betrifft, so ist selber freilich jedesmal darum gleichsam revolutionairer und gewaltsamer Natur, weil das Empfängniss des neuen Menschen mit dem (centralen) Tödten des alten zusammenfällt (generatio unius destructio alterius), d. h. mit jenem Zertreten des Kopfes der Schlange, welches nicht durch den einzelnen Menschen, sondern überall nur durch denselben éinen Schlangenzertreter geschieht. (S. Sur la notion du tems.) — Bei einzelnen Menschen tritt aber das Gewaltsame dieses Moments klarer hervor als bei andern, und nicht selten wegen der hiebei aufgestörten anorgischen Mächte dem Unkundigen entsetzlich. — Da übrigens diese Einerzeug- oder Einbildbarkeit des in der Zeit noch lebenden Geistmenschen in die höhere Region seiner Seits eine Anlage oder einen Keim voraussetzt (welche oder welcher zwar in allen Menschen seit ihrem Versehensein in Christo, ehe dieser Weltgrund gelegt ward, und seit jenem im Paradiese eingesprochenen Worte sich befindet), so muss dieses Zeitleben für jeden Menschen, physiologischen Gesetzen gemäss, entweder dann aufhören, wenn dieser organische Keim seine gänzliche Entwicklung, die ihm im irdischen Leben werden konnte, erhalten hat, oder dann, wenn umgekehrt alle Belebbarkeit in ihm erschöpft ist. Der Teufel (sagt J. Böhme) hat den Tod (jene das Böse tödtende Macht) nicht in sich, wie der (in der Zeit und im Sonnenlicht noch lebende) Mensch, und kann darum nicht, wie dieser, dem Bösen absterben.

33.

So klar oder in seiner d. i. der göttlichen Ordnung natürlich aus diesem physiologischen Gesichtspuncte das tiefste Mysterium der Religion (Epheser 5, 32) erscheint, eben so einleuchtend wird es auch, warum gerade diese Offenbarung von Anbeginn der christlichen Lehre, durch Schuld der Menschen selbst, nur so Wenigen aus ihnen offenbar ward und wird. Nicht nur vermag nemlich jener Silberblick der göttlichen Belebung in der Nacht des ins Zeitleben oder noch tiefer versenkten Gemüths nur selten klar genug hervorzutreten, um im Bewusstsein sich zu fixiren *), sondern hier tritt auch noch der bedenkliche Umstand

*) In meiner Schrift: Ueber den Blitz etc., kann man sich näher über die Ursache belehren, warum dieser Blick so selten im Gemüth zu

ein, dass, wo in gemischten Naturen (wohin alle im Schatten des Giftbaumes der Erkenntniss des Guten und Bösen Wandelnde gehören) der himmlische Bildungstrieb sich regt, sofort die Bestien und Teufel auch mächtig den Propagationskitzel fühlen, und die scheussliche Carricatur sich sohin unvermeidlich dem Heiligen zugesellt, was indess freilich nicht das geringste gegen die Göttlichkeit und Heiligkeit jenes himmlischen Bildungs- und Fortbildungstriebes beweiset.

34.

Von mehreren Anwendungen, welche übrigens obiger Satz (30.) in niedrigern Regionen des Lebens noch leidet, mache ich hier im Vorbeigehen nur auf zwei aufmerksam, da sie beide vielleicht bald grosse Bedeutung sich vindiciren werden, und auch hier die Carricatur mit dem guten, der Missbrauch mit dem guten Gebrauch, ganz nahe mit einander fortlaufen. Man erhält nemlich aus diesem Standpuncte a) die klare Einsicht in die von mehrern Naturforschern bereits anerkannte Verwandtschaft zwischen dem magnetischen und dem Geschlechtsrapport, so wie b) hieraus verständlich wird, dass und wie selbst die unorganische Natur (die metallische z. B.) einer ähnlichen Exaltation in die ihr zunächst stehende Pflanzennatur, sohin auch einer analogen Fructification oder Besamung durch eine solche und in einer solchen Erhebung und gleichsam Ekstase fähig werden kann.

35.

Ich habe anderswo (Vorrede zur Uebersetzung von St. Martin's l'Esprit des Choses von G. H. Schubert) den Satz aufgestellt:

---

bestandhabendem Lichte zünden kann. Uebrigens ging es dem Mysterium des Christenthums, wie dem ihm verwandten der Dichter des Mittelalters, jenem des heiligen Graals, in Betreff dessen ein übrigens verdienter und berühmter Schriftsteller erst neulich, man weiss nicht in welcher Fund- oder Senkgrube, den Fund gemacht zu haben meint, dass er (jener für heilig geachtete Graal) nichts weiter, als ein schändlich Gefäss der Unehre, in jenen abscheulichen Orgien dienend etc., gewesen sei! — Wer den Carricaturen des Heiligen (mysterium iniquitatis) nachspüren will, der lasse sich erst über dieses Heilige selber belehren.

„Amor descendendo elevat“ und ihm zufolge in meiner Schrift über das Bedürfniss einer innigern Verbindung der Religion mit der Politik die Liebe als das organisirende Princip (als den Organisateur par excellence) vorgestellt. Mit Vergnügen sehe ich nun, dass derselbe Gedanke Adam Müller'n wenn auch auf ganz anderm Wege begegnete. S. Nothwendigkeit einer theologischen Grundlage der Staatswissenschaft &c. 1819. S. 44. Das einende, somit auch corporificirende Princip, die Sonne jeder Region, d. i. die dieser höhere, sie belebende Natur gibt sich nemlich nach allen bisherigen Ansichten auch nur dadurch als Individualisations- und Personifications-Princip in der niedrigeren Natur kund, dass sie diese letztere organisirt, und umgekehrt jede Organisation deutet auf eine solche Individualisation oder Personification von oben*). Vergleicht man nun hiemit, was Marheineke (in seiner Dogmatik: von der Person des Gottmenschen) eben so wahr, als klar über die personificirende Macht des Logos, so wie was früher Daub von der Vernunftbesonnenheit oder dem Bewusstsein der Persönlichkeit sagte, dass nemlich der Mensch dieses nur der eingebornen Idee Gottes (oder vielmehr seinem Eingeborensein dieser Idee) verdankt, so fällt auch wieder nach dieser Ansicht der den Geistmenschen zur wahrhaften Person erhebende Act Gottes mit jenem seiner himmlisch-organischen Einerzeugung und Einverleibung zusammen; — ein göttlicher Act, auf welchen überall Paulus als auf das grosse Geheimniss des Christenthums hinweiset. Epheser 5, 32.

36.

Wie der Mensch nur dann wahrhaft froh (selig) sich fühlt und weiss, wenn er nicht nur seiner (und seiner Mitmenschen),

---

*) Auch dieser Idee haben sich unsere vorzüglicheren Physiologen durch neue Würdigung der Stahlischen Ansicht (dass sich die Seele ihren Leib selber baue) genähert. Wie übrigens der Lebensgeist par excellence die Persönlichkeit der Intelligenz von innen und aussen schafft, begründet und bewahrt, so strebt der Mord- und Lügengeist selbe in sich und andern zu vernichten, was ihm nur innerlich, nie äusserlich gelingen kann; darum ist der Böse stets ausser sich (rasend)! —

sondern auch seines Gottes über ihm und der niedrigern Natur unter ihm froh ist, so kann auch nur jenes das wahre Licht oder Wissen sein, welches ihm alle diese drei Regionen zugleich beleuchtet, nemlich ihn über seine vernünftige Natur, über die göttliche und über die nichtintelligente Natur verständigt. Sieht man nun den untrennbaren Zusammenhang dieser drei Regionen oder Principien des Lebens ein, so begreift man auch, dass jeder Veränderung des Verhaltens zu einer dieser Regionen sofort auch eine in den beiden übrigen entsprechen muss. Wich darum der Gott vernehmende Geist aus seinem Normalverhalten zur göttlichen Natur, so musste auch sein Verhalten zur nichtintelligenten Natur sich abändern, so wie umgekehrt jeder Schritt zur Restitution in jenes Normalverhalten sofort in einem entsprechenden andern Verhalten der nichtintelligenten Natur zum gottvernehmenden Geist oder Vernunftwesen sich bewähren muss. Mit Recht lässt darum die Schrift dem neuen Menschen einen neuen Himmel und eine neue Erde werden!

37.

Denn allerdings gilt der Satz „dass nur der wahre Besitz befreit“ (beide, den Besitzenden wie den Besessenen*)) wie im politischen, so auch im physischen und ethischen Sinne, und nur der wahrhaft Freie, d. i. der von der niedrigeren Natur Befreite, ist auch der um diese Natur Wissende und ihrer Gewaltige. — Aber der Mensch kann als Gott in dieser niedrigern Natur nur insofern und dann erscheinen, wenn Gott in ihm als in der Gott niedrigern Natur erschienen ist, und nur insofern ihn Gott besitzt (organisch ihm innewohnend) besitzt er (gleichfalls organisch) diese niedrigere Natur.

Da diese niedrigere Natur (die irdische) der Macht des Todes heimgefallen ist, so kann der Mensch zu ihrem vollständigen organischen Besitz nicht früher gelangen, als bis sie selbst diesem Tode wieder abgestorben, erneuert oder verklärt sich befindet;

---

*) Diese gilt par excellence vom Vater und Sohn, deren wechselseitige Befreiung ihr wechselseitiger Aus- oder Aufgang (ihr Geisten) ist.

jedoch vermag der Mensch Beweise dieses künftigen organischen Besitzes der niedrigern Natur schon in diesem irdischen Leben per anticipationem zu erhalten und selbst zu geben. — Nur die Abgeschiedenen sind die Wissenden und daher ist jede Initiation eine Anticipation des (irdischen) Todes.

38.

Und in der That, wenn man sich einmal von der Centralität und Superiorität des Menschen im Universum überzeugt hat, (Moses I, 1. 26.), wenn man weiss, dass er als das höchste und herrschende Gestirn zuletzt in dieser Natur und über ihr aufging, so wird es nicht befremden, wenn man uns von jenen ungeheueren und entsetzlichen Folgen spricht, welche die Verfinsterung oder das Wiedererlöschen dieses Weltgestirns in jener gesammten Natur haben musste; so wie man auch einsehen wird, dass die Finsterniss (der Erd- oder Weltschatten) über die (den) der Mensch in der ihn umgebenden Natur dermalen klagt, eigentlich nur sein eigenes Werk ist, weil nemlich diese Natur nur darum finster ist, weil sie in dem Menschen-Schatten steht.

Die mosaische Archäologie führt ohne Zweifel auf einen ursprünglichen Zustand höherer Ordnung und ist so gut apokalyptisch, als das letzte Buch des neuen Testamentes. Eine ganz buchstäbliche Erklärung desselben erschöpft seinen Sinn nicht, und man muss über die Gebühr herabstimmen, wenn man das erste Leben unseres Stammvaters in die jetzige Sinnlichkeit setzen will.

39.

Die Urbestimmung des Menschen war nemlich „das Paradies zu bauen und selbes erst über die Erde, sodann über das ganze Universum zu verbreiten“ — d. h. die von der höheren, ewigen Natur ab- und herausgekehrten Zeitwesen (Creaturen) mit der Krone ihres Lebens (15.) wieder in die Ewigkeit einzukehren oder zu verzücken. Aber er selbst, sich aus dem Ewigen wendend in diese Zeit, wollte nicht mehr in Gott offenbar sein, sondern nur in dieser Creatur, anstatt sie durch sich in Gott wieder zu offenbaren. Und so ging er denn in diesen Creaturen unter, wie sie selbst in ihm untergingen, den Fluch Gottes (dessen Flucht) nicht nur in sich erweckend, sondern selben auch in diese an ihn angewiesenen Creaturen bringend. Die so verfluchte Natur vermochte nun nicht mehr himmlische Früchte (paradiesische) zu bringen, und ihre Impotenz war eine Folge jener des Menschen.

Durch alle Schönheiten der Natur hindurch vernimmt der Mensch, bald leiser, bald lauter, jene melancholische Wehklage derselben über den Wittwenschleier, den sie aus Schuld des Menschen tragen muss. S. Sur la notion du tems, p. 19.

40.

Wie wir nun aber in der Sonnennacht mehrere Finstergebilde sich erzeugen sehen, welche eigentlich nur auf Kosten dieser Sonnenmanifestation ihre usurpirte (illegitime und phantastische) Existenz behaupten, so müssen sich auch in der äusseren, durch Schuld des Menschen verfluchten, Natur ähnliche Missgestalten nachweisen lassen, die ihn als ihren Schöpfer (Veranlasser) anklagen! — Und natürlich nahmen und nehmen diese Missgeburten ihrerseits gleichsam wieder Revange an dem Menschen, indem sie auf ihn selbst wieder entstellend und vergiftend rückwirken, wie er heilend, verklärend und verschöpernd als wahrer Naturpoet auf sie hätte wirken sollen, so dass dermalen (seit des Menschen Fall) manche Dinge in und um ihn nur auf seine Kosten leben (14.)

Hier kann nur das Experiment entscheiden. Wenn nemlich manche Gestalten (wohin denn auch die ganze Physiognomie seiner Umgebungen oder sein Schicksal gehört) nur auf Kosten der verhaltenen Manifestation des wahren Menschen da sind, so müssen wir umgekehrt, und so wie diese Manifestation auch nur theilweise wieder hervortritt, jene Dinge in demselben Verhältnisse zurücktreten, andere dagegen hervortreten sehen. Der Radicalverwandlung im Menschen muss auch irgend eine in der äussern Umgebung entsprechen, und der Mensch muss durch das, was er kann oder vermag, beweisen, was er ist.

41.

Nicht nur der Mensch ist folglich schon in seinem Erdenleben des theilweisen Erhobenwerdens in die ihm höhere (göttliche) Natur oder Region fähig und ihrer bedürftig, nicht nur sind es durch ihn andere, sich mit ihm in Rapport setzende, Menschen; sondern selbst die Naturen unter ihm sind einer ähnlichen ihrer Urnatur entsprechenden Verklärung durch ihn fähig. Und wenn diese Zeit schon nur der Winter der Ewigkeit ist, so vermag doch der Mensch, gleich einem verständigen Gärtner, auch mitten in diesem eisigen Winter, wenigst einzelne, wenn auch nur flüchtige und schnell sich wieder schliessende Blüthen der Ewigkeit hervorzurufen, jenen Paradieseszustand der Natur hiemit, wenn auch nur unvollkommen, ausser sich anticipirend, den er bereits in sich bleibender anticipirte.

S. Quelques traits de l'église intérieure. Trad. du Russe. Paris 1801. — Ueber dieses Imperium hominis in naturam drückt sich J. Böhme im dreifachen Leben 11, 49.*) folgendermassen aus: „Die ganze Natur beuget sich vor Gottes Willen, und die Bildniss Gottes im Menschen ist so kräftig, dass wenn sie sich ganz in Gottes Willen wirft, sie die Natur bändigt, dass ihr das Gestirne gehorsam wird und sich (aufschliessend mit allen seinen Heimlichkeiten, woraus die wahre Clairvoyance im Menschengeist entspringt) hoch in der Bildniss erfreuet (Römer 8, 19—22.), denn des Gestirnes Wille ist, auch von der Eitelkeit (Gottes-Leere) los zu sein, und wird also in der Bildniss in Sanftmuth entzündet (wie in der Höllenbildniss des Menschen im Grimm), dessen sich der Himmel freuet, und wird Gottes Zorn also im Regiment dieser Welt gelöschet." —

42.

Und so wird denn der Physik als Kunst ihr höchstes Ziel und Object zugleich mit ihrer Unterordnung unter Religion wieder gegeben, und der uralte Begriff dieses Objects wieder gerechtfertigt, welcher die Nachforschungen und Arbeiten der älteren

*) Böhme's Werke von Schiebler IV, 163. H.

Naturkundigen beseelte, mit denen jene der neueren Zeiten einen die gründliche Gemeinheit (Platitude) derselben in klares Licht setzenden Contrast machen, als in welchen jenes höhere Ziel der Kunst als Thorheit verlacht, und diese ganz nur der sogenannten Industrie (d. h. dem Bauchdienst) unterworfen ward. —

43.

Erwägt man endlich, dass der Fluch in die Natur (Erde) mit und durch jenen im Menschen zugleich eintrat, so wird man es auch nicht befremdend, wohl aber erfreulich finden, wie der irdische Wiederbringungsprocess mit jenem im Menschen völlig gleiche Momente durchläuft, und wie sich also beide Processe in einander spiegeln; denn der Mensch und die Erde mit ihren Heimlichkeiten liegen im gleichen Fluche und Tode verschlossen und bedürfen einerlei Wiederbringung.

44.

„Aber dem Sucher wird dieses gesagt, und will ihn treulich gewarnet haben, also lieb ihm seine zeitliche und ewige Wohlfahrt ist, dass er sich ja nicht eher auf die Bahn mache: die Erde zu versuchen, und das Verschlossene herwieder zu bringen, er sei denn selber zuvor aus dem Fluche und Tode durch den göttlichen Mercurium (den Geist des Mundes Gottes, nach der Schrift) wiedergeboren, und habe die göttliche Wiedergeburt in voller Erkenntniss; sonst ist alles vergebens; es hilft kein Lernen, denn was er suchet, das liegt im Tode im Zorn Gottes und Fluche verschlossen; will ers lebendig machen (den im Grabe liegenden Lazarus erwecken) und in sein Erstes setzen (reduciren), so muss dasselbe Leben zuvor in ihm selbst offenbar sein. Denn so der göttliche Mercurius im Menschengeiste lebet und offenbar (das sonst stille Wort im Schalle) ist, so alsdann dieser Seelenwillengeist in Etwas imaginirt (irradiirt oder einspricht); so gebt auch der Mercurius mit ihm in der Imagination und entzündet (erweckt) den (in diesem Etwas) in Tod gefasst gewesenen Mercurius (die stumm und wirklos wordene

Idea dieses Etwas) als die Gleichniss Gottes oder seine Offenbarung (Namen)." — S. De Signatura rerum. 8. 54. *)

---

*) Hätten Günther, Staudenmaier und Andere auch nur die Nachweisungen Baaders über die Grundlagen und den Charakter der Lehre Böhme's, welche in den bis hierher mitgetheilten Schriften und Abhandlungen dieses Bandes enthalten sind, gründlich studirt und mit den Schriften Böhme's selbst verglichen, so würden sie sich haben überzeugen können, dass der Kern der Lehre des teutonischen Philosophen mit jener der h. Schriften des alten und neuen Testamentes in allen Hauptpuncten übereinstimmt, was auch immer von dem Beiwerk der Schriften Böhme's, und dessen ist allerdings nicht wenig, ausgeschieden werden muss. Ueber die Mängel derselben hat sich Hamberger in seiner ausgezeichneten Schrift (Böhme's Leben und Lehre) hinreichend klar und bestimmt ausgesprochen, worauf hier verwiesen werden muss. Befremden aber muss es in hohem Grade, wenn auch ein Forscher von so entschiedenem Berufe wie Staudenmaier in die herkömmlichen Vorwürfe gegen Böhme miteinstimmen kann. Sobald es ihm freilich einmal scheinen konnte, dass von Denjenigen, welche sich mit der Darstellung des theosophischen Systems dieses Mannes abgegeben haben, Ludwig Feuerbach das Beste und Trefflichste geliefert habe (Philos. des Christenthums I, 726), stund von seiner eigenen Hand nur eine völlig verfehlte Darstellung zu erwarten. So hält er irrig dafür, nach Böhme sei die Dreieinigkeit nicht die überweltliche Form der göttlichen Selbstoffenbarung, sondern pantheistisch die Form seiner Selbstoffenbarung als Weltuniversum, die Weltschöpfung sei kein aus dem Gedanken und Willen Gottes entspringender Act, sondern ein naturnothwendiger Process der Selbstoffenbarung, die Trinität sei nichts weiter als die Identität des Nichts und des Etwas, wobei der Vater das Nichts, der Sohn das Etwas und der Geist die Identität beider, für ihn sei das Gute nur durch das Böse, die Idea in Gott sei nichts anderes, als das Aussersichsetzen der zwei ewigen Principien des Lichts und der Finsterniss, das Selbstbewusstsein sei schon Gottesbewusstsein, Christus sei nichts als der innere Mensch, und zugleich sei er mit der göttlichen Sophia eins und dasselbe, nach manchen Stellen gestehe er nur dem Sohne Persönlichkeit zu, zuletzt spreche er sie aber der ganzen Trinität ab. So viele Behauptungen, so viele Irrthümer! Das ist eine exorbitante Carricatur der Lehre Böhme's, aber nicht die Lehre Böhme's selber. In dieser völlig in das Hässlichste und nebenbei Unsinnigste verzerrten Auffassung findet sich nicht die blasse Spur weder von der grossartig einfachen und schlichten aber tiefen Religiosität unseres Theosophen, noch von der genialen Gedankentiefe dieses merkwürdigsten Sehers der Weltgeschichte. So vieles auch die Unvollkommenheit der Darstellungen Böhme's an diesen und anderen Missverständnissen verschuldet haben mag, so deutet doch der Umstand, dass auch selbst die grössten Meister der Darstellungskunst unter den Philosophen, wie Platon, Aristoteles, Spinoza, Schelling und

In einem ähnlichen Sinne schreibt Paulus seinem Timotheus: „die Hände lege Niemand bald auf (d. h. versuche nicht leicht die Heimlichkeiten des Menschen) und mache dich nicht theilhaftig fremder Sünden. Halte dich selber keusch.“ — Worte, welche unter andern besonders auch unsern kecken und leichtsinnigen Magnetiseurs gesagt werden sollen!

Hegel von sehr scharfsinnigen Forschern die entgegengesetztesten Auslegungen erfahren haben, auf die Wahrscheinlichkeit, die für uns Gewissheit ist, hin, dass noch andere Anlässe zum Missverstehen bei Staudenmaier gewaltet haben. Das Geringste, was man von der Gerechtigkeitsliebe Staudenmaiers erwarten konnte und erwarten musste, war, dass er wenigstens als Thatsache nicht unerwähnt gelassen hätte, dass es seit zweihundert Jahren und darüber an hervorragenden Männern nicht gefehlt hat; welche in Böhme's Lehre nichts weniger als Pantheismus und blinde Nothwendigkeitslehre oder Naturalismus, sondern vielmehr den tiefsinnigsten Theismus und die reinste christliche Weltanschauung erblicken zu müssen glaubten. Die Schriften Baaders, dessen hohe Bedeutung Staudenmaier kein Geheimniss war, konnten ihm nicht unbekannt sein, und ein Recht, sie bei der Frage um den eigentlichen Gehalt und Charakter Böhme's zu ignoriren, kann ihm nur von der Unwissenheit zugestanden werden, welche sich freilich unter uns seit langer Zeit trefflich zu conserviren versteht. Ebenso konnte und musste Staudenmaier wissen, dass, wenn St. Martin, Oetinger, Heinrich More, Gottfried Arnold, Friedrich Breckling, Joh. Matthäi, J. W. Überfeld etc. und viele Andere davon hätten überzeugt werden können, dass Böhme's Lehre Pantheismus oder Naturalismus sei, sie seine Schriften mit Entschiedenheit von sich gewiesen haben würden. Aber noch mehr, es musste Staudenmaier bekannt sein, dass die genannten Männer in grösseren Schriften mit Entschiedenheit die schon frühe gegen Böhme erhobenen Anklagen auf Pantheismus, Naturalismus, ja sogar Atheismus zurückgewiesen haben. Die Vertheidigung Böhme's durch Gottfried Arnold im zweiten Bande seiner Unpartheiischen Kirchen- und Ketzerhistorie (Schaffhausen, Gebrüder Hurter, 1741, II, 258—282) ist in ihrer Gründlichkeit und Klarheit noch zu dieser Stunde lehrreich und höchst lesenswerth. Dort findet man auch die schon damals ziemlich ausgedehnte Literatur der Streitschriften für und gegen J. Böhme verzeichnet. Man vergleiche auch Band III, §. 77—89.

VI.

Ueber den

Einfluss der Zeichen der Gedanken

auf

deren Erzeugung und Gestaltung.

Concordia. Herausgegeben von Friedrich Schlegel. II. Heft.
1820 – 1821.

I. Natur der Zeichen. *)

Die Naturobjecte besitzen äussere Eigenschaften und innere, welche letzteren wir uns in der Regel nur auf Kosten der ersteren anzueignen vermögen, insofern nemlich diese jene verhüllen, und die Enthüllung nur auf Kosten der Hülle (durch ihre Zersetzung und Auflösung) zu bewirken steht. Bei der wahren Manifestation ist indess minder ein solches Verdrängen und Vernichten des einhüllenden Zeichens, als vielmehr bloss nur eine organische Unterordnung (Verklärung) dieses Bezeichnenden unter das Bezeichnete **), des Mitlauters unter den Selbstlauter nöthig, weil eben hiedurch erst beide gemeinschaftlich, und nicht eines

---

*) Der Einsender dieses behält sich vor, erst nach Beendigung dieses Aufsatzes Rechenschaft über sein Entstehen zu geben, und bemerkt vorläufig nur, dass derselbe grösstentheils einem französischen Schriftsteller zugehört, welcher ihn auf Veranlassung einer von dem Nationalinstitut in Paris über diesen Gegenstand in den neunziger Jahren aufgeworfenen Preisaufgabe schrieb. [Dieser französische Schriftsteller ist bekanntlich Niemand anders, als St. Martin. Vergl. dessen Essai relatif à la question proposée par l'institut: Determiner l'influençe des signes sur la formation des idées. 1799. Vergl. den 11. Band der Werke Baaders S. 234. H.]

**) Das Sichbezeichnende steht als activ immer über dem Zeichen, und in dieser Hinsicht muss also der Ausdruck eines Bezeichneten rectificirt werden. Uebrigens kann das im Text gebrauchte Beispiel des Verhaltens des Mitlauters zum Selbstlauter am besten dienen, das Geheimniss des Verhältnisses des Geschöpfs zum Schöpfer zu enthüllen; denn nur sofern und solang der Mitlauter mehr und anders als mitlauten, d. h. Selbstlauter sein will, wird ihm das Wort oder das Vermögen, sich auszusprechen, vorenthalten; indem er aber den Selbstlauter sich durch sich aussprechen lässt, wird er selbst mit ausgesprochen, und so vernimmt man beide, den Selbst- und Mitlauter, den Schöpfer und das Geschöpf zugleich.

auf Kosten des andern mit- und ineinander zum Vorschein kommen oder sich uns bezeugen. Jener (der Mitlauter) wie die hebräischen Buchstaben im Aeussern, dieser (der Selbstlauter) als nicht äusserlich gestaltbar, und daher nur als Punct im Innern (esoterisch). —

Alles, was an den Dingen äusserlich ist, lässt sich sohin als ein Zeichen (Anzeige — Praesagium — Index) des Innern derselben betrachten, und das Bezeichnete selbst ist sohin der Complex dieses Inneren. Ueberall reicht uns die vorscheinende Natur in den äussern Eigenschaften ihrer Producte eine Menge diese begleitender oder an ihnen haftender Zeichen und Anzeigen dar, welche uns in den Stand eines Vorgefühls und einer Vorkenntniss der uns nützlichen oder schädlichen inneren Eigenschaften dieser Dinge setzen.

Man kann in dieser Hinsicht sagen, dass im Allgemeinen ein Zeichen vorerst und für sich die Anzeige eines von uns noch getrennten und darum uns noch verborgenen (verschlossenen) Dinges oder Wesens ist; sei es nun, dass letzteres natürlich in dem Zeichen enthalten ist, wie der Saft in der mir sichtbaren Frucht, oder mit dem Zeichen natürlich verbunden, wie der Schatten oder das Bild im Spiegel mit dem Körper, oder endlich willkürlich und zufällig, wie der Gedanke (Sinn) mit seinem (sichtbaren oder hörbaren) Zeichen. Alles, was uns eine Empfindung oder einen Gedanken zu geben vermag, kann sohin als Zeichen betrachtet werden, weil nichts sich unserer Empfindung oder unserem Gedanken anders mitzutheilen vermag, als mittelst äusserer Eigenschaften, welche wir zu durchdringen genöthigt sind, um bis zu den in ihnen verborgenen, innern Eigenschaften zu gelangen*).

---

*) Wenn sohin oben von einer Enthüllung der inneren-Eigenschaften die Rede war, so war damit nicht gemeint, dass diese bis dahin nichtäusseren Eigenschaften nun auch zu äusseren würden, sondern dass diese Eigenschaften, die bis dahin von uns getrennt, uns unzugangbar, und insofern ausser uns waren, nun mit unserem Innern in Verbindung getreten oder wir ihrer wahrhaft inne geworden sind. Was übrigens jene Durchdringung der Hüllen betrifft, so gilt schon in der Chemie der Satz,

Alles Sinnliche (Sensation Erregende) kann folglich als Zeichen für uns gelten, weil dieses Alles uns Empfindung und Gedanken weckt, und weil wir unsererseits dasselbe auch wieder als Leiter und Träger unserer eigenen Gedanken für unseres Gleichen brauchen können *).

Ohne Zweifel gilt nun für die conventionellen Zeichen dasselbe Gesetz, wie für die natürlichen, wenn schon Wesen und Form bei letzteren feststehend, bei ersteren nicht sind, und diese conventionellen Zeichen müssen, wie die natürlichen, aus zwei Dingen bestehen, nemlich aus einem Gedanken oder Sinn, und einem Zeichen oder Organ desselben; denn bekanntlich hängt es nur von uns ab, irgend einen Naturgegenstand als ein conventionelles Gedankenzeichen zu brauchen, wie wir dieses in der symbolischen und Hieroglyphen-Schrift sehen, und dieser Gegenstand nimmt dann nur einen neuen Charakter an, indem wir nicht seine natürlichen Merkmale, sondern die ihm von uns gleichsam geliehenen, durch ihn kund geben wollen **). Auch hier kann übrigens der Sinn (Geist) in dem Zeichen enthalten, dieses gleichsam

---

dass zwar keine Umwandlung eines Stoffes anders, als durch den Weg der Auflösung geht — (corpora non agunt chemice nisi soluta), dass aber die durchdringende Gasauflösung (Cementation) ohne eine äusserlich bemerkbare Zerstörung der Structur und Gestalt des so durchdrungenen Körpers wirkt (von welchen Umwandlungen sowohl die Mineralogie, als die Metallurgie &c. häufige Beispiele gibt) und wir sohin nicht anstehen werden, einem noch ungleich subtileren und kräftigeren Gase (dem Geiste) eine ähnlich durchdringende Kraft zuzugestehen. — „Er versetzt die Berge und sie wissen nicht!" —

*) Ueber die Prärogative, welche hierin die Luft als das allein (dem Geiste) offene Element hat, in der Folge. —

**) Es hat seinen guten Grund, dass Alles, was wir an der äussern Natur sehen, schon Schrift an uns, sohin eine Art Zeichensprache ist, welcher indess das Wesentlichste: die Pronunciation, fehlt, die dem Menschen schlechterdings anderswoher gekommen und gegeben sein müsste. Das Bestreben der meisten Naturforscher geht nun nicht dahin, diese richtige Aussprache (Punctuation) zu finden, sondern sie begnügen sich mit der Beobachtung und Beschreibung der stummen Lettern. Wenn übrigens schon für den Menschen, der doch leibhaft in der äussern Natur auftritt, jenes: Loquere, ut videam Te! gilt, wie viel mehr für Gott, den die alten parsischen Urkunden nur mit dem Namen: „Deus Sermo" bezeichnen.

durch jene Benennung damit begeistet, oder ihm nur verbunden sein, wie wir oben bei und von den natürlichen Zeichen bemerkten.

Dieses Vermögen des Menschen, nach Willkür seinen Sinn irgend einem Naturobjecte einzusenken oder ihm zu verbinden, kommt ihm ausschliessend zu, und er kann es nur unter seines Gleichen üben, weil die sogenannte Zeichensprache der Thiere, äusserst beschränkt und unfrei, hiemit in keinen Vergleich kommt, und das Thier eine an es (inner seiner niedrigeren Lebenssphäre) gleichsam gestellte Frage nur beantworten, nicht aber an uns eine Frage stellen, d. h. den Verkehr mit uns nicht selbst anfangen kann. Wenn darum einige neuere Schriftsteller das Wort für die Thiere nahmen, behauptend, dass dieser Mangel der Sprache bei den Thieren nur dem Mangel der hiezu geeigneten Organisation beizumessen sei, und dass sie folglich sprechen würden, wie der Mensch, falls sie wie derselbe organisirt wären, so heisst das am Ende nichts, als dass, falls das Vieh ein Mensch würde, es auch aufhören würde, ein Vieh zu sein. — Endlich ist dieser willkürliche Zeichengebrauch (welche Willkür den Menschen eben so sehr vom Thiere unterscheidet, als der willkürliche Gliedergebrauch und die Bewegung das Thier von den Pflanzen &c.) uns unentbehrlich, weil unsere Individualität uns von einander getrennt hält, und wir also, obschon psychisch einander berührend, doch physisch ausser einander und von einander getrennt uns befänden, und ohne jenen willkürlichen und freien Gebrauch der Gedankenzeichen unsere Gemeinschaft nicht menschlich, sondern bloss viehlich sein würde*).

---

*) Zwei Wesen sind von einander unterschieden, sind aussereinander, insofern sie durch ein drittes, ihnen beiden Aeusserliches, von einander gehalten sich befinden. Eine äussere Unterscheidung, welche als solche keine Scheidung, und ihrer inneren Gemeinschaft (Einigung, nicht Confundirung) nicht nur nicht hinderlich ist, sondern dieser dient, und welche in diesem Falle den Charakter der organischen Unterscheidung (Gliederung) hat. Anders aber verhält sich die Sache, wenn diese äussere Unterscheidung jener innern Ausgleichung derselben sich widersetzt, und also auch innerlich trennend oder anorganisch sich erweiset, wo sodann freilich jede innere Verbindung solcher zweier Wesen nur durch einen Conflict mit dem ihnen gemeinsamen Aeussern, d. i. nur durch Aufhebung

Lasset uns aber ja nicht über dieses Vorrecht des Menschen, das er in dem willkürlichen Gebrauch der Gedankenzeichen übt, die Augen über das, was ihm hierin noch gebricht, zudrücken oder Andern zuhalten. Wir alle sehnen uns nach vollständigen Gedanken und nach vollständigen Zeichen, welche allein jene auszudrücken vermöchten, und dieses Verlangen, dieses Bedürfniss ist zu tief in der Natur des Menschen begründet, als dass wir, falls wir es auch wünschten, das Vorhandensein dieser vollständigen, gänzlich befriedigenden Gedanken, so wie der ihnen entsprechenden Zeichen bezweifeln könnten, und uns folglich nicht eben so unwillkürlich immer wieder der Zweifel aufstiege: „ob am Ende nicht alle unsere selbstgemachten conventionellen Zeichen

---

der ihre Gemeinschaft aufhebenden Action bewirkt werden kann. So lange z. B. den Geist-Menschen Raum- und Zeit-Differenzen als wahre Hemmungen (Resistenzen) noch hindern, so lange lastet diese Region noch anorgisch auf ihn, als gleichsam den Atlas, und sein Wunsch und Begehren geht natürlich dahin, frei zu werden von dieser allgemeinen Resistenz der Natur (darum nicht los von der letztern), d. h. über sie erhoben, und diese für ihn anorgische Natur in eine organische und ihm zuorganisirte verwandelt zu sehen, in welcher die Gegenstände keine Widerstände mehr für ihn sind. Daher das natürliche Interesse, das der wirklich bis schier zu einem Punct zusammengedrückte Mensch an allen Erscheinungen nimmt, in welchen eine solche Befreiung durchblickt, wohin denn auch zum Theil die sogenannten magnetischen Erscheinungen gehören. — Erkennt man nun aus diesem Standpuncte den dermaligen Körper des Geist-Menschen als ein dessen Bewegungen Hemmendes, Absorbirendes und Bindendes, so begreift man nicht nur die Function, welche das äussere Wort bei jedem Geistesverkehr als diese Geistesbindung entbindend zu leisten hat, sondern man sieht auch das Nichtige jener materialistischen Einwürfe ein, welche alle sich auf die dermalige Abhängigkeit des Menschen von seinem Leibe gründen. Wenn nemlich dieser Leib nicht eigentlich nur Hülle, sondern positive Schranke dem Geistmenschen ist, so kann er nur durch successive Tilgung seines Widerstandes dahin gebracht werden, ein eigentliches Organ dem Geistmenschen zu werden, und diesse successive Tilgung, insofern sie in dem Leibe haftet, macht eben das, was die Ausbildung des Organs heisst. Es ist darum kein Wunder, wenn wir den Geist sofort wieder mehr oder minder in seine primitive Gebundenheit zurücksinken sehen, sobald durch Krankheit oder Alter jener bis dahin im Organ haftende Effect des seinen Binder bindenden Geistes wieder getilgt wird, d. h. das Entwerden ist eben so begreiflich und unbegreiflich, als jenes (Organ-) Werden.

blosse Erfindungen der Noth, blosse Feigenblätter zur Deckung und Verheimlichung unserer Blösse und des Mangels jener vollständigen natürlichen Zeichen sind, und ob folglich der Mensch nicht auch hier mit all seiner Industrie als ein wahrer Chevalier d'Industrie erscheint?"

Das Nationalinstitut selbst bietet nichts in seinem Programm dar, was diesen Zweifel uns heben könnte, und so kann man ihm denn auch zugeben, dass selbst ein auf sich allein beschränkter Mensch doch nur immer mittelst Zeichen denken könnte, ohne die Folgerung (der absoluten Priorität der Zeichen vor deren Sinn oder Gedanken) zuzugeben, weil, wie sich in der Folge ausweisen wird, wenn man die ganze Reihe möglicher Zeichen durchgeht, sich zeigt, dass zwar alle Sensationen Zeichen, darum aber nicht alle Zeichen auch Sensationen sind (im gröbern Sinn dieses letzteren Wortes und in dem selbiges das Institut nimmt). — Uebrigens und was die Unvollkommenheit und das Unbefriedigende dieser conventionellen Zeichen betrifft, so muss man allerdings zugeben, dass sie für den Ausdruck ebenso unvollständiger Gedanken zureichen, und dem Menschen insofern genügen können, insofern er sich freiwillig inner einer solchen Beschränktheit festhalten lässt, und, mit Asmus zu reden, seinen kleinen Landsee für das offene Meer hält oder ausgibt.

Wollten wir aber mit solchen höchstens bloss approximirenden (wo nicht gar entfernenden) Elementen uns beifallen lassen, vollständige Ideen und deren vollständige Zeichen selbst zu machen*), so leuchtet wohl ein, dass dieses eitle Unternehmen gänzlich misslingen müsste, weil das Veränderliche nicht das

---

*) Wir leben, wie Adam Müller bemerkt, in der Zeit der Surrogate, und so haben sich denn die Menschen ein Surrogat des persönlichen lebendigen Gottes, ein Surrogat der Vernunft (man erinnere sich an jenes, welches die Jacobiner in der Kirche auf den Altar stellten), ein Surrogat ihrer Regenten, ihrer Sprachzeichen, ihres Geldes u. s. f. zu machen versucht, wenn es gleich mit dem einen dieser Surrogate immer schlimmer, als mit dem andern ablief. Die Wahrheit an der Sache ist indess, dass, wenn das Machen all dieser Dinge durchaus nicht in der Macht menschlicher Willkür steht, so steht selbst das Verderben (de-faire) derselben noch immer weniger in dieser ihrer Willkür, als sie wähnen. —

Feststehende und Beständige hervorzubringen vermag, und auch erwogen werden muss, dass der Ausdruck: „seine Gedanken und Gedankenzeichen sich machen" sicher unrichtig ist, weil uns nur die Function der (organischen) Entwickelung derselben übertragen worden, und wir schon in unserem Verkehr mit anderen Menschen uns alle Augenblicke davon überzeugen können, dass all unser Bestreben, irgend einen Gedanken oder Sinn in ihnen aufgehen zu machen, fruchtlos bliebe, falls nicht der Keim (die Basis) dieses Gedankens bereits in ihnen wäre, so wie falls oder inwiefern sie sich der Befruchtung dieses Keims entzögen oder entziehen könnten.

Statt darum den Menschen als eine tabula rasa zu betrachten, hätte man besser gethan, ihn zwar als eine „rasirte" Tafel gelten zu lassen, in der aber doch die Keime noch zurückblieben, welche zum Aufkeimen nur einer günstigen Cultur bedürfen, und der lange Streit über das Angeboren- oder Eingeborensein der Ideen in dem Menschen würde aus diesem Standpuncte schon längst zu Gunsten der platonischen Erinnerung und gegen Locke entschieden worden sein, welcher das 1. Capitel seines 1. Buches im Grunde mit der Behauptung beginnt: dass, falls die Eichel bereits eine Eiche wäre, man freilich sie nicht zu säen und zu pflegen bedürfte, dass man aber darum eben so unrecht daran thun würde, dieser Eichel, weil sie noch keine Eiche ist, ihre eingeborne Keimkraft oder das Vermögen, zur Eiche sich zu entwickeln, abzusprechen. —

Der Mensch gleicht darin der Erde, welche zwar keinen einzigen Keim der ihr anvertrauten Samen zu erzeugen, welche sie aber alle in und durch sich zu entwickeln und zu verkörpern (ihnen Form zu verschaffen) vermag, weil sie alle die hiezu ihnen nöthigen analogen Eigenschaften und Kräfte in dieser Erde vorfinden. Und so sind denn alle Ideen bestimmt, durch diese Erde (den Menschen) zu gehen, um in ihm die ihnen nöthige Corporisation und Form zu erlangen *). Hiemit machen denn auch die

*) Ich habe anderswo diesen Satz (dass nemlich der Mensch in der Geistregion die Function der Erde hat, betsimmt ausgesprochen (M. Schr.

Zeichen, welche im Allgemeinen zwar das Resultat der verschiedenen Keime der Wesen und die Offenbarung ihrer Eigenschaft sein sollen, eigentlich die Domäne des Menschen aus, weil sie nemlich in ihm, als ihrem eigentlichen Grund und Boden, sich gestalten und auswirken sollen.

II. Ursprung der Zeichen, verschiedene Classen derselben und bisher obwaltende Irrthümer hierüber.

Da sich sämmtliche Naturwesen, die unter der Thierclasse sich befinden, keine Empfindungen mittheilen und in ihrem wechselseitigen Verkehr sich nicht empfinden*), so leidet auch für

---

Vierzahl des Lebens. Berlin 1818. S. 7. Note) und dieser Satz wirft wieder ein Licht auf jene geheimnissvolle Verbindung des Menschen mit der Erde zurück, welche man nicht mit Unrecht einer Ehe vergleichen könnte, durch welche eine frühere Complicität versühnt werden soll. — Auch gibt uns dieser Satz besonders auch über das sonst räthselhafte Verhalten zu dem und über die Unterordnung andrer und eigentlicher Geister (Engel) unter den Menschen Aufschluss, welche Unterordnung und Dependenz sowohl unsere heiligen Urkunden, als andere des Alterthums lehrten. Wie nemlich dem Wasser (als anfangend die Corporisation) noch die dritte Dimension, mit ihr die Vollendtheit und Selbstthätigkeit fehlt, welche bloss die Erde als vollendend diese Corporisation gibt, so gilt dieses auch für jene Geister, welche die Vollendung ihrer Personification nur dem Geistmenschen verdanken. Vis ejus integra, si conversus fuerit in terram (hominem). S. hierüber meine „Sätze zur Bildungs- und Begründungslehre des Lebens“. S. 5. §. 14.

*) Im Vorbeigehen muss ich hier bemerken: wenn unsere Physiologen sagen, dass Thier unterscheide sich von der Pflanze durch Empfindung und Bewegung, — so vergessen sie meist, diese Behauptung damit deutlich zu machen, dass sie darunter Selbstempfindung und Selbstbewegung verstanden wissen wollen. Denn nur insofern diese Empfindung, als aus der Relation einzelner Theile des Organismus unter sich hervorgehend und in ihr (sohin in Selbstberührung) begründet erkannt wird, verdient sie diesen Namen, so wie die Bewegung eines Thieres nur insofern eine thierische ist, insofern sie Bewegung der Gliedmaassen unter sich ist, und ein Thier, das nur Aeusseres, nicht sich selbst empfände, nur Aeusseres, nicht sich bewegte, das hinwieder nur von Aeusserem, nicht von sich bewegt würde, wäre insofern kein Thier. Diese Immanenz des Lebens steigt mit der Stufe desselben, und ist darum absolut bei dem absolut lebendigen und eben darum absolut persönlichen Gott, dessen Persönlichkeit sohin personificirend auf alle Wesen im Verhältniss ihrer Nähe zu Ihm wirkt. —

diesen ihren Verkehr das Wort und der Begriff eines Zeichens oder sich einander Zeichengebens keine Anwendung, und wenn diese Wesen andern (z. B. Thieren) ihre Wirkung wirklich anzeigen, so nehmen sie selbst weder dieses Anzeigen, noch ihr Wirken selbst wahr.

Aber auch das Thier empfindet zwar zum Theil diese Anzeigen (Praesagia), vermag aber nicht, wie der Mensch, sie beurtheilend sich über sie zu erheben, oder sie selbst als Zeichen zu gebrauchen.

Alle jene niedrigen Naturen legen übrigens, was in ihnen ist, so offen dar, äussern und entäussern sich so ganz, dass der Mensch nur still und gelassen auf sie merken, sie zu beobachten brauchte, um den Schlüssel ihres Daseins in ihnen selbst zu finden, obschon ein grosser Haufen von Gelehrten leugnet, dass es einen solchen Schlüssel gibt, und ein eben so grosser ihn wenigst dem Menschen unfindbar hält.

Wir haben bisher bloss das Verhältniss des Gedankens zum Zeichen beachtet und noch nicht bemerkt, dass auch der Gedanke ein Früheres (Tieferes), nemlich das Verlangen, als sein eigentliches mobile, voraussetzt.

Ein Mensch z. B. verlangt gegen Kälte sich zu schützen; dieses Verlangen (zum Entschluss gebracht) bewirkt den Gedanken oder die Vorstellung eines Kleides, und die Realisirung dieses Gedankens (das Kleid selbst) schafft dem Verlangenden Befriedigung. Hier nun ist die Vorstellung oder der Gedanke des Kleides vorerst das Zeichen des Verlangens (desir), so wie das Kleid selbst den gefassten Gedanken bezeichnet. Das Zeichen geht sohin vom Gedanken, dieser vom Verlangen aus, und so wie dieses Zeichen als Gedankenzeichen, so kann der Gedanke als Verlangenszeichen gelten.

Das Studium der Zeichen wird um so schwieriger, je mehr sich dieselben von der bloss äussern Region (der Elemente, Mineralien und Pflanzen) entfernen, und jeder Versuch, diesen Verkehr von Wesen, die sich nicht begehren und nicht verlangen, zur Erklärung und Verständigung des Verkehrs von Wesen, die sich begehren und also auch dieses Begehren sich einander bezeichnen, anzuwenden, d. h. letztere durch erstere zu erklären, muss nothwendig misslingen. Dessen ungeachtet und je weiter solche unhandgreifliche und complicirte Zeichen unserem nur auf das Aeussere gewendeten Blick entrückt schienen, je mehr wünschten wir doch, sie eben so äusserlich und flach, als jene zu machen, welche man die äusseren Kennzeichen im engsten Sinne nennen könnte. Ueberdiess hatten wir nicht Geduld und Gelassenheit genug, diese complicirten Zeichen sich selbst scheiden, ordnen und entwickeln oder gleichsam ausreifen zu lassen; und so kam es denn, dass wir die Meinung fassten, jene vollständigen Zeichen, von denen oben die Rede war, in dieser noch ungeläuterten und unausgebildeten Stufe, oder wohl gar in der Region der äusseren, stummen und leblosen Objecte finden zu können, und dass wir, nachdem sich diese radicalen und ursprünglichen Zeichen auf diesen Wegen doch nicht fanden, endlich auf den Einfall geriethen, sie uns selbst zu machen oder zu schaffen.

Auf solche Weise keinen natürlicher „Rapport" zwische diesen unsern apokryphen (durch eine wahre generatio aequivoca entstandenen) Geisteszeichen mit dessen Gedanken und Bewegungen findend glaubten wir durch forcirte und unnatürliche Rapports jenen natürlichen surrogiren zu können, und statt der natürlichen Evolution, die Zeichen aus den sie zeugenden Gedanken zu folgern, meinten wir revolutionistisch durch unsere selbstgemachten und unserer Willkür unterworfenen Zeichen das Reich der Gedanken selbst in unsere Gewalt bringen und gleichfalls unserer Willkür unterwerfen zu können. Diese irrige und eitle Meinung ist es ohne Zweifel, welche das Nationalinstitut zur Aufwerfung der Frage: „Ueber den Einfluss der Zeichen auf die Bildung der Gedanken" bestimmte, welche Frage wohl philosophisch richtiger umgekehrt hätte gestellt werden können, nemlich: „Ueber den Einfluss der Gedanken auf die Bildung ihrer Zeichen" — welche Frage natürlich eine zweite: „Ueber den Einfluss des Verlangens auf die Gedanken" herbeigeführt haben würde.

VII.

Fermenta Cognitionis.

Erstes bis fünftes Heft.

Berlin, 1822—24. Gedruckt und verlegt bei G. Reimer.

Sechstes Heft.

Leipzig, Hinrichs, 1825.

Erstes Heft.

Der Titel dieser Schrift, deren Fortsetzung in zwanglosen Heften folgen wird, mag nicht nur hinreichen ihren Zweck zu bezeichnen, sondern auch ihre von der systematischen abweichende Form zu entschuldigen, falls es anders bei einer Schrift, welche, wie die gegenwärtige, meist polemischer Natur und gegen bestehende Systeme gerichtet ist, einer solchen Entschuldigung bedürfte, da ja bekanntlich eben nur der vereinzelte Angriff der wirksamste ist. Wenn ich übrigens in dieser Schrift, so wie in ihrer Fortsetzung, Veranlassung finde, mich bisweilen gegen Hegel zu erklären, so wird auch dieser Widerspruch nur dazu dienen, das grosse Verdienst dieses Denkers um Wiederbelebung und Wiederbefreiung der Geister der Philosophie, welche bereits wieder aus dem ersten Erwachen einzuschlummern anfingen, zu bestätigen, denn diese Geister sind so lebendiger und forttreibender Natur, dass nun an ihre Hemmung nicht wieder zu denken ist, und selbst ihrem Befreier diese Hemmung nicht wieder möglich sein würde. Und in der That, seitdem von Hegel das dialektische Feuer (das Auto de Fé der bisherigen Philosophie) einmal angezündet worden, kann man nicht anders, als durch dasselbe selig werden, d. h. indem man sich und seine Werke durch dieses Feuer führt, nicht etwa indem man von selbem abstrahiren, oder es wohl gar ignoriren möchte. — Endlich ist es wohl kein Widerspruch, wenn der Eine behauptet: der Begriff entstehe nur durch Aufhebung des Gefühls und der Vorstellung, und der Andere: dieser Begriff bestehe nur durch ununterbrochene Alimentation aus Gefühl und Vorstellung, wenn gleich Gefühl und Vorstellung vor und ausser dem Begriff nicht mit jenen nach dem und in dem erzeugten Begriff zu vermengen sind. Wie nämlich der Begriff aus Gefühl und Vorstellung sich erzeugt, und zwar aus vorerst nur vorübergehenden (nicht perennirenden), so öffnet er sich eine nun bleibende Quelle derselben in sich, und wenn es eine Poesie gibt, die nur im Träumen und Ahnen des Begriffs, d. i. in seiner Abwesenheit, ihr Wesen treibt, so gibt es eine andere, welche nur mit der Vollendung des Begriffs, als Zeugin und Verkündigerin dieses Begriffs, auftritt, und deren Abwesenheit sohin die Impotenz und Unwahrheit des letzteren beweiset. Zu einem gewordenen Begriff die ihm entsprechende Vorstellung und Gefühl zu finden ist sohin umgekehrt dasselbe Problem: als zu einem gegebenen Gefühl und Vorstellung den entsprechenden Begriff zu finden, welcher eben als ihr Begriff ihre lebendige Identität ist.

Tepliz, den 15. August 1822.

1.

„C'est en faisant le bien qu'on devient bon“ sagt ein französischer Schriftsteller, und es gälte darum auch umgekehrt der Satz: C'est en faisant le mal, qu'on devient mauvais! — Wenn ich aber erst durch Vermittelung meines Mitwirkens und Selbstthuns gut oder böse werde, meinen guten oder bösen Character setze *), so wird vorausgesetzt, dass ich vor dieser That weder

---

*) Der obige Ausdruck soll keineswegs im absoluten Sinne, wie ihn etwa Fichte nahm, hier genommen werden, denn wenn gleich dieser Act die Region (das Princip) entscheidet, der (dem) ich mich eingebe und die (das) nun herrschend und bildend in mir aufgeht, so ist jener Act doch nicht dieses bildende, creirende Thun dieses Princips selber, wesswegen ich auch von diesem letzteren Thun unmittelbar nicht weiss; *nescimus quia non facimus.* Wir müssen aus Gott geboren — göttlich substanziirt — werden, wollen wir Gott schauen, Gottes Willen empfahen und thun. Wie wollt oder könnt ihr, die ihr arg (böse) seid, Gutes reden, thun etc. sagt Christus. Ein guter Baum kann nicht arge Früchte bringen und ein fauler Baum nicht gute. Matth. 7. 18. In Wesen (Sein, Substanz) geht der Geist des Lebens aus und von Wesen geht er wieder ein. — Die plastische, somatische (wie die Physiologen sagen: reproductive) Function setzt das erkennende, wollende, wirkende Individuum selbst nach seinem bestimmten Typus, und kann also nicht inner eine dieser drei Actionsphären des letztern fallen, oder dieses Individuum kann nicht zusehen, wie selbes geschaffen und erhalten wird. Die Physiologen haben darum unrecht, wenn sie den Ternar von „*sensatio*, *appetitio* und *motus*“ nicht gehörig von der somatischen oder productiven und reproductiven Function unterscheiden, welche nicht das Werk des einzelnen Naturindividuums, sondern des allgemeinen ist. (Matthäi 6, 27. Marci 4, 26—28.) Hierauf beruht auch die von Adam Müller gemachte Unterscheidung persönlicher, dem Individuum nicht subjicirter, Organe, und sachlicher, selbstloser, ihm subjicirter; wobei ich hier im Vorbeigehen die Convertibilität beider Zustände bemerke, z. B. in Entzündungskrankheiten, den Uebertritt aus Sachlichkeit in Persönlichkeit — entsprechend jener bei den Somnambulen bemerklichen Convertibilität des Gefühls in Vorstellung.

das eine, noch das andere, d. h. dass ich unschuldig oder im Stande der Unschuld bin, und dieses Gut- oder Bösewerden durch die That gälte darum eigentlich nur für jenen primitiven Uebergang aus dem noch unentschiedenen Zustand in den des entschiedenen Gut- oder Böseseins, der characterisirten, festen oder ausgesprochenen Gemüthsgestalt oder Ungestalt. Der Satz: das Organ setzt sich durch seine Function und entsetzt sich oder geht ein durch Nichtfunction (la forçe se nourrit par l'action) sagt eigentlich nichts Anderes, als der Satz: Nur das ausgesprochene Wort, der ausgesprochene Gedanke, ist mein. Der Creatur im ersten Unschuldstande oder auch in dem durch Gnade restituirten liegt eine mehrfache Signatur (Bild, Gestalt &c.) in potentia nur inne, und nur diejenige potentia, welche die Creatur in und durch sich wieder ausspricht, nachdem sie zuvor in dieselbe eingegangen ist, sich in ihr formirt hat, wird ihr wahrhaft innerlich. Diese Reaction des Thuns und Aeusserns macht auch begreiflich, wie durch Thun, oder Aussprechen eines Andern jene innere Signatur — als bereits formirt — wieder zerstört werden kann. Durch jenes erste Sichentscheiden für die eine oder die andere Signatur hat die Creatur aber — vorausgesetzt, dass dieses im primitiven Stande geschieht — die Fasslichkeit der andern Signatur in sich aufgehoben und wenn diese verblichene Signatur die gute war, so begreift man die Nothwendigkeit ihrer Wiedererweckung oder inneren Fasslichmachung durch eine befreiende ethische Macht. Was also äusserlich wird, das gerade wird erst recht innerlich. Die causa morbi (wie sanitatis) ist die Urthat des Selbsterhebens aus oder des Eingehens in Gleichheit, die natura morbi (wie sanitatis) ist der bleibende Effect dieser Urthat als Objectificirung.

2.

Der von Gott (der Einheit als unité principe centre) abgekehrte, sich ausser sie heraus und in sich hinein haltende Verstand, kann, wie ich bereits in meiner Schrift: „Ueber Divinations- und Glaubenskraft" bemerkte, nur mehr confundirend trennen, anstatt einend zu unterscheiden, und trennend confundiren, statt unterscheidend zu einen. Ein solcher „creaturlicher“ Verstand, wird also vor allem Gott als nichtoffenbar und als offenbar, als seiend in sich und als werdend durch und in Natur und Creatur (Deus est in se, fit in creaturis) *), weder

*) Dieser Ausspruch des Scotus Erigena ist natürlich nicht im pantheistischen, sondern in dem Sinne zu nehmen, dass Gott in den Geschöpfen nicht nach seinem Wesen, auch nicht nach seiner Selbstoffenbarung, sondern nur im Bilde wird. Ganz in demselben Sinne sagt der h. Augustinus in Joh. Ev. C. 3 tract. XVI. p. 533. tom IV: „Crescat ergo Deus, qui semper perfectus est, crescat in te quanto enim magis intelligis Deum et quanto magis capis, videtur in te crescere Deus. Ispe enim non crescit, sed semper perfectus est etc. Wie J. Böhme, Scheffler, Meister Eckart etc. wird auch fortwährend Scotus Erigena des Pantheismus beschuldigt. Mit welchem Recht kann man aber diesen Vorwurf gegen einen Forscher erheben, der so bestimmt die unendliche Geistigkeit Gottes, die Allwissenheit, Allgüte und Allmacht Gottes, sogar die Dreipersönlichkeit Gottes, die Schöpfung der Welt aus dem Willen Gottes, die Menschwerdung des Sohnes und die Unsterblichkeit der geistigen Wesen anerkennt und lehrt? Man vergleiche die trefflichen Auseinandersetzungen Schlüters in seiner Vorrede zu der von ihm besorgten Ausgabe des Hauptwerkes des Scotus Erigena: Joh. Scoti Erigenae de divisione naturae libri quinque editio recognita et emendata. Monasterii Guestphalorum. Typis et sumptibus librariae Aschendorffianae MDCCCXXXVIII. p. VIII, XIV ff. Einen Alles wesentliche umfassenden Auszug dieses Werkes hat Adolph Helfferich gegeben in der Schrift: Die christliche Mystik in ihrer Entwickelung und in ihren Denkmalen Gotha, Perthes 1842. II, 55—126. Im ersten Bande desselben Werkes sagt Helfferich S. 193: „Wenn diese Sätze (des Erigena von der Einheit Gottes und der Welt) zu einer Zeit missdeutet und als pantheistisch verschrieen wurden, in welcher der philosophische Sinn sich eben erst in der germanischen Welt zu regen begann, so darf man sich darüber nicht wundern; dass aber noch in unserem Jahrhundert, das sich auf seine philosophischen Leistungen so viel zu gut thut, noch immer der Vorwurf pantheistischer Verwirrung des Creatürlichen mit dem Göttlichen wiederkehrt: ist eine eben so wahre, als beklagenswerthe Thatsache. Will man denn nie begreifen, dass Identität etwas anderes ist, als Einerleiheit? Oder ist der Gedanke der Welt nicht schon vor und unabhängig von der Schöpfung dem göttlichen Geiste immanent? Und sollte desshalb die Welt eines und dasselbe mit Gott sein, weil die Idee der Welt in dem göttlichen Selbstbewusstsein ist, und das Geschöpf gar nicht unabhängig von dem Schöpfer gedacht werden kann? Identisch ist der Gedanke und nicht die Erscheinung; identisch ist auch bei Scotus die Idee der Welt mit dem göttlichen Bewusstsein, als ein nothwendiger Gedanke desselben. Sofern aber dieses An-sich zum Für-sich, die Idee der Schöpfung zur realen Welt wird, ist diese

unterscheidend zu einen, noch einend zu unterscheiden vermögen; wie denn auch alle Gottlosigkeit (in Theorie und Praxis) von einem solchen falschen Einen (Confundiren), oder falschen Unterscheiden (Trennen) ausgeht. — Nun ist die Creatur zwar befugt, Gott, als nichtoffenbar und in seinem stillen Mysterium, sich analog ihrem eigenen primitiven, noch nicht in Gut oder Böse entschiedenen Unschuldstand zu denken; nur dass sie hiebei den creaturlichen Wahn von sich abhalte, als ob der stetige Ausgang (und Wiedereingang) oder der Heraustritt Gottes aus seinem Mysterium in die Offenbarung (das Verlauten des stillen Gottes) durch dieselbe Krisis der bewährenden Versuchung hindurch gehen müsse, welche allerdings bei der Creatur, nicht denselben, aber einen ihm analogen Ausgang bedingt. Ein uralter Wahn, der d. B. den ältesten, nemlich den indischen, Pantheismus hervorbrachte, die Lehre von einem Abfall Gottes von sich selber, seiner Büssung, Läuterung &c. &c.

Nicht klar genug scheint man noch zu unseren Zeiten zu bemerken, dass der Grundirrthum des Pantheismus eigentlich in der Vermengung des in sich, und insofern über Natur seienden

---

ursprüngliche Identität negirt und aufgehoben und wird nur dadurch, dass diese Negation wieder negirt wird, zu einer absoluten, durch sich und mit sich vermittelten Identität." Umfassend und tiefeindringend rechtfertigt Staudenmaier in seiner Philosophie des Christenthums (Giessen, Ferber 1840) I, 535—626 ff. den Scotus Erigena keineswegs gegen alle wider ihn erhobenen Vorwürfe, wohl aber gegen die Beschuldigung des Pantheismus und noch manche andere Beschuldigungen. Mit Meisterzügen legt Staudenmaier das System des Erigena aus den Quellenschriften dar und widerlegt mit schlagenden Gründen die irrigen Auffassungen Neanders, Dorners, Baur's etc. (S. 587—590). Auch J. Görres verkannte Erigena's Lehre und obgleich er sie für pantheistisch hielt konnte er doch meinen, Erigena habe den Sohn zum Geschöpf des Vaters gemacht, da doch von Geschöpfen im Pantheismus im strengen Sinne nicht die Rede sein kann und abgesehen davon Erigena das Geschöpfliche von Gott und von den Personen der Gottheit bestimmt unterschied. Die christliche Mystik (Regensburg und Landshut, Manz 1836.) I. 243—244. Vergl. Praefatio Schlüteri ad editionem recogn. et emendat. J. Sc. Erigenae de divisione naturae XIV—XV. Philos. des Christenthums von Staudenmaier I. 574 ff. Mittheilungen über den Einfluss der Philosophie auf die Entwickelung des inneren Lebens S. 271.

Gottes mit seinem durch diese (erst ewige und dann auch zeitliche) Natur Offenbarsein oder Sichaussprechen besteht, wesswegen man denn jene Ununterscheidbarkeit des nichtoffenbaren Gottes oder in demselben sofort auch auf seine ewige (und zeitliche) Offenbarung übertrug, die doch als Fasslichkeit nur in Geschiedenheit und Unterscheidbarkeit besteht. „Wenn ich (sagt J. Böhme in seiner zweiten Schutzschrift wider B. Tilken *) §. 140) auf euere Weise soll reden, dass Gott in allem, alles mächtig ist, wie es denn wahr ist, so muss ich sagen, dass Gott Alles ist. Er ist Gott, Er ist Himmel und Hölle, und ist auch die äussere Welt, denn von Ihm und in Ihm urständet Alles.**); was mache

*) J. Böhme's sämmtliche Werke. H. v. Schiebler (Leipzig, Barth 1847) VII, 110. Vergl. auch ib. 151 (§. 70).

**) Obgleich sich bei Erigena ganz ähnlich lautende Stellen, wie die oben von Böhme angeführten finden, so hat doch Staudenmaier in jenen keinen Pantheismus gefunden, indess er gegen J. Böhme in die herkömmlichen Beschuldigungen des Pantheismus mit einstimmt. Es kann aber mit gleicher Sicherheit wie in Bezug auf Erigena von Böhme gezeigt werden, dass er nicht dem Pantheismus huldigte. Wenn Staudenmaier mit Recht darauf hinweiset, dass Erigena selbst auf die nöthige Unterscheidung der eigentlichen und der uneigentlichen Redeweise in seinem Werke hingewiesen habe, (S. 535) ohne dessen Beachtung es nothwendig zu verwirrenden Missverständnissen kommen müsse, so lässt er einen ähnlichen Unterschied J. Böhmen nicht zu gut kommen, ungeachtet J. Böhme selber deutlich genug mit ähnlicher Unterscheidung seine Schriften gelesen wissen will, wie er denn auch überhaupt seiner Darstellungs- und Ausdrucksweise durchaus keinen unbedingten, sondern vielmehr nur einen durchaus bedingten und relativen Werth beimisst, von seiner besonderen Weise und Gabe sprechend, die er übe und gebrauche, ohne darum Anderer und insbesondere der Gelehrten Art und Weise gering zu schätzen oder gar zu verwerfen. Dass J. Böhme, ein schlichter und armer Handwerksmann ohne alle gelehrte und höhere Schulbildung, stets mit der Sprache zu ringen hatte, um seine gewaltigen Anschauungen sich und Anderen klar zu machen, und dass er in diesem Ringen nicht leicht überall glücklich sein konnte, dass man eine streng begriffliche und methodische Darstellung eigentlich bei ihm gar nicht suchen darf, wie er sich denn bei seinen Darstellungen, so bewunderungswürdig sie auch oftmal und in vielen Rücksichten sind, selber nie genug that, das Alles kann doch im Grunde nicht eben Wunder nehmen. Sicher aber hat ein solcher Geist und Schriftsteller noch weit mehr Anspruch bei der Auslegung seiner Meinungen auf die Nachsicht des Beurtheilers und besonders auf das höchste Maass der Umsicht und Vorsicht in der

ich aber mit einer solchen Rede, die keine Religion ist? eine solche Religion nahm der Teufel in sich, und wollte in

---

Deutung seiner Worte und seiner Ausdrucks- wie Darstellungsweise, als z. B. der hochgebildete Scotus Erigena, der versuchte und bewährte Meister der Entwickelungs- und Darstellungskunst. Häufig äusserte Baader in seinen Vorlesungen und Unterredungen, dass es J. Böhme an der Darstellung gefehlt habe und er leitete die ihm wohlbekannten grellen Anklagen gegen J. Böhme auf Pantheismus, Dualismus oder Manichäismus etc. hauptsächlich aus den jenem Mangel entspringenden Missverständnissen seiner Lehre ab. Nun ist freilich nicht zu leugnen, dass eine grosse Anzahl sonst kundiger Forscher von den verschiedensten Richtungen, unter ihnen Hegel, Günther, Baur, Feuerbach, Daumer, Klee, Staudenmaier und hundert Andere, Pantheismus und hiemit die Lehre von der Nothwendigkeit des Bösen, Einige unter ihnen auch den Dualismus in Böhme finden wollen. Einer solchen Phalanx von Geistern gegenüber scheint es an Vermessenheit zu gränzen, die entgegengesetzte Behauptung geltend machen zu wollen. Indessen ist die Geschichte der Wissenschaften nicht ohne Beispiel, dass grundfalsche Auffassungen der Lehren hervorragender Männer Jahrhunderte lang sich fortgeschleppt haben, selbst wenn die Quellenschriften zugänglich genug gewesen waren. Aehnliches könnte sich denn doch auch mit J. Böhme's Lehre zugetragen haben, und diese Möglichkeit dürfte nicht als eine paradoxe Behauptung erscheinen, wenn man erwägen will, dass einmal die ganz besondere Eigenthümlichkeit der Schriften dieses mit aussergewöhnlichen Seelenzuständen heimgesuchten Mannes leicht Anlass zu schweren Missverständnissen geben konnte und dass ferner Diejenigen, welche jene Lehren bei J. Böhme finden wollen sich schwerlich in einem ganz unbefangenen Verhältnisse zu unserem Theosophen befinden. Die Einen, wie Hegel, Feuerbach, Daumer etc. greifen rasch zu jener Auslegung, sich herzlich freuend, dass schon der berühmte Theosoph von Görlitz in der ersten Hälfte des siebenzehnten Jahrhunderts in der Hauptsache so klug gewesen sei, als sie im neunzehnten sich fanden und rühmten. Es wäre freilich nicht zu ertragen, wenn der ehrwürdige Schuhmachermeister in manchen Dingen klüger gewesen wäre, als sie. Die Andern, wie Günther, Klee, Staudenmaier dürften schwerlich von allen Vorurtheilen frei zu sprechen sein und finden aus lauter Furcht und Besorgniss, Pantheismus in ihm anzutreffen, wirklich Pantheismus in seinen Schriften. Uebrigens stimmen diese Forscher zum grösseren Theile doch nicht recht in ihren Auslegungen J. Böhme's mit einander überein. Die Einen finden den puren und vollen Pantheimus in ihm ausgesprochen, die Andern wollen darin nur ein Schwanken zwischen Theismus und Pantheismus, wie Staudenmaier, in ihm entdeckt haben, die Einen schreiben ihm den entschiedensten Dualismus zu, die Andern leugnen den Dualismus trotz dem dass sie ihm die Lehre von der Nothwendigkeit des Bösen zuschreiben und vollends in Bezug auf die Fassung

allem zugleich wie Gott offenbar sein und in allem mächtig. — Und anderswo, aber in demselben Sinne, erklärt

---

des Einzelnen seiner Lehren finden die mannigfaltigsten Abweichungen von einander statt. Grund genug, wie es uns dünkt, für jeden unbefangenen Forscher, die Sache völlig von vorn zu untersuchen. Baader behauptet in allen seinen Schriften standhaft den Ungrund jener Beschuldigungen. Wir haben schon im ersten Bande dieses Werkes darauf hingewiesen, wie nach dem Vorgange Baaders auch Julius Hamberger denselben Standpunct eingenommen hat und so viel uns bekannt ist wird derselbe auch von Schaden, Lutterbeck, Schlüter, Kreuzhage, Fichte und vielen Anhängern und Freunden Baaders getheilt. Dass eine grosse Zahl der älteren Verehrer Böhme's, wie Oetinger, St. Martin, Henricus Morus, Arnold, Law etc. jene Beschuldigungen nicht gelten liessen, bedarf kaum der Erinnerung. Es ist genugsam bekannt, wie sehr Baaders eigene Lehre allem Dualismus und jeder Annahme der Nothwendigkeit des Bösen entgegen ist, so sehr, dass ihm nicht einmal die Lehre des h. Thomas von Aquino, geschweige die des Platon, der Neuplatoniker, des Dionysius des Areopagiten, des Scotus Erigena, des Spinoza, Leibniz, Fichte, Schelling, Hegel und Herbart irgendwie genügt. Jedenfalls wäre es also ein seltsames Verhängniss, wenn Baader in der Behauptung des Ungrundes jener Vorwürfe gegen Böhme geirrt haben sollte. Wäre es der Fall, so würde das Verdienst Baaders um die Läuterung und Fortbildung der Lehre Böhme's nur um so glanzvoller hervorstrahlen. Denn in jedem Falle ist Baaders Lehre selbst völlig unabhängig von der Richtigkeit oder Unrichtigkeit seiner Deutung der Lehre Böhme's und die erstere könnte völlig wahr und giltig sein, ohne dass darum die letztere nothwendig haltbar sein müsste. Ob sie aber haltbar ist oder nicht, das haben unsere Forscher jedenfalls erst noch in ernste Prüfung zu ziehen. Ungeachtet Baader in fast allen seinen Schriften Decennien lang Licht über Böhme's Lehre zu verbreiten bemüht war, hat man in schnöder Selbstverblendung und lächerlicher Geringschätzigthuerei bis jetzt nur wenig, ja fast keine Rücksicht auf Baaders tiefsinnige und geniale Deutungen, Auslegungen und Darstellungen der Lehre Böhme's genommen. Schellings Plünderungen und falsche, irrthümliche Anwendungen Böhme'scher Lehren hat man in hunderten von Schriften, auch wenn man sie nicht annahm, genial und tiefsinnig gefunden, indess man, von der grundfalschen und unwissenden Meinung, als ob Baader dem grossen Schelling nur nachstümpere und nachpfusche, beherrscht, die ungleich gründlicheren, genialeren und tiefsinnigeren Nachweisungen Baaders über das Wesen der Weltanschauung des grossen deutschen Philosophen ignorirt oder geringschätzig und oberflächlich behandelt hat. Endlich sind die Vorlesungen Baaders über die Theologumena und Philosopheme Böhme's seit dem J. 1850 in der zweiten Ausgabe der kleinen Schriften dem wissenschaftlichen Publicum vorgelegt worden und der Herausgeber hat in seiner

sich J. Böhme gegen Stiefel und Meth, welche dieselbe pantheistische Ansicht auf den Menschen als ganz zum Christ werdend

---

Vorrede zu jener Schrift Baaders wahres Verhältniss zu Schelling und das beider Forscher zu Böhme den allgemein hierüber herrschenden Irrthümern entgegen mit unwiderleglichen Gründen in das rechte Licht gestellt. Staudenmaier beginnt nun seine Darstellung der Lehre J. Böhme's (Philosophie des Christenthums I, 723) sogleich mit einer irrigen Annahme, welche kein günstiges Vorurtheil für die Richtigkeit seiner weiteren Darlegungen erwecken kann. Er lässt nemlich J. Böhme von dem Satze ausgehen, dass aus Nichts Nichts werde, um für das erscheinende Sein Grund und Ursache aufzufinden. Allein dieser Gedanke ist ganz und gar nicht der Ausgangspunct der Böhme'schen Theosophie. Böhme findet die blosse Vernunft- oder nach unserem Sprachgebrauche Verstandeserkenntniss gar nicht zureichend zur Erlangung rechter Einsicht in das Wesen der Dinge. Ich sage nicht, äussert er, dass der Mensch in natürlichen Künsten nicht forschen, erfahren und lernen solle; nein, es ist ihm nützlich; nur soll die eigene Vernunft nicht der Anfang sein. Der Mensch soll sein Leben nicht durch das äussere Vernunftlicht regieren, sondern sich mit demselben in die tiefste Demuth vor Gott einsenken und den Geist und den Willen Gottes in allem seinem Forschen vorn an stellen, dass das Vernunftlicht durch Gottes Licht sehe. Und ob die Vernunft viel erkennet, so soll sie sich dess nicht annehmen als eines Eigenthums, sondern Gott die Ehre geben, welchem allein die Erkenntniss und Weisheit gebühret. Denn jemehr sich die Vernunft in die Demuth vor Gott ersenket, und je unwürdiger sie sich vor Gott hält, je mehr stirbt sie der eigenen Begierde ab und je mehr durchdringt sie Gottes Geist und führet sie in die höchste Erkenntniss ein, dass sie mag die grossen Wunder Gottes schauen. (Von wahrer Gelassenheit c. 1. §. 35—36.) Böhme's Theosophie nimmt daher die Existenz Gott nicht darum an, weil sonst die erscheinenden Dinge unerklärt blieben, sie sucht nicht vor dem Glauben an Gott nach Beweisen für das Dasein Gottes, sondern von vornherein ist ihr nichts gewisser als das Dasein Gottes und dass Gott Grund und Ursache aller erscheinenden Dinge ist. Das Alles sind dieser Theosophie sich von selbst verstehende Dinge und ihr Forschen hebt eigentlich erst mit der Frage an, ob, wie, auf welchem Wege und durch welche Mittel der Mensch nun zur wahren Erkenntniss des Wesens Gottes und der Dinge gelangen könne? Solche Erkenntniss ist nach ihr möglich, weil der Mensch Bild Gottes ist und darum Himmel und Erde mit allem Wesen, dazu Gott selber (ideell) im Menschen liegt (Wider Tilken II, 297) und er somit in alle Dinge und bis in die Tiefen der Gottheit muss forschen können. Dies Vermögen kann er aber nur in Wirklichkeit übersetzen durch Ausgehen aus seiner Selbstliebe und Eingehen in die Liebe Gottes. Alles Denken und Forschen soll also ein von Selbstliebe freies, in Hingabe, Gelassenheit, Demuth und Gebet zu vollbringendes sein, wenn

anwendeten, so wie man selbe deutlich ausgesprochen oder dunkel in vielen Mystikern nachweisen kann, mit folgenden Worten:

---

es seines wahren Zieles nicht verfehlen soll. Alles eigene Suchen und Forschen in der Selbstheit ist vergeblich, sagt J. Böhme. Der Eigenwille ergreift nichts von Gott, denn er ist nicht in, sondern ausser ihm; der gelassene Wille aber ergreift es, denn nicht er thut es, sondern der Geist, in dem er stille steht und dessen Werkzeug er ist. Obgleich man in der That in der Selbstheit durch Forschen und Lernen viel begreifen mag, so ist doch der also gewonnene Begriff nur eine äusserliche Form und ohne Verständniss des eigentlichen Grundes. (Von der Geburt und Bezeichnung aller Wesen 15, 22—23.) Von diesem Gesichtspuncte aus hat Schiebler ganz zweckmässig die sechs kleinen Schriften: 1) Von wahrer Busse 2) Vom heiligen Gebet 3) Ein Schlüssel göttlicher Geheimnisse 4) Von wahrer Gelassenheit 5) Von der Wiedergeburt 6) Vom übersinnlichen Leben unter dem gemeinschaftlichen Titel: Der Weg zu Christo in der neuen Ausgabe der sämmtlichen Werke J. Böhme's als ersten Band den übrigen Schriften vorausgehen lassen. In der That enthält dieser erste Band die ächte Propädeutik zur Theosophie des deutschen Philosophen. Aus gleichen Gründen, mit gleicher Zweckmässigkeit und mit tiefeingreifender Belehrung hat auch Hamberger seiner Darstellung der Böhme'schen Theosophie einen Abschnitt über die Erkenntniss, die Schriften des Verfassers und deren Verständniss vorausgeschickt, ein Verfahren, welches schon Nikolaus Tscheer in seinem umfassenden, kernhaften Auszug aller theol., theos. und philos. Schriften etc. des hocherleuchteten Mannes Gottes und Philosophi Teutonici Jacob Böhmens (Amsterdam, Wetstein 1718) umfassend beobachtet hatte.

Wenn nun Staudenmaier dem Satze Böhme's: „Aus Nichts wird Nichts“ den andern entgegensetzt: Durch Nichts wird Nichts oder: Von Nichts wird Nichts, so meint er mit Unrecht, hiemit etwas gegen Böhme ausgerichtet zu haben. Diese Sätze würden Böhme mit dem seinen für völlig gleichbedeutend gegolten und ihn nicht im geringsten verhindert haben, die Schöpfung aus Nichts in dem Sinne zu verwerfen, in welchem er sie verwarf, so wie ihn der seinige nicht verhinderte, sie in dem Sinne anzuerkennen, in welchem er sie wirklich anerkannte. Staudenmaier irrt, wenn er annimmt, dass die Schöpfung aus Nichts in einem anderen Sinne einen Verstand habe, als in welchem sie Böhme anerkennt, und seine Lehre von der Schöpfung aus Nichts unterscheidet sich wohl den Ausdrücken und vielleicht einer leeren Meinung nach, aber nicht der Sache nach von jener J. Böhme's, Die Lehre J. Böhme's von der ewigen Natur in Gott gibt Staudenmaier Anlass zu der Behauptung, seine Theosophie sei aus Christlichem und Heidnischem zusammengesetzt. Nach dem christlichen Element erkenne J Böhme die Ursache der Weltschöpfung im göttlichen Willen; nach dem heidnischen Element nehme er in Gott neben der Lichtnatur eine finstere Natur an, aus welcher er die endliche

„Das ist sein ganzer Inhalt und Meinung, dass er's nicht mehr sei, der etwas wolle, thue, rede, denke oder für habe, sondern

---

Natur ebenso hervorgehen lasse, wie aus dem Grunde die Folge von selbst und so nothwendig hervorgehe, dass der eigentliche freie Wille höchstens noch das Zusehen und das Zustimmen zu dem haben könne, was er nicht zu verändern vermöge. Dadurch habe es kommen müssen, dass Böhme's System ein in sich haltloses sei, dass es schwankend und rathlos in der Mitte sich befinde zwischen dem Heidenthum und dem Christenthum, zwischen der Nothwendigkeit und der Freiheit, zwischen dem Pantheismus und dem Theismus. Wäre J. Böhme so zu verstehen, dass er eine ewige (actuell) finstere Natur neben der Lichtnatur (dem Lichtgeist) in Gott habe lehren wollen, so wäre allerdings die Beschuldigung einer Vermischung des Heidnischen mit dem Christlichen nicht zu verneinen. Allein das lehrt J. Böhme in Wahrheit nicht, das will er nicht lehren, wenn seine Ausdrücke auch dieses Missverständniss nahe bringen sollten. In Wahrheit lehrt er, dass die ewige Natur in Gott Finsterniss sein würde, wenn sie nicht ewig der Offenbarung des göttlichen Geistes unterworfen und hiedurch in Licht verklärt wäre. Sie ist aber ewig vom Geiste aufgehoben und erhoben und kann in Folge der ewigen Vollendtheit des göttlichen Lebensgeburtprocesses nur ewig aufgehoben und erhoben sein, wesshalb er auch mit dem h. Johannes ausdrücklich Gott ein Licht nennt, in welchem keine Finsterniss angetroffen werde. Nur also in der in unserem endlichen Denken möglichen und beziehungsweise nöthigen Abstraction des einzelnen Momentes von der Totalität des göttlichen Lebensprocesses ist die ewige Natur Finsterniss, nicht aber actu in Gott selbst und auch nicht im concret gefassten Begriffe des göttlichen Seins und Lebens. Die ewige Natur ist daher nicht die Finsterniss selbst, sondern nur das Princip der Finsterniss, die Möglichkeit der Finsterniss, welche in Gott nie actu hervortritt und nie hervortreten kann, eben weil sie in ihrer ewigen Unterworfenheit ewig der göttlichen Lichtoffenbarung dient Wäre aber keine ewige Natur, so wäre auch keine Möglichkeit der Finsterniss, wäre diese nicht, so wäre keine Weltschöpfung und somit keine Welt und keine Offenbarung Gottes in der und durch die Welt möglich. Nicht weil die Welt etwa nicht ohne Finsterniss sein könnte, sondern weil ohne M ö g l i c h k e i t der Finsterniss, der physischen wie der geistigen keine Offenbarung des Lichtes (des physischen wie des geistigen) möglich wäre. Könnte Staudenmaier sich hierüber mit uns verständigen, so würden ihm die übrigen oder doch die meisten Lehren Böhme's bald in einem anderen und besseren Lichte erscheinen. Er würde auch dann unter Anderem nicht verkennen, dass Böhme durchaus die Weltschöpfung als freien Act Gottes begreift. Dies folgt schon aus dem, was Böhme (Menschwerdung Christi I, 2, 5.) sagt, dass nemlich weil sich Gott nicht von Ewigkeit bewegt habe bis auf die Schöpfung der Engel, auch keine Schöpfung geschehen sei bis zur Engel-

es sei nur Gott in Christo in ihm alles, das Wollen, Thun, Reden, Sinnen, Gedenken, Kinderzeugen, Essen, Trinken, Schlafen, Wachen &c., welches fast kurz verständig von ihm zu lesen ist, darum, dass er nichts will unterscheiden; will nur alles in allem Gott in Christo sein, welches ihm billig zu verweisen ist, dass sich andere Leute vor solchem Scheinglanz hüten, und sich von innen und aussen kennen lernen, auch was Creatur, Mensch, Gott und Christus sei, nicht also ohne Grund die verfluchte Welt Gott heissen." *).

3.

Aber nicht nur für jenen primitiven (universellen oder centralen) Act (1), sondern auch für jeden einzelnen, im Zeitleben statt findenden, Selbstact der Intelligenz, der nemlich ihr freier Entschluss ist, gilt der Satz: dass selbe hiedurch ihren eigenen guten oder bösen Character setzt, und es muss folglich für dieses letzte successive oder in der Zeit geschehende Setzen oder Entsetzen eine andere Erklärung als für jenes erste, nicht zeitliche gegeben werden. Wie nemlich die intelligente Creatur damit, dass sie sich durch diesen ersten und Centralact im Princip gut oder böse setzt, darum doch diese ihre Güte oder Bosheit noch nicht in der Entwickelung ausgeführt, vollendet, d. i. wahrhaft substanziirt hat, welch letzteres der Sinn des Wachsthums in der Zeit ist; so erhält sie eben mit ihrem Eintritt ins Zeitleben das Vermögen, durch successives Entwickeln (Bejahen) oder Nichtentwickeln (Verneinen) jenes guten oder nichtguten Grundes den einen oder den andern derselben wieder in sich aufzuheben, und (weil destructio unius generatio alterius) wenn z. B. die successive Aufhebung die des bösen Grundes (Neigung) wäre, regressiv und mittelbar den guten Grund in sich

Schöpfung. Oder muss nicht die Schöpfung, wenn sie nicht von Ewigkeit geschehen ist, sondern einen Anfang gehabt hat, nothwendig eine freie gewesen sein? Vergl. Hamberger die Lehre des deutschen Philosophen J. Böhme (München 1844) S. 49—60.

*) Böhme's sämmtl. Werke von Schiebler VII, 251 II. Streitschrift Vom Irrthum der Secten Es. Stiefels und Ez. Meths §. 414.

wieder herzustellen. Jener primitive Act A als central und universell enthält nemlich in potentia und ungeschieden alle einzelnen Acte a, b....x in sich, und nachdem die Creatur alle diese einzelnen Acte a, b....x in sich negirt hat, so hat sie hiemit regressiv jenen Grundact A selbst wieder aufgehoben, und hieraus wird begreiflich, wie im Zeitleben „jeder nur von seiner eigenen Lust versucht wird."

4.

Man sieht aber hiemit auch klar ein, dass bei einer solchen freien Wahl *) zwischen Gutem und Nichtgutem, im Falle einer bereits in der Creatur vorhandenen Neigung zum Letztern, wenigst für den Moment der Wahl, eine Wiederbefreiung des bestimmenden Einflusses der letztern bösen Neigung, ein Innehalten und gleichsam Zumschweigenbringen derselben statt findet, und dass eine solche momentane Wiederbefreiung der Creatur natürlich nicht ihr eigen Werk oder Thun sein kann; mit andern Worten: dass die Zeit in dieser Hinsicht der Creatur eine Gnaden- (Erlösungs-) Zeit ist, indem ihre Ur- und Grundlüge, die sie mit einemmale in sich sprach, und hiemit, sich allein überlassen, in alle Ewigkeit fort nur Böses aussprechen konnte, ihr in dieser Zeit gleichsam en detail oder in jeder einzelnen Anwendung wieder vorgehalten und vorgelegt, und ihr zugleich die Freiheit gegeben wird, jede derselben (durch freiwillige Uebernahme des Schmerzes der Selbsttilgung ihres Grundes) wieder zurückzunehmen oder neuerdings zu bestätigen. Und so begreift

*) Dieser Wahl entspricht die Function des Urtheils (als Discernement des Lichts und der Finsterniss, des Wahren und des Unwahren), deren der integre Mensch gleichfalls nicht mehr bedarf. St. Martin Oeuvres posthumes II. S. 381. — Uebrigens hat der Ausdruck der aseitas als Causa sui hierüber Missverständnisse veranlasst, weil man hiemit nur sagen wollte, dass Gott als erste Ursache sich seinen Grund (ratio sufficiens) selber fasst oder macht, wogegen der Creatur, welche ihre Causalität zwar gleichfalls nur durch Eingehen in einen Grund effectiv machen kann, die Wahl dieses Grundes bleibt, für welche Wahl also Leibniz und seine Nachfolger sehr mit Unrecht wieder einen Grund oder eine ratio sufficiens suchten, womit das Verhältniss der Ursache zum Grund völlig verkannt wurde.

man denn auch, dass die Freiheit der Wahl, welche ein bereits gefallener und in der Zeit lebender Geist übt, von jener, welche selber in seinem primitiven, unentschiedenen oder Unschuldstande ausübte, wohl unterschieden werden muss, so wie man sich hiedurch überzeugt, dass das Vermögen der freien Willkür durch seine successive Ausübung im Zeitleben wirklich aufgewendet wird, bei guter Verwendung die Unmöglichkeit des Rückfalls ins Böse (dessen Wahl), bei nicht guter die Unmöglichkeit einer fernern Wahl des Guten zur Folge habend.

Der oben bemerklich gemachte Schmerz der Selbstverleugnung findet nicht minder im schlimmen, als im guten Sinne statt. In dem letzteren sagt der Apostel: Betrübet nicht den heiligen Geist in euch!

„La liberté dans l'homme n'est pas le libre arbitre: car le libre arbitre est le choix entre le bien et le mal, entre la liberté et l'esclavage. Tant que l'homme a le choix entre le bien et le mal (im ersten Unschuldstand oder in dem durch die Gnade in der Zeit restituirten) qu'on apelle libre arbitre, il n'a pas encore la liberté (actuelle), puisque cette liberté ne peut exister qu' après avoir choisi. Ainsi, la liberté actuelle (so wie die esclavage) n' existe qu' au moment où le libre arbitre cesse. Car la liberté (l'esclavage) ne peut exister qu' avec la volonté, et la dèlibération que suppose l'exercice du libre arbitre (den formirten Willen oder Willensbeschluss), n'admet pas encore la volontè. L'hòmme n'a besoin de *vouloir agir*, c. a. d. de *volonté* et de *force*, que quand *il a* choisi ce *à quoi* il veut appliquer l'une et l'autre.“ Bonald theorie du pouvoir politique II. 393. „Dieu jouit donc de la liberté la plus parfaite, mais il n'a pas le libre arbitre“ &c., und später sagt derselbe: „Dieu *influe* sur la choix de l'homme.“ — Das Wort: Einfluss bezeichnet hier eine constitutive Einwirkung, welcher der Mensch direct keine Action entgegen stellen kann, wie sie aber auch direct diese Action frei lässt. — Die Wahl äussert sich eben im Einflussgestatten (sich Oeffnen) oder nicht. — Man hat folglich zwischen unbestimmtem (noch nicht definitiv erzeugtem) und zwischen freiem Willen wohl zu unterscheiden, und die

Erlösbarkeit ist die Lösbarkeit (Dissolubilitas) des bereits bestimmten bösen Willens. Der Mensch, indem er sich dem Einfluss a öffnet, subjicirt diesem einen andern Einfluss b, und es ist also a, welches ihn von b befreit, und nicht er sich selber.

5.

Wie es nach dem Bisherigen für den Menschen keine bereits fertige Tugend gibt, so gibt es auch keine ganz fertige Wahrheit für ihn; und wie er, selbst für den Fall, dass er seinem ersten paradiesischen oder Unschuldstande einer gegebenen Erkenntniss treu geblieben wäre, doch nur durch entwickelnde Selbstthätigkeit dieses nur im Princip gegebene, und also auch nur in potentia noch für ihn vorhandene, Wissen sich hätte substanziiren müssen, so muss er nun, da er umgekehrt sich dem Unwahren (Eiteln) hingegeben, eben nur durch successives Aufheben dieses Unwahren jene Wahrheit erst wieder in sich herstellen. Hier leuchtete nun aber ein: dass er diese Function so wenig durch blosses Selbstthun und ohne die Hilfe einer befreienden Action auszuüben vermag, als er nach vorigem §. ohne eine solche befreiende Action im Augenblicke der Wahl zwischen Gutem und Bösem einer solchen Wahl fähig sein würde!

Der Glaube als geistig Gottesbild ist in seinem eigenen Wesen im Urstande bloss ein Wille und derselbe Wille ist ein Same, diesen muss der Feuergeist (als die Seele) in die Freiheit Gottes säen, so wächst ein Baum aus demselben Samen (in die Freiheit), davon die Seele isset und ihr Feuerleben sänftigt &c. Menschwerdung. III. 2. 1: Der zu verwendende Wille ist nemlich als solcher Geistesstoff, ungebildeter Geist, wie der Geist gebildeter Wille und ist jeder Intelligenz gleichsam als ein Particül des Eau mêre (denn Alles ist aus Willen, wie aus Wasser oder Blut entstanden und besteht in ihm) gegeben, damit es solchen in Geist gestalten helfe. Darum muss auch der Mensch seinen bereits zu Geist gestalteten Willen aus seinem irdischen Schatz, worin er ihn zur Gestalt brachte, wieder herausziehen, hiezu die Gestalt im Feuer (Pein) zerschmelzen lassen und in Willen refluidisiren, damit er diesen in Gottes Mysterium wieder eingeben kann. Wie nemlich diese Gestaltung in Lust geschah, so muss die Entstaltung in Schmerz geschehen.

6.

Es gilt nemlich von jedem Thun des Menschen (sohin auch von seinem Erkennen) was von seinem Sein überhaupt gilt, dass er zugleich in einem Andern (Höhern), mit diesem, und dieses Andere, Höhere doch auch (als durch ihn geoffenbart werdend)*)

*) Nach jenem Satze des Scotus Erigena: Deus *est* in se, *fit* in creaturis. — Das Wort „aufheben" muss hier in demselben Sinne genommen werden, in dem man allein sagen kann, dass der organische Begriff sein Vitalfluidum in sich aufhebt, d. h. nicht etwa in sich auftrocknet (so dass die Psyche, wie jenes geflügelte Insect im Bernstein erstarrt, in ihrer Geburt stecken bleibt) sondern selbes in sich bewahrt, und sich ihm als seinem innersten Centrum subjicirt. Was sich nemlich nach innen (oben) nicht demüthigt, offen oder fluid erhält, mag nach aussen nicht als fest und frei sich bewähren, was sich nicht aufheben lässt, kann nicht aufheben. Die Concretheit des Begriffs ist darum noch dahin auszudehnen, dass dieser in seinem Entstehen weder erblindet (sein Anschauungsmoment tilgend), noch kalt und gefühllos (sein Gefühlmoment aufhebend) wird; so wie Christus von einem Wasser des ewigen Lebens spricht, dessen Annahme (Aufheben) den Quellbrunn desselben im Menschen erst eröffne. Der Mensch lebt nemlich oder soll immer in drei Principien zugleich leben. Im göttlichen Princip soll er Werkzeug sein, im Geiste als in der intelligenten Natur Mitwirker, in der nichtintelligenten Natur Alleinwirker. Für den Mitwirker (Organ) gilt, dass sich Selbstthat (Willkür) nie von der höheren Natur (Gabe etc.) trennen soll und wo dieses geschieht, wo z. B. die willkürliche Bewegung sich von der unwillkürlichen (ihrem Grunde) trennt, da tritt der Widerstand der höheren Natur nicht als solcher, sondern durch die niedrigere Natur (das dem Organ früher dienende Werkzeug) entgegen. Derlei Convulsionen oder convulsivische Bewegungen machen sich im Leben des höheren Organischen, wie im Leben des Geistes in Gedanken und Willensentschlüssen bemerklich. Uebrigens ist nicht zu übersehen, dass der ersten Trennung des Selbstthuns von Natur das Gesetz entgegentritt, vor der That im Selbstwillen als Gegenwille, erst der wirklichen Selbstthat als Gegenthat sich kund thuend. Wo also das Gesetz (innerlich oder äusserlich) erscheint, da ist jene innere Willenstrennung (von der Liebe) schon geschehen. Man erinnere sich hier an St. Martins Unterscheidung einer societé naturelle, civile, politique. — Der Mensch kann nur Mitwisser mit dem Allwisser sein und da er Gottes Wissen als solcher nur fortsetzt, so muss ihm immer ein Theil seines Wissens schon gegeben sein, so wie dasselbe von seinem Wollen als Mitwollen, seinem Wirken als Mitwirken gilt. Das Suchen ist

durch ihn ist, worüber ich den Leser auf meine Schrift: „Ueber Divinations- und Glaubenskraft“ verweisen kann. Die Erkenntniss ist mir nemlich im Princip ganz nur gegeben, und insofern gilt Voltaire's Behauptung: que la pensée n'est pas à nous. — In der organischen Entwickelung (dem Wachsthum dieser Erkenntniss in und durch mich) trete ich nun aber erst als mitwirkend, endlich in der vollendeten Darstellung (dem Aussprechen) als ganz und, wie es scheint, allein thätig auf. Wenn aber gleich in diesem letzten Momente der Entwickelung die beiden früheren als zurückgetreten und aufgehoben scheinen, so sind sie doch effectiv da und begründen eben durch dieses ihr Ansichhalten oder Zurücktreten den Hervortritt des drittten Moments, denn eigentlich kann ich doch nur aussprechen (darstellen, begreiflich machen), was ich ganz leidend im Geistesohr vernommen, und halb thätig im Geistesauge vorgestellt habe, d. h. die Manifestation geht durch die drei Johannitischen Momente des Worts, Zeichens und Griffs. Wie nun ferner in jeder organischen Entwickelung die primitive Gestalt (das Princip, Prototyp, Talent oder, wenn man will: Dogma) doch nur dieselbe bleibt, oder vielmehr durch alle ruhigen und unruhigen Entwickelungen, durch alle Evolutionen und Revolutionen des Lebens als Geschichte, hindurch immer wiederkehrt, (denn die stätige Verjüngung oder Erhaltung ist nur durch stätige Verneinung (Aufhebung) der Veraltung als Veränderung wirklich), so wird dasselbe wohl auch beim Entwickelungsprocess der Erkenntniss als einem gleichfalls Organischen oder Wachsthümlichen statt finden, und es gilt also auch hier jener Paulinische Zuruf: „darum o Mensch! ist dein Selbstruhm gegen oder vor Gott eitel, denn was bist oder hast (thust) du, das du nicht empfangen hast!“

Selbstthat, das Finden Zusammenstimmung eines Gegebenen mit Selbstthat. — Nur mit dem Gesetz tritt das reflectirte Bewusstsein ein und das nichtreflectirte, göttliche Bewusstsein (das geniale), welches man sonst für Bewusstlosigkeit nimmt, verschwindet. Das Künstlerische fällt in das Künstliche. Unser irdisch - räumlich - zeitlich Bewusstsein ist solch ein künstliches, reflectirtes, unfreies.

7.

Nicht also die bloss deistische oder theistische Idee eines Gottes, wie Einige sagen, oder ein derlei Glaube an selben, wie Andere behaupten, sondern der Glaube an einen Befreier, Erlöser, Christ, ist es, der dem Menschen die Erforschung nach Wahrheit sowohl als das Erringen der Tugend möglich, d. h. sein eigen Thun hiebei effectiv macht; und was Kant in dieser Hinsicht von einem Glauben an Gott als die moralische Gesinnung bedingend, zum Theil richtig, sagte, gilt eigentlich und unmittelbar vom Glauben an einen Christ. Wäre die Wahrheit, wäre „das moralische d. i. göttliche Gesetz" nicht wieder Mensch worden, und hätte sich dieses moralische Gesetz in seiner und durch seine Menschwerdung nicht das Naturgesetz subjicirt*), so könnte es auch kein aufrichtiges, zweifelloses Streben nach Wahrheit, keine aufrichtige moralische Gesinnung geben, welchen beiden, wie sich einem Kinde abfragen lässt, klar oder dunkel, entweder die Hoffnung (als beginnender Glaube) einer künftigen und sich be- und erweisenden solchen Menschwerdung, oder die Ueberzeugung von einer solchen als einer bereits geschehenen, d. h.

*) Nach der in meiner Schrift: Ueber Divinations- und Glaubenskraft gegebenen Ansicht sollte der Mensch als Organ (Mitwirker) Gottes, diesen mit der nichtintelligenten Natur als Werkzeug (eigentlich aber diese zusammt der mit ihr bereits zerfallenen intelligenten Natur) vermitteln. Durch seinen Abfall von Gott (vom moralischen Gesetze), sohin durch Entmenschlichung des letztern, empörte sich auch die nichtintelligente Natur (wie die Bibel sagt) gegen den Menschen, und nur durch Wiedermenschwerdung des moralischen Gesetzes (welche Menschwerdung nun, nach dem Fall, freilich tiefer gefasst werden musste. S. Sur la notion du tems 1818. S. 21.) d. h. durch Restauration des Organs als Bildes seines Princips mittelst Organ- und selbst Werkzeugwerden des letztern (weil sowohl das Organ zum Princip sich zu erheben vermass, als das Werkzeug sich gegen das Organ und also zu selbem erhob) konnte auch diese Natur dem Menschen wieder rechtlich subjicirt, die falsche Spontaneität derselben (als Spiritus mundi) gleich einer erhobenen Windsbraut wieder gestillt, die dem Menschen persönlich wordene Natur ihm wieder sachlich werden. Denn der Mensch ist (als sein Imperium in Naturam verloren habend) Natur-lahm geworden.

begonnenen zum Grunde liegt, und mit dieser Ueberzeugung die Zuversicht, durch Anschliessen und Theilhaftwerden an und mit jenem Individuum, in welchem diese Menschwerdung des moralischen Gesetzes begonnen, diesen Process in sich und Andern (per infectionem vitae) fortsetzen zu können. — In dieser Hinsicht ist es allerdings wahr und streng erweislich, dass z. B. allen Moraldoctrinen, so wie allen Gotteslehren, dieselbe éine Idee eines Christs (in futuro und praeterito) zum Grunde liegen muss, und dass wo dieses nicht der Fall ist, eine solche Moral den Namen einer Antimoral, und eine solche Gotteslehre den Namen einer gottlosen Lehre verdient; und es ist dringend an der Zeit, dem heuchelnden, betrügenden (nicht dem betrogenen) Deisten und Theisten seine Larve abzuziehen und ihn zum Geständnisse eines Nicht- oder Antichristen zu nöthigen.

8.

Schön und wahr sagt Goethe vom organischen Leben:

„Freuet euch des wahren Scheins,
Euch des ernsten Spieles.
Kein Lebendges ist ein Eins,
Immer ist's ein Vieles.“

Welches besonders gegen jenen flachen Abstractionsbegriff des Einen (z. B. den Mendelsohn'schen) als des aller Vielheit und Fülle Leeren gilt. Nemlich: nicht die Vielheit der Glieder (Elemente), sondern deren Nichtineinsgefasst- (begriffen)-sein gibt den Character des Zusammengesetzten, Nichteinfachen, Unganzen oder der Dissolubilität im Gegensatze der Indissolubilität, der Sachlichkeit im Gegensatze der Persönlichkeit, welche also mit der Substanzialität zusammenfällt. Und die dermalige Zusammengesetztheit (Vermischtheit) des Menschen als intelligenter und nichtintelligenter Natur will nichts anderes sagen, als dass diese beiden Naturen dermalen nicht in ihrem rechten Verhältnisse zueinander stehen (relativ versetzt oder in einer Metastase sich im Menschen befinden), wesswegen die Aufhebung dieser Vermischtheit (Entmischung) nur als der Durchgangsprocess zu ihrer wahren Einigung zu betrachten ist. Uebrigens kann ein solches widernatürliches Befangensein in einer niedrigern Region oder Natur nicht anders als entzweiend, Einung aufhebend und also Zusammengesetztheit bewirkend auf die Elemente der höhern Natur selbst rückwirken. Wie dieses von dem Fall (καταβολη) der nichtintelligenten Natur als Leiblichkeit gilt, wodurch diese zur Materie im engern Sinne, entstellt ward. Jenem allgemein noch herrschenden Irrthum entgegen, welcher diese entstellte Leiblichkeit für die alleinige, oder welcher die Entstelltheit und Verderbtheit der Leiblichkeit als constitutiv nimmt, über welchen Materialismus und Spiritualismus im Begriffe der Leiblichkeit unsere dermalige Philosophie und Theologie noch nicht hinausgekommen ist.

Wenn darum z. B. Hegel (Encyclopädie der philos. Wissenschaften S. 180 *)) sagt: „dass die Bewegung der Idee durch ihren Stufengang die sei, sich als das zu setzen, was sie an sich sei, oder aus ihrer Unmittelbarkeit und Aeusserlichkeit, welche der Tod sei, in sich zu gehen, um als Lebendiges zu sein, aber ferner auch diese Bestimmtheit der Idee, in welcher sie nur Leben (in der Schriftsprache: psychischer Mensch) sei, aufzuheben und zum Geiste (zum pneumatischen Menschen) zu werden, der ihre Wahrheit sei," so ist diese Vollendung nicht etwa als Abstraction von den beiden früheren Momenten zu fassen, und es hat also mit dem Ternar der Alten (von Leib, Seele, Geist), wenn gleich nicht in der unvernünftigen Vorstellung derselben „als Bestandstücke", sein Verbleiben.

Dem richtigen Begriff des Lebens als eines in sich entweder widerstreitenden oder einstimmigen Vieleins stund nemlich lange genug jener falsche und flache einer einfachen Monade entgegen. Wo zusammengesetzte Dinge sind, sagte Leibniz (z. B., wie er das Wort nahm, organische Wesen), da müssen auch einfache sein, wonach also alle Glieder dieses organischen Wesens nach ihrer Trennung noch fortbestehen müssten, was aber nicht ist, indem sie nur mit ihm (der Einheit) zugleich entstehen, bestehen und vergehen. Schon der Begriff der Action (als Determination) ist

*) Hegels Werke VII, 38. H.

nur jener der Ausgleichung und Ineinsfassung mehrerer zum Theil widriger Strebungen oder Kräfte, so dass also der gewöhnliche Begriff der Determination oder Affirmation als blosser Limitation oder Negation falsch ist; wie sich dieses am klarsten im Willensbeschluss zeigt, indem der Wille als einfach im Sinne der Monadenlehre und ohne Mehrheit der Triebe und Motive, somit als gleichsam ihre Diagonalkraft nicht denkbar ist; obschon Vielen eben diese Mehrheit unbegreiflich erscheint. Jeder frei Wollende kann auch seiner Selbheit und Freiheit ohne eine solche Sollicitation von mehreren Richtungen her nicht einmal inne werden, und wenn (in Schillers Wallenstein) Max zum Wallenstein sagt:

> „Zum erstenmale heut verweisest du
> Mich an mich selbst, und zwingst mich, eine Wahl
> Zu treffen" —,

so hat dieses Wort eine tiefere und allgemeinere Bedeutung. — Noch bemerke ich hier im Vorbeigehen, dass so wie jedes Lebendige ein Vieleins ist, solches den Doppeltrieb hat, seine Vielheit oder Fülle zugleich innerlich (intens, essential, als Wurzel) zu empfinden, und aus sich (extens) zu schauen, d. h. es will die Vielheit seiner Kräfte und Qualitäten &c. in sich als Einheit aufheben, und sich als Einheit hinwieder in ihnen aufheben, um in Mitte beider sich zu halten, weil nur auf solche Weise Einheit und Vielheit, die vita communis und die vita propria der Glieder zugleich und einander bedingend bestehen. Endlich bemerke ich hier, dass die bisherige abstracte Erfassung der Quantität vor der und ohne die Qualität völlig falsch ist, weil ja eine Qualität nur durch eine entgegengesetzte ihr Tantum erhalten kann.

9.

Nur insofern die Elemente eines Wesens in Eins gefasst oder „begriffen" sich befinden, machen sie eine Substanz und vindiciren sowohl in ihrer Gesammtheit nach aussen diese ihre Selbständigkeit, als sie unter sich nur in dieser Einung sich wechselseitig unterscheiden (gliedern) oder relative Selbständigkeit (wenn man will: Persönlichkeit) bewähren, welche relative Selbständigkeit eben ihr Uebergehen in einander (ihre innere Flüssigkeit) *) bedingt. Durch ihr Verschlossen- oder Beschlossensein sind übrigens diese Elemente gegen jeden vereinzelten und darum vereinzelnden Angriff, sohin gegen Trennung gesichert; und so z. B. besteht das Gold nur darum im Feuer, weil es nur mit gesammter Kraft seiner Elemente auf dieses rückwirkt, seine eigene Feueraction nicht einzeln hervortreten und gleichsam in dieser Bundesbrüchigkeit selbe mit der äussern Feueraction in Verbindung treten lässt.

Wenn darum Hegel (Encyclop. d. philos. Wissensch. §. 165 **)) sagt: dass die Endlichkeit des Lebendigen darin bestehe, dass Seele und Leib trennbar seien, so kann hier nur die „schlechte" Endlichkeit gemeint sein, welche, weil ihr die Einheit nicht innewohnt, nur eine „Composition" von Seele und Leib bildet. Nur das Dividuelle ist auch miscibel, das Individuelle dagegen auch immiscibel.

10.

Mit der Zunahme der Einung hält die Unterscheidung (Gliederung) gleichen Schritt, d. h. je inniger ein Wesen sich selbst erfasst (attrahirt), um so freier entfaltet (expandirt) es sich. Diese Entscheidung oder Ausgleichung des In- und Aussichseins, des Seins in sich und des Werdens aus sich, geht aber nur aus einem Conflict oder Widerspruch hervor, (so wie sie in einem solchen wieder untergeht), welchen Widerspruch Jacob Böhme als das Centrum Naturae oder den Anfang aller Manifestation des Lebens und als die geheime Werkstätte solcher Manifestation begriffen hat, weil nur im Durchgang und in der Besiegung dieses

*) Ich bemerke hier, dass der Ausdruck des Fliessens nicht auf das, was man Conspiratio nennen muss, anwendbar ist, wie denn schon das sich wechselseitig Durchdringen zweier Gase von dem Zusammenfliessen zweier tropfbarflüssigen Materien sich unterscheidet, und man von geistigen Wesen nicht sagen kann, dass sie sich vermischen, wohl aber dass sie sich durchdringen.

**) Hegels Werke VI, 392. H.

Conflicts und Widerspruchs das Leben von dieser Geburtsangst sich befreit und die Manifestationskräfte als Siegesbeute bei und in diesem Durchgange sich aneignet.

Insofern nun jeder Manifestation eine Subjection zum Grunde liegt, so begreift man: 1) dass, falls man sich eine solche Manifestation als „entstehend" denkt, man sich vorerst oder zugleich das Entstehen jenes zu subjicirenden Andern denken muss, welches im Verhältnisse des Sichmanifestirenden gleichsam als Werkzeug der Manifestation sich zu erweisen hat. Wesswegen denn Jacob Böhme dem ewigen Gott (Geist) eine ewige Natur (obschon ewig aus Ihm entstehend) unterstellt *) — ferner: 2) dass mit dem Aufhören dieser Subjection nicht nur die Manifestation aufhört, sondern eine Gegenmanifestation (des Werkzeugs für sich) zum Vorschein kömmt. Mit andern Worten bei jeder Erhebung der Natur als Uebertritt aus Sachlichkeit in Persönlichkeit — nemlich in tantalische Persönlichkeitssucht — aus dem Zustand eines dem Willen dienenden Werkzeugs in jenen eines dem Willen nicht dienenden, muss der Evolutionsprocess in einen revolutionairen umschlagen, und so wie das Centrum **) Naturae in einer Creatur

---

*) Obschon es widersinnig ist, eine Intelligenz ohne Nichtintelligentes sich zu denken, so hält man an dieser Widersinnigkeit doch nur darum fest, weil man meint, hiemit dem nichtintelligenten Princip die Priorität einräumen, hiemit aber die Intelligenz ihm unterordnen zu müssen, was denn auch die Naturphilosophen thaten. [Vor allen Schelling selbst, der zwar mit Baader die Trennung der Naturweisheit von der Gottesweisheit endlich aufheben wollte, aber seines Zieles verfehlte, indem er die Natur in Gott zum Ursprünglichen, den Geist zum Nachfolgenden (wenn auch nicht zeitlich, so doch dem Begriffe nach) machte. Vergl. Schellings Philosophische Schriften, Landshut, Krüll, 1809, I, 429 ff. — Schellings Denkmal der Schrift von den göttlichen Dingen (Tübingen, Cotta, 1812) S. 83, 85, 87, 89 ff. — Vorrede zu der 2. Ausgabe der Kleinen Schriften Fr. Baaders. Leipz. Bethmann, 1850. Es wurde dort zugleich gezeigt, dass die Behauptung Senglers, Baader unterliege (mit Schelling) dem Vorwurfe, doch nur einen vergeistigten Naturalismus zu lehren, völlig unbegründet ist, dass aber jener Vorwurf allerdings die Lehre Schellings trifft, was jedoch Baader selbst längst gezeigt hatte. H.]

**) Centrum ist bei J. Böhme immer Kreis, Einfassung, Grund.

anfängt in Gott nicht mehr aufzuhören, so hört auch Gott (Geist) auf, in und mit ihr und durch sie als sichmanifestirend anzufangen, und eine solche Creatur, die In- und Beiwohnung Gottes verlierend, wird von Gott als absoluter Macht nur noch durchwohnt. Jacob Böhme zeigte nun auch, wie die Schöpfung (als Particularisirung des Naturprincips) die Erhebung (Erregung, sohin isolirte Erreg- oder Entzündbarkeit) desselben als Selbstheit nöthig machte, sohin den Trieb, für sich selber offenbar oder creatürlich zu sein, und wie eben an die Deprimirung und Erschöpfung dieses Triebes (der Uebergabe der Manifestationskraft der Natur an Gott durch die Creatur) die Bewährung, Substanzirung oder Leibwerdung der letzteren bedungen ist (S. Sätze zur Bildungs- und Begründungslehre des Lebens §. 13), und wie sohin das Böse nicht als solches, d. h. nicht als Beweggrund, sondern nur als Grund gedacht werden kann, welcher erst durch Aufnahme in den Willen der Creatur zum Beweggrund oder zur Ursache geworden. (S Hegels Encyclopädie der philos. Wissenschaften S. 74 *)). Wesswegen ich mir denn auch gegen Hegel die Behauptung erlaube: dass die Natur nicht darum keine Wahrheit hat, weil und wie sie ist, sondern weil und insofern sie dem Werden Gottes durch sie (seiner Manifestation oder Nachbildung) nicht entspricht, und dass man sohin unrecht hätte, die Natur als Abfall der Idee von sich selbst zu bestimmen, weil nemlich selbe in dem Elemente der Aeusserlichkeit schon die Bestimmung der Unangemessenheit ihrer selbst mit sich haben sollte, somit der Manifestationstrieb des Geistes ein ewig unerfüllbares, tantalisches Streben gleich jenem eines Künstlers sein würde, dessen Loos es wäre, in nur widerspenstigem, unversöhnbarem Stoffe zu bilden **).

Nicht unmittelbar aus der Einheit (Monas) kömmt die Creatur als Monade, wie Leibniz meinte, durch eine Coruscation

---

*) Hegels Werke VI, 250. H.

**) Hegels Werke VII, 28. Vergl. Philosophie und Religion von Schelling. H.

oder Emanation, welche keine Schöpfung, und womit die Creatur, wie der Pantheist will, einwesig mit Gott wäre, — sondern aus dem, was man die Aeusserlichkeit Gottes nennen muss, d. h. aus seiner Herrlichkeit, deren Begriff die obschon unauflösbare Mehrheit von Potenzen, Principien und Kräften in sich schliesst. Da nun die Creatur unmittelbar aus dieser Mehrheit als ein Vieleins hervorging, und jedes der schaffenden Principien hiebei sonderlich activ war, so begreift man, dass diese sonderliche Beweglichkeit auch in den der Creatur constitutiv mitgetheilten Principien noch bleiben musste, und dass, da die Creatur sich weder dieser ihrer innern Vielheit erwehren, noch sie für sich zur Einheit bringen konnte, ihr es zur Aufgabe gemacht ward, durch Zukehr oder Einkehr in den alleinigen Uniens (Logos) diese Einheit zu gewinnen. Eine ununterbrochene Assistenz des Logos, welche nur auf andere Weise in den nichtintelligenten, auf andere in den intelligenten Naturen nachweisbar ist, und ohne welche weder die einen noch die andern auch nur einen Augenblick bestünden. Man gewinnt hieraus die für die Religionswissenschaft unentbehrliche Einsicht, dass und warum keine Creatur unmittelbar anders, als labil geschaffen werden konnte, so wie, dass sie nur aus ihrem ersten geschöpflichen Sein durch einen zweiten Moment (der gesetzlichen Formation oder Regulirung ihrer Vielheit) in den dritten ihrer Confirmation oder Substanzirung treten kann; welche drei Momente Isaias mit den Worten bezeichnet: „Creavi Te, formavi Te et feci Te“ — Essentiation, Formation und Substantiation.

11.

Die Schwäche (Ohnmacht) des Menschen kann nach dem Gesagten überall nur als Folge der Vereinzelung (Zwietracht, Zerstreuung) seiner Elemente begriffen werden, und eben diese Nichteinung ist es, welche, wie seine Gebrechlichkeit in der Zeit, so auch seine Pein in ihr (Zeitweh — Dolor ex solutione*)

*) Et suspensione continui. — Es ist nemlich der Widerstreit in der Intension hier gemeint, weil dieser allein empfunden wird, denn alle Lust

continui) macht, die er nothwendig fühlt, so oft er, durch den Imperativ seines Constitutionsgesetzes getrieben, jene Wiedersammlung seiner Elemente anstrebt *). Diese Suspension kann nemlich (nach §. 4) nur in der Zeit (im detail) wieder aufgehoben werden, und der Mensch muss nun z. B. warten, bis ihm der gute Gedanke kommt, ohne dessen Erfassung er des bösen, ihn plagenden, nicht los wird. Nur an dem bereits Geeinten und somit Kräftigen (Initium substantiae, ad Hebraeos 3, 14 und §. 7) vermag der der Einheit entfallene (von ihr abstrahirt habende und in solcher Abstraction fest gehaltene), somit auch in sich zerfallene Mensch sich wieder zu sammeln und emporzurichten (denn jede Union ist Ascension und Expansion, jede Desunion ist Descension und Compression **), wie z. B. ein bereits gebildeter Krystall in einer Solution allem übrigen noch aufgelösten

---

oder Wollust entsteht und besteht im Ingress oder im Ineinandersein harmonischer Wurzeln, so wie aller Schmerz aus dem Ineinandergehaltensein disharmonischer. Wie es übrigens der Trieb jedes Lebendigen ist, dass selbes das, was es empfindet, schauen, was es schaut, empfinden will, so ist es das πρωτον ψευδος aller schlechten Speculation, dass es die Empfindung in ein Schauen, das Schauen in ein Empfinden sich verwandeln, über dem Object das Subject, über diesem jenes sich entbehrlich machen will.

*) Der Imperativ (als Constitutionsgesetz) geht unmittelbar in der physischen wie in der psychischen Natur auf das Sein (manière d'être) und nicht, wie Kant meinte, unmittelbar auf das Thun. Er sagt mir: du sollst rechtbeschaffen sein, um recht thun (denken, wollen, wirken) zu können; er selbst aber schafft mich hiemit nicht um, und macht mich nicht gesund. Eine Betrachtung, welche allein hinreicht, um das Widersinnige jenes Vorhabens einzusehen, durch Moral die Religion, d. h. das Mittel durch den Zweck entbehrlich zu machen. Wenn übrigens hier von der Entzweiung als Ursache des Bösen gesprochen, zugleich aber erkannt wird, dass auch die Einheit nur in der Entzweiung ihr Leben hat, so ist zu bedenken, dass hier nicht von der rechten, der Manifestation der Einheit dienenden, sondern von jener sich ihr widersetzenden, falschen Entzweiung die Rede ist, welche falsche Entzweiung macht, dass Etwas zur (freilich misslungenen) Erscheinung kömmt, was nicht sollte, und ein Anderes nicht zur vollendeten Erscheinung, was sollte.

**) Die Union in der Intensität bedingt die Continuität oder den wahren Zusammenhang in der Extensivität, und so wie jene weicht wird das Extensive (Aeussere) ein bloss zusammengesetztes, innerlich unverbundenes Aggregat.

Salze den point d'appui gibt, und ihm hilft, an ihm gleichfalls aus seiner Zerstreuung (Entgründung) sich zu sammeln. In dem Maasse nun, in welchem der Mensch zur Eintracht seiner drei Elemente gelangt, wird er auch befähigt, als Repräsentant und Fortsetzer jenes indissolublen Urternars sich zu bewähren, welcher nur darum alles eint, was sich ihm öffnet, weil Er selbst absolut Eins ist, so wie im Gegentheil der Mensch immer mehr als Werkzeug desjenigen sich kund gibt*), welcher zuerst in sich uneins geworden, und seine eigene innere Auflösung und Anomie allem mittheilt, was sich ihm öffnet; eine Mittheilung oder ein Einfluss, welche der Mensch indess stets von sich

---

*) Gott will von uns, dass wir Ihm erst als Werkzeug (Lehrling) dienen; Er erhebt uns sodann zu seinem Mitwirker (Gesellen — Organ) und sagt uns endlich frei als Meister, Missus, Stellvertreter oder Agenten, wogegen der Teufel den entgegengesetzten Weg mit uns einschlägt: uns nemlich zuerst als seinen Meister behandelt, dem er nur als Werkzeug (Mephistopheles als Pudel) dient, später schon sich zum Mitwirker mit uns erhebt, zuletzt aber den absoluten Meister spielt, und uns als blindes Werkzeug sich unterwirft, gerade dann, wenn wir es in der Teufelei selber zur Meisterschaft gebracht haben. — So führt jede wahre und legitime Unterwürfigkeit zur wahren Freiheit, so wie jede falsche und illegitime Freiheit zur verdienten Unterwürfigkeit. — Was übrigens das oben bemerkte Verhältniss des Menschen bei seinem Versuchtwerden betrifft, so könnte dieser allerdings keiner Versuchung zum Bösen unterliegen, falls er selber sich (da sie jedesmal nur als vereinzelte Action ihm entgegentritt) in seiner Ganzheit entgegensetzte: anstatt sich durch Selbstöffnung gleichsam zu zerlegen, und in diesem Zerlegtsein dem Versucher sich gleich zu stellen und sohin preis zu geben. Jede solche Versuchung hat also nach Obigem (Vergl. §. 3 und 4) den Sinn, dass entweder eine neue Stufe eigener Einigung und also fernerer Nichtvereinzelbarkeit errungen wird, (was denn also auch für die Versuchung des Unschuldigen gilt), oder dass eine bereits bestandene (innere Vereinzelung bewirkende) äussere Conjunction aufgehoben und zerstört wird. Ein Körper z. B. hätte (nach §. 9) bereits eine isolirende Erregbarkeit eines seiner eigenen Elemente durch Actionserhebung des entsprechenden äussern Elements erlangt oder erlitten, welche nun als labes (Gebrechlichkeit) in ihm haftet, so kann doch dieser Defect nicht anders, als in der wirklich geschehenden Wiedererregung (der Versuchung) getilgt werden. Die Versuchung in diesem Sinne macht also nicht böse, sondern sie macht dieses nur offenbar, wie die Gelegenheit nicht den Dieb, aber dieser jene macht. Dagegen gewinnen wir im Abweisen des Bösen demselben eine Kraft ab, was auch von der sogenannten Inertie gilt.

abhalten könnte, falls er ihm stets seine Gesammtaction entgegensetzte, nemlich durch Geschlossenhaltung seines eigenen Triangels, in dessen jeder Spitze alle drei Seiten immer zugleich wirken.

12.

So wie selbst Gott seine Grundvermögen ohne Organ und Attribute nicht effectiv (geltend) zu machen im Stande wäre, so erhielt auch der Mensch als partielle Einheit mit dem Ternar seiner Grundvermögen ein anschaffendes Wort (verbum) *) und Werkzeuge oder Diener (fiat), welche dieses Wort wirken macht. Ist der Mensch nun schwach (gilt sein Wort nichts), so ist er es wohl nur darum, weil die Diener seines Worts von ihm sich entfernten, oder weil untreue Diener die Stelle der treuen einnahmen, denn auch in der grössten Schwäche und Verdorbenheit seines Wortes äussert es doch noch einen Effect, vor dessen Umfang der Mensch erschrecken würde, falls man ihm die in diesem Zustande wohlthätige Binde von seinem Auge nähme. — Wie nun aber der Mensch Interesse hat, alle diese Diener wieder sich anzueignen und um sich (sein Wort) zu versammeln, so haben auch sie das lebhafteste Interesse zu dieser — Wiederverbindung mit dem Menschen, in welchem Sinne man jenen Spruch im Evangelium deuten muss: „Ich bin nackt (unbekleidet vom Menschen) gewesen und ihr habt mich bekleidet &c.“ — Die ganze Lebenszeit **) ist nun dem Menschen gegeben, um

---

*) Man hat bisher überm Wissen und Wollen des Geistes meist sein Thun als Wirken übersehen, welches Wirken indess unmittelbar nur Sprechen ist (parole de commande), von welcher Macht des Worts auf die nichtintelligente Natur es übrigens schon lange stille und stumm in der Philosophie geworden ist, obschon jeder wissen könnte, dass er z. B. seinen Arm nicht bewegt ohne zu ihm zu sprechen.

**) Die Zeit ist eine äussere, erscheinende nur dadurch, dass das Folgende mit dem Vorhergehenden, Zukunft mit Vergangenheit, in nothwendigem (necessitirtem) Zusammenhange steht. Die Gegenwart tritt streng genommen gar nicht hervor (die Hebräer geben dem Zeitsein kein Präsenz), denn nur wo Anfang und Ende zusammenfallen ist die wahre Gegenwart (d. h. wo die Zeit als erscheinend verschwindet) vergl. Carricaturen des Heiligsten v. Steffens II. 92. Eigentlich tritt die Zeit mit verlorener

nach und nach alle jene Hilfen, so wie sie sich nacheinander ihm darbieten zur Anneigung mit ihm, sich eigen zu machen, und eben sich hiemit zu restauriren, d. i., die Mittel zu seinen Titeln wieder zu erlangen. Denn sich restauriren oder zu seinem Princip wieder kehren kann wohl nichts anders heissen, als in den Besitz alles dessen wieder gelangen, was zur Erfüllung seines Gesetzes erforderlich ist, und dieses Gesetz des Menschen ist kein anderes, als dass er das sprechende und wirksame Bild und Gleichniss Gottes (sein working model) sei.

13.

Es ist in der That sonderbar, dass man zwar zugesteht: es sei auch kein einziges materiell-körperliches Factum materiell-körperlich, d. h. mechanisch oder atomistisch durch blosse Wechselwirkung wahrnehmlicher, vollendeter oder abgeschlossener Körper-Individuen zu begreifen, und man werde genöthigt, über oder ausser diese materielle Begreiflichkeit zu impalpablen, unbegreiflichen Agentien hinauszugehen — und dass man doch nicht zugeben will, dass dasselbe suo modo auch beim Versuch einer Erklärung psychischer Facten gilt, bei welchen nemlich nicht minder Fluides incoercibles, insaissisables &c., als Agentien die Hauptrolle spielen, welche nicht individuell oder geschieden wahrnehmbar in einer gegebenen Region sich manifestiren, wenn gleich solche höhere Agentien, die in einer niedrigern Region nicht als individuell erscheinen, sondern nur universell (wahrhaft geistig) sich offenbaren und kund geben, in einer höhern Region oder nach aufwärts nicht minder auf das Gesetz einer indivi-

---

Gegenwart (Grund) hervor und ist in sich nur die Sucht nach solcher oder solchem Grunde als Ende. Sei es nun dass diese Sucht gehemmt, arretirt ist in ihrer Bewegung zum Ende, sei dieses nicht, so wird die Zeit doch nur als Hemmung fühlbar. Diese Sucht nach Grund (nach Gegenwart) als gegenwartlose Bewegung ist nicht mit jenem beständigen Zusammentreffen des Suchens und Findens zu vermengen. Eine andere Zeitbewegung muss übrigens die zur Gegenwart, eine andere von ihr weg sein. Und nur jenem muss die eine und die andere (die Zeit überhaupt) bemerklich sein, der aus Gegenwart kam und in sie kommen soll (also nicht dem Thier als Zeitwesen).

duellen Manifestation beschränkt sein mögen. — Kurz: der in die Physik zuerst wieder durch Kant eingeführte Begriff der Durchdringung (Durchwohnung) gilt, so wie die sich ihm gesellenden Begriffe der Bei- und Innewohnung, nicht minder in der Psychik *).

14.

Die so eben bemerkte nichtindividuelle Manifestation einer Intelligenz inner einer gegebenen Region führt zur Unterscheidung der Persönlichkeit und Individualität, gegen welche nichts zu erinnern ist, falls man sie (wie so eben bemerkt worden) nicht absolut geltend machen will. Der irdische Tod z. B. nöthigt uns täglich und stündlich zu solch einer Unterscheidung, und wir können selbst annehmen, dass die Persönlichkeit, welche im irdischen Leben auf einem partiellen und zwar von dem universellen Individuations-Princip (Têrre principe) herausgekehrten Princip basirt und beschränkt war, nun unmittelbar nur mit letzterm sich verbunden sieht, wenn gleich dieses (temporaire) Wiederverschlungensein des partiellen Individuationsprincips in dem universellen nur der nothwendige Mittelstand, und die geheime Werkstätte zur Herstellung eines andern Verhältnisses jenes partiellen Individuationsprincips zum gemeinsamen (zur Auferstehung des Leibes) zu sein scheint. In welchem Sinne Jacob Böhme behauptet, dass das Mysterium der Elemente und Gestirne unsern äussern Leib und unsere äussern Werke verschlinge, und

---

*) Das allgemeine Naturindividuum (Spiritus mundi) durchwohnt z. B. das Mineral, wohnt der Pflanze noch überdiess bei, und dem Thier inne. Das Mineral ist also Werkzeug der Natur, die Pflanze Mitwirker (administrans), das Thier ihr freigelassener Stellvertreter (missus). Aber auch der Geistmensch kann in seiner Art des Verhaltens zum höhern Geiste, Mineral, Pflanze, oder Thier sein. Uebrigens ist hier der Begriff der Psychik oder Psychologie im engern Sinne und als unterschieden von Pneumatologie wie von Physik genommen, und man weiss, dass jene Imponderabilien, von denen unsere Physiker noch sprechen, nur eben begrifflose, folglich geistlose Abstractionen sind, und keine wahren Geister. [In Betreff der Durchdringung vergl. man Kants Werke von Hartenstein VIII, 482—485 u. 503. H.]

sie am Ende der Zeit wieder darstellen werde, ähnlich wie das Menstruum die Salze, die es wieder anschiessen lassen muss. — Dieser Vorstellung gemäss würden alle irdisch gestorbenen Personen mit uns noch irdisch Lebenden nicht anders, als durch das Medium des allgemeinen Individuums der Natur (so auch der Elements principes) im activem Rapport stehen, und jedes Hervortauchen derselben in geschiedener (mit unsern äussern Sinnen fasslicher) Individualität würde in der Regel ein un- oder nichtnatürlicher, forcirter Zustand sein, eben so unnatürlich und beunruhigend für den so Sichmanifestirenden, als für den, welchem eine solche Manifestation wird.

Eine Bestätigung dieser Behauptung geben die minutiösen, formellen, gleichsam alt-testamentarischen Vorschriften unserer Somnambules zur Herstellung und Erhaltung bestimmter Rapports, so wie wir dieselbe Minutiosität und Förmlichkeit auch an allen alten und neuen Vorschriften und Recepten zu theurgischen Operationen bemerken, und ich führe zum Beleg meiner Behauptung nur eine Stelle aus Livius (B. 1. c. 32) an, wo dieser das Unglück des römischen Königs Tullus Hostilius mit folgenden Worten erzählt: „Ipsum regem tradunt volventem commentarios Numae cum ibi quaedam occulta solennia sacrificia Jovi elicio facta invenisset, operatum his sacris se addidisse, sed non rite initum aut curatum id sacrum esse, nec solum nullam *ei oblatam coelestium speciem*, sed Ira Jovis sollicitati prava religione fulmine ictum cum tota domo conflagrasse.“ — Die Worte: Oblatam coelestium speciem zeigen deutlich an, welchen Effect man durch derlei Opfer bezweckte, und dass beim Ausbleiben desselben das Experiment für misslungen gehalten ward. — Ohne Zweifel würde man sich aber irren, falls man in das entgegengesetzte Extrem einer völligen Indifferenz für das Sinnenregime selbst beim centralsten und also vom äussern befreitesten und unabhängigsten Cultus übertreten würde, etwa unter dem Vorwande: dass der reine Geist nur aufs Innere sehe, und man sich ihm also auch mit ganz unreinen äussern Sinnen ungestraft nahen dürfe. „*Toutes les religions;* sagt St. Martin, ont un culte et des *ceremonies; toutes* les *Doctrines* religieuses ont des *pratiques* *sensibles; toutes* enfin ont des *formules actives,* aux quelles sont attachés des Idées des *puissances,* qui impriment le respect et semblent menacer tout ce qui s'en rend l'ennemi *). — Endlich erlaube ich mir hier in Bezug auf die oben erwähnte Veränderung des Verhaltens des partiellen Naturbesitzes zum universellen in der Zukunft die Bemerkung, dass, wie in der bürgerlichen Gesellschaft die Communio bonorum den seligen, die Aufhebung desselben und Zersplitterung in lauter Privatbesitz (Separatismus) den unseligen Zustand der Gemeine anzeigt, so eine ähnliche Communio bonorum wohl auch im organischen Besitz denkbar wäre. So viel ist nemlich gewiss, dass ein und dasselbe leibliche Organ mehr als éiner Persönlichkeit zugleich dienen kann. Jene zwei in Mitte des Leibes zusammengewachsenen Mädchen aus

---

*) Man erinnert sich hiebei jener Stelle in den Abendgesprächen des Grafen Maistre: „On voudroit pouvoir contredire l'histoire lors qu'elle nous montre cet abominable usage pratique (des sacrifices humaines) dans tout l'univers; mais, à la honte de l'espeçe humaine, il n'y à rien de si incontestable; et les fictions mêmes de la poësie attestent le préjugé universel.

A peine son sang coule et fait rougir la terre,
Les Dieux font sur l'autel entendre le tonnere;
Les vents agitent l'air d'heureux fremmissemens:
Et la mer lui repond par les mugissemens:
La rive au loin gémit blanchissante d'ecume;
La flamme du bûcher *d'elle-même* s'allume:
La ciel brille d'eclairs, s'entreuve et parmi nous
Jette une sainte horreur qui nous rassure tous.“

Hiebei ist Maistre's Ausruf herrlich: „Ou donc les hommes ont pris cette opinion? et quelle vérité avoient — ils corrumpue pour arriver a cette épouvantable erreur? Il faut toujours partir d'une verité (vertu) pour enseigner une erreur“ (commettre un crime). Les Soirées de St. Pétersbourg etc. (Paris, libr. grecque, latine et françaîs MDCCCXXI.) Par M. le comte J. de Maistre, II, 402. — „On verra que parmi les opinions le plus folles (du paganisme) parmi les pratiques les plus monstrueuses il n'en est pas une que *nous* ne puissions *delivrer du mal,* pour montrer le résidu vrai qui est divin.“ — Les Soirées de Saint Petersbourg. II, 408. In dieser Schrift findet man viele Stellen, die ganz von göttlichem Lichte blitzen und funkeln. [Abendstunden zu St. Petersburg etc. Aus dem Französischen von Moriz Lieber mit Beilagen von Windischmann (Frankfurt, Andreä, 1824) II, 358 und 365. H.]

Ungarn fühlten z. B. beide die Berührung an diesem gemeinschaftlichen Leibestheil, und bewegten ihn beide &c. &c., welches letztere in der That das Phänomen der Besessenheit gab *). — Wer übrigens die Natur nach obigem mit Jacob Böhme als das Princip der Selbstheit begriffen hat, wird auch nicht anstehen, in ihr das Princip der Individualität der intelligenten Creatur anzuerkennen.

15.

Oben (9 und 10) ward bemerkt, dass ein Lebendiges in seiner Vollständigkeit keinem einzelnen und vereinzelnden Angriff von aussen, noch minder von unten unterliegt, aber dieses gilt nicht eben so bei seinem unvollständigen Zustande, und gilt nicht für eine Einwirkung von oben. Ein und dasselbe Object z. B. erleuchtet (verfinstert) die Erkenntniss, reizt den Willen (zur Oeffnung oder Schliessung), treibt zum (hält ab vom) Handeln. Aber es kann auch der Wille unmittelbar und

*) Man vergl. Ansichten über Natur- und Seelenleben von Autenrieth (Stuttgart u. Augsburg, Cotta, 1836) S. 366 u. 367 u. bes. 406 ff. „Die bekannten ungarischen Mädchen, welche an den Lenden zusammengewachsen waren, deren Körper Heiligenbeine hatte, die von ihrer zweiten Abtheilung an in éinem Knochen zusammengewachsen waren, welcher nur ein einziges Steissbein hatte, deren beide Mastdärme am Heiligenbein in éinen grossen Canal, und ihre zwei Mutterscheiden in éinen gemeinschaftlichen Eingang zusammengeflossen waren. (Siehe: Leske Auserlesene Abhandlungen aus den philosophischen Transactionen, IV, 381) wurden über 21 Jahre alt; sie liebten einander, hatten Zänkereien unter einander; die eine hatte viel Verstand, war lebhafter und gelehriger, die andere zeigte mehr Trägheit und Schwachheit des Geistes. Beide aber konnten gut lesen, schreiben, singen, sprechen, da sie fast durch ganz Europa herumgeführt wurden, ungarisch, deutsch, holländisch, französisch und englisch; sie hatten allerlei weibliche Arbeiten gelernt. Beide also zeigten sich als vollkommen beseelt und der vereinigte Körper sprach hierin zwei völlig verschiedene Persönlichkeiten aus. Und doch hatten diese Schwestern ein gemeinschaftliches Gefühl an dem Ort, wo sie zusammengewachsen waren, und wenn die eine unbässlich wurde, so empfand die andere allemal eine gewisse Unruhe und Aengstlichkeit; auch starben sie, obschon sie zuweilen von einander unabhängig krank wurden und auch ihre letzte gemeinschaftliche Krankheit bei beiden verschieden war, fast in éinem Augenblick.“ H.

nicht bloss durch Afficirung des Gedankens afficirt werden, so wie dieses auch vom executiven Vermögen gilt als einem Treiben oder Abhalten ohne Vermittelung des Willens *). Und wenn wir schon eine intelligente Creatur diesen vereinzelten An- und Eingriff in eine andere ausüben sehen, so werden wir es doch dem lieben Gott nicht übel nehmen, wenn Er zu unserem Besten bisweilen dieselbe Einwirkungsweise befolgt. Wenn gleich bei einer Intelligenz in der Regel auf alle drei Elemente zugleich eingewirkt wird und werden soll, und zwar, falls selbes hiebei am freiesten bleiben soll, unmittelbar und zuerst oder vorzüglich auf den Gedanken.

16.

Jede dieser drei Actionen der Intelligenz hat ihr eigen Gesetz, wenn schon jedes dieser drei Gesetze nur eine andere Manifestation desselben éinen Gesetzes ist, jede derselben hat sohin ihr eigen begründendes Centrum oder innere Abhängigkeit und sie ist (nach aussen und abwärts) nur in dieser Abhängigkeit unabhängig und frei. Denkend, wollend und wirkend wird sohin der Mensch denselben Gott inne in verschiedener Weise.

Den hier aufgestellten Satz hat neulich auch Troxler **) von einer andern Seite beleuchtet, und bemerkt, dass die Nichtunterscheidung des Wollens- und Thungesetzes die bisherige Vermengung der Moral und des sogenannten Naturrechts verursache. Kants Begriff der Freiheit (ein Gegenfüssler des durch Luther veranlassten Begriffs eines Glaubens ohne alles Wirken) so wie sein Begriff des radicalen Bösen als reines Selbstgemächte des Menschen und Surrogat des Teufels haben viel zur Irreligiösität neuerer Doctrinen beigetragen ***). Denn eine

*) Nur in diesem Sinne ist das Paulinische: „Wollen habe ich wohl, aber mir fehlt das Vollbringen“ verständlich. —

**) Philosophische Rechtslehre der Natur und des Gesetzes etc. von Troxler. (Zürich, Gessner, 1820) S. 11—14. H.

***) Bescheidenheit, Demuth und Religiosität wenigstens sind durch Kants widerspruchvolle Lehre von der Freiheit, vom Ursprung des Guten und des Bösen etc. nicht eben sonderlich gefördert worden. Selbst die-

solche absolute Spontaneitätslehre war allerdings geeignet, das Heroische des Geistes der Hoffart und Empörung recht ins Licht, dessen Niederträchtigkeit recht ins Dunkel zu setzen, sohin den entgegengesetzten Geist der Demuth und wahren Erhabenheit des Evangeliums zu antiquiren, und man wirft darum mehreren deutschen Philosophen wohl nicht mit Unrecht vor, dass sie uns mit dieser neuen Irrlehre aus dem Regen in die Traufe brachten, indem sie uns von der Niederträchtigkeit und Stupidität des französischen Materialismus nicht anders befreiten, als durch einen Spiritualismus, der uns der satanischen Hoffart preis gibt. — Falsch ist es übrigens, wenn man behauptet, der Mensch könnte obenbemerkte innere Abhängigkeit und also wahre äussere Freiheit und die Stütze (Correction) äusserer Abhängigkeit erlangen, und in der Zeit bewahren, so wie jede äussere Abhängigkeit schlecht ist, welche nicht jener innern dient.

17.

Eine intelligente Creatur, die kein Höheres, keinen Gott über sich anerkennt, wird auch im Gebrauch ihres Erkenntnissvermögens nichts mehr frei bewundern, im Gebrauch ihres Willens nichts mehr verehren (adoriren) und in jenem ihres ausübenden Vermögens von keiner freien Unterwerfung mehr wissen wollen. Eine dreifache Anomie, welche als der nothwendige Erfolg des Versuchs einer innern dreifachen Autonomie (15) den vollständigen Begriff des innern Unwesens „einer zu Grunde gegangenen Intelligenz" gibt. Wenn im Bewundern die Intelligenz, im Anbeten der Wille und im Dienen die executive Macht des Geistes gründet, erweiset das Unvermögen eines Geistes,

---

jenigen Forscher, welche das Verdienst seiner unleugbar mit grosser Geisteskraft unternommenen Anregung tieferer Forschung auf dem ethischen Gebiete sehr hoch stellen, können doch das Unbefriedigende und nach verschiedenen Seiten hin höchst Bedenkliche seiner Lehre nicht in Abrede stellen. Man vergl. z. B. die Grundbegriffe der ethischen Wissenschaften von Hartenstein (Leipzig, Brockhaus, 1844) S. 58—65. — Das Wesen der Religion von Carl Schwarz S. 42—55. und bes. die christliche Lehre von der Sünde dargestellt von Jul. Müller. II, 106—126. H.

wahrhaft Bewundernswerthes zu bewundern, dasselbe zu verehren und ihm zu dienen (Widersetzlichkeit dagegen) den satanischen Character desselben. Denn jeder Geist lebt nur im und vom Bewundern, Anbeten, und durch dem Bewunderten und Angebeteten sich unterwerfendes Verherrlichen, Ausbreiten und gleichsam Fortpflanzen oder Darstellen desselben. Durch Abkehr von dem wahren und einzigen Object seines Bewunderns, Anbetens und Sichunterwerfens gibt er sich darum, so viel dieses in seiner Macht ist, den Tod. Das Leben des Geistes ist daher — Religion — Gottesdienst.

18.

Wenn nach §. 10 die Sollicitation zur Trennung oder dieser ihr wirklicher Eintritt als Folge des Contacts (Rapport's) mit einem Wesen den Beweis des innern getrennten oder Putrefactionszustandes des letztern gibt, so muss wohl die Materie in einer nahen Verbindung mit einem solchen in sich zertrennten und alles mit diesem Uebel ansteckenden Wesen sich befinden, ja ein solches Unwesen wohl gar als Gift oder Geist in sich bergen, weil eigentlich diese Materie, insofern das Gemüth des Menschen sich ihrer Action ohne Zuhilfenahme einer höhern Action, und ohne deren Schutz (Segen) öffnet, denselben trennenden, schwächenden Einfluss auf selbes ausübt, so wie auch die Menschen unter sich in demselben Verhältnisse gegeneinander kälter, liebloser d. h. wechselweise getrennter sich befinden, in welchem sie ausschliesslich dieser Materie und ihrer Genüsse zum Medium ihrer Gemeinschaft sich bedienen. Wenn und insofern nun aber dieser Effect doch nicht eintritt, und sogar von einem entgegengesetzten (einigenden) überwogen wird, so kann dieses nur durch Dazwischenkunft eines andern Agens geschehen, welches, jenem zuerst uneins worden (§. 10 und 4, 5, 7), mit Macht auch hier entgegenwirkt. Und so tritt uns denn in der unbefangenen Naturbeobachtung und dem Gebrauch der Materie selbst zwar leise, aber unverkennbar der Begriff des Sacraments als Heilung und Heiligung dieses Gebrauchs des verunreinten und verüneinten Naturwesens entgegen, wodurch dieser Gebrauch nicht nur nicht mehr hindernd dem höhern Leben und seinen Functionen sich äussert, sondern durch eine Art Verklärung oder jene Art Ekstase, deren ein solches Naturwesen fähig ist, diese höhern Lebensfunctionen selbst fördert. Man erwäge z. B. was das Essen und Zeugen als bloss materielle Functionen vorerst nur sind, und was sie durch jene Weihe dem Menschen werden könnten (als Mahl und Vermählung); eine Verwandlung, die aber auch im bösen Sinne möglich ist.

Auf solche Weise wird der Mensch (wie J. W. Uberfeld in seinen Briefen bemerkt) inne, dass es mit dem Aeusseren doch keine so geringe, nichtsbedeutende (sohin weder eines Gefahr bringenden Missbrauchs, noch eines Segen bringenden Gebrauchs fähige) Sache sei, wie sowohl die Spiritualisten, als die Materialisten meinen, welche beide, gleich unwissend über das Geheimniss der Materie, die verborgene, unsterbliche Kraft verkennen, die in dem äusseren Leibe als das tiefste Mysterium verschlossen liegt, und ohne dessen Aufschliessung der paradiesische Mensch seines Wesens mangelt und sich sohin nicht zu offenbaren vermag. Ueber den Begriff des Sacraments siehe: Ueber Divinations- und Glaubenskraft S. 54. Wie die universelle Erde selbst durch Verschlingung (Introversion) der himmlischen Wesenheit (sensible immateriel bei St. Martin) entstund und besteht, wie dieses vom Erdenmenschen gilt, so von jedem irdischen Genuss. Was die Erde (Irdischheit ausser und am Menschen) entstehen macht (das Verschlingen des Himmlischen), das erhält sie auch, so wie das Entziehen dieses Himmlischen sie untergehen macht.

19.

Allgemein zugegeben ist es, dass die Liebe nicht das Ihre sucht, und dass man denjenigen nicht liebt, dem man nicht weiter traut, als man ihn sieht; indessen gab und gibt es Schriftsteller, welche hievon für die Liebe Gottes und den Glauben an Ihn eine Ausnahme statuiren, im Ernste behauptend, dass man wenigst Gott nur so weit, als man Ihn sieht, oder Ihm in seinem Thun zusieht, zu trauen und zu glauben gehalten sein soll.

Kant z. B. raisonnirt von der Liebe nicht viel besser, als der Blinde von der Farbe, wenn er (Spinoza's Definition folgend: Ideo bonum est, quia appetimus *)) die Liebe als die Neigung gegen den uns Vortheil Bringenden definirt **). Es ist aber falsch, dass wir zu einem Vorwurf darum ihn liebend ausgehen (uns ihm subjiciren, durch welchen Subjicirungsact wir erst uns jenen Gegenstand eigentlich objectiv oder uns wahr machen), um darin ein Wohlgefallen erst zu finden, weil dieses Wohlgefallen und das Alsguterscheinen dieses Vorwurfs zugleich entsteht, und das Ausgehen in selben die unmittelbar, nicht durch Reflexion, erzeugte Folge dieses Wohlgefallens ist. Würde ich aber durch mein Ausgehen ins Object, sohin mittelst desselben, nur die Empfindung dieses Wohlgefallens suchen, so würde ich ja umgekehrt mir dieses Object subjiciren, seine Objectivität aufheben, meine Liebe desselben würde keine, sondern nur Liebe meiner selbst, und mein vermeintes Ausgehen ein Inmir- oder Daheimbleiben, d. h. eben das Gegentheil der Liebe sein. Die Liebe ist vielmehr eben darum nur Liebe, weil sie bedürfniss-, begierde- oder naturfrei (darum nicht naturlos) ist, welches sich z. B. in der Weihe der Geschlechtsbegierde (welche in sich die höchste Stufe der entzündeten Selbstsucht, sohin völlige Lieblosigkeit ist), durch Liebe zur Ehe, nachweisen lässt ***). — In

*) Die ganze Stelle lautet: „Constat itaque ex his omnibus, nihil nos conari, velle, appetere, neque cupere, quia id bonum esse judicamus; sed contra nos propterea, aliquid bonum esse, judicare, quia id conamur, volumus, appetimus, atque cupimus.“ B. de Spinozae opera quae supersunt omnia. Edidit H. E. G. Paulus. Jenae in bibliop. acad. 1803, I, 141. H.

**) „Ebenso kann ich für Neigung überhaupt, sie mag nun meine oder eines Andern seine sein, nicht Achtung haben, ich kann sie höchstens im ersten Falle billigen, im zweiten bisweilen lieben d. i. sie als meinem eigenen Vortheile günstig ansehen.“ Kants Werke von Hartenstein IV, 18. H.

***) Das Ideale in der thierischen Begattung (sogenannten Liebe) ist das Aufgehen des ewigen Geschlechtes im Untergange des Individuums, das Ideale menschlicher Liebe dagegen ist das Aufgehen des ewigen Geschlechtes im Aufgehen der Einzigkeit der Person, so dass also eben

Bezug auf die oben gegebene Bedeutung der Worte: subjectiv und objectiv muss ich hier noch bemerken, dass, wenn man unter letzterem dasjenige versteht, was für alle Subjecte (jeder einzelnen Region oder absolut) gilt, der gewöhnliche Gegensatz von Subject und Object eigentlich der von Subject und Subject ist. Nur im Gegensatze von zwei Subjecten kann das Object aufgehen, und nur das Subject, das sich Object ist, kann Object haben oder erkennen.

20.

Was (wer) mich belebt, dem lebe ich auch, mit und durch den lebe ich; von dem ich lebe, mit und für den lebe ich, dessen Willen thue ich, der lebt in mir. Leben und Sterben sind nemlich dualistisch, ich lebe und sterbe immer einem Andern, und selbst der sich nur lebende Egoist muss sich diesen Andern in sich erst erlügen.

Wenn der Mystiker sagt: dass ich mich und meinen Nächsten nur in Gott lieben soll, so béweiset dieses, dass auch die rechte Selbstliebe auf einen Andern (mein Sein in Gott) geht, so wie die falsche Selbstliebe auf ein unwahres, illegitimes Sein. Auch geht der Fanatismus des Zerstörens jenes Lügen- und Mordgeistes nicht minder auf eigenes Sein, insofern es noch einen Rest von Wahrheit hat, als auf äusseres wahres Sein. Denn das Wahre ist eben das, an dem dieses in der Schöpfung ausgekommene wilde Feuer seine Brandung äussert, so dass, falls alles Wahre in und ausser einer solchen in ihrer Ichheit brennenden Creatur wiche und verginge, freilich auch ihr Rasen gegen beides aufhören würde.

21.

Aberglauben ist Abglauben; d. h. Unglaube an A ist Aberglaube an B, Gottesleugnerei ist daher stets Abgötterei.

diese Person nach ihrer ewigen Einzigkeit aufgeht (als Glied des Ganzen) und dieses Einzige dem Liebenden sohin für alles gilt. Durchscheinen des Ganzen (Gottes) durch verklärte Einzigkeit der Person.

Gott will geglaubt sein; diese Sollicitation zum Glauben ist Gabe, deren An- und Aufnahme unser Thun ist, so wie der wirkliche (effective) Glaube (Hypostasis) nur in Conjunction beider zu Stande kommt. An Gott können wir also glauben, wenn wir aber diesen Glauben aufgeben, wenn wir an Gott (den Christ) ungläubig sind, so bleibt uns nichts, als Aberglaube an uns selbst (und andere Menschen) und an die äussere Natur, oder Unglaube an uns, an Andere und an die Natur. Denn nur an Gott glaubend können wir an uns, an andere Menschen und selbst an die Natur glauben, wie wir nur in der Liebe Gottes unsere Brüder lieben und auch des Viehes (der Natur) uns erbarmen können.

Der Ungläubige wird immer irgend eine Bigotterie (sei es nun Natur-, sei es Geistbigotterie) an sich bemerken lassen, und dass es keinen Credit ohne Credo mehr gibt, davon dächte ich, hätten sich besonders die Regierungen in unsern Zeiten sattsam überzeugen können.

22.

Das äussere und innere Wort verhielten sich ursprünglich wie der Leib zu seinem Geist, und wenn auch dermalen die äusseren Sprachen alle (mehr oder minder) nur noch erstarrte Leiber ihres ehemaligen Geistes sind oder Grabmonumente des verschiedenen Geistes, so hat sich jener doch überall einen geheimen Rapport vorbehalten und offen gehalten, so, dass man noch immer, obschon mit vieler Beschwerde, vom Aeussern ins Innere, vom Innern ins Aeussere, gelangen kann. Die unbezweifelbaren Erfahrungen an Somnambules haben uns hierin manches Vergessene wieder in Erinnerung gebracht, und besonders ist mir durch meine eigenen Beobachtungen folgende Ansicht klar geworden. Eine Intelligenz nemlich, welche der innern oder centralen Sprache (J. Böhme nennt sie die uncompactirte *)) wieder mächtig geworden, wird unmittelbar in einem andern nicht seine geformte, compactirte, sondern gleichfalls seine centrale

*) Mysterium magnum c. 36, 14–20. Böhme's Werke von Schiebler V, 268. H.

anregen, diese aber in dem Hörer sofort die ihr entsprechende compactirte (gemäss der Association) erwecken, so dass derselbe glauben wird, nur letztere unmittelbar zu vernehmen. Ebenso wird dieselbe Somnambule, indem sie unmittelbar nur in ihrer Centralsprache vernimmt, durch die äussere compactirte Sprache hindurch, gleich viel ob sie diese gelernt hat oder nicht, solche verstehen, wenn sie auch nicht im Besitz der Gabe fremder Zungen ist, d. h. wenn sie auch selbst nur ihre Muttersprache zu sprechen vermag.

23.

Magnetisch-Hellsehende schauen und durchschauen ein und dasselbe Object zugleich, auch das Durchsichtige (das Medium) ist ihnen sichtlich, wie jedes Sichtliche ihnen durchsichtig (Medium des Sehens) ist, weil nemlich hier ein beliebiges Aufheben und Durchschauen oder Nichtaufheben und Nichtdurchschauen statt findet. Ich finde nicht, dass man auf dieses Vermögen der Somnambules, ob es gleich sehr oft sich an ihnen äussert, gehörige Aufmerksamkeit gerichtet hat, und bemerke hier nur, dass diese Gabe des Magnetisch-Hellsehenden den Menschen an ein anderes und höheres Hellsehen erinnern sollte, nemlich an das ihm auch noch im Zeitleben erweck- und erringbare Talent, in und mit doppeltem Lichte, dem Sonnenlichte und einem höhern, zu sehen, in dessen letzteren Kraft alles materiell Sichtbare ihm nur beliebig sichtbar (gegenwärtig) ist, und er also nicht das Auge vor diesem Sichtbaren zu schliessen oder von ihm wegzusehen (zu abstrahiren) *) braucht, sondern in welches höhern Lichtes Kraft er diese niedrige Sichtbarkeit beliebig aufzuheben und sie zu durchschauen vermag —

*) Denn nicht durch ein **solches** Abkehren vom Sinnlichen gelangst du zum Uebersinnlichen, sondern durch ein Durchdringen und Aufheben des ersteren hört es auf, dir Etwas zu sein, weil du es hiemit entkräftest und mit dieser dem Sinnlichen ausgezogenen Kraft als einer Siegesbeute dich über dasselbe frei erhebst. §. 18. Durchschauen als Aufheben des Anschauens ist übrigens Begreifen. Nun ist es aber Lehre der Schrift, dass es für den Menschen ein Anschauen gibt, das er nicht durchschauen kann. Gott wohnt in einem undurchschaubaren Lichte.

Wie durch des Nordlichts bewegliche Strahlen
Ewige Sterne leuchten!

Das oder der Leuchtende in jeder Region gibt sich übrigens mir zu schauen, wogegen mein Schauen des Beleuchteten meinerseits mehr ein Nehmen ist, denn der Leuchtende strahlt in mich, ich strahle in den Beleuchteten. In jenem Leuchten ist darum nicht nur ein Unmittelbares, Positives, von mir Unaufhebbares und Undurchschaubares sich mir kund gebend, sondern dasselbe als ein mich Vermittelndes und mir (abwärts) die Kraft zur Vermittelung (Aufhebung) Gebendes. Und so schauen wir Gott (seine Herrlichkeit), aber durchschauen diese nicht, obschon wir in diesem Licht alles Niedrigere durchschauen, und auch das Durchschautwerden unserer selbst in ihm gewahren. Denn der letzte Grund des Glaubens des Menschen an Gott (den freilich auch die Teufel haben) ist sein Wissen: dass er gesehen (und durchgesehen — gewusst) wird von Einem, den er nicht sieht (weiss). — Aber auch den vollendeten Geistern wird Gott als Centrum und unité principe doch immer unsichtbar und verborgen bleiben, weil Gott Sich nicht als manifestatus (Sohn) herunterlassen kann ohne als manifestans (Vater) in demselben Verhältnisse sich zu erheben, und weil diese Einheit absolut nur hervorbringend, nie, auch nicht von Sich Selbst, hervorgebracht (von Sich geschieden) werden kann, ja durch ein solches Hervorbringen Sich als hervorbringend aufhübe. So wie z. B. auch die Zahl Eins durch alle mit ihr vorgenommenen arithmetischen Operationen immer nur Eins bleibt. Diesen Ascensus oder diese Potenzirung gewahren wir selbst bei jeder Production eines Gedankens, eines Wortes oder eines Kunstbildes. Denn der Gedanke, den ich ausspreche, das Gebilde, das ich darstelle, wird mir selbst klarer, inniger, und geht eigentlich in mir erst recht auf, so dass man nicht sagen kann, die Darstellung reflectire mir bloss meinen früheren Gedanken. Wie man also sagt, dass die Schöpfung als Aeusserung Gottes Ihn verherrliche, so verherrlicht sich jeder Producent in seinem Product. „Gebet, so wird euch gegeben.“ Wer ein Anderes destruirt, der destruirt auch sich. Nehmt ihr, so wird euch genommen.

24.

Der wahrhafte Mensch (in seiner Urgestalt als Bild und Repräsentant Gottes) und diese Welt in ihrer Ungestalt sind zwei Gestirne, die nie zusammen über éinem Horizont erscheinen können, weil jener das diese Welt richtende (zu recht richtende) Gestirn selbst ist, welches auch in seinem schwächsten Wiederauf- oder Durchleuchten die Welt sofort in Alarm setzt, weil ihr jener wahrhafte Mensch zu gross ist, sie ihn weder zu fassen, noch zu ertragen, ihm Stand zu halten und sich gegen ihn als weltrichtende Macht zu erhalten vermag. Der Christ ist darum der Welt nicht minder ein Kreuz, als sie ihm und die affectirte Indifferenz, ja Verachtung eines wahrhaften Christen verbirgt nur den tiefen Hass der Welt gegen ihn, wesswegen es so zu sagen einfältig ist, im wahren Sinne des Wortes je zu erwarten, dass sie das Christenthum aufrichtig tolerire oder mit ihm concordire. Der Menschensohn und so jeder wahrhafte Christ hat in dieser Welt nicht, wo er sein Haupt hinlege.

25.

„Der Buchstabe (die Schrift, das geschriebene Gesetz) tödtet, der Geist (des Buchstabens) machet lebendig.“ *) — Aber das ist ja eben die doppelte Function des rechten Buchstabens, dass er den eigenen, nicht rechten Geist tödtet, um durch dieses Tödten dem rechten Geiste Bahn zu machen, wie z. B. das classische Product seine Disciplin auf die selbstische Manier ausübt. Minder verderblich ist darum noch das bigotte Ankleben am Buchstaben, als der separatistische Missbrauch desselben zur Geltendmachung eignen Geistes, und dieser noch minder verderblich, als das zuletzt eintretende, revolutionaire Sichlossagen vom Buchstaben und vom Geiste. Der aus seiner Form entwichene (von den Menschen daraus vertriebene) Geist, verlässt darum diese Form nicht, sondern hält nur um so fester an ihr äusserlich als seinem Grabmonumente als ein Abgeschiedener wieder; und wenn gleich die Pharisäi dieses Grab nur darum bewachen und versiegeln,

*) Paulus an die Korinther II, c. 3, v. 6. H.

um dem Geiste das Wiederaufstehen zu wehren, so bewahren sie selbes doch gegen den noch schlimmeren revolutionairen Zerstörungstrieb, und dienen sohin, auch wider Willen und Wissen, zu seiner Zeit als Zeugen der Auferstehung. Man erwäge z. B. den Dienst, den die Bigotterie der Juden der Religion bis jetzt leistete.

26.

„Das Waltende, die Gottheit, meint ein neuerer Schriftsteller, liebe nur das Einfach-menschliche, was wir an einer jeden gewöhnlichen, tüchtigen Menschennatur (aber tüchtig ist nicht gemein, und sie sind alle abgewichen und ist keiner, der was tauge) zu erblicken vermögen, dass selbst das Ausserordentlichste doch nichts Angelegeneres zu thun habe, als diesen einfachen Ausdruck des allgemein Menschlichen (der eben leider rara avis geworden) *) in sich aufzunehmen und festzuhalten." Propheten und Apostel, Künstler und Dichter ruft darum Gott und die Natur hervor, damit sie, auf aussergewöhnlichen Wegen und unter dem seiner Natur entfremdeten Geschlechte fremd erscheinenden Weisen, jenes Allermenschlichste darstellen möchten einem versunkenen, un- und nichtmenschlich gewordenen Geschlechte, damit der Werth von dieser Gabe, die bei Allen ist und bei Keinem erweckt, von Allen oder wenigst von Vielen wieder erkannt und sie selbst wieder erweckt werde. Näher besehen ist aber doch diese Gabe, die bei Allen ist, bei Jedem wieder eine besondere Gabe und ein besonderes Talent, und wenn man das Gesagte auf das religiöse Talent anwendet, so begreift man, warum diese allgemeine Gabe (das göttliche oder moralische Gesetz) sich bis in éin Individuum erst concentriren musste, als Christ ausser Allen, um Alle an denselben Christ in Allen zu erinnern, oder was dasselbe ist, diesen zu vergegenwärtigen. („Dieses thut zu meinem Gedächtniss" (zu meiner Erinnerung) d. h. zu meiner Vergegenwärtigung (Praesentia realis).

*) Mit dieser allgemeinen Menschheit verhält es sich, wie es sich mit dem sensus communis und dem gemeinsamen Willen verhält, welche zwar jeder haben könnte und sollte, welche aber die wenigsten zeigen.

Nachdem die Menschen alles thaten, um den Strom der göttlichen Manifestation immer mehr einzuengen, werfen sie dieser eben diese Einengung (Particularisirung) vor, so wie dieselben Menschen, welche Gott mit Vollmacht und Kräften in die der göttlichen Manifestation bedürfende Welt schickte, nachdem sie diese Manifestation durch sich versäumten und hemmten (den Gottesbeweis Gott und der Welt schuldig blieben) nun mit stupidem Trotze diesen Beweis Gott und der Welt selbst abfordern.

27.

Wenn man uns warnt „dass wir uns ja hüten sollen, der Natur zu trauen, und zu wähnen, dass diese Natur, wenn sie sich gleich in vielen Dingen freundlich und überschwänglich dem Menschen erweiset, ja sogar mit ihrer schaffenden Gewalt bis an des Menschen eigenstes Wesen heranrückt, und dieses in jener eingetaucht sich befindet (z. B. in Leidenschaft), doch keinen selbständigen, dem Menschen unverständlichen und ihn für nichts achtenden Zweck in petto hätte“ so gibt dieses leider den Beweis für das oben (§. 21) Gesagte: dass nemlich mit dem Glauben an Gott dem Menschen auch der Glaube an die Natur verloren geht, und dass gegen den von Gott abgefallenen König der Natur auch diese (sein Reich) sich empört hat. Indessen fühlt doch jeder, dass weder das Verhalten zur Natur, wobei der Mensch mit ihr gebrochen hat und ihr so wenig, als sie ihm traut, noch jenes einer poetischen Scheinharmonie als schöner Kunst Schein, den Einige wohl gar für religiösen Cultus genommen wissen wollten, weder das der pfiffigen Industrie, wobei der Mensch als Chevalier d'Industrie auftritt, noch endlich das blinde Sichhingeben, sei dieses nun sentimentaler, sei es heroischer, sei es brutaler Art, an die Wahlverwandtschaften dieser Natur, dass keine von allen diesen Verhaltungsweisen des Menschen zur Natur die rechte sei, und dass es noch ein anderes Verhältniss, nemlich jenes gibt, in welchem die Natur im Menschen (als Gottesbild und Gottgesandten) ihren Wohlthäter und Beseliger gewahrt und erfährt *). Wer dieses paradiesische Verhältniss dem Menschen ausredet, der tilgt in ihm die Religion in der Wurzel.

Der Mensch brachte nemlich durch seinen Fall den Fluch (Flucht des Paradieses oder ersten Elementes) in die Erde und in die äussere Natur. Es ist also seine Pflicht gegen die Erde, sie von diesem Fluche wieder zu befreien. Versteht man nun unter dieser Befreiung vom Fluch und unter der Entwickelung des Segens in der äusseren Natur die Alchimei, so ist diese nicht Vorwitz, sondern des Menschen Pflicht. — Der Mensch, sagt J. Böhme (Signat. rerum 11. 85) hat die Gewalt, sofern er als ein Werkzeug (Mitwirker, Stellvertreter) Gottes im Gehorsam Gottes gehet, wie ihn sein Geist führet, dass er mag die Erde, welche im Fluch Gottes (des Menschen wegen) steht, in die Benedeiung einführen und aus Todesangst die höchste Freudenreich in der äussern Mutter der Gebärerin machen, denn er selber thut nichts, allein sein Wille arbeitet mit dem Verstande darin, und füget nur die Compacta zusammen, die zusammen gehören, als da Tod und Leben gegeneinanderstehen, die soll er zusammensetzen und durch eine solche Art in Eins bringen, wie Gott die Zeit und die Ewigkeit durch den und in dem Menschen Christo und durch Ihn Alle, welche ihren Willen darein ergeben, vereinigt hat.

28.

Verderblich ist allerdings der in der neueren Naturwissenschaft herrschende Naturbigottismus (dem ein langweiliger Pedantismus zur Seite geht). In selber wird nemlich die Natur ausschliessend nur in Beziehung auf sich und ihre Verhältnisse genommen, und der Bereich ihrer Zwecke so weit ausgedehnt,

---

*) S. Divinations- und Glaubenskraft S. 54. -- Allerdings gibt es für den von Gott abgefallenen Menschen kein unmittelbares (unvermitteltes) Verhalten desselben zu Gott, wie zur Natur mehr, und er bedarf zum Einen wie zum Andern eines Mittlers. Denn der Mensch besass ursprünglich diese Natur als Gottes Leben, verlor aber sein Lebensrecht auf sie.

dass die Rücksicht auf den Menschen, als zwar nicht unmittelbar ihren, aber Gottes Zweck durch sie, ganz und gar nicht mehr wahrgenommen, sondern von dieser Natur unverhohlen behauptet wird, dass indem sie von dem menschlichen Hauptzwecke keine Notiz nehme, sie für diesen Menschen nicht mehr Sorgfalt verwendet, als für jedes andere ihrer Hervorgebrachten, und ganz nur in, von und für sie Lebenden. Die an sich selbstlose Natur wird somit als selbstisch sich auf sich beziehend, hiemit als intelligent genommen, d. h. als nichtselblos, und folglich nicht als Natur, auf welche falsche Annahme der schlechte Naturalismus sich stützt. — Mit solcher gotteslosen oder gottleeren Naturlehre, so wie mit einer ähnlichen gottesleeren Sittenlehre schickt man sodann den Jüngling zur Universität, damit er dort christliche Theologie studire.

29.

Weil Göthe den Teufel im Faust modernisirt, sohin, wie billig, ihn auch moralisiren lässt (denn welche schicklichere Masque gäbe es in unseren Zeiten für den Teufel, als die eines Professors der Moral?), so meint Schubarth, dass Göthe denselben in der That nicht als zerstörende,*) sondern als erhaltende Macht habe aufstellen wollen, und erinnert uns durch seine Apologie an Meister Bottom in Midsummer-night Dream und seine Betheuerung an die Ladies „dass er kein wilder Löwe, sondern ein Mensch wie alle übrigen sei.“ — Ich wüsste in der That nicht, was Schubarth auf diese Meinung hätte bringen können, falls dieses nicht der Schein der Inconsequenz in dem Benehmen und in den Aeusserungen des Mephistopheles gewesen, welcher aber sogleich wieder verschwindet, wenn man bedenkt, dass der Lügengeist am allerwenigsten in seinen Reden consequent sein kann und will, und dass, wenn selber gleich bisweilen seinen Aerger

*) Für Gott, den Christ und den im Christ lebenden und wirkenden Menschen ist auch der Böse nicht Hinderniss, sondern Mittel und der Teufel (die Teufelei) hat für diese freilich kein Sein (keine Wahrheit). [Vergl. Vorlesungen über Göthe's Faust, v. K E. Schubarth. Berlin. 1830. H.]

über die frevelnde Anmaassung des Menschen äussert, er doch von Herzensgrund, so wie er diesen in's verderbende Verbrechen stürzen sieht, sagt: „Hab' ich doch meine Freude daran!" — Folgende Stelle beweiset übrigens mehr gegen den Verfasser und für den Teufel, als er wohl selbst gewahr geworden sein mag. „Und so entspringt der Teufel als wirklich, der nicht ist (d. h. der zu sein und sich zu manifestiren strebt) und verwirrt als böser Dämon die Menschen, indem das, was zu ihm und seiner Entstehung den ersten Anlass gibt (wobei, wie ich in meiner Schrift über Divinations- und Glaubenskraft bereits bemerkte, die primitive Erzeugung von der secundairen oder Fortpflanzung zu unterscheiden), vielleicht von Natur zwar ein ausserordentlicher, ungewöhnlicher, wohl gar fürchterlicher und ganz unnahbarer, geistiger, höchst flüchtiger, den Sinnen entfliehender Gegenstand ist (was will man denn mehr?), der jedoch an und für sich seine wahre, naturgemässe Bedeutung darum noch nicht verliert (dem sie invito marte bleibt oder aufgegeben wird), weil er für den Menschen (ohne Erlöser, Zerstörer der Werke des Teufels) unauflöslich, unbezwinglich ist, ja weil er ihm als ungeheuere, durchaus selbständige Gewalt (sie dem Menschen anlügend) entgegentritt, sobald dieser (ohne den Mittler) ihn bewältigen zu können sich vermisst." — Welcher Stelle ich nur eine andere (aus der Vorrede zu Truz-Nachtigall. Berlin 1817) eines anderen Schriftstellers beisetze. „Und wer die Wirklichkeit der höllischen Mächte nicht verstehen und fürchten, und sich mit dem Anschliessen an den Erlöser nicht gegen sie freudig waffnen kann, der ist dem Feinde anheim gefallen, und dieser wird leise auftreten und sich hüten in seiner Gestalt vor ihm zu erscheinen, dass er nicht erkannt werde in seiner Scheusslichkeit. Denn an ihn glauben (nicht: ihm glauben) heisst ihn verstehen (ihn sich gegenüber, von sich und unter sich halten), d. i. fliehen und verfluchen." Was die progressive Entwickelung des Bösen betrifft, so könnte man sagen, dass Lucifer selbes erdachte, Adam es wollte, Eva zuerst es that. Diesselbe Stoff-Philosophie, welche übrigens für das Selbstbewusstsein ein eigenes, von diesem Sein noch unterschiedenes Sein oder Substrat

(Ding) will, will auch ein solches für das Streben, und kann darum zu keiner Theorie des Bösen gelangen. Der Gute ist essential, nicht zwar durch sich, sondern durch Gott. Der Böse ist nicht essential, sondern will sein, strebt zu sein. Aufgehobene Causalität ist Streben und eben dieses tantalische Streben ist sein Uebel und seine Strafe, denn als Creatur ist er doch impotent, sich Sein zu geben. Gott hält nur seinen gefassten Willen, selbst und allein zu sein, ihm fest.

Jene Stoffphilosophie, welche zwar ohne Schwierigkeit jedem Stein, nur nicht dem Selbstbewusstsein, Realität einräumt, wird übrigens schon dadurch widerlegt, dass in der Sphäre der Natur selbst z. B. dem Hall oder Schall mindestens gleiche Realität zugeschrieben werden muss, als dem Steine, weil der Schall den Stein durchdringt, und z. B. in den Klangfiguren die Materie im Innersten fluidisirt. Denn eben das Unfassliche ist das Fassende. Die Minima der Action sind eben die Maxima. Der Schall als das Subtilste ist das Kräftigste, Substanziellste. Der Schluss auf die Realität des Selbstbewusstseins, des Geistigen überhaupt ist leicht.

30.

Den bösen Geist als „den absolut verneinenden" vorzustellen, muss übrigens freilich auf Missverständnisse führen, da ja derselbe die Verneinung überall nur (als Mittel) zur eigenen Bejahung (als Zweck) freilich mit tantalischer Ohnmacht anstrebt, so wie wir nicht bloss in leiblichen Organismen, sondern auch in gesellschaftlichen diesen Zerstörungstrieb unaufhörlich beflissen sehen, „sich zu constituiren," und z. B. seit Napoleon dieser Trieb (als Revolutionstrieb) immer bewusster darauf hinarbeitet, in einer absolut-monarchischen (d. h. despotischen) Form Halt und Bestand zu gewinnen; und zwar genügt ihm, wie es scheint, eine bloss weltliche Macht nicht, sondern er ambitionirt eine geistlich-weltliche, — eine dämonokratische im Gegensatze einer theokratischen. — Ein Bestreben, welches denjenigen nicht befremden kann, der sowohl aus der Natur dieses Zerstörungsprocesses, als aus der Schrift sich überzeugt hat, dass dieses der Gang ist, den derselbe nehmen muss und dermalen mit Acceleration zu nehmen scheint. Man lasse sich also ja nicht von der blind folgenden Menge täuschen, welche nicht weiss, was sie thut (wie denn nach Lessing nur wenige Hämmel für eine grosse Heerde Schafe genügen), sondern fasse nur die meneurs ins Auge, so wird man sich überzeugen, dass man z. B. den Republicanismus nur als Mittel zur Zerstörung der noch bestehenden, positiven Religion braucht, so wie z. B. der Teufel den Menschen weiss macht, es wäre ihm nur um Förderung unseres Zwecks (einer vorübergehenden Sinnenlust) zu thun, wozu das Verbrechen, das er uns ansinnt, nur Mittel sei, während doch dieses bleibende Verbrechen sein Zweck, unsere vorübergehende Sinnenlust aber ihm nur Mittel ist.

31.

Mag immerhin der Materialist auf die festen Gesetze der äussern Natur pochen, und sich selbst dieser Treue und Langmuth Gottes bedienen, um Gott zu leugnen, — so ist es doch gewiss, dass der Uebergang aus dem nichtoffenbaren zum offenbaren Zustande in dieser Natur äusserst leicht und leise ist, gleichsam in beständiger Schwebe (und Flüssigkeit) sich befindet, und dass nur sehr wenig dazu gehört, das Sichtbare in Unsichtbarkeit zu versenken, sowie Sichtbares aus dem Unsichtigen hervortreten zu lassen. Wenn jedes Offenbarwerden einem Andern ein diesem Fasslichwerden ist (geschehe dieses nun freiwillig oder nicht), so leuchtet ein, dass ein Höheres, Kräftigeres einem Niedrigern, Schwächern nur per descensum durch Nachlassen seiner Kraft, oder per ascensum durch Steigerung der Fassungskraft des Niedrigern, oder durch beide gemeinschaftlich, vernehmlich werden kann. Einen zu hohen Ton z. B. vernimmt mein Ohr nicht mehr, wie es einen zu tiefen nicht mehr vernimmt. Sobald aber wie immer die Fassungskraft meines Ohrs ihr Moment verändert, so geht mir auch eine andere Tonwelt auf und

---

*) In Krause's Philosophie der Geschichte begegnen wir wenn auch von einem andern Standpuncte aus einem verwandten Gedanken. H.

unter; und dasselbe gilt für das Auge, dem z. B. ein zu schnell sich vorüber bewegender Körper unsichtbar bleibt, bis er sich hinreichend von jenem entfernt, und eine der Fassungskraft des Auges entsprechende, geringere, relative Geschwindigkeit angenommen hat. Stellte man sich darum die Manifestation irgend eines dem Menschen höheren Agens unter dem Bilde oder analog einer Sprache vor, die zu ihm gesprochen wird, und nähme man an, dass der Ton dieser Stimme mit dem Fortschritte der Zeit immer höher (acuter) würde, der Mensch dagegen in Bekräftigung und Schärfung seines Ohrs nicht gleichen Schritt hielte, wohl gar zurück ginge, so müsste freilich über kurz oder lang der Moment des Verstummens oder Nichtmehrvernommenwerdens jener Stimme für den und von dem Menschen eintreten, wenn gleich hiebei zugegeben werden müsste, dass hieran nur der Mensch selbst schuldete, weil man jetzt noch wie vor zu ihm spricht. Das heisst mit anderen Worten: die göttlichen, so auch die geistigen Manifestationen oder Communicationen haben in unseren Zeiten nicht etwa aufgehört, sondern sie sind nur immer centraler, universeller, intenser geworden, sohin den in tieferen, beschränkteren Sp..ären und Regionen zurück bleibenden Menschen immer unvernehmbarer, und sie sind nur Denjenigen vernehmbar geblieben, welche den Muth und das Glück hatten, diese Schranken zu durchbrechen und jenen Manifestationen in ihre höheren Regionen zu folgen, d. h. diesen Regionen in sich sich zu öffnen und sich denselben offen zu erhalten.

32.

Alles „Unmittelbare“ tritt vorerst mit der Forderung auf, mich zu vermitteln, d. h. mich sich zu subjiciren, und es kömmt also vorerst auf meine von mir getroffene Wahl an, welchem Unmittelbaren ich mich subjicire, und welches Unmittelbare ich im Gegentheil mir subjicire oder zu subjiciren strebe. Ist meine Wahl nemlich die rechte, so erhalte ich durch mein Michsubjiciren gegen A zugleich das Subjectionsvermögen gegen B, und mich verlierend (verneinend) finde ich mich bejaht. (Wer sich selbst erniedrigt, wird erhöhet werden.) — Religiös ist nun mein

Erkennen (Wollen, Wirken) zu nennen, insofern es ununterbrochen von einer solchen wahren, nicht schlechten Subjicirung aus- und in dasselbe rückgeht; nichtreligiös aber im Gegentheil. Noch muss (in Bezug auf den Gebrauch, den mehrere neuere Schriftsteller von den Worten: Wiedergeburt, Erlösung u. s. w. machen) bemerkt werden, dass zwar jedes erste, unmittelbare Sein (wie Milton sagt: untried being) noch nicht das wahre ist, sondern dieses erst durch einen Vermittelungsact (der Aufgabe des Endlichen ans Unendliche) wird, dass aber diese zweite oder Wiedergeburt keineswegs mit jener zu vermengen ist, welche das bereits sich verselbständigt habende schlechte Endliche bedarf, um bewährt oder wahr zu werden.

Wenn gleich Hegel keinen Unterschied zu statuiren scheint zwischen jenem Unmittelbaren, das mich auf- d. i. emporhebt, und jenem, das ich aufhebe, zwischen dem belebenden Hauch von oben, und der irdischen Nahrung, so lässt sich doch dieser Unterschied nicht beseitigen. Auf ähnliche Weise statuirt aber auch Hegel keine andere Arznei, als die Gift ist (Encyclopädie der ph. W. S. 201) *), wogegen doch die wahre Arznei nur dem Gifte Gift, zugleich aber dem gefangenen Leben ein sich freundlich An- und Eineignendes ist.

33.

Wie Hegel sehr richtig die schlechte Unendlichkeit von der wahren unterscheidet, so ist mit nicht minderem Rechte die schlechte Endlichkeit von der wahren zu unterscheiden, und nicht etwa die Endlichkeit als solche schlecht zu nennen, vielmehr anzuerkennen, dass das Subjective, das nur subjectiv, das Endliche das nur endlich, das Unendliche, das nur unendlich sein soll u. s. w. keine Wahrheit hat (Encyclopädie S. 113) **). Wenn darum Hegel (S. 278) ***) den Satz aufstellt „dass die geis-

---

*) Hegels Werke VII, 684.

**) Hegels Werke VI, 388.

***) Die oben citirte Stelle ist in der letzten Ausgabe der Encyclopädie d. ph. W. in den gesammelten Werken Hegels umgestaltet worden. Siehe Hegels Werke VII, 427.

tige Substanz, welche ihren Inhalt, so wie ihre einzelne Wirklichkeit · oder ihr (persönliches) Selbstbewusstsein von seiner Beschränktheit (diese als ausser, oder wohl gar gegen den Unendlichen genommen) in der Furcht des Todes befreit, dasselbe zur Unendlichkeit erhoben habe," so hat man diesen Satz so zu verstehen, dass der die (schlechte) Todesfurcht überwindende Entschluss dieses einzelne Selbstbewusstsein als solches wahr macht, durch „Opfer" der schlechten und Schein-Einzelnheit, jenes aus der schlechten Endlichkeit in die wahre versetzend. Mit welcher Versetzung wir denn auch an die Stelle der schlechten Todesfurcht die Ehrfurcht und die in ihr gründende Liebe gegen den Unendlichen „als Herrn und Liebhaber des Lebens" in demselben einzelnen Selbstbewusstsein oder derselben Person treten sehen. Uebrigens ist es nicht das einzelne Selbstbewusstsein, welches sich durch den oben angezeigten Act selbst zur Unendlichkeit erhebt, sondern welches sich hiemit erhoben findet.

34.

Anstatt des Schema's

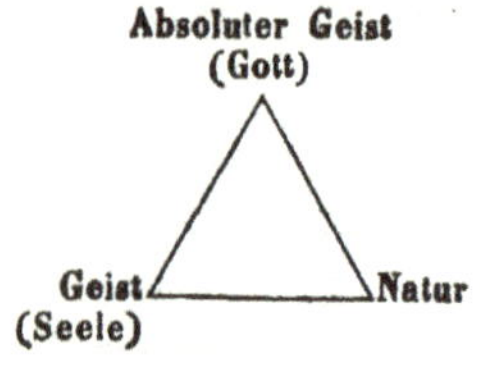

ist vielmehr folgendes zu setzen

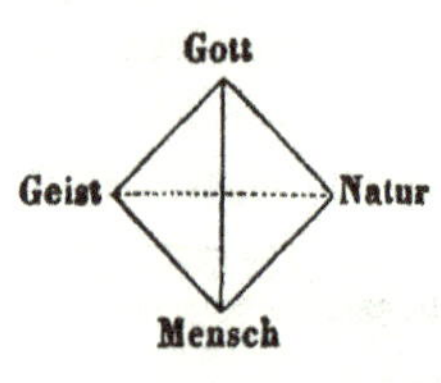

Diese höhere Würde des Menschen (als Vermittlers von Geist und Natur) hat zuerst die christliche Religion geoffenbart, und wenn Hegel mit Recht das Wesen der christlichen Doctrin in die Erkenntniss setzt: „dass Gott der absolute Geist ist," so muss nicht minder als jener Doctrin wesentlich dieses dem Menschen allein zukommende Verhalten zu Gott beachtet werden. Die Natur geht nemlich in den Geist, dieser in die Natur, beide somit in Gott nicht unmittelbar, sondern durch den Menschen über, welcher der Begriff von Geist und Natur ist, wie nach Schelver das Thier der Begriff der Pflanze und Erde (des Minerals).

Das gegebene Schema kann auch in der allgemeinsten Bedeutung genommen den Gedanken versinnlichen, dass nur durch Aeusserung wahrhafte Innerung gesetzt wird, wie z. B. nur durch Darstellung seiner Idee diese dem Künstler wahrhaft aufgeht. Wenn Zwei Eines wollen (und thun), so werden sie Eines (einig) sein. Das Geniale (Göttliche), sagt man, sei Einheit der Selbstthat mit Natur. Hier muss man aber höhere, über Selbstthat stehende und niedrigere, unter ihr stehende Natur unterscheiden. Der Mensch als vermittelnd beide (Geist und Natur) ist darum (nach obigem Schema) von beiden unterschieden und steht im Aspect des Princips, nemlich Gottes als der Ureinheit beider. Somit ist der Mensch berufen zur Vermittelung zwischen der Geister- (Engel-) Welt und der Naturwelt und nur mittelst der Inwohnung im Menschen vermag Gottes Inwohnung im Universum (in der Geister- und der Naturwelt) sich zu vollenden. Im Original drückt aber das oben gegebene Schema den immanenten Lebensprocess Gottes selber aus, der kreiset in den vier Momenten: der unoffenbaren, ungeschiedenen Einheit des göttlichen Wesens, dem Auseinandergehen in den Gegensatz der Lust und der Begierde (des ideellen und des reellen Seins, des Geistes und der Natur) und der vermittelten Einheit beider als der offenbargewordenen, actuellen, concreten Einheit des absoluten Geistes mit sich. Die Weltschöpfung ist ein Nachbild des ewigen immanenten göttlichen Lebensprocesses. Daher spiegelt sich in ihr jene h. Urtetraktys nur wieder.

Es scheint mir fast, als ob ich in unseren Zeiten der Erste und leider noch der Einzige sei, welcher die durch J. Böhme begonnene und durchgeführte wissenschaftliche Reformation als solche anerkannt und begriffen hat. Und es verräth allerdings wenig Einsicht von den protestantischen Gelehrten, wenn sie noch immer und immer wieder ihren (unwissenschaftlichen) Luther citiren, J. Böhme aber ignoriren. Mir ist nemlich dieses Philosophi teutonici Philosophie, die gar sehr, wie Hegel sagt, in die Tiefe geht, in die lichte Höhe führend geworden. *)

*) Es mag hier unerörtert bleiben, in wie weit der Vorwurf der Unwissenschaftlichkeit gegen Luther begründet ist und in wie weit nicht. Ausser Frage ist jedoch, dass Luther jedenfalls überwiegend eine practische, eine weltgeschichtliche Character-Grösse war. Böhme dagegen war zwar in seinem engen Lebenskreise ein höchst verehrungswürdiger Character, aber derselbe hat nicht direct, sondern nur indirect als Bewährung seiner Wissenschaft und seines Glaubens eine weltgeschichtliche Bedeutung. Die eigentliche weltgeschichtliche Bedeutung Böhme's — denn eine solche hat dieser tiefsinnige Geist trotz alles Geschwätzes der Unwissenheit und der Flachheit dagegen — liegt in seiner Wissenschaft, oder genauer in der Genialität, die ihn, den gelehrter und eigentlich wissenschaftlicher Bildung ermangelnden schlichten Handwerksmann in eine Tiefe schauen liess, aus welcher er Ideen ans Licht brachte, die bestimmt waren, die Wissenschaft von Grund aus umzugestalten, womit indess freilich erst in unserer Zeit kaum der Anfang gemacht worden ist Zugestehen muss man jedoch, was freilich jedem Leser seiner Schriften nur zu sehr in die Augen springt, dass es Böhme nicht gelungen ist, seine tiefen Ideen auch nur in der Weise zu einem klaren und wohlverbundenen Ganzen herauszustalten, wie es ihm doch an sich selbst möglich gewesen sein muss, wenn man nach den gelungeneren Partien seiner Schriften, welche oft die grösste Klarheit mit fast vollkommenem speculativem Ausdruck verbinden, urtheilen darf. Richard Rothe hat gar nicht so Unrecht (Theologische Ethik I, 33) von verschlackter Gestalt zu sprechen, worin die tiefen und grossen Ideen Böhme's (und Oetingers) aufgetreten seien, und vermöge welcher sie unmöglich sich hätten durchgreifende Geltung verschaffen können. Nur sollten gründliche und ernste Männer diese grossen Mängel der Darstellung nicht zum Vorwande gebrauchen, theils sich von dem tieferen Eingehen in seine Tiefen zu dispensiren, theils ihm die grosse Bedeutung abzusprechen, die ihm nichts desto weniger zukommt. Urtheile z. B. wie die des in seinem Fache hervorragenden Verfassers der chemischen Briefe in der A. allg. Zeitung über Böhme sind null und nichtig. So viel derselbe auch von der neueren Chemie versteht u. so sehr er selbst diese Wissenschaft bereichert hat, so versteht er doch von J. Böhme u. von der ächten Idee der Alchymie rein gar nichts. H.

Zweites Heft.

Mein Geist muss forschen.

Psalm 77, 7.

Ein gross Elend ist es, dass der Mensch so blind wird, dass er doch nicht mag erkennen, was Gott ist, so er doch in Gott lebt, und sind noch Menschen, die solches verbieten, man solle nicht forschen, was Gott sei, und wollen noch Lehrer Gottes sein. Ja wohl! Lehrer des Teufels sind solche, dass er mit seinem falsch-gleissnerischen Reiche nicht offenbar werde.

Jac. Böhme Menschwerdung Christi I, 5, 27. II, 6, 2.

O Blindheit und eigene Vernunft! Wer hat uns das Forschen verboten? Der Teufel verbeut es uns, dass wir nicht mögen sein Reich erforschen, wir möchten sonst vor ihm fliehen: wenn du mir doch auch verbötest, dass ich nicht dürfte athmen &c. &c. Wie hat dich der Dünkel geblendet, darf der Sohn nicht sehen was der Vater im Hause macht, da er doch sein Werk treiben muss? Warum soll ich nicht nach meinem Vaterland fragen, daraus meine Seele in Adam ging, und aber in Christus wieder eingehen mag? Ich sage: es wird mir schon verboten sein, ohne Geist zu forschen was Gott ist, denn Gottes Geist forscht sich selber (durch, mit und in mir), sonst kann Niemand Gott forschen, ist Gott nicht in seinem Geiste. Es darf's niemand verbieten.

Jac. Böhme erste Schutzschrift wider Tilken §. 472.

Der sachkundige Leser dieses zweiten Heftes der Fermenta Cognitionis wird finden, dass ich in denselben dem Titel dieser Schrift nicht nur sattsam entsprach, sondern auch meinem Hauptzwecke näher gerückt bin, nemlich: eine ernstere Aufmerksamkeit auf die noch wenig bekannten und noch häufiger verkannten Schriften unseres Jacob Böhme, dieses wahren Philosophus per Ignem und Reformators der Religionswissenschaft, zu fixiren, und wenigst einige tüchtige Köpfe zu überzeugen, dass gerade bei der dermaligen idealen Richtung der Philosophie in Deutschland ein ferneres „Ignoriren“ dieser Schriften nur — dem Ignoranten hingehen kann. Wenn ich übrigens hier unsern Philosophus Teutonicus den Reformator der Religionswissenschaft nenne, so anticipire ich hiemit freilich eine, jedoch nicht mehr ferne, Zukunft, und behaupte nur, dass bei einer solchen rein wissenschaftlichen Reformation Jacob Böhme's Schriften und Principien den Deutschen vorzüglich Dienste leisten werden. Der Religionswissenschaft ging es bisher mit diesen Schriften (insoferne sie fast ganz nur in den Händen solcher blieben, die sie entweder nicht recht brauchten, oder wohl gar missbrauchten), wie es der Arzneikunde in neuern Zeiten ging, von welcher ein Kundiger behauptet, dass man ihre wahren Principien nur mehr unter Schweinschneidern, Scharfrichtern, alten Weibern &c., d. h. nur unter Quaksalbern und Empirikern finden könne! — woraus nicht etwa folgt, dass man sein Leben diesen Menschen anvertrauen müsste, wohl aber, dass man ihre Tradita, Künste &c. einer neuen, ernsten und vorurtheilsfreien Beachtung und Erforschung zu unterwerfen beflissen sein soll. Hättet Ihr (Volkslehrer &c.) nicht versäumt, dem Volke (in religiösen wie in bürgerlichweltlichen Dingen) die wahre Aufklärung (nemlich die in eueren Händen stehende Hilfe zu solcher, d. i. zur freien Entwickelung aller seiner Kräfte &c.) zu verschaffen, so würdet Ihr nicht Ursache haben, vor religiösen und politischen Jongleur's Euch zu fürchten, welche nur dadurch dem Volke und Euch gefährlich werden, dass sie Etwas zu geben versprechen, wessen dasselbe bedarf, und was ihm anderwärts (von Euch) nicht gegeben wird.

Jeddefer in Esthland, den letzten November 1822.

1.

In dieser äussern oder Formenregion, wo alles noch selbstsüchtig oder Partei machend und nehmend, als Einzelnes neben und gegen Einzelnes, auftritt, muss das Allgemeine (Eine) selbst eine solche Form annehmen und gleichsam Partei machen *). So z. B. muss die Nationaleinheit oder Gesammtheit selbst in einer einzelnen, oder mehreren einzelnen Personen (Regenten) neben allen übrigen einzelnen Personen auftreten, und der Streit des oder der Einzelnen mit dem Einen (Allgemeinen — quae ad omnes pertinent a singulis negliguntur) muss sich darum auch als Befehdung dieses Einzelnen (das Allgemeine Repräsentirenden) kund geben. Gleichviel ob diese Befehdung versteckt oder offenbar, von Einzelnen oder von Mehreren in Verbindung geführt wird.

2.

Wie darum (im Judenthum) der Allgemeine (éine Gott) in einer besondern Corporation (Nation) neben allen übrigen (einzelne Nationalgötter repräsentirenden) besondern Nationen auftrat, und wie zu Christi Zeit der allgemeine Mensch in einer einzelnen Menschenform neben allen andern einzelnen Menschen erschien, so dauert diese Nothwendigkeit des Fortbestands einer Einzeln-

*) Gott selber muss in der Zeit gleichsam Partei machen, und, obschon Er Alles ist, sich in besonderer Weise manifestiren, wie die zu Ihm sich Haltenden sich absondern müssen.

heit, welche, so widersprechend dieses auch scheint, den Menschen für das Allgemeine gelten, dasselbe bedeuten, auf es, auch unbeliebig, ununterbrochen hindeuten soll, noch fort; nemlich so lange, bis das Allgemeine Eine ins Centrum aller einzelnen Formen eingedrungen, diese alle sich subjicirt, und organisch d. h. von innen heraus sich assimilirt haben wird. Nicht etwa als ob das Aeusserliche (mit seiner sodann nicht mehr anorganischen, sondern organischen Vielgestaltigkeit) verschwände, und nur das Innere (z. B. nur eine innere d. h. unsichtbare Kirche) bliebe, sondern weil sodann im Innern und Aeussern nur éin Regiment sein und sich kund geben, d. h. die Idea (als Concretheit, nicht als Einerleiheit, des Einen und Einzelnen mittelst des Besondern) gleich einer allwesenden Sonne aufgehen wird.

So lange z. B. der Mensch in seinem Innern oder inwendig demselben Weltgeiste dient oder fröhnt, welcher im Aeussern sein Regiment führt, gleich einer durch den Fall des Menschen gegen ihn erhobenen Windsbraut (Fermenta Cognitionis I. S. 16 und Epheser 2, 2), so lange hat er freilich das Aeussere und Innere nur in ihrem Unterschied, aber nicht in ihrem Conflict, kennen gelernt, und er wird letztern nur dann inne, wenn er inwendig jenem Regiment, welches im Aeussern fortherrscht, den Dienst aufzusagen, d. h. einem andern Regiment sich zu unterwerfen begonnen hat. Aber ein solcher Mensch wird, falls er anders die Natur dieses Streites eingesehen hat, denselben weder einem absoluten Unvermögen des Aeussern zuschreiben, jenem andern Innern zu folgen, welches nun in seinem (des Menschen) Innern zu regieren begonnen, noch weniger einer absoluten Widersetzlichkeit desselben (einem in der Natur als nichtintelligentem Sein vorausgesetzten radicalen Bösen *)) Vergl. Fermenta Cogn. I. S. 23. Aber freilich scheint die Kategorie des Innern und Aeussern von den Naturphilosophen und Psychologen noch wenig begriffen zu sein, indem sie die Identität der Innerlichkeit mit

*) Der Ausdruck: „das radicale Böse“, welchen Kant gebrauchte, ist um so unschicklicher, da das Böse nicht in der Wurzel, sondern in der puissançe ein solches ist. Denn alles Böse ist Ich zur Potenz (Ichheit) erhoben.

der Intension, der Aeusserlichkeit mit der Extension nicht festhalten, und noch nicht zur klaren Einsicht gelangt sind, dass schon das Selbstbewusstsein ein mich Wissen in Etwas, und ein Etwas (dasselbe) in mir Wissen aussagt, so wie das mich von beiden diesen Etwas Unterscheiden. Ein Intensum, obschon es eine Vielheit aussagt, ist darum kein Zusammengesetztes, sondern ein durch eine höhere Macht Simplificirtes und Essentiirtes. Essentiare est ad Inexistentiam potentiarum (radicum) redigere. — Was lässt sich nun von physicalischen und chemischen Theorien erwarten, welche diese Inexistenz und Intensität der Natur ableugnen, und ihr ganzes Thun auf Zusammensetzen oder Auseinandersetzen eines Sandhaufens oder Atomenhaufens bringen wollen? Worin doch noch jetzt die ganze Weisheit unserer Atomistiker besteht, nur dass sie den Atomen etwa elektrische Polarität verleihen, ohne doch von dieser Elektricität Rechenschaft geben zu können. Eben so flach ist das Hauptdogma dieser Physiker: „dass nemlich zwei Materien nicht éinen und denselben Raum einnehmen könnten," was eigentlich nichts anders aussagt, als dass zwei unterschiedene Raumoccupationen, so lange sie solche sind, nicht zugleich éine Raumoccupation sind. — Der wahre Begriff der Undurchdringlichkeit mangelt aber diesen Physikern noch, nemlich dass das wahrhaft Undurchdringliche das Durchdringende ist, und welches also einen bereits occupirten Raum erfüllt ohne ihn selber zu occupiren, oder, wie man sagt, wesenhaft einzunehmen; in welchem Sinne Gott Sich Selber den alles Erfüllenden nennt, welcher Er nicht sein könnte, wenn Er nicht allem supraëssential, als Wesen von allem Wesen unterschieden wäre, wesswegen Ihn kein Wesen einschliesst und keines ausschliesst. Woraus man nebenbei die Flachheit der pantheistisch-Spinozistischen Vorstellung einsieht, welche die Supraëssentialität Gottes leugnet.

3.

Begreiflich wird aus der in den vorgehenden Paragraphen gegebenen Ansicht, wie in jeder Zeit die Wahrheit nur in Mitte von zwei entgegengesetzten Parteien (den Ultra's) sich finden und erhalten muss, davon die eine sich für befugt hält, so wie sich das Aeussere seinem Innern unangemessen zeigt, dieser Unangemessenheit sich sofort als Vorwands zur gänzlichen Abschaffung dieses Aeussern zu bedienen, wogegen die andere Partei das Aeussere nicht anders als durch seine absolute Irreformabilität bewahren zu können vermeint. Widersinnig verführe nun ein nach ersterem Motiv „Sichseparirender“, falls er dieses Innere (z. B. die sogenannten voies interieures in der Religion), um es gegen ein, wie er meint, ihm feindlich wordenes Aeusseres zu retten, selbst äusserlich machen (extravasiren) und als solches diesem anderen Aeusserlichen entgegensetzen wollte; sowie dagegen derjenige nicht minder widersinnig verführe, welcher Entgegengesetztes treiben, d. h. das Aeussere als solches gegen jedes Innere verschliessen und verschlossen halten wollte. Jener hiebe den Baum um, weil er ihm nicht recht wüchse, dieser beschnitte ihm alle frischen Augen und Zweige, weil sich Neues an ihm zeigte, d. h. weil er fortwüchse. — Die älteste wie die neueste Geschichte gibt uns Beweise genug von dieser falschen Doppeltendenz, und wenn wir z. B. den letzteren Ultra's manche revolutionäre Bewegung als Folge gehemmter evolutionärer Schuld geben müssen, so sehen wir dagegen die erste Partei ununterbrochen beflissen, jene sogenannte (kirchliche oder bürgerliche) Erweckung sofort in einen, den Bestand der Kirche oder des Staats gefährdenden, Separatismus ausschlagen zu machen. Wesswegen auch der Freund der freien Evolution sicher sein kann, beide diese Parteien zu seinen Feinden zu haben.

Wenn von Wiedereinung getrennter Parteien die Rede ist, so scheint die erste Bedingung hiezu die zu sein, dass jede derselben noch innerlich lebendig (inter vivos) sei, weil eine (im entgegengesetzten Fall freilich keine Schwierigkeit habende) Aggregirung der Innerlichbereitsgestorbenen, sohin Insensibel- (indifferent, nicht tolerant) wordenen keine Reunion heissen kann. — Insofern nun der Protestantismus zuerst aus einer Erweckung des inneren religiösen Lebens ausging, später aber von dieser seiner Wurzel sich trennte, kann man dessen Rückkehr zu seinem Ursprung als die erste Bedingung einer Reunion ansprechen.

4.

Man kann die christliche Religion „die Religion der Idee" par excellence nennen, weil sie im Begriff der Menschwerdung Gottes die Idee (der Einheit oder Einigung, nicht einer confundirenden Einerleiheit des Einen, Allgemeinen mit dem Besonderen) par excellence darstellt. So wie darum der sogenannte (abstrahirende) Verstandesbegriff die Idee verdrängte, musste seit geraumer Zeit die christliche Religion ganz besonders das Loos alles Idealen treffen, verkannt zu werden. In Wissenschaft, Kunst und Staat ist und bleibt aber diese Religion ihrer Natur gemäss der Bürge alles Idealen, z. B. des Königthums oder der Unverletzbarkeit (bürgerlichen Heiligkeit) der obersten Magistratur überhaupt. Denn die Ursache, warum sich die Regenten nicht „Ich", sondern „Wir" schreiben, ist dem abstrahirenden Verstande wohl eben so unbegreiflich, als die Concretheit der allgemeinen und besonderen Natur in jedem einzelnen Körper. Jenes „Wir" praesumirt nemlich eine ideale Verbindung des Einen (der National-Einheit) mit der einzelnen Person des Königs, welcher, wie Maistre sagt, dem Volk als *le* Roi, nicht als *ce* Roi gilt.

Ein Volk wird wie ein einzelner Mensch nur zu leicht (falls anders Stupidität nicht dagegen verwahrt) aus einem Verächter und Spötter der Idee zum Hasser derselben oder zum Ideophoben*). Wenn nun schon unsere so sich nennenden Aufklärer unter Aufklärung nichts anderes verstehen, als die Fabrication flacher und indifferenter Verstandesbegriffe, so trifft sich's doch, dass sie hiebei auch, obschon ohne ihre Schuld, Ideen erwecken, deren Natur es mit sich bringt, dass sie nie indifferent sich zeigen können, sondern jederzeit Interesse für oder wider im Gemüth sowohl als im Erkenntnissvermögen erwecken, und jene Aufklärer finden sich darum bisweilen in einen ihnen selbst unverstandenen Streit verflochten. Von dieser Macht der Idee habe ich in meiner Schrift: Ueber Divinations- und Glaubenskraft (S. 43 Anmerk.) bereits gesprochen, und von ihr sprach der Christ, indem Er sagte:

---

*) Einen solchen Uebergang aus der Ideenspötterei in Ideophobie machten die Franzosen in der Revolution.

„Ich bin zum Gericht auf diese Welt gekommen, auf dass, die da nicht sehen, sehend werden, und die da sehen, blind werden.“ Johann. 9, 39.

5.

Wie der Glaube an die Historie der zwar unentbehrliche Leiter des Glaubens an Kraft ist (wenigst dem, welchem einmal diese Hilfe geworden), so ist die tradirte Offenbarung die Leiterin eigener. So z. B. ist es Sache des Religionslehrers, mit dem Glauben an den gestorbenen und auferstandenen Erlöser jenen an den bei und in uns bleibenden zu verknüpfen, d. h. den Glauben an die durch diesen Tod der Menschheit erbeutete, darum nun jedem Menschengemüth innerlich findbare oder erfassbare Auferstehungs-Kraft und Macht aus dem Nachtleben und aus der Ohnmacht der Sünde &c., — und überhaupt die heiligen Schriften dermaassen auszulegen, dass jeder Hörer oder Leser sich überzeugt, hier gelte auch für ihn jenes: mutato nomine Historia (nicht etwa Fabula) de te narratur! *) Aehnliches gilt aber auch von Traditis als Erkenntnissgegenständen, und wenn z. B. Hegel sagt: dass die wahrhafte Erkenntniss kein bloss Gegebenes (Geoffenbartes, — Unmittelbares), sondern ein (freilich nur an und mit diesem Gegebenen) Selbst- (organisch) erzeugtes sei, so stimmt diese Behauptung mit jener Jac. Böhme's überein, welcher gleichfalls nur jenes Erkennen gelten lässt, welches der Mensch mit Hilfe jenes Gegebenen in sich ausgeboren hat, wenn schon der letztere Denker es deutlicher als der erstere macht, dass der Ernst und der Schmerz dieser Geburt nicht eigentlich in der Anstrengung des Sehens, sondern in jener der Frei- und Klar-

---

*) Wie könnt' ihr, sagt Paulus (innerlich) hören (sehen &c.), wenn man nicht äusserlich euch predigt (zeigt — d. h. wenn ihr nicht äusserlich hört, seht) — was nützt euch aber, dass ihr äusserlich hört (seht), wenn ihr nicht auch innerlich hört (seht). Das äussere Sehen (Hören) ist nemlich ganz unwillkürlich, das innere nur zum Theil, weil selbes erst die Sollicitation zum inneren Hören (Sehen &c.) d. h. zum gläubigen Auf- und Insichnehmen ist. Wie denn nur in zweier Zungen Mund (des äussern und innern) alle Wahrheit besteht.

machung des rechten Auges besteht und nicht, wie die meisten unserer Philosophen meinen, im Selbstmachen solchen Auges.

Ueber das Unverständige des seit geraumer Zeit festgehaltenen Gegensatzes von Offenbarung und Wissenschaft (Theologie) siehe Bockshammer „Offenbarung und Theologie" Metzler, Stuttgart 1822 *). — Es scheint den Menschen schwer einzugehen, dass die Erkenntnissfunction des Lebens selbst — eine Lebensfunction ist, und also dem ersten Gesetze derselben (ihrer Spontaneität, die darum keine absolute sein muss) gemäss nur geübt werden kann, und wie sie sich die bequeme Doctrin des utiliter Acceptirens des Verdienstes Christi ersonnen haben, so begnügten sie sich auch um so leichter mit einem blossen utiliter Acceptiren einer gegebenen Erkenntniss. Aber: Dii omnia laboribus (partus) vendunt, und was sie uns aus „Gnade" geben, ist doch nur ein „Vorschuss", den wir zu verrechnen haben. Uebrigens habe ich bereits im I. Hefte dieser Schrift erinnert, dass der Mensch die ihm aus gegebener Offenbarung durch sein eigenes Thun gewordene Erkenntniss doch darum keineswegs für sein alleiniges Product halten darf.

6.

Die Expansion des Geistes (seine Existenz) ist sein Sichwissen, und es ist darum falsch, wenn man behauptet, der Mensch fände oder erhielte sich in seinem Selbstbewusstsein bloss durch und von sich selbst. Eben so wenig kömmt dieses Selbstbewusst-

---

*) Diese geistvolle Schrift verdient noch jetzt aufmerksam gelesen zu werden. Das Meiste darin ist so frisch und wahr, als ob es in der und für die gegenwärtige Zeit geschrieben wäre. Schon des Verfassers Schrift über die Freiheit des menschlichen Willens (ib. 1821), in welcher er Schellings Untersuchungen über das Wesen der menschlichen Freiheit eben so scharfsinnig als geistreich beurtheilte, hatte diesen leider zu früh verstorbenen Theologen als einen Freund jener tieferen Speculation kennen gelehrt, welche Baader bereits seit Jahrzehnten vertreten hatte. Auch er schöpfte aus den Fundgruben J. Böhme's (Offenb. u. Theol. S. 206) und vermuthlich kannte er auch die bis dahin erschienenen Schriften Baaders. Die angeführte Schrift enthält wenigstens fast nichts, was nicht Baader in seiner Weise bereits gelehrt hatte. H.

sein des Einzelnen bloss durch Wechselwirkung mit anderen Einzelnen (Siehe Hegels Phänomenologie des Geistes), sondern nur mit und durch eine Conjunction (Rapport) des Einzelnen (Individuums) mit einem Universellen zu Stande, und diese Conjunction ist sohin idealer Natur. — Wie darum der Mensch sich sein Gewissen (sein eigentliches Sichwissen) nicht als psychische Selbstspiegelung oder Bauchrednerei (etwa mit Richard dem Dritten bei Shakespeare) hinwegdeuteln kann, so kann er sich auch in seinem Sichwissen nicht das (hiemit coincidirende) Wissen seines Gewusstseins von einem Höheren, Sich und ihn Wissenden, bei allen seinen „affectirten“ Versuchen eines Beweises von Gottes Dasein, hinweg denken.

Ich nenne diese Versuche affectirt, weil, so wie man an einen solchen „Versuch“ tritt, man auch schon stillschweigend Gottes Dasein negirt hat, da Gott nur dann ist, wenn er nicht erwiesen werden kann (aus einem Anderen, Früheren &c.), weil er nemlich nicht erst erwiesen zu werden braucht und vielmehr der mich (als den Ihn und mich Wissenden) Erweisende ist. — Die Creatur kann Gott (ihren Schöpfer und Herrn) nicht erkennen, ohne sich von Ihm zu unterscheiden, (tam propinquus mihi et tam differens a me ipso) d. h. ohne sich gegen Ihn zu demüthigen und Ihn in und durch Sich zu erheben und diese Perpendiculaire (nicht etwa jene beliebige Horizontallinie bei Fichte) ist es, welche als das Oben und Unten jedes Bewusstsein aufrichtet und setzt, und ohne eine solche grossartige, wahrhaft religiöse Hingebung an das Höchste vermag der Mensch auch in der Speculation nichts. — Uebrigens zeigt sich die im Text bemerklich gemachte ideale Natur unseres Selbstbewusstseins noch besonders in der Hilfe sowohl als in der Befehdung des Ichs in seinem moralischen Leben, denn dass das Böse, das ich in mir zu bekämpfen habe, nicht Meinesgleichen, kein Individuelles, wie Ich, ist, sondern eine meine Individualität übergreifende Macht, davon bin ich eben so gut überzeugt, als davon, dass das Gute, welches mir bei diesem Kampfe hilft, gleichfalls nicht ein bloss Einzelnes, wie Ich, ist. — Diese Anerkenntniss eines Höhern ist nun Religion, sei es im Erkennen

(Forschen) Wollen, oder Schaffen. „Wenn der Mensch (sagt de Wette im zweiten Jahrgange des Reformationsalmanachs) alles gethan, was in seinen Kräften stand, sich zu erleuchten &c., so weiss er doch, dass er nur einem Höheren (theils als Mitwirker, theils als Werkzeug, theils als Stellvertreter) gedient und gehorcht hat, und dieser Gedanke ist abschliessend und gibt den höchsten Muth, die höchste Zuversicht und Gewissheit &c." — Uebrigens muss ich in Bezug auf die oben gemachte Bemerkung über die Beweise für das Dasein Gottes noch beifügen, dass man (nach dem Satze: Deus non potest se negare) uneigentlich von einem sichoffenbarenden und nichtsichoffenbarenden Gott spricht, weil ja derselbe Gott, obschon nicht auf dieselbe Weise, im Himmel, in dieser äusseren Welt und in der Hölle offenbar ist, und man also unter einer Offenbarung oder Nichtoffenbarung Gottes nur jene Weise derselben verstehen kann, welche einer Creatur durch ihren Ursprung und ihre Bestimmung zukömmt, oder deren sie mangelt.

7.

Ce degré d'Exaltation, sagt Maistre, qui elève l'homme au-dessus de lui-même, et le mêt en Etat de produire de grandes choses. *) — Hier ist nemlich von der Verselbständigung (ins Leben Weckung oder Auferstehung) der Idee in dem und durch den Menschen die Rede, welche nur durch das Opfer seiner nicht bloss ideelosen, sondern ideewidrigen Selbstheit (Ichheit, dem zur falschen Selbständigkeit entzündeten Ich) als gleichsam des Feuermaterials zu bewerkstelligen ist. In der That, seit wann sehen wir in der Nacht der Geschichte seltener dieses Grosse in dem und durch den Menschen aufleuchten? — Unleugbar seitdem mit

*) Dieses gilt selbst schon von der physischen Zeugung, welche doch nur mittelst einer Art Ekstase geschieht. — Die Liebe muss wohl was Besseres und Grösseres als die Menschen sein, weil sie diese nicht nur schöner und besser macht, als sie ohne und ausser ihr sind, sondern sie von ihrer Impotenz befreit, d. h. sie ihrer eigenen Productivität theilhaft macht. Denn nur die Liebe ist productiv, die Nichtliebe impotent, und der Hass destructiv.

der selteneren Praxis selbst die Theorie der Unvermeidlichkeit des Entbehrens, Gehorsamens, Sichopferns einem Höhern ihm verdüstert worden ist. Denn was vermag der Mensch zu leisten, dem man als sein Höchstes — ein Negatives (Verachtung eines Niedrigeren — nil admirari) und nicht ein Positives vorsteckt (Liebe — Bewunderung, Anbetung, Gehorsam, Unterwerfung unter ein Höheres, als er selbst ist)? — „Eine solche Menschenklugheit, ein solcher Witz (bemerkt Clodius in der Urania 1820) ohne das leuchtende Gestirn (einer Idee im Bewusstsein) ist selbst nur eine bornirte, eng- und mattherzige Verrücktheit, die das winzige (vom Universum sich abstrahirende und sobin gegen dasselbe toll gewordene) Ich in den Schranken der äusseren Sinne zur fixen Idee (Ichheit) hat.“ —

Ich habe bereits in meinen „Sätzen zur Begründungslehre des Lebens“ nachgewiesen, dass das freie, selige Leben nur durch dessen Enthebung aus seiner dunkeln Wurzel und über sie aufgeht und besteht, sohin durch eine Ekstase, welche indess diesen Namen nur insofern verdient, und insolange, als die Objectivirung nur einseitig ist, und nicht wechselseitig, — falls z. B. die Pflanze, die sich in ihrer Wurzel oder als Wurzel peinlich gefunden hat, durch Flucht aus derselben sich nur verlöre, und nicht wieder wohl und freudig in Stamm und Zweigen gleichsam &c. fände. — Gott ist, wie in der Folge klar gemacht werden wird, darum als die alleinige Substanz (als der allein Selbständige) auszusprechen, weil Er allein Sich zu jener ewigen Selbstenthebung aus seines Lebens Wurzel genügt, weil Er allein Sich ganz von Selbst ausspricht (expandirt), wogegen die intelligenten Creaturen zwar auch sich aussprechen (expandiren), aber nur, weil sie von Ihm ausgesprochen sind, die nichtintelligenten Creaturen endlich nur ausgesprochen (expandirt) werden; von denen darum St. Martin mit Recht sagt: Elles n'agissent pas (ne parlent pas) on les fait agir (parler). — Bei Spinoza findet man nur das Petrefact von diesem Begriff der göttlichen Substanz, den der Philosophus Teutonicus lebendig uns gab*). — Ich

*) Der Pantheismus wird oft von nichtdeutschen Schriftstellern als der eigentlichste Ausdruck des deutschen Geistes dargestellt und Deutsch-

habe übrigens in meiner Schrift „Ueber die Divinationskraft etc.“ erinnert, dass das eigene innere Urtheil des Lebenden nicht bloss ein Zweifaches gibt (wie man bisher meinte, etwa dass das Lebende sich selbst bewege, sohin in Bewegendes und Bewegtes sich unterscheide), sondern ein Dreifaches: Ein Bewegendes und Nichtbewegtes, ein Bewegtes und Bewegendes, und ein nur Bewegtes.

8.

Der Mensch, sagt man, thut was er will und weiss was er thut. Aber indem er thut was er will und weiss, thut er doch auch zugleich was er nicht weiss. Er wirkt nemlich auch in seinen beschränktesten und seiner Meinung nach vom Ganzen abstractesten Handlungen doch immer auf das Ganze, obschon er dieses sein Wirken nicht überschaut. Nur von Zeit zu Zeit wird ihm (meist unbeliebig) Etwas (Mehr oder Minder) von dem gewiesen, was er auf solche Weise gethan oder abgethan (zerstört), gleichsam mit jenen zwei grossen Storchschnabelsarmen ins Universum hinaus gezeichnet oder verzeichnet hat, indessen er nur mit den beiden kleinen Armen desselben zu operiren vermeinte, inner einem kleinen Fleckchen Raum oder

land das Land der Pantheisten, das Indien Europa's genannt. Allein diese Auffassung ist unrichtig. Der Pantheismus ist für Deutschland vielmehr ein exotisches Gewächse, das bei uns nur in Treibhäusern fortkommt. Der Pantheismus widerspricht dem Gemüth und dem tiefen Sinne des Deutschen. Die mittelalterlichen Mystiker Deutschlands waren nicht Pantheisten. Der neuere Pantheismus in Deutschland stammt von Spinoza, der nicht germanischen Geblütes war. Die bedeutendsten Geister, welche in Deutschland dem Pantheismus gehuldigt, haben daher sofort den adoptirten Pantheismus so sehr vergeistigt, dass die Wissenschaft durch sie einem tiefer gefassten Theismus entgegengeführt wurde. Schelling erhob sich ausdrücklich zum Theismus, und die tüchtigsten Talente aus den Schulen Schellings, Hegels und Schleiermachers haben sich dem Theismus zugewendet. Hegel stund in einer Epoche seiner Entwickelung dem Theismus so nahe, dass es möglich war, dass eine grosse Anzahl seiner Schüler sein System als Theismus ausdeuteten. Je mehr in Deutschland der deutsche Geist über die Einflüsse des Auslandes siegreich hervortreten wird, um so mehr wird der Pantheismus in Deutschland verschwinden. H.

einem kurzen Zeittheil. — In der That hätte der Imperativ der Gesetzlichkeit des Handelns des Menschen keinen Sinn, falls er nicht als universelles Wesen sein Handeln dem Universum conformiren müsste!

9.

Schon im Evangelium wird das unzeitige Reformiren (das Ausraufen des Unkrauts aus dem noch wachsenden Waizen) verboten. Es gibt aber auch ein Reformiren, das gewissermaassen zu spät kömmt. Man hat nemlich Beispiele, dass ein Bandwurm so tief in's Leben seines Trägers sich verflocht, dass dessen Tödtung auch den Letztern mit tödtete, und aus diesem Gesichtspuncte (der übrigens nicht etwa die Eingeweidewürmer aller Art in Schutz nehmen soll) ist doch die Bemerkung Maistre's richtig, dass es Gebrechen gibt, welche constitutionell geworden, und welche also allerdings gegen einen blinden Reformationstrieb zu schützen sind. Es gibt Dissonanzen, die sich nun einmal nicht aufheben lassen, und welche ein geschickter Compositeur durch Vertheilung temperirt.

10.

Maistre sagt (in seinem Essai sur le Principe générateur des constitutions) „Ce qui est le plus fondamental et le plus essentiellement constitutionel dans les lois d'une nation, ne sauroit être ecrit,“ und er bemerkt mit Recht, als Beleg dieser Behauptung von der englischen Verfassung „qu'elle ne va qu'en n'allant pas“, d. h. dass sie keineswegs bloss durch Schrift oder geschriebenes Gesetz (wie man im Auslande meist meint), sondern (wenigst gleich viel) durch lebendige Tradition sich erhalte; eine Bemerkung, die auch mir bei meinem langen Aufenthalte in England sich aufgedrungen und mich veranlasst hat, öfter meinen Freunden dort zu sagen, dass ihre Verfassung mehr auf einem politischen Katholicismus, als auf einem politischen Protestantismus beruhe, insofern man unter letzterem den Versuch verstünde, durch Schrift alle Tradition (das lebendige Wort) zum Schweigen zu bringen, oder wenn man mit dem berüchtigten Thom. Payne behaupten wollte, eine Constitution existire nur, insofern man sie — in die Tasche stecken könne! — Indessen muss ich zum Theil gegen Maistre mir die Bemerkung erlauben, dass die Wahrheit auch hier in der Mitte liegt, und dass eine Constitution gleich sehr gefährdet sein würde, falls sie ausschliessend auf Schrift ohne Tradition, wie wenn sie auf diese ohne jene sich stützen wollte. Wenn man nemlich gleich Maistre'n zugeben muss, dass das Zuerstbewegende nicht selbst bewegt, das Gestaltende nicht gestaltet, das Begründende nicht selbst wieder begründet sein kann, folglich das Aussprechende (Schreibende) nicht ausgesprochen (geschrieben); und dass, falls der Mensch z. B. sein Gewissen ganz ausschreiben könnte (gleichsam erschöpfen), er auch keines mehr haben würde; — wenn man dieses alles, sage ich, Maistre'n zugeben muss, so ist doch eben so wahr, dass das Unbewegte eben nur durch Bewegen, das Unveränderte durch sein Verändern, der Grund als begründend, das Ungestaltbare nur durch das Gestalten, und hiemit auch das Unaussprechliche (Unschreibbare) bloss aussprechend (schreibend) sich als solches (in seinem Mysterium oder als Dogma) erhält. Fermenta Cognitionis I. 6. 12. —

Maistre würde überhaupt in der angeführten Schrift sich klarer geworden sein, falls er St. Martins Schrift: Lettre à un ami sur la revolution française*) benutzt hätte, in welcher dieser Schriftsteller die sociéte naturelle, civile et politique als drei Momente der Gestaltung der Gesellschaft unterscheidet, und zwar so, dass die société civile (die Declaration des Gesetzes) nur erst dann entsteht, wenn gleichsam das Dogma der Liebe und Eintracht (der société naturelle) angegriffen wird, so wie die Nichtachtung oder Verletzung des Gesetzes die dasselbe handhabende oder vindicirende Macht hervorruft, womit die Gesellschaft als politische sich gestaltet. Eine Gradation, die für jede Societät (bürgerliche wie religiöse) gilt, und die um so grössere Aufmerksamkeit in unseren Zeiten verdient, je gewisser es ist,

*) Uebersetzt von Varnhagen von Ense in seinen Denkwürdigkeiten und vermischten Schriften. Zweite Auflage. Leipzig, Brockhaus 1843. IV. 411—508. II.

dass in den dermaligen Analysen über die Natur des Gesellschaftsverbandes die oben bemerkte erste Gestaltung desselben, sohin das Beste, übersehen oder doch nur flüchtig betrachtet wird. — Uebrigens und in Bezug auf die oben bemerkte Inferiorität des Geschriebenen unter den Schreiber weiss Jeder, dass er sich in demselben Momente über das, was er spricht oder schreibt, erhebt, woraus indess keineswegs folgt, dass er sich über alles erheben kann, was ihm gesagt oder geschrieben wird. — Endlich ist es etwas anderes, sich über das Gehörte und Gesehene in den sprechenden oder sich sichtbar machenden Geist zu erheben, und etwas anderes, sich selbst über letzteren zu schwingen.

11.

Man hat die Behauptung Maistre's anstössig gefunden: dass die Freiheit des Volks ihm nur von seinem Regenten komme, aber diese Behauptung will eigentlich nur sagen: dass nur im Centralorgan des Organismus jedes einzelne Organ begründet und also frei gegen alle übrigen einzelnen Gliedmaassen ist. Als begründend ist das Haupt sohin allerdings befreiend, aber diese Begründung oder Verselbständigung ist darum nicht minder wechselseitig, und das sich dem Leibe entgegensetzende Haupt entgründet sich nicht minder, wie der sich vom Haupte trennende Leib. Wie das Weib vom Manne, sagt der Apostel, so kommt der Mann vom Weibe, beide aber von Gott, und darum sind Regenten und Völker gleich berechtigt, so lange sie diese organische Einheit unter sich erhalten, als „von Gottes Gnaden" constituirt sich zu nennen.

Aus dem Gesagten begreift man leicht, inwiefern nur die absolute Sicherheit der Person und des Eigenthums des Häuptlings einer Nation dieser den Schutz des Gesetzes für alle Individuen verbürgt. Der Theologe Thomassin drückte sich vor 300 Jahren und bei Gelegenheit des Streits über die Superiorität oder Nichtsuperiorität des Papstes über das ökumenische Concilium sehr richtig aus, indem er sagte: „Le chef se trouve aumilieu de ses Etats au-dessus de soi-même comme ces Etats separés de leur chef *(decapités)* se trouvent au-dessous d'eux-mêmes," — d. h. eine Verbindung, die nicht auf die Verbindenden bekräftigend, expandirend oder elevirend wirkt, ist keine wahre Verbindung. Voltaire und Consorten meinten nun freilich die Wahrheit (dass jede Association der Menschen religiösen Ursprungs ist, und einer religiösen Begründung bedarf) damit schon hinreichend widerlegt zu haben, dass sie uns erzählten, wie alle Gaukler und Betrüger auf denselben Grund ihre Betrügereien bauten. Als ob nicht gerade diese Nothwendigkeit der Accomodation den besten Beweis für die Richtigkeit dieses Satzes selbst gäbe! — Da übrigens die christliche Religion ganz und gar nur auf dem Princip der Innung (der Corporation) beruht, so geht dieselbe in die §. 10 Anm. bemerkte „natürliche Gesellschaft" als erstes plastisches Element ein, und wir sahen in neuern Zeiten die Civilgesellschaft (die Gesetzgebung) in demselben Verhältnisse complicirter, und die politische drückender und gedrückter werden, in welchem jener stillwirkende Träger alles Sociallebens minder wirkte. —

12.

Nur jener Mensch ist selbständig und frei, welcher es im Beschlussfassen und Beschlussausführen ist, so wie nur jener Mensch stark ist (insofern seine Stärke auf der Mitwirkung anderer Menschen beruht), welcher durch möglichst freie Mitberathung diese möglichst grosse Mitwirkung sich gesichert hat. Dasselbe gilt nun ohne Zweifel auch wohl für den Regenten, und wenn über dessen Freiheit und Selbständigkeit im Beschlussfassen und Ausführen (ordonner) nicht der geringste Zweifel obwalten darf, so wird auch ein Zweifel darüber, ob derselbe bei der Berathung sich dem Einflusse der Nation möglichst offen erhalten hat, und fort erhält, seine Macht schwächen, so wie die Ueberzeugung vom Gegentheil solche verstärken. Als ein taugliches Mittel zu letzterem Zwecke hat man bekanntlich die offenen Landräthe (Parlamente oder Ständeversammlungen) befunden, deren Function sohin unmittelbar keine andere, als Mitberathung ist, wenn gleich die Oeffentlichkeit dieser

Berathung einen mittelbar die beschlussfassende Macht des Monarchen bestimmenden Einfluss äussert, welcher indess keineswegs darum eine Theilung des Regiments (zwischen dem Regenten und dem Parlamente — mobile caput) aussagt.

Die Jacobiner gaben bekanntlich dem Regenten keine andere, als die ausführende Gewalt, und dieser war darum der Einzige, der nur regirt ward. — Aus demselben Grunde lässt sich nicht leugnen, dass die neuere spanische und portugiesische Constitution nicht monarchisch ist, weil auch ohne Einstimmung des Monarchen ein Beschluss gefasst werden kann. Eine Regierung kann übrigens in hohem Grade constitutionell sein, und doch keine Ständeversammlung haben, falls sie nemlich ihren Deliberativstellen möglichste Unabhängigkeit und den Deliberationen möglichste Publicität gibt. S. Conversationsblatt 1822. Nr. 125. S. 497.

13.

Mehrere der neueren Staatskünstler hielten sich durch die Entartung und Antiquirung einzelner Corporationen (Stände) befugt, allem Corporativen den Krieg anzukündigen. Was sie uns aber als einfache, reine, von allem Corporativen (d. h. Sondernden, Vermittelnden, Gliedernden) befreite Monarchie anpreisen, erinnert an jene Einfachheit eines organischen Körpers, welche bekanntlich nur in Verhältnissen seiner Auflösung sich zeigt (unus erat toto naturae vultus in Orbe, quem dixêre - Chaos). Obschon nun aber diese Levellers ohne Organe so lange fortorganisiren, als es noch etwas zu — desorganisiren gibt, so sehen wir sie doch am Ende wieder ihrem Princip untreu werden, wie sie z. B. wenigst die Schatten der entleibten Stände (als Revenants) im Schattenspiel ihrer atomistischen Ständeversammlungen wieder paradiren lassen. Das Gesagte gilt übrigens für den Staat sowohl, als für die äussere Kirche, und überall, wo es an solchen mässigenden (Maass gebenden) Mittel-Organen zwischen dem Häuptling und jedem einzelnen Atom des Volks fehlt, kann das Socialleben nicht frei circuliren.

Minder beachtet wird die üble Folge, welche dieser Atomisirungstrieb besonders auch für den Financier herbeiführte, insofern derselbe sich durch diese Auflösung alles Corporativen (also alles ständigen und stabilen Vermögens und durch Hinweisung auf blosse ephemere Privatgüter) der Hilfe des Credits beraubt sieht; und insofern bei dieser allgemeinen Dissolution alles Corporativen die Israeliten (zugleich blosse Geldbesitzer) die noch einzig überbleibende Corporation sind, darf es nicht befremden, wenn der Financier in der Zusammenberufung dieser einzigen „Notablen" sein Heil sucht*). Wie denn in neueren Zeiten selbst die Argyrokratie sich zu monarchisiren, und hiemit zu einer Weltmacht zu machen strebt. Wozu die in allen Ländern ihr völlig unbeschränkt belassene Geldvorkauferei (accaparement) den möglichsten Vorschub geleistet hat. So dass also dermalen nicht wie früher nur die weltliche und geistliche Macht (letztere freilich nur mehr en figure) bestehen, sondern dass eine dritte allgemeine (katholische) von jenen beiden unabhängige Geldmacht aufgekommen ist.

14.

Die Religion, sagt Baco, ist das Auroma, welches der Verderbniss der Wissenschaft wehrt. Aber, wie Maistre bemerkt, ist diese Wissenschaft, vorausgesetzt, dass das Salz nicht dumm geworden, das Corrosiv alles Falschen in den religiösen Doctrinen, und nur das Gold des Wahren in denselben bleibt von ihr unangegriffen. Wie unverständig wäre es darum gehandelt, falls man, als ob man der Wahrheit nur eine pitite santé zutraute, den offenen Kampf der falschen Wissenschaft mit der wahren (dieses Gottes-Urtheil) scheuen und verbieten wollte!

15.

Nicht mit Unrecht hat man es an neueren Schriftstellern getadelt, dass sie von den Mythen der christlichen Religion ganz in demselben Sinne wie von den heidnischen sprachen. Dagegen bemerkt nun Maistre: „Toute religion par la nature

---

*) Man könnte unseren Absolutisten zurufen: Keine Stände wollt ihr, noch minder sie zusammenrufen? Nun, so ruft euch die Juden zusammen!

même des choses *pousse* une mythologie, qui lui ressemble, sans qu'il soit jamais possible de la confondre avec la religion même (wenigst ist diese Confundirung leicht vermeidbar). De manière que nul mythe chrétien est nuisible (par sa nature oder nothwendig) et que souvent il mérite toute l'attention de l'observateur." — Hieraus wird der Dienst klar, den die bildende Kunst der Religion zu leisten hat. Denn, wenn die Gebilde der Kunst wie St. Martin bemerkt, uns die Stelle der Göttererscheinungen *(Visionen)* vertreten sollen, wie denn auch das Thun des Genie's ist, sein Gebilde von den Banden und der Finsterniss einer niedrigeren, entstellten Natur zu befreien und zu erlösen, und durch dasselbe hiemit als durch ein geöffnetes Auge eine höhere Welt freundlich oder furchtbar durchblicken zu lassen, so begreift man leicht, dass diese Kunst im Dienste der Religion erst eigentlich in ihrem wahren Elemente sich befinden muss, und dass es, wie Claudius sagt, „Kirchenraub" wäre, sie diesem Dienste zu entziehen.

16.

Es ist nicht wahr, dass Männlein und Weiblein unmittelbar ein Kind zeugen, sondern beide produciren unmittelbar nur den Samen zum Kinde, und zwar erzeugt das Männlein (wie Paracelsus bemerkt) durch die Geschlechtsbegierde oder Imagination seinen Samen wirklich, wogegen das Weiblein seinen Samen (das Ei) in dieser Imagination wenigst erregend los macht. Dieser Samen geht nun erst unter in dem aus ihm hervorgehenden Leibe des Kindes, und dieser Leib scheint anfangs wieder nur eine Fortsetzung des Leibes der Mutter (beim vollkommeneren Thiere) bis er später individuell beseelt und somit zur eigenen Creatur wird, so dass letztere sohin erst auftritt, nachdem früher ihr Same, und später ihr Leib schon da waren. — Wie übrigens nicht das Individuum als solches, in seiner geschlossenen Individualität, ein anderes Individuum als solches zu befruchten vermag, sondern beide hiezu erst ins Allgemeine, in die Gattungseinheit (in primam materiam) sich resolviren müssen (welches wechselseitige Fluidisiren d. h. Aufheben ihrer geschlossenen Individualität die Gattung bedingt), so ist auch das, was sie produciren (was durch sie producirt wird), kein Besonderes, sondern vorerst ein Allgemeines. Dieses Allgemeine wird nun in der aus ihr hervortretenden, gesonderten Gestalt zwar aufgehoben, aber dieses Aufheben muss hier in Hegels Sinne genommen werden, d. h. man muss den Samen als die Essenz der Gattungs-Einheit selbst betrachten, welche, ob sie schon stirbt, doch eben aus diesem ihrem Sterben, in gemeinschaftlicher Verselbständigung, mit der einzelnen Creatur wieder aufgeht, und somit jenen unleugbaren, indissolublen, organischen Nexus (rapport) des einzelnen Creaturlebens mit jenem der Gattung (als Totalität) basirt oder begründet. Ein Nexus, welcher, „als eine organische Gravitation“ alle Individuen einer Gattung zusammenhält, so dass keines sich aus dieser Concretheit mit allen übrigen heraus zu abstrahiren oder sich in und auf sich absolut zu beschliessen und zu beziehen vermag. Denn die Selbstbeziehung ist es, welche der Beziehung mit und von Andern widersteht, die eigene Attraction Anderer.

Eine „Sympathie“ der leblosen (stupidesten) Materie geben die Physiker mit der Gravitation zwar zu, aber von einer Sympathie beseelter Materien wollen sie nichts wissen. In der That wird in dieser Gravitation „das offenkundige Wunder der nicht bloss virtuellen, sondern essentiellen Ubiquität jedes einzelnen Körpers im Weltraum“ anerkannt, und wie kann man nun ferner von einer actio in distans sprechen inner diesem Weltraum, da ja diese Distanz in und mit der Gravitation überall schon aufgehoben ist, und alle Körper sohin sich in der That gleichsam innig einander nahe und gegenwärtig sind? Aber freilich ist der Begriff der Gravitation in der Physik ein irrationaler, d. h. ein solcher, in welchem sich (wie dies für die irrationalen Grössen in der Mathematik nach Hegels Erläuterung gilt) die Rationalität noch gerettet hat. Bei näherer Betrachtung zeigt sich's, dass nur durch eine solche Unterscheidung des Samens zur Creatur von dieser selbst es möglich wird, sich von einer Erbsünde und einer Erbgnade (denn beide Begriffe weisen auf einander) Rechenschaft zu geben, und zur Einsicht zu gelangen, dass z. B.

eine bessere Beschaffenheit des Samens die Creatur (die später aus jenem entstandene Seele) so wenig zum Besserwerden nöthigt, als eine angeborene bösere zum Böserwerden.

17.

Die im vorhergehenden §. aufgestellte Ansicht fällt eigentlich mit jener im §. 8. zusammen, und beide bringen uns den längst vergessenen Satz wieder vors Auge: dass alle Individuen einer Gattung in *solidum* mit und für einander leben und wirken, eine Solidarität, welche nothwendig da, wo die Individualität bis zur Persönlichkeit sich erhoben, gleichfalls im strengsten Sinne sich geltend machen muss. — Hier haben wir es nun abermal mit einem Begriffe zu thun, welcher dem abstrahirenden Verstande (in obigem Sinne) zwar ganz als irrational gilt, auf dessen Realität indess die ganze Religion (z. B. die Reversibilität *) des Opfers, das effective Gebet &c.) beruht.

---

*) In Betreff der Reversibilität des Opfers sagt Maistre (Soirées de St. Petersbourg II, 155): „Que le juste, souffrant volontairement, ne satisfait pas seulement pour lui même, mais pour le coupable, qui, *de lui même*, ne pourroit s'acquitter.“ Wollte man aber diese Genugthuung dahin deuten, dass der Schuldige nun dieser eigenen acquittançe ganz müssig gehen könnte, so würde man sich sehr täuschen. Er soll nemlich sich acquittiren und nur weil er es ohne jenes Opfer des Gerechten (welches vermöge der Solidarität auf ihn rückwirkt) nicht vermag, wird ihm dieses Vermögen gegeben, über dessen Gebrauch oder Nichtgebrauch er darum verantwortlich ist. Näher besehen zeigt sich, dass der Schuldige das Vermögen „die chatiments du crime frei zu acceptiren“ nur dann hat, wenn er im Princip bereits sündenfrei ist und somit die Sündenfolgen annehmend zu tilgen vermag und dass also jenes Opfer des Gerechten ein Befreiungs- und Erlösungsact vom Princip der Sünde (in jeder Ordnung) ist. Wesshalb so richtig ist, was St. Martin in seiner Schrift: Le nouvel homme sagt, dass ohne das Opfer des homme principe wir nie das Vermögen erhalten hätten, uns im Princip gleichfalls zu opfern. Es ist durchaus biblischer Begriff, dass jede gute wie jede böse That als Substanz bleibt, bis sie wieder zerstört ist, und hierauf beruht der Begriff des Bannes (im guten und im bösen Sinne). So sagt z. B. David (2 Samuel 24, 10.): Nun, Herr nimm weg die Missethat deines Knechtes. Aber die Zerstörung der bösen Substanz liegt nicht unmittelbar in der Macht der Creatur (mit deren Hilfe sie erzeugt worden) und nur Gott kann solche (die Sünde) vergeben, d. h., wie J. Böhme sagt, von dem Menschen weggeben, wie die finstere

Eine organische (wirkliche und wirkende) Concretheit und wechselseitige Verselbständigung des Allgemeinen und Einzelnen, der Gattung und des Individuums kann nun freilich dem todten und tödtenden Abstractionsbegriff nicht zusagen, welcher seine Abstractionsmomente zu festen Monumenten erstarren lässt (denn er ist der Todtengräber und Grabmonumentbauer der Vernunft), so wie z. B. in der Naturwissenschaft die beweglichen Qualitäten ihm sofort (unter seinem Saturnus-Siegel) zu fixen Stoffen gerinnen, wie er denn alle Vernunftbegriffe (Ideen) nur „plombirt" aufbewahrt. —

Zur Erläuterung des hier Gesagten mag der religiöse Begriff der Erbauung dienen, von dessen bis zum Uebelwerden faden Explication in neueren Zeiten man sich täglich überzeugen kann. Dagegen gibt nun Maistre (Soirées de Saint Petersbourg II. 251) folgende Erklärung. „Mais on découvre bienntôt la racine de cette expression (édifier). Le vice ecarte les hommes, comme la vertu les unit. Il n'y a pas *un* acte contre l'ordre qui *n'enfante* un intérêt particulier contraire à l'ordre général (d. h. ein den vorübergehenden Act des Einzelnen Ueberlebendes, Bleibendes und vermöge des solidairen Zusammenhangs auf alle hemmend Reagirendes), il n'y a pas *un* acte pur qui ne *sacrifie* un intérêt particulier (hier in jenem Sinne, in welchem in den Gesetzen der zwölf Tafeln es von jedem zum Tode verurtheilten Missethäter hiess: Sacer esto) à l'intérêt général, c. a. d. qui ne tende à crèer une Volonté une et régulière (eine Creation, die nur durch Leibwerdung oder Beleibung bleibend wird) à la place des volontés divergentes de ces myriades et coupables (welche hiezu, nemlich zu jener Leibwerdung und Substanzirung eben

Wurzel von der Pflanze weggegeben wird, der sie entsteigt oder der sie enthoben wird. Die Bedingung hiezu ist aber die Abkehr des Menschen von seinem bösen Wesen, wie der Herr bei Jeremia 36, 3 sagt: Ob vielleicht das Haus Juda sich bekehren wollte, ein Jeglicher von seinem bösen Wesen, damit ich ihnen ihre Missethat (dieses böse Wesen) und Sünde vergeben könnte. Die Präcipitation der Sünde ist nemlich ohne die anneigende Conjunction des Menschen zu und mit der klaren Gottheit nicht möglich.

ihre Puissances hergeben müssen). St. Paul partoit donc de cette *Idée* fondamentale que nous sommes tous *l'edifice de Dieu* (d. h. dass wir uns als lebendige Bausteine hiezu hergeben sollen) et que cet Edifice que nous devons elever est le *Corps du sauveur.*" In diesem Sinne heisst es bei Zachar. VI: Siehe mein Knecht heisst Zämach, das gewächsliche Leben; unter Ihm wird es wachsen.

18.

Das so eben Gesagte gibt uns nun auch über die Eucharistie ein erwünschtes Licht. — Wie nemlich ein Individuum ein anderes als solches (§. 16) nicht befruchten kann, so kann auch eine Creatur als solche eine andere nicht speisen (substanter, sagt bedeutend der Franzose, in welchem Sinne auch das Wort „das Speisende" heisst), sondern auch hier muss eine ähnliche Resolution ins Ganze vorgehen. Die Creatur Christus kann sohin als solche jede andere Creatur nicht speisen (so viel begreift auch der abstrahirende Verstand) und diese Speisung ist nur durch eine (wechselseitige) Entäusserung der creatürlichen Selbstheit möglich. „Ich habe Macht, sagt Christus, das (individuelle) Leben zu lassen und es wieder zu nehmen." — Insofern nun der Begriff einer allgemeinen Auferstehung jener einer neuen Leibwerdung ist (welche mit Christi individueller Auferstehung nur begann), so setzt diese allgemeine Leibwerdung eine fortwährende Entäusserung (Resolvirung ins Aliment — mater — materia) von Seite des Speisenden, Sich als Speise Gebenden, voraus, und man könnte in dieser Hinsicht sagen, dass der so sich fortwährend entäussernde, zu Grund lassende Christ, indem Er jedem einzelnen Menschen Sich als Aliment gibt, in und von ihm gleichsam als ein „Abgeschiedener" seinen Leib wieder reclamirt, nemlich jenen Theil, jenes Gliedmaass seines allgemeinen Leibes, den dieser einzelne Mensch eben (durch Aufgabe seiner zur illegitimen Selbständigkeit herausgekehrten Naturselbheit) aus diesem Aliment wirken oder in dem er jene Selbheit aufheben soll. „Wirket unvergängliche Speise" sagt Christus. —

Die Alten nannten, wie Maistre bemerkt, den gemeinschaftlichen Speisetisch den „Vermittler der Freundschaft" und wie von jeher, so wird noch jetzt bei den rohesten wie bei den civilisirtesten Völkern das Mahl gewissermaassen als eine religiöse Function (von religare oder religere — Bund — Bundesgenossen d. h. gemeinschaftlicher Genuss; wie nemlich Dolor Solutio Continui, so muss Voluptas Factio Continui sein) betrachtet und behandelt, so wie es z. B. bei allen religiösen Festen der Juden heisst „sie assen und tranken vor dem Herrn!" Und eben weil dieser Instinct allen Menschen eigen ist, darum hat sich auch die Religion des Mahls als Leitzeugs der höchsten (tiefsten) organischen Innung bedient. Der Zusammenhang des Mahls mit Vermählung blickt folglich hier schon durch, aber der folgende §. wird denselben hoffentlich noch klarer machen. Uebrigens bedeutet jenes Sichzerbrechen als Brod und Vertheilen (Verschütten) als Blut (Fliessendes) eben die Gemeinmachung (Aufgebung) der lebendigen Substanz nach Aeusserem und Innerem, nach Leib und Seele.

19.

Die Bedeutung der Worte: Form und Wesen in dem Satze: Forma dat Esse rei, scheint eine andere, als jene zu sein, nach welcher man unter Form die Hülle (Enveloppe, das Aeussere) und unter Wesen das Innere (in der englischen Sprache: matter oder substance) versteht, oder nach welcher bei der Begattung das Männlein das Element des Beseelenden, Inneren, das Weiblein jenes der Form oder des Aeussern liefern soll. Aber der Stoff (sonst Wesen) wird ja nur in sich bestandlos und abhängig gedacht, und es wird behauptet, dass er nur in seiner Verbindung mit dem ihm Höhern (Innern) zu Bestand (zum Esse) kömmt, eine Verbindung, welche indess eben nur durch seine Form (Bild) sich ausspricht, welche (natürlich als Function und nicht etwa als erstarrt gedacht) sohin die Vermittlung zwischen jenem Inneren und Aeusseren leistet. In diesem Sinne kann man nun sagen, dass jeder Stoff zum Bilde seines ihm Höheren geschaffen ist, wie es in der Schrift heisst: dass der Mensch zum

Bilde Gottes geschaffen worden. — Ferner: dass eben, weil die Eorm (Bild, Hülle) jedesmal unter dem Ihrinnewohnenden, Sichdurchsiemanifestirenden (dem Geiste) ist, dieses wohl auch von dem Bilde Gottes in uns gelten muss, welches folglich sowie es unter Gott (dem Geist-Gott) sich befindet, eben darum auch über dem Creatur-Geist stehen muss. Wesswegen Jac. Böhme, indem er diese Superiorität und Unvermischbarkeit dieses Gottesbildes (der Idea) im Menschen mit dessen creatürlichem Geiste durch die Benennung einer göttlichen Jungfrau bezeichnet (welche so wenig sich mit der Creatur vermischt, als das ganz vom Feuer durchglühte Eisen darum seine Natur mit dem Feuer vermischt hat), nur von einer tief begründeten, philosophischen Einsicht über den Zusammenhang des Göttlichen und Menschlichen (des Verbum caro factum) sich leiten liess.*) Insofern nemlich das den Stoff zur Form gebende das weibliche Princip heissen kann darf diese Benennung auch für jenes Princip gelten, welches den Stoff (das Element) zu diesem göttlichen Bilde gibt, und würde nun dieses Princip sich mit dem creatürlichen Geiste (dem Feuergeiste als Mann) vermählen d. h. vermischen, so würde dasselbe ja nicht das Bild Gottes, sondern nur das dieser Creatur in sich gestalten und aufgehen lassen können. Man begreift sohin, dass unmittelbar nur Gott (Dieu-esprit, nicht l'homme-esprit) die Function des Mannes (Vaters) hier leisten kann, der creatürliche Geist nur mittelbar durch ihn (nemlich eben durch Aufgabe und Eingabe seines eigenen Zeugevermögens als gleichsam seines Naturrechts, weil seiner Naturmacht an und in Gott), wesswegen der Mensch hiebei von den Alten mit Recht die Ehestatt Gottes genannt wurde. Man begreift ferner aus dem Gesagten, warum bei der Wiedererweckung dieses (im Menschen verblichenen) göttlichen Bildes (in Mariä Empfängniss desselben) keine Creatur die Function des Mann- und des Weibthieres leisten durfte, endlich, warum der

*) Kernhafter Auszug aller Schriften J. Böhme's (Amsterdam, Wetstein 1718) von N. Tscheer S. 1346 ff. Vergl. auch S. 150 ff. J. Böhme's sämmtl. Werke von Schiebler VII, 229. Anti-Stiefelius II, 312—318. H.

Anfang zur Wiedererweckung des guten (des Licht-) Geistes im Menschen nur mit jener des leiblichen (weiblichen) Princips (des erloschenen, obschon seine Erregbarkeit „durch jene Vorsehung des Menschen in Jesus vor der Welt Grund" fort erhalten habenden Weibessamens) beginnen konnte.

Es will nun freilich dem dummen Vieh (dem Spiritus mundi im Mannthier) lächerlich dünken, dass es eben nur durch Aufgabe seiner Mannheit zum Vater werden soll, wie es dem Weibthier (gleich der Sarah) lächerlich deucht, dass sie mit Aufgabe ihrer Weibheit zur Mutter (als virgo parturiens) werden soll, (dass, wie die Schrift sagt, die Einsame (ohne Mann) mehr Kinder gebären soll, als die den Mann erkannt hat) oder dass es wahr sein soll was folgender Reim sagt:

Die ird'sche Jungfrauschaft stirbt in des Manns Umfangen,
Die himmlische entsteht im himmlischen Empfangen.*)

Indessen hat es doch hiemit seine gute Richtigkeit, und es müsste in der That unnatürlich zugehen, falls jenes Gottesbild, welches eben durch das Hervortreten (Lebhaft-werden) des Mannes- und Weibes-Thierbildes im Menschen verblich, anders als durch Wiederverschwinden der letzteren wieder lebhaft werden sollte. — Dem in seiner Selbstheit einmal entzündeten creatürlichen Geiste will es nämlich schwer eingehen, wenn man ihm sagt, dass er in solchem Brennen in Ewigkeit kein wahres (standhaftes) Licht sich anzünden wird, sondern dass er, um zu diesem (und hiermit zur Kühlung und radicalen Befreiung von seiner Feuerpein, jenem unaufhörlichen Wurm- oder Schlangenstich' im Genuss der äusseren Frucht) zu kommen, dieses sein

---

*) Il est bien vrai, sagt Maistre (Soirée de St. Petersb. II. p. 447) qu'Hercule (Feuergeist) ne peut monter sur l'Olympe et y épouser Hébé, qu'apres avoir consumé par le feu sur le mont Oeta tout ce quil avoit d'humain.

Quodcunque fuit populabile flammae
Mulciber abstulerat; nec cognoscenda remansit
Herculis effigies; nec quidquam ab origine ductum
Matris habet: tantumque Jovis vestigia servat.

Ovid. Metamorph. IX, 262 seq.

[Uebersetzung von Lieber II, 400. H.]

Selbstbrennen erst aufgeben und sich in und von einem anderen Feuer erst verbrennen oder abbrennen lassen muss (so dass also ein Feuer erst durch Aufheben (Erlöschen) eines anderen entsteht), womit er zwar nicht zum Selbstleuchter (im engeren Sinne) wird, wohl aber einen nothwendigen Bestandtheil zu jenem Oele hergibt, in dem das Licht nur aufgehen kann, und mit dem er sich also (zur Beleibung dieses Lichts sich selbst hergebend) verselbständigt findet.

20.

Insofern jedes Feuer (als Process) als aus einem Finstern brennend, diesses subjicirend und in dieser Subjicirung (Verzehren) aufgehend (fortwährend, gründend) erkannt, zugleich aber auch eingesehen wird, dass dasselbe Feuer hiemit ein Höheres, ihm Unfassliches, und darum sich demselben subjicirend, über sich als Licht aufgehen lässt, hat Jacob Böhme mit Recht diesen Ternar von Finster, Feuer und Licht, (dem Aeusseren, dem Innern und der Mitte) als das Schema der Lebensgeburt seiner Feuer- und Lichtphilosophie untergelegt, und es ist nur zu bedauern, dass die deutsche Philosophie durch ihre Ideelosigkeit (plattitude) bis auf wenige Jahre zurück unvermögend war, den Ideenreichthum ihres Philosophus Teutonicus (per Ignem) zu nützen.*)

21.

Zwei Wesen können nicht anders freundlich, helfend miteinander wohnen (einander beiwohnen), als wenn jedes derselben dem andern sich zum Grunde lässt; so wie zwei Wesen einander nicht anders feindlich beiwohnen, als insofern sie wechselseitig sich bestreben, einander sich zu subjiciren oder zu Grunde zu richten. So sagt der Meister: Ihr sollt mit mir sein, ich mit

*) Die Ideelosigkeit hat sich nicht bloss im Religionsunterricht und in der Moral breit gemacht, sondern auch in der Exegese mit einem grossen Aufwand historischen Wissens ihre subjective Unwissenheit zur objectiven zu erheben sich bemüht.

Euch, Ihr sollt Eins mit mir sein, wie ich mit dem Vater Eins bin (obschon der Vater grösser ist als Ich, und ich grösser als Ihr bin). Er fügt aber zugleich die Bedingung hinzu: Ihr sollt in mir Euch verbergen (aufgeben), wie Ich mich in Euch verberge (aufgebe), weil dieses gegen- und wechselseitige Aufheben den Liebebegriff, die Concretheit (im Gegensatze des abstrahirenden Abkehrens), bedingt, und weil die wechselseitige Objectivität (der Begriff) nur in einer solchen wechselseitigen Subjicirung gründet. Nur eine solche wechselweise Erkenntniss kann als wechselseitige Verselbständigung eine wesentliche Erkenntniss heissen, weil in ihr ein wechselseitiges Sichfasslichmachen oder Zu-Wesen- (Spiegel-) Depotenziren statt findet, und dieses Erkennen ist darum so wenig dualistisch (als Function des sogenannten Subjects und Objects für sich) zu begreifen, als wenig die Befruchtung nach obigem dualistisch begriffen werden kann.

Mehrere Mystiker irren darin, dass sie dieses „Sichverlieren des Menschen in Gott“ als den Zweck *) uns vorstellen, wonach solche mystische Confusion zu einer wahren Mystification unseres eigenen Seins ausschlagen würde (eine Irrlehre, die öfter zur Willens- und Verstandes-Faulheit führte), wogegen gezeigt werden muss, wie jenes Sichverlieren nur Mittel und Uebergangsmoment zu einem Anderssichwiederfinden ist aus einem falschen Sichgefundenhaben. Dein Verlieren, sagt Tauler in

---

*) So z. B. sagt Madame Guyon in ihrem Commentaire sur le Cantiques ch. 1. v. 1. „Ainsi qu' un fleuve qui est une eau sortie de la mer et *tres-distincte* de la mer, se trouvant hors de son origine, tâche par diverses agitations de se rapprocher de la mer jusqu' à ce qu' y étant enfin retombé, il *se perde*, et se *melange* avec elle (Gottes Vermischung mit der Creatur!) ainsi qu'il y étoit perdu et mêlé avant que d'en sortir; et il ne peut plus en être distingué.“ Aber dieses Gehaltensein und bleiben ausser seinem Anfang (Vergangenem) und Ende (Zukunft) macht ja eben seinen unterschiedenen Bestand (Gegenwart) und sein Mitsein mit Gott möglich. Wenn schon der Mensch mit dem Menschen sich vermählend sich (wechselseitig) erkennt (im Unterschiede des Thiers), so wird dieses wohl noch mehr von der Vermählung des Menschen mit Gott gelten!

einer seiner Cantilenen, **ist dein Fund!** Uebrigens muss in Bezug auf das im Text Gesagte noch folgendes bemerkt werden. Sowohl der Liebende (z. B. Christus), als der hassende, stolze Mordgeist bedienen sich gleichsam derselben **List**, um uns beizukommen, indem beide sich uns erst ganz eingeben, sich uns entäussern, und nur durch uns sind, um durch die entsprechende Entäusserung unserer selbst an sie zum Sein (zum Leben) **mit uns** und endlich **in** uns zu gelangen, jedoch mit dem Unterschiede, dass dieses Leben mit dem Herrn ein Mitihmauferstanden- und Expandirtsein, das mit dem Mordgeist aber ein wechselseitiges Comprimirtsein ist *). Jenes der Dualismus der Liebe und des Lebens, dieses jener des Hasses und des Todes.

22.

Der vorhergehende §. erläutert wieder den Inhalt des 18. §. — Das Waizenkorn (die Speise), wenn es nicht erstirbt (in der Erde — im Magen — Matrix), so bleibet es allein und einsam, und dieses Allein- und Einsamsein ist es eben, was die göttliche Liebe nicht aushält, welche Angelus Silesius durch folgendes kühne Wort bezeichnet: **)

*) Entzweiung (als actuos) kann nur in der Unmöglichkeit der Einung zugleich mit dem Imperativ zu solcher und verbunden mit der Unmöglichkeit einer anderen, diese Einung hemmenden Conjunctionsaufhebung, verbunden mit dem Imperativ dieser Aufhebung oder Trennung, eintreten. Indem ich mich in mir entzweit, unganz finde, finde ich, dass, was geeint sein sollte, nicht geeint ist, weil ein anderes geeint ist, das nicht geeint sein sollte.

**) Vermuthlich citirte hier Baader aus dem Gedächtniss ungenau, denn wenigstens in den neueren Ausgaben des cherubinischen Wanders-Mannes lauten die Verse des Angelus Silesius (Joh. Scheffler), wie uns dünkt, schwungvoller und prägnanter:

„Ich weiss, dass ohne mich Gott nicht ein Nun kann leben,
Werd' ich zu nicht, Er muss von Noth den Geist aufgeben.“

Vergl. Johannes Angeli Silesii Cherubinischer Wanders-Mann etc. Neue unveränderte Auflage. München, Lindauer, 1827. Um sich davon zu überzeugen, dass J. Scheffler seine kühnen Sprüche und Bilder, die vielleicht wirklich öfter überkühn sind, doch nicht in einem pantheistischen Sinne nahm und genommen wissen wollte, darf man nur die sich gegen solche

„Ich kann ohn' Gott, Gott ohne mich nicht leben,
Stürb' ich, so würd' Er gleich auch Seinen Geist aufgeben!

wo nemlich nicht von dem immanenten Leben Gottes, sondern von Seinem Gemeinleben mit der Creatur die Rede ist.

23.

Maistre bemerkt mit Recht, dass die lutherische Uebersetzung (Schöpfung aus Nichts) den Paulinischen Text uneigentlich gibt, welcher „diese sichtbare Welt als Unsichtbares offenbarend, sich darauf beziehend" vorstellt *). Falsch würde darum dieser Text gedeutet werden, falls man das Wort: unsichtbar hier im absoluten Sinne nähme (etwa wie derselbe Paulus den absoluten Vater als absolut unsichtbar und in einem unzugangbaren Lichte wohnend aufstellt), denn der Apostel verspricht uns ja das künftige unmittelbare Schauen dessen, was wir jetzt nur noch mittelbar (im Spiegel) schauen, und Er unterscheidet sohin eine directe Manifestation von einer reflectirten. Einer solchen falschen Deutung machten sich nun die meisten Neologen schuldig, indem sie (gegen die ihnen zu sinnlich dünkende Religion eine Hyperascetik affectirend, und die Natur radical mit der Idee unversöhnbar ausgebend, so dass also die Keuschheit nur — durch Combabisirung zu retten wäre) den Begriff einer übersinnlichen

---

Auslegung ernstlich verwahrende Vorrede des Verfassers zu diesem merkwürdigen Buche lesen. So sagt er: „Und ist hiemit einmal für allemal zu wissen, dass des Urhebers Meinung nirgends sei, dass die menschliche Seele ihre Geschaffenheit solle oder könne verlieren und durch die Vergötterung in Gott oder sein ungeschaffenes Wesen verwandelt werden, welches in alle Ewigkeit nicht sein kann." Nachdem er aus Tauler, Rusbroch, dem heiligen Bernhard und Andern eine Reihe von wesentlich dasselbe sagenden Stellen aufgeführt und sich auf Aussprüche des heil. Petrus und Johannes berufen hat, fordert er den Leser auf, seine Sprüche nach dem Verstande jener h. Gottesschauer zu richten und zu verstehen. H.

*) Baader hat hier die bekannte Stelle im Briefe an die Hebräer c. 11, v. 3 im Auge: „Πίστει νοοῦμεν κατηρτίσθαι τοὺς αἰῶνας ῥήματι θεοῦ, εἰς τὸ μὴ ἐκ φαινομένων τὰ βλεπόμενα γεγονέναι." Luther übersetzte: „Durch den Glauben merken wir, dass die Welt durch Gottes Wort fertig ist; dass alles, was man sieht, aus nichts geworden ist." Diese Uebersetzung wird allerdings sicher kein neuerer Theolog billigen. H.

Welt so stellten, dass man hierunter nicht etwa Sinnenfreiheit, sondern absolute Sinnenlosigkeit verstehen musste, folglich, „da doch Welt und Schaulichkeit nicht zu trennen sind“, dem Geschiedenen sub rosa eröffnet ward, dass der aus dieser Welt heraustretende Mensch eigentlich aus aller und jeder Welt trete. Eine Behauptung, welche doch wieder mit dem Kantischen Nothbegriff der Unsterblichkeit nicht zu reimen ist, welcher, wie ich anderwärts zeigte, auf der ewigen Unerreichbarkeit des Ideals, verbunden jedoch mit dem tantalischen Bestreben, solches zu erreichen, beruht, so dass ein solcher Seliger, gleich jenem ewig wandernden Juden, in alle Ewigkeit — umsonst laufen zu müssen verdammt wäre!

24.

Wenn (wie Hegel sagt) jedes Erscheinen (Zumvorscheinkommen) des Einen nur durch ein Zugrundegehen eines Andern geschieht, so begreift man, wie z. B. in physischen und psychischen Krankheiten manches nur darum zum Vorschein kömmt, was im Grunde hätte bleiben sollen, weil ein Anderes im Grunde bleibt, was zum Vorschein kommen sollte*). Und hiemit erhalten wir Licht über einen sonst paradox scheinenden Begriff, nemlich jenen einer verbrecherischen Erkenntniss (science criminelle). — Eine Erkenntniss nemlich, zu welcher ich nur durch ein Verbrechen (den Genuss verbotener Frucht) zu gelangen vermag, kann insofern selbst eine verbrecherische Erkenntniss heissen. Und wie es folglich eine Unwissenheit gibt, welche nicht bloss Gebrechen, sondern Verbrechen ist (Versäumniss der pflichtgemässen Selbstaufklärung), so gibt es auch ein Nichtwissen, welches Tugend ist; — endlich aber gibt es auch eine Unwissenheit, welche Gottes Barmherzigkeit und Gnade ist, wohin z. B. jene merkwürdige Verdüsterung des Geistes gehört, welche häufig nach einem grossen Verbrechen eintritt, und die dem Verbrecher

*) Insofern das Bestreben, in eodem loco zum Vorschein zu kommen, im Conflict sich zeigt, muss selbes als Bestreben sich wechselseitig zu Grunde zu richten sich äussern.

hinterher seine eigene That unbegreiflich macht, eine Depotenzirung oder Desarmirung des Geistes, welche ihm die Macht nimmt, sein Verbrechen zu steigern. In der Regel sehen wir darum Bösewichter, welche ihre Laufbahn mit vielem Geist beginnen, gemein enden (desinit in atrum piscem). Der Verbrecher wird ins Finstere gesetzt.

Wie es folglich eine Erkenntniss gibt, welche uns als Lohn gegeben wird, so kann uns eine solche auch zur Strafe (Qual) gegeben sein, und wie eine Unwissenheit uns zur Strafe wird, so kann uns solche auch als Hilfe oder Belohnung zu Theil werden. — Die Erkenntniss des Bösen als solchen (die Theorie des Bösen) ist übrigens eine andere vor dem von uns begonnenen Conflict mit ihm, eine andere in, eine andere endlich nach diesem Streit oder nach der Besiegung (Entkräftung) des Bösen. Das Unwesen des Bösen wird nemlich nur durch Aufhebung seines Scheinwesens manifest, und wie (nach Obigem) das Wahre (das Leben) dem Menschen nur durch sein Selbstthun (durch eigene Ausgeburt oder Zumwesenwerden desselben) erst wahr wird, so wird ihm der Tod (die Lüge) erst in und durch dessen Tödtung manifest oder unwahr. Und wie könnte dieses auch anders sein, wie wäre es möglich, dass die Erkenntniss des Bösen dem Menschen anders denn als Siegesbeute des (entwesentlichten, entgeisteten, zu Grunde gerichteten) Bösen würde, da ja dieses, als noch in ihm (und durch ihn) lebend, seine verfinsternde Macht auch gegen ihn noch geltend machte? Hier (d. h. für die Erkenntniss der Sünde) gilt also vorzüglich, was oben gegen ein bloss passives Erkennen gesagt worden ist. §. 5. — Im Vorbeigehen erlaube ich mir übrigens hier noch die Bemerkung, dass allerdings unter den geheim gehaltenen Wissenschaften (alter und neuer Zeit) ein Theil zu den verbrecherischen Wissenschaften gehört.

25.

Ich werde in der Folge dieser Zeitschrift, bei Aufstellung einer Theorie der elementarischen Flamme, nachweisen, wie jede solche Flamme ein solarischer Process im Kleinen ist, und auch nur durch Oeffnung eines Rapports mit dem grossen Sonnenprocesse (dessen Bild die Flamme ist) ent- und bestehen kann. Vorläufig mache ich hier nur auf die Hauptmomente dieses Rapports aufmerksam, deren erster die Erweckung (Erregung) des bis dahin als verblichen zu betrachtenden solarischen Wesens (im Brennmaterial) ist, der zweite dessen Durchführung mit jenem erregten solarischen Wesen durchs Feuer, und endlich die Ausführung dieser mit den nun angeeigneten Manifestationskräften oder Expansionskräften als gleichsam mit einer Siegesbeute ergänzten solarischen Substanz. Hier heisst es nun eigentlich: „es (das Licht) wird gesäet in Unmacht (Finsterniss — Tod) und stehet auf in Herrlichkeit," und man begreift vorläufig, wie jene Eklipse oder Verlassenheit im Durchgangsmoment (Mit Schmerzen sollt du gebären, und: Eli, eli, lama sabachtani!) das Aufgehen dieser Herrlichkeit (die freie Expansion des Lichtbildes) bedingt. Auf ähnliche Weise ward in Christi Menschwerdung jenes im Menschen verblichene grosse Sonnenbild zwar erregt und geweckt, aber der Process seiner (dieses Bildes) Auferstehung und Lebhaftwerdung ward hiemit erst eingeleitet, und nur in Christi Tod konnte dieser Process vollendet werden. Sollte aber dies geschehen, so musste dieses Bild in den Tod geführt werden, und zwar dem Anscheine nach von Gott (dem sprechenden Wort) verlassen: der Tod (Grimm) musste dieses Bild selbst verschlingen, und dasselbe durfte also vorerst nur im tiefsten Incognito (glanzlos in Knechtsgestalt) vor ihm (dem Tode) auftreten, und musste gleichsam dieser List sich bedienen, um ihn (den Tod) von innen heraus tödten (entkräften) zu können. —

Es ist nicht etwa die Behauptung eines kopfhängenden Pietisten, sondern ein rein wissenschaftlich erweisbarer Satz, dass wir nur durch das Medium der Gottesverlassenheit (der Noth) wahrhaft zu Gott gelangen können, wie der Mensch nur damit, dass er sich in Gefahr seines (ihm bis dahin nur äussern) Lebens begibt, dieses Leben in sich (als Charakter etc.) gewinnt. Nachdem nemlich wir zuerst unseren Gott verlassen haben, so finden wir Ihn nun nicht eher, als bis wir uns erst von ihm verlassen finden. Pour celui qui a tourné le dos à la *vie*, le premier retour de cette vie se doit faire par la terreur de la *mort*. Soll ich Gott wieder finden können, so muss vor allem die Sucht nach Gott wieder in mir geweckt worden sein.

26.

Die im vorhergehenden §. gegebene Ansicht gibt uns auch den Schlüssel zur Theorie der Opfer. Jedes Opfer hat nemlich den Zweck der Oeffnung, Herstellung oder Erneuerung eines (effectiven, bekräftigenden) Rapports eines Niedrigeren mit einem Mächtigeren. Insofern nun aber Jenes eine dem Letzteren nicht entsprechende heterogene Eigenschaft in sich wüsste oder befürchtete, dürfte es ohne Vorbereitung nicht wagen, jenen Rapport mit sich zu öffnen. Diese Vorbereitung aber könnte nur darin bestehen, dass der Opfernde irgend eine jenem Mächtigeren homogene Eigenschaft sich an- und zueignete, welche bereits erregt bei geöffnetem Rapport gegen jenes mächtigere Agens als erhaltende, bewährende Basis dem Opfernden diente, an der es sich mit seiner eigenen, dieser homogenen Eigenschaft zwar entsprechenden, jedoch ohne diese Conjunction nicht lebhaften Eigenschaft in den Process wagen könnte, weil sodann dieses mächtigere Agens nur noch auf des Opfernden heterogene Eigenschaft als diese aufhebend, somit auf den Opfernden wahrhaft nur als läuternd, expiirend, versöhnend, nicht zerstörend und hinrichtend wirken würde.*) Eine Substanz z. B., welche man ins Feuer brächte, ohne ihre solarische Eigenschaft erst zu erwecken, und aus ihren Banden zu erlösen, würde in diesem Feuer zur Schlacke zwar verbrennen, aber kein Licht (Gold) geben, wie der Chemiker sich richtig ausdrückt: im Feuer bleiben, d. h. zurück bleiben,

---

*) Par tes gémissemens et tes souffrances tu *attires* sur toi la *substance du sacrifice*, sur la quelle le *feu* du Seigneur ne peut manquer de descendre, et dois *à la fois*. *Consumer la victime* et *vivifier le sacrificateur* en le remplissant de *puissans appuis* ou de continuelles virtualités pour poursuivre l'universalité de son oeuvre. *Ministère de l'homme-esprit. S. 64.*

nicht sich im Feuer Beleiben, und in ihm nicht auf-, sondern darauf- oder untergehen.

Ein neuerer Dichter singt:

„Das arme Herz hienieden,
Von manchem Sturm bewegt,
Es findet seinen Frieden
Nur wenn es nicht mehr schlägt!“

Damit kann vernünftigerweise doch nur gesagt werden wollen, dass der Frieden nur gewonnen wird, nicht wenn das Herz nicht mehr ist, sondern wenn es aus der Beengung, der Unruhe des irdischen Lebens befreit sein wird. Uebrigens ist jenes Schlagen des beängstigten Herzens ja nur die geregelte und immer wiederkehrende Convulsion des gefangenen, Befreiung (nicht Tod) ankämpfenden Lebens. *)

*) Die Endlichkeit und Nichtigkeit des Geschaffenen ist das Grundthema nicht nur vieler Philosophen, sondern auch vieler unserer Dichter geworden. Seit Göthe in seinem Gedicht: Eins und Alles spinozistisch das Einzelne im Grenzenlosen verschwinden liess und Genuss im Sichaufgeben (in Vernichtung) fand, ist unter uns eine ganze Literatur der Todesapotheose in Liedern und Gedichten erwachsen, die, so empfindungsreich sie sich darzustellen weiss, doch recht geeignet ist, die innere Hohlheit und Nichtigkeit des Glaubens oder Unglaubens eines guten Theils der Gebildeten unserer Zeit ans Licht zu stellen. Auch Graf Platen glaubte Wunder wie tiefsinnig zu dichten, wenn er sang:

„Was forscht ihr früh und spat dem Quell des Uebels nach,
Das doch kein andres ist, als Creatur zu sein?
Sich selbst zu schau'n, erschuf der Schöpfer einst das All,
Das ist der Schmerz des All's, ein Spiegel nur zu sein!“

Was heisst dies denn anders als der Quell der Uebel liegt in der Endlichkeit, in der von dem Geschaffensein unzertrennlichen Begrenztheit und da Gott der Schöpfer ist, so ist er auch der Urheber der Uebel. Das All selbst aber verzehrt sich in dem (man denke wie edlen) Schmerze, nicht Gott selbst zu sein. Aber warum hat denn Platen sich von Meister Schelling nicht belehren lassen, wie er von Baader, Böhme und Oetinger belehrt worden, dass diese von ihm eine gute Zeit lang von Spinoza und Leibniz adoptirte Lehre herzlich flach und seicht ist? Vergl. Schellings philosophische Schriften (1809) I, 441 ff., 446 ff. und unsere Vorrede zu der zweiten Ausgabe der Kleinen Schriften Baaders XCVII — CIV. H.

Drittes Heft.

Und wie hoch noth und gut war, dass bei den Christen die *magia naturalis* fiel, da der Glaube von Christo offenbar ward: also thut es jetzo vielmehr vonnöthen, dass die magia naturalis wieder offenbar werde, auf dass doch der Titulchristenheit ihre selbgemachten Götzen durch die Natur offenbar und erkannt werden, dass man in der Natur erkenne das ausgesprochene, geformte Wort Gottes, sowohl die neue Wiedergeburt und auch den Fall und Verderbung, damit der Streit und die gemachten übernatürlichen Götzen (moderner Supranaturalismus) möchten untergehen; dass man doch an der Natur lerne die Schrift verstehen, weil man ja dem Geist Gottes in der göttlichen *Magia* nicht trauen will, sondern setzt nur den Grund auf den Thurm zu Babel, in die Zänkerei der Secten und gemachte Götzenmeinungen als in Menschensatzungen.

Myster. Magn. 68, 7.

Der aufmerksame und mit jenen Schwierigkeiten, welche die Behandlung der Gegenstände dieses dritten Heftes begleiten, einigermaassen bekannte Leser, wird mir wenigst zugeben, dass ich alle beim dermaligen Stande des Wissens sich mir darbietenden Handhaben und Blössen benutzte zur Erreichung des grossen Zwecks „der Wiederbringung der Einsicht in die Harmonia luminis naturae et gratiae.“ Er wird mir es aber hoffentlich nicht zum Vorwurfe machen, dass ich den Grund hiezu — nicht seicht und leicht, vielmehr tiefer zu legen mich bestrebe, als wohl jener Classe von Lesern zusagen mag, welchen, wie Hegel bemerkt, nur daran liegt, über jede Sache recht gründlich (d. h. mit dem Anscheine der Gründlichkeit) hinweggehen zu können. Nichts würde übrigens unbilliger und unverständiger sein, als einem Samenhändler es zum Vorwurfe zu machen, dass er nur — Samen und nicht vollendete Gewächse verkauft.

Memel, den 6. April 1823.

1.

Da unsere philosophischen Philister noch kaum den Sinn jenes Räthsels Simsons zu verstehen scheinen: „Speise ging vom Fresser und Süsse (Milde) vom Starken (Strengen)", so darf es auch nicht befremden, wenn sie noch weniger J. Böhme's Verdienst um den ersten Versuch einer wissenschaftlichen Lösung dieses Räthsels zu würdigen verstehen. So ist ihnen z. B. schon in der Elementarnatur der Blitz nichts weiter, als das momentane Aufleuchten eines entstandenen und schnell wieder erlöchenden Lichtes (einer Flamme), und indem sie sich bemühen, uns das Entstehen des elektrischen Funkens begreiflich zu machen, wissen sie uns doch nichts über die Ursache und die Natur des elektrischen Schlages (choc, bei J. Böhme Schrack) zu sagen, dieser wunderbaren, alldurchdringenden und allbewältigenden Naturmacht, in der sich, obschon hier an einer Brandung, allerdings „der absolute Herr der Natur selbst" zu manifestiren scheint, und welche doch häufig genug für sich allein, ohne alles Leuchten (Zünden) oder im Finstern, sich kund gibt. Eine furchtbare Macht, welche überall in der äussern Natur wie ein schlummernder oder vielmehr lauernder Löwe zu ruhen scheint (Ignis ubique latet), und dessen, als gleichsam des Weltgerichtsfeuers, leichte Aufschreckbarkeit den Menschen wie das Vieh mit geheimem Entsetzen und Grauen erfüllt, indem es dieselben in den tiefsten Grundfesten ihrer körperlichen Existenz erbeben macht, d. i. aufzulösen und aufzuheben droht. — Nun ist es aber gewiss (s. meine Schrift: Ueber den Blitz als Vater des Lichtes), dass der Blitz oder Schrack in jeder Naturregion nichts geringeres ist, als jener Act des Ungrundes, welcher den bereits und zwar zuerst oder unmittelbar gefassten Grund wieder aufhebt, um, sich hiedurch wieder frei machend, tiefer in sich eingehen und in einer zweiten, tiefern Fassung (Gründung) sich erleuchten zu können. Auch kann wohl keinem Besonnenen die Identität der Kraft überhaupt mit dem Feuerblitz oder mit dem Feuer als blitzend entgangen sein, insofern jene sich durchdringend und aufhebend äussert, so wie er mit dieser Kraft in der That stets ein Dreifaches begreift, nemlich insofern sie nur in einer Anstrengung, einem Zusammennehmen oder Sichverfinstern wurzelt, womit, weil keine Kraft ohne Widerstand ist, ein Widerstand oder Widerspruch und Mangel (Entzweiung, Unganzheit, Unleidlichkeit &c.) aufgestört wird, dessen Aufhebung als Verwandlung des Widerstandes in ein weichendes, nachgiebiges Mittel ihrer Entwicklung oder Expansion, ihrem Licht- oder Leichtwerden (denn beide Worte bedeuten ursprünglich dasselbe) gleichsam als Raum machend vorgeht und unterliegt. In diesem Sinne nun wird man wohl gegen J. Böhme's Ternar von Finster, Feuer und Licht (siehe dieser Schrift II. Heft) keine Einwendung machen, sich indess gegen eine Vermengung desselben mit dieses Schriftstellers dreien Principien (als Wesensanfängen) in Acht zu nehmen haben, insofern nemlich das Feuer nach seiner Wesen aufhebenden *) und Wesen setzenden (oder Wesen, Qualität um-

*) Eigentlich die innere, mittlere und äussere Welt oder Offenbarungsregionen, welche drei Regionen man aber nicht etwa nebeneinander, sondern ineinander als Gradus sich denken muss, und zwar die mittlere als die tiefste und höchste. Bekanntlich verdanken wir in neueren Zeiten Hegel'n die Einsicht, dass wir jede Sache als Concretes weder im Anfange, noch in ihrem Ende, sondern lediglich nur in ihrer Mitte zu erfassen und zu begreifen haben, und ich habe schon im ersten Hefte dieser Zeitschrift nachgewiesen, dass der Begriff (in Hegels Sinn) als Idea, Geist, in Mitte steht zwischen der innern Seele und dem äusseren Körper, folglich in Mitte der Intension und Extension der Kräfte, deren Scheidung und Wiederausgleichung eben jener Blitz bewirkt; so wie das Angstkreisen ihre noch nicht geschehene Scheidung und Ausgleichung bemerklich machte und den Ernst der Lebensgeburt (das periculum vitae).

wandelnden) Macht selber kein Wesen, sondern Kraft und Geist ist, welche éine Kraft (Feuer) darum in jedem jener drei Principien (Welten) wieder (nur in jeder anders) sich kund geben, und in jedem die Function der ersten Wesenaufhebung und einer zweiten Wesensetzung zu leisten hat; eigentlich eine organisch-scheidende, urtheilende Function, welche selbes auch unter den drei Principien selbst ausübt, indem der Uebergang, der Austritt aus einem, und der Eintritt in ein anderes nur durch den Feuertod (Feuercherub) geht.

2.

Aussprechen (Produciren) ist nicht bloss ein Unterscheiden *), des Sprechenden (des Producenten) und des Ausgesprochenen (des Products), sondern dieses letztere selbst tritt sofort als in und unter sich unterschieden auf, und wenn dieses Product gegen seinen Producenten, wie Wesen gegen seinen Geist, gilt, so folgt, dass kein Wesen (Bild) als solches (im gewöhnlichen Sinne) ein Einfaches (Einförmiges), sondern schon (wenn auch erst in potentia) ein Vielfaches, das Aussprechende sohin ein Auseinandersprechendes ist. Insofern nun aber dieses Vielfache (Entfaltete) doch wieder nur ein Ganzes (Universelles, Geschlossenes, Fertiges oder Vollendetes) sein kann und soll, so muss nur bemerkt werden, dass ihm diese Totalität (Universalität) nur in und durch seinen unterscheidenden Bezug auf seinen Producenten gegeben und erhalten werden kann, somit diese Einheit dieses Vielen nicht inner diesem Vielen selbst (als gegen seinen Producenten verschlossen oder abgeschlossen, sohin als eigenthümlich und selbständig determinirt oder nichtflüssig, etwa in dem relativen Bezug (Attraction) dieses Vielen unter sich oder intramundan), sondern nur secundair (im Bilde) in diesem Vielen zu suchen ist. Nur auf Das oder Den, von dem ich und du kamen und

*) Dieses Unterscheiden, Scheiden oder Entzweien ist desshalb doch kein Trennen, keine Itio in Partes oder Rarefaction, weil diese Einheitsaufhebung sofort und immer selber wieder aufgehoben wird, somit duplex negatio = affirmatio.

kommen, uns beziehend, können wir unter uns einig und einverstanden sein, dein und mein Ich ein **Wir** machen; gleichwie nur von Ihm uns ab- oder gegen Ihn uns kehrend, abziehend, abfallend, wir auch uns von einander ab oder gegen einander zu kehren, unter uns zu zerfallen, uns einander innerlich zu entziehen vermögen, d. h. jede Union (Eintracht) gründet in Unterwerfung, jede Zwietracht in Empörung. — Was nun aber jene geforderte Geschlossenheit oder Totalität des Products sowohl, als die Zusammengeschlossenheit des Producenten mit seinem Product (z. B. der Gottheit mit der Schöpfung) betrifft, so gilt für selbe das Schema der Dreizahl (des Dreiangels), weil nemlich die wechselseitige Unterscheidung (Entzweiung) nur durch eine neue, aber gemeinschaftliche, Unterscheidung von einem Dritten wieder aufgehoben wird. In der That schliesst sich der Producent mit seinem Product nicht unmittelbar in eine Totalität zusammen, oder jener bestimmt sich nicht unmittelbar zum Produciren (Aussprechen), sondern er entfaltet sich erst (um hier die successive aber unwahre Construction zu gebrauchen) unmittelbar in drei Productionsanfänge, und wenn im Producenten die Dreiheit in Einheit, im Product diese in jener gedacht wird, so treten beide nur in jener producirenden Mitte miteinander als existirend auf. In der That ist nemlich dort die Vielheit noch in der Einheit aufgehoben, sie ist in ihr nur erst noch im Bilde, in der Figur, d. h. sie ist noch nicht wahrhaft und offenkundig, so wie im Product die Einheit in der Vielheit aufgehoben, und nur noch im Bilde, also gleichfalls nicht mehr wahrhaft, ist, und beide darum nur in ihrer Concretheit (in jener Mitte) wahrhaft sind.

Jacob Böhme unterscheidet die esoterische Gottheit (das göttliche Chaos*), Ensoph, Vater) sowohl von der im Lichte offenbaren (Sohn), als von der creatürlichen Offenbarung, so wie auch schon Scotus Erigena denselben Ternar mit seiner natura creans non creata, creata et creans, creata non creans auf seine

---

*) Dieses Wort hier nicht als Widerstreit genommen, sondern als Zustand der Ungeschiedenheit oder Unentwickeltheit, d. i. der Nichtsubstanzirung.

Weise bemerklich machte *). J. Böhmen gilt übrigens der Verstand (νοῦς) als Urstand, eben als jenes Esoterische (Chaos oder Nichts, d. h. nichts Geoffenbartes, sondern reine offenbarende Thätigkeit oder Sprechenskraft selber) und die erste Function dieser Kraft ist organisirendes, sich beleibendes, urtheilendes Gliedern. Endlich ergibt sich aus obiger Darstellung, dass jenes berühmte: ἓν καὶ παν nur mittelst des Alls im Einen, und des Einen im All, so wie Eines mit Allem, Alles mit Einem begreiflich wird. In dieser Hinsicht spricht nun Jacob Böhme von einem Verstande, der Alles ist, wie Hegel von einer Vernunft, die Alles ist.

3.

Die Flamme muss die Leidenschaft verzehren,
In Flammen muss die Freiheit sich gebären.

Der naturfreie Geist ist nur darum der diese Natur Wissende, weil er dieser Natur abgestorben, abgeschieden von ihr ist, oder weil nur die Abgeschiedenen die Wissenden sind. — Ersticken des Feuers ist Nichtzuluftkommen, Nichtsichfassenkönnen in der Freiheit (dem Ungrunde); aber dieser könnte nicht ewig aus- und aufgehen (ascensus), erscheinen, Licht werden, wenn nicht ewig in ihn Etwas ein- und niederginge (descensus). Der Vocal könnte sich nicht aussprechen, gäbe sich ihm der Consonans nicht ein, durch und mit dem er sich und letztern mit ausspricht. Man könnte in dieser Hinsicht Böhme's Centrum naturae als Naturangstfeuer mit dem Destillirapparat zum himmlischen Oleum (Spiritus) vergleichen, zu dessen Substanz wir uns selbst (unsere Seele) herzugeben haben, und in dem, als ihrem Expansibile, die Gottheit allein Sich frei zu expandiren vermag.

---

*) Baader wusste wohl, dass Sc. Erigena noch einen vierten Unterschied aufführte, nemlich die natura nec creans nec creata. Aber da diese nur angeführt wird, um für unmöglich erklärt zu werden, inwiefern sie nicht mit der ersten eins ist, so konnte Baader den Quaternar als Ternar vorführen, ohne sich darum einem gerechten Vorwurf auszusetzen. De divisione naturae l. II, c. 1. ff. l. IV, c. 1. — Philosophie des Christenthums von Staudenmaier I, 584 ff. H.

Das Durch- oder Entsinken jener Angstqual ist somit ein Sichlassen (Sichverlassen, Sichschwer-, centrumleer-, selbstleer-, abhängigmachen gegen die und von der Freiheit, ein an sie Sichentäussern oder Zuwesenwerden, somit das Gegentheil der Selbstattraction), welches Wesen darum zwar dünner, subtiler, kräftiger, als die Angsqual und ihr unfasslich oder über ihr, aber dicker, als die Freiheit, unter ihr und ihr fasslich (bildbar) ist. Was nun aber im Gegentheil nicht auf solche Weise (sich resolvirend ins Eine) sich diesem lässt oder überlässt (sich auf es verlässt), sondern, sich auf sich selber verlassend, in seiner Naturselbheit inner jener Angstqual erstarrt, macht sich eben damit dieser fasslich, subjicirt sich ihr, oder macht sich selber ihrem verzehrenden Grimm zur Feuerbrandung und zum Feuermaterial, und eine solche Selbheit wird also immer von der Angstqual verzehrt, durch Sichselbstsetzen immer wieder wesentlich, und immer wieder verzehrt, so dass ihm kein anderes Sein, als das stetige tantalische Streben nach Sein oder Wesen als unersättlicher, sich in sich fortzündender Feuerhunger oder Feuergeist bleibt, und hier gilt was Silesius sagt:

„Der Durst ist nicht ein Ding, und doch kann er dich plagen,
Wie soll dann nicht die Sünd' den Bösen ewig nagen?" *)

Mit Recht heisst darum dieses unselige Leben ein Leben oder Sein in der Hölle, nemlich von leer und hohl, und mit Recht sagt darum jener Kirchenlehrer, dass nichts in der Hölle brennt, als eigener Wille.

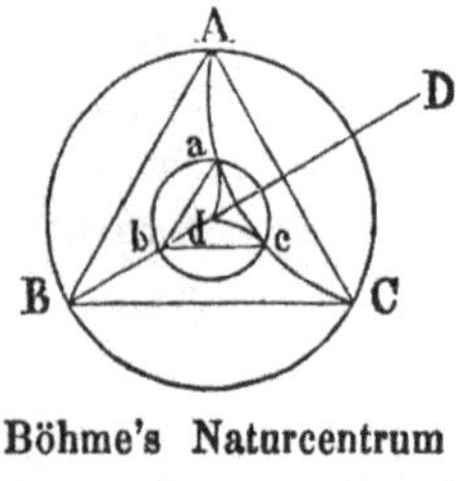

ABC stelle J. Böhme's Naturcentrum (den Angstfeuerdreiangel) vor, inner welchem das partielle abc einer Creatur sich

*) J. Angeli Silesii cherubinischer Wandersmann. (München, Lindauer 1827) S. 24. (1. Buch, n. 213). H.

befindet. A b C wird nun sollicitirend auf a b c einwirken, und die Creatur diese Sollicitation zur Selbsterhebung inne werden. Lässt nun aber die Creatur diese Sollicitation nicht aufkommen, indem sie sich ihr nicht durch Selbsterhebung fasslich macht, so tilgt und überwindet sie hiemit das Naturrecht des A B C auf eigene Natur *), und kann nun unfühlend, unentzündlich dieses Naturcentrum durchwohnen, und man sieht sohin, was es mit der List der Gelassenheit, Geduld und Selbstverleugnung auf sich hat. Man begreift aber auch, dass ohne diese bewährende, versuchende Sollicitation und Lockung weder die Gelassenheit der Creatur, noch die Entkräftung der Natur möglich wäre, so wie hinwider dieses Sichunfasslichmachen der Natur nur durch ein innerliches Sichfassen und Fassenlassen von der Freiheit in d (welches der Freiheit in D entspricht) möglich wird. Die Selbstentleibung oder das Nichtleibwerden dem Naturcentrum ist ein Leibwerden der Freiheit, und die Entkräftung der Natur ist eine Bekräftigung der Freiheit, weil nemlich die Creatur diese Naturkräfte mit sich in jene bringt. Das freie, ewige Leben, sagt Jacob Böhme, kann nur aus dem Tode (dem Absterben, dem Naturleben oder der Selbheit) entstehen, aber diesem Sterben muss die Imagination in die Freiheit, d. h. eine magische, geistige Fassung (Glauben, Muth, Courage) der wirklichen Einverleibung vorhergehn.

4.

„Deus non potest se negare" (non se manifestare), sagt ein alter Theolog, aber noch minder vermag die Creatur diese Offenbarung (Verherrlichung) Gottes zu hemmen, oder ihr Moment zu ändern. Das Polaritätsgesetz der Offenbarung (der Production) sagt nemlich: Damit X in der Region A als 𝔄 erscheine: muss es in der Region B als 𝔅 erscheinen, u. v. v. Damit z. B. die

---

*) Man begreift darum nicht, wie diese Gelassenheit doch zugleich der heftigste Kampf und die höchste Thätigkeit ist, weil man die Natur dieses essentialen, nicht nach auswärts gekehrten Conflicts nicht begreift, oder vielmehr denselben nicht übt.

Pflanze in der obern Luft- und Sonnenregion als Blüthe &c. erscheine, muss sie in der untern, finstern Erdregion als Wurzel erscheinen, oder damit Gott im Himmel als liebender, gütiger Gott erscheine, muss Er in der Hölle als zürnender Gott erscheinen, so wie in der äussern Welt als gut und böse zugleich, oder gleichsam als ein noch unentschiedener Gott. — Denn ich kann weder von der himmlischen, noch von der höllischen, noch von der äussern Welt sagen, dass sie Gott sind, (welcher in jeder dieser drei Offenbarungsweisen oder einzelnen Regionen als solcher supramundan ist). Es ist ihrer keines Gott, sagt J. Böhme, sondern Gottes ausgesprochen, geformtes Wort, als sein (des sprechenden Geistes) dreifaches Wesen und sein Spiegel, begriffen vom Geist, aber nicht Ihn begreifend, welcher frei von diesem Wesen ist, obschon nicht los oder abgetrennt von ihm. Die Creaturen entstehen auch nicht unmittelbar aus, und bestehen nicht unmittelbar in diesem ungründlichen Gott, (Verstand, Urstand), sondern unmittelbar nur aus (in) dessen geoffenbarten Eigenschaften, (jenem dreifachen Wesen, Spiegel, Idea oder, wie die Schrift sagt, Weisheit), und jede solche Creatur erhält mit ihrem Entstehen ihr Gesetz, d. h., sie wird in eine Region oder Stelle gesetzt, in welcher sie sich fixiren und der Manifestation Gottes dienen soll. Entsetzt sie sich nun aber dieser Stelle oder bricht sie ihr constitutives Gesetz, so geht damit der Manifestation Gottes nichts ab, und nur der Antheil an dieser Manifestation wird für die Creatur, sowohl nach der Function, als nach dem Genuss geändert. Soll nemlich (nach Obigem) Licht und Freude im Himmel aufgehen, so muss zugleich in der Finsterregion eine entsprechende Manifestation geschehen, und dieselbe Creatur, welche an ihrer frühern Stelle an dieser Lichtmanifestation selbst Theil genommen hätte, insofern das Licht sich in ihr erzeugt hätte, muss nun dazu dienen, dass dieses Licht durch sie erzeugt wird, und sie nimmt dafür nur an der jener entsprechenden Finstermanifestion Theil. Das Moment der Manifestation bleibt sohin dasselbe, denn in jeder der drei Welten dient doch nur die Creatur, wenn sie auch zu herrschen wähnt. „Fata volentem ducunt, nolentem trahunt." — „Welch' ein Volk das ist, einen solchen Gott hat es auch“ oder wie Paulus (2 Korinth. 2, 15. 16) sagt: „der Heilige ist Gott ein guter Geruch zum Leben, und der Gottlose ist Gott ein guter Geruch zum Tode.“

Quidquid recipitur, per modum recipientis recipitur, sagten die Alten, und denselben Sinn drückt folgende schöne Stelle im goldenen Vliess von Grillparzer aus:

„Nicht gut, nicht schlimm ist, was die Götter geben,
Und der Empfänger erst macht das Geschenk;
So wie das Brod, das uns die Erde spendet,
Den Starken stärkt, des Kranken Siechthum mehrt,
So sind der Götter hohe Gaben alle,
Dem Guten gut, dem Argen zum Verderben.“

5.

Die im vorgehenden §. aufgestellte Ansicht, verbunden mit jener in §. 2, zeigt die Richtigkeit der Schriftdarstellung, nach welcher z. B. im Buche der Weisheit, den Sprüchwörtern &c. von der Weisheit (Idea, Spiegel, zuerst ausgesprochenes und geformtes Wort &c.) als Mitwirkerin (Organ) der Gottheit (Princips) bei der Schöpfung gesprochen wird. So wird (im Buche der Weisheit 9, 1 und 2) selbe das (ausgesprochene) Wort genannt, und (Sprüche Salomons 8, 22) gesagt: „der Herr (der Sprechende) hat mich gehabt (nicht gemacht, genitum, non factum Verbum) im Anfang seiner Wege, ehe Er etwas machte, war ich da“, so wie denn nur in demselben Sinne Johannes (1. 1) von dem Wort spricht, das bei Gott und Gott ist &c. &c. Jacob Böhme gebührt nun das Verdienst, diesem Begriffe des Organs noch jenen des dienenden Werkzeugs (der ewigen Natur als des eigentlichen Fiat) beigesellt, und den Begriff des gleichsam secundairen Ternars vollendet zu haben; denn den primitiven erkannten schon die Juden in ihrem Ensoph. Indessen kann nur in der Verstandesabstraction jener Ternar der secundaire heissen, wogegen nach der im §. 2 gegebenen Auskunft in der Construction mit ihm angefangen werden muss. Aus der (ewigen) Natur schafft Gott mit der Weisheit, wie ich selbst mittels einer solchen Idee aus meinem executiven Vermögen producire.

6.

Vergleicht man den Inhalt des §. 3 mit der im ersten Hefte §. 10 aufgestellten Behauptung, dass es nemlich die Function der Creatur sei, durch Uebergabe der der Natur entnommenen Manifestationskräfte an Gott sich selbst in Ihm zu begründen oder substanziren zu lassen, so bietet sich jener Gedanke älterer und neuerer Philosophen wieder dar, dass im Anfange der Creation diese ewige Natur sich selbstisch erhoben habe (womit ihr Feuer ausgekommen sei) und der Schöpfer diese somit gleichsam rebellirende oder revolutionirende Natur durch Particularisation (Creaturisirung) gebrochen und in Brüche getheilt habe (Divide et Impera) und nun jeder einzelnen Creatur obliege, diesen Brand der Selbheit an ihrem Theile wieder zu lösen, so dass also hier ein Abfall der Natur von der Idee (Weisheit) in Gott statt gefunden habe &c. — Näher besehen zeigt sich indess keineswegs eine wirkliche Entzündung der Naturselbheit, sondern nur ihre Entzündlichkeit als die Schöpfung bedingend, und was ausser der intelligenten, wollenden Creatur nur als Grund vorhanden war, wird nur durch ihr Mitwirken selbst zum Beweggrund (S. Ferm. Cogn. I. Heft. l. c.). Nur durch und mit Hilfe einer Creatur, sagt J. Böhme*),

---

*) J. Böhme lehrt so wenig die Nothwendigkeit des Bösen, dass er vielmehr auf das bestimmteste den Ursprung desselben auf die freie Wahl der geistigen Geschöpfe zurückführt. Für diese Behauptung lassen sich fast aus allen Schriften Böhme's die unzweideutigsten Aeusserungen anführen. Wir begnügen uns nur einige derselben hierher zu setzen. In den kleinen, von tiefer Frömmigkeit zeugenden Schriften: Von wahrer Busse, vom heiligen Gebet, von wahrer Gelassenheit ist überall das Böse als Schuld des falsch wählenden Willens der Geistwesen theils unverkennbar vorausgesetzt, theils bestimmt ausgesprochen. In der letzten Schrift heisst es ausdrücklich: »Denn Gott hat uns nicht zur Eigenheit geschaffen. — Alles was der eigene Wille thut, das ist Sünde und wider Gott; denn er ist aus der Ordnung, darin ihn Gott geschaffen hat, ausgegangen in einen Ungehorsam und will ein eigener Herr sein. Wenn der

vermochte die Naturselbheit zu Willen (d. h. zum substanzirten Willen als Geist) zu kommen, d. h. diese Natur in der Creatur

eigene Wille der Selbheit abstirbt, so ist er der Sünde frei. ... Kein Werk ausser Gottes Willen mag Gottes Reich erreichen.... So aber der Mensch nun umkehrt und von der Selbheit ausgehet, und in Gottes Willen eintritt: so wird auch das Gute, das er in der Selbheit gewirket hat, von dem Bösen, so er gewirket hat, erlediget werden.« Böhme's s. Werke von Schiebler I, 85–86. Vergl. auch ib. 88, 91, 93, 102, 107, 131. Schon in seiner frühesten Schrift: Morgenröthe im Aufgang (c. 13) erklärt sich Böhme bestimmt und klar, indem er sagt: „Nun fragt sichs: Was ist denn die Quelle der ersten Sünden des Königreichs Lucifers. ... Es entschuldigt sich sowohl der Teufel und seine Rotten, als auch alle gottlosen Menschen, die in der Verderbung noch immer gezeuget werden, Gott thue ihnen Unrecht, dass er sie verstosse. Es darf auch wohl die jetzige Welt sagen, Gott habe es in seinem vorsätzlichen Rathe also beschlossen, dass etliche Menschen sollten selig sein und etliche verdammt, dazu habe Gott den Fürsten Lucifer darum verstossen, dass er ein Spectakel des Zornes Gottes sein soll. Gleich als ob die Hölle oder das Böse von Ewigkeit gewesen wäre und Gott in seinem Vorsatz hätte, dass Creaturen darin sein sollen und müssen und kratzen und dehnen sich also mit den Schriften, solches zu erweisen. .... Christus sagt, der Teufel sei ein Mörder und Lügner vom Anfange gewesen und sei in der Wahrheit nicht bestanden. Joh. 8, 44. Weil ihm aber dieselben Rechtsprecher und Disputirer so treulich beistehen und verkehren Gottes Wahrheit in Lügen, indem sie aus Gott einen durstigen und grimmigen Teufel machen, der das Böse geschaffen habe und noch wolle, so sind sie mit sammt dem Teufel allzumal Mörder und Lügner. Denn gleichwie der Teufel ein Stifter und Vater der Hölle und Verdammniss ist und ihm die höllische Qualität selber erbauet und zugerichtet hat zu seinem königlichen Sitz; so sind auch solche Scribenten der Lügen und Verdammniss Baumeister, die dem Teufel helfen seine Lügen bestätigen und aus dem barmherzigen, lieblichen, freundlichen Gott einen Mörder und eifrigen Verderber machen und verkehren Gottes Wahrheit in Lügen. Denn im Propheten spricht Gott: So wahr ich lebe, ich habe nicht Lust am Tode des Sünders, sondern dass er sich bekehre und lebe. Ezech. 33, 11. Und in den Psalmen stehet: Du bist nicht ein Gott, der das Böse will. Psal. 5. 5. Dazu hat Gott den Menschen Gesetze gegeben und das Böe verboten und das Gute geboten. So denn Gott das Böse wollte und auch das Gute, so müsste er mit sich selber uneins sein und es würde folgen, dass eine Zerstörung in der Gottheit sei, dass eins wider das andere laufe und eines das andere verderbe.« Böhme's Werke von Schiebler II, 135–136. Ganz übereinstimmend damit äussert sich Böhme in allen folgenden Schriften. Man vergleiche beispielsweise: Von den drei Principien göttl. Wesens c. 4. §. 33–40. c. 11. §. 10. Werke Böhme's II, 31, 97. Vom dreifachen

gab nur éin Element zu dieser Willenssubstanzirung zu Geist her, und das zweite musste die wollende Creatur selbst hergeben, wie denn auch der Dichter sagt:

„Halb zog sie ihn,
Halb sank er hin!" —

Leben des Menschen c. 6. §. 21. c. 7. §. 34. Von der Geburt und Bezeichnung aller Wesen c. 7. §. 9. c. 15. §. 11 und 12. c. 76. §. 7 u. 8, § 33—35. Von der Gnadenwahl c. 4. §. 29, 32, 37 ff. c. 6. § 7. ff. 39, 40. ff. Werke Böhme's von Schiebler IV, 88, 107, 315, 442, 454, 458 ff, 498—500, 514. — Myst. magnum c. 9. §. 3. ff, c. 17. §. 26, 35. c. 18. §. 28. c. 19. §. 28. c. 22. §. 23, 41, 50. ff. ff. Werke Böhme's V, 40, 90, 92, 99, 104, 121, 124, 126. — Vierzig Fragen von der Seele Fr. 14. 15. Von der Menschwerdung Jesu Christi. I, 2, 7, 5, 11. II, 10, 15 III, 5, 12. 6, 7. — Sechs mystische Puncte II, 15—16. III, 9, 16, 17. Vom irdischen und himmlischen Mysterio Text VII. — Theosophische Fragen von göttlicher Offenbarung: Frage 7, 8. u. 9. Werke Böhme's VI, 75 u. 77, 159, 179, 295, 314, 318. ff. Werke VII, 16, 27, 49, 54, 61, 74, 104, 112, 118, 121, 183, 227 ff. &c. Wer sich einmal durch Vergleichung dieser und anderer Stellen überzeugt hat, dass Böhme überall und consequent die Freiheit der geistigen Wesen (Engel und Menschen) festhält und das Böse aus der freien Wahl derselben ableitet, der wird sich auch überzeugen können, dass das, was J. Böhme die Finsterniss, den Grimm in Gott nennt, seinem wahren Begriffe nach doch nichts Anderes ist, als die aller Positivität unterliegende und in ihr verborgene, aufgehobene Negativität, die als solche dem Positiven dienend und gut ist. Allerdings fehlt Böhme darin, dass er öfter das Positive und Negative, Licht und Finsterniss das Gute und Böse nennt, aber er nimmt hier diese Ausdrücke in einem ganz anderen Sinne, als im moralischen und er will doch damit durchaus nicht sagen, was ihn irrig Hegel, Feuerbach, Daumer, Günther, Staudenmeier &c. damit sagen lassen. Mit Recht bemerkt Baader, dass Böhme öfter bei der abstracten Darstellung der Momente des absoluten Lebensprocesses stehen bleibe, ohne zur concreten vorzudringen oder doch sie zu vollenden. Dennoch finden sich in Böhme's Schriften viele Stellen, welche entweder die verlangte concrete Darstellung wenigstens in nuce enthalten, oder sie doch andeuten und durchscheinen lassen. Da dieser äusserst wichtige Punct noch so sehr verkannt wird, so wird es erlaubt sein, einige Belegstellen dafür anzuführen. Bereits in der Morgenröthe im Aufgang (c. 2. §. 34) lesen wir: „Gott in seiner Dreifaltigkeit ist unveränderlich; sondern Alles, was da ist, im Himmel und auf Erden und über der Erden, das hat seinen Quell und Ursprung von der Kraft, die von Gott ausgehet. Nicht musst du denken, dass darum in Gott Böses und Gutes quelle oder sei, sondern Gott ist selber das Gute, allein alle Kräfte gehen von ihm aus. . . . Die bittere Qualität ist auch in Gott,

Ich verglich in meinen Sätzen zur Begründungslehre des Lebens den der Creatur inwohnenden bösen Geist mit einem Ein-

aber nicht auf Art und Weise wie im Menschen die Galle, sondern ist eine ewig währende Kraft, ein erheblicher, triumphirender Freudenquell. Und obgleich in Mosi geschrieben steht: Ich bin ein zorniger, eifriger Gott; so hat es darum doch nicht die Meinung, dass sich Gott in sich selbst erzürne, oder dass ein Zornfeuer in der h. Dreifaltigkeit aufgehe. Nein, das kann nicht sein; denn es stehet: Ueber die, so mich hassen, in derselben Creatur, geht das Zornfeuer auf. So sich aber Gott in sich selbst sollte erzürnen, so würde die ganze Natur brennen, in Gott aber wird die triumphirende Freude brennen: wie es denn von Ewigkeit nicht anders gewesen ist, auch nicht anders werden wird.« Böhme's Werke II, 31. — »In Gott dem Vater ist alle Kraft und er ist aller Kräften Quellbrunn in seiner Tiefe; in ihm ist Licht und Finsterniss, Licht und Wasser, Hitze und Kälte, hart und weich, dick und dünn, Schall und Ton, süss und sauer, bitter und herbe und das ich nicht erzählen kann. . . . Du musst aber allhier nicht denken, dass die Kräfte in Gott dem Vater auf eine solche Weise sind, oder in solcher verderbten Art qualificiren, wie in einem Menschen, sondern es ist alles fein lieblich und wonnereich, ganz sanft.« &c. Böhme's Werke II, 67. Vergl. ib. 92 u. 98, 104, 105, 106, 112. »So wir von Gott reden wollen was er sei und wo er sei: so müssen wir ja sagen, dass er selber das Wesen aller Wesen sei. Denn von ihm ist alles erboren, geschaffen und herkommen und nehmen alle Dinge ihren ersten Anfang aus Gott . . . . . dass nun aber ein Unterschied sei, dass das Böse nicht Gott heisse und sei: das wird im ersten Principio verstanden; denn da ist der ernstliche Quell der Grimmigkeit, nach welcher sich Gott einen zornigen, eifrigen Gott nennet. Denn in der Grimmigkeit bestehet des Lebens und aller Beweglichkeit Urkund. So aber derselbe ernstliche, ängstliche Quell der Grimmigkeit mit dem Lichte Gottes wird angezündet, so ist's nicht mehr Grimmigkeit, sondern die ängstliche Grimmigkeit wird in Freude verwandelt. (In Gott ist diese Anzündung nach Böhme ewig, also ewige Verwandlung der Grimmigkeit in Freude.) . . . Nun ist Gott ein Geist . . . Ein Geist aber thut nichts, als dass er aufsteige, walle, sich bewege und sich selbst immer gebäre und hat vornehmlich dreierlei Gestalt in seiner Geburt in sich als 1) bitter 2) herbe und 3) hitzig; und ist diese dreierlei Gestalt doch keine die erste, andere oder dritte, sondern es sind alle drei nur eine und gebiert eine jede die andere und dritte. . . . Nun kann man dieses mit Menschenzungen nicht reden und zum Verstand bringen; denn Gott hat keinen Anfang. Ich will aber also setzen, als hätte er einen Anfang, damit das werde verstanden, was im ersten Principio sei; damit man auch verstehe den Unterschied des ersten und andern Principii, was Gott oder Geist sei. . . . Man kann nicht sagen, dass in Gott sei Feuer, Bitter oder Herbe, vielweniger Luft, Wasser oder Erde; allein man siehet, dass es daraus worden ist. Man kann auch nicht sagen, dass

geweidewurm, und die intelligente Creatur mit dem Mutterthier, und wenn schon ein solcher Wurm nur in geschaffenen Wesen

---

in Gott sei Tod oder höllisch Feuer oder Traurigkeit; allein man weiss, dass es daraus worden ist. Denn Gott hat keine Teufel aus sich gemacht, sondern Engel, in seiner Freude zu leben, zu seiner Freude. Man siehet aber, dass sie Teufel sind worden und dazu Gottes Feinde.“ Die drei Principien göttl. Wesens. c. 1. §. 1—5. Böhme's Werke III, 9—10. Vergl. 16. S. 77, 146 ff. 152—154, 172. — Vom dreifachen Leben des Menschen c. 2. §. 86—ff. „Die Liebe ist der Grimmigkeit ihr Tod und nimmt der Grimmigkeit mit ihrem Blicke die Gewalt. . . . Also scheint das Licht in der Finsterniss und die Finsterniss begreifet es nicht und also ist Licht und Finsterniss gegen einander und also ist das Licht der Finsterniss Herr und ist ein ewig Band, da ein jedes ohne das andere nicht zum Wesen käme. . . . So ist der Brunn der Liebe eine Fassung und Haltung der strengen Grimmigkeit, ja eine Ueberwindung der strengen Macht, denn die Sanftmuth nimmt der strengen und herben harten Feuersmacht ihr Recht und das Licht der Sanftmuth hält die Finsterniss gefangen und wohnet in der Finsterniss.“ Werke Böhme's IV, 31. Vergl 16. 15—30, 35, 49, 58, 65 ff. — Gnadenwahl c. 2. §. 22: „Es ist in der Natur immer eines wider das andere gesetzt, dass eines des anderen Feind sei und doch nicht zu dem Ende, dass sich's feinde; sondern dass eines das andere im Streite bewege und in sich offenbare &c. Werke Böhme's IV, 478. — Mysterium magnum c. 4. §. 1: „In diesem Schracke oder Feuersanzündung scheiden sich zwei Reiche, und sind doch nur Eines: aber sie theilen sich in der Essenz, Qual und Willen, werden auch einander unfasslich, keines begreifet das andere in seiner eigenen Qual, und sind doch aus éinem Urstande, hangen auch an einander und wäre Eines ohne das Andere ein Nichts, und nehmen doch alle beide ihre Qual von éinem Urstande.“ Werke V, 17. — Vierzig Fragen von der Seele: 1te Frage: „Ihr wisset das aus der Vernunft, dass alle Dinge sind aus der Ewigkeit entsprungen und herkommen, auch saget Euch das die Schrift: In Gott sind alle Dinge, in ihm leben und weben wir und sind seines Geschlechtes. Act. 17, 18. Und ob wir wohl nicht können von Gott sagen, dass die lautere Gottheit Natur sei, sondern Majestät in Dreizahl, so müssen wir doch sagen, dass Gott in der Natur sei. Ob ihn wohl die Natur nicht greifet oder fasset, so wenig die Luft kann den Sonnenglanz fassen; so müssen wir doch sagen, dass die Natur sei in seinem Willen erboren und eine Sucht sei aus der Ewigkeit: denn wo kein Wille ist, da ist auch kein Begehren.“ Werke VI, 5—6. Vergl. auch ib. S. 13, 15, 22. Besonders klar hat sich Böhme in der Schrift von der Menschwerdung Jesu Christi ausgesprochen I, 1, 6--14. 2, 1—6. II, 3, 1—14, 4, 1—16. 5, 1- 11 und noch durchgreifender in der kleinen, überaus wichtigen Schrift, welche Böhme's Theosophie in den Grundzügen enthält: Von sechs theosophischen Puncten. Dann in der Schrift: Sechs mystische Puncte: Von göttlicher Beschau-

entsteht und besteht, so vermag er doch so sehr sich seinem Mutterthier einzuverleiben, dass letzteres mit seiner Tödtung zugleich stürbe. — Unnöthigerweise scheint mir darum Daub die von ihm in seinem Judas Ischariot gefasste Idee wieder aufgeben zu wollen, weil ja in einem ewigen Mutterthier ein solcher Bandwurm doch auch ewig unabtreibbar bleibt. — Aehnliches gilt auch vom guten Geist.

7.

Jacob Böhme äussert sich (in seinen 40 Fragen von der Seele, 1. Frage §. 268 *) &c.) in Bezug auf das im vorgehenden §. gerügte Mysterium des Anfangs der Schöpfung dahin, „dass zwar der Baum des ewigen Lebens sei von Ewigkeit fortgewachsen, dass aber die Zweiglein aus dem Stamme, nemlich die creatürlichen Geister, nicht von Ewigkeit corporalisch (geschieden, persönlich, lebhaft) gewesen seien, obschon die Essentien im Baume ewig gewesen, und ihr Bildniss in der Jungfrau der Weisheit bloss essentialisch als uncorporalische Figur erblickt worden sei. „Und darum, fährt er fort, ist dies das grösste Wunder, das die Ewigkeit wirkte, dass sie das Ewige zu corporalischen Geistern schuf, welches keine Vernunft ergreift und kein Sinn findet, und ist uns auch nicht gründlich. Denn kein (geschaffener) Geist kann sich selber gründen (setzen); er sieht wohl seine Tiefe bis in Abgrund, aber seinen Töpfer begreift er nicht, er schaut ihn wohl, aber nur sein Machen kennet er nicht, das ist ihm allein verborgen und sonst nichts..... Und da wir doch das Fiat kennen, und wissen, wie wir sind gemacht worden, so bleibt uns doch verborgen, wie wir im Samen (in der Essenz) gewesen (und noch) sind, und wissen nicht die erste Bewegung Gottes zur Schöpfung, wie das, was in Ewigkeit ist, in seinem Wesen unanfänglich und unveränderlich gestanden (und

---

lichkeit: Theosophische Fragen von göttlicher Offenbarung. Werke VI, 331 ff, 399 ff, 453 ff, 470 ff, 597, 603 ff. Nicht weniger finden sich prägnante Stellen im 7ten Bande der Werke Böhme's (von Schiebler). H.

*) J. Böhme's Werke von Schiebler VI, 49. H.

noch steht) beweglich worden. Denn wenn wir sagen würden: Die Engel und Seelen seien von Ewigkeit (corporalisch) gewesen, so leidet dieses der Seele Fortpflanzung nicht, wie vor Augen ist." *) Denn allerdings beweiset die Fortpflanzung der Seelen das Nichtgewesensein und also das wirkliche Entstehen (Fieri) solcher Corporisationen, ein Beweis, welcher nicht etwa durch das beliebte Raisonnement: Ich bin nicht entstanden, weil du mein Entstehen dir nicht erklären kannst, entkräftet wird. —

Man hat zwar in Spinoza's Raisonnement, welcher Schöpfer und Geschöpf leugnet, weil er mit seinem abstrahirenden Verstande keines von beiden begreiflich findet, viel Weisheit seit einiger Zeit zu finden vermeint. Indessen verfährt der Atomistiker ebenso weise und tiefsinnig, wenn er in der äusseren Natur absolut jedes Entstehen und jedes Vergehen als blosse Täuschung declarirt.

8.

Das Reich der Natur muss allezeit (wie J. Böhme**) bemerkt) das erste sein, soll eine Creatur entstehen; hernach erst kömmt das Reich der Gnade, welches die Natur ein- und aufnimmt: gleichwie zuvor muss ein Feuer sein, soll ein Licht sein, denn das Feuer gebiert das Licht, und dieses nimmt das Feuer (die Natur, denn hier meint J. Böhme die Gestalten zum Feuer) in sich, wie der Vocal den Consonans, und macht es (sie) in und mit sich offenbar; denn darin besteht ja eben die tantalische Qual des in jenen Gestalten zum Feuer Gehaltenen, dass es für sich nicht sich offenbaren, sich nicht verselbständigen kann (§. 6.). Und so einigte Christus (vorerst in seiner eigenen Person im Sterben &c.) Gottes Liebe und Zorn als die zertheilte Natur im menschlichen Willen, welche sich in der Schöpfung in ein Contrarium zur Offenbarung (Formung) der (in der Essenz stehenden) Wunder einführte, dass nemlich durch Bewegung und Scheidung der Natur in zwei Eigenschaften, Liebe und

---

*) Böhme's Werke VI, 49 und 50. (1. Fr. §. 271. 273—274.) H.

**) Böhme's Werke von Schiebler V, 305. Myst. magn. c. 40. §. 2 u. 3. H.

Zorn, im Streit und Widerwillen das Geheimniss Gottes als die unsichtbare geistliche Welt offenbar würde, in ein ringend Spiel einginge und sich in Figuren äusserlich einführte, wie selbe bereits innerlich in der unwesentlichen Weisheit erblickt worden *).

Liebe und Zorn, hier als Gegensätse betrachtet, die sich also noch gegenüber oder coordinirt, und nicht subordinirt befinden (denn jede Polarität hat die drei Momente der Involution, Opposition und Subordination; was in der Involution ineinander, im Streit gegen einander (neben einander), das steht im Sieg untereinander), bedeuten hier zwei Formen der Naturgestalten, jene ihrer wechselseitigen Repulsion und jene ihrer Attraction. Obige Darstellung J. Böhme's ist übrigens die abstracte, denn wie ein Feuer vor dem Lichte, so muss ein Licht vor dem Feuer, d. h. beide müssen zugleich sein.

9.

Wenn schon die Selbstmanifestation Gottes (durch die ewige Natur als Licht &c.) nur durch ein Aufheben und Scheiden der Einheit (aus dem Kreis in die Ellipse mit zwei Brennpuncten) begriffen wird, so muss eine analoge nur tiefere Aufhebung und Scheidung die Creatur begründen, nur dass es hier jenes ausgesprochene Wort (Weisheit, Idea) ist, welches sich scheidend (in Begierde und Lust, wie J. Böhme sich ausdrückt) sich aufhebt, und hiemit die Creatur hervorruft, damit selbe diese Krisis des Schöpfungsorgasmus oder Schöpfungstreits **) löse und vollende,

---

*) Böhme's Werke V, 306 und 307. Myst. magn. c. 40, §. 7—10. H.

**) Dieser Creationsstreit, sagt J. Böhme, dauert so lange, als Seelen geboren, oder Menschen erzeugt werden. Von der Gnadenwahl c. 12. §. 8. — Was ich darzustellen, zu äussern oder zu schaffen vermag, spiegelt sich immer in mir als Figur ab (als Einbildung oder innere Bildung) und ich bemerke leicht, dass diese Figur als Lust sofort auf mein executives Vermögen (Fiat) erregend wirkt, welches sich erhebt, mit dieser Lust oder Figur conjungirt, und in dieser Conjunction schafft. — Dieses Schaffen (Zeugen) kann ich nur abhalten, indem ich dieser Conjunction von Lust und Begierde wehre. — Man sieht übrigens aus dieser Darstellung, dass die erste Erregung des Naturvermögens (S. §. 6.) keineswegs nothwendig eine selbstische Empörung ist, sondern dass selbe von

und sich verselbständigend die Idea nicht nur restituire, sondern verherrliche. — Damit der Baum, sagt J. Böhme, (in Zweige und Blüthen &c.) wachse, (und Frucht bringe), muss er und seine Aeste unterschieden (nicht getrennt) sein und bleiben, (die Regirten müssen andere Personen sein, als der Regent) und dieser Unterscheidung Anfang (und Begründung) ist eben jene Naturscheidung, jener permanent urtheilende Blitz. Denn dieses Wachsthums wegen bewegte sich nemlich Gott zur Schöpfung, d. h. er schied den Willen der Natur (sein geformtes Wort, Idea, Weisheit) in ein Contrarium oder diese Idea entfaltete sich in Lust und Begierde, aus deren Ineinandergehen die Creatur hervortritt, um diese Idea verherrlichend wieder zu restituiren.*)

10.

Wenn sich folglich das Eine, das Alles ist, hier in die Zwei (die Durchgangszahl alles Reducirens und Destruirens**)

---

der Lust zur Schöpfung ausging. — In obiger Hinsicht könnte man nun sagen, dass das Weib über dem Mann ist, insofern selbes die Trägerin der Lust (des Bildes) ist, welche seine Begierde erregt, dass sie aber eben darum, weil sie nur vorerst bewusstlose Trägerin dieses Bildes, unterm Manne ist, indem sie selbst zum Bewusstsein dieses Bildes erst durch Hilfe der erweckenden Kraft des Mannes gelangt. — Dieses gilt von der guten wie von der bösen Lust, vom Weibes- wie vom Schlangensamen. Denn jedes Weib ist eine Eva und eine Ave (Maria) zugleich, und es ist grösstentheils das Werk des Mannes, ob die eine, oder ob die andere dieser zwei Gestalten in ihr sich herauskehrt.

*) Böhme's Mysterium magnum c. 40, §. 12. Werke V, 307. H.

**) Der älteste Zahlenbegriff (nach der Dekadik) ist der, dass jede Zahl als gezählt oder als Product der zählenden, nicht selbst gezählten, sohin nie in der Reihe dieser Zahlen einzeln hervortretenden, Monas (welche darum als Wurzel auch Scotus Erigena von der gezählten Eins unterscheidet) eine besondere Begriffsweise (Gestalt, Form, Enveloppe &c.) dieser Monas ist, so dass z. B. die 10 Gestalten des Feuers bei J. Böhme zugleich die wahre Zahlentheorie enthalten, und diesen Begriff der Zahl trifft folglich nicht jener sonst gültige Vorwurf, den Hegel dem begrifflosen Zählen macht — Uebrigens ist die Behauptung dieses Paragraphen dieselbe mit jener: „la force se nourrit par l'action“, oder: das Organ setzt sich durch seine Function sein Werkzeug, geht durch Nichtfunctioniren

aufhebt, und durch die Creatur sich wieder zu restituiren, (Trinitas reducit dualitatem ad unitatem), so ist diese Reduction kein einfaches Wiederbringen, sondern eine Potenzirung oder Verherrlichung. („Nicht leer soll mein Wort von Euch zu mir zurückkommen."). — Und diesen ascensus gewahren wir ja bei jeder unserer eigenen Productionen (eines Gedankens, Kunstgebildes, Entschlusses), indem der Gedanke, den ich ausspreche, das Gebilde, das ich darstelle, in diesem Aussprechen und Darstellen erst eigentlich in mir aufgeht, wesswegen es ein schlechter Ausdruck ist, diese Potenzirung oder neue Erzeugung „als Reflexion" zu bezeichnen. Wie nun aber jeder Producent sich seine Idee im Darstellen erst verherrlicht, so gilt dieses par excellence von der Weisheit (die sich im Buche der Weisheit: aller Kunst Meister und alle Kunst weisend nennt) in und durch das Geschöpf. Hier erfüllt sich sohin ganz eigentlich das Gebot der Liebe: Gebet, so wird euch gegeben, wie sich das Gebot des Hasses erfüllet: Nehmet, so wird Euch genommen. — In der That bewegt sich die ganze Philosophie J. Böhme's nur um die Betrachtung dieses doppelten Urwunders, des Immerreicherwerdens des liebenden, seine Liebe bethätigenden Gemüths, und des Immerdürftigerwerdens des hassenden, seine Selbstsucht bethätigenden Gemüths. Wer dem himmlischen Wasser der Liebe, (Evangel. Johannis 4, 14) sein Gemüth öffnet, der öffnet sich hiermit in sich selber den Brunnen dieses lebendigen Wassers, und sein Durst wird ihm wahrhaft (von innen heraus, immer) gestillt. Wer dagegen von jenem bitteren Wasser des Hasses kostet, der eröffnet sich in sich den Brunnen dieses bitteren Wassers, und sein Durst wird ihm immer von innen heraus erweckt und entzündet.

---

ein: — ein Lebenszirkel, den ich bereits im §. 1 des ersten Heftes bemerklich machte. Der Satz endlich: vis ejus integra si conversus in Terram, sagt dasselbe, weil man unter Terra nur die Vollendung der Aeusserung versteht, und dieser Satz gilt im positiven und negativen Sinne, in welch letzterem die Erdewerdung auch die gänzliche Erschöpfung der vis (d. h. die Vollendung der Entäusserung) bewirkt und bezeichnet. S. über Divinationskraft Anmerk. S. 26.

11.

Das Werkzeug (der Zeug, Stoff &c.) wirkt nicht mit dem Princip (Centrum), welches bloss durch selbes wirkt (il n'agit pas, il ne parle pas, sagt St. Martin, on le fait agir (parler)), es kann also auch für sich diesem nicht gegenwirken, und den Sitz des bösen Gegen-, so wie des guten Mitwirkens hat man darum nur im Organ oder Mitwirker zu suchen. Darum scheint nun die Forderung an einen solchen Mitwirker (z. B. den Menschen) naturwidrig, dass selber auf sein Mitwirken verzichten und gegen sein Princip nur als Werkzeug sich verhalten, d. h. dass er thun (sein Princip durch sich thun lassen) soll, was er nicht will. — Aber dieser Schein einer Inconsequenz verschwindet, wenn man bedenkt, dass diese Forderung an einen Mitwirker nur dann und insolange ergeht, als er — Gegenwirker gegen sein Princip wird oder bleibt. — Wie er nemlich eben nur im Thun*) des Willens eines Anderen, als seines Princips jenes gegenwirkende Streben (nisus) in sich als gesetzwidrigen Geist substanzirte oder begründete, so muss und kann er nur durch ein entgegengesetztes Thun denselben Geist (reactiv) wieder in sich aufheben oder entgründen, um nach vollendeter Entgründung wieder in die vollen Rechte eines freien Mitwirkers eintreten zu können. — Das christliche Nichtwissen, Nichtwollen und Nichtthun ist darum, wie jenes Sokratische, nicht Zweck, wohl aber Mittel zum Zweck, d. h. zur Gelangung zum wahren Wissen, Gutwollen oder Rechtthun; und alle jene Religionslehrer, welche diese Einsicht den Menschen verdunkelten, haben sehr übel gethan, indem sie als Servile jene nicht minder schlechte Gegenpartei der sich so nennenden Liberalen hervorriefen, welche sich bestreben, den Menschen von dem Gebrauch jenes Mittels abzuhalten. Uebrigens vergesse man nicht, was ich früher bemerkte, dass nemlich der Mensch, insofern er in dreien Principien zugleich lebt oder leben soll (im Göttlichen, in der intelligenten

---

*) Bekanntlich ist dieses Thun dreifach: Gedanken- Nach- oder Ausbildung, Wort und That.

und in der nichtintelligenten Natur), auch immer zugleich Werkzeug, Mitwirker und Alleinwirker ist oder sein soll. Ich sage soll; denn wofern er z. B. seinem Princip nicht als Werkzeug in der einen Region dient, sondern einem anderen, sohin auch in der Region seines Mitwirkens jenem gegenwirkt, wird ihm nothwendig, sowohl in dieser letzteren Region, als in der des Alleinwirkens, jenes innen gleichsam vertriebenen Princips Reaction begegnen, d. h. er wird einen innern und auch äussern Widerspruch gewahren, und die Zweizahl, welche nur als Productionsmoment in ihm wirksam sein sollte, wird sich nun abstract oder fixirt ihm empfindlich machen. Und diese Entzweiung muss ein solcher Mensch leiden, nicht nur so lange er in jenem rebellischen Dienste eines fremden Herrn beharrt, sondern wenn er ihm auch schon den Dienst aufgesagt hat, aber darum seine Fassung in ihm noch nicht ganz zerstört ist, oder so lange dieses fremde Princip noch vermöge des geringsten Hinterhalts seine Wahlverwandschaft auf ihn geltend macht.

12.

Nach §. 3 und 9 geht die Attraction der Lust dahin, dass ich meine Begierde mein gebärendes Naturcentrum ihr eingebe, und in dieser Conjunction ein Wesen (eine geistige Substanz) erzeugen helfe, in welcher sich nun beide fassen, und ihren Rapport effectiv zu machen vermögen. Die Creatur, welche sich (§. 3) dem Natur-Centrum lässt, folgt darum eben sowohl einer Lust (Versuchung zum Nichtguten), als wenn sie, von dieser Lust sich abkehrend und der Attraction der Freiheit sich lassend, sich dieser (sie versuchend zum Guten) fasslich macht. Der Moment der Conjunction ist für sich immer (essentialer) Genuss (als Factio Continui), und wird nur durch eine gegenwirkende Aufhebung einer anderen Conjunction (Dolor ex solutione Continui) nicht als solcher bemerklich. Das Gebot: Lass' dich nicht gelüsten, oder lass' dich der Sünde nicht zu ihrem Willen (Moses I. 4. 7), sagt also: Verweile nicht beim Schauen, damit du nicht imaginirst, des Geschauten begehrst. Die gelungene Imagination ist nemlich immer wechselseitig als magische Vermählung (Magia,

Magnes, Imago), und es ist freilich leichter diese magische Vermählung zu meiden, als das bereits durch selbe Erzeugte (das Kind im Mutterleibe) zu tödten, und dieses endlich leichter, als das völlig ausgeborene Kind wieder zu vernichten. —

Was durch eine solche Imagination erzeugt wird, ist eben jenes lebhafte Bild als Idea formatrix, und dieses gilt von jeder Region des Lebens, denn dieses Geistbild braucht nicht eben verständig zu sein, so wie ich als Intelligenz auch durch Imagination in eine niedrigere Natur eine solche geistige Substanz zu erzeugen vermag, die in diesem Falle, gleich dem Kinde eines adeligen Vaters und einer nichtadeligen Mutter zwar besser (edler) als diese, aber schlechter als der Vater ist. — Hieraus begreift man übrigens, warum Jac. Böhme die Worte: Wesen und Bild häufig als dasselbe bedeutend braucht.

13.

Aus der im vorhergehenden §. gegebenen Ansicht der Anziehung (Attraction) ergeben sich für ihren Begriff folgende Bemerkungen: 1) Wenn man die Negation der Anziehung Repulsion nennt, so sieht man doch ein, dass eine Unlust nur in einer entgegengesetzten Lust sich fassen kann. 2) Wie jede Attraction auf essentiale Wesenserzeugung (eines lebhaften Geistbildes) geht, so muss jede Repulsion auf eine solche Wesenaufhebung gehen (dieselbe Idea wird durch solche eine stumme und wirklose Figur oder Schatten, Schemen); und wie darum 3) eine attrahirende Imagination jener Erzeugung vorgeht, so muss ihrer Aufhebung eine repellirende (Unlust machende) Imagination vorhergehen. Endlich 4) ist jede solche Attraction und Repulsion als der Wesenserzeugung und Aufhebung vorgehend nothwendig eine Actio in distans (oder eine magische)- für jede niedrigere, mehr äussere, ihr sohin subjicirte Region.

Distanz oder Ferne gilt hier im allgemeinsten Sinne, z. B. also nicht bloss als Raum-, sondern auch als Zeitferne.

14.

Was hier von dem Imaginiren gesagt worden, gibt uns Licht über das sogenannte Magnetisiren, und obschon in den folgenden Heften noch manches Nähere hierüber vorkommen wird, so hoffe ich doch, dass schon folgende Bemerkungen manchem Leser willkommen sein werden, die ich, so wie sie mir bei Lesung der zweiten Auflage von Hufelands Schrift „Ueber Sympathie, Weimar 1822“ entstunden, hier mittheile. — „In der ganzen Natur, sagt dieser Schriftsteller, herrscht neben dem Bestreben, sich zu individualisiren (zu verselbständigen) ein entgegengesetztes, diesem egoistischen Leben zu entsagen, und sich mit dem Ganzen zu vereinigen.“ Es zeigt sich aber in der Folge, dass der Verfasser hierunter keine wahrhafte Vereinigung (welche bekanntlich die Vereinten nicht aufhebt, d. h. nicht im engeren Sinne dieses Worts, wohl aber sie emporhebt), sondern eine pantheistisch-mystische Confusion meint. Jener Individualisationstrieb an sich ist also nicht Krankheit und Sünde, sondern die falsche Weise, ihn zur Erfüllung zu bringen (durch Empörung gegen sein höheres Princip, und gegen alle anderen Individuen). Jede Verselbständigung ist als Gründung Zusammenschliessung, Einschliessung oder immanente Beziehung eines Gegensatzes, woraus folgt, dass ich gegen mein mir Höheres mich nicht schliessen und abschliessen kann und soll, sondern dass ich gerade nur durch mein Zusammengeschlossensein mit Ihm meine Selbständigkeit (Abschliessen) nach auswärts und abwärts zu erhalten vermag. Und hieraus ergibt sich sogleich für den Lebensmagnetismus die Folge: dass, wenn der Mensch als herausgekehrtes Mann- oder Weibthier von einer höheren, oder einer tieferen Region mehr oder minder abgeschlossen ist, jede Oeffnung dieses Abschlusses in ihm sich exaltirend, so wie auch deprimirend, sohin gut oder böse erweisen kann und wird.

15.

Man gelangt auf solche Weise zum Begriffe einer activen und einer passiven Sympathie, welche letztere als Leidlichkeits- oder Leidenschaftlichkeitszunahme freilich nicht gut ist, und von welcher allein die Behauptung Hufelands gilt, dass die sympathische Abhängigkeit (Sensibilität) des Einzelnen vom Ganzen durchaus nur auf Kosten der Verselbständigung des ersteren statt findet. Die Bedingungen der Sympathie lassen sich übrigens füglich auf folgende zwei reduciren: 1) Eine früher bestandene, materiell-räumliche Continuität lässt auch nach jener ihrer Aufhebung eine virtuelle Continuität von bestimmter Dauer und bestimmtem Umfang zurück (z. B. das Kind mit der Mutter, extravasirte Lebensstoffe wie Blut, Samen, Gliedmaassen &c.) 2) Zur Herstellung einer solchen virtuellen Continuität genügt oft ein temporairer materieller Contact. Man sieht übrigens leicht, dass diese zwei Bedingungen der Sympathie für jede und in jeder Lebensregion suo modo gelten.

Der Sinn des Gebots: vergiesse nicht (schuldloses) Blut, so wie jenes, welches Onan*) übertrat, wird begreiflich, wenn man die nothwendige Irritation und Reaction bedenkt, welche das Extravasat erregt.

16.

Lehrreich und Aufschluss gebend für das Geheimniss des Somnambulismus finde ich folgende Stellen in der angeführten Schrift. „Es bildet sich (heisst es S. 95 &c.) bei Idiosynkrasien, Sympathien und Antipathien gleichsam ein sensibler (auch ein wirksamer) Kreis um den Menschen, der diese Empfindungen leidet (diese Wirksamkeit ausübt), innerhalb dessen sein Gefühl (objectiver, vorstellender Sinn) auf eine oft wunderbar erhöhte Weise afficirt wird, und es ist nicht zu bestimmen, wie weit (räumlich) sich die Gränzen dieser Sphären (magnetischen oder magischen Kreise) erstrecken können." — S. 132 heisst es: „dass die (Materie-) Entfernung bei solchen Perceptionen oft sehr gross ist, darf uns eben so wenig wundern, als die allgemeine Erscheinung, dass wir die Sonne sehen und fühlen, ohne mit der Hand sie betasten zu können. Denn alle dynamische Wirkung unterscheidet sich eben dadurch von der mechanischen, dass selbe an die materielle, räumliche Continuität oder Berührung nicht gebunden ist, indem sie auf dem allgemeinen, die ganze Natur beherrschenden, ihr also innerlichen, Gegensatz beruht, welcher

*) 1. Buch Mose c. 38, v. 9 u. 10. H.

alle, auch die durch die weitesten Räume von einander getrennten Körper in gegenseitige unmittelbare Relation setzt, und zu einem Ganzen verbindet" — d. h. sie aufeinander bezieht, weil ja ein Beziehen schon ein geschehendes Aufheben innerer Entfernung bei noch bleibender äusserer aussagt. — Endlich sagt der Verf. S. 126: „Der äussere Sinnenapparat dient bloss der höhern Intensität und Concentration, und ist nicht das Wesen, sondern nur ein äusseres Moment der Sensation." — Das heisst wohl nichts Geringeres, als jene allgemeine Lebensgemeinschaft, welche diese einzelnen äussern Sinne beurkunden, und in welchen jene sich manifestirt, ist immer und unabhängig (a priori) von denselben schon da und wirksam, wie die allgemeine Gravitation immer wirksam ist, auch bei völliger relativer Ruhe der Körper, obschon sie sich nur an diesen unter besondern Bedingungen manifestirt, und aus ihrer Allgemeinheit gleichsam secernirt, nicht aber mit und durch jene erst entsteht. Wenn darum eine Person, welche die Katzen nicht verträgt, in ein Haus tritt, in welchem sich eine Katze in einem entfernten Zimmer befindet, oder wenn eine Somnambule im Momente des Hellsehens ihren entfernten Magnetiseur gewahrt, so wird man doch nicht glauben wollen, dass dort die Katze und der Katzenfeind, hier die Somnambule und ihr Magnetiseur sich selber diesen ihren Rapport aus Nichts hervorrufen, wohl aber wird man begreifen, wie, wenn dieser schon in der gemeinschaftlichen Wechselwirkung oder universellen Lebensattraction vorhanden ist, vermöge einer entsprechenden Receptivität diese ihre Wechselwirkung ihnen gleichsam secernirt aus diesem Lebensocean hervortritt.

Wenn es nur darum zu thun wäre, einen allgegenwärtigen derlei essentialen Rapport in der äussern Natur nachzuweisen, in welchem als der ersten Impression (nach Jacob Böhme) alle Kräfte gleichsam in einer Diagonale schon befasst sind; so würde uns die Gravitation hiezu genügen als Leiter alles übrigen einzelnen Kräftespiels; aber hiemit würde das vorliegende Problem jener dynamischen Secretion doch nicht hinreichend gelöset sein, eine Lösung, welche ich in einem folgenden Hefte dieser Zeitschrift versuchen werde. Nachdem man übrigens einen einzeln beweglichen Körper absolut von seiner Umgebung abstrahirt hat, und dieses Abstractum phantastischer Weise als absolute Geschlossenheit festhält, wundert man sich, dass die Natur, vernünftiger als wir, ihre Concretheit in ihren zahllosen Gliedmaassen vindicirt. — Noch muss ich bemerken, dass die im Text gegebene Ansicht ein neues Licht auf jenen Spruch wirft: „Ihm (Gott) leben sie alle!" —

17.

Hufeland spricht S. 43 seiner Schrift von der Vermittelung der Sympathie durch Träger *), welche eine räumliche Association vermitteln (magnetisirtes Wasser z. B. zwischen dem Somnambulen und dem entfernten Magnetiseur). Wie es nun aber eine solche vermittelnde Leitung und Herbeiziehung im

*) Dem Begriffe eines solchen (materiellen) Trägers oder Leiters steht jener eines Nichtleiters und Association-Hemmenden entgegen. — Unter den immateriellen, darum nicht minder kräftigen Trägern des Rapport's spielen die Namen eine bedeutende Rolle, aber freilich nicht die auswendiggelernten u. bloss auswendiggesprochenen (S. Divinationskraft S. 33. 34). — In diesem Sinne braucht die Schrift (alten und neuen Bundes) durchaus dieses Wort, so wie in selber häufig: Handauflegen und Namenaufeinenlegen (als Basis des Rapports) als dasselbe bedeutend bemerkt wird. — „Und sie (die Hohenpriester) stellten die Apostel vor sich, u. frugen sie: Aus welcher Gewalt oder in welchem Namen habt ihr das gethan?" Apostelgeschichte 4, 7. — Unsere Exegese hat indess die alte Lehre von den Namen schon längst abgeschafft, und man könnte sie in ihrem dermaligen Zustande und Treiben mit der letzten jener sieben magern Kühe Pharao's vergleichen, welche eben daran ist, ihren Magen (die Bibel selbst) aufzuspeisen. Indessen gab es schon zur Zeit der Apostel eine tiefere Exegese, als diese flache der Neologen. So z. B. sagt Paulus (Galater 4, 22—27.): „denn es steht geschrieben, dass Abraham zwei Söhne hatte, einen von der Magd und den andern von der Freien. Aber der von der Magd war, ist nach dem Fleisch geboren, der aber von der Freien, ist durch die Verheissung geboren. Diese Worte bedeuten etwas; denn das sind die zwei Testamente, eines vom Berge Sinai, das zur Knechtschaft gebiert, welches ist die Agar, denn Agar heisst in Arabien der Berg Sinai etc." — Woraus erhellt, dass schon in jener Zeit die historische Exegese neben der typischen bestand, („Forschet in der Schrift, denn sie zeuget von mir") so wie in den Schriften besonders des neuen Bundes (in der Offenbarung) auf eine dritte Epoche (nach Vollendung der Zeit) hingewiesen wird.

Raume gibt, so behaupte ich auch eine solche für die Zeit (S. Ueber Divinationskraft) und wie es Leitungen gibt, welche die Entfernungen inner einer und derselben Region aufheben, so gibt es solche, welche verschiedene Regionen selbst vermitteln. Wie endlich nach obiger Ansicht im Raume ein allgegenwärtiges Reservoir aller einzelnen Wechselwirkungen zugegeben werden muss, so muss man auch dasselbe hinsichtlich der Zeit gelten lassen, und wie räumlich das, was hier und dort ist, nur als Vereinzelung aus dem, was überall ist, heraustritt, so auch das, was jetzt ist, was war und sein wird, nur als Vereinzelung dessen, was immer ist. — Wenn jene vom Verf. beobachtete Somnambule, um sich irgend eine Anschauung im Hellsehen auch im gemeinwachen Bewusstsein zu vergegenwärtigen, sich nur einen Knopf in ihr Tuch machte (dasselbe leistet das Denken oder Aussprechen einer Zahl), bei dessen Wiedererblickung jene Vergegenwärtigung eintrat, so sehen wir hier eine Association oder einen Leiter zwischen zwei sonst geschiedenen Bewusstseinssphären, welcher bloss eine äussere Gesichtsanschauung (Bild) ist. Es gibt aber auch innere Anschauungen, welche dasselbe und ungleich mehr leisten. Bisweilen im allgemeinen wachen Bewusstsein, häufiger aber in Träumen, und noch häufiger und völlig klar im magnetischen Hellsehen, treten solche innere Anschauungen von räumlich-zeitlichentfernten Gegenständen in unserem inneren Gedanken- oder Bewusstseinsspiegel auf, welche wir darum mit Recht lebendig nennen, weil sie ihren objectiven und nicht subjectiven Bezug mit eben der Unzweideutigkeit uns bezeugen, als z. B. ein sich in einem äusseren Spiegel bewegendes Bild thun würde. Solche Anschauungen und Bilder können nun in einem unwillkürlichen oder willkürlichen Rapport mit dem, dessen Bild sie sind, stehen, oder sie sind selbst vielmehr die Zeugen und activen Centra dieses Rapports, wesswegen sie denn in der Regel in beiden zugleich sich zeigen, (denn die Einheit der Anschauung ist ja eben ihre wechselseitige Vergegenwärtigung) und wie sie z. B. mir als Zeichen und Zeugen eines solchen virtuellen Rapports dienen, so können sie unter gewissen Bedingungen selbst als fassliche Handhabe zur Rückwirkung auf diesen Gegenstand dienen, so wie man durch das Bild im äusseren Spiegel magnetisiren kann.

18.

Zu den Erscheinungen der Sympathie zähle ich noch jene Fortdauer des Lebens in einzelnen Theilen eines getödteten Organismus, und wenn z. B. Schultz (Lebensprocess im Blute, Berlin, 1823) bemerkt, dass an einer getödteten Maus noch eine Stunde nach ihrem Tode in den kleinen Blutgefässen sowohl die strömende, als die mit dieser stets verbundene innere Blutbewegung (deren genauere Kenntniss wir diesem Beobachter verdanken) sichtbar ist, und wenn dieser Schriftsteller mit Recht den Satz festhält, dass irgend einem Theile eines Organismus (hier dem Blute) für sich und abstrahirt vom Gesammtleben des erstern kein Leben zukömmt, so beweiset ja dieses sogenannte partielle Leben (denn mit diesem Worte meinte man bisher die Sache zu erklären), dass die Abstraction desselben vom Gesammtleben noch nicht völlig eingetreten, dieses sohin noch nicht gänzlich desubstanzirt oder in den universellen Lebensocean (Spiritus mundi) wieder zurückgetreten ist. Hieher gehören denn eine Menge Erscheinungen von kürzerer oder längerer, bestimmterer oder dunklerer Fortdauer einer Lebensgemeinschaft Verstorbener in und mit andern lebendigen oder auch leblosen Objecten, in denen der Astralgeist des Verstorbenen einmal Wurzel gefasst hatte: — Erscheinungen, die man theils zu hoch fasst, und ihnen eine grössere Dignität gibt, als sie haben, theils aber, weil man sie mit dem abstrahirenden Verstande unbegreiflich findet, zu wenig beachtet. Endlich findet hier auch die Lehre der Alten „über die Constellation" ihren Aufschluss. Sie nemlich bereits erkannten (was die Neuern längst wieder vergassen), dass die imaginirende Begierde keineswegs ausschliessend im Menschen und Thiere lebt, sondern dass die Wurzel der Natur selber nur Begehren und Imaginiren ist, wenn gleich dieses Wurzelleben sich auf mannigfaltige Weise, jedoch überall, manifestirt, und sie erkannten diesen imaginirenden Bildungstrieb besonders im Gestirn wirksam, durch dessen Conjunction mit dem entsprechenden Bildungstrieb der Erde und der Elemente sie eine geistige Substanz (§. 12. Idea formatrix, welche ihnen weder verständig noch unsterblich war) entstehen liessen, und welche (als Geistbild) in dem Elementarstoffe sich ihr entsprechendes äusseres Gebilde weckte, trug und erhielt. — Welcher Mensch ist übrigens so verstockt gegen die stille „Magie" der Natur (besonders gewisser Objecte und Situationen derselben), dass er sich nicht wenigst in einzelnen Momenten von ihrem bis tief in sein Naturgemüth reichenden, imaginirenden, einen magnetischen Rapport oder Congress sollicitirenden Wirken überzeugt hätte? Welches ist nun aber Sinn und Geist dieser Einwirkung? — Antwort: Die äussere Natur als gehörig dem Menschen kann nur in dieser Gehörigkeit gedeihen, und diese Natur sollte selbst ein wesentliches Element zum Lichtbild im Menschen (nemlich als äussere Hülle oder Enveloppe) geben. Als der Mensch ganz irdisch ward und der Fluch über ihn erging (der paradiesische Segen floh), so erging derselbe über das gesammte irdische oder äussere Naturwesen, daraus als aus dessen gutem, obschon bereits (durch Lucifers Fall) inficirtem Theile der Mensch ausgezogen oder dem er enthoben worden, und wie es folglich Bedürfniss der Natur ist, von diesen Banden des Fluchs wieder los zu werden, so ist es Pflicht und Interesse des Menschen, die seinetwegen leidende Natur (gleich einer durch ihn Geschwächten) wieder aufzurichten aus ihrer Schmach. Hat uns Gott Macht gegeben, sagt Jacob Böhme, seine Kinder zu werden, und über die Welt zu herrschen, warum nicht auch über den Fluch der Erde, den wir doch in sie brachten? — Fühlst du aber Beruf und Muth (denn blosser Vorwitz würde dir schlimm ausschlagen, noch schlimmer jene teuflische Faust-Hoffart und Frechheit), die Erde zu versuchen, d. h. den in ihr verschlossenen Segen wieder herauszukehren, so wisse, dass dieses nicht geschehen kann, ohne dass du erst ihren Fluch (jene finstern, anorgischen, diesen Segen in sich eben verschlungen haltenden Mächte) aufstörst und dir (gleich jenen Höllenhunden, welche in der Sage die Schätze der Erde bewachen) zuwendest, und hier musst du also erst als ein Herkules jene gerade und krumme Schlange

(s. Isaias) entkräften, die als geistige Hoffart und geistige Wollust mit offener, furchtbarer Macht oder mit versteckter List und Lust dich zu divertiren beflissen sein wird, wie sie in jenem ersten Rendez-vous Mutter Eva divertirte!

Der kundige Leser wird bemerken, dass ich hier das Geheimniss der Geschlechtsverschiedenheit im Menschen berühre, worüber ich indess in einem folgenden Hefte mich um so bestimmter aussprechen werde, als es gewiss ist, dass die fast allgemein herrschende gänzliche Unwissenheit hierüber vorzüglich an dem Unverständniss der Schriftlehre über das Bildniss Gottes im Menschen schuld ist. Und ich bemerke in Bezug auf letzteres hier nur vorläufig, dass nach Obigem jedes Geistbild (oder jede lebhafte und geistig substanzirte Idea) eigentlich als die lebendige Mitte zweier Extreme gefasst werden muss, in deren einem sie bloss innerlich (eine verblichene Figur oder Schemen §. 13), in deren anderem bloss äusserlich (Klangfigur) vorhanden ist. Vergl. §. 2.

19.

Die Anwendung des Gesagten auf den „magnetischen Rapport" ergibt sich nun von selbst, und man wird wohl nie etwas von dieser Erscheinung verstehen, wenn man den in den vorhergehenden §§. nachgewiesenen Zusammenhang der Begriffe Magia, Imago und Magnes nicht versteht. Denn Magnetisiren ist nicht minder und mehr, als Imaginiren, und der durch selbes erzeugte Rapport gründet in einer Constellation (18.), d. h. der Magnetiseur (sei dieser nun wer er wolle, denn nicht immer tritt solcher als Mensch auf) ist in der Regel das active Gestirn, der Magnetisirte (ob somnambul oder nicht) das ihm entsprechende passive, obschon diese Pole sich oft auch umkehren. Ist nun aber die Gestirnnatur des Astralgeistes (im Menschen) wie immer einmal aufgeschlossen (eradiirend worden), so begreift man, dass selbe auch in niedrigeren Naturen (Baquets, Baguettes und Bagues) sich zu spiegeln und sich zu objectiviren vermag.

Ich stelle hier Baquet, Baguette und Bague (Ring) darum zusammen, weil sie alle drei (wie ich schon in meinem dritten Stück über magnetische Ekstase bemerkte) dem erweckten Astralgeiste des Menschen als einzelne äussere, d. h. von seinem Leib unterschiedene Sinnen-Manifestations- und Operations-Apparate (Instrumente) dienen. Denn ohne Subjicirung (Werkzeug) gibt es kein Sichselbstoffenbaren und Offenbarungvernehmen. In einem höheren Sinne kann und soll aber dieser Astralgeist selbst, unvermittelt von seiner räumlich auseinander gehaltenen Bindung an den äusseren Sinnenapparat &c., dem höheren oder Lichtgeiste im Menschen als ein solches Sinnen- und Operations-Instrument dienen, und hier ist es, wo die wahre Clairvoyance eintritt. — Wenn übrigens die Entbindung des Astralgeistes vom äusseren Sinnenapparat mehr oder minder bei jedem Somnambulismus sich bemerklich macht (wogegen beim gemeinen, wie beim somnambulistischen Schlafe als solchem, und vor der oder ohne Clairvoyance &c. eine tiefere Bindung dieser Sinneskräfte statt findet), so ist die vom Muskel- (Actions-) Apparat ungleich seltener und unvollständiger, wesshalb auch die eigentliche „*Actio* in distans“ so selten und unbestimmt bemerkt wird. — Die theilweise Entbindung des partiellen Astralgeistes coincidirt endlich nothwendig mit einem theil- oder grad-weisen Eintritt desselben in den universellen.

Was hier nach Paracelsus der Astralgeist heisst, ist dasselbe, was die Seherin von Prevorst als Nervengeist, Jakob Böhme als geistigen Tincturleib bezeichneten (welche Benennung wohl die richtigste ist) und was die Alten unter Lebensgeistern verstunden, und zwar mit Recht in Plurali genommen, weil hier immer ein Complex oder eine Mehrheit von Potenzen und secundairen Lebenskräften gemeint ist, ohne welche kein Leben entsteht und besteht, und deren Original bereits die hebräische Philosophie in Gott setzte. Von diesen Lebensgeistern behaupteten nun die Alten, dass im nichtgewaltsamen Tode selbe sich vom Kopf und ganzen Leibe ins Herz (cardia) zögen, um mit dem centralen Lebensprincip den Leib zu verlassen; im gewaltsamen

Tode geschehe aber eine (temporaire) Interception zwischen dem centralen Princip und jenen secundairen, welche letztere noch im Leibe verweilen, während jenes (welches ohne sie im Leibe nicht haften kann) diesen bereits verlassen hat. Durch dieses Diesseits und Jenseits habe ich (in m. Schr. über Segen und Fluch) jenen Rapport erklärt, welchen alle Blutopfer, z. B. auch die Menschenopfer geöffnet und bezweckt haben. — Man kann nun ähnliches bei Somnambulen bemerken, indem auch bei ihnen, wie bei Sterbenden die Lebensgeister sich aus dem Kopf in die Cardia ziehen und von hier aus gleichsam auf dem Sprunge sind den Leib zu verlassen, folglich keineswegs jener schlechten Vorstellung gemäss eine neue Bindung an die Gangliennerven eingehen. Eine Somnambule sagte zu J. Kerner, dass wenn alles Geistige und Leben sich ihr aus dem Kopf in die cardia gezogen, sie dann (mit dieser losgewordenen geistigen Macht) aus ihrem Leibe heraus (in seinen) sich versetzen, diesen besitzen könne, dass aber so wie dieses Eingehen nur allmälig geschehe, so auch das wieder heraus und in eigenen Leib Zurückgehen nur allmälig und nicht gewaltsam geschehen dürfe. Ungeachtet dieser Versetzung, sagte sie, müsse doch noch immer die freie Verbindung mit ihr (als Central-Lebensprincip) offen bleiben, und würde diese schnell unterbrochen (falls z. B. Kerner schnell das Zimmer verliesse), so wäre es ihr Tod. — Ich habe aber in meiner angeführten Schrift, so wie noch deutlicher in der letzten Abhandlung dieses Bandes nachgewiesen, dass was hier gewaltsamer Weise und extra ordinem geschieht, bei der Alimentation (wie bei der Befruchtung) gleichsam unmerklicher Weise geschieht, indem das Speisende (Befruchtende) gleichfalls seine secundairen Lebensprincipien in das Empfangende spendet, hiemit aber die Integrität seines eigenen Lebens gleichsam sich opfernd suspendirt, damit diese Lebensprincipien rückkehrend in ihr Centralprincip (in ihrem Reascensus) dem Gespeistwerdenden den Rapport mit letzterem öffnen und offen halten. Lesern, welche nicht tardi ingenii, brauche ich mich nicht klarer über dieses tiefste Mysterium des Lebens auszusprechen, und man sieht leicht, was durch diese Zusammenstellung des Opfers und der Alimentation (Eucharistie) unter ein und dasselbe Princip für die Theorie beider gewonnen ist.

20.

Hat man sich einmal von dem Satze überzeugt: dass jede Selbstgründung oder Verselbständigung durch das Zusammengehen eigenen Gegensatzes zu Stande kömmt, so hat man hiemit schon anerkannt, dass Selbstlosigkeit Geschlechtslosigkeit ist, in jeder Region. — In der That, warum zieht uns das geschlechtslose Kind so sehr an, und weckt uns die Erinnerung oder den Wunsch des paradiesischen Zustandes der äusseren Natur? — Weil diese letztere im Kinde, gegen die ihr höhere (des Geistes und die göttliche) noch das ist, was sie sein soll, d. i. ein willenloses Werkzeug der Manifestation, oder ein noch nicht zu eigenem Geiste (zu zu sich selber gekommener Persönlichkeit) verselbständigter Wille, d. h. weil diese äussere Natur als geschlechtslos noch selbstlos ist. Und ist die Wehmuth wahrer Liebe etwas anderes, als Klage über dieses verlorene Paradies, d. h. als Klage über den Schmerz dieses Bruches oder der Spaltung, und somit Entzündung der äusseren Natur? Siehe das Hohe Lied Salomonis 8, 1. 2. — „O! dass du mein Bruder wärest!"

Hieraus folgt aber ferner, dass, so wie die Verselbständigung der äusseren Natur zu eigenem Geiste (Spiritus mundi) mit der Entselbständigung (Entgeistung) der höheren Natur im Menschen eintrat, somit die Potenz jener (Entzündung) mit der Impotenz (Erlöschen) der letzteren, das Gefühl der Scham (Adams Schlaf, Ohnmacht, Confusion &c.) unmittelbar in letzterer, nicht in ersterer gründet. Denn das Thier, wie der Geist schämen sich nur ihrer Impotenz, nicht ihrer Potenz, und nur weil die thierische Potenz eben auf Kosten der Geistespotenz hervortritt, schämt sich ihrer der Geistmensch. Jac. Böhme hat übrigens nachgewiesen, wie diese Geschlechtsindifferenz der äusseren Natur auch während der ersten Epoche des paradiesischen Menschenlebens (nemlich jener der creatürlichen Fortpflanzung oder Geburt) hätte fortbestehen können, so wie dieses um so mehr für die zweite Epoche (der Geburt der Kräfte) gilt.*) — Denn das ist ja eben ein Grundirrthum unserer bisherigen Philosophie, dass sie die Verselbständigung der äusseren Natur im Menschen mit jener des Geistmenschen vermengt, gleichwie ihr in jener äusseren Natur Unreife und Schuldlosigkeit, Reife und Schuld**) schlechterdings identisch sind.

*) J. Böhme's Werke von Schiebler VII, 239—245. H.

**) Viele dürften durch die oben gegebene Darlegung Baaders überrascht sein, zu entdecken, dass die Leugnung der Geschlechtslosigkeit des Urmenschen und die Behauptung, dass er schon im Paradiese irdisch gebildet gewesen sei, sich nahe mit der Lehre von der Nothwendigkeit des Falles und des Bösen berührt. Man kann auch aus der Lehre Böhme's von der Antrogyneität des Urmenschen, welche in kläglichem Missverständnisse von vielen Neueren mit deren Carricatur, dem Hermaphroditismus, verwechselt wird, ersehen, wie weit er davon entfernt war, wie Viele ihm andichten, die Nothwendigkeit des Bösen als unvermeidlichen Durchganges zur Tugend zu lehren. Obgleich wir das Unbegründete dieser Behauptung schon erwiesen haben, erachten wir es, bei der Hartnäckigkeit, womit sich diese Meinung festgesetzt hat, nicht für überflüssig, sie durch schlagende Belegstellen aus den Schriften Böhme's vollends in ihr Nichts zurückzuweisen. „So es nicht wäre möglich gewesen, dass Adam hätte können bestehen, so hätte er ihm den Baum nicht verboten." (Siebzehnter Sendbrief.) „Warum wollet ihr dem Menschen den freien Willen Gottes absagen? Ist doch seine Seele aus der höchsten Allmacht Gottes geschaffen und hat göttliche Macht, so sie in die Liebe Gottes eingeht etc. Was machet ihr denn für närrische Wahl über den Menschen, und nehmet ihm den freien Willen? Hat der arme Sünder nicht freien Willen, dass er kann kommen: warum rufet ihn Christus denn zu sich? Matth. 11, 28. . . . . . Mein Gegensatz saget, die Seele sei aus dem Munde Gottes und es ist wahr. Ist sie aber aus dem Munde Gottes, so ist sie aus göttlicher Allmacht herkommen; warum nimmt er ihr denn den freien Willen? Sie hat im Bösen und Guten freien Willen. . . . Aber die Schrift strafet ihn (Tilken) und sagt: Sage nicht in deinem Herzen, sündige ich, so hat's Gott gethan; denn der fünfte Psalm saget v. 5: Du bist nicht ein Gott, dem gottlos Wesen gefället. . . . . . Mein Gegensatz setzt klar und gibt zu verstehen, dass Gott den Fall Adams gewollt habe, es hätte Gott die magische paradiesische Geburt nicht gefallen, sonst wäre Gottes Majestät nicht offenbar worden. Wo das wahr ist, so ist Gott ungerecht, dass er Adam verbot, von Bös und Gut zu essen. Warum sollte mich denn Gott um desswillen richten und mir für Sünde rechnen, so ich das thue, was er hat wollen haben?" Die zweite Schutzschrift wider B. Tilken §. 100, 102, 154, 155 und 157. Böhme's Werke von Schiebler, Leipzig, Ambr. Barth, 1831—1847, VII, 423, dann 103—113. H.

Viertes Heft.

Mais attendez que l'affinité naturelle de la religion et de la science se réunisse dans la tête d'un seul homme de génie: l'apparition de cet homme ne sauroit être éloignée, et peut-être même existe-t-il déjà. Celui-là sera fameux, et mettra fin au XVIIIe Siècle qui dure toujours; car les siècles intellectuels ne se règlent pas sur le calendrier comme les siècles proprement dits. Alors des opinions qui nous paroissent aujourd'hui ou bizarres ou insensées seront des axiomes dont il ne sera pas permis de douter, et l'on parlera dè notre stupidité actuelle comme nous parlons de la superstition du moyen âge.

Les soirées de St. Petersbourg. II. 317.

Anstatt, wie seit geraumer Zeit, sich von den religiösen Doctrinen fern, oder gegen sie wohl gar feindlich verschlossen zu halten, wird die Philosophie besser thun, in dieselben einzugehen, um tiefer wurzeln, sich weiter ausbreiten und höher erheben zu können, als ihr solches auf dem bornirten Standpunct möglich ist, auf welchem sie sich durch jene Abgeschlossenheit nieder hält. Andeutungen solcher freiern An- und Aussichten, welche die Philosophie auf diese Weise erlangen wird, gibt auch dieses 4. Heft, und wenn gleich die flache Aufklärerei mit solchen Andeutungen übel zufrieden sein wird, weil sie ihre Wasserklarheit hiemit getrübt werden sieht, ja wenn selbst der tiefere

Forscher durch Eingehen in solche Ansichten seinen Geist getrübt fände, so wird doch diese Trübung, wie dieses bei gutem Weine zu geschehen pflegt, nur einen höhern Grad von Geistigkeit ihm bereiten. Erfreulich ist es übrigens zu sehen, wie dermalen in Deutschland von mehreren Seiten her jenes Wiedereingehen der Philosophie in die Religionslehren befördert wird, und wie also die Religion von diesem Lande aus einen zweiten Sieg sich bereitet, nemlich jenen über die rohe, weil vom Leben, dem Glauben und der Liebe abgekehrte Erkenntniss, so wie sie früher von demselben aus die rohen Kräfte der Barbaren besiegte.

Memel, den 1. Julius 1823.

1.

Was von der Einheit jedes Lebens oder Lebendigen gilt, „dass selbe kein Unmittelbares ist, sondern aus einer Aufhebung und Entäusserung eines unmittelbaren Ersten in Nichteinheit oder Vielheit, und aus und in einer Wiederaufhebung der letztern &c. ent- und besteht“, das gilt vom Leben des Absoluten par excellence, welches folglich inner dem Kreise des Sichunterscheidens (Fassens) in einzelne Lebensanfänge (Principien), des Wiederaufhebens dieses Unterscheidens, und der Wiederrückkehr zu selben besteht, so dass folglich die verschiedenen Lebensanfänge (gleichsam Gliedmaassen) nur als Momente, wie Hegel sich ausdrückt, im Absoluten bestehen, das Lebende nemlich nur unterscheidend sich eint, nur einend sich unterscheidet, und also überall nur als Mitte oder Begriff dieser Functionen besteht.

In diesem Sinne sagt J. Böhme: „Der Ungrund hat (unmittelbar) kein Leben, aber in solcher Eigenschaft wird das grosse ewige Leben erboren, Er hat keine Beweglichkeit und Fühlung, aber also erbiert sich diese &c.“ Menschwerd. Christi II. 4, 9.*) — Wie ich übrigens schon im zweiten Hefte dieser Zeitschrift §. 9 bemerkte, so ist diese Gliederung, Schiedlichkeit oder Urtheilung des Lebenden nicht, wie man bisher annahm, nur dualistisch (in Bewegendes und Bewegtes), sondern dreigliederig: in Bewegendes Nichtbewegtes, in Bewegtes Bewegendes und in bloss Bewegtes, d. h. in Princip (im engern Sinne), in Mitwirker

*) J. Böhme's Werke von Schiebler, Leipzig, A. Barth, VI, 257. H.

und in werkzeuglichen Wirker sich unterscheidend. Jene urtheilende Function weiset übrigens J. Böhme im Feuer nach, weil im Feuer alles lebhaft, schiedlich, spontan und geistlich wird, somit befähigt, durch wechselseitige Conjunction eine actuose Einheit darzustellen. „Das Feuer, (sagt J. Böhme im Mysterium magnum 10, 40) *) ist der Werkmeister dazu, das treibet aus einer kleinen Kraft ein Zweiglein aus der Erde, und führt's in einen grossen Baum aus mit vielen Aesten und Frucht und verzehrt's auch wieder, und macht's wieder zu éinem Dinge."

2.

Aus dem Gesagten folgt: 1) dass der Monotheismus im engern Sinne (der Irrthum der Monotheleten, Mahommedaner, Socinianer &c.) auf einem leeren und todten Abstractionsbegriff beruht; 2) dass das creatürliche Leben auf zweierlei Weise gefährdet oder gekränkt werden kann, nemlich durch Vermischung (Confusion) und durch Trennung (Abstraction) seiner Principien; dass aber 3) bei jeder solchen Kränkung beide diese Ursachen zugleich wirken, was denn auch für jene Kränkung des ewigen Lebens in der Creatur gilt, die man Sünde heisst.

3.

Was vom absoluten Leben gilt, dass es nemlich nur in Gliederung (Organisirung) besteht, das gilt suo modo auch von jedem seiner Gleichnisse oder Spiegelungen, nur mit dem Unterschiede, dass der Begriff der Organisation (der durch die Sonderung vermittelten Verbindung des Einen mit dem Einzelnen) hier nicht mehr bloss im engern Sinne, immanent, gefasst werden kann, sondern als das gemeinschaftliche Leben (Communio vitae) des Absoluten mit seinem Gleichniss bedingend.

Das Wort Organismus wird hier in seinem höchsten Sinne genommen; so dass nemlich jedes Glied nur mit allen übrigen zugleich entsteht, besteht und vergeht; wesswegen ein wahrhaft

---

*) J. Böhme's Werke V, 51. Vergl. VI, 352 und 353, 368, 371. H.

Lebendiges weder theilbar, noch (aus Theilen) zusammensetzbar ist, und Paulus das göttliche Leben das unauflösliche nennt. Was also mit der Trennung nicht vergeht, war kein Glied, und wenn es, wie man sagt, wahr wäre, dass Seele, Geist und Leib des Menschen durch den Tod sich völlig trennten und doch dabei Etwas für sich blieben, so wäre der Mensch — Nichts, d. h. nicht mehr ein an und für sich Bestehendes, als jeder Sandhaufe ein solches ist. So wie unsere Physiker die vergänglichen Körpergebilde aus denselben unsterblichen, also göttlichen Atomen entstehen und in sie wieder vergehen lassen, welchen Atomen, obschon sie doch selber nur Differenzialien sind, diese Physiker widersinniger Weise doch völlige Integrität beilegen. Man sieht übrigens aus dem Gesagten auch die Richtigkeit des Satzes ein: dass jede Union nur durch eine gemeinsame Subjection entsteht und in ihr besteht, so wie das Gegentheil von der Desunion gilt. Sollen nemlich zwei oder mehrere bis dahin selbständige Wesen eine Totalität bilden, so müssen sie eben aufhören gegeneinander selbständig zu sein, und dass sie dieses können (ja auch nur wollen können), kann ihnen nur von éinem gemeinsamen Höheren gegeben sein. Noch muss ich in Betreff der Atomistik erinnern, dass Democrits Atome immaterieller Natur waren (als semina rerum, nullius rei, quae sub sensum, similia), somit völlig das Gegentheil der materiellen Atome unserer Physiker.

J. Böhme wies im dreifaltigen Leben des Menschen (dem seelischen, geistigen und leiblichen) das dreifaltige Leben des Absoluten nach*), und zeigte, dass das geistige Leben im Menschen seine Mitte ist, wie Gott die Mitte aller Dinge, gleichwie J. Böhme in Gott selbst wieder eine Mitte anerkennt, in welcher sowohl das absolute Princip, als das werkzeugliche (die Natur) aufgehoben sich finden, jenes als emporgehoben oder als Ascensus, dieses als Descensus, als subjicirt oder als aufgehoben im engern Sinne, und doch wieder jenes herab ge-

*) Morgenröthe im Aufgang c. 8. §. 14—44. Böhme's Werke von Schiebler II, 35—41. H.

neigt, dieses hinauf gehoben. Wie denn auch Hegel damit, dass er sagt, dass in der aufhebenden Vermittelung erst das Nothwendige aufgehe, die hier bemerkte zweifache Richtung der Aufhebung schon stillschweigend anerkennt, d. h. dass das Sichsubjiciren des a nur ein Subjiciren desselben unter b, sohin ein Erheben des b ist als des Nothwendigen. — J. Böhme nennt das Geistleben im Menschen auch sein Geistbildniss, weil es ihm nemlich damit ent- und besteht, dass er mit seinem Seelenleben in irgend eine der drei Regionen des absoluten Lebens will (wallt), oder seinen Willen als Samen dieser Bildniss in eine solche Region wirft, sein Feuerleben in dieser aufhebt, und diese Region hiemit befähigt, sich in ihn hineinzubilden *). Anima est ubi amat. — Man sieht übrigens leicht, dass hier ein wechselseitiges Aufheben statt findet, denn Bild ist Wesen und aufgehobener Geist: was sich also in mir zum Bilde macht, hebt sich insofern in mir auf, und Daphne wird in der Vermählung mit dem Gotte zur Pflanze.

4.

In creatürlicher Beziehung erhält sohin der Begriff der Organisation seine Verständigung erst damit, dass man diese als die Bekräftigung zum freien Miteinanderleben der Creatur mit dem Princip ihrer Region betrachtet, oder wie Hobbes sagt: des Congressus cum Universo.

5.

Einer Creatur, welche zur Würde eines Mitwirkers (nicht eines bloss werkzeuglichen Wirkers) in und mit ihrer Geburtsregion bestimmt ist, kann nur die Fähigkeit zu solchem Mitwirken angeboren sein, sie kann aber die Realisirung und Fixirung dieses Vermögens nur als Folge und Lohn ihres eigenen Mitthuns erwarten, d. h. jene Organisation (Gestaltung, Bildung,

*) Vierzig Fragen von der Seele. 2te Frage §. 3. 8te Frage §. 3. 6te Frage §. 14. 12te Frage §. 24. Von der Menschwerdung Christi I, 3, 16 ff. III, 3, 5. 5, 4. 7, 5. Von sechs theosoph. Puncten c. 4. §. 5 u. 7. H.

Beleibung) kann nur vorerst als Anlage in ihr vorhanden sein, und nicht schon fix und fertig. Aus Unkenntniss dieser Wahrheit haben sich in der Religionswissenschaft zwei Irrthümer festgesetzt, welche das Verständniss der Wiedergeburt (des Grundbegriffs der Religion) ganz unmöglich machen. Viele Theologen behaupten nemlich, dass der Mensch gleich als fertiges Bild Gottes aus diesem hervorgekommen sei, womit sie doch dem Grundtext widersprechen, nach welchem der Mensch nur zum Bilde Gottes geschaffen worden, d. h. um die ihm angeschaffene Anlage hiezu zu realisiren. Wogegen andere Theologen behaupten, dass der Mensch sogleich als fertiger Erdenmensch geschaffen worden sei, obwohl er im Sinne der Schrift offenbar hiezu gleichfalls vorerst nur die Anlage (als posse terra fieri) hatte, und folglich gleichfalls nur durch eigenes Thun dazu werden konnte. Wie nun aber der Mensch durch ein Selbstthun sich verbildet (in die irdische Region hineingebildet) hat, so kann er auch ohne sein Mitwirken nicht wieder aus ihr heraus, und in die ihm allein heimliche (die paradiesische) Region sich hineinbilden (gebären) lassen, und wie endlich diese Hineinbildung in die irdische Region erst geistig anhub (durch Imaginirung oder magisch §. 3) und sich sodann leiblich vollendete, so muss die Herausbildung denselben Gang nehmen. *)

*) In die oben im Text entwickelte Idee konnte sich auch Dr. J. Frauenstädt nicht finden, der es in seinen Studien und Kritiken zur Theologie und Philosophie (Berlin, Voss, 1840) S. 384 dem Herausgeber als einen Widersinn anrechnet in seiner Vorhalle zur Lehre Baaders S. 46 behauptet zu haben, dass das intelligente Geschöpf aus Gott nur unmittelbar vollendet und insofern noch nicht vollendet habe hervorgehen können. Frauenstädt beruft sich dabei auf eine Stelle in der Abhandlung Feuerbachs über Philosophie und Christenthum in Beziehung auf den der Hegelschen Philosophie gemachten Vorwurf der Unchristlichkeit S. 45, worin gesagt wird: „Entweder war der Zustand Adams im Paradiese ein vollkommener, wie es die Lehre des Glaubens ist — aber dann ist der Abfall ein Unding, das sich nimmermehr mit der Vernunft zusammenreimen lässt, oder ein unvollkommener, aber dann war der Abfall von seinem ersten Zustande ein gerechtfertigter, nothwendiger Abfall und folglich kein Abfall, sondern eine vernünftige, höchst lobenswerthe Handlung, deren Andenken wir noch heute feiern sollten. Will man daher den

J. Böhme protestirt feierlich gegen jenen, schon zu seiner Zeit herrschenden, falschen Begriff der Religion als eines bloss

---

Glauben mit der Vernunft vermitteln, so bleibt nichts übrig als der Ausweg eines unvollkommen vollkommnen Zustandes, d. h. eine Lüge, die zehnmal unvernünftiger und schlechter ist, als der alte Glaube. Wirklich ist denn auch diese Chimäre einer unvollkommenen Vollkommenheit das Geheimniss aller religiösen Speculation, besonders katholischer Seits über das Dogma des Sündenfalls, denn der einfache Sinn, worauf sich das Gewebe aller dieser Speculationen zurückführen lässt, ist kein anderer, als der: Adam war zwar ein Mensch comme il faut — wenn man anders noch so ein erhabenes Wesen Mensch betiteln darf — aber er musste seine Einheit mit Gott durch seinen Willen realisiren — hier spukt den Speculanten ein Satz der modernen ungläubigen Philosophie im Kopfe, dass der Mensch das, was er an sich, von Natur sei, durch sich selbst bethätigen müsse. Aber wenn Adam sich erst bewähren musste, so war sein Urzustand, sein Stand, wie er aus Gottes Händen kam, noch nicht der wahre, noch ein mangelhafter, so befand sich Adam in einem Widerspruch zwischen dem, was er wirklich war, und dem, was er sein sollte, so war Adam als Werk seines eigenen Willens — wenn er anders sich bewährt hätte — ein vollkommneres Wesen, denn als ein Werk Gottes.“ Und dieses windige, sophistische Gerede kann Frauenstädt „treffend bemerkt“ nennen? Wenn man freilich erst der Religion faustdicken Unsinn andichtet, so kann man hintennach den Gläubigen dieses Unsinns weiss machen, dass die Religionslehre voll Widerspruch sei. Es ist aber eine Lüge, dass die christliche Offenbarungslehre den Vollkommenheitszustand Adams im Paradiese als einen schlechthin unveränderlichen, der Möglichkeit des Sündigens nicht ausgesetzten vorgestellt habe. Der Absurdität, die Nichtfallbarkeit Adams angenommen zu haben und nachher doch das Gefallensein desselben zugegeben und behauptet zu haben, mögen sich geistlose und unwissende Schriftsteller schuldig gemacht haben oder nicht, die heilige Schrift, die Lehre der katholischen Kirche und endlich die der hauptsächlichsten protestantischen Confessionen hat sich derselben nun und nimmermehr schuldig gemacht. Die h. Schrift lehrt uns den Urzustand des ersten Menschen als einen beziehungsweise vollkommenen und beziehungsweise unvollkommenen kennen und es widerspricht sich ganz und gar nicht, dass seine anerschaffene, unmittelbare Vollkommenheit noch nicht die vermittelte und fixirte Vollkommenheit war. Das Verleihen der paradiesischen Vollkommenheit schloss nicht die Entwickelung und Ausbildung zum Ziele der unveränderlichen Vollkommenheit aus. Nichts ist gewisser, als dass nach der h. Schrift der Mensch bestimmt war, nicht im Urzustande der Unschuld zu beharren, sich zu entwickeln und fortzuschreiten. Es kann daher auch nicht, wie Feuerbach leichtfertig versichert, dem religiösen Glauben widersprechen, dass der Mensch ein vollkommeneres Wesen werden sollte, denn er als blosses Werk

Historischpositiven, „nach welchem man (Menschw. Christi, I. Th. 1, 3 *)) die Menschwerdung Christi für ein fernes, bloss histo-

---

Gottes war. Gott selbst wollte, dass er ein solches vollkommeneres Wesen werden sollte und somit sollte er aus dem ursprünglichen Zustande zum höheren fortschreiten und er konnte ohne Sünde diesen Fortschritt vollziehen, ja schon das blosse Unterlassen des Fortschreitens wäre schon Sünde gewesen und sein Verlassen jenes Zustandes konnte zwar zur Sünde und zum Abfall führen, aber es musste nicht dazu führen. Diese Gedanken sind keine Zuthat zur Offenbarungslehre, sondern sie sind diese selbst und sie stehen unter sich im vollkommenen Einklang. Widerspruch bringt Feuerbach nur durch seine falsche Auffassung hinein, indem er der Offenbarungslehre nur andichtet, sie behaupte, dass der Uebergang vom Stande der Unschuld zu dem der Bewährung und Fixirung lediglich durch die Kraft des menschlichen Willens allein vollzogen werden könne und solle, indess sie nur lehrt, dass der menschliche Wille mit dem göttlichen mitwirken solle und könne. Den „Speculanten" spukt keineswegs der Satz der modernen ungläubigen Philosophie im Kopfe, dass der Mensch das, was er an sich, von Natur sei, durch sich selbst bethätigen müsse. Denn ihnen ist der Mensch was er ist nicht von Natur, sondern durch die göttliche Schöpferkraft und aus der Freiheit Gottes folgt, dass er nicht bloss in natürlichen, selblosen Wesen, sondern auch in geistigen und somit freien und folglich zur Mitwirkung mit dem göttlichen Willen berufenen Wesen offenbar sein will. Darum ist es kein Widerspruch, dass Adam das, was er durch Gottes Willen und Schöpferkraft ursprünglich war, durch die Mitwirkung seines Willens vollenden sollte. Vielmehr wäre es eben so sehr ein Widerspruch, wenn der Mensch Alles, was er ist und wird, allein durch den göttlichen Willen und Gottes Wirken wäre und würde, als es ein Widerspruch wäre, wenn er Alles, was er ist und wird, allein durch sich selbst wäre und werden könnte. Im ersten Falle wäre er kein geistiges, sondern ein bloss natürliches Wesen, im zweiten Falle wäre er absolut, autonom, Gott selbst. Beides ist nicht und kann nicht sein. Daher widerspricht auch nicht, wie Frauenstädt meint, der religiöse Glaube an die ursprüngliche Vollkommenheit des Menschen der Gnadentheorie, denn von einer willkürlichen Gnade Gottes ist nicht die Rede. Alle bedürfen der göttlichen Gnade und Alle empfangen die Gnade, jeder nach seinem Bedürfniss, aber die Gnade zwingt nicht, sie bietet sich nur an als begründend, leitend u. bekräftigend, sie will nur u. sie kann nur im freien Annehmen durch den mitwirkenden Willen des Menschen wirken. Die Wahlfreiheit schliesst die Naturnothwendigkeit aus, aber sie schliesst nicht ihre eigene Aufhebung durch ihre Verwendung in die erfüllte Freiheit, in welcher der Mensch das Gute wie zur andern Natur geworden vollbringt, aus, sondern sie fordert diese vielmehr. Niemals aber kann die erfüllte Freiheit schon ursprünglich einem geschöpflichen Wesen zukommen, sie kann stets nur aus der rechten

risches fremdes Ding hält, da wir doch Alle müssen in derselben Menschwerdung wieder aus (in) Gott geboren werden, wollen wir anders dem Grimm der ewigen Natur entweichen." — Auch Hegel fasst die Religion noch von dieser Seite, und kann ihr somit freilich die Philosophie entgegensetzen. Aber was er (z. B. Encyklopädie der ph. W. §. 4) von dieser als im Gegensatze der Religion sagt, lässt sich mit gleichem Rechte von letzterer sagen. Nemlich: „Weil der Gegenstand der Religion (der Philosophie — hier Wiedergeburt) nicht ein unmittelbarer ist, so kann sein Begriff und der Begriff der Religion (Philosophie) selbst nur innerhalb ihrer (des religiösen Thuns) gefasst werden, und was von ihm sowie vor ihr, hier eigentlich vor ihr selbst gesagt wird, ist ein Anticipirtes, für sich noch Unbegründetes, jedoch darum auch Unbestreitbares, und mit der Absicht zu nehmen, eine vorläufige, bloss historische Bekanntschaft zu verschaffen." — Thut was ich euch sage, sagt Christus, so werdet ihr inne werden, ob meine Lehre aus Gott ist. — Wie übrigens nach Obigem der Mensch, indem er irdisch geworden, wurde was er nicht war und nicht werden sollte, so ist auch durch seine Erdewerdung die Erde selbst geworden was sie nicht war und nicht werden sollte.

6.

Hat man sich einmal von der im Absoluten nothwendig bestehenden Unterschiedenheit einzelner Lebenskreise (gleichsam Gestirnsbahnen, die in ihrem Gegeneinanderlaufen doch nur der Einheit des Gestirnlebens dienen) überzeugt, so hält es nicht

---

Verwendung der Wahlfreiheit hervorgehen Ein Wesen aber, welches schon ursprünglich der Naturnothwendigkeit unterworfen ist, kann niemals frei handeln oder zur Freiheit gelangen; es kann nur wie das Thier nicht inne werden, dass es naturnothwendig handelt, niemals aber mit Freiheit zu handeln sich bewusst sein Dies zur Berichtigung dessen, was Frauenstädt über die Kantische Lehre von der Pflicht, vom Verdienst und Gesetz sagt. Das Wahre daran hat Baader längst zehnmal richtiger und besser gesagt und ohne in Frauenstädts Irrthümer zu fallen. H.

*) J. Böhme's Werke von Schiebler VI, 152. H.

schwer, von jener Locomobilität einer Creatur aus einem in den andern dieser Lebenskreise sich Rechenschaft zu geben, welche die Religion mit den Namen: Fall und Wiedererhebung (Reintegration) bezeichnet. Wohinein nemlich eine solche Creatur will und wallt, von daher geht ihr die einzelne Gestalt (Façe) des Absoluten auf (§. 3) und es gilt hier was Paulus sagt: „Welch ein Volk es ist, einen solchen Gott hat es auch." — Eben so klar wird aber auch hiemit, dass eine solche Versetzung für die Creatur zwar entschiedene und verschiedene Folgen hat, nicht aber für das Totalmoment der Manifestation des Absoluten selbst, wie ich bereits im dritten Hefte dieser Schrift bemerkte. Damit nemlich dieselbe Pflanze in der Luft- und Lichtregion sich als Blume manifestiren kann, muss sie in der finstern Wurzelregion sich anders, dieser Region entsprechend, manifestiren, und eine Creatur, welche per hypothesin sich aus jener Lichtmanifestation in die finstere Wurzelmanifestation präcipitirt fände, würde nun zwar an ersterer nicht mehr Theil nehmen, sie auch nicht unmittelbar, und doch mittelbar (durch Förderung der Finstermanifestation), fördern. Denn Wurzel und Krone, Finsterniss und Licht sind eben nur von einander geschieden gehalten, damit jene dieser dienen, und somit ihre wahre innere Einigung fortbestehen kann.

Alle Einwürfe und Zweifel gegen und über Gottes Gerechtigkeit und Liebe, die man aus dem Zeitweltlauf nimmt, laufen am Ende auf die unverständige Forderung hinaus, dass diese zeitliche Manifestation keine solche, sondern eine himmlische oder höllische sein sollte. So meinte z. B. Hume (Essays on liberty and necessity) „dass es der natürlichen Vernunft ganz unmöglich sei, den moralischen Character (die Honnêteté) Gottes zu rechtfertigen, und dass es bisher über alle Kräfte der Philosophie gegangen sei, zu zeigen, dass Gott nicht der Urheber der Sünde sei." — In der That ist es befremdend, zu sehen, wie noch jetzt mehrere Philosophen die Lehre der Religion dahin missdeuten: als ob sie unter den „gefallenen Geistern" nichts Geringeres, als ein absolutes (somit auch ausser der Creatur Bestand habendes) Böses in persona verstünde, wesswegen denn die meisten neueren Theologen den und die Bösen sämmtlich abgeschafft haben. Wie nun aber ein solches absolutes Böses ein Popanz ist, von welchem die Religion nichts weiss, so gilt dieses auch von seinem Surrogat, Kant's radicalem Bösen, so wie endlich auch jener dritte Versuch, das Böse mit der Naturwerdung (als Abfall der Idee, nemlich als Entäusserung) identisch zu nehmen, und hiemit denn doch wieder (indirect) die Sünde Gott ins Gewissen zu schieben, ein misslungener bleibt. Wie ich nemlich bereits im dritten Hefte bemerkte, machte zwar die Schöpfung der Creatur die Eröffenbarkeit des Naturcentrums unvermeidlich (vergl. unten §. 15), aber die wirkliche Eröffnung desselben (folglich des Abgrunds) war nur durch die und in der Creatur möglich. *)

*) Auch Oetinger leitet das Böse aus der Freiheit der intelligenten Geschöpfe ab, indem er sagt: durch die Freiheit kann sich in der Creatur etwas von der Temperatur oder Coordination der Kräften abbrechen und in ein nachgeäfftes Leben einführen.« „Es bestehet also die Sünde theils in der unordentlichen Vermischung der Principien dės Lichts und der Finsterniss, des Geistes und Fleisches.« (Auberlen S. 226—221.) Auch gibt Oetinger mit Recht nicht zu, dass Böhme die Nothwendigkeit des Bösen gelehrt habe. In seiner Schrift: Die Lehrtafel der Princessin Antonia (S. 216) sagt er: „Diess falsche Leben (des Bösen) wird geboren aus der von dem Lichte getrennten Finsterniss, welche freilich ihre eigene Selbstbewegung hat: Gott nennt sie die Thore des Todes (Hiob 38, 17); J. Böhme heisst es Alles mit éinem Wort den Zorn Gottes. Es mag nun diess den Philosophen noch so manichäisch vorkommen, so ist es doch wahr: es wird desswegen kein Gott coäternelles Principium der Manichäer geglaubt. Wohl zu bedenken ist zwar, dass ausser dem ewigen Wort nicht ein Einiges worden, was da worden ist. Aber es ist zwar entstanden durchs Wort: nachdem es aber seine Kräfte alle erfüllt hat, so hat es ohne Leben und Bewegung des Wortes etwas Falsches und wesentlich Phantastisches aus sich geboren.« (Ibid. S. 227—228.) Auberlen meint nun zwar, dass Rothe (Ethik §§. 496) consequenter sei, wenn er die Nothwendigkeit der Sünde des ἄνθρωπος χοϊκός und ψυχικός als des Uebergangs vom Thier zum wahren, geistlichen Menschen behaupte, dann aber scheint ihm doch wieder auch Oetinger nicht fern von jener Nothwendigkeitslehre zu sein, da durch die von Oetinger statuirte Auflöslichkeit der Principien im Geschöpfe der Fall doch schon sehr leicht möglich werde und der Schritt von der Auflöslichkeit zur wirklichen Auflösung ein so kleiner sei, der Uebergang ein so natürlicher, dass man versucht werde, ihn für nothwendig zu halten, ja es wird nicht verfehlt darauf hin zu

7.

Wenn nach Obigem das freie Leben einer Creatur inner der ihr gesetzlichen Region (in der sie sich soll festsetzen lassen oder illabil machen durch eigenes Mitthun) nur im Mitleben und Mitthun mit dem Princip dieser Region sich ausübt, so muss sich mit jedem Gebrechen an der dieses Mitleben bedingenden Organisation in solcher Creatur das Unvermögen, die Unkraft bemerklich machen, die nun in demselben Verhältnisse unvermittelte Action und Reaction seines Princips zu ertragen und auszuhalten. In demselben Verhältnisse tritt aber auch diese Creatur aus der Würde, Macht und dem Ehrenstand eines freien Mitwirkers in den Stand eines bloss werkzeuglichen Wirkers herab, und jede Kränkung des Creaturlebens, jede Unfreiheit desselben wurzelt sohin in seiner Desorganisation.

So z. B. sehen wir ein einzelnes Individuum im Staate, so wie selbes aus seinem corporativen oder ständischen Verbande (status est, qui firmiter stare potest, sagt A. Müller) oder aus seiner Hörigkeit heraus der nun ihm unvermittelten Action des Princips (der Regierung) entgegen tritt, dieser sofort unterliegen,

---

deuten, dass sogar die Schriftstelle 1. Kor. 15, 45 diesem Gedanken (der Sündennothwendigkeit) nicht fremd zu sein scheine. Wenn freilich Rothe das Leben Gottes und der Welt nur als einen vergeistigten Naturprocess sich vorstellt, so ist es consequent von ihm, aber darum nicht wahr, gedacht, wenn er das, was wir das Böse nennen, für nothwendig erklärt. Wenn aber Oetinger Gott als den absoluten überweltlichen Geist, als die unendliche Liebe u. Güte, als die vollkommene u. unumschränkte Freiheit und den Liebhaber der Freiheit erkennt, eben darum aber auch als den gerechten Richter und Bestrafer, so ist es consequent von ihm, die Nothwendigkeit des Bösen zu leugnen und nur in der Freiheit des Willens die Möglichkeit der Tugendgesinnung, der Zurechnung von Schuld und Verdienst anzuerkennen. Den Uebergang von der Möglichkeit zur Wirklichkeit für einen nothwendigen zu halten kann man nur versucht werden, wenn man den Spinozistischen Begriff der Möglichkeit nicht wissenschaftlich überwunden hat, nach welchem das gar nicht möglich ist, was nicht wirklich wird und folglich nur das möglich ist, was wirklich wird. Leibniz und Wolff haben diesen Begriff des Möglichen widerlegt, jener in der Theodicee, dieser z. B. in seiner Schrift: De differentia nexus rerum sapientis et fatalis necessitatis nec non systematis harmoniae praestabilitae et hypothesium Spinosae luculenta commentatio 1724. H.

und dieser unvermittelten Action von Oben entspricht eine gleichfalls unvermittelte von Unten — die Rebellion! Was nemlich den Unterthan gegen die Regierung, dasselbe sichert diese gegen Jenen, so wie im religiösen Sinne dasselbe, was die Creatur zum Kinde ihres Schöpfers, diesen zu ihrem Vater macht. Man vergesse nemlich nicht, dass, wie J. Böhme sagt, die Creatur nicht unmittelbar aus der klaren Gottheit, sondern aus der ewigen Natur hervortritt *). Vergl. unten §. 17.

8.

Nur die christliche Religion hat zuerst bestimmt zwischen dem unvermittelten (anorgischen) und vermittelten (organischen) Verkehr und Verband (Bund) der Creatur mit ihrem Princip (mittelst der Weisheit, Idea formatrix oder dem Mitwirker par excellence) unterschieden, und es ist Grundlehre dieser Religion, dass unsere dermalige (irdische) Organisation und Beleibung zwar jener höhern Organisation als geheime Werkstätte und Bauhütte dienen soll, dass sie uns aber eben darum wie unter einer himmlischen Gemeinschaft mit unserm Princip nieder, so über jener anorgischen oder höllischen empor hält.

Das Missverständniss dieser Lehre führte einerseits zum Materialismus, andererseits zu jener ascetischen Affectation, mit welcher man das Baugerüste für an sich verwerflich hält, oder es wohl gar mit den Gnostikern vom Bösen gemacht glaubt, weil es nur eben Baugerüste und nicht das Gebäude selber ist. Was aber naturfrei ist, das ist darum weder naturlos, noch naturwidrig, und Gott, sagt Tauler, ist nicht ein Zerstörer, sondern ein Vollender (Integrator) der Natur.

9.

Nur in diesem Sinne, d. h. nur für die durch die gehörige Organisation ungeschützte, unbekräftigte Creatur gilt also jene Behauptung der Alten: „dass Niemand Gott sehen und leben

---

*) Böhme's Werke II, 117. III, 37, 56, 92. IV, 501, 550. V, 10, 34. VI, 164. H.

bleiben mag" *), d. h. dass jede, auch nur theilweise, Oeffnung eines unvermittelten Rapports der Creatur mit ihrem Princip ihr Gefahr droht (non impune videbis!) — Wirklich sehen wir auch „diese Furcht vor Theophanieen" nur mit dem Eintritt des Christenthums verschwinden, d. h. mit dem Eintritt oder Beginn einer solchen vermittelnden Beleibung oder Sensibilisation. — Aber selbst in Bezug auf Socialformen (den Staat) zeigt sich das christliche Princip allein wahrhaft befreiend, weil organisirend im tiefsten Sinne, darum der Bildung von Innungen, Corporationen, Ständen etc. günstig, hiemit die Sclavenlust so wie die Despotenlust tilgend, und wir sehen die Staaten erstarren (versteinern), oder zerfallen (verwesen), so wie jenes Bildungsprincip (nisus formativus) aus der Erstarrung, oder der Confusion dieser Socialformen sich herauszieht, was sich an allen modernen sogenannten Constitutionen mehr oder minder bemerken lässt, bei welchen zwar stets vom Organisiren die Rede ist, obwohl man nichts als ein Desorganisiren verspürt.

In einer zum Druck bereit liegenden Schrift über Opfer werde ich nachweisen, wie die in die Region des bloss werkzeuglichen Wirkens gefallenen Menschen zu jeder Zeit das Bedürfniss fühlten, sich wenigst momentweise in die Würde eines Mitwirkers mit Gott in der Natur zu erheben, was aber nicht ohne einen Apparat möglich war, durch den die Basis dieses Mitwirkens entwickelt ward, ohne welche kein operativer Glaube statt findet. Die Hauptmomente dieser Entwickelung habe ich im zweiten Hefte §. 26 bereits bezeichnet, und ich bemerke hier nur (mit J. Böhme und St. Martin), dass alle Opfer (nemlich die genuinen) auf die Entwickelung jener Basis hinzielten und hinwirkten, welche in und durch den Tod des Christs völlig frei geworden ist.

Der Sinn und Zweck alles religiösen Thuns (Cultus) ist kein anderer, als die Rehabilitation des Menschen zur effectiven Wiederherstellung seines Urcontracts oder Bundes mit Gott. Aber dieses Urverhalten zu Gott setzt (ganz oder theilweise) jenes des Men-

*) Vergl. 2. Mose, 19, 21. H.

schen mit der ganzen Natur (sowohl der intelligenten z. B. Engel als nichtintelligenten) voraus und der Cultus (Opfer) soll eben theilweise letzteres leisten, in welchem Sinne St. Martin sagt, dass das Universum verstummen (verschwinden) müsse, wenn der Mensch solle beten können; denn mit diesem Verschwinden meint er die Reintegration dieses Universums und durch sie die Befreiung (Vollendung) der Creaturen. S. Ministére de l'homme-esprit. S. 231. — Jeder religiöse Act muss also Actionen befreien, welche durch die Schuld und den Fall des Menschen unfrei geworden sind, und andere Actionen binden (präcipitiren), welche hiemit frei wurden. Ueber die den Cultus (das Opfer) als Effect (Erhörung) begleitenden Manifestationen drückt sich ferner St. Martin, ibid. S. 213 dahin aus: „Qu'il n'est pas étonnant que ces mêmes *vertus* supérieures (welche durch jene durch das Opferblut befreiten actions régulières herabstiegen) agissent sur l'homme choisi, et lui manifestassent tous les effets sensibles, dont sa privation lui fait sentir le besoin pour se diriger dans ses ténèbres, car tant qu'l n'a pas encore subi le sacrifice de son propre sang, il ne peut recevoir les témoignages de la vérité que par intermèdes — welches auch begreiflich macht, warum jene Manifestationen bis dahin sich mehr in den äussern Regionen (Wunder) zeigten. Ferner drückt sich derselbe Schriftsteller (S. 235) auf folgende Weise aus: „Si les sacrifices sanglans agissoient par leurs correspondances, ils tiroient cependant radicalement leur vertu du desir du ministere et de celui du fidèle qui s'unissoit à lui; car alors le desir divin même venoit s'allier au leur. Or comme dans aucune circonstance ce désir *qui est la vraie foi*, ne peut se passer d'une base (Verlangens- oder Glaubensgrund), le sang des animaux lui en tenoit lieu, et l'aidoit à atteindre plus haut, en attendant que ce desir (foi, nicht croyance) pût se reposer sur la base complète et sur le coeur divin, qui dirigeoit en secret tous ces sacrifices et devait finir par les couronner. Car on peut remarquer en passant que la nécéssité d'une base pour faire reposer notre vraie foi ou notre desir (die Begründung bedingt die freie Entwickelung &c.) est la clef de toutes les diversités des sacrifices, soit sanglans, soit non sanglans, ainsi que des diverses idoles et des divers cultes qui sont en honneur sur la terre, toutes choses ou l'on voit que les nations ont au fond la même foi, et ne se trompent que sur la base; mais que le *choix* de cette base (Grundes oder Begründenden) etant si importante, puisqu' elle doit tenir, par des correspondances fixes à un *centre* vrai, soit *naturel*, soit *spirituel*, soit *divin* (die Menschen hatten erst nur die Natur zum Glaubens- (Opfer-) Grund, dann den Geist, endlich Gott selber) il n'est pas ètonnant que les erreurs des nations ètant si grandes en ce genre, leurs ténebres soient si universelles." — Viele neuere Theologen (besonders von den protestantischen) haben sich es bekanntlich mit der Theorie des Opfers leichter gemacht, indem sie dieses völlig leugneten d. h. ignorirten, hiemit aber freilich als Priester selber dem Ignorirtwerden anheimfielen, da man keines Priesters bedarf, wo man keinen Cultus mehr hat. — Noch bemerke ich, dass der hier gegebene Begriff des Blutopfers es allein begreiflich macht, wie selbst die Todesstrafe, welche der Mörder zu erleiden hat, eine Wohlthat für ihn ist (wie Daub in der Schrift: Darstellung der Hypothesen in Betreff der Willensfreiheit zuerst ausgesprochen) und die Blutschuld, die er auf sich geladen und die eine Verletzung seiner ist, von ihm dadurch genommen wird, dass sein eigenes Blut fliesst. —

10.

Für eine Creatur als Mitwirker ist die Abstraetion ihres Selbstthuns von dem Thun ihres höhern Mitwirkers (von ihrer Gabe, Talent, höhern Natur, Eigenthümlichkeit &c.) eben so verwerflich, als die des Mitwirkens mit dem Selbstthun, und so wie eine solche Abstraction eintritt, geht auch das tüchtige, gediegene, gesunde, freie und geniale in allen Lebensäusserungen einer solchen Creatur (im Erkennen, Wollen und Wirken oder Schaffen) unter. Für den creatürlichen Mitwirker gilt nemlich, wie schon das Wort sagt: dass er weder unwirkend noch alleinwirkend sein soll, und dass er sich durch das eine, so wie durch das andere Verhalten jener höhern Mitwirkung verlustig macht. Z. B. wo die willkürliche Bewegung sich von ihrem innern Leiter und

Begründer trennt, da sehen wir sofort dieses Mitbewegen von innen heraus verschwinden, an seine Stelle aber eine Gegenbewegung von aussen (wie die der Schwere) hervortreten, und die Creatur sohin aus der höhern Region des freien Mitbewegens in die niedrigere des unfreien Bewegtwerdens herabgesetzt. H. Steffens bemerkt, dass die Convulsionen die Erscheinung einer solchen Trennung, und ihrer Folge, der Reaction der Werkzeuge, sind. So sehen wir denn auch nicht selten einzelne Menschen (z. B. Schriftsteller) wie ganze Völker in solchen Convulsionen und Krämpfen (der herrschenden Krankheitsform unserer Zeit) der Gewalt ihrer eigenen Gedanken, Decrete und Gesetze &c. unterliegen, und nur wenige Menschen ahnen, dass derlei (hysterische) Reactionen von aussen (unten) bloss durch eine Subjection nach innen (oben) gestillt werden können.

Frei ist eine Bewegung, welche innerlich begründet, nicht welche grundlos ist, denn die innerlich grundlose wird eben damit unfrei, und hat ihren Grund nun nur äusserlich. Letztere heisst darum mit Recht abhängig, wogegen die innere Begründung nur uneigentlich innere „Abhängigkeit" heisst. S. I. Heft §. 16. Aber jene Einigung mit ihrem Grunde schliesst doch die Unterscheidung desselben nicht aus, und im Begriffe der Bewegung stellt sich uns sohin bereits jener Ternar (§. 1) dar, den auch Hegel für die Gestirnbewegung nachgewiesen. *) — Uebrigens hat sich, wie H. Steffens bemerkt, die Furie unserer Zeit, das sich von allem Mitwirken losreissende (abstrahirende) Selbstwirken, am klarsten und ehrlichsten in Fichte's System ausgesprochen, dessen sich gründlich hassendes Ich und Nichtich am Ende doch (nach Katzenart) sich gatten wollten.

11.

Wie nun aber der Losmachung des Wirkens jene des Wollens vorgeht, so zeigt sich auch dieselbe Reaction, welche sich jenem als Gegenwirken (executive Gewalt) bemerklich macht,

*) Hegels Encyclop. der philosoph. Wissenschaften. Erste Ausgabe. S. 146, 149, 151. Werke Hegels VII, 1, 95. H.

dem Willen früher oder innerlich als Gegenwillen, d. h. als Gesetz. Wo das Gesetz (Verbot) spricht, da ist darum die innere Trennung des Willens (die Aufhebung der Eintracht und Liebe) schon geschehen, und diese Liebe heisst wohl nur darum des Gesetzes Erfüllung, weil dieses nur mit dem Bruch der Liebe hervortrat. So wie da (ascendendo), wo das Gesetz wieder spricht, der erste Schritt zur Rückkehr in die Freiheit geschehen ist.

Seit Kant führen zwar die meisten Philosophen das Wort: Gesetz gleichsam als das non plus ultra immer im Munde, indessen scheint ihnen der hier aufgestellte secundaire Ursprung desselben (den auch Daub im Judas Ischariot anzeigt) nicht klar geworden zu sein, so wie sie auch wenigst nicht bestimmt genug die Verschiedenheit der Bedeutung dieses Wortes, auf Mitwirken und blosses werkzeugliches Wirken angewandt, kenntlich machen. Endlich aber hören wir einige dieser neueren Gesetzeseiferer sogar von Gesetzen reden, denen der Gesetzgeber unterworfen sein soll!! Dieselbe Verwirrung im Begriffe des Gesetzes herrscht denn auch in den meisten Staatslehren.

12.

Versteht man unter Reflexion (reflectirtem Bewusstsein) bloss jene Reaction des Gesetzes, so ist freilich wahr, dass eine solche Reflexion nur mit dem Bruche der Einheit (dem Abfall von der Idee) eintritt. Nachdem nemlich die Creatur sich selbst innerlich von dieser Idea, Weisheit oder Weiserin (in der Schriftsprache: aller Kunst Meister und Weiser) abstrahirt hat, so tritt diese freilich nun auch als abstracte Form (Verstandesbegriff) ihr wieder entgegen, sich gleichsam nun zum äussern Grund und Leiter des Bewegens anbietend, und ein solches gesetzliches Sichbewegen oder Thun der Creatur wird folglich (um mich des Ausdrucks von Steffens zu bedienen) nur noch als ungeniales, unfreies, reflectirtes, d. h. auf die äusserlich vorschwebende Regel reflectirendes, künstliches, im Gegensatze eines freien, genial künstlerischen erscheinen, welches gesetzfrei (nicht etwa gesetzlos oder gesetzwidrig) sich bezeugt. Irriger Weise sehen nun Viele diese Reflexion als identisch mit dem Bewusstsein selbst an, so dass ein gesetzfreies Thun d. h. eben das geniale (göttliche, schaffende) das bewusstlose, instinctive wäre, während das letztere doch eigentlich durchaus kein Selbstthun ist, und eben so tief unter dem gesetzlichen, als dieses unter dem gesetzfreien, steht.

Das gesetzfreie Thun ist darum nicht unter dem Gesetz, weil der Geist des Gesetzes in ihm ist, wie auch die Luft nur auf luftleere Körper drückt, der Geist nur auf geistleere Köpfe und Herzen. — Ich habe bereits in meiner academischen Rede (Begründung der Ethik durch die Physik) auf den schneidenden Contrast aufmerksam gemacht, welcher zwischen der religiösen und der nichtreligiösen Gesetzeslehre (Moral) noch dermalen statt findet. Die Religion nemlich sieht das Gesetz als ein zeitliches Mittel und als Zuchtmeister an, um zum Zweck (d. i. zur freien, moralischen Genialität) zu gelangen, wogegen unsere moralischen Gesetzeseiferer und Pharisäi dieses Gesetz für den Zweck (für das Primum wie für das Ultimum) selbst halten, so dass ihnen sogar der Ausdruck eines gesetzes- oder gewissens-freien, genialen moralischen Wollens und Thuns ärgerlich ist. Ihnen also ist die menschliche Natur absolut (radical) mit der göttlichen unversöhnbar, und sie sind es darum, die man, ob sie schon mit ihrer Autonomie &c. sich für die Liberalen, dagegen die Religiösen für Servile achten, für die Moralisch-unfreien erklären muss, denen es, als Knechten im Hause des Vaters, sogar lächerlich däucht, wenn man ihnen sagt, dass sie gar wohl zur Sohnschaft gelangen könnten, d. h. zum Mitwissen und freien Mitthun dessen, was der Vater im Hause thut. „Der rechte Glaube, sagt J. Böhme ist (wie das Genie) an keine Formel gebunden, er wirkt in und mit Gott, dem Absolutfreien, seines Lebens Kraft und Stärke nur in der rechten Liebe holend, welche in die Freiheit geht, indess das Gesetz nicht tiefer, als in den Naturgrund reicht*)." — So wie denn der Künstler nichts Tüchtiges schafft, wenn er sein Werk nicht „con

*) Böhme's Werke VI, 297, ff, 302, 386. H

amore“ treibt. Aber auch hier muss erinnert werden, dass diese Formenfreiheit des Glaubens weder Formenlosigkeit, noch Formenwidrigkeit ist.

13.

Die im vorgehenden §. gemachte Unterscheidung eines künstlerischen von einem künstlichen Bewusstsein (dieses im passiven und im activen Sinne, im Schauen und im Wirken, genommen) leidet noch eine ungleich weiter greifende Anwendung, die ich indess hier nur anzeigen will, ihre weitere Ausführung mir für ein anderesmal vorbehaltend. Ich habe nämlich schon in meinen früheren Schriften den Satz aufgestellt: dass das Verhalten einer Creatur als Mitwirkers zu der werkzeuglichen, nichtintelligenten Natur stets ihrem Verhalten zu ihrem Princip entspricht, wie denn nicht zu leugnen ist, dass zwischen beiden Verhaltweisen eine Harmonia praestabilita statt findet, an welche jeder Mensch im Herzen glaubt, auf die jeder hofft, und die jeder fürchtet. — Ich habe ferner aus diesem Gesichtspunct die Möglichkeit eines dreifachen Verhaltens einer solchen Creatur zur Natur nachgewiesen, und gezeigt, dass selbe entweder gänzlich naturfrei (nicht los), oder völlig naturunfrei, oder als Mitwirker an diese Natur gebunden sich befinden kann, welches letztere, wie ich behauptete, der Fall mit dem Menschen in seinem dermaligen Verhalten zur Natur, und welches insofern allerdings nicht sein natürlicher Zustand ist, insofern der Mensch die Bestimmung einer gänzlichen Naturfreiheit in sich trägt. Erwägt man nun, dass jede einzelne Bewusstseinsweise (Sphäre) der Creatur (in ihrem Schauen und Wirken) doch nur ihrem einzelnen Verhalten zur Natur entsprechen kann, und dass diese Verschiedenheit des Verhaltens sich besonders in jener zu Raum und Zeit, zur bestimmten Extensivität und Intensivität aussprechen wird und muss, so begreift man auch, warum z. B. der Mensch in seinem dermaligen Verhalten zur Natur zwar nicht (im Schauen und Wirken) raum- und zeitfrei, aber auch nicht völlig zeit- und raumunfrei sich befindet, d. h. warum er inner seinem natürlichen Bewusstsein von einem völlig naturfreien seligen, und einem völlig naturunfreien unseligen zwar Kunde haben kann (denn in der That spielen beide diese Bewusstseinsweisen ununterbrochen in sein natürliches, darum nie als solches reines Bewusstsein herein), warum er aber keine dieser höheren und tieferen Bewusstseinssphären inner seiner natürlichen festzuhalten vermag.

Proben solcher Erhebungen aus dem sonnenwachen künstlichen Bewusstsein (Schauen und Wirken) in ein geniales, künstlerisches, naturfreies gibt uns jede Begeisterung, und besonders deutlich jene, wenn schon nächtliche, der Somnambulen. — Gleich thöricht ist aber das Unternehmen, solche Erhebungen inner dem natürlichen Bewusstsein festhalten, als dieses gegen jene verschlossen halten wollen. Jenes führt zur Verrücktheit und Heuchelei, dieses verflacht den Menschen zum ideelosen Philister. — Da übrigens jede dieser drei Bewusstseinsweisen nur vermittelst der Natur (als executiver Macht) sich zu realisiren vermag, so begreift man, warum sowohl das selige, als das unselige Bewusstsein in der Regel nur als Figur (magisch) in das natürliche Bewusstsein hineinscheint oder hineinblitzt, und sich besonders in jenen Zuständen des letztern kund gibt, in welchen dieses, seiner Naturmacht mehr oder minder beraubt (entleibt), selbst in die Ohnmacht des Entleibtseins (Magia) zurücksinkt; wogegen man aber auch die Möglichkeit eines momentanen Durchbruchs jener zwei andern Bewusstseinsspären (nach Schauen und Wirken) d. h. die Möglichkeit der Licht- und der Finsterwunder nicht zu leugnen im Stande sein wird. Von diesem Hereinblitzen der finstern Wunder im besondern Sinne kann gesagt werden: „non impune videbis,“ wie denn selbes gewöhnlich zum Selbstmord treibt. Unter den vielen Glaubensartikeln unserer bisherigen Philosophie befindet sich endlich auch jener: dass die dermalige Stellung des Menschen zur Natur die einzig mögliche, sohin auch wills Gott! ewige sei. — Wogegen gezeigt werden kann, dass sie schlechterdings zu keiner befriedigenden Raum- und Zeittheorie zu gelangen vermag, so lange sie in dieser Meinung festgerannt bleibt.

14.

Von grossem Belang für die Philosophie ist der Begriff der Durchdringung oder Durchwohnung, den Kant in selbe wieder einführte, und der dasselbe, was Hegels Aufhebung, ist, weil eine Substanz eine andere durchwohnend diese in sich aufhebt. Ich sage: in sich, denn eine solche von einer andern Substanz durchdrungene (inficirte) kann darum noch immer in ihrer niedrigern (äussern) Relation als Substanz fortbestehen, und so wie die höhere Substanz sich nicht zu zerbrechen braucht, um jene zu durchdringen, so braucht sie auch hiezu eben so wenig selbe zu zerbrechen. Wenn ich z. B. als selbst noch irdisch beleibt alle irdischen Leiber als Gegen- oder Widerstände erfahre, die ich wegräumen oder zerbrechen (zertheilen) muss, um meine Leiblichkeit gegen ihre geltend zu machen, so würde eine plötzliche Umwandlung meines Leibes zu einem Kraftleib für mich die Folge haben, dass mir sofort alle diese irdischen Leiber zu blossen Scheinleibern (bloss sichtlichen Gestalten) aufgehoben würden, so wie diesen Leibern mein Leib verschwände, wenigst als zu subtil nicht mehr fasslich wäre, oder dieses höchstens als gleichfalls blosse Gesichtsvorstellung (Scheinleib), vielleicht auch dieses nicht mehr, und nur noch hörbar. Auf solche Weise, sagt J. Böhme, durchwohnt das Licht das Feuer, der Geist die Natur, d. h. das Feuer ist nur entkräftet, entmächtigt, aufgehoben im Licht, welches (Menschwerd. Christi II. Th. 5, 2 *)) als ein das Feuer durchwohnendes, von ihm unterscheidendes, Princip geschildert wird, „weil es die Macht und den Verstand hat, dem Feuer (der Natur) seine Wurzel zu zerbrechen und aus ihm eine machtlose Finsterniss zu machen“ d. h. gleichsam selbes immer in sich aufzuheben, und ihm sein Leben zu entsaugen, so dass dieses Feuer (die Natur) nie eigentlich zu sich selbst kömmt, sondern immer ausser sich (vor sich) in die Freiheit gehalten bleibt. Und so begreift man denn auch, wie nur eine Hemmung oder Suspension (ein Aufhören) dieses feueraufhebenden Processes (welcher mit dem feuererzeugenden

*) J. Böhme's Werke VI, 261. H.

gleich fortwährt) ein Auskommen des Feuers als solchen (ein Anfangen desselben) zur Folge haben kann. (S. Ferm. Cogn. I. §. 20.) Jeder Versuch einer Erklärung des Auskommens oder Sichentzündens des Feuers als solchen, welcher nicht von der Mitte heraus (dem Lichte) und von dessen Aufhören oder Erlöschen beginnt, und etwa von dem abstract gefassten Feuer aus zu dieser Mitte zu gelangen meint, nimmt darum den verkehrten Gang. So wie denn die Philosophie bei allen ihren Constructionen sich es gesagt sein lassen soll, was Hegel ihr sagte: dass man eine Sache weder im Anfange, wo sie noch nicht ist, noch am Ende, wo sie nicht mehr ist, sondern nur in ihrer Mitte zu erfassen hat. Woraus denn folgt, so paradox dieses auch dem abstrahirenden Verstande klingt, dass nur von dieser Mitte einer Sache aus ihr Anfang und ihr Ende erklärbar ist.

Ausser der chemischen Cementation (einem Gestaltungs- und Umgestaltungsprocesse, von dem die Geognosie noch viel zu wenig Notiz nimmt) geben uns besonders die Klangfiguren (welche bereits Hooke *) kannte) den anschaulichsten Beweis einer solchen

---

*) Ueber Hooke vergleiche man: Geschichte der inductiven Wissenschaften, der Astronomie, Physik, Mechanik, Chemie, Geologie etc. Nach dem Englischen des W. Whewell von J. J. v. Littrow (Stuttgart, Hoffmann, 1840) II, 80. — Geschichte der Chemie von Dr. H. Kopp, III, 133. — Arthur Schopenhauer (Die Welt als Wille und Vorstellung II, 53 ff.) behauptet, dass Hooke auch das Gravitationssystem (vor Newton) entdeckt, und schon im Jahre 1666 in einer Communication to the Royal Society, zwar nur als Hypothese und ohne Beweis, aber ganz deutlich dargelegt habe. Die Hauptstelle findet sich, wahrscheinlich aus R. Hooke's posthumous works entnommen, in Dugald Stewart's Philosophy of the human mind. Vol. II. p. 434. Whewell schränkt die Behauptung Schopenhauers darauf ein, dass ausser Hooke auch Huyghens in Holland, Wren und Halley in England bereits namhafte Fortschritte in der wahren Theorie der Kreisbewegung gemacht hätten vor der Bekanntmachung der Principien Newtons im J. 1687, wobei sie auch das Problem von der Bewegung eines Körpers, der durch eine Centralkraft in einer Ellipse sich bewegt, wiederholt vorgenommen hätten, jedoch ohne es gehörig auflösen zu können. Doch setzt er über Newtons Werk: Philos. natur. principia mathematica hinzu: „Man kann nicht wohl sagen, dass es irgend eine neue inductive Entdeckung in Beziehung auf mechanische Principien ent-

Durchdringung, indem hier die Masse dem von innen heraus sie gestaltenden oder gegeneinander inner sich stellenden Agens völlig aufgehoben und nicht etwa bloss, wie man sagt, flüssig sich erweiset, und ich will hier nur eine, hiemit ähnliche, in Stahlhütten ständlich machbare, Beobachtung erwähnen, nemlich jene der momentanen Umgestaltbarkeit des Korns einer nur rothglühenden Stahlstange durch den Hammerschlag. — Uebrigens ist zwischen dem d e p r i m i r e n d e n Aufheben und dem e l e v i r e n d e n, wie zwischen dem unfreiwilligen und dem freiwilligen wohl zu unterscheiden, und noch zu erinnern, dass jenes im Text bemerkte Vorsichgehen der Natur ihr e v o l u t i o n a i r e r Gang, das entgegengesetzte Insichzurückgehen der r e v o l u t i o n a i r e ist, wo aber immer, selbst in der unorganischen Natur, ein solcher Rückgang oder ein Aufhalten der Evolution statt findet, da sehen wir

---

hält, denn, obschon die Axiome und Gesetze der Bewegung, die im Anfange der Schrift stehen, die ersten Gründe der Mechanik viel deutlicher, bestimmter und allgemeiner enthalten, als man bisher in irgend einem andern Werke gefunden hatte, so lässt sich doch nicht behaupten, dass irgend einer derselben nicht schon früher von Anderen ebenfalls aufgestellt oder doch angenommen gewesen wäre. Weiterhin spricht er aber doch die eigentliche Lösung des Problems Newton zu, indem er Hooke nur zugesteht, wohl eingesehen zu haben, worauf es eigentlich ankam, nemlich die Wirkung einer Centralkraft zu bestimmen, wenn dieselbe eine gegebene krummlinige Bewegung hervorbringen soll. Vergl. Whewell, Geschichte der inductiven Wissenschaften II, 83, 84, 155—157. Uebereinstimmend mit Whewell, nur dem Werke Newtons eine noch viel höhere Bedeutung einräumend, schildert Brewster den geschichtlichen Hergang jener berühmten Entdeckung Newtons in der Schrift: Sir Isaac Newtons Leben nebst einer Darstellung seiner Entdeckungen. Uebersetzt von Goldberg (Leipzig, Göschen 1833) S. 118—128. Derselbe Schriftsteller gibt übrigens (l. c. S. 254) die interessante Notiz, dass nach Law Newton fleissig J. Böhme's Schriften studirt habe und dass unter seinen Papieren reichhaltige Auszüge aus denselben in seiner eigenen Handschrift gefunden worden seien. Wenn Brewster der Behauptung Laws, dass Newton die Lehre von der Anziehung aus den drei ersten Sätzen Böhme's von der ewigen Natur entlehnt habe, widerspricht, so ist er vermuthlich im Rechte, obgleich jene Lehre von der Anziehung (Abstossung u. Rotation) allerdings im Original in jenen Sätzen Böhme's enthalten ist. Es wäre interessant, zu ermitteln, aus welcher Zeit Newtons Auszüge stammen und auf welche Gegenstände sie sich erstreckten. H.

die fürchterlichsten Reactionen (Detonationen &c.) sich kund geben.

15.

J. Böhme's Philosophie liegt jene überall sich uns darbietende Beobachtung zum Grunde, dass jedes Leben aus der Angst (Geburtsangst) entsteht, in solcher (Todesangst) untergeht (erstickt), folglich nur in beständiger Aufhebung derselben besteht. — In dieser Aufhebung nennt Jacob Böhme diese Angst das geschlossene Centrum Naturae, so wie dessen Oeffnung den Abgrund der Creatur und dessen Eröffenbarkeit das Periculum vitae und construirt selbe' als das Naturrad (das Geburtsrad beim Jacobus), und wer nur immer das Wesen und Unwesen der (abstract) gefassten Begierde, ihren Widerspruch, ihre Unganzheit, forttreibende, verzehrende Unruhe (wie denn nach J. Böhme alle Bewegung in und aus Begierde) &c. beachtet, wird sich von der Richtigkeit der Construction Böhme's überzeugen. Nach ihm hebt sich das Absolute (der Ungrund) als Natur (Begierde) und Freiheit (Lust) auf, um durch Wiederconjunction sich tiefer in sich fassen, höher in sich (in Majestät) erheben zu können. Und man könnte in dieser Hinsicht J. Böhme's System in folgenden Reimen kenntlich machen:

Licht und Liebe sich entzünden,
Wo sich Streng' und Milde finden.
Zorn und Finsterniss entbrennen,
Wo sich Streng' und Milde trennen. *)

In der Folge dieser Zeitschrift werde ich nun nicht nur die Verwandtschaft der Ideen Böhme's mit mehreren Keplers nachweisen (z. B. die Wiederaufhebung der Ellipse in den actuosen Kreis), sondern auch jene mit der ältesten Brahmanischen Re-

*) J. Böhme's Werke II, 21—42. III, 9—17. IV, 10—13, 15, 17—62, 277—293, 454, 467—493. V, 7—21. VI, 5—47, 153—157, 244—260, 331—364, 400—402, 413—419, 454—458, 594—603. VII, 21—27, 51—52, 94, 111, 145. H.

ligions- und Weltanschauungslehre, (z. B. jenes Oumbild als sich vermählendes Urfeuer und Urwasser, der Lingam, wenn schon als Carricatur &c.) *) —

*) Baader unterschied die älteste Lehre der Brahmanen von ihren späteren, entarteten Gestaltungen. Er war gleich Friedrich u. Aug. Wilh. Schlegel, Krause, Björnstjerna und andern tiefer denkenden Forschern überzeugt, dass jene älteste Lehre theistisch (d. h. monotheistisch) war und nur später in Pantheismus herabsank. Diesen ursprünglichen Theismus der Religion der Hindu darf man nicht verwechseln mit dem philosophischen Systeme des Theismus in Indien. Den ursprünglichen Theismus des Brahmaismus hebt besonders Björnstjerna (die Theogonie, Philosophie und Kosmogonie der Hindus. Aus dem Schwedischen von J. R. (Stockholm, Nordstedt u. Söhne, 1843, S. 9 u. 10) hervor. Nach ihm äussern sich die Veda's (S. 55) auf folgende Weise: „Die Engel sammelten sich um den Thron des Allmächtigen und fragten mit Demuth, wer Er selbst wäre. Da antwortete Er: Wäre ein Anderer als ich vorhanden, so würde ich mich durch ihn beschreiben. Ich bin von Ewigkeit gewesen und werde in Ewigkeit sein; ich bin die erste Ursache von Allem, was sich findet, im Osten und Westen, im Süden und Norden, oben und unten; ich bin Alles, älter als Alles, der König der Könige; ich bin die Wahrheit; ich bin der Geist der Schöpfung, der Schöpfer selbst; ich bin Kenntniss, Reinheit und Licht; ich bin allmächtig." Lassen (Indische Alterthumskunde, Bonn, König, 1847 I, 777) bestätigt diese Auffassung insofern, als er sagt: „Die vorepischen Schriften (der Hindu) kennen nur einen einzigen höchsten Gott, den Brahma". Auch Eckermann (Lehrbuch der Religionsgeschichte und Mythologie der vorzüglichsten Völker des Alterthums, Halle, 1845, I, 165), obwohl er von „dem pantheistischen Grundprincip der indischen Religion" spricht, sagt doch: „Die Religion (der Indier) ist Monotheismus." Dieselbe Ueberzeugung begeisterte den Brahminen Ram-Mohun-Roy in unserm Jahrhunderte zu dem Versuch einer Reformation des entarteten Brahmanismus, welcher leider unter den waltenden ungünstigen Verhältnissen misslang. Der Graf Björnstjerna gibt aus seiner an die asiatische Gesellschaft in London im J. 1833 gerichteten Erklärung (S. 72 ff. des citirten Werkes) denkwürdige Mittheilungen. Vergl. Krause's Lebenslehre und Philosophie der Geschichte S. 353. Schopenhauer (Die Welt als Wille und Vorstellung II, 168—169) sagt: „Fast scheint es, dass, wie die ältesten Sprachen die vollkommensten sind, so auch die ältesten Religionen. Wollte ich die Resultate meiner Philosophie zum Maassstabe der Wahrheit nehmen, so müsste ich dem Buddhaismus den Vorzug vor den andern zugestehen. Jeden Falls muss es mich freuen, meine Lehre in so grosser Uebereinstimmung mit einer Religion zu sehen, welche auch die Majorität auf Erden für sich hat, da sie viel mehr Bekenner zählt, als irgend eine andere" etc. Allein der Buddhaismus ist erwiesenermaassen nicht die älteste Religion und die Weisheit ist, wie jetzt noch die Dinge in der Welt stehen, nicht bei der „Majorität" anzutreffen. H.

„Alles Leben, sagt J. Böhme, entsteht oder findet sich in der Angstqual (daher die Verwandtschaft der Worte: Qual, Quälen, Quellen, Qualität, Wallen) oder in der Enge (angustia), wie dieses an allen Creaturen zu sehen, dass selbes (das stumme und lebhafte) im Erstickten, in Fäulniss etc. seinen Urstand nimmt, und dass die erste Mutter zerspringen (die Angstqual durchbrochen und aufgehoben werden) muss, wie am Korne zu sehen, da das essentiale Leben aus einem solchen Durchbrechen (einer an sich stummen Wesenheit) ausgrünen muss." — Die Fadheit und Schlechtigkeit der meisten neuern Morallehren besteht nun eben darin, dass sie von diesem Ernst und Schmerz der Geburt des moralischen Lebens, von dem Kreuz (Decussation) d. i. eben von der Hauptsache abstrahiren. „Kann auch, sagt Jesaja, ein Volk (wieder) geboren werden, und keine Wehen kriegen?" wogegen der grosse Haufe unserer Staats-, Moral- und Religionslehrer uns „tout doucement" ohne diese „Selbstquälerei" der Wehen zur Geburt zu verhelfen verspricht. — Dass aller Sensation Schmerz in potentia zum Grunde liegt, hat übrigens unter den Neuern Darwin erkannt, nicht etwa als ob vor dem Leben (des Feuers Anzündung) diese Angst gefühlt würde, welche an sich nur ein unfühlend Treiben und Wachsen ist, dessen morboses Erhobenwerden ins Gefühl eben den Schmerz erzeugt *).

*) Diese Anschauung vom gesunden Leben als einer durch im Grunde gehaltene Negativität vermittelten Positivität können noch immer viele unserer Philosophen und Theologen nicht begreifen. Daher die hundertfach erhobenen Vorwürfe gegen J. Böhme, als ob er einen Dualismus des Guten und des Bösen lehre, obgleich J. Böhme sich dagegen auf das bestimmteste und entschiedenste verwahrte. Selbst Sigwart deutet Böhme's Aeusserungen vom göttlichen Zorn etc. dahin, als ob er ein vorweltliches Böses im strengen und eigentlichen Sinn lehre. So in seiner Geschichte der Philosophie (Cotta, 1844) II, 64 und ausführlicher in seiner Schrift: Das Problem des Bösen oder die Theodice (Tübingen, Osiander 1840) S. 173 ff. Die letztere Darstellung der Lehre Böhme's enthält manchen Lichtblick, unterliegt aber doch in anderen Beziehungen erheblichen Irrthümern. Zwar ist Sigwart darüber hinaus, in Böhme's Lehre Pantheismus und Dualismus finden zu wollen und er würdigt die Tiefe der Gedanken Böhme's im Ganzen auf scharfsinnige Weise. Aber selbst einem strengen Determinismus zugethan tadelt er Böhme, dass zwar sein System im Grunde

16.

Wenn man das Wort: Empfinden nach dem altgrammaticalen Verstande vorerst als Entfinden (Verlieren) nimmt, so kann die

---

die Annahme der Nothwendigkeit des Bösen erfordere, dass er aber inconsequenter Weise diesen richtigen Standpunct verlasse und die Sünde auf Rechnung der freien Wahl der geistigen Wesen setze. Zu der ersteren irrigen Behauptung wird Sigwart durch den Mangel an Erkenntniss dessen veranlasst, was Böhme als Finsterniss und Feuer im göttl. Wesen bezeichnet, welches er als ein vorweltliches wirkliches Böses nimmt, was es den bestimmtesten Erklärungen Böhme's nach nicht ist. Indessen widerspricht sich Sigwart hierin selbst, indem er (S. 180) sagt: .... „Und da möchte der erste Satz der sein, dass das Böse (nach Böhme) nicht etwas Ursprüngliches, sondern Gewordenes und zwar in der Creatur Gewordenes ist." Unter andern schlagenden Stellen, die die Richtigkeit der letztern Behauptung erweisen, führt dann Sigwart auch die bekannte aus der Aurora (§. 9. 12) an, wo es heisst: „Dazu hat Gott dem Menschen Gesetze gegeben und das Böse verboten und das Gute geboten. So denn Gott das Böse wollte und auch das Gute, so müsste er mit ihm selber uneins sein, und würde folgen, dass eine Zerstörung in der Gottheit sei, und dass eines wider das andere laufe, und eines das andere verderbe." Demnach kommt Sigwart wieder darauf zurück (S. 198 u. 199), dass nach Böhme das Princip des Bösen im göttlichen Wesen eine Potenz des göttlichen Wesens und die Actualisirung dieses Princips die Folge von der Scheidung des einen ungründlichen Willens Gottes sei, ohne welche es keine Offenbarung Gottes gebe und insofern sei das Böse ein allgemeiner Gegensatz und ein vorweltlicher und insbesondere ein vor- und aussermenschlicher. Dass diese Auffassung unrichtig ist, davon hätte sich Sigwart schon durch die Berücksichtigung der Lehre Böhme's von der Weltschöpfung überzeugen können. Hätte nemlich Sigwart recht, so müsste Böhme offenbar eine ewige Weltschöpfung gelehrt haben, denn sonst würde ja Gottes Selbsterkenntniss, die nach der Voraussetzung Sigwarts der Welt bedurfte, nicht ewig gewesen sein. Allein Böhme gibt das schlechterdings nicht zu und indess ihm Gott als unendlicher dreipersönlicher Geist ewig vollendet ist statuirt er auf das bestimmteste die Nichtewigkeit der Weltschöpfung. Wir wollen vorerst nicht fragen, ob hiemit Böhme im Rechte ist oder nicht, wir behaupten hier bloss, dass Böhme factisch die Nichtewigkeit der Weltschöpfung statuirt hat. „Denn vor dem Fiat, ehe Gott das fassete, ging das Rad der ewigen Essentien ohne Wesen im Wunder: aber als Gott den Willen ins Fiat setzte, so gings im Wesen; und da hat sich angefangen die Zeit, die vor in Ewigkeit nicht war." Vom dreifachen Leben des Menschen c. 4. §. 32. „Weil er (Gott der Vater) sich aber von Ewigkeit nicht beweget hat, bis auf die Schöpfung der Engel, so ist auch keine Schöpfung geschehen bis zur Engelschöpfung;

Entstehung der Empfindung nur als Fassung oder Aufhebung begriffen werden, deren Wiederaufhebung (Geisten) diese Fassung als aufgehobene Empfindung oder als Geschautes in sich setzt. In diesem Sinne sagt nun J. Böhme, dass der Ungrund wollend (als Vater) sich immer als Lust fasst (Herz, Verstand, Wort), immer aus dieser Fassung ausgeht (Geist) in die Schau-

---

dazu wir denn den Grund und Ursache nicht sollen wissen, und es Gott seiner Macht vorbehalten hat, wie es gewesen sei, dass sich Gott eines bewegt hat, sintemal er doch ein unwandelbarer Gott ist; sollen auch allhier weiter nicht gründen, denn diess turbiret uns." Menschwerdung Christi I, 2, 5. „In Gott ist kein Anfang und kein Ende, die Engel aber haben einen Anfang und Ende" (aber nicht abmesslich oder begreiflich.) Morgenröthe c. 4. §. 31. So wie freilich die ganze Schöpfung mit allen Wesen und Formen ideell nach Böhme ewig in Gott ist und von Gott in seiner Weisheit ewig erblickt wird, so kann man wohl auch sagen, dass nach Böhme (nach welchem Denker aber nicht?) ideell der Gegensatz des Guten und des Bösen ein ewiger und also auch ein vorweltlicher sei, inwiefern Gott ewig alle Möglichkeiten des Guten und des Bösen durchschaut. Allein dieser ewige allgemeine Gegensatz des Guten und des Bösen ist kein actualer, und die erste Actualisirung des Bösen ist zwar allerdings eine vor- und aussermenschliche, aber keine vorweltliche und überhaupt keine nothwendige und durch Gott selbst gewollte und gesetzte. Sigwart missversteht Böhmen auch darin, dass er dessen Verwerfung eines in Gott vorausgesetzten Rathschlags und Fürsatzes über die Menschen, als hätte Gott aus seinem Fürsatz einen Theil der Menschen zum Himmelreich in seine h. Wonne erkoren und das andere Theil zur ewigen Verdammniss, in denen er seinen Zorn offenbaren wollte, dahin deutet, als ob Böhme damit eine unmittelbare, nicht durch Gedanken vermittelte (also blinde, naturnothwendige) Selbstoffenbarung und Gebärung in allen Dingen habe lehren wollen. Allein Böhme will mit der Verwerfung des Rathschlags über Güte und Bosheit, Seligkeit und Verdammniss der geistigen Geschöpfe nur die Gott angedichtete Willkür seiner Gedanken und seines Willens, nicht das Denken und Wollen selbst, nur die die Freiheit der Geschöpfe aufhebende absolute Vorausbestimmung, nicht die ewige Wissenschaft Gottes um die Gesinnungen und Handlungen aller ins Dasein tretender Geschöpfe beseitigen. Wenn Mehrere in dem Festhalten Böhme's an der Ewigkeit oder Unaufhörlichkeit der Höllenstrafen einen Rest von Dualismus erblicken wollen, so darf wenigstens nicht verkannt werden, dass wofern man solche Lehre als Rest von Dualismus zu betrachten berechtigt wäre, jedenfalls die Lehren der hauptsächlichsten christlichen Confessionen hierin nichts vor Böhme voraus haben würden. Dass Baader in diesem Lehrpuncte Böhmen weit überschritten hat, wird in einem der folgenden Bände hervortreten. H.

lichkeit (Weisheit) d. h. aus seiner Fassung oder ewigen Form sich ewig ausspricht in Weisheit, und diese (weil das Leben ewig in sich kreiset und pulsiret) ewig wieder fasst, als Herz &c. — Ein Lebensprocess, den wir in unserem tiefsten und stillsten Denken inne werden, indem wir nemlich immer nur aus einer aufgehobenen Fassung (Wort, Namen) ein Sehen oder Gesicht im Geiste sich uns entwickeln und darstellen sehen, so wie diese aufgehobene Fassung sich wieder zur Fassung aufheben. — In diesem tiefsten Mysterium der Gottheit ist aber nach J. Böhme der heil. Ternar nur in potentia oder essential und tritt nur erst durch das Medium der ewigen Natur (Begierde) in actum als personaliter (in essentia unitas, in personis proprietas).

Wie nemlich jenes stille Wort wirklich ausgesprochen (laut) wird, geht es nicht nur in jeden (offenen) Hörer als neue Fassung ein, sondern es geht auch in dem Sprechenden nun erst in eine tiefere Fassung, d. h. dem Aussprechen coincidirt ein neues Einsprechen, wie denn der Mangel der Sprache auch jenen des Denkens mit sich bringt. §. 15. In diesem Sinne heisst J. Böhme die Weisheit in jener ersten magischen Entwickelung nur das Auge der Wunder, welches nur durch die Fassung durch Natur Licht wird und als ewiges Lichtgestirn in der Gottheit aufgeht als dessen Firmament. *)

17.

Auch Hegel hat den Geist in obigem Sinne als durch und in Aufhebung einer Fassung (Entäusserung oder Aufhebung) aufgehend begriffen, und seine Philosophie stimmt in diesem Hauptbegriffe mit der J. Böhme's überein (siehe Hegels Encyclopädie der philos. Wissenschaften §. 11 **)). — Jedoch wird das Wort: Natur von beiden in verschiedenem Sinne genommen, indem Hegel darunter das versteht, was J. Böhmen als ein zeitliches

*) Böhme's Werke IV, 467—483. VI, 8, 10, 13, 40, 245—248, 250—260, 332—334, 407-410, 415, 469—471, 595. VII. 22—26. H.

**) Hegels Werke VI, 27. H.

Geschöpf gilt (nemlich dieses materielle Universum, dessen Wesen vergeht), wogegen letzterem die ewige Natur (die Feuerwurzel) das unmittelbar schaffende (Creaturen gebärende) Princip (das Fiat oder die Allmacht) selbst ist, weil, wie er sagt, aus der klaren Gottheit (dem heil. Ternar) unmittelbar nichts Fassliches gehen kann. Durch diese ewige Natur (ihre Wiederaufhebung) gebiert sich nach J. Böhme jenes tiefe Mysterium der Gottheit zum offenbaren Gott aus, zum dreifaltigen, naturfreien, aber nicht naturlosen Geist. Gott, sagt J. Böhme (Menschwerdung Christi. II. Th. 10, 6 *)) ist Selber Alles und in Allem, aber Er geht in sich aus dem Grimme seiner Natur aus, in die Er doch ewig begehrend und imaginirend in Sich eingeht, und findet so die Kraft- und Lichtwelt in Sich Selber, Er macht Sich Selber zu ihr, dass also der Grimm der Natur mit allen seinen Gestalten nur eine Ursache des Lebens und Sichselberfindens in grossen Wundern ist. Und ist also Gott der Ungrund und Grund, die Freiheit und die Natur in Licht und Finsterniss, und der Mensch ist auch alles, so er sich nur also selber suchet und findet, als Gott.

18.

Der Unterschied der Bedeutung des Worts: Vernunft bei J. Böhme und bei Hegel fällt weg, wenn man erwägt, dass J. Böhme unter Vernunft fast immer nur die creatürliche, von der göttlichen oder absoluten Vernunft abgekehrte, dagegen Hegel immer nur die absolute Vernunft selbst versteht. Beide Denker statuiren übrigens im Acte der Einung eine Aufhebung der erstern, nur dass man bei Hegel die creatürliche Vernunft hiebei „in die vernünftige Allgemeinheit versenkt“ d. h. zu Grunde gehen sieht (Encykl. der phil. W. §. 5), ähnlich wie bei Spinoza das Geschöpf in der göttlichen Substanz unwiederbringlich zu Grunde geht, wogegen J. Böhme den creatürlichen Geist, als in den ewigen erhoben, doch in der tiefsten Einigung noch immer von diesem sich unterscheiden lässt, wie denn auch der organische

*) J. Böhme's Werke VI, 292. H.

Begriff seine Glieder nicht in sich versenkt, nicht zu Grunde richtet oder entgründet, sondern sie begründend in sich emporhebt.

19.

Zur Erläuterung des vorgehenden §. setze ich hier einige Stellen aus J. Böhme (Menschwerd. Christi. III, 3, 2—5 *)) her, welche dem durch diese Zeitschrift mit den Principien dieses Denkers bereits bekannten Leser ohne Commentar verständlich sein werden.

„Und ist uns ferner zu erkennen, dass alles dasjenige, das da Leben bekömmt (welches in die Sucht (zurück) imaginirt und seinen Willen in die Natur setzt), der Natur Kind ist und éines Lebens mit ihr; was aber mit seinem Willen aus der Sucht der Natur (vor sich) ausgeht in den freien Willen Gottes, das wird vom freien Willen angenommen und erkannt (nicht verschlungen oder als vom Gott Saturnus aufgespeiset) und ist ein Geist in Gott. Und ob es gleich in der Natur ist (und mit seiner Wurzel in ihr bleibt), gleichwie auch diese in Gottes Willen sich von Ewigkeit immer erbiert, so ist doch sein Geistleben ausser der Natur im freien Willen, und also stehen die Wunder der Natur in Gott offenbar, und sind doch nicht Gott Selber: und so der Seelen Willengeist (die Bildniss) aus der Vernunft der Natur ausgeht in den freien Willen Gottes, so ist der Willengeist Gottes Kind, und der Naturgeist Gottes Wunder, und steht die Creatur in sich selbst eingewandt, wie Gott Selber: denn der siderische oder Vernunftgeist suchet in seiner Magia in seinem Centro der Vernunft die Wunder der Ewigkeit, zu welchem Ende Gott die Seele in den Leib der äussern Natur hat geschaffen, ob sie wohl im Innern allein ergriffen ist: und der Willengeist geht in die Freiheit Gottes, da ihn denn der h. Geist im freien göttlichen Mysterio führt, dass also die Gottheit im Willengeist offenbar steht, und im Vernunftgeiste stehet die Magia der Natur mit ihren Wundern offenbar."

*) J. Böhme's Werke VI, 301—303. H.

„So denn nun die Seele (das seelische Leben) das Centrum ist, da der rechte Willengeist in die Freiheit Gottes ausgehet, als in das göttliche Mysterium, so hat sie auch den siderischen Geist am Bande; und so sie denselben zähmt, dass er nicht Bosheit wirkt, so mag sie die siderischen Wunder, welche im elementischen Spiegel zu einer Substanz gemacht werden (als ausgewickelte Figuren), vor die Majestät Gottes in den freien Willen Gottes einführen (ins ewige Element bringen), also dass diese Wunder in der göttlichen Majestät Freiheit erscheinen als eine Gleichniss des Willens Gottes. Nicht dass sich Gottes Freiheit mit der Natur Wundern und mit der Gleichniss mische, dass es eines sei: Nein; Gott bleibt ewig frei, Er wohnt in den Wundern, wie die Seele im Leibe, und so wenig der Leib die Seele ergreift, oder das Feuer das Licht, also wenig auch die Natur die Gottheit, und ist doch éin Wesen, und hat sich von Ewigkeit in zwei Wesen geschieden, gleichwie das Feuer und Licht, da wir im Feuer die Qual der Natur verstehen, und im Lichte das Mysterium des Geistlebens ohne Qual, wiewohl das Feuer auch im Mysterium ist."

„Also hat es auch eine Gestalt mit dem Menschen: die Seele ist das Feuer des rechten menschlichen Lebens, das Gott aus der ewigen Natur in Adam mit seinem Geist aufblies, als aus Gottes Centro: und der aus dem Seelenfeuer erborne Geist, welchen Gottes Geist zu Seinem Bilde formte, der hat das göttliche Mysterium (Gottes Samen), aus dem der Zug gegen Gottes Liebe und die göttliche Magia oder Sucht entsteht, dass der Willengeist Gottes begehret. Und so er sich nun erhebet, d. i. aus dem verborgenen Mysterio ausgeht in die Freiheit Gottes, so ist er ein Zweig oder Gewächse in Gottesreich, gewachsen aus Gottes Mysterio, und wirket in Gottes Willen und eröffnet immer die Wunder in Gottes Weisheit (im göttlichen Firmament oder Gestirn); nicht als ob in Gott etwas neues geboren würde, das nicht von Ewigkeit wäre in seiner Weisheit gewesen, welche keinen Grund noch Zahl hat, sondern allein im Seelengeiste, in sich selber, wird das ewige unendliche Mysterium offenbar, zu Gottes Ehre und Wunderthat, und zur Creatur ewigen Freude."

Denn hier heisst es ganz eigentlich: Salus Populi gloria Principis und gloria Principis salus Populi.

20.

Was Shakespeare mit seinem: To sleep, perhaps to dream! sagen wollte, darüber gibt J. Böhme folgenden philosophischen Commentar. — „So nun der Leib zerbricht und stirbt, so behält die Seele ihre Bildniss als ihren Willengeist: jetzt ist er zwar von dem Leibesbilde weg, denn im Sterben ist eine Trennung (die indess erst mit vollendeter Verwesung vollendet ist); alsdann erscheinet die Bildniss mit und in denen Dingen, was sie allhier hat in sich genommen, damit sie ist inficirt worden (die sie in sich hineinbilden liess), denn denselben Quell hat sie in sich (und diese Dinge scheinen darum nun in ihren Willengeist hinein). Was sie allhier liebte und ihr Schatz gewesen und darein der Willengeist einging (imaginirte), nach demselben figurirt sich nun auch die seelische Bildniss (nicht etwa bloss als Reminiscenz, sondern vermöge wirklichen Rapports). Hat einer bei Lebzeiten sein Herz und Gemüth z. B. in Hoffart gewendet, so quillet derselbe Schatz im Seelenfeuer in der Bildniss immer auf, und fährt über die Liebe und Sanftmuth als über Gottes Freiheit aus, und kann diese nicht ergreifen noch besitzen; sondern quillt also in sich in solcher (tantalischen) Angsqual und figurirt sich der Willengeist immer nach den irdischen Dingen, darein sein Wille ging (und deren Rapport er bei Leibesleben nicht wieder aufgehoben hat); glinzet also damit im Seelenfeuer und steiget immer in Hoffart auf und will im Feuer über Gottes Sanftmuth ausfahren, denn er kann nun keinen andern Willen schöpfen und (wenigst sich selber überlassen) nicht in das heilige Mysterium eingehen, darin er möchte einen andern Willen fassen, sondern er lebt nur bloss in sich selber, und hat nichts, mag auch nichts erreichen, als was er bereits im äussern Leben in sich gefasst (und was sich also auch noch jetzt magisch in ihm zu fassen fortfährt). Und also geht es auch einem Geizigen, welcher in seiner Bildniss die Geizsucht magisch hält und der immer viel haben will und dem nun immer in seinem Willengeiste das figurirt wird, damit er bei Leibesleben umging; weil ihn aber dasselbe Wesen verlassen und sein Wesen nicht mehr irdisch ist, so führet er doch den Willengeist in dieser Gestalt, plaget und quälet sich doch damit (und wohl auch Irdischlebende, welche er mit seiner Magia inficiren kann, so dass auch diese wachend oder träumend Gesichte von Schätzen haben“ &c.) Menschwerd. Christi. III. Th. 4, 3. *)

Was J. Böhme hier von der gänzlichen Trennung des Willengeistes vom Leibe (oder vom Tode) sagt, gilt auch theilweise von einer partiellen Trennung oder einer Suspension der Verbindung, z. B. im Schlafe, in Ohnmachten, im magnetischen Schlafe, oder auch wachend in Ahnungen und Ekstasen &c. und J. Böhme gibt uns also hiemit den Schlüssel zur natürlichen Erklärung aller dieser psychologischen Erscheinungen, von welchem ich bereits im dritten Hefte dieser Zeitschrift Gebrauch machte. Durch alle solche (freientstandene, oder künstliche) Suspensionen des leiblichen Lebens entstehen nemlich nicht erst alle derlei Rapport's, sondern sie treten nur nun erst sichtbar, wie die Nachtgestirne im Gemüthspiegel, auf und hervor, in dessen Hintergrund sie bereits waren, nur von lebhaftern Lichtbildern verdeckt.

Mit Recht bemerkt übrigens Oetinger **), dass es vernünftiger gewesen wäre, die Hoffnung oder Furcht der Fortdauer des seelischen Menschen nach dem Tode, anstatt selbe in der Monadeneinfachheit der Seele, sie lieber in der innern generativen und plastischen Bildungskraft derselben zu suchen. Unsere Seele ist nemlich darum nach dem Tode überbleibend, weil sie aus dem generativen Grund Gottes, zwar nicht durch Emanation, entstanden ist und in einer unaufhörlichen Gebärung ihrer unerlöschlichen Lebenskräfte steht, wie wir dieses schon im irdischen Leben gewahr werden, so dass, wenn sie die wahre Idee (nach dem Tode) nicht erreicht, sie nothwendig aus dieser ihrer generativen Kraft sich eine falsche Bildung (Phantasei) gebiert, darin sie

---

*) Böhme's Werke VI, 306. H.

**) Vergl. die Theosophie Fr. Chr. Oetingers nach ihren Grundzügen von Dr. C. A. Auberlen S. 448--451. H.

ihre Qual haben muss, als gleichsam in einer fixen Idee, welche sie aber nun plastisch auch ausser sich projicirt, und selbst noch irdisch lebende Seelen damit zu inficiren vermag. In diesem Sinne sagt die Schrift, dass unsere hier gemachten Werke uns folgen werden, und dass jeder in ihnen als einem Lichtkreis seinen Sabbath, oder als in einem Feuerkreis seine Gehenna finden wird.

21.

J. Böhme weiset im Mysterium magnum auf eine lichtgebende Analogie zwischen dem äussern solarischen Processe und dem innern (oder dem der Erlösung) hin *). Er lässt nemlich diese Schöpfung mit dem Sonnentag beginnen, d. i. nach ihm bewegte sich Gott zuerst zur Schöpfung in derselben Freudenlichtkraft, welche am vierten Tage zur Sonne geschaffen ward, an welchem Tage nemlich gleichsam Jesus, die tiefste Liebe, als Siegesfürst (als Durchbrecher oder Christ) hervor ging **). — Was heisset aber dies anders, als „diese Schöpfung wurde im Anbeginn in der Sonne versehen, wie das Menschengeschlecht im Christ, welcher gleichfalls als Lichtcorpus oder als Sonne erst in der Mitte (dem Quaternar) der Zeit erschien." — Dieser erste Aufgang der Freudenlichtkraft fällt nun bei Jac. Böhme mit der Ausscheidung (Coagulirung oder Zusammenschaffung) jenes Gewirks der finstern Tiefe als Erde zusammen, welche ihm sohin als erster Weltkörper und gleichsam als Aerolith gilt, den diese finstere feurige Tiefe erzeugte ***). Wenn nemlich, sagt J. Böhme, Sonnenlicht und Wasser es nicht thäten †),

*) Aeltere und neuere Schriftsteller haben bekanntlich den analogen Gang des äusseren und inneren solarischen Processes zur Leugnung des letzteren missbraucht.

**) Böhme's Werke V, 62 u. 63. H.

***) Wenn es bei Isaias heisst, dass die Morgensterne jauchzten, als Gott die Erde, das erste Solidum, in und aus dem abgründigwordenen Thron begründete, so braucht man sich hierunter nicht etwa unsere Fixsterne vorzustellen, und ihnen eine höhere Bedeutung als unserer Sonne zu geben, wie denn auch Lucifer ein solcher gefallener Morgenstern heisst.

†) Böhme's Werke V, 63. c. 12. §. 12. H.

so würde dieser sanfte Himmel sich sofort wieder zu jener finstern Tiefe umwandeln, und diese wieder Erden und Steine &c. gebären, wonach man unsere Aërolithen gleichsam für kleine Rückfälle in diesen erdegebärenden Urfinsterprocess halten könnte. J. Böhme gibt auch der irdischen Begreiflichkeit so wie dem Tag- und Nachtwechsel im engeren Sinne keinen grösseren Wirkungskreis als bis zum Monde *), das heisst im Sinne Böhme's keinen über die Planetenwelt unseres Sonnensystems hinausreichenden, und war also freilich fern von jener bis jetzt geltenden Hypothese, welche diese irdische Begreiflichkeit für im Weltraum allgegenwärtig ausgibt, und mit ihr als gleichsam einem dunkeln Staub- und Trauermantel uns bis jetzt das ganze himmlische Lichtheer überdeckt hielt, welche Hypothese indessen gegen die neuern Einsichten über die ätherische Natur der Fixsterne, die uns auch G. H. Schubert **) wieder in Erinnerung brachte, wohl sich nicht mehr lange wird halten können.

---

*) Böhme's Werke Myst. magn. c. 12. §. 1. Werke V, 61. H.

**) Baader hat hier die Mittheilungen im Auge, welche Schubert in seinen Ansichten von der Nachtseite der Naturwissenschaften (dritte Auflage (5. Vorlesung S. 97) und in seiner Schrift: Die Urwelt und die Fixsterne (Dresden, Arnoldi 1822 S. 70—81, 83, 86) gegeben hat Vergleiche auch dessen Geschichte der Natur (Erlangen, Enke, 1835) I, 44—144. Die Forschungen der neueren Astronomie haben wenigstens die Behauptung Baaders bestätigt, dass das Universum keinesfalls aus einer endlichen oder endlosen Zahl unserem Sonnensystem ähnlicher Systeme bestehe. Solcher Annahme widerspricht Alles, was uns die neueren Entdeckungen Herschels, Struve's, Bessels, Mädlers &c. über die Doppelsterne, überhaupt die mehrfachen Sterne, worunter sich bekanntlich (Kosmos von A. v. Humboldt III, 302) dreifache, vierfache und eine sechsfache Verbindung finden, und über die Sterngruppen, Sternhaufen und Nebelmassen des Himmels gelehrt haben. Auch Mädler (Populäre Astronomie S. 377) bemerkt, dass bei der ungeheuer grossen Anzahl der Fixsterne sich fast mit Gewissheit annehmen lasse, dass die Mannigfaltigkeit der Natur sich hier vorzugsweise bewährt haben werde. Wenigstens lasse sich schon nach den geringen und fragmentarischen Daten, die uns vorlägen, die Meinung derer vollständig widerlegen, die eine allgemeine Conformität der Grösse und der Beziehungen zu anderen Weltkörpern für die Sonne und die Fixsterne annähmen. In gleichem Sinne sagt Mädler in seinen Astronomischen Briefen (Mitau, Reyher 1846) S. 432: „Alles, was wir in der Fixsternwelt wirklich wahrgenommen haben, sind neue

22.

Es darf nicht befremden, wenn etwa mancher von unseren Naturphilosophen den Inhalt des neunzehnten Paragraphen des

---

eigenthümliche Verhältnisse, auf die keine aus dem Sonnensysteme hergenommene Analogie geführt hat, noch führen konnte. Sollte uns dies kein Fingerzeig sein, der uns Behutsamkeit in unseren kühnen Schlüssen anempfiehlt? Sollte die Natur weniger mannigfaltig in ihren grossen kosmischen Gestaltungen sein, als in denen, welche wir auf Erden erblicken? Was berechtigt uns zu der Erwartung, die Gegensätze und Kategorien, die wir in unserem kleinen Sonnensysteme erblicken, im ganzen grossen Kosmos überall in gleicher Weise wiederkehren zu sehen? Reicher als unsere kühnste Phantasie ist die Schöpfung Gottes, viel reicher, als dass es ihr noth thäte, sich selber zu copiren." Dagegen ist die ätherische Natur der Fixsterne von den Astronomen keineswegs zugestanden. Gotthilf Heinrich Schubert ist zwar nicht bei bloss allgemeinen Behauptungen und Vermuthungen stehen geblieben, sondern er hat den Versuch gemacht, das Gesetz der Gravitation, welches alle Bewegungen unseres Planetensystems regelt, als das allgemeine Gesetz der Natur einräumend, die Dichtigkeit der Fixsterne zu berechnen. (Urwelt und Fixsterne S. 98 ff.) Er glaubt sich zu der Behauptung berechtigt, dass wenn z. B. die planetarischen Nebel Herschels wirklich dichte Körper wären nur von solcher Beschaffenheit wie Saturn oder wie die Sonne, dieselben in ihrer Nachbarschaft am ganzen Fixsternhimmel sich merklicher machen würden, als sie thun und auch in unser Sonnensystem herein ihren Einfluss erstrecken würden. Aber auch die Doppelsterne auf der höchsten Stufe der Entwicklung hält Schubert nur für Lichtnebel auf dem höchsten Grade der ihnen möglichen Verdichtung, für Lichtnebelbälle von zwar sehr ansehnlichem, messbarem Umfang und Durchmesser, aber ohne sonderliche körperliche Dichtigkeit. (l. c. S. 104.) In gleichem Sinne äussert J. H. Kurtz (Bibel und Astronomie S. 182 ff.) „Wenn nun allerdings die Möglichkeit, dass auch in die Bahnen der Doppel- und Vielsterne Planetenbahnen verschlungen sein können, nicht gerade als unzulässig erwiesen werden kann, so musste doch das beliebte tout comme chez nous dort möglichst weit beseitigt werden. Schon die Doppelsterne bilden zum Theil schon so enge zusammenstehende Systeme, dass ihnen schwerlich der dichte Kern so wie die Masse und das Gewicht unseres Sonnenkörpers zugeschrieben werden kann und noch weniger würde eine solche Menge dunkeler Körper von solchem Gewichte wie unsere Planeten und Monde sich noch zwischen denselben durchwinden können, ohne die Harmonie der Bewegung zu gefährden. Denken wir uns nun vollends jene dichtgedrängten Weltenschaaren, wie die Sternhaufen sie uns darstellen, alle als durchaus unserer Sonne gleichartig, d. h. mit festem, massenhaftem Kerne und jede mit zahlreichen festen planetarischen Satelliten umgeben, so würden diese Welten nimmer so ungestört und fried-

zweiten Hefts dieser Schrift geradezu für abentheuerlich und unvernünftig erklären würde, insofern nemlich in diesem §. der Satz aufgestellt wird, dass die nichtintelligente Natur im Menschen nach seiner ersten Bestimmung hätte selbstlos und darum geschlechtlos (d. h. ohne Geschiedenheit in Mann- und Weibthier) bleiben sollen," weil, wie jede Selbstgründung und Verselbständigung nur durch das Zusammenschliessen eigenen Gegensatzes wird, in jeder Region die Selbstlosigkeit mit der Geschlechtlosigkeit zusammenfällt. Indessen wurzelt doch diese Idee (die J. Böhme z. B. mit Plato gemein hat) tief genug in unserer wahren Natur, und ich mache hier nur darauf aufmerksam, dass uns z. B. die Unschuld des Kindes wohl nur darum und insofern so sehr anzieht, inwiefern wir in ihr die Selbstlosigkeit, d. i. Geschlechtlosigkeit, das noch nicht zu eigenem Willen Gekommensein des Thiers gewahren, so wie wir selbst in der Frauenliebe in den edelsten Naturen jene Wehmuth über das Getrennthalten der Gemüther durch die Geschlechtsdifferenz sich kund geben sehen („Ach! dass du mein Bruder wärest"

---

lich neben einander und mit einander ihren stillen Aeonengang wandeln können, so müssten vielmehr, durch die Allgewalt der Schwere übermocht, jene vorausgesetzten Planeten, Monde und Sonnen mit zerstörender und zermalmender Gewalt aufeinander stürzen." Vergl. Göschels Unterhaltungen zur Schilderung Göthe'scher Denk- und Dichtweise. III, 192. Allein diese Folgerungen sind von den neueren Astronomen nicht wenig bestritten. Man vergleiche Mädler's Astronomische Briefe S. 416, 429, 477. Ueber die Fixsterne im Allgemeinen und die Doppelsterne insbesondere. Besonderer Abdruck aus der vierten Auflage von Mädler's Populärer Astronomie (Berlin, Heymann 1849) S. 46, 81. — Die Wunder des Himmels von J. J. von Littrow, zweite Auflage (1842) S. 477, 509. Jac. Böhme's in ihren Grundgedanken tiefsinnige, wenn gleich in der Anwendung auf das Besondere und Einzelne mehrfach von erheblichen Irrthümern getrübte Lehre vom Bau unseres Sonnensystems und des Weltuniversums überhaupt werden wir anderwärts genauer darlegen. Indem wir an diesem Orte auf Hambergers Leben und Lehre Böhme's S, 75—87, auf Tscheers Kernhaften Auszug der Böhme'schen Schriften S. 531 — 604 und ganz besonders auf St. Martins Darstellungen der Böhme'schen Kosmogenie und Kosmologie in seinem Werke: Der Dienst des Geist-Menschen S. 93 — 110 verweisen, bemerken wir nur, dass unser Theosoph den Grundgedanken des Copernicanischen Systems kannte und anerkannte, ohne darum an der hohen Bedeutung der Erde irre zu werden. H.

sagt die Braut im hohen Liede). Auch ist wohl nicht zu leugnen, dass sich nicht das Thier im Menschen seiner Potenz schämt, wohl aber der Geistmensch seiner Impotenz, welche eben im Aufgehen jener Potenz in ihm ihren Anfang nahm, und endlich ist es nicht erweislich, dass die Natur ohne eine solche Geschlechtsentwickelung im Menschen stille gestanden sein würde, gegen welche Behauptung schon das Pflanzenreich uns Beispiele aufführt, indess es erweislich ist, dass auch in der Natur die Entwickelung der Geschlechtsdifferenz (ihre äusserliche Entzündung) mit jener des Giftes und Todes zusammenfällt.

23.

Wenn folglich der Begriff einer animalisch-androgynen Natur des Menschen oder seiner paradiesischen nicht schon a priori von der Philosophie zurück gewiesen werden kann und darf, so lohnt es, sollte ich denken, wohl der Mühe, nachzusehen, wie J. Böhme diesen Begriff construirt, und Lesern, welche diese Mühe nicht scheuen, dürften folgende Bemerkungen zum Verständnisse der Schriften J. Böhme's in Bezug auf diesen Gegenstand dienlich sein. — Dieser geniale Forscher nennt zwar (Mysterium magnum 18, 8 &c. *)) den innern (geistlichen, englischen) Leib (Bild, Wesen, denn jedes Bild ist Wesen dem, dessen Bild es ist, und diesem somit subjicirt) das Weib, und den äussern Leib den Mann (die Jungfrau und den Jüngling), und sagt, dass der Mensch nach paradiesischem Rechte durch Conjunction beider sich hätte fortpflanzen können, dass aber die Lust nach nicht paradiesischer Lebensgebärung (dem thierisch-irdischen Essen und Gebären), in welche er sich vergaffte, sich in Adam zuerst im äussern Leibe (eigentlich in der äussern Seele oder im siderischen Geist) gefasst hatte. Indessen bemerkt er doch auch (ibid. 30), dass die Selbheiterregung im äussern Seelentheil doch nur von jener im innern (der eigentlichen ewigen Feuerseele) ausging, welche innere Feuerseele mit der ihr con-

*) Böhme's Werke V, 95. Vergl II, 194. III, 103, 106, 112, 118, IV, 159, 512 ff. V, 94 ff. VI, 117, 170 ff. H.

jungirten Lichtseele vorerst noch in Gleichgewicht, und in welchem Gleichgewicht denn eben jener innere éine Geistleib (Bild) stund, und dieser Einheit des innern Bildes auch jene des äussern Leibes entsprach, so wie mit der Zertrennung dieses innern Bildes auch äusserlich zwei Leiber hervortraten, durch welche nun die Fortpflanzung nur noch geschehen konnte. Die Imagination ging darum bei Adam, wie bei Lucifer, zwar von der Mitte ab (aus dem Lichtbild), jedoch mit dem Unterschiede, dass die Selbheit sich bei Lucifer unmittelbar in der finstern Matrix fasste (diese, das Centrum naturae, und also den Abgrund somit in sich öffnend), bei Adam hingegen unmittelbar in der äussern (astralisch-irdischen), und diese Abkehr war sohin bei Lucifer ein sich gegen Gott empörendes Erheben (Fassenwollen) in jener Matrix, bei Adam ein niederträchtiges Abweichen von ihm, oder ein gegenseitiges Erheben eines Niedrigern an des Lichtbildes Stelle. Die beiden Elemente der Liebe (Erhabenheit und Demuth) traten also hier als Hoffart und Niederträchtigkeit auseinander, wie wir denn an jeder von der Geradheit abweichenden Sünde noch jetzt dieselbe Doppelrichtung der Centrifugal- und der Centripetal- (d. h. der dem Centrum entsinkenden) Tendenz nachweisen, und nur hieraus die Schlangenwindung und „Krummheit" derselben begreifen können. Woraus sich denn ferner ergibt, dass, insofern Lucifer mit seinem Heer auf einmal geschaffen wurde, und keiner creatürlichen Fortpflanzung oder Gebärung bedurfte, sein Verbrechen nicht, wie jenes des Menschen, mit einem Missbrauch dieses Selbstgebärungsvermögens anheben konnte, und dass Lucifer bereits in jener Region fiel, nemlich in der der Gebärung blosser Kräfte, in welche der Mensch erst nach Erfüllung seiner Zahl durch creatürliche Gebärung erhoben worden sein würde. Wäre nun aber der Mensch, nachdem er sich doch gleichfalls in seiner Selbheit entzündet und erhoben hatte, und in solcher Entzündung ein Gleichniss aus sich begehrte, sich überlassen blieben, so war Gefahr, sagt J. Böhme, dass er sich zum Teufel entzündete, und wenn darum die Schrift sagt: „Es ist nicht gut, dass der Mensch allein sei, wir wollen ihm eine Gehilfin (der Fortpflanzung) machen, die um ihn (ausser ihm) sei," so heisst dies eigentlich: Nun, nachdem sich der Mensch einmal in eine gesetzwidrige Selbstgebärungs- und Selbstfortpflanzungslust und Begierde eingeführt hat, wollen wir ihm seine Macht nehmen (diese in Ohnmacht und Schlaf versenkend) und ihm im Schlafe ein Weib geben. — Es wollte nemlich das Feuer des Abgrundes in menschlicher Eigenschaft wieder aufgehen, wie früher durch Lucifer's Entzündung in der Welt, und es musste also bei dieser Erdewerdung des Menschen eine ähnliche arretirende Gegenanstalt getroffen werden, wie bei der allgemeinen Erdewerdung, oder wie bei der Schöpfung dieser Welt das Wasser (die erste Sündfluth) kam, und dem Hoffartsgeist seine Pracht legte, so trat auch das Weib dem Adam entgegen. Und wenn schon der Verführer, dem der unmittelbare Zugang in das Innere des Menschen (die Feuerseele) hiemit geschlossen ward, doch mittelst des Weibes ihm von neuem beikam, so blieb der Mensch doch eben durch dieses Weib errettbar, und Eva musste und konnte nur ihm zur Ave (Maria) werden.

Der kommende „Mensch der Sünde" wird „als sich über allen Gottesdienst überhebend und die Frauenliebe nichts achtend" vorgestellt, wie denn auch Voltaire (der nicht selten mit grosser Sagacität diesen Erzbösen divinirte) in jenem infamen Spottgedicht mit Bestimmtheit „die Religion und die Frauenliebe als auf dieselbe Foiblesse gegründet" erklärt. In der That ist es, wie ich schon im dritten Hefte dieser Schrift bemerkte, in der Regel ungleich öfter des Mannes, als des Weibes Schuld, wenn dieses jenem anstatt einer Gottesgebärerin zur Teufelsgebärerin wird. Aeltere Theologen dachten übrigens mit Jac. Böhme über den Ursprung des Mann- und Weibthieres am Menschen gleich. So z. B. sagt Scotus Erigena in seinem zu wenig gekannten Werk: De Divisione Naturae, edit. Th. Gale, Oxonii 1681 *): „Homo reatu suae praevaricationis obrutus, naturae suae Divisionem in masculum et foeminam est passus, et quoniam ille divi-

*) J. Scoti Erigenae de divisione naturae libri quinque Editio recognita et emendata. Monasterii Guestphalorum 1838. II, 6. pag. 92—93. H.

num (angelicum) modum multiplicationis suae observare noluit, in pecorinam corruptibilemque ex masculo et foemina numerositatem Justo Judicio redactus est. Quae Divisio in Christo adunationis sumpsit exordium, qui in se ipso humanae naturae restaurationis exemplum (et Initium) veraciter ostendit et futurae resurrectionis similitudinem praestitit. *)

---

*) Man vergleiche über denselben Gegenstand De divisione naturae II, 9, 110, 12, 25, 26, IV, 9 (pag. 339.) 115, 19, 20. V, 20. Scotus Erigena bezieht sich in Rücksicht seiner Lehren von dem Ursprung der Geschlechtsverschiedenheit (II, 9) auf Maximus, von welchem er eine längere Stelle anführt, welche recht sehr verglichen zu werden verdient. Vergl. auch die christliche Mystik &c. von Adolph Helfferich I, 215, 218, 229, 241, II, 73, 102, 108, 109. Auch bei Gregorius von Nyssa findet sich die bemerkte Lehre des Maximus und Sc. Erigena. Wenn Standenmaier sagt, es wäre noch auszumachen, ob nicht die Androgyne selbst nur die allegorische Bezeichnung des Menschen in der Idea, des Menschen wie er Ebenbild Gottes ist, sei, oder nicht, so ist leicht zu zeigen, dass Erigena diese Frage sehr bestimmt beantwortet hat, was man auch über diese Lehre selbst denken mag. Philos. des Christenthums I, 606. Oetinger stimmt in dieser Frage J. Böhmen nicht ganz bei. Vermuthlich waren dabei die schwärmerischen Folgerungen der Gichtelianer nicht ohne Einfluss. Vergl. Oetingers biblisches Wörterbuch. Neu herausgegeben von Dr. J. Hamberger (Stuttgart, Steinkopf 1849) S. 16, 70, 334, 498. Dann Auberlens Theosophie Oetingers S. 477. — Klee verwechselt wie viele Andere (Katholische Dogmatik, Mainz und Wien, Schott und Gerold 1835 II, 272) die Androgyne mit dem Hermapdroditen (der Carricatur jener). Er bemerkt übrigens in einer Anmerkung: „Androgyn lassen den ersten Menschen sein die Chaldäer (Beros. ap. Eus. Chron. I, 2. n. 4.), die Perser (Kajomorts), kurz alle heidnischen Anthropogonien, Plato (Eus. Praep. Ev. XII, 12), die hebräischen Theologen, auch mehrere ältere christliche, wie z. B. der Verfasser des dem Basilius zugeschriebenen Buchs de vera virginitate. Augustin polemisirt gegen diese Vorstellung Gen. lit. III, 22." &c. Vergl. Lehrbuch der Dogmengeschichte von Dr. H. Klee (Mainz, Schott, 1837) I, 275, wo gezeigt wird, dass die Scholastiker dem h. Augustinus in der Meinung gefolgt sind, dass auch ohne Fall Generation und Geburt statt gefunden haben würden ganz in derselben Weise wie gegenwärtig, abgerechnet die Libidinosität bei der Generation und den Schmerz bei der Geburt. Merkwürdigerweise findet sich Böhme's Anschauung wiewohl nicht ganz genau wiedergespiegelt in Rückerts Gedicht: Tibetanischer Mythus. Gesammelte Gedichte von Fried. Rückert, dritte Auflage. Erlangen Heyder 1836 Bd. I, S. 57—59. H.

Fünftes Heft.

Ce n'est qu'en faisant fermenter, qu'en agitant et reactionnant les differentes essences que l'on peut en extraire l'Esprit.

St. Martin.

Diejenigen Leser dieser Zeitschrift, welche, wie bereits in der Vorrede zum vierten Hefte bemerkt wurde, mit mir übel zufrieden waren, dass ich es wagte, mit den alchymistischen Grillen J. Böhme's ihre ganz wasserklare Philosophie trüben zu wollen, werden vollends die Geduld verlieren, wenn sie, zwar gegen meinen Wunsch, etwa noch zum Ueberfluss auch dieses fünfte Heft durchsehen, und in demselben nun gar die Wiederaufwärmung der kabbalistischen Rechnungspielwerke, wie sie meinen werden, finden. Indessen kann ich diese Leser doch versichern, dass sie sich täuschen, wenn sie glauben, von der Nichtigkeit dieser beiden mit Recht verrufenen Künste (so wie sie nämlich der Menge bekannt worden sind) schon gründlich unterrichtet zu sein, weil man nemlich die Caricatur einer Sache nicht gründlich kennt, wenn man noch nicht zur Kenntniss ihres Originals gelangt ist, und da ihnen letztere fehlt (um deren Erlangung es diesem fünften Hefte zum Theil zu thun ist), so kann auch ihre Aufklärung hierin, wie in so manchen anderen Dingen, noch nicht probefest sein, wesswegen sie denn allerdings, und der petite santé ihrer Aufklärung, wenn schon nur dunkel, bewusst, klug daran thun, sich auf eine nüchterne und magere Diät bis auf weiteres zu beschränken, und alles von sich zu weisen, was auf die schwere Kost (d. i. in die Tiefe) geht.

Jenen Lesern dagegen, denen der Sinn für „die Wunder der Intelligenz" bereits aufgegangen ist, die uns die Doctrinen der Religion darbieten, wird dieses fünfte Heft nicht unwillkommen sein, und es wird die erhebende Ueberzeugung in ihnen bestärken, dass diese Religion „der Freiheit und des Lichts“ jene Wunder nicht darum unserer Intelligenz darbietet, damit wir sie gedankenlos angaffen, auswendig lernen &c., und eben so gedankenlos und gedankenbindend (folglich gedankenwidrig) der Nachwelt überliefern sollen; auch nicht darum, damit wir in unserem Eigendünkel wähnen, ihrer entbehren, sie ignoriren und „unsere Philosopheme des Staubs“ über sie erheben zu können, — sondern wohl nur darum, damit wir an ihnen, als wahrhaft classischen Producten, unsere eigene Genialität inne werden, üben, entfalten, und nur hiedurch die Gabe und den Geber immer mehr verherrlichen sollen.

Auch mit den so sich nennenden „Frommen“ (Pietisten) werde ich es in diesem Hefte verdorben haben, weil ich mich in demselben bestimmt gegen den flachen sentimentellen Pietismus unserer Zeit erkläre, mit dem ich erst seit meinem Aufenthalt in Norddeutschland und in einem Theile Russlands nähere Bekanntschaft gemacht habe, und von dem es mir vorkam, als habe sich die Religiosität der Vornehmen und Geringen dermalen in ihn, als in einen Schlupfwinkel, gerettet. Aber die feindliche Stellung, welche trotz seines Demüthigthums dieser Pietismus sich gegen die Wissenschaft anmaasst, macht es nicht minder nöthig, ihn zurück zu weisen, als jene antireligiösen Philosopheme seiner Gegner.

Zwar, wer die Wissenschaft (die Freiheit des Erkennens) nicht anders, als aus jener sich so nennenden antireligiösen Freidenkerei kennt, und von keiner andern Aufklärung weiss, als von jener Opposition philosophischer Systeme gegen die Religionsdoctrinen &c., dem kann man es nicht verdenken, wenn er gegen jede Religionswissenschaft ein Vorurtheil gefasst und sich's zur Maxime gemacht hat, seine Religiosität gegen ein solches Vernünfteln Anderer sowohl, als gegen seine eigene Vernunft oder Unvernunft bestens zu verwahren; wenn schon dieses ihm nicht immer leicht werden wird, weil mit einem solchen Niederhalten ihres Missbrauchs auch ihr rechter Gebrauch gehemmt bleibt, sohin ein solcher Frommer, falls anders seine Gedankenlosigkeit ihn nicht dagegen verwahrt, immer mit Zweifeln (Scrupeln) heimgesucht und in der Gefahr sich befinden wird, sich und seinem Gott eine Ueberzeugung zu heucheln (anzulügen), die er doch nicht hat, und auch nicht haben kann, weil er sich ja das Organ gebunden hält, in dessen freier Bewegung eine solche Ueberzeugung ihm nur werden könnte. — Aber verdenken muss man es allerdings solchen Frommen, wenn sie diese Maxime nicht mehr bloss für sich behalten, sondern selbe, und mit ihr ihre vernunftschwache Subjectivität, auch objectiv gelten machen, und einen religiösen Obscurantismus begründen wollen, welcher der Kirche nur religiöse Imbecilles und Heuchler verschaffen würde, wie dieses von einem politischen Obscurantismus und für den Staat gälte.

Und so machte sich denn wirklich, nach Napoleons Sturz, zwar der Wunsch laut: „dass der völlig (erst bei der vornehmen, sodann bei der nichtvornehmen Welt) achtlos wordenen Religion der ihr gebührende Respect wieder verschafft würde," aber obschon klar über den Zweck, war man es doch so wenig über die Mittel, dass mehrere sofort zum Zweckwidrigsten riethen, nemlich zur Wiedereinstellung alles freien Forschens und Debattirens &c. — Jenem Rasenden (in Tiecks Zerbino) gleich versuchte man die Szenen des bereits durchgespielten zweiten und ersten Acts wieder vorzuschieben, und schien die Meinung gefasst zu haben, dass das Ehrlichste und Freieste, — nemlich das Licht der Wahrheit mit dem Unehrlichsten und Unfreiesten — der Geistessclaverei und den Waffen der Finsterniss — siegreich vertheidigt, und die Keuschheit der Intelligenz einzig und allein — durch ihre Combabisirung gesichert werden könne.

So lange indess der Religion (ihren Doctrinen) nicht wieder von Seite der Wissenschaft eine auf freies Forschen und sohin auf wahrhafte Ueberzeugung gegründete Achtung verschafft worden sein wird, so lange die Bemühung darnach nicht das angelegenste Geschäfte mehrerer Denker von Talent sein wird, die sich noch überdies in Vereine hiezu verbinden sollten; (denn man vergesse nicht, dass eben nur durch solche Vereine jene die Religionswissenschaft total verfinsternde Aufklärung zu Stande kam); so lange werdet Ihr (Fromme und Nichtfromme) mit allen eueren Geboten und Verboten, mit allem euerem Gerede und Thun oder vielmehr eueren Gebärden um Religion, und mit allem euerem Mummen- und Mumienspiel mit ungeschichtlich, somit illegitim wordenen Formen dem Uebel nicht abhelfen, und so lange wird auch diese nichtgeachtete Religion nicht wahrhaft geliebt werden, weil man doch nur herzhaft und aufrichtig lieben kann, was man aufrichtig geachtet sieht und als achtbar unbezweifelt erkennt; so wie der Religion auch nur mit einem solchen amor generosus gedient sein kann, nicht aber mit eueren faden verstohlenen pietistischen Liebeleien. — Mit anderen Worten: Wollt Ihr, dass die Praxis der Religion wieder gedeihe, so sorgt doch dafür, dass wir wieder zu einer vernünftigen Theorie derselben gelangen, und räumt nicht eueren Gegnern (den Atheisten) vollends das Feld mit jener unvernünftigen und blasphemischen Behauptung: „dass an eine solche Religionstheorie, als an eine unmögliche Sache, durchaus nicht zu denken, dass die Religion blosse Herzenssache sei, bei der man des Kopfes sich füglich entäussern könne, ja müsse, als einer blossen blinden Routine und Empirie.“ — Denn mit einer solchen Behauptung arbeitet Ihr ja eueren Gegnern in die Hände, welche nicht ermangeln werden, euere Behauptung für sich und gegen die Religion utiliter zu appliciren, wie sie nicht ermangelt haben, von dem ähnlichen Resultate der kritischen Philosophie denselben Vortheil zu ziehen; — einer Philosophie, von welcher, ohne das Gute zu verkennen, das sie leistete, doch behauptet werden muss, dass ihre Haupttendenz dahin gerichtet war, unsere Geistesflachheit recht gründlich (stereotype) zu machen.

Endlich bemerke ich in Bezug auf die in diesem Hefte enthaltene Vindicirung „eines möglichen nicht begrifflosen Zahlengebrauchs“, dass dieser Gegenstand in einem folgenden Hefte (bei einem Versuch einer Deduction: der Zahl, des Maasses und des Gewichts) weiter ausgeführt werden wird.

Memel, den 8. September 1823.

1.

Die Identität des **Inhalts** und der **Form** *) wird nicht selten übel gedeutet, nemlich als Einerleiheit (Confundirtsein) beider, da sie doch nur die Identität des beide erzeugenden, sich in beiden manifestirenden, Princips aussagt. Ein Mineral z. B., an dem man die Gleichzeitigkeit des Entstehens seiner Essenz und seiner Gestalt nachweisen kann, wird als primitiv erzeugt erkannt. Aber dasselbe gilt für jedes wahrhafte organische Gebilde, nemlich die Einheit (Nichtzweiheit) der Production ihres Inhalts und ihrer Form. So z. B. bringt uns der Widerstreit des Geistes (Seele) und des Leibes am Zeitmenschen zur Erkenntniss der Nichtidentität ihres Urstandes, und zum Wunsche, von einer **solchen** Form (einem solchen Leib) erlöset, und mit einer (einem) **andern** angezogen zu werden, (Römer 7, 23. 24.) was aber die Aenderung des Inhalts (der Seele) voraus setzt.

Das Leben will Fülle und Hülle; es will erfüllt (beseelt) und umhüllt (gestaltet) sein, will Inhalt und Form, Seele und Leib haben, und zwar beide in Eintracht, d. h. seine Beseelung und seine Beleibung soll eine Identität des Princips (eine Harmonia praestabilita) aussagen. Der Grundtrieb des Lebens ist sohin weder Gestaltungs- oder Bildungstrieb allein, noch Beseelungs- oder Erfülltseintrieb allein, sondern er geht auf beide, auf Intension (Empfinden) und Extension (Schauen), und zwar in ihrer Eintracht. Ein Grundbegriff des Lebens, welcher freilich jedem physiologischen Systeme vorleuchten sollte, den ich indess

*) Inhalt ist hier das Intensum, die Essenz oder integrirte Wurzel, die Form heisst hier das Extensum.

in keinem der bis jetzt bestehenden noch klar ausgesprochen finde. — Beseelung und Begeistung wird übrigens meistens, obschon mit Unrecht, vermengt, da man eigentlich unter letzter nur das Bedürfniss jedes einzelnen Geistes (Lebens) versteht, sich mit seinem universellen Geiste (Leben) in stets offenem Rapport zu erhalten, um dieselbe Union des beseelenden und beleibenden Factors in sich zu erhalten, welche in jenem universellen Geiste (als Begriff derselben) besteht. Der Geist ist nemlich, wie auch unter den Neuern besonders Hegel mit Klarheit nachgewiesen, überall der Begriff, oder die Mitte (Centrum) und sohin die Sache (das Leben oder der Lebendige) selbst *); welche centrale, oder, wenn man will, androgyne Natur des Geistes schon dessen alte Signatur ☿ andeutet, wo ◡ den weiblichen, hüllegebenden, ○ den männlichen, beseelenden oder erfüllenden Lebensfactor, und ✚ ihre Union bemerklich macht. Uebrigens ist es derselbe universelle Geist, welcher die legitime Union der zwei Lebensfactoren in jedem creatürlichen Geiste potent oder productiv, so wie jede illegitime unproductiv erhält. Denn dass z. B. ein creatürlicher böser Geist sich in sich entzweit, und in diesem Widerspruch impotent findet, das hat er wohl nicht von sich, sondern vom guten universellen Geist, welcher ihn eben in dieser Aufhebung seines wahrhaften Seins, und im tantalischen Streben nach solchem, d. i. in seiner Lüge fest hält oder beim Wort nimmt.

2.

Wenn mit Recht von der Philosophie behauptet wird (Hegels Encyclopädie der ph. W. §. 2 **)), „dass ihr Gegenstand in der Vorstellung eigentlich nicht anzutreffen, und selbst der Erkenntnissweise nach dieser entgegengesetzt sei, weil durch die Philosophie das Vorstellen über sich hinausgebracht werden solle“, so ist diese Behauptung so zu deuten, dass die philoso-

*) Hegels Encyclop. d. ph. W. 1te Ausgabe S. 18, 78, 80, 84, 96, 123, 205 ff. H.

**) Hegels Werke B. VI. S. 3 u. 4. H.

phische Erkenntnissweise die Bewegung des Erkennens von der unmittelbaren Vorstellung zwar nicht los, aber von ihr insofern frei macht, inwiefern die Schranke das Bestimmende (Positive, Factische &c.), welches jene Bewegung des Erkennens vorerst äusserlich hemmte und bestimmte, nun als innerlich bestimmend (als Nothwendiges) selbe leitet und trägt. — Es verhält sich nemlich hiemit, wie mit jeder freien Bewegung im Unterschiede einer unfreien. Eine Bewegung ist nemlich insofern eine freie, inwiefern sie ihres äusseren Grundes mächtig geworden ist, und dagegen den inneren Beweggrund in sich eröffnet hat. Dieses gilt übrigens von den beiden Elementen der Vorstellung, ihrem Inhalt (Empfindung) und ihrer Form (Begriff).

Wer das an eine Vorstellung gebundene Erkennen (in sich und Andern) von dieser Gebundenheit befreit, leistet darum dasselbe, was derjenige, welcher einen einzelnen irdischen Körper von seiner Gebundenheit an die Erde (Schwere) befreien und ihm zur freien Bewegung eines Gestirns (als einzelnen Weltkörpers) verhelfen würde, und ohne Zweifel gilt diese Befreiung wohl auch für das religiöse Erkennen.

3.

„Der Gegenstand der Religion, sagt Hegel (Encyclopd. d. ph. W. §. 5), ist zwar für sich der unendliche Gegenstand, der alles in sich befassen soll, aber ihre Vorstellungen bleiben sich nicht getreu, indem ihr auch wieder die Welt (das zeitlich-räumliche oder materielle Universum) ausser dem Unendlichen selbständig bleibt, und, was sie als die höchste Wahrheit angibt, zugleich unergründlich, Geheimniss und unerkennbar, ein Gegebenes und in Form eines Gegebenen und Aeusserlichen für das unterscheidende Bewusstsein bleiben soll."

Gegen diese Auffassung ist nun Folgendes zu erinnern:

1) Es ist nicht die Schuld der Religion, und ihrer Doctrinen, wenn diese von einzelnen oder mehreren Theologen unvernünftig gefasst und gelehrt werden, und es ist nirgend bei ihr von diesem materiellen Universum als einem gegen und ausser Gott absolut Selbständigen die Rede, so wenig

als man die zur höchsten Selbstsucht gesteigerte Ichheit darum schon vom Universum (oder von Gott) los und selbständig achtet, wenn gleich das tantalische Streben des Gottwidrigen nach einem solchen absoluten oder inneren und äusseren Lossein von Gott darum nicht geleugnet werden kann. —

2) Was die Mysterien der Religion betrifft, so gibt sie diese keineswegs für absolut, sondern nur für bedingnissweise unerforschbar aus, („Thut was ich euch sage, so werdet ihr inne werden, dass meine Lehre aus Gott ist"), und selbst da, wo unser Erkennen, „ein über Sich" inne wird, findet dieses Innewerden nur bei und in der freien Bewegung des Erkennens statt, welche sonst die philosophische heisst, eine Benennung, die man wohl gegen jene der freien vertauschen könnte. *)

3) Eine Erkenntniss kann mir gegeben (geoffenbart) sein, ohne dass sie mir darum äusserlich ist, und es würde eine arge Missdeutung der reinen Identität unseres Bewusstseins oder unserer Freiheit sein, wenn man diese absolut nähme, und nicht anerkennen wollte, dass das Denken des Menschen kein Erdenken, sondern nur ein Nachdenken ist. —

4) Im vernünftigen Bewusstsein (in der Erhebung desselben in die göttliche Vernunft) verschwindet nur die schlechte, ausser die Einheit nicht nur herausgehaltene, sondern auch sich selbst von ihr ausschliessende Einzelnheit, indem sie, nicht etwa im engeren Sinne Hegels aufgehoben, d. i. in das Allgemeine versenkt oder zu Grunde gerichtet, sondern emporgehoben wird, so wie eine Pflanze in die Licht- und Luftregion ihrer finstern Wurzel enthoben, darum aber doch nicht entwurzelt wird. — Wenn man es aber der Religion zum Vorwurf machen sollte, dass sie auch im freiesten Erkennen der Creatur doch diese sich nur um so klarer von Gott unterscheiden lässt, dass somit die freieste Uebung ihres Erkennens ihre Gottesfurcht, Liebe &c.,

---

*) Womit sogleich klar würde, dass die Freiheit der Erkenntniss ihre Begründung, und zwar sowohl ihre innere als äussere Begründung voraussetzt, somit weder mit Autonomie, noch mit Anomie besteht, welche beide im Begriffe der Antinomie zusammenfallen.

nicht nur nicht aufhebt, sondern sogar selbe bewährt, so wird sie sich diesen Vorwurf gerne gefallen lassen.

Mit Recht rügt Hegel die Gedankenlosigkeit derjenigen, welche den Namen der Philosophie für eine unfreie Gedankenbewegung gebrauchen, die das Wahre als Gegebenes und Unmittelbares voraussetze, an dem man nur unfreie Reflexionen anstelle*). — Nun lässt sich aber in jeder Gedankenbewegung des Menschen jener Ternar nachweisen, den ich im ersten Hefte §. 6 aufgestellt habe, d. h. der Mensch ist auch als erkennend in einem Höhern, er ist mit ihm, und dieses ist auch in ihm, oder die freie Bewegung des Erkennens kann und soll weder von einem Mitthun oder Mitwirken, noch von einem blossen Gegebensein abstrahirt werden, so wie ja auch jene freie Beweguug das innerlich Nothwendige nicht sich selber macht, sondern nur selber findet. — Wie darum nicht zugegeben werden darf, dass die Vernunft des Menschen im religiösen Erkennen (als ob ein anderes statt finden sollte?) nicht bei sich selber sei, so muss auch die Unvernünftigkeit jener blinden Eiferer gerügt werden, welche etwa Hegels Behauptung „dass alles, was in jeder Wissenschaft (somit auch in der Religionswissenschaft) dem Menschen wahr ist, dieses nur durch und in Kraft der Philosophie sei“ **), für verfänglich und antireligiös erklären, indem sie nicht einsehen, dass Hegeln das philosophische Erkennen für das freie gilt, welchem freien und also allein lebendigen Erkennen gegenüber das religiöse Erkennen, nach der wahrhaft blasphemischen Behauptung jener Eiferer, als das unfreie, todte oder passive gelten würde. Denn jedes wahrhaft freie Erkennen ist religiös und jedes ächt religiöse Erkennen ist wahrhaft frei. — Dieses und ähnliche Missverständnisse würden aber nicht statt finden, falls man, wie ich oben vorschlage, die von Hause aus nicht richtige Benennung des philosophischen Erkennens mit jener des freien vertauschte

*) Encyclop. d. ph. W. 1. Ausgabe S. 6 u. 7 u. 10. H.
**) Encyclop. d. ph. W. 1. Ausg. S. 11. H.

und folglich bereits in der Logik als obersten Grundsatz anerkennte:

„In der Beschränkung zeigt sich erst der Meister,
Und das Gesetz nur kann die Freiheit geben."

4.

In der ersten Ausgabe der Kritik der Urtheilskraft*) findet sich die Bemerkung, dass der Philosophie das Princip der Specification der Natur fehle**) und wenn darum nach Hegel im Einzelnen manches Vernunftlose in der Natur sich zeigt ***), so erklärt sich dies zum Theil wenigst aus der Unkunde in Betreff des Princips der Specification der Natur*). Nicht nur aber zeigt sich in der Natur Vernunftloses, sondern auch Vernunftwidriges (Unvernünftiges in jenem Sinne, in dem man von Unnatur spricht) und dasselbe gilt par excellence von der Geschichte, für welche gleichfalls das Princip der Specification noch nicht aufgefunden ist.

5.

Von grösserem Belang, als mancher Leser wohl meinen dürfte, ist, was Hegel im 10. §. seiner Encyclopädie der ph. W.†) „von sinnvollen Anschauungen sagt, welche das, was zwar nur Erscheinungen sind, so ordnet, wie die innere Folge des Begriffs ist, wozu noch gehört, dass durch die Entgegensetzung und Mannigfaltigkeit der zusammengestellten Erscheinungen die äusserlichen, sonst zufälligen Umstände der Bedingungen sich dermaassen aufheben, dass nur das Eine, Allgemeine, Wahrhafte vor den Sinn tritt. Eine sinnige Experimentalphysik, Geschichte &c. würde auf diese Weise die rationelle

---

*) Kritik der Urtheilskraft. Frankfurt und Leipzig 1792. S. XXXV. — Kants Werke von Hartenstein VII, 25. H.

**) Die Leistungen J. Böhme's zur Wiederauffindung dieses Princips hat indess diese Philosophie ignorirt.

***) Hegels Encyclopaedie der philos. Wissenschaften 1. Ausgabe S. 127 und 128, 168, 198 und bes. S. 200 u. 202—204. H.

†) Hegels Werke VI, 25. H.

Wissenschaft der Natur, und der Begebenheiten und Thaten der Menschen &c. in einem äusserlichen, den Begriff abspiegelnden Bilde darstellen." — Näher betrachtet gilt nemlich dieser Zweck der Abspiegelung oder der Transparenz als der Zweck der Kunst überhaupt, selbst der religiösen, als Cultus, wesswegen ich denn bereits im ersten Hefte dieser Schrift letztern mit dem Experiment zusammenstellte. — Es gilt somit auch vom Begriff: Vis ejus integra, si conversus in Terram, d. h. wenn er zurück durch die Vorstellung wieder zur Darstellung gelangt.

6.

Der wahrhaft vernünftigen Dialektik, als (wie Hegel*) sich ausdrückt) bewegender Seele des Fortgehens (der Evolution) steht nicht die blosse Inertie des nur stillstehenden Verstandes bloss als solche entgegen, sondern eine unvernünftige Gegen- oder revolutionaire Rückbewegung, und nur der von einer solchen Unvernunft besessene Verstand äussert sich als abgefallen von der göttlichen Vernunft und als gegen diese sich empörend.

7.

Seit Kant und Fichte wird das Wort: objectiv schier allgemein nur im engeren Sinne, nemlich für das mir Gegenüberstehende (Gegenständliche) genommen, nicht aber, wie es doch sollte, auch auf das über und unter mir Seiende angewendet, nemlich auf jenes, dem ich, und auf jenes, das mir subjicirt ist. Eine solche Philosophie bewegt sich nur in der Horizontalfläche, und kann sich nur inner ihr, sohin nicht wahrhaft, orientiren, denn der wahre Orient (Aufgang) ist über mir (im Zenith), so wie der wahre Niedergang unter mir. Der Fichtianismus reducirte vollends den Begriff des Objects auf jenen des feindlichen Obstaculums.

---

*) Encyclopädie der ph. W. im Grundrisse. Erste Ausgabe (1817). S. 17. — Hegels Werke VI, 152. H.

8.

Mit Recht behauptet Hegel (Encyclp. d. ph. W. §. 19 *)), dass die ältere Metaphysik durch ihren Satz: „dass das, was ist, damit, dass es gedacht werde, an sich erkannt werde“ weit über der neueren kritischen Philosophie stehe, und ich führe als einen gültigen Beleg jener Behauptung die Worte des Scotus Erigena an: „Intellectus rerum veraciter ipsae res sunt, dicente Dionysio, et Cognitio eorum, quae sunt, ea, quae sunt, est. — Nur aus einem Urdenken gehen (nach der Lehre der Alten) alle Dinge hervor, nur in ihm bestehen sie, und deren Sein ist nur ein Ausgesprochensein.

9.

Jacob Böhme legt seiner Philosophie die Kreisbewegung des Lebens des Absoluten zum Grunde, indem er dieses Sich Suchend von Sich ausgehen, Sich aber Selber hiedurch findend ewig wieder in Sich zurückgehen lässt, und denselben Ternar legt auch Hegel der Wissenschaft zum Grunde, indem, wie er sagt „die Idee als die sich selbst gleiche ewige Vernunft, um für sich zu sein, sich sich gegenüberstellt, und sich ein anderes ist, aber in diesem Anderssein sich selbst gleich, aus ihm wieder in sich zurückkehrt.“ Encyclop. der ph. W. §. 11. **) — Scotus Erigena stellt denselben Ternar als Quaternar auf, indem er die Natura neque creans neque creata von dem Ternar der Natura creans non creata, creata et creans und creata non creans unterscheidet, als das Centrum vom Dreiangel. ***)

---

*) Hegels Werke VI, 62. H.

**) Hegels Werke VI, 26. H.

***) Hatte schon J. Görres in seiner christlichen Mystik (I, 244) gegen Scotus Erigena den Vorwurf erhoben, den Sohn zum Geschöpf des Vaters gemacht zu haben, so hat neuerlich Prof. Dr. H. Möller in seiner Schrift: J. Scotus Erigena und seine Irrthümer (Mainz, Kirchh, Schott u. Thielemann 1844) diese Anklage in verstärktem Maasse wiederholt, ungeachtet ihm Staudenmaiers Apologie in dessen Philosophie des Christenthums bekannt war. Möller hat indessen die Gründe Staudenmaiers so gut wie gar nicht gewürdigt. Ebenso wenig ist er auf Schlüters Vertheidigung in seiner Vorrede zu der in Münster von ihm besorgten

10.

J. Böhme unterscheidet (Mysterium magnum c. 35 *)) den eigentlichen Sinn der Sprache als ihr wahrhaft Erfüllendes und Gestaltendes (von deren Identität in der Folge die Rede sein wird) von ihrer Form, und behauptet, dass der Verfall derselben (ihre anorgische Zersplitterung) eben in der Abstraction und in dem abstracten Festhalten und Gebrauch der Form, sohin im Ausschliessen ihres wahren Inhalts (den J. Böhme die sensualische oder Natur-Sprache heisst) ihren Ursprung nahm. „Nachdem nemlich alle Völker erst in éiner Sprache redeten, in welcher jene sensualische wirksam war, wollten sie sich dieser letztern nicht mehr gebrauchen (von ihr sich in ihrem Sprechen nicht mehr leiten lassen) und führten die Geister dieser sensualischen Sprache in eine äusserliche, grobe Form und lernten aus der blossen Form sprechen (welche, insofern sie von ihrem wahrhaften Inhalte nicht mehr erfüllt war, leer heissen konnte), wie denn heutigen Tages alle Völker nur aus derselben blossen äussern Form sprechen." — Wobei ich bemerke, dass diese Form, als des innern bindenden, organischen Princips oder Geistes beraubt, sofort dem trennenden, anorgischen Einwirken der äussern Elementarnatur, des Klima's &c. verhältnissmässig immer mehr unterliegen musste, d. h. dass die Menschen in ihrer äussern Wortbildung sich immer einander unverständlicher werden

---

neuen Ausgabe des Werkes De divisione naturae eingegangen. Er spricht nur davon, dass Schlüter den Scotus Erigena zu hoch stelle und namentlich ihn für orthodox katholisch halte, was er nicht sei. Aber er macht nicht einmal einen Versuch, die gründliche Vertheidigung Schlüters in Betreff der angeblichen Creaturschaft des Sohnes Gottes zu widerlegen. Möller glaubte sich wohl dessen überheben zu können, da er seine vermeintlichen Beweise durch fortlaufende Citate aus dem Werke Erigena's selbst geschöpft habe. Allein wir vermögen in der ganzen Behandlung und Beurtheilung Möllers keine Unbefangenheit zu erblicken und ebenso wenig ein freies, ächt speculatives Interesse an den grossen, wenn gleich nicht ungetrübten Leistungen des genialen Denkers am Hofe Karls des Kahlen. H.

*) J. Böhme's Werke V, 261. — c. 35, 58. vergl. auch §. 7, 8, 12, 13 ff., 47 u. 48. H.

mussten. — Und Myst. magnum c. 35. §. 68 *) heisst es: „die Menschen hatten die sensualische Sprache des göttlichen Geistes in eine stumme Form gefasst, und brauchten das Wort des menschlichen Verstandes nur in einer Form oder Gefässe, und verstunden nicht das Wort Gottes in ihrer eigenen sensualischen Zunge, dass Gott Selber (Deus Sermo bei den Indiern und Persern) im redenden Worte des Verstandes wäre, wie noch auf heute dergleichen ist und geschieht.“ — Sie fingen nemlich an auf dieses göttliche Wort nicht mehr zu hören, „und endeten damit, dass sie es nicht mehr hörten.“

Was von der Identität des Erfüllenden und Gestaltenden überhaupt, das gilt besonders auch hier, so wie dass der menschliche Geist, so bald er mit Hilfe eines Höhern sich innerlich gestaltet (begreift), auch die Kraft und Macht erhält, eine dieser innern Gestaltung entsprechende äussere (äussere Sprache als gleichsam Leib) anzuziehen oder äusserlich zu reden, welches äussere Wort sohin natürlich denselben Character der organischen Einheit (Einverständniss) oder der anorgischen, repellirenden Nichteinheit und Entfremdung tragen wird, den das innere Wort hat, bis z. B. zu jener tiefsten atomistischen Zersplitterung der Wilden herab, von denen am Ende schier jede Familie ihre eigene Sprache hat. — Insofern übrigens, wie J. Böhme **) bemerkt, jeder bestimmten äussern Sprache ein bestimmter geographischer Locus (Polhöhe, wie er's nennt) entspricht, so muss sich in dieser innern bestimmten Zertrenn- oder Theilbarkeit (als einer varietas nativa) das Princip der Völkertheilung (Völker heissen: Zungen) und Völkerwanderung auffinden lassen, und J. Böhme hat hiemit der Geschichte eben jenen Schlüssel der Specification nachgewiesen, dessen sie (nach §. 4) bedarf. — Endlich bemerke ich hier noch, dass so wie der aus aufgehobener Unschuld gewordene gute Character mehr ist als jene, so auch die aus der aufgehobenen Natursprache unter der anorgischen Zersplitterung der Sprachen im Stillen fortwachsende Eine allgemeine Sprache mehr, als jene verlorene, ist und sein wird.

*) Böhme's Werke V, 263. H.

**) Böhme's Werke V, S. 264. Myst. magn. (c. 35. §. 72—75.) H.

11.

Was im vorhergehenden §. vom Verhältnisse und Missverhältnisse der Form zum Inhalt in Bezug auf Sprache (Nennen) gesagt ist, das gilt nun auch für die Zahl (als intellectuelle Form) und den Inhalt, den sie repräsentirt und bezeichnet, denn auch hier hat eine ähnliche Abstraction statt gefunden (des Inhalts von der Form), und diese Abstraction hatte mit jener in Wortbildung nicht nur dieselbe Quelle, sondern hangt mit ihr zusammen. Der Begrifflosigkeit des Nennens entspricht jene des Zählens, oder eigentlich die Menschen beschränkten sich auf das blosse Rechnen (compter), nachdem sie aufgehört hatten im eigentlichen Sinne zu zählen (nombrer), so wie St. Martin von dem bloss äusseren und begrifflosen Reden der Menschen sagt: „qu'ils ne *verbent* pas." —

Gründlich weiset Hegel unserem gemeinen Zahlengebrauch seine Begrifflosigkeit nach, aber dieser Vorwurf trifft keineswegs jenen Gebrauch der Zahlen, von dem wir freilich aus dem Alterthum nur sehr unvollständige Fragmente haben, über den aber die Schule des Spaniers Martinez Pasqualis (des Lehrers von St. Martin) etwas Vollständigeres gelehrt hat, und zwar so, dass man auf den ersten Blick sich überzeugt, dass hier von etwas Anderem, als der modernen Begrifflosigkeit und der älteren kabbalistischen Spielerei die Rede ist. — Hegel bemerkt selbst (Logik I. S. 166 *) „dass das Eins, Zwei, Drei, Vier als Henas oder Monas, Dyas, Trias, Tetraktys, einfachen Begriffen noch sehr nahe liegen." Nun lässt sich aber nachweisen, dass dieses von allen zehn Zahlen (denn die Dekadik ist nicht etwa willkürlich) gilt, dass diese alle nicht nur Vernunftbegriffen sehr nahe liegen, als untrennbare Begleiter, Zeichen oder guides derselben, sondern auch welchen? und wie? — Ueberdies gibt schon das, was besonders Hegel Rationelles uns über einzelne sogenannte irrationale Theile der Mathematik sagt, die Vermuthung zur Hand, dass vielleicht letztere nur die Ueberbleibsel und so auch wieder die Anfänge eines anderen und nicht begrifflosen

*) Hegels Werke III, 249. H.

Zahlengebrauchs sein dürften. — Enfin, sagt St. Martin, cela me parait faire descendre les nombres dans la region du calcul vulgaire ou les geomètres et les mathematiciens trouvent à s'exercer beaucoup dans le calcul des effets et du mouvement des Etres, mais nullement dans la science des raisons et de l'Esprit (welchen St. Martin überall vom Intellect unterscheidet) de ces Etres; aussi est-on très savant dans ce siècle sur les revolutions des astres, sur leur distance, sur les loix de refraction de la lumière &c., mais on n'a pas encore fait le premier pas pour nous apprendre la raison (die Vernünftigkeit) de la moindre de ces merveilles. — Im Gegentheil thaten sich Physiker und Theologen auf diese kritische Unwissenheit nicht wenig zu gut, und wenn man von ihnen verlangte, dass sie die Natur und die Geschichte vernünftig fassen sollten, so antworteten sie uns lächelnd: „Ins Innere der Natur dringt kein erschaffener Geist!“ — Castis omnia Casta, d. h. hier: dem Flachen präsentirt sich alles flach. —

12.

Lorsque nous contemplons une verité importante (sagt St. Martin in einem Manuscript „über die Zahlen“) telle que l'universelle Puissance du Createur, sa Majesté, son amour, ses profondes lumières et nous nous portons tout entier vers ce sublime modèle de tout chose (heben uns als contemplirend in ihm auf) toutes nos Facultés (hier vorerst die Faculté de contemplation oder admiration — mirer — miroir) se suspendent *pour nous remplir de lui*, et nous ne faisons réellement (eben durch dieser unserer Facultés Aufheben in Ihm) qu'un avec lui. Voila l'Image active de l'unité et le nombre Un est dans nos langages l'Expression de cette unité ou de l'union indivisible (Nicht-Einerleiheit), qui, existant intimement entre les attributs de cette unité Centre, devait également exister entre Elle et tout ses Productions et Creatures. — Nemlich hinsichtlich dieser ihrer Actions, weil die Union ihrer Essence unzerstörbar ist. — In Bezug auf diese Stelle bemerke ich nun vorerst, dass dasselbe, was hier von der Faculté contemplante oder admirante gesagt wird (nemlich: dass ihre Subjicirung die Einigung bedinge), auch von der

Faculté adorante et aimante, und von der Faculté agissante oder operante gilt. Mit andern Worten: Jeder Cultus oder jeder Gottesdienst kann nur von Liebe (Neigung) ausgehen, und diese nur in Bewunderung (Ehrfurcht — Furcht) gründen, was ja suo modo sogar vom Frauendienst im edlen Sinne der Chevalerie gilt. — „Nun, Israel (5 Moses 10, 12), was fordert der Herr, dein Gott, von dir? denn dass du den Herrn, deinen Gott, fürchtest, dass du in allen seinen Wegen wandelst*) und liebest ihn (Liebe verwandelt die Furcht in kindliche Ehrfurcht) und dienest dem Herrn, deinem Gott, von ganzem Herzen und von ganzer Seele." Dieser Begriff des Dienens schliesst jenen des Weihens, Opferns &c. seiner selbst und eines Andern schon ein. — Alles Dienen, Gehorsamen, Folgen geht nemlich (bei dem Kinde, dem Volke, wie selbst bei dem Thiere) von Liebe oder Neigung aus, und von Ehrfurcht, oder doch Furcht, und gleich schlecht ist ein Regiment, das sich nur fürchten, als jenes, das sich nur liebenswürdig macht.

Schon hieraus (aus der Untrennbarkeit der Function der Intelligenz von jener der Liebe oder, wie man sagt, des Herzens) lässt sich die Schlechtigkeit jener Maxime einsehen, welche dem neuern faden Pietismus (diesem wahren religiösen Kotzebuanismus unserer Zeit) zum Grunde liegt, und nach welcher behauptet wird, dass die Religion nur Sache des Herzens und nicht der Speculation sei, und man sich somit bei ihr der Intelligenz nicht nur füglich entschlagen und diese ruhen lassen könne, sondern selbst müsse. — Diese Pietisten zeigen sich folglich hiemit eigentlich nur noch als schlimmere Geistestödter, denn jene, welche die Intelligenz nur in den äusseren Banden menschlicher Autorität fest gebunden halten wollen. — Wie aber alles Leben, so ruht auch der Geist wahrhaft nur in der freien, vollen Expansion seiner Kräfte, und diese Ruhe ist es, welche er sich selber, als frei bewundernd, in sich findet (nicht sich macht). — Es gilt übrigens auch hier, was im ersten Hefte dieser Schrift

*) Denn eben die Furcht, bei J. Böhme der Schrack, gibt dir die Kraft, dich inne zu halten — la Crainte contient.

§. 6, von der guten und schlechten Abhängigkeit oder Disciplin gesagt worden.

13.

Der so eben aufgestellte Begriff der Erfüllung ist aber jener der Gestaltung (Bildung) und zwar der innerlichen (idealen) und der äusseren (realen, wie man etwas zweideutig sich ausdrückt,) zugleich, weil das Erfüllende das Gestaltende ist, oder der Inhalt (Seele) die Form (Bild, Wesen, wie J. Böhme sagt) bestimmt. Indem nemlich das Erfülltwerdende (πληρῶμα) sich gegen sein Erfüllendes aufhebt (oder aufgehoben wird), gegen selbes sich suspendirt, bestandlos oder schwer macht, empfängt es (in seinem Wiederausgesprochen- oder Hervorgebrachtwerden von letzterem) nicht nur seine (untergeordnete) Existenz, sondern auch die Weise (den Modus) der letzteren oder seine Gestalt, und hiemit wird nicht nur das Erfüllende offenbar, sondern das Erfüllte (als gleichsam consonans) mit. In diesem Sinne sagt St. Martin: „Les corps (formes) ne sont que le voile des Principes qu'ils contiennent, et c'est à eux à se former sur les principes et non à ceux à se former sur la matière, — Bringt man nun aber den Ternar des Gestaltens (Erfüllens) und Nichtselbstgestaltet- (Erfüllt-) werdens, des Gestaltet- (Erfüllt-) werdens und Gestaltens (Erfüllens) und endlich des nur Gestaltet- (Erfüllt-) werdens in Anwendung, so ergibt sich, dass so wie a sich von seinem Höheren A erfüllen und gestalten lässt, selbes von diesem A das Vermögen erhält, ein ihm niedrigeres α selbst zu erfüllen, und sich (als Leib) anzuziehen, wesswegen für die Theorie des Bildes J. Böhme's Satz gilt*): „Wie der Geist im Inneren gestaltet ist, so signirt er sich auch äusserlich." Und so begreift man denn, wie das Erfüllende auch das äusserlich Enthaltende wird."

In Bezug auf das obige: „Contiennent", bemerke ich den Doppelsinn dieses Worts, indem es entweder im guten Sinne ge-

---

*) Vergl. Böhme's Werke IV, 274. Von der Geburt und Bezeichnung aller Wesen c. 1. §. 4, 6, 15—17 und das ganze 9te Capitel. H.

nommen wird, als dienend der freien Expansion oder wahrhaften Erfüllung, oder im schlimmen, als solche hemmend. So z. B. gilt für dieses zeitliche Universum, dass in ihm allerdings das Enthaltene grösser als das Enthaltende ist, und dass, falls solches nicht wäre, „nicht die Creatur sich sehnen würde nach der sie befreienden Freiheit der Kinder Gottes", der Zeitmensch ewig und dieses materielle Universum selbst Gott heissen müsste, eine Blasphemie, die indessen den Fond aller irreligiösen Philosopheme ausmacht. — Um übrigens hier einer gewöhnlichen irrigen Vorstellung zu begegnen, die man sich von der Inwohnung eines Höheren in einem Niedrigeren (Gottes in der Creatur) gewöhnlich macht, führe ich folgende Stelle aus J. Böhme's Menschwerdung I. 8, 7 *) an: „Gott ist nicht abtheilig, sondern überall ganz, und wo Er sich offenbart (eine Creatur erfüllt), da ist Er ganz offenbar, so ist Er auch nicht messlich und ist Ihm keine Stätte erfunden, Er machte Ihm denn selber eine Stätte in der Creatur, so ist Er doch ganz neben und ausser der Creatur."

14.

Aus dem Gesagten lässt sich einsehen: 1) dass der Zweck, Sinn oder Geist alles Gottesdienstes (Cultus) kein anderer sein kann, als der, uns in unsere ursprüngliche Function als Gottesbild zu restauriren. („Wess ist dieses Bild? — Gebet Gott, was Gottes ist", nemlich sein Bild!) 2) dass eine Creatur, welche versäumt, sich von dem ihr Höheren erfüllen und gestalten zu lassen, oder was dasselbe ist, dieses in und durch sich zu offenbaren, hiezu nur durch den Reiz eines doppelten Missbrauchs dieses Vermögens der Offenbarung veranlasst werden kann, nemlich durch die Lust, entweder sich selbst zu erfüllen und zu gestalten, d. i. sich selbst zum Gott zu machen, oder durch jene, ein ihm Niedrigeres sich zum Gott zu setzen, welchen zweifachen Abfall die Religion denn auch geschichtlich statuirt, und in ihm den Ursprung einer zweifachen Geistesmonstrosität, der teuflischen und der brutalen, des Finster- und des Thierbildes

*) Böhme's Werke VI, 201. H.

nachweiset. Denn die Theorie des Lichtbildes im Gegensatze des Finster- und des Thierbildes ist die Religionstheorie selbst.

Es ist bloss ein Irrthum der neueren Philosophie, wenn sie glaubt, man müsse erst bei ihr über die Existenz oder Nichtexistenz dieser zweifachen Ungestalt am vernünftigen Geiste Auskunft und Bescheid erhalten, da man ja von ihr nur eine vernünftige Theorie des Entstehens und Fortbestehens derselben verlangt. Ich habe übrigens schon anderwärts bemerkt, dass in jedem Verbrechen diese Schlangenkrümme aus centrifugaler Hoffart, und centripetaler (dem Centrum nicht zu-, sondern ihm entfallender, entweichender) Niederträchtigkeit (den Caricaturen der Erhabenheit und Demuth) sich, als jene Krümme erzeugend, nachweisen lässt, und diese meine Theorie des Verbrechens kann in der Lehre von der Bewegung des Willens wohl eben so weit führen, als in der Lehre der Bewegung der Gestirne die analoge Zerlegung der Kräfte uns geführt hat. — Hier mache ich nur darauf aufmerksam, wie sehr der Geist der Hoffart in neueren Zeiten seine Rechnung dabei fand, dass die Theologen ihm von Seite der Wissenschaft das Feld räumten, und uneingedenk, dass es ihre Pflicht sei, von dem, was ihrer Behauptung gemäss über die Vernunft geht, zu beweisen, dass es nicht gegen diese ist, die Cultur der Religionswissenschaft endlich ganz einstellten, um, wie sie sagten, sich mit um so grösserem Nachdrucke auf das Praktische (die Moral) zu verlegen, wobei die Feigenblätter des kritischen Nichtwissens (eigentlich: des Nichtmehrwissens) die Blösse ihrer Intelligenz bedecken sollten. — Macht dem Menschen nur weiss, dass er vermöge der Superiorität seiner Intelligenz (Aufklärung) die Doctrinen der Religion als eine „betise“ verachten könne, so fröhnt ihr nicht nur seiner Hoffart, sondern auch seiner Niederträchtigkeit, indem er von der Furcht, welche jene Doctrinen ihm einflössten, los, sich nun um so ausgelassener der Putrefaction seiner schlechten Neigungen hingibt. Daher der Beifall, welchen Schriftsteller bei der vornehmen und nichtvornehmen Welt erhalten (dieses Wort: Welt hier im Sinne der Schrift genommen), die ihre Leser stets zwischen dem bestialen und satanischen Elemente oder Pol, dem materiellen und spirituellen, zu schaukeln verstehen.

15.

Wenn schon im vorhergehenden §. eine dreifache Erfüllbarkeit und Gestaltbarkeit der freien, intelligenten Creatur statuirt wurde, so ist doch leicht einzusehen, dass diese Erfüllung und Gestaltung nur unter der Bedingung der legitimen Selbstunterwerfung dieser Creatur unter das ihr Höhere wahrhaft zu Stande kömmt oder Bestand hat: wogegen sowohl das Bestreben der Selbsterfüllung, als jenes der Erfüllung von einem Niedrigeren in der That nie zur Erfüllung kömmt, sondern stets nur ein tantalisches Streben bleibt oder leer ausgeht, wenn schon diese Tantalusqual im ersten Falle als solche ganz ausbricht, und in einer solchen Creatur der Abgrund eines beständigen Leerens und Verzehrens im Gegensatze eines beständigen Erfüllens und Gebärens sich aufthut, indess im zweiten Falle dieses Feuer noch nicht völlig ausgekommen ist, und nur als nagender Wurm in der falschen oder Scheinhülle sich bemerklich macht. Für jene Intelligenz, die sich im ersten Falle befindet, gilt der fürchterliche Spruch Jesaja 57, 21 „Die Gottlosen haben nicht Frieden, spricht mein Gott." — Wogegen von dem einem Niedrigeren sich hingegeben habenden, abgöttisch wordenen Menschen gilt, dass jeder Genuss der verbotenen äusseren (wurmstichigen) Frucht (insofern der Mensch nemlich sein Herz in den materiellen Genuss setzt) ihm durch die Leere desselben hindurch statt der Erfüllung und Stillung seines Lebenshungers nur den Schlangenstich der Feuerspein zu fühlen gibt. Die an jener Stelle bemerkte radicale Kühlung ist nemlich wahrhafte (ewige) Beleibung im Gegensatze der unwahren (Scheinerfüllung und Scheingestaltung — nil datur praeter simulacra fruendum), und dieses zeigt sich denn auch par excellence an der Spitze des thierischen Genusses, jenem der Begattung, von dem J. Böhme sagt, „dass der Mensch Unmuths abziehen muss und seine wahre Lust nicht wahrhaft büssen kann." — Der radicale, ewige Beleibungstrieb der Seele (als Feuersucht) wird durch keinen irdischen Genuss gestillt, und alles, was die irdische Frucht vermag, ist, dass sie jenen Trieb abwechselnd erweckt, und abwechselnd ihn wieder in den Schlamm der Elemente versenkt, gerade als ob hier ein Missethäter verborgen wäre, dem man nicht die Freiheit geben kann, ohne dass er sie missbraucht, und der also immer wieder ins Gefängniss zurück gebracht werden muss — J. Böhme hat darum wohl recht, wenn er diesen Stachel der Begierde der durch ihre Abkehr von Gott grimmig, weil leer, gewordenen Natur zuschreibt, welche das Seelenfeuer hiemit in sich beschlossen und verschlossen hält, und wenn er dieses Einschliessen im wechselseitigen Causalnexus mit dem Verbleichen jenes himmlischen Lichtbildes im Menschen stehend aufstellt.*)

16.

Aber auch die Ursache der bemerkten Nichterfüllung &c. in den zwei Abweichungen des Erfüllungs-, Gestaltungs- oder Beleibungstriebes der intelligenten Creatur wird klar, wenn man bedenkt, dass, obschon diese auf solche Weise in sich neben dem bereits bestehenden Centrum (Pivot) ihrer Contemplation (Admiration, Spiegelungslust oder ihres Imaginirens) ein anderes, zweites, aufstellt, selbe das erste hiermit doch nicht zu tilgen, sondern dieses zweite ihm nur entgegen zu setzen vermag. Diese Creatur wird folglich auch der Reaction des ersten Centrums sich nicht zu erwehren vermögen, welches nicht aufhören wird, den immer wieder aufgestellten Dagon immer wieder nieder zu werfen (1 Samuel 5, 3), d. h. die angestrebte andere Erfüllung &c. immer wieder aufzuheben und selbe nie zu Bestand oder aufkommen zu lassen. — In diesem Zustande inneren Widerstreits oder Zerrissenseins, welcher sich ihr eben durch das Null ihrer Substantialität bemerklich macht, findet sich eine solche Creatur dem peinlichen Gesetze des isolirt (und nicht mehr als blosser Durchgangsmoment der Dekade [als Einheit oder Totalität]) operirenden Binarius preisgegeben. Ein

*) Böhme's Werke III, 116. VI, 178. H.

Zerrissensein, bei welchem es indess doch nur immer beim Willen bleibt, weil es sich nie zum Selbstmord vollenden oder beenden, d. h. bis in die Essenz dieser Creatur selbst eindringen kann.

Hieraus ergibt sich auch die Richtigkeit der Behauptung Daub's in Betreff der Untrennbarkeit des Ab- und Wegleugnens vom Er- oder Anlügen *), und dass Mephistopheles (in Göthe's Faust) lügt, wenn er behauptet, dass er lediglich nur ein verneinender Geist sei, oder dass ihm an der simplen Verleugnung Gottes und seiner Werke genüge, und dass er nicht selbst Gott und Schöpfer sein möchte.

17.

So wie der äussere, elementarische Mensch (selber nach seinem elementarischen Leben) ununterbrochen elementarisch consumirt und producirt, wie denn die ihn als ihr Gebilde constituirenden Elemente sich nur darum in ihm ununterbrochen aufheben, um ununterbrochen sich in und durch ihn wieder zu regeneriren, so gilt dasselbe suo modo vom Geistmenschen, und auch dieser producirt unaufhörlich geistige Substanzen, die ihn entweder als heilsame Lebensbalsame oder als zerstörende Gifte umgeben. — In der That ist es ein durchaus biblischer, von den Neologen durchaus nicht beachteter, Satz: dass jede gute, wie jede böse That des Menschen in ihrem Product sich geistig substanzirt (beleibt, bleibt), und dass nur eine entgegengesetzte, auf gleiche Weise erzeugte, Substanz den Menschen der guten oder bösen Einwirkung jener wieder zu entziehen vermag. Die biblischen Begriffe des Banns, des Heiligthums, der Sühnung und Erlösung &c. im alten und im neuen Bunde sind alle nur Anwendungen jenes Begriffs, und sie würden unvernünftig sein, falls nicht der Mensch durch jede besonnene Willensthat (sei es in Ausbildung des Gedankens, sei es in wirklicher Handlung) in sich oder ausser sich ein Bleibendes und so lange Wirkendes erzeugte, als dieses nicht durch ein entgegengesetztes

---

*) Judas Ischariot oder das Böse im Verhältniss zum Guten II, 449. H.

wieder aufgehoben und der Mensch von ihm wieder frei oder los wird, welches freilich nur inner seinem Zeitleben, als der alleinigen Region geistigen Werdens und Entwerdens, möglich ist. Die unphilosophische Bedenklichkeit Kants, dass, da der Mensch eine schlimme Substanz sich erzeugt habe, er auch billig allein sie wieder sich tilgen sollte, wird gehoben, wenn man erwägt, dass derselbe in der That nicht allein, sondern nur als Mitwirker jene böse Substanz sich erzeugte, und folglich zur Erzeugung einer ihr entsprechenden guten Substanz wohl einer ähnlichen Mitwirkung (Hilfe) bedarf. — Nur Gott kann Sünden vergeben, d. h., wie J. Böhme sagt, solche von dem Sünder weggeben, wie die Sonne die Pflanze von der finstern Wurzel weggibt und sie dieser enthebt. Die Religion verlangt aber hiebei von dem Menschen, als vernünftige Bedingung, die eigene Abkehr von dieser seiner bösen Substanz (vorerst nur im Willen) und zeigt eben so vernünftig, dass diese Abkehr ihm nur durch Zukehr einer bereits gegenwärtigen guten Substanz möglich wird; denn wie könnte wohl b durch c von a präcipitirt werden, falls nicht a sich zu c neigte, und wie könnte a dieses ohne eine Wahlverwandtschaft von c zu a? — So heisst es bei Jeremia 36, 3. „Ob vielleicht das Haus Juda sich bekehren wollte, ein Jeglicher von seinem bösen Wesen, damit ich ihnen ihre Missethat und Sünde vergeben könnte.“

Die Kantische Vorstellung eines radicalen Bösen, wonach dem gefallenen Menschen nicht mehr zu helfen stünde &c., tilgt die Religion radical, und es ist nicht zu ermessen, welches Unheil das kalte Gift solcher Philosopheme stiftet, indem es das Gemüth gegen jede innere Sollicitation der helfenden Liebe, somit gegen das Gebet verschliesst, und den Menschen in seinen eigenen Augen zugleich besser macht, als er ist, indem er die Sollicitationen zum Guten als allein aus ihm selbst entspringende ansieht, und zugleich doch auch schlechter, als er ist, indem er andererseits die Sollicitationen zum Schlechten gleichfalls als sein ihm völlig eigenes Thun betrachtet. — Aus diesem Gesichtspuncte leuchtet die Irreligiosität aller jener Philosopheme ein, welche den Menschen in seinem Gutesthun, wie in seinem

Bösesthun, nicht als *Mitwirker*, sondern als absoluten *Alleinwirker* uns vorstellen. — Dieselbe Bemerkung gilt übrigens auch gegen jene Unvernunft der Stoa, die den Menschen nicht anders von den Banden der knechtischen Furcht, des Schmerzes, der Lust und der Neigung frei machen zu können wähnt, als wenn sie ihn absolut furcht- und neigungslos zu machen sich anschickt, da z. B. ja eben nur die Begründung und Erweckung der Ehrfurcht (Gottesfurcht) es ist, welche den Menschen wahrhaft furchtlos macht (je crains Dieu et je n'ai point autre crainte), so wie nur die Absorption aller Neigungen in wahrhafter Liebe ihn neigungsfrei machen kann. Und was das ganze Heer der kleinlichen irdischen Schmerzen &c. betrifft, so verfährt die Religion ohne Zweifel philosophischer, als jene Stoa, indem sie *éinen* ungeheueren, in einer höheren und tieferen Lebensregion gründenden Schmerz, den über den Verlust seines Gottesbildes, in ihm erweckt, vor welchem alle jene niedrigeren Schmerzen und Leiden sofort verstummen.

18.

Die uns im vorgehenden §. gegebene Ansicht kann uns auch gegen jene „unvernünftigen“ Zweifel an der *Wirksamkeit* des Gebets bewahren, die man auf die *Unveränderlichkeit der Weltstellung des Menschen* stützt. Ein Mensch nemlich, dem alle äussere helfende Weltverbindung abgeschnitten wird oder der sich durchaus nur in hemmenden Rapport mit der äussern Umgebung (in der Region A) gestellt sieht, geht durch das Gebet in eine tiefer gründende, weiter sich verbreitende und also auch mächtigere Region a ein, und verändert sich sohin mittelbar seine äussere Weltstellung in der niedrigern Region A selbst. Befände sich z. B. der Mensch D

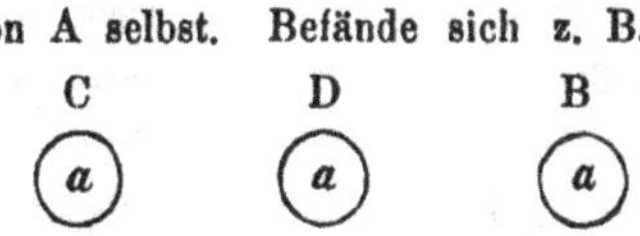

vorerst im Rapport mit B, C, inner der niedrigern Region A, und hätte in sich die höhere Region a noch nicht erweckt oder geöffnet, so würde doch dieser Rapport sofort sich ändern, sobald der Mensch D in sich die höhere Region a erweckt hätte, und die doppelte Folge dieser Oeffnung einer höhern Region in sich würde diese sein, dass ein solcher Mensch mit jedem andern äusseren B, C &c., in welchem dasselbe a schon früher erweckt und geöffnet wäre, in eine andere Gemeinschaft träte, oder diese andere Gemeinschaft durch gleichfalsige Eröffnung desselben a in jenem B, C &c. sich selbst herstellte.

Was darum Kant gegen das Gebet als blosses Fetischmachen zum Theil richtig sagt, kann doch nicht unbedingt eingeräumt werden. Denn selbst das Gebet um Abwendung bloss äusserer Noth kann uns zu Gott bringen, dem diese Noth nicht selten als vorübergehendes Mittel zu seinem bleibenden Zwecke (der Wiederverbindung mit Ihm) dient, wenn gleich der Mensch anfangs es schon anders meint, indem er nemlich zu Gott nur als zum Mittel der von ihm bezweckten Abwendung jener Noth sich kehrt. Wäre es erlaubt ein etwas crasses Bild zu brauchen, so könnte man dieses Verfahren mit jenem eines Tischlers vergleichen, der seine zusammen geleimten Hölzer nur so lange auch äusserlich zusammengepresst hält, bis sie, innerlich fest verbunden, dieses äusseren Drucks nicht mehr bedürfen.

Durch der Welt Noth
Und der Welt Spott
Bringt dich dein Gott
Aus der Welt Koth!

Jede andere (schlechte) Noth hat nemlich ihren Zweck erreicht, wenn sie die „Noth um Gott" erweckt hat.

19.

Aus dem Gesagten wird ferner begreiflich, wie im Processe der Wiedergeburt des Lichtbildes, das ursprünglich nur als ein Gegebenes, Unmittelbares, im Unschuldstande vorhanden war, selbes unmittelbar nur auf Kosten des Geist-Thierbildes, mittelbar aber auch auf Kosten jenes zwar in der Zeit nur erst im Willen stockenden Finsterbildes, nemlich durch Entkräftung und Entgründung dieser beiden Zerrbilder, begründet werden oder zu Stande kommen und wachsen kann, wobei man freilich den momentanen, nichtzeitlichen Empfängnissact, den Act der successiven Ausbildung in der Zeit, und jenen der eigentlichen Geburt ausser der Zeit, als drei Momente jeder organischen Bildung, zu unterscheiden hat. Dieses Lichtgebilde entwächst nemlich jenen anderen beiden Gebilden, wie eine Pflanze der finsteren Erde in die freie Lichtregion entwächst und die Kräfte dieser finsteren Erde zur eigenen Beleibung an sich zieht, weil, wie J. Böhme sagt, der Tod dem Leben den Leib hergeben muss.*) — „Daher urständet, sagt Böhme, (Menschwerdung III. 7, 5**)) das Gebet, dass nemlich die Bildniss sowohl aus dem eingeführten irdischen Wesen (dem Elemente des Niederträchtigen, des nach Niederem Trachtenden), und auch aus den hoffärtigen höllischen Greueln mit dem Gebet ausgehe, und hiemit immer in Gottes Leben, in seine Liebe, eingehe; und also ertödtet die rechte Bildniss immer den irdischen Adam und auch den höllischen Hoffartsteufel, und muss immer stehen als ein Ritter; und ist ihr am allernützlichsten, dass sie sich in die Geduld einwickele und unter das Kreuz werfe und immer in der Liebe aufquelle, denn das ist ihr Schwert, damit sie den Teufel schläget und das irdische Wesen austreibet &c.“ Und thut ihr Noth, (Ibid. 7. 4.) dass sie sich wehre, den irdischen Geist nicht einzulassen, viel minder den feuerigen, und wird doch von beiden gezogen, und von beiden geboren, nemlich aus dem Feuer das Leben, und aus dem Aeusseren die Wunder.

Schon diese Ansicht vom Gebete in Verbindung mit jener im §. 17 mitgetheilten von der Sündenvergebung gibt, wie der kundige Leser bemerken wird, die Elemente zu einer vernünftigen Theorie der Wiedergeburt zur Hand.

20.

Der Begriff des Absoluten ist der des Einen, Unum, nicht der abstracten unitas, ausser oder neben dem also nichts

---

*) Böhme's Werke IV, 333. H.
**) Böhme's Werke VI, 321. H.

Anderes sein, dem man als dem Unvermischbaren nichts hinzusetzen, von dem man als dem Untheilbaren, als dem Individuum par excellence, nichts hinwegnehmen kann; denn was von jedem einzelnen Genie gilt, dass es sich nur in dem Verhältnisse wahrhaft gemeinsamen und mittheilen kann, in welchem es seine Eigenheit erhält*), dasselbe gilt im vollkommensten Maasse vom éinen absoluten Geiste als Genie Centre, der nemlich letzteres nur als Unité Centre ist und bleibt. — Alles, was folglich nicht diese Einheit selbst ist, was also nicht ist und doch ist, kann nur eine Negation, ein Minus, eine Diminution sein, und darum lässt J. Böhme im und vom Ungrund vorerst ewig nur eine Sucht, Begierde, Natur als ein Negatives und als gleichsam dessen Schatten entstehen, welche Sucht an und für sich gefasst, als Unganzes, Sich im Widerspruch Aufhebendes oder immer Vergehendes sich zeigt, jenes Alterum der Pythagoräer, und dem also die Zweizahl zukömmt. — Indem aber J. Böhme diese Natur als Indigentia libertatis (gratiae), das Feuer als Indigentia luminis definirt, heisst er eben sowohl die Freiheit eine Indigentia naturae, das Licht eine Indigentia ignis, und er begeht also hier nicht jenen Fehler der Abstraction, den Plato und F. H. Jacobi begingen, indem sie den Satz aufstellten, dass der Ueberfluss das Bedürfniss erfunden habe, als ob der Ueberfluss sich anders als nur im Bedürfnisse, das Bedürfniss sich anders, als nur am Ueberflusse fände. Dieselbe Polarität macht bekanntlich den Grund der Schellingischen Naturphilosophie als contractiver Finster- und expansiver Lichtpol, und so auch tritt uns derselbe Dualismus wieder in Hegels wahrhaft in die Tiefe gehender Logik im abstracten Elemente des Denkens als Sein und Nichtsein entgegen.**)

---

*) Diese Ansicht hat auch Steffens mit besonderer Klarheit ausgesprochen.

**) Bei den verschiedenen Berührungspuncten, welche Baader zwischen Hegel und Böhme aufweiset, muss es von doppeltem Interesse sein, zu erfahren, wie Hegel als Geschichtschreiber der Philosophie über Böhme geurtheilt hat. Hier ist es nur zu bedauern, dass wir über die Geschichte

Vor und nach J. Böhme hat zwar die Philosophie allerlei versucht, um zu einer Theorie des Findens (der Offenbar-

---

der Philosophie von Hegels Hand nur gedruckte Collegienhefte und nicht ein von ihm selbst zum Drucke ausgearbeitetes Werk, an welches er die letzte Hand gelegt hätte, erhalten haben. Sicher würde Hegel seine Darstellung der Lehre Böhme's nicht so, wie sie vorliegt, dem Drucke übergeben haben, wenigstens der Form nach, denn auch in Rücksicht dieser hat Hegel Vieles zu wünschen übrig gelassen. Doch konnte von einem Geiste wie Hegel wohl erwartet werden, dass er den grössten aller Theosophen nicht nach der Elle eines Adelung, Tennemann, Fries, Krug, Liebig und Genossen beurtheilen werde. Und in der That hat Hegel die Tiefe und Grossartigkeit Böhme's im Allgemeinen nicht verkannt. Er konnte ihn in Rücksicht des Methodischen und zum Theil der Darstellung einen Barbaren nennen, aber die Geistestiefe und Geistesstärke dieses Barbaren hat nicht verfehlt auf den Schöpfer der Philosophie des Begriffs und der absoluten Methode einen gewaltigen Eindruck zu machen. Obgleich Hegel bemerkt, man müsse mit den Ideen Böhme's vertraut sein, um in seiner verworrenen Weise das Wahrhafte zu finden, obgleich er systematischen Zusammenhang vermisst und ihm vorwirft, er gebrauche die Wirklichkeit als Begriff, wir sähen in seinem starken Geiste das Ringen, die entgegengesetzten Momente in Eins zu bringen und sie zu binden, — nicht für die denkende Vernunft, es sei eine ungeheuere wilde und rohe Anstrengung des Innern, das zusammenzupacken, was durch seine Gestalt und Form so weit auseinander liege, so gesteht er doch zu, dass im Hintergrunde seiner Entwickelungen, nur nicht zur angemessenen Darstellung gekommen, der speculativste Gedanke sei, ja, was von nicht geringer Bedeutung ist, Hegel räumt ein, dass erst durch den *philosophus teutonicus* in Deutschland Philosophie mit einem eigenthümlichen Charakter hervorgetreten sei und er nennt ihn geradezu den ersten deutschen Philosophen. Und doch darf man behaupten, dass Hegel, sogar ohne auch nur den Standpunct seines Systems zu verlassen, noch mehr eingeräumt haben würde, wenn er es aushalten gelernt hätte, anhaltend alle Schriften Böhme's zu lesen, wieder zu lesen und nach allen Beziehungen zu durchdenken (gleich Baader), anstatt sich zur Ermittelung der Grundgedanken des Böhme'schen Systems hauptsächlich an die am wenigsten zur Klarheit herausgebildete, fast noch, wie Böhme selbst sagt, im magischen Verstande geschriebene, in Rücksicht der Verständlichkeit also unreifsten Schrift unseres Theosophen, die Morgenröthe im Aufgange, zu halten und nur Einzelnes aus den späteren, helleren und reiferen Schriften herbeizuziehen. So ist denn mit Grund auch schon von Anderen bemerkt worden, dass man aus Hegels Darstellung gar keine klare Anschauung von Böhme's Lehre gewinne, und wir müssen hinzusetzen, in den wichtigsten Puncten auch keine richtige. Wir müssen es dahin gestellt sein lassen, ob Rosenkranz den Fehler seines Meisters, Hegels,

ung oder des Urstandes des Fasslichen &c.) zu gelangen, aber meist hiebei eine Kleinigkeit übersehen, — sich nemlich nach einer Theorie der Sucht, der Begierde, sohin der Natur im eigentlichen Sinne, als producirend und nicht als Product, umzusehen. Es heisst aber: „Suchet, so werdet ihr finden“. Ich kann Keinem Licht geben, der mir nicht das Feuer der Licht gebärenden Begierde gibt. — Es ist schon im zweiten Hefte d. Schr. (§. 25) bemerkt worden, dass ein solches von Gott Sichverlassenfinden ja nur das Erzeugtsein der Sucht nach Ihm (der Noth um Gott) aussagt, und es kann hier hinzugefügt werden, dass für diese Sucht jenes: „Felix culpa“ gilt, insofern im Stande der Unschuld eine solche tiefere Receptivität Gottes, und also auch tiefere Aus- oder Eingeburt (Offenbarung) Gottes im Menschen noch nicht möglich gemacht war. — Uebrigens ist es nur das selbstische Hervortreten der Natur (des Binarius) in und durch die Creatur, oder dessen Abstraction von der Einheit 1 (oder der Dekade 10 = ⓧ), welche macht, dass 2 als $\frac{1}{2}$ sich weiset, nemlich als gebrochene und componirte Wurzel des Bösen, welche, als Fraction in sich getrennt, nur trennend operiren kann, wie denn auch jeder wahre Bruch ($\frac{1}{2}$) mit seiner Potenzirung sich immer nur mehr von der Einheit entfernt und dem Nullwerth zugeht. — Aussi sagt St. Martin, le mal est-il étranger à l'unité (il ne

---

im Auge hatte oder ob er ohne Beziehung darauf schrieb, als er in seiner Schrift: Zur Geschichte der deutschen Literatur (Königsberg, Bornträger, 1836) S. 47 richtig sagte: „Bei Böhme ist von besonders übler Wirkung gewesen, dass man seine früheste Schrift, die Morgenröthe im Aufgange, vor andern gelesen, excerpirt und zur Grundlage eines Urtheils gemacht hat. Für Böhme war auch diese Aurora als der Durchbruch seines Genius zur Erfassung seiner selbst, höchst wichtig, aber für die Erkenntniss seines Wesens sind spätere reitere Schriften bei weitem lehrreicher und zugänglicher.“ Ueberhaupt ist die gesammte allgemeine Schilderung, welche Rosenkranz am angeführten Orte von Böhme gibt (S. 44—49) in den meisten Puncten überaus treffend und sehr beachtenswerth. Auf die Darstellung und Deutung des Einzelnen konnte Rosenkranz dort sich nicht einlassen. Freilich erst auf diesem Gebiete würde sich gezeigt haben, wie tief Rosenkranz in das Verständniss der Lehre Böhme's eingedrungen. Vergl. Hegels Werke XV, 296—327. H.

peut produire comme celle-ci, il ne peut que diviser et detruire) mais néanmoins, comme il y a quelque chose d'elle dans l'Etre diminuè (S. §. 16), cette diminution à engagé l'unité centre à *se mouvoir*, et cela sans que ce centre soit sorti de son rang (sans qu'il se soit vuidé) puisque l'unité est indivisible, et c'est le plus sublime des mystères, et la source inepuisable des merveilles ou l'ame et l'esprit de l'homme peuvent êternellement s'observer.

21.

Auch Martinez Pasqualis unterscheidet wie J. Böhme den Gott-Eins (Unité Centre) von seinen drei Offenbarungen oder Graden der Manifestation, ihn dem gemeinsamen Saft (séve) dieses Lebensbaums (der Göttlichen-, Geistes- und Naturregion) vergleichend. Aber er versteht mit dieser Unité Centre keineswegs ihr in sich unentwickeltes oder nicht expandirtes Sein, sondern behauptet, dass selbe sich eben mit und durch diese immanente Selbstexpansion von allem, was nicht sie selbst ist, aus- und abschliesst; eine Unterscheidung, deren Nichtbeachtung jene Behauptung unwahr macht: „dass nemlich das „Göttliche“ sich absolut und ganz jedem seiner Gebilde mittheile, da ja, wie Paulus sagt, welch' ein Volk es ist, solch einen Gott selbes auch hat, uud im engern Sinne des Wortes man behaupten kann, dass der Creatur gleichsam ein Thèil Gottes nur offenbar sein kann, indem der andere ihr occultirt ist. Woraus sich jenes Verbot eines Erkenntnissstrebens für die Creatur erklärt, welches nur auf andere Weise an Lucifer, auf andere an Adam erging, von beiden aber übertreten ward. (S. Hinrichs Religion im Verhältnisse zur Wissenschaft). Auch J. Böhme lässt den Ungrund, Sich selbst schauend und in seiner stillen Selbstspiegelungslust sich mit sich erfüllend, zwar als Geist in sich aus- und aufgehen, aber sofort mit dem gefundenen Geheimnisse sich mit seiner Sophia (als Augeumschluss) in sich verschliessen.

Hier tritt der Begriff „des Unaussprechlichen“ im höchsten Sinne ein. Und ich erlaube mir eben darum aus einem sinnigen

Gedichte Rückerts, „Edelstein und Perle“ XVIII, (Urania 1823) folgende Stelle auszuheben:

> „Da war es mir, als ob sich zu dem Chore
> Gesellen wollte auch das Licht der Kerzen.
> Es konnte vorderhand doch nichts als leuchten;
> Dass es zu Wort nicht kam, schien es zu schmerzen.“ —

Auf solche Weise zeigt sich sohin die Liebe Gottes zur Creatur als Tochter des Mitleids, wesswegen die Menschen das wahre, active, nicht bloss passive Mitleid nur von Gott haben, und jede Aeusserung desselben ein religiöser Act ist. — Die Schrift sagt nemlich: Gott hat uns zuerst geliebt, und unsere Liebe zu Ihm ist nur Rückwirkung der Liebe Gottes zu uns, die aber ohne unsere Inferiorität kein Object haben würde.

22.

Diese Selbstattraction der Unité Centre macht es übrigens auch begreiflich, warum uns unser Entstehen in und aus ihr, so wie unser Bestehen durch sie, ein ewiges Geheimniss bleibt, oder warum, wie J. Böhme sagt, „die (menschliche) Creatur nur ihr Gemachtwerden nicht kennt, welches ihr allein verborgen bleibt, und sonst nichts.“ — Dieses ewige Geheimniss des Wie unseres Entstehens und Fortbestehens ist eben die Basis unserer Bewunderung Gottes und unserer ehrfurchtvollen Unterwerfung unter Ihn, als unseren Schöpfer und Erhalter (eine Ehrfurcht, von der sich selbst die Teufel nur insofern losmachen konnten, als sie hiemit in die Schrecknisse der blossen Furcht sich gestürzt sahen).

Eine Lust, diese Gränze des Wissens zu durchbrechen und seinen Zusammenhang mit seiner Wesenswurzel „zu analysiren“ („Wehe dem, der zum Vater sagt, warum hast du mich gezeuget?“ Jesaja 46, 10) würde sofort mit jener coincidiren, wie Gott oder als Gott selbst schaffen zu wollen, und (um mich in der Schriftsprache auszudrücken) zu einer Zaubereisünde verleiten, welche, weil sie in die centrale Region selbst einzudringen strebte, auch eine furchtbarere Reaction hervorrufen müsste, als jene Wissenslust (des Guten und Bösen) in Adam. — Die Spinozistische Confundirung des Geschöpfs mit dem Schöpfer (gemäss welcher dieser in jenem ganz sich entäussert oder aufhebt und eigentlich auf- oder darauf geht) ist übrigens um nichts besser, sondern nur ungemüthlicher, als jene im zweiten Hefte d. S. §. 21 bemerklich gemachte mehrerer Mystiker, und der Mensch bedarf nur eines einzigen religiösen Actes seines Gemüths und Geistes, um sich von der ewigen Unterschiedenheit des Schöpfers vom Geschöpfe zu überzeugen. — Dass aber in neueren Zeiten die Religionswissenschaft eben am Spinozismus wieder geweckt worden ist, beweiset nur die Tiefe ihres Verfalls. *)

---

*) Die befangene Hinwendung zu Spinoza seit J. G. Fichte, wenn sie auch nur statt fand, um seinen Standpunct zu durchbrechen und über ihn selbst hinaus zu führen, hat viel dazu beigetragen, die Tiefen J. Böhme's vergessen zu lassen oder ihn nur oberflächlich kennen zu lernen. Ein Beispiel solcher bloss oberflächlicher Kenntniss der Schriften Böhme's gibt auch Hillebrand in seiner Schrift: Der Organismus der philosophischen Idee in wissenschaftlicher und geschichtlicher Hinsicht. (Dresden und Leipzig, Arnoldi, 1842.) S 390 – 392. Er findet in seiner Lehre inspirative Theosophie und pantheisirenden Christianismus. Man sehe in ihm ein mächtig Ringen des Geistes, sich zum speculativen Gedanken zu befreien, allein es gelinge ihm nicht zur Bestimmtheit seines idealen Selbstbewustseins zu kommen, es drehe sich, meist sehr wunderlich, Alles um einige (?) freilich tiefe Anschauungen, welche hier an das Licht des Begriffes streifen, dort aber alsbald wieder in die Dunkelheit eines unverstandenen Gefühls (?) zurücksänken. Für die Wissenschaft habe daher diese sogenannte Philosophie keine Bedeutung, wenn man sie nicht mit anderen ähnlichen als die Signalisirung einer neuen Zeit des Denkens betrachten wolle. Man sieht, wie sich Hillebrand selbst kein recht bestimmtes Urtheil über Böhme zutraut. Käme ihm wirklich keine höhere Bedeutung zu, als ihm Hillebrand beizulegen geneigt ist, dann hätte er offenbar besser das Beispiel Ernst Reinholds nachgeahmt, der Böhme's Lehre in seiner Geschichte der Philosophie gar nicht berücksichtigt, ohne Zweifel darum, weil er Böhme gar nicht als Philosophen und seine Lehre nicht als Philosophie will gelten lassen. Dagegen würde E. Reinhold sicher unserem Böhme in einer Geschichte der Mystik eine bedeutende Stelle einräumen. In der That, wenn in der Geschichte der Philosophie nur solche Forscher zählen sollten, welche einen tiefen Ideengehalt in streng wissenschaftlicher und methodischer Form dargelegt haben, so müsste J. Böhme mit Recht von der Geschichte der Philosophie ausgeschlossen werden. Allein der Ideengehalt J. Böhme's ist so hervorragend und übergewaltig, die Grundgedanken seiner Weltanschauung leuchten dem sich in seine Werke vertiefenden Leser aus dem allerdings oft seltsamen und zum Theil geschmacklosen Gestrüppe seiner Ergüsse doch so hell hervor, dass der Mangel strengwissen-

23.

Wenn wir aber schon (nach dem Vorhergehenden) den Modus unseres Hervorgangs nicht wissen, so wissen wir doch jenen unserer Restauration (Reintégration), weil nemlich jene in der Unité Centre selbst urständete, und unsere Essenz betraf, der sie ein gesondertes Dasein (Etre) gab; wogegen letztere zwar von derselben Unité Centre, aber in der Zeitregion, gewirkt ward und wird, und nur unsere mobilen Vermögen (Facultés) trifft, welche für sich keine Wesen sind, nicht aber unser radicales Sein, wesswegen denn auch diese Restauration nicht, wie der erste Hervorgang, ohne unser Mitwissen und Mitwirken geschehen kann. Hiedurch ist denn auch der Irrthum mehrerer Mystiker widerlegt, welche, nicht damit zufrieden, dass die Ichheit sich zum blossen Ich depotenzirt (denn Gott wird sofort im Ich zur Gottheit sich potenziren, so wie das Ich aufhört, sich zur Ichheit zu potenziren), dieses Ich selbst im mystischen Tode zu Grunde gehen lassen möchten, gerade als ob das Geschöpfgewordensein die Sünde selber wäre, und als ob das Geschöpf durch seinen Selbstmord seinen Schöpfer zu entsündigen hätte, „weil ja das Schaffen nur als Abfall der Idee von sich selbst begriffen werden könne." — Unbeschadet unseres Mitwissens und Mitwirkens beim

---

schaftlicher Darlegung wenigstens zum Theil aufgewogen wird. Ausserdem darf nicht vergessen werden, — dass partienweise Böhme's Darstellungen fast vollendet speculativ sind, und auch in Rücksicht der Sprache mit den Leistungen der ersten Schriftsteller seiner Zeit sich messen können. Aus der Zusammenstellung dieser gelungeneren Partien seiner Schriften allein schon kann man die Grundzüge seiner philosophischen Lehre gewinnen. Aber auch aus den übrigen Partien seiner Schriften, die auf den ersten Blick sehr verworren erscheinen, enthüllt sich dem Verweilenden und Vergleichenden meist (wenn gleich nicht überall) ein überraschend tiefer Sinn und man darf behaupten, dass in diesem wilden Gesteine noch viel edles Metall vergraben liegt. Der Grund zu dieser Vermuthung liegt darin, weil Baader aus einem Theil dieser schwerzugänglichen Schachten wirklich schon viel edles Metall zu Tage gefördert hat. Uebrigens sind alle diejenigen unbefugt, über diese Partien der Böhme'schen Schriften abzuurtheilen, die sich nicht bemühen, unseres Theosophen eigenthümliche Terminologie kennen zu lernen. Arnold, Tscheer und Hamberger geben hiezu in ihren schon citirten Werken die beste Anleitung. H.

Processe unserer Wiedergeburt bleibt aber doch immer ein Theil des letzteren, welcher die Vitalfunction des Geistes betrifft, uns Geheimniss, weil selber nemlich mit jenem unseres ersten Entstehens und Bestehens unmittelbar zusammenhangt, wie ich bereits in meiner Schrift über Divinationskraft bemerklich machte.

24.

Jeder einzelne Keim, der aus der Unité Centre als der allgemeinen Wesenswurzel (die indess nach Obigem an und für sich Wurzel, Quadrat und Cubus zugleich ist) hervorgeht, indem dessen Essenz ein gesondertes Dasein erhält, erschöpft sich als hervorbringend im Produciren seiner selbst als Frucht, und beschränkt seine Wirksamkeit auf das Erhalten dieser Frucht, nachdem er sie hervorgebracht und hiemit hervorzubringen aufgehört hat. Wollte man nun, wie mehrere Philosophen gethan, dieses Gesetz der emanirten und geschaffenen Keime auf jene Unité Centre selbst anwenden, so würde einer solchen Construction Gottes dieser gleichsam unter den Händen verschwinden, weil ein sich hervorgebracht habender Gott nicht mehr hervorbringend sein, sohin völlig nicht mehr sein würde, da ja ein nur hervorgebrachter und nicht hervorbringender Gott keiner ist. Von einem solchen Sichselbsthervorbringen (Fortpflanzen &c.) der Unité Centre kann also nie die Rede sein, und diese bringt durch alle immanenten Operationen doch nie sich selbst hervor (Einmal Eins ist Eins &c.), und erweiset sich eben hiemit als absolut nur hervorbringend und nicht hervorgebracht. Darin, nemlich in der Confundirung des Hervorgebrachten mit dem Hervorbringenden, besteht ja auch alle Abgötterei und die Selbstvergötterung.

Was sohin diese Einheit wahrhaft hervorbringt, ist nicht sie selbst, sondern nur ihr Bild und Gleichniss, und von dieser Hervorbringung heisst es: Exceptio firmat regulam (die Schöpfung beweiset das alleinige Sein Gottes). In Martinez Pasqualis' Zahlenlehre wird 1 (auch ⓘ) als Puissance première aufgestellt, welche sich ausser sich nur mit Hilfe ihrer Puissances secondièmes et troisièmes manifestirt, so dass die Loi creatrice ausschliessend nur bei der Puissance première bleibt, das Gesetz der

Administration den zweiten Puissances, jenes endlich der blossen Execution und Operation den dritten übertragen ist. Welche letzteren Puissances (sonst auch die Form erzeugenden), da ihr Object immer dasselbe ist, nur im Wege der numerischen Fortpflanzung sich von einem Wesen auf das andere übertragen, und sohin nicht als primitiv generirend betrachtet werden dürfen. — Wir sehen hier übrigens wieder jenen ersten, zweiten und dritten König Plato's (im zweiten Briefe an Dionys) oder, wie ich in meiner Schrift: über Divinationskraft &c. mich ausdrückte, den Ternar des centralen, des Mit- und des werkzeuglichen Wirkens. — Eben die Einung des Mit- und des werkzeuglichen Wirkens im Centrum (der Mitte), welches als der Begriff beider schon in sich der Ternar ist, macht nemlich das geschiedene Heraussetzen jenes zweifachen Wirkens aus sich. Die Heiden hatten nemlich einige obschon unvollständige Kunde vom Dogma des h. Ternars. Sie erkannten nicht die Homousie der mens (welche in Gott gleichsam als Sohn hervorging) mit der ersten Ursache, noch minder der dritten Ursache, die sie gleichfalls als substantia separata für die anima mundi hielten, d. h. die Heiden erkannten nicht Deum trinum et unum, sondern Deos tres, weil sie den Begriff des in seiner Einwesenheit dreipersönlichen, in seiner Dreipersönlichkeit einwesigen Gottes nicht hatten.

25.

J. Böhme unterscheidet im Lichtprocess die Oel- und Wassererzeugung, und heisst das Wasser den Leib des Oels, welcher dieses Oel gegen das (verzehrende) Feuer schützt, denn wenn das Feuer als solches in die Tinctur (das Oel) kömmt, so ist eine solche Creatur, sagt J. Böhme, in der Hölle, wie denn im äusseren Elementarreiche auf solche Weise das verzehrende Feuer auskömmt. *) — Auch die neuere Chemie bestätigt J. Böhme's Ansicht, indem sie zum Lichtentstehen die Scheidung

*) Myst. magnum c. 4, §. 14—21. Böhme's Werke von Schiebler V, 20—21. Vergl. IV, 308, 488.

des Wassers in ein inflammables und ein nichtinflammables Wesen als nothwendige Bedingung angibt. Kein Feuergeist (Qual) mag, wie J. Böhme sich ausdrückt, ohne Ertödtung, Uebergabe seines eigenen Naturrechts sanft sein, und käme ihm zu dieser Ertöd-tung nicht der Wassergeist (Qual) zu Hilfe, so möchte er nicht im Oele scheinen (leuchten) können. Damit also die Fortzeugung jenes Oels nicht gehemmt werde, muss ununterbrochen der Feuerqual im Wasserqual sich aufheben, sohin weder Feuer noch Wasser auskommen.

Pourquoi, sagt St. Martin, le feu detruit la construction? (oder das Construct) parceque la gène de ce feu fait cette construction. Die verzehrende Macht des Feuers bleibt nemlich im letzteren Falle einem andern Objecte, nemlich der Aufhebung jenes Finsterwesens zugekehrt, welches J. Böhme als das erste Unmittelbare nachgewiesen hat, in dem das Leben entsteht, aber nicht bestehen soll. Auf solche Weise ist es begreiflich, wie das Feuer als erstes Element in jede Substanzirung (Corporisation) eingeht, und es ist nur dann freilich nicht begreiflich, wenn man dieses Feuer als bereits ausgekommenes fasst, und es in dieser seiner Abstraction festhaltend doch mit selbem an die Construction geht. Ohne Feuer (sagt J. Böhme) wäre alles ein Nichts, ein wesenloser Ungrund, denn die Wesen coagulirende Kraft kömmt von ihm, und wird dieses Feuer im Erwecken erkannt, d. h. in seinem von der construirenden Function Herausgewandt- und Abstrahirtsein, wobei zugleich bemerkt werden muss, dass hier von keiner Latenz des Feuers (Brennens) in jenem Sinne die Rede ist, in welchem die neuere Physik noch immer dieses Wort braucht, und mit ihrer latenten Wärme, latentem Lichte, latentem Schalle &c. nur die Latenz des Denkens offenbart. — Insofern übrigens die Feuer- und Lichttheorie Böhme's für jede Substanzirung und Beleibung, folglich auch für die ewige gilt, begreift man, wie auch hier nur durch Hemmung dieses (himmlichen) Beleibungsprocesses in der Creatur jenes feu generateur dieser zum rächenden feu destructeur wird. S. meine Abhandlung: Ueber den Vater des Lichtes (als Anhang zu den Sätzen zur Begründungslehre des Lebens). —

26.

Jeder creatürliche Geist findet sich, nach J. Böhme, in seinem Urstande in der Schwebe zwischen vor- und rückwärts, zwischen Evolution und Revolution, und er kann seine Selbheit wollen, in diese eingehen und den Naturgrund seiner Lebensgestaltnisse suchen, oder er mag vor sich das Eine, die Freiheit suchen, und was und wie er sucht, so findet er, das wird ihm in ihm zum Wesen, weil nemlich dieses sein Suchen (diese Feuersucht oder Begierde), das er dem Einen oder dem Andern gibt, in dem Einen oder dem Andern aufhebt, die Wesen coagulirende Macht selbst ist. Nun mag er aber mit seiner angeborenen Selbheit, als solcher, nicht vorwärts gehen, wenn er nicht diese dem Feuer absterben lässt oder frei gibt, denn wie das Einzelne als solches von diesem Feuer erregt und erweckt wird, so wird es in ihm als solches wieder insofern aufgehoben, insofern es dem Einen assimilirt und zur Einverleibung geschickt gemacht wird. Ein Geist also, der seine Selbheit (Natur) diesem Feuersterben (Opfer) entzieht oder vorenthält, strebt in Ungehorsam als ein bösewordenes Kind gegen seine eigene Mutter, und erleidet mit Recht die tantalische Pein, ein Eigenes sein zu wollen und doch nicht zu können.

Dieses Feuersterben der Ichheit, nicht des Ichs, ist begreiflich ein anderes, wenn nur die erste Anlage zu letzterer aufgehoben werden soll (im Unschuldstande oder jener primitiven Schwebe), und ein anderes, wenn die Ichheit bereits Wurzel gefasst und den ersten Schritt zu ihrer Potenzirung gemacht hat, wie dieses beim Menschen im Falle geschah, denn vollendet ist diese Potenzirung im Zeitleben nie.

27.

Nur für einen solchen, von der Einheit (dem absoluten Geiste) sich ab- oder gegen sie kehrenden Geist treten Zeit und Ewigkeit aus- und von einander; „und gehet, sagt J. Böhme (Signatura rerum 8, 10*) unser ganzes Lehren dahin, dass und wie

*) Böhme's Werke IV, 334. H.

man das von der Ewigkeit abgekehrte und in dieser Abkehrung vergiftete Leben dahin bringe, dass es mit seiner Begierde wieder in der Ewigkeit Wesen als in das in ihm Verschlossene eingehe, dieses zu einem Leibe annehme, und mit demselben als Tincturleib der Zeit Wesen tingire und wieder in Eins bringe." — (Eine Ineinsbringung, die, wie schon oben bemerkt worden, keine blosse Restitution ist, sondern eigentlich ein Neues schafft.) — Wo immer nun, sagt J. Böhme, sowohl im Menschen, als ausser ihm, die Ewigkeit in der Zeit sich in einem Bilde sieht (im Menschen nemlich unmittelbar, ausser ihm mittelbar), da geht das Paradies (unmittelbar oder gleichnissweise) auf*), und er weiset diese Vermählung oder Conjunction der Zeit und Ewigkeit im Pflanzenleben in der Blüthe nach, und gibt (zwar nicht die Handgriffe, aber) die Theorie jener Kunst, mittelst welcher auch im Mineralreich ein ähnlicher Silberblick (eternal moment, wie Shakespeare sagt) aufgeschlossen werden kann. **)

Nirgend finde ich bemerkt, dass eine Creatur nicht anders aus ihrem angeschaffenen Unschuldstande in den des fixirten Charakters übergehen kann, als durch eine Zeit, welcher aber die Creatur darum nicht sofort als einer Macht verfallen war.

28.

Maistre ruft (Soirées II. 402) bei Gelegenheit der Betrachtung des über die ganze Erde verbreitet gewesenen, nur durch das Christenthum aufgehobenen, Gebrauchs der Menschenopfer aus: ou donc les hommes ont pris cette opinion? et quelle vérité avoient-ils corrompue pour arriver à cette épouvantable erreur? — Jeder Irrthum (jede Lüge) ist nemlich eine Caricatur einer Wahrheit, wie jedes Verbrechen die Caricatur einer Tugend ist, und, wie derselbe Schriftsteller sagt, il faut toujours partir d'une verité (vertu) pour enseigner une erreur (pour commettre un crime), et parmi les opinions les plus folles du Paganisme (comme

---

*) Böhme's Werke IV, 338. H.

**) Ibid. IV, 339.

parmi les pratiques les plus monstrueuses) il n'en est pas une, que nous ne puissions *delivrer du mal* pour montrer le résidu vrai qui est divin. — Wenn nun die neuere Philosophie uns nur noch so schwache Proben dieser Erlösungskraft gegeben hat, so ist ohne Zweifel hieran nur ihre bisherige unvernünftige Abkehr von den Doctrinen der Religion des Erlösers schuld gewesen, in welcher Abkehr sie sich zwar aufgeklärt zu sein däuchte, in der That aber sich nur immer mehr verfinsterte und verflachte.

29.

Der Begriff der Liebe ist jener der Trias, nemlich des einenden Unterscheidens und unterscheidenden Einens, oder des Ausgleichens (Gleichsetzens) zweier Ungleichen (des Ungleichsetzens); was im entgegengesetzten Sinne auch vom Hass gilt, welcher Ungleiches gleich d. h. zusammensetzt, und Gleiches veruneint. Ohne (ursprüngliche) Ungleichheit wäre folglich keine Liebe, wie ohne ursprüngliche Gleichheit kein Hass. — Wesswegen auch nur die schlechte (thierische) Geschlechtsdifferenz am Menschen sich als solche bezeugt, weil die wahrhafte Einung hemmend und hindernd, indem ja das, was der Geschlechtsverschiedenheit überhaupt zum Grunde liegt, die Bedingung der ausgleichenden Liebe selbst ist; eine Ausgleichung, die sich auch immer productiv (schaffend) erweiset, sei es nun in der Zeit (in der numerischen Fortpflanzung), oder ausser der Zeit, als nur Kräfte producirend, und nicht neue Creaturen. Wenn darum Paulus (Epheser Cap. 5) sagt: „der Mann liebe sein Weib (wie das Haupt den Leib, wie der Herr die Gemeine), und das Weib fürchte (verehre) den Mann", so muss diese Stelle mit jener in Verbindung gebracht werden: „Gott hat uns zuerst in Christo geliebt" d. h. überall macht nur der Descensus einerseits den Reascensus andererseits oder die Gegenliebe möglich, und ihre Conjunction (die Liebe) wirklich.

Wo reine, himmlische Liebe hinschaut mit schaffendem Blick,
Da kömmt vom Bilde des Anschauns ihr Gegenliebe zurück.

Dem Manne (von dem der Descensus ausgeht) wird also gesagt, dass er die Liebe anheben, das Weib zuerst lieben soll, und da dieser Descensus auf Erhebung des letzteren geht, in diesem also als erhebende Hilfe sich bemerklich macht, so wird dem Weibe die Anerkenntniss der letzteren aufgetragen. Wie also der Mann das Weib nicht lieben kann, das sich dieser Erhebung widersetzt, so kann auch das Weib den Mann nicht verehren, der nicht liebend sich in sie neigt. In jener Paulinischen Stelle werden aber beide (Mann und Weib, Haupt und Leib, Herr und Gemeine) als derselben Einheit subjicirt vorgestellt, und es würde folglich ein Irrthum sein, wenn man den Ternar hier übersehen, und etwa die Einheit (Totalität) schon in den éinen der beiden Sichconjungirenden (den Mann) legen oder, wie J. Böhme sagt, wenn man des Vaters Eigenschaft von des Sohnes Eigenschaft abstrahiren wollte. — Das Weib begreift sich übrigens nur am und im Manne, wie dieser nur im Weibe sich auszubreiten vermag.

Für jene Trias mag die beigesetzte Figur zur Erläuterung dienen:

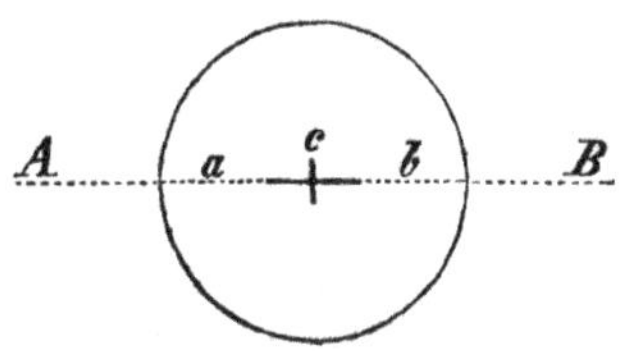

Die äusere Unterscheidung A, B, wird nemlich in der inneren Einigung a b durch dasselbe c aufgehoben, welches dieselbe setzt. Im Hasse setzt umgekehrt die innere Trennung (Repulsion) ein äusseres Zusammengehaltensein oder Confundirtsein. — In Bezug auf die oben bemerkte schlechte Geschlechtsdifferenz erinnere ich hier, dass, da die Wurzel der Materie ein Bruch ist ($^1/_2$), jede Potenzirung derselben (Reactionirung durch den Geistmenschen), der Natur aller Fractionen gemäss, sich nur trennend äussern kann. Und doch sind unsere Philosophen und Theologen noch immer im Zweifel über die Legitimität oder Illegitimität des Ursprungs dieser Materie.

30.

Si vous n'avez pas vu (sagt Maistre Soirées II. 280) on ne vous accusera pas au moin de n'avoir pas bien *regardé*. — Diese Unterscheidung des regarder vom voir (des Suchens vom Finden) führt bei weiterem Nachdenken zur Einsicht, dass das Sehen (so wie dieses von jedem Sinne als Anschauung gilt) nur durch eine Conjunction zweier Functionen zu Stand kömmt, deren eine activ oder die des erfüllenden, gestaltenden Geistes ist, deren andere passiv, die des leiblichen Princips, oder, wie J. Böhme sagt, des das Bild empfahenden Spiegelwesens, denn der Spiegel erzeugt oder gebiert nicht das Bild, sondern er hält stille, und fäht (empfängt) es. In unserem äusseren (animalischen) Sinnenprocesse unterscheiden wir zwar das Thätige vom Passiven nicht, weil unser Lebensgeist nur werkzeuglich hiebei thätig ist (il n'agit pas, on le fait agir). Aber anders verhält sich's mit unserem geistigen Schauen, wo wir die Anforderung zur eigenen mitwirkenden Thätigkeit klar inne werden, so wie endlich beim göttlichen Ursehen diese Thätigkeit als alleinwirkend sich erweisen muss, was Kant auch mit dem architektonischen Verstande behauptete. J. Böhme lässt nun den absoluten Geist mit einem solchen „architektonischen" Sichselbstschauen (Sichspiegeln — mirer — miroir — admirer) anheben, und diese erste innere Selbstgestaltung ist ihm die nur noch erst magische Vorstellung Seiner Selbst des Absoluten, als die noch unoffenbare Weisheit oder als stiller unentwickelter Gedanke in des Gemüthes Tiefe. Nur durch Aufhebung dieser Vorstellung (Einziehen der Vision aus dem Spiegel) lässt ferner J. Böhme den absoluten Geist sich fassen, gründen, begreifen, und dieser Selbstbegriff ist das Wort. Und wie nun ferner dieses Wort oder dieser Begriff aus der aufgehobenen Vorstellung entsteht, so ist dasselbe als eradiirend oder geistend (Geist des Mundes in der Schrift), jene Vorstellung mit ihrer nur aus ihm (dem Worte oder Begriff) hervorgehenden Darstellung oder völligen Offenbarung vermittelnd. (Siehe z. B. Menschwerd. Christi II. Th. die ersten Capitel*)).

*) Böhme's Werke VI, 243—267.

Auch in Martinez Pasqualis' Zahlenlehre finde ich denselben Ideengang wieder. Denn der Einheit steht die 10 oder Ⓘ zunächst, als das erste Bild der Einheit, welches Ⓘ also dasselbe ist, was J. Böhme und andere Mystiker: Weisheit (als noch unwesentlich oder Magia) nennen — und so wie dieses Ⓘ die Einheit in erster Expansion (welche erste Expansion eigentlich noch keine ist, und von St. Martin die abyssale Dissemination, von J. Böhme der Ungrund oder die Temperatur genannt wird, da die Kräfte alle noch in éiner liegen), so ist die nächstfolgende 8 (die Zahl des Worts) die Einheit in Concentration (Fassung, Begriff) vorstellend. Insofern übrigens der Fall ein Missverhältniss der göttlichen *Vorstellung* (Weisheit, Idea) zur *Darstellung* derselben bewirkte, wird es begreiflich, dass bei der Wiedertilgung dieses Missverhältnisses dieselbe 8 oder dasselbe Wort vorzüglich thätig sein musste, weil ja seine ursprüngliche Function die Vermittelung der Vorstellung und ihrer Darstellung ist. — Uebrigens stimmen auch darin Böhme und Hegel überein, dass sie beide den eigentlichen lebendigen Geistesbegriff (Wort) vom an sich leblosen (der Verstandesform) unterscheiden, wie Geist vom Leibe.

31.

Hegel spricht wiederholt von dem Ernste und der Anstrengung, welche die Erzeugung des Begriffs, als *Geburtswehen*, bedingen; aber Böhme weiset diese *strenge Geburt* nach allen ihren Momenten bestimmt nach*). Nemlich: mit dem Ansatze zu jenem Wort- oder Begrifffassen (Selbstgründen, oder Sichselbstergründen) *wird* eine widerstreitende Fassung oder Trübung (die der finsteren Natur), welche erst wieder aufzuheben, deren

*) Es versteht sich, dass die Geschiedenheit, als Sonderlichkeit dieser Momente (ihre Nichtsimultaneität, ja selbst ihre Opposition), nur in der Creatur statt finden kann. So kann z. B. die Strenge oder Anstrengung bei einer Production nur da als solche hervortreten, wo eine Hemmung oder Isolirung der Productionsfactoren eintritt. Eben so verhält es sich mit der Intensität und Extensität, welche (als Einsprechen und Aussprechen, als Einscheinen und Ausscheinen) nur zugleich entstehen, bestehen und vergehen.

Widerspruch zu lösen ist, um durch und in dieser Aufhebung und Lösung zur zweiten oder zu der Fassung des Lichtbegriffs oder Worts oder zur Klarheit zu gelangen. Die Aufhebung dieser ersten Fassung (dieses ersten Unmittelbaren) erzeugt erst, nach J. Böhme, die Kraft der Selbheit oder Spontaneität (das Ich in Gott und Creatur) und in der aufhebenden und scheidenden Macht des Feuers wird der Geist erst als abgeschiedener von der Natur ein Wissender dieser Natur und ihrer mächtig (naturfrei, nicht etwa naturlos — scientia et potentia in idem coincidunt). Mit diesem Begriffe der ewigen Natur, wie wie man ihn nur bei J. Böhme findet, geht auch seine Philosophie tiefer, als die aller seiner Vorfahren und Nachfolger, und er selbst sagt wiederholt, dass ihn Niemand verstehen werde, der nicht seinen Begriff der ewigen Natur (des Centrum naturae) erfasst habe.

Von dieser „Selbstquälerei", wie sie's nennen, wissen nun freilich alle diejenigen nichts, denen, wie Hegel sagt, nicht zwar der Gott des Lichtes, wohl aber der Gott der Träume, diese seine Gaben im Schlafe spendet, und die sich an jene Erfindung neuerer Zeiten halten, welche beides zu verbinden weiss, den Anschein des Ernstes und Bemühens um die Sache selbst und die wirkliche Ersparung dieses Bemühens. — Dieser grundschlechte Syncretismus ist der faule Fleck unserer Zeit, und überall (in Religion, Wissenschaft, Kunst und Politik) sehen wir die Menschen, mit dem Spiel mit der Form (Figure), wie es scheint, ernsthaft beschäftigt, nicht nur den Genuss, den ihnen diese blosse Form gewährt, für den der Sache selber nehmen, sondern mit ihm die Forderung des Gewissens zum Schweigen bringen, welches die Sache verlangt: en se tenant, sagt St. Martin, toujours avec rejouissance à *coté*, pour ne pas devoir entrer *dans* le vif de la regénération. — Den im Text bemerklich gemachten Auf- und Ausgang des Ichs aus dem Nichtich (der subjicirten Natur) hat bekanntlich Fichte unrichtig gefasst, indem er den Moment des Conflicts beider oder ihren Kriegszustand (bellum internecinum) gleich Hobbes für den einzig möglichen, sohin für permanent erklärte, welche Permanenz zwar allerdings für den Gott- und Naturwidrigen, der Natur subjicirten, — teuflischen Geist gilt. S. Ueber Divinationskraft S. 54. Anmerkung.

Sechstes Heft,

zugleich als

Proben

religiöser Philosopheme

älterer Zeit.

Certainement cette religion qui est la mère de toute la bonne et veritable science qui existe dans le monde, et dont le plus grand intérêt est l'avancement de cette même science, se garde bien de nous l'interdire ou d'en gêner la marche.

Les soirées de St. Petersbourg I. 305.

Gegenwärtige Schrift, welche, als das sechste Heft meiner Fermenta Cognitionis, das erste Bändchen derselben schliesst, erscheint zugleich auch unter dem Titel: „Proben religiöser Philosopheme älterer Zeit" und liefert hiemit ein Gegenstück zu meinen kürzlich erschienenen: „Bemerkungen über einige antireligiöse Philosopheme unserer Zeit." In der That braucht man nur die in dieser gegenwärtigen Schrift aufgestellten Principien der älteren deutschen Philosophie*) kennen zu lernen, um sich zu überzeugen, wie sehr die speculative Philosophie seitdem sich verflacht haben musste, um solche Vorarbeiten eines Denkers nicht zu nützen, und selbige in vornehm thuender Unwissenheit von sich entweder gänzlich abzulehnen, oder, falls man auch hie und da aus ihnen schöpfte, die Quelle, als ob

*) Jacob Böhme hiess bekanntlich zu seiner und nach seiner Zeit auch im Ausland der Philosophus Teutonicus.

man sich ihrer zu schämen hätte, zu verschweigen*). Zu bedauern ist es übrigens, dass selbst geniale Denker sich theils

---

*) Jedenfalls zielt diese Stelle auch auf Schelling, der, wie Carriere richtig bemerkt; in seiner Abhandlung über das Wesen der menschlichen Freiheit Böhme's mit keiner Sylbe gedenkt, während er doch die Ausdrücke: Ungrund, Temperatur, Schiedlichkeit, Zorn, Sehnsucht, Band, Gegenwurf, Sänftigung, u. s. w. ganz im Sinne und Zusammenhange des alten Meisters gebraucht, und, setzen wir hiezu, die Hauptgedanken zwar nicht ohne eigenthümliche Umbildung, aber ohne wahre Verbesserung, vielmehr mit Verschlechterung aus Böhme's (und Oetingers) Schriften geschöpft hat. Wie der Verfasser der Schrift: Friedrich Wilhelm Joseph von Schelling. Ein Beitrag zur Geschichte des Tages von einem vieljährigen Beobachter (Leipzig, O. Wigand, 1843) über das Verhältniss Schellings zu Böhme und Baader denkt, geht aus folgender Stelle (S. 240—241) hervor: „Nebenbuhler wie Baader und Görres, dem er Vieles dankt, hasste er glühend. In Görres fürchtete er die Macht der Phantasie und den politischen Blick, in Baader die Bekanntschaft mit seinen Quellen, besonders mit J. Böhme und den Eifer, sich selbst geltend zu machen und auf die Kirche sich zu stützen. Im J. 1809 lobte er (Phil. Schriften I. 422) noch die „tiefsinnigen Analogien" etc. Franz von Baaders, mit welchem er früher freundlich, dann auch wegen anderer und eben dieser Puncte im Zwiespalt stand. Dieser Zwiespalt kehrte später heftig wieder. Die Absicht des Lobes gelang nur zum Theil, wenn sie nicht bloss darauf ging, auch Baader wo möglich noch unter den Flügeln des Schellingianismus erscheinen zu lassen. Schelling führte aber, in diesem Bezuge sicher nicht ohne Vorbedacht, aus Baader lebhaft an Böhme erinnernde Stellen an. Sollte diese Art Lob Baader nicht nur zur Dankbarkeit verpflichten? Sollte sie ihn auch drohend zur Scheu anderer Vorwürfe mahnen? Damit er, der mit J. Böhme so vertraut war, die Plagiate nicht aufsuchen und verrathen möchte, die sich Schelling Seite für Seite und Wort für Wort an Böhme erlaubt hat?" In einer Anmerkung wird mit Grund bemerkt, dass Schelling auch Baader mehr zu danken habe, als man glaube. Das obige Urtheil des vieljährigen Beobachters über Schelling möchte im Ganzen zu herbe sein, wie wir überhaupt weit entfernt sind, alle Beschuldigungen des Verfassers gegen Schelling gerecht zu finden, aber aus der Luft gegriffen ist es nicht. Wie sehr auch Schelling glauben mochte, die Gedanken Böhme's erst zu Verstande gebracht, zu ächtphilosophischem Gehalte umgeschmolzen und in den Zusammenhang eines speculativen Systems verarbeitet zu haben, so konnte ihn dies, auch wenn es sich damit genau so verhielte, der Pflicht nicht entbinden, J. Böhme als Quelle oder doch als Vorläufer zu nennen. That er es nicht, so war es schwer, wenn nicht unmöglich, einen anderen Beweggrund dieser Unterlassung aufzufinden, als entweder den, originaler er-

durch die rauhe und harte Schale, welche den Kern in J. Böhme's Schriften verbirgt, theils auch durch die Confessionsvorurtheile und Bornirtheit derselben von deren Studium abhalten lassen, und es wäre darum zu wünschen, dass die rein wissenschaftlichen Expositionen in diesen Schriften, von allen nicht zur Sache gehörigen Declamationen und zum Theil Invectiven geschieden, in einer längst gewünschten neuen Auflage derselben zusammen gestellt erschienen *).

Es versteht sich von selbst, dass eine Schrift, wie die gegenwärtige, welche auf Religiosität der Wissenschaft, und Wis-

---

scheinen zu wollen, als er war, oder den, nicht mit einem Manne zusammmen genannt werden zu wollen, welcher als Schwärmer verschrieen war. Uebrigens hat nach Flecks Vorgange (dessen System der christl. Dogmatik, I, 136) Auberlen (die Theosophie Oetingers S. 32) darauf bestimmter hingewiesen, dass Schelling auch Oetingers Schriften benützt hatte, und zwar gleichfalls ohne seine Quelle zu nennen. Auberlen fand eine auffallende, oft selbst bis auf den Ausdruck sich erstreckende Verwandtschaft der Schellingschen Abhandlung mit Oetinger (Vergl. Auberlen S. 138, 162, 165, 181, 185, 194, 200, 203, 205, 212, 219, 226, 233, u. s. w.). Wie gewaltig unterscheidet sich hierin Baader von Schelling, indem der erstere mit einer der eigenen Kraft bewussten Offenheit und Geradheit, und mit dankbarer Herzensfreudigkeit überall die Quellen nennt, welche er benützt hat. Dieser edle Zug Baaders ging so weit, dass er öfter in seinen spätern Schriften sich auf Schriftsteller berief, welche die in Rede stehenden Gedanken von ihm entlehnt hatten, oder doch durch ihn in denselben befestigt worden waren. H.

*) Diesem wohlbegründeten Wunsche Baaders ist bis zu dieser Stunde nicht entsprochen worden. Die mittelmässigsten Erzeugnisse findet man des Drucks und der Verbreitung würdig, ein Buch von Böhme im Sinne Baaders, so wichtig es wäre, kommt nicht zu Stande. Solch ein Buch würde übrigens nicht eigentlich eine neue Auflage, sondern ein Auszug sein müssen, wie er erst durch Baaders Ergründung der Tiefen Böhme's möglich geworden ist. Die älteren und neueren Auszüge, so weit wir sie kennen, erfüllen diesen Zweck nicht. Doch ist uns nur jener von Richter (1650—64) nicht bekannt, aber es lässt sich von ihm durchaus nicht annehmen, dass er für unsere Zeit und unser Bedürfniss ausreichend sein könnte. Uebrigens entsprechen auch die vorhandenen Gesammtausgaben der Werke Böhme's nicht allen Anforderungen, welche gestellt werden können und müssen. H.

senschaftlichkeit der Religiosität dringt und hinwirkt, dem grossen Haufen sich nicht empfiehlt, der bekanntlich sich in die Heerde der frommen Schafe (welches Wort ich hier keineswegs im schlimmen Sinne genommen wissen will) und in jene der nicht frommen Böcke theilt, denen jene alte Schlange als „Drehwurm“ im Kopfe sitzt. Den Kopf der Schlange zwar hat der Meister zertreten, nicht aber ihre zahllosen Glieder, deren Tödtung uns überlassen blieb. Wenn nemlich die erste dieser zwei Parteien kein Bedürfniss der Wissenschaft in religiöser Hinsicht kennt, wie denn so viele Menschen sich ganz vortrefflich bei ihrer Ignoranz befinden, und darum kein Wissen wahrhaft an sich d. i. in sich kommen lassen, so kennt dagegen die zweite Partei dieses Bedürfniss sehr wohl, und ist darum eifrig bemüht, jedes von daher gegen sie einbrechende Licht durch Aufstellung verfinsternder Philosopheme und Raisonnements abzuwehren; denn eben weil der Geist der Irreligion keine Raison hat, muss er sich eine machen und er muss sich immerfort eine machen, weil ihm keine nachhält, und diese selbstgemachte Vernunft ist allein die schlechte, wie dieses vom selbstgemachten Gesetze gilt, mit dessen Machen man gleichfalls nie fertig wird, so wie man einmal damit angefangen hat. —

Dem gewöhnlichen Einwurf, den wissensscheue, übrigens achtungswürdige Fromme gegen alles Forschen (Nachdenken) in Religionsgegenständen vorzubringen pflegen, und welcher von der Uebervernünftigkeit, somit Unerforschlichkeit der Religionsdoctrinen hergeholt wird, habe ich bereits in der Vorrede zu den „Bemerkungen über einige antireligiöse Philosopheme unserer Zeit“ begegnet, und ich trage zu dem dort Gesagten hier Folgendes nach. Es ist nemlich: 1) eine falsche Vorstellung, die man sich von Gott, als blossem Object unserer Vernunft, als bloss subjectivem Vernehmungsvermögen, zu machen pflegt, da doch Gott als absoluter Geist, wie Hegel in neuerer Zeit zuerst nachgewiesen, beides, Object und Subject zugleich oder ihr Begriff, ist, somit in dem von uns Vernommenen sowohl, als in unserem Vernehmen sich erweiset, so wie es Grundsatz unserer Religion ist, dass es derselbe Gott ist, welcher (als Vater) uns das Gesetz gibt, und welcher (als Sohn) dieses Gesetz in uns erfüllet, wie es denn nach der Schrift nur Gottes Geist ist, der auch in unserem Geiste in den Tiefen Gottes forschet. 2) Ist, wie ich bereits a. a. O. bemerkte, eine solche Unerforschlichkeit, und die auf sie sich gründende Bewunderung eben nur das Ergebniss des freien Forschens. Und endlich 3) ist, wie der h. Paulus sagt, das, was über unsere Vernunft geht, nicht wider sie, wie denn das Begründende jedes Thuns zwar über dem Begründeten ist, nicht aber letzterem widersteht; und die Vertheidiger der Religionsdoctrinen hatten darum von jeher nur die Behauptung zu widerlegen, dass selbe gegen unsere Vernunft seien. — Dieser Unglaube (an die Erweisbarkeit der Religion u. s. w.) liegt übrigens auch dem bekannten und noch immer wegen seines Sophisme paresseux bei Vornehmen und Nichtvornehmen unserer Zeit beliebten Glaubenssystem des s. Jacobi zum Grunde, welches, wie ich anderwärts bemerkte, bereits in dem bekannten Satze Rousseau's ausgesprochen war: que l'homme en commençant à penser cesse de sentir. — Ein Satz, welcher in dieser wissensscheuen Anwendung eigentlich die Warnung an den Liebhaber enthält, sich ja aller gründlichen Kenntniss seiner Geliebten zu enthalten, um — die Illusion seiner Liebe nicht einzubüssen! *) da doch im Gegentheile die Liebe (das liebende Gemüth als zwischen Gedanke und That in Mitte stehend) sich eben so sehr im

---

*) Ex vi cognitionis, sagt Thomas v. Aquino, homo inducitur ad magis diligendum, quia quanto Deus magis cognoscitur, tanto et magis diligitur.

Denken an den Geliebten, als im Thun für ihn, kund gibt, so wie dasselbe für den Hass gilt, welcher gleichfalls im Leugnen und Zerstören (Abthun) des Gehassten sich zu äussern strebt. — Viele Religionsvertheidiger in unserer Zeit wissen aber nicht, wie sehr sie durch eine solche Poltronerie gegen die Speculation (welche Kant und Jacobi zugleich ihnen beibrachten) ihren Gegnern gewonnen Spiel geben, und dass sie hiemit die Trägheit im Erwerbe der Erkenntniss religiöser Gegenstände, so wie die Seichtigkeit jener, gleichsam sanctioniren.

München, den 1. December 1824.

Die in diesem ersten Bande der Fermenta Cognitionis bekannt gemachten Principien des deutschen Philosophen genügen nun zwar allerdings, um diese ältere Philosophie mit unserer jüngsten zu vergleichen. Ich halte es indess für dienlich, des Lesers Aufmerksamkeit vorläufig auf folgende Vergleichsmomente zu lenken.

1) Wenn sich die neuere Philosophie mehr oder minder zum Pantheismus und Spinozismus *) neigt, so hält dagegen J. Böhme den Begriff eines supramundanen Gottes fest, d. i. jenen der ewigen Nichtconfundirbarkeit des Schöpfers mit dem Geschöpfe, somit auch jenen der Nichtvereinerleiung der göttlichen mit der menschlichen Natur im Erlöser. So wie J. Böhme gegen einzelne christliche Pantheisten unter den Mystikern seiner Zeit mit derselben Klarheit nachwiess, dass man das Wiedertheilhaftwerden an der göttlichen Natur durch den Erlöser nicht mit einem zum Theile der letzteren Werden zu vermengen hat. **)

---

*) Der witzige Voltaire lässt Spinoza in einem Gespräche mit seinem Gott, sagen: „Je crois, entre nous dit, que Vous n'existez pas".

**) Baader hat hier die gedankenreichen Streitschriften Böhme's wider B. Tilken, Stiefel und Meth im Auge. Vergl. den B. VII der Werke Böhme's. Obgleich wir gegen Carl Schwarz gar Vieles zu erinnern hätten, so muss doch zugestanden werden, dass sich in seiner geistvollen Schrift: Das Wesen der Religion (Halle, 1847) ein gründlicheres Verständniss Böhme's, den er indess nur ein einzigesmal (S. 188) namentlich aufführt, offenbart, als es bei Hegel, Feuerbach, Günther, Baur, Staudenmaier u. A. zu finden ist. Man vergleiche in der Schrift von Schwarz bes. S. 178—199. Reich an Belehrung ist auch der zweite Theil dieses Buches, der eine gedrängte Geschichte des Religionsbegriffs seit Kant enthält. — Werden wir anderwärts gegen J. U. Wirths Beurtheilung der Ideen Baaders über die Erscheinungen des a. Magnetismus und des Somnambulismus Protest ein-

2) Wenn bis dahin gewöhnlich der Begriff Gottes sowohl als jener des Christs nur abstract, bloss objectiv gefasst worden

---

legen müssen, so freuen wir uns um so mehr hier das Verdienst hervorheben zu können, welches sich dieser geistreiche Forscher neuerlich um das tiefere Verständniss der Lehre und Bedeutung J. Böhme's erworben hat. In seiner gedankenreichen Schrift: Die speculative Idee Gottes und die damit zusammenhängenden Probleme der Philosophie. Eine kritisch-dogmatische Untersuchung (Stuttgart u. Tübingen, Cotta 1845) S. 374—248 begegnet man einer ungleich sinnvolleren und tiefergedachten Auffassung Böhme's, als sie in den unerquicklichen Darstellungen der oben genannten Forscher angetroffen wird. Erreicht auch Wirth nicht entfernt die Tiefe des Verständnisses, welche uns Baader aufgeschlossen hat, so ist er doch unterrichtet und einsichtsvoll genug, um die Abgeschmacktheit der Vorwürfe des Pantheismus, Naturalismus und Manichäismus durchschaut zu haben. Das Hauptverdienst Wirths liegt übrigens nicht in der Erkenntniss des Einzelnen und der Erfassung des inneren Zusammenhangs der Lehren Böhme's (er schreibt ihm viel weniger Consequenz zu, als wirklich in ihm enthalten ist), sondern in der richtigen Stellung, die er ihm im Entwicklungsgange des europäischen und namentlich des germanischen Geistes anweist. Wir können hiebei weniger Gewicht auf die allerdings geistreiche Parallele legen, die Wirth zwischen Böhme und Pythagoras aufstellt, für welche sich allerdings sehr viel sagen lässt, die aber doch die Bedeutung Böhme's nicht erschöpfend ausspricht. Das Hauptgewicht legen wir darauf, dass Wirth erkannt und gezeigt hat, dass Böhme derjenige war, welcher die Grundidee der speculativen, deutschen Theologie auf originelle Weise am urkräftigsten und entschiedensten, obgleich meist in unausgebildeter Form, ausgesprochen hat. „Hatte Luther, sagt Wirth, im Gebiete der Religion und des praktischen Lebens dadurch eine neue Epoche begründet, dass er den religiösen Dualismus in seiner Wurzel angriff, so konnte die Philosophie der neuen Welt nur mit dem Versuche beginnen, aus dem Einen den Gegensatz abzuleiten, somit alle Antithese, welche Form sie auch habe, auf die innerlichste, freieste Weise durch die Vernunft aufzuheben, ihren höchsten Schwung erreichte sie aber, wenn es ihr gelang, aus dem absoluten Geist den Gegensatz zu deduciren, ja diesen als solchen im Setzen des Gegensatzes selbst zu erkennen. Diess thut nun Böhme, und seine Philosophie ist darum eine zweite, intellectuelle Reformation, die zwar stille, nichts desto weniger aber das Mittelalter in seinem innersten Grunde negirende Umgestaltung des Bewusstseins gewesen. Kaum war das neue Werk der Reformation gegründet, so bildete sich im Stillen bereits der Ansatz zu einer noch tieferen Reformation, welche dereinst bestimmt war, über ihre erste Vorläuferin hinauszugehen.“ So lächerlich es den Unkundigen dünkt, so wird doch sicher die Neugestaltung des Lebens mit aus der Entwickelung der Ideen hervortreten, welche Böhme tiefer geweckt hat, und nicht aus den Lehren Spinoza's, wie B. Auerbach meint. H.

ist, so bewegt sich dagegen J. Böhme's Gedanke durchaus nur im lebendigen Begriffe beider (der Subjectivität und Objectivität zugleich). Er weiss von keinem Finden Gottes im Menschen, das einem anderen Suchen begegnet, als jenem, welches gleichfalls von Gott kömmt; er kennt kein Licht ausser der Identität des Auges und des Leuchtenden, (der Sehende und Gesehene coincidiren in éinem Auge), kein Wort ausser der Identität des Hörens und des Sprechens, kein Nahen dem Sohne ausser dem Zuge des Vaters zu Ihm.

So meint z. B. der Mensch gewöhnlich selbst im Gebete sich, als Subject, seinem Gotte, als blossem Object, gegenüber oder unterstellen zu können, und stellt hiemit Gott ausser sich, sich ausser Gott hinaus, ganz der Schriftlehre entgegen, gemäss welcher nur jenes Thun in Gott vollendet werden kann, das Er in uns anfängt. Dieselbe Identität drückt auch die Bitte aus: „dein Wille geschehe“ d. h. wie das Wollen dein ist, so auch das Vollbringen, und der Sinn des wahren Gebetes ist darum um dieses wahre Gebet. In demselben Sinne hat man auch jenes naive Gebet St. Martins zu verstehen, welcher Gott bittet, dass Er ihn (den Bittenden) hindern möchte, Ihn (Gott) in sich zu tödten! Denn die Sünde hemmt die Conjunction des sich im Menschen bittenden (suchenden) und erhörenden (findenden) Gottes; eine Conjunction, welche die französischen Mystiker la celébration de saintes noces nennen.

8) Ganz entgegengesetzt, weil ganz christlich, ist J. Böhme's Doctrin allen neueren autonomischen, d. h. den Lehren der Selbstgesetzgebung und des Sichselbersetzens, und dieser Schuster behauptet dagegen, dass des Menschen erste Function sei, sich nicht zu setzen, sondern in Gott sich aufzuheben, und nur in und durch diese Bejahung Gottes das Bejaht-, Ausgesprochen- oder Gesetztwerden sein selbst von und in Gott zu erwarten. Wie darum jene neueren Doctrinen mehr oder minder entweder dem heidnischen Geiste der Hoffart, des Stolzes und des Ungehorsams, oder auch der Niederträchtigkeit fröhnen, so athmet dagegen J. Böhme's Philosophie keinen anderen Geist, als jenen der Demuth, der Selbstverleugnung und des Gehorsams nach

oben, welcher sich indess eben hiemit als der Geist der Erhabenheit, Herrlichkeit und der Autorität nach unten erweiset.

4) Die neuere Philosophie ignorirt völlig den Fall des Menschen, so wie den durch selben in die Natur gekommenen Fluch; sie nimmt die dermalige Verderbtheit beider für ursprünglich und constitutiv, und es fällt ihr nicht bei, zum Behuf einer Schöpfungstheorie der Materie (des verweslichen Zeitwesens) auf jene erste Katastrophe Rücksicht zu nehmen, welche fast alle Traditionen mit dem Namen eines Geisterfalls oder Sturzes bezeichnen. Schon anderswo habe ich jenes arge Missverständniss dieser Religionslehre gerügt, welches sich mehrere neuere Philosophen zu Schulden kommen liessen, indem sie in selber die Hypostasirung des in einer Creatur entzündeten gottwidrigen Strebens wieder zu einer Creatur (und so in infinitum &c.) zu finden meinten. Eine solche Philosophie, welche somit weder im Menschen, noch in der Natur ein „Deficit“ anerkennt, kann auch kein „Complement“ dieses Deficits, keine Integration dieser Differenz, d. i. keine Religion, zugeben. J. Böhme dagegen weiset in einer solchen Katastrophe (in der Entzündung eines gottwidrigen Strebens in einer intelligenten Creatur) jene Veranlassung nach, welche die Schöpfung der Erde (Materie) &c. und sofort des Menschen als Gegenwirkung herbei führte, womit denn auch alle Kosmogenien der Völker des Alterthums übereinstimmen, welche sämmtlich, gleichförmig hierin der mosaischen, die Schöpfungsgeschichte mit einer Eklipsis (Finsterniss — Chaos), sohin in Folge eines Confundirtseins beider, entstehen lassen, und womit auch begreiflich wird, dass, so wie diese Schöpfung (nach Moses) mit einer Scheidung des Lichtes aus und von der Finsterniss begann, derselbe Process fortgehend jener der Creation sein muss, den z. B. die Erde &c. in einer niedrigeren, der Mensch in einer höheren Ordnung zu üben hat. Eben so zeigt J. Böhme, dass der Fall des Menschen eben sein Heraussetzen aus einer höheren (paradiesischen) Geburtsweise seines Lebens in eine niedrigere, engere, der Integrität dieses Lebens nicht entsprechende (irdische) war, und man folglich unter seiner Wiedergeburt seine restitutio in integrum ver-

steht, obschon gewiss ist, dass diese ihm mehr gibt, als er verloren hat.

5) Mehreremal hat man in J. Böhme's Dualismus des Geistes und der Natur nur die neuere Lehre der Identität des Wissens und Seins zu sehen gemeint, obschon J. Böhme, sich sowohl gegen Vereinerleiung als gegen Trennung des Geistes und der Natur verwahrend, für deren Identität als jene des intelligenten und des nichtintelligenten Thuns erklärt*) eine Identität des übernatürlichen und des natürlichen Thuns, welche sich in jeder Function des menschlichen Lebens nachweisen lässt, nemlich im Erkennen als Identität (d. h. als Unterschiedenheit und Ungetrenntheit) des Wissens und des Sinns (denn sinnenfrei, nicht sinnenlos soll das Erkennen sein), im Wollen als Identität des Wollens und Begehrens, endlich im Wirken als Identität des (wie J. Böhme sagt) anschaffenden Wortes (verbum) und der schaffenden Naturmacht (fiat). — Rein speculativ und kurz findet man J. Böhme's Dualismus der Natur und des Geistes in zweien seiner kleinen Schriften vorgetragen, nemlich in seiner „Erklärung von sechs Puncten" und im „Berichte vom himmlischen und irdischen Mysterium", in welchen beiden Schriften das unmittelbar creirende Princip die in sich nicht verständige magia, der Verstand der magus heisst. Und in demselben Sinne spricht J. Böhme auch von einer guten und von einer nichtguten Glaubensmagie, und gibt uns hiemit, wie ich anderwärts zeigen werde, den richtigsten Standpunct, um das Verhältniss des Wissens zum Glauben in religiöser Hinsicht einzusehen **). — Wenn nun schon Schelling das Verdienst sich

---

*) Mit dieser Identität eines verständigen und eines nichtverständigen Thuns ist jene höhere und höchste eines schöpferischen mit dem geschöpflichen Thun zwar nicht zu vermengen, wohl aber in Verbindung zu setzen. Wie denn die Confundirung des schöpferischen Thuns mit dem geschöpflichen, so wie beider Trennung der faule Fleck jeder nichtreligiösen Philosophie ist. Leugnet man z. B. dem schöpferischen Thun seine Unbegreiflichkeit ab (was alle unsere Creationstheoristen thun), so verleugnet man dieses Thun selbst.

**) Böhme's Werke VI, 331 ff. und 413 ff. H.

erworben hat, den Begriff der Natur gegen den neueren verstandlosen, weil naturlosen, wieder vindicirt zu haben, so wie Hegel'n das Verdienst gebührt, nachgewiesen zu haben, dass der Geist kein Unmittelbares ist, sondern dass er nur durch Vermittelung (Aufhebung eines andern, nemlich der Natur) ent- und besteht, und dass der Geist diese Natur darum weiss und ihrer gewaltig ist*), weil er von ihr geschieden oder naturfrei, nicht naturlos, ist; so erscheint doch wieder in Schellings Lehre die Natur als etwas vor dem Geiste, in Hegels Lehre der Geist als etwas nach der Natur Bestehendes, und die wechselseitige ewige Voraussetzung beider, sohin ihre wahre Identität, wird in beiden Lehren nicht fest gehalten, wie in J. Böhme's Lehre, welcher noch überdiess beider Hervorgehen aus der, so wie ihr Wiederineinandergehen in die Einheit nachweiset, und somit jene in anderen Doctrinen gleichsam fixirtgebliebene polarische Spannung beider löset. Wenn endlich Schelling mit J. Böhme die Natur richtig hier als Producirendes (als Kraft, Physis), und nicht, wie Hegel, als Product begreift, so hat doch weder Schelling noch Hegel das Verhältniss der Natur zum Logos in Gott richtig gefasst, was dagegen von J. Böhme geschah, welcher auch klar nachgewiesen hat, wie mit der ewigen Geburt des Wortes (verbum) zugleich die Natur als dessen Macht (fiat) urständet, und dem Worte subjicirt wird, ohne welche Subjection das Wort impotent, als ein Mitwirker ohne werkzeuglichen Wirker, so wie aber auch dieser (die Natur) nicht ohne jenen wäre, ferner, wie der durch Aufhebung oder Aneignung der Naturmacht ent- und bestehende Geist doch wieder nicht unmittelbar producirt (sich verwirklicht), sondern nur mittelst dieser durch ihn (gleichviel ob in gutem oder nichtgutem Sinne) wieder erregten Natur, als seiner Basis, welche letztere sohin als wirkend gleichfalls kein Unmittelbares in Hegels Sinne, sondern wieder ein durch den Geist in ihrer

---

*) Hier gilt das Baconische: „scientia et potentia in idem coincidunt", aber freilich nicht in Bacon's Sinne, wogegen jenes: „scimus, quia facimus" zweideutig ist, weil man hiemit meinen könnte, dass letzteres ersterem vorgehen müsste, und der Ausdruck: sciendo facimus, faciendo scimus dagegen richtiger sein würde.

effectiven Productivität Vermitteltes ist. Diese in J. Böhme's Sinne richtig verstandene Identität, nicht Einerleiheit, der Natur und des Geistes lässt uns übrigens auch das Unvernünftige jener Frage nach dem Wie eines sogenannten nexus des verständigen und des nichtverständigen Thuns einsehen, weil man sagen muss, dass freilich Gott selber nicht weiss, wie Er schafft, und dass eine solche Frage nach einem solchen Wie, als Reflexion, nur dann würde eintreten können, wenn jener sogenannte Nexus aufhören, d. i., wenn Gott selber aufhören könnte, Gott zu sein; wie diese Reflexion denn wirklich bei der Creatur hervortritt, falls bei ihr das nichtintelligente Thun aufhört dem intelligenten zu entsprechen. Es braucht übrigens nicht bemerkt zu werden, dass derselbe Nichtbegriff der Identität auch jener harmonia praestabilita die Entstehung gab, bei welcher man sich die Natur und den Geist als zwei fertige Bestandstücke zu denken meint, welche durch ein hinzutretendes Drittes zusammengestimmt seien.

6) Da des Unverstandes kein Ende ist, so hat es schon früher nicht an spitzfindigen Köpfen gefehlt, welche in J. Böhme's Dualismus von Geist und Natur den leibhaften Manichäismus *) wieder finden wollten, so wie man in neuern Schriften

---

*) Es ist bemerkenswerth, um wieviel der Franzose St. Martin schon in den letzten Jahrzehnten des vorigen Jahrhunderts so viele deutsche Forscher im ächten Verständisse Böhme's überflügelte. Bekanntlich hatte St. Martin um der Schriften Böhme's willen die deutsche Sprache erlernt und die Ausdauer ist zu bewundern, welche er bei der Ueberwindung der grossen Schwierigkeit, in das Verständniss der Sprache Böhme's einzudringen, bewährte. Der deutsche Theosoph wurde von ihm als sein grösster Lehrer verehrt und noch in seiner letzten Schrift gab er ihm Zeugniss in folgenden Worten: „ — Uebrigens kann ein deutscher Schriftsteller, dessen zwei erste Werke ich übersetzt und bekannt gemacht habe, nämlich: die Morgenröthe im Aufgange und die drei Principien, reichlich ergänzen, was an den meinigen fehlt. Dieser deutsche Schriftsteller (Namens Jacob Böhme), der vor beinahe zweihundert Jahren gestorben, und in seiner Zeit als der erste Theosoph angesehen ward, hat in seinen zahlreichen Schriften, die beinahe dreissig verschiedene Abhandlungen enthalten, die ausserordentlichsten und staunenswerthesten Mittheilungen niedergelegt: über unsere ursprüngliche Natur; über die Quelle des Bösen; über das Wesen und die Gesetze des Weltalls; über den Ursprung der

denselben J. Böhme dagegen als Gewährsmann für die Behauptung angeführt findet, dass von einem Bösen in rerum natura durchaus die Rede nicht sein könne, indem das, was man für ein solches halte, nur die jede Manifestation bedingende (constitutive) Negativität selber sei. Endlich zweifle ich nicht, dass Mehrere in J. Böhme's Schriften die alte platonische Lehre einer mit dem Geiste (bei Plato: Gott) gleich ewigen Materie wieder finden werden, obschon dieser platonischen Lehre der dreifache Vorwurf gemacht werden muss, dass sie nemlich 1) das zeitliche vergängliche Geschöpf als das materielle im engeren Sinne nicht von dem ewigen, so wie 2) die Natura naturata nicht von der Natura naturans unterscheidet, und endlich 3) diese Materie (Hyle) als ein vom Geiste noch unaufgenommenes, rohes Element ihm zur Seite stellt, somit gerade das Gegentheil einer Identität des Geistes und der Natur aussagt.

7) Die neuere Philosophie spricht zwar von einer Identität der Natur und des Geistes im Menschen; aber sie gibt uns nicht, wie die J. Böhme'sche, Aufschluss über das Wesen oder Unwesen

---

Schwere; über das, was er die sieben Räder oder die sieben Kräfte der Natur nennt; über den Ursprung des Wassers, (ein Ursprung, der durch die Chemie bestätigt ward, die lehrt, dass das Wasser ein verbrannter Körper sei); über die Art des Abfalls der Engel der Finsterniss; über die Art des Abfalls der Menschen; über die Art und Weise der Wiederherstellung, welche die ewige Liebe angewandt hat, um das Menschengeschlecht in den vollen Besitz seiner Rechte wieder einzuführen u. s. w. Ich glaube dem Leser einen Dienst zu erweisen, wenn ich ihm rathe, sich mit diesem Schriftsteller bekannt zu machen, ihn aber besonders einlade, sich vor allem mit Geduld und mit Muth zu rüsten, um durch die wenig geordnete Form seiner Werke, durch die äusserste Abstractheit der Materie, die er behandelt, so wie die Schwierigkeiten, seine Ideen wiederzugeben, die er selbst eingesteht, nicht zurückgestossen zu werden, da die meisten in Frage stehenden Gegenstände in den uns bekannten Sprachen keinen entsprechenden Namen haben....... Leser! wenn du dich entschliessest, muthig aus den Werken dieses Schriftstellers zu schöpfen, der von den Gelehrten der Welt für einen Wahnwitzigen gehalten wird, sicherlich wirst du der meinigen nicht bedürfen." Der Dienst des Geist-Menschen von St. Martin. Aus dem Französischen. Münster, Deiters 1845. S. 30—32. Vergl. auch S. 66, 80, 93, 142 ff. und: Oeuvres posthumes de Mr. de St. Martin (A Tours, chez Letourmy, 1807) I, 11—12 u. 59. H.

ihrer Nichtidentität (als Zwietracht, nicht als Trennung) und noch minder über die Wiederaufhebung der letzteren. Denn nur von der guten, unverdorbenen Persönlichkeit kann man jene Identität als Eintracht behaupten, nicht von der nichtguten, verdorbenen, und nur in jener sehen wir ein naturfreies, von der Natur durchaus bekräftigtes Erkennen, Wollen und Schaffen oder Wirken, so wie in der verdorbenen Persönlichkeit nur ein naturunfreies. Endlich gelangen wir wohl durch die Philosophie des deutschen Schusters, nicht aber durch die neuere, zu der für die Religionstheorie so wichtigen Einsicht, „dass ein solches Verderbniss sich jedesmal des geistigen und natürlichen Elementes zugleich bemeistert.“ — Denn nach J. Böhme's Lehre vermag nicht nur der Geist (wollend, glaubend) nichts ohne eine Basis, und bleibt oder wird kraft- und wirklos, wenn er basislos wird und bleibt; sondern diese Basis muss überdiess eine seiner Actionsweise entsprechende Natur sein. So z. B. vermag der gute Wille (glaubend, betend) sich nicht als solcher zu vollbringen, (zur Wirksamkeit zu gelangen) ohne eine dieser Güte entsprechende Basis, und die Wegnahme einer nichtentsprechenden, sohin nichtguten muss folglich mit der Gabe einer entsprechenden, guten Basis (Natur) coincidiren; in welchem letzteren Sinne z. B. Paulus von verdorbenen, zerrütteten Sinnen spricht, die den Menschen untüchtig zum Glauben machen.

8) In den vorigen Heften dieser Schrift habe ich mehreremal J. Böhme's Theorie vom Urstande der thierischen Geschlechtsdifferenz im Menschen angedeutet, und ich achte es um so minder überflüssig, dem Leser hier vorläufig, und ehe er diese Theorie bei J. Böhme selber kennen lernt, einen sicheren Standpunct zur Auffassung derselben anzuweisen, als ohne Aufhellung dieser dunkeln Region unserer Natur die Mysterien der Religion hierüber gänzlich unzugangbar bleiben. Der Mensch konnte nemlich, nach J. Böhme, nicht leiblich zum Mann- und Weibthier werden, eh' er nicht, in diese Thiernatur geistig eingehend, sich geistig mit ihr verbildete, welches Verbilden in jener Imagination Adams vor dem Schlafe (nach Moses) geschah, und diesen Schlaf als eine Ohnmacht oder Verbleichen seines ursprünglichen Himmels-

bildes bewirkte, in welchem Schlafe sich auch jene geistige Verbildung leiblich zum äusseren Mann- und Weibthier vollendete, so wie denn dermalen der Mensch nicht leiblich, als Mann oder Weib, geboren werden kann ohne dass diese Mann- und Weibthierheit nicht auch geistig ihm eingebildet würde. Die Tödtung oder Wiederaufhebung nun dieses im Menschen zur Erhebung (Selbstheit und Selbstverstand) gekommenen Geistthierbildes, durch Wiedererweckung des in jener Erhebung verblichenen himmlischen Bildes, im Manne wie im Weibe, macht das Wesen der Wiedergeburt, die hienieden gleichfalls erst geistig beginnt und in der Auferstehung sich leiblich vollbringen wird. Woran sich nun ferner der Begriff der Ehe, als Sacrament, wie ihn die Kirche aufstellt, knüpft, nemlich: der Ehe Zweck, als Sacraments, ist wechselseitige Wiederherstellung des inneren Himmels- oder Engelsbildes im Manne und im Weibe, und man könnte in dieser Hinsicht sagen, dass der Mann, wie er sein sollte, eigentlich derjenige wäre, der innerlich (geistig) kein Mannthier mehr wäre, so wie das Weib, wie es sein sollte, innerlich kein Weibthier, weil nur hiemit beide die Idea der Menschheit in sich wieder ergänzt hätten. Je mehr nun der Mann und das Weib diese Thierheit in sich deprimirt haben, je minder wird selbe im Zeugungsorgasmus in der Frucht sich fortpflanzen; mit anderen Worten, um so minder befleckt wird ihre Zeugung und Empfängniss genannt werden können. Wo die göttliche Oekonomie ein Minimum dieser Befleckung der Empfängniss eines Menschen heischte, sehen wir darum, z. B. im alten Bunde, selbe erst im späten Alter und bei schon erloschenem Naturtriebe eintreten. „Commistio sexus, quae sine libidine esse non potest post peccatum primi parentis, (und nach seiner Thierbildung) transmittit peccatum originale in prolem." Thomas ab Aquin. Compend. theologiae ad Renaldum.

9) Die neuere Philosophie hat, als man von ihr eine Theorie des Bösen verlangte, ihrer Maxime getreu, dieses Böse, weil sie selbes nicht zu erklären vermochte, geleugnet; *) eine solche

---

*) Indess sind schon die Versuche vieler älteren Theologen und Philosophen einer der Religionslehre entsprechenden Theorie des Bösen

Theorie macht dagegen den Hauptinhalt der Schriften des deutschen Philosophen aus, welchem wir folgende Aufschlüsse hierüber verdanken. Er wies nemlich nach, dass das Böse für sich nichts Anderes, als das im Geschöpfe fixirte, in seiner Natur radical gewordene tantalische Streben desselben ist, nicht für seinen Schöpfer, sondern ganz nur für sich, somit auch von sich zu leben und zu sein; dass ferner ein solches Streben zwar der Creatur so wenig angeschaffen ward, als etwa ein Keim hiezu, dass aber die Möglichkeit seiner Erzeugung (in, mit und durch die Creatur) ihr allerdings angeschaffen sein musste, theils weil selbe von der ersten Unterscheidung des Geschöpfes von seinem Schöpfer nicht zu trennen ist, theils weil dieses Versuchen oder Versuchtwerden der Creatur im ersten Unschuldstande an sich so wenig böse ist, dass vielmehr die freiwillige Aufgabe dieser Macht oder dieses Vermögens, jenes Streben der Selbstsucht in sich zu entzünden, d. i. das freiwillige Opfer *) desselben an

gescheitert. Lactantius z. B. zagt (Divin. Instit. lib. II. c. 8) „Fabricaturus Deus hunc mundum, qui constaret rebus inter se contrariis, *fecit* ante omnia duos fontes rerum inter se adversantium, illos videlicet duos spiritus, rectum et pravum, quorum alter Deò est tanquam dextra, alter sinistra, ut in eorum potestate essent contraria illa." — Eine Behauptung, welcher, jenes Fecit abgerechnet, nur insofern ein richtiger Sinn untergelegt werden könnte, insofern man das schon entstandene geistig Böse durch die Schöpfung der Materie dem Guten wieder subjicirt, und diesem (wider Wissen und Wollen) dienend sich hierunter vorstellen würde. Eben so unklar über das Böse war der sonst so scharfsinnige Scotus Erigena, welcher behauptet: „dass das Böse im Gegensatze des Guten nur da sei (als ob es beabsichtigt von Gott da wäre! Nunquid Deus indiget vestro mendacio?), damit dieses nach Gebühr gelobt werden könne; ausser dem Gegensatze (in Toto — er meint im Absoluten, wo freilich kein Böses) wäre es für sich durchaus nicht vorhanden, sondern ein Bestandtheil des schönen Ganzen." Und doch spricht dieser Schriftsteller kurz zuvor vom Bösen als einem Nichtseienden (also nur zum Sein Strebenden und dem Sein Widerstrebenden). Scotus Erigena verfällt aber hier, wie in mehreren andern Stellen seiner Schriften, bereits in die neologische Abstraction, und folglich in Irrthümer, die ihm auch die Missbilligung der Kirche zuzogen. (Vergl. De divisione naturae, editione Schlüteri pag. 71 (I, 68), 492, (V, 27.) p. 521 (V. 35) ff. Helfferichs christliche Mystik I, 219—224. II, 101, 112, 120. H.

*) Dieses erste Opfer, wodurch die neuentstandene schuldlose Creatur ihr stabiles Sein in Gott zu begründen hat, ist freilich von jenem zu unter-

Gott, diese Creatur in Stand setzt, durch Selbstverneinung an und gegen Gott diesen in und durch sich zu bejahen, hiemit aber sich selbst für immer illabil zu machen, welche Illabilität, wie der h. Augustinus bemerkt, der Creatur freilich nicht angeschaffen werden konnte. Nur auf solche Weise wird begreiflich, wie 1) die Creatur mit ihrem ersten Entstehen zwar von Gott unterschieden sich findet*), wie sie aber ohne ihr Mitwirken nicht mit Ihm sich wieder activ vereint finden kann; wie ferner 2) diese Actionsvereinung nur durch das Medium einer ersten Versuchung im Unschuldstande vermittelt werden kann, und wie 3) falls die Creatur aus diesem ersten Versuchtwerden (nicht bestehend in ihm) activ entzweit mit Gott hervortritt, der constitutive Imperativ dieser Einigung sie doch keineswegs verlässt, und selbe nicht zum Frieden, (die Gottlosen (Gottwidrigen) haben keinen Frieden, spricht mein Gott, Jesaia) zur Gründung, Ruhe, somit zur positiven Productivität kommen lässt, dass folglich eine solche Creatur, anstatt durch ihr wahrhaftes und seliges Sein auf positive Weise zu beweisen, dass ein Gott ist, durch ihr unwahrhaftes, unseliges Sein, wenn schon nur auf negative Weise, den Beweis führt: dass nur éin Gott ist, d. i. dass alles Nichts ist,

---

scheiden, womit die schuldige Creatur eine bereits gefasste Gründung in sich aufzuheben, und in oder mit dieser Aufhebung erst die wahrhafte Begründung sich zu verschaffen hat; worüber ich in meiner Schrift über die Opfer mich ausführlich erklären werde.

*) Sowohl die intelligente (freie, selbstische) als die nichtintelligente (unfreie, selbstlose) Creatur ist mit ihrem ersten Entstehen von Gott geschieden, und jene muss sich und hiemit auch letztere durch einen freien Act (jene Geschiedenheit aufhebend) mit Gott reliiren — nämlich selbst die noch nicht gefallene oder unschuldige freie Creatur so wie die unverdorbene, unfreie (letzte durch erstere). — Im engeren Sinne versteht man aber unter Religion die Aufhebung einer bereits eingetretenen positiven Trennung (Opposition der freien und Corruption der unfreien Creatur). „Ein jedes Ding, das aus dem ewigen Grunde is, ist ein Ding in seiner Selbstheit und ein eigener Wille, der nichts vor ihm hat, das ihn zerbrechen mag, es führe sich denn selber in eine fremde Fassung oder Grund, welcher dem ersten Grunde, daraus es entstund, nicht entspricht, so ists eine Abtrennung vom Ganzen.“ Gnadenwahl 2, 5. Und eben so ist es eine Confirmirung oder Fixirung in diesem Ganzen, wenn es sich nach seinem Urstande mit diesem Grunde selber conjungirt.

und Nichts vermag, was ohne oder gegen Ihn sein will, und dass die Hölle so gut negativ der Verherrlichung Gottes dient, als der Himmel diesen Gottesdienst auf positive Weise leistet *).

---

*) Wir müssen ernstlich auf der Behauptung beharren, dass bis jetzt Niemand so tief in das Verständniss Böhme's eingedrungen ist, als Baader und, dass diejenigen unter den jüngeren Forschern, welche sich über die Missverständnisse Schellings, Hegels, Feuerbachs, Baur's etc. erhoben haben, dies unter dem Voranleuchten der hellglänzenden Fackel tieferen Eindringens, die Baader vorangetragen, vollbracht haben. Ausser Baaders Leistungen zum tieferen Verständnisse Böhme's sind die bedeutendsten der neueren Zeit jene Hambergers, U. Wirths und Carriere's. Hambergers Schrift: Die Lehre des deutschen Philosophen Jacob Böhme (München, 1844), wie Carriere's ziemlich umfassende Umrisse der Lehre Böhme's in seiner bemerkenswerthen und reichhaltigen Schrift: Die philosophische Weltanschauung der Reformationszeit in ihren Beziehungen zur Gegenwart (Stuttgart u. Tübingen, Cotta 1846) sind, wenn gleich in verschiedenem Grade, unter dem Einflusse Baaders entstanden. Hambergers Schrift enthält unstreitig die reichhaltigere Darstellung und zugleich die dem Sinne Böhme's und Baaders entsprechendere. Carriere's Darstellung, gewährt eine sehr anziehende Gesammtanschauung, ungeachtet sie ziemlich weit in das Einzelne der Lehren sich einlässt. Mit grossem Geschick und Geschmack weiss uns Carriere einen Umriss der Lehre Böhme's, seines Lebens und der Schicksale seiner Schriften vorzuführen, welcher, wenn nicht einige Irrthümer in der Auffassung und Beurtheilung darin enthalten wären, als ein Meisterstück der Darstellung anzuerkennen sein würde. Es wäre billig gewesen, dass er die Leistungen Hambergers noch ehrender anerkannt hätte, als geschehen ist, so wie er die Verdienste Baaders um das tiefere Verständniss Böhme's lange nicht hoch genug gestellt hat. Mit Recht zwar nimmt er Böhme in Schutz gegen die Missdeutung, als ob er eine Entwickelung Gottes aus einem „unvordenklichen blinden Sein" nach Art Schellings gelehrt habe (S. 636), aber er irrt, wenn er (S. 664) im Sinne Böhme's die Schöpfung ewig sein lässt, (die ewige Selbstentfaltung und Selbstbestimmung Gottes ist nicht Schöpfung), wenn er erst in der Weltoffenbarung oder Schöpfung die Selbtsanschauung Gottes sich mit concretem Inhalte erfüllen und durch sie sein Selbstgefühl zum unterscheidenden Selbstbewusstsein werden lässt, wenn er, trotz dem dass er Dualismus und Manichäismus von Böhme abwehren will, doch meint, (S. 685) Böhme lehre die Nothwendigkeit des ethischen Bösen und Schelling habe ganz im Sinne Böhme's gesagt: Damit das Böse nicht wäre, müsste Gott selbst nicht sein, wenn er meint, die Consequenz seines Princips hätte erfordert, wie Schiller später, zu sagen: „Der Mensch selbst sollte der Schöpfer seiner Glückseligkeit werden, er sollte den Stand der Unschuld, den er jetzt verlor, wieder aufsuchen lernen durch seine Vernunft etc., der Abfall des Menschen vom Instinct, der das

moralische Uebel zwar in die Schöpfung brachte, aber nur um das moralische Gute darin möglich zu machen, ist ohne Widerspruch die glücklichste und grösste Begebenheit in der Menschengeschichte, ein Riesenschritt etc.“, und wenn er (S. 718) für sich die Lehre von der Zerrüttung wie der Verklärung der Natur im subjectiven Sinne nehmen zu dürfen glaubt. Ueber das Leben und die Schicksale J. Böhme's findet man die vollständigsten Nachrichten im ersten Bande der Amsterdamer Ausgabe aller theosophischen Schriften Böhme's vom J. 1682. Allen späteren Lebensbeschreibungen Böhme's liegen die Mittheilungen der Amsterdamer Ausgabe zu Grunde, wobei nur bald mehr bald weniger die Sendbriefe, Streit- und Verantwortungsschriften herbeigezogen worden sind. Man vergleiche: Arnolds Kirchen- und Ketzergeschichte (Schaffhausen, Hurter, 1740—42. II, 258—282. III, a. 113—118 u. b. 77—89. — Kernhafter Auszug aus den Schriften Böhme's (Amsterdam, Wetstein, 1718. Von N. Tscheer.) S. 37—81. — Blumenlese aus J. Böhmens Schriften. Nebst der Geschichte seines Lebens und seiner Schicksale. Von J. G. Rätze. Leipzig, Hartmann, 1819. (Die von Rätze gegebenen Auszüge sind für eine erste Bekanntschaft mit Böhme sehr brauchbar. Die Biographie benutzt trefflich die Sendbriefe Böhme's. Ueber die Ausgaben der Schriften Böhme's findet man hier die am meisten genauen Angaben. Man vergleiche auch von demselben Verfasser den Artikel: J. Böhme in der allgemeinen Encyclopädie der Wissenschaften und Künste von Ersch und Gruber, 11ter Theil, S. 170—174, wo Rätze noch einige interessante literarische Nachweisungen hinzufügt.) — Jacob Böhme. Ein biographischer Denkstein von Friedrich Baron de la Motte Fouqué. Greiz. Henning. 1831. — J. Böhme's Leben und Lehre, dargestellt von Dr. Wilhelm Ludwig Wullen. Stuttgart, Liesching. 1836. Im J. 1838 liess Wullen folgen: Blüthen aus Böhme's Mystik. Stuttgart u. Tübingen, Cotta. — Die Lehre des deutschen Philosophen J. Böhme in einem systematischen Auszuge aus dessen sämmtlichen Schriften dargestellt und mit erläuternden Anmerkungen begleitet von Dr. Julius Hamberger. München, literarisch-artistische Anstalt. 1844. — Die philosophische Weltanschauung der Reformationszeit in ihren Beziehungen zur Gegenwart. Von Moriz Carriere. Stuttgart u. Tübingen. Cotta, 1848. S. 607—725. Ueber die verschiedenen Ausgaben der Schriften Böhme's findet man am meisten Belehrung bei Arnold, Rätze und Hamberger, die sich gegenseitig ergänzen, ohne jedoch erschöpfend und bibliographisch genau genug zu sein. Es ist durchaus keine gleichgültige Sache, zu wissen, welche und wie viele Einzel- und Gesammtausgaben der Schriften Böhme's erschienen sind, weil diese Kenntniss uns auf den Umfang der Wirkungen Böhme's schliessen lässt. Die erste Schrift Böhme's, die Morgenröthe im Aufgange, entstund im Jahre 1612, wurde aber zuerst gedruckt im Jahre 1634, und zwar auch da nur erst im Auszuge. Seine übrigen Schriften schrieb Böhme sämmtlich in dem kurzen Zeitraume von 1619—1624. Unter allen seinen Schriften erschienen zuerst im Drucke die zwei kleinen Schriften von der Busse und von der wahren Gelassenheit unter dem Titel: Weg zu Christo, Görlitz 1624, herausgegeben von Abraham von Frankenberg und zwar noch vor dem

Tode Böhme's. Dann folgten einige kleine Schriften, gedruckt zu Dresden, Halberstadt, Büdingen und Berlin. Von 1635 an erschienen zu Amsterdam einzeln nach und nach sämmtliche Schriften Böhme's in hochdeutscher und in niederdeutscher Sprache, in Duodez, Octav und Quart durch die Fürsorge des A. W. van Beyerland. Die wichtigsten praktischen Schriften erschienen gesammelt unter dem Titel: Τὰ τοῦ ἐν ἁγίοις I. Βοήμου Μυστόγραφα oder J. Böhme's Theosophische Schriften. Frankfurt, 1675 durch Amersbach. Ausser diesen theilweisen Sammlungen und andern Ausgaben einzelner Schriften existiren vier Gesammtausgaben der Werke Böhme's. Die erste erschien durch die Fürsorge Gichtels zu Amsterdam im J. 1682 in 8vo. Die zweite Ausgabe besorgte J. O. Glüsing in Quart, Hamburg, 1715. Die dritte verdankt man der Sorgfalt Uberfelds aus Westphalen, gedruckt im J. 1730 ohne Angabe des Druckorts. Die Ausgabe von 1730 enthält auch eine vollständige Anzeige aller Ausgaben, Uebersetzungen und originalen Handschriften und Copien der Schriften Böhme's. Man kann bei diesen drei Ausgaben eigentlich die Bändezahl nicht angeben. Jede Schrift hat ihren eignen Titel und jeder Besitzer kann daher das Ganze in beliebig viele Bände binden lassen. Die vierte endlich erschien 1831—1847 in sieben Bänden, besorgt durch Schiebler, zu Leipzig bei Ambrosius Barth. Der Plan einer fünften Ausgabe wurde nicht weiter als bis zum Erscheinen des ersten Bandes (Die Morgenröthe im Aufgange) fortgeführt: Des Gottseligen Hocherleuchteten Teutschen Theosophen Jacob Böhme sämmtliche Werke genau nach der Amsterdamer Ausgabe von 1682 unter steter Vergleichung der beiden Editionen von 1715 und 1730, von Neuem aufgelegt. Stuttgart, Hallberger 1835. Erster Band. — Ein Sohn des Primarius Richter, der die Gesinnung des Vaters nicht theilte, gab heraus: Böhmens Schriften im Auszuge in 8 Theilen 1650 — 1660 (Thorn?). Ausser den Uebersetzungen ins Niederdeutsche und Holländische wurden drei verschiedene Uebersetzungen ins Englische veranstaltet; von Joh. Sparrow 1646 — 1662, von Eduard Tayloor und von Wilhelm Law 1765. Die vierzig Fragen von der Seele übersetzte J. Angelius Werdenhagen ins Lateinische unter dem Titel: Psychologia vera. Amstelodami 1632. 12. Der Weg zu Christo wurde auch schon früh ins Französische übersetzt. Später übersetzte St. Martin die Morgenröthe im Aufgange, von den drei Principien des göttlichen Wesens, vom dreifachen Leben des Menschen, die vierzig Fragen von der Seele, von sechs Puncten und neun Texten (vom irdischen und himmlischen Mysterium.) in das Französiche. Arnold, Hamberger und Petri (in dem Artikel: Böhmisten im 11ten Theile der allg. Encyclopädie d. W. u. K. von Ersch und Gruber S. 174—176) verzeichnen die ziemlich weitausgedehnte Böhme-Literatur, welche schon einmal von kundiger Hand eine eingehende Darstellung verdiente, so viel Unbedeutendes und Widerwärtiges sie auch darbieten mag. Eine solche Darstellung würde über viele Partien der Entwicklungsgeschichte des Geistes in Deutschland nicht wenig Licht verbreiten. Hambergers gedrängte Uebersicht der Geschichte der Böhme'schen Lehre gibt bereits höchst dankenswerthe und lehrreiche Grundzüge dazu. Petri's Artikel (am angef. Orte) verdient gleichfalls beachtet zu werden, doch gebricht dem Verfasser die rechte Einsicht in die Bedeutung Böhme's. Noch ist bemerkenswerth, dass fast alle Schriften Böhme's von Aeusserungen durchflochten sind, welche sich auf seine Person, die Art seiner Forschung und Erkenntniss, seiner Schriftstellerthätigkeit, auf sein Leben und seine Schicksale beziehen. Die Zusammenstellung dieser Aeusserungen würde eine Art von Selbstschau, eine Art von Selbstbekenntnissen gewähren, welche mehr Licht über sein merkwürdiges Seelen- und Geistesleben verbreiten würde, als alle Nachrichten seiner Zeitgenossen über ihn, die doch nicht sehr reichlich fliessen, uns verschafft haben. Wenn Schelling in seinen Münchener Vorlesungen sagte, J. Böhme sei ein Problem der Wissenschaft, so würde die Lösung dieses Problems durch die angeregte Zusammenstellung sicher mächtig vorbereitet werden. Die Frage, welche Schriften J. Böhme gelesen haben mochte, dürfte mit vollkommener Sicherheit und Genauigkeit niemals beantwortet werden können. Da er jedoch einer andern als der deutschen Sprache nicht mächtig war, so liesse sich wenigstens der Kreis der Literatur, welche er kennen gelernt haben konnte, umschreiben, und ein genauer Kenner der deutschen philosophischen, theologischen und theosophischen Literatur des fünfzehnten und sechzehnten Jahrhunderts möchte so ziemlich den Schriften auf die Spur kommen können, welche J. Böhme wirklich gelesen hat. Es würde sich aber alsdann sicherlich bestätigen, dass er seine Hauptgedanken jenen Schriften nicht zu danken hat und die Originalität seines Geistes würde durch eine solche Untersuchung nur um so glänzender ins Licht treten. Desshalb braucht man aber nicht in Abrede zu stellen, dass jene Schriften auf die allgemeine Richtung seines Geistes von einigem Einfluss gewesen seien. Da sie mit seiner Richtung verwandt waren, so konnten sie recht gut dazu dienen, seinen Geist zu wecken und zu entzünden, obgleich derselbe weit über sie hinaus ging und deren Leistungen weit hinter sich zurück liess. Unter den Schriftstellern, welche J. Böhme selber nennt, wie Paracelsus, Hans Weyrauch, Schwenkfeld, V. Weigel, ist doch wohl nur der erste von einigem Einfluss gewesen und auch dieser nur von untergeordnetem. Böhme gedenkt des Paracelsus nur ein einzigesmal nach seinem Namen Theophrast im: Unterricht von den letzten Zeiten an Paul. Kaym I, 68. Sämmtliche Werke J. Böhme's von Schiebler (Leipzig, A. Barth) VII, 342. Uebrigens hat Böhme nach seiner eigenen Angabe auch astrologische Schriften gelesen. Vergl. Aurora c. 22. §. 12 u. 13 und c. 25, §. 42—45. H.

1.

Der Satz: „was einen Anfang hat, hat auch ein Ende" wird nur dann verständlich, wenn man jenes Anfangen als ein Aufhören (Cessiren) einer Gegenwart (einer Mitte), somit als Anfangen einer Suspension der letzteren oder als Abstraction fasst*). Wobei denn doch zuzugeben ist, dass ein inner dieser Suspension Entstandenes, sofern es in die bleibende Mitte gesetzt wird, selbst zu einem Bleibenden wird. Jede Abstraction ist in diesem Sinne ein Anfang, welcher dialektisch seinem Ende zutreibt, so wie jeder Anfang eine solche Abstraction ist und mit dieser auftritt.

Nicht selten denkt man sich unter dem Worte „Princip" eines Wesens bloss dessen Anfang (incipere), somit das Gegentheil seiner Vollständigkeit, da man doch in jenem Worte eigentlich dieses Wesens Centrum oder Mitte sich denken sollte: (Gott, sagt Tauler, ist der Vollender der Natur und Creatur, so wie die Alten

---

*) — „Car en effet il n'y a que le mal et le desordre (Deficit, Bruch) qui puissent avoir un commencement. Aussi comme l'homme tient à l'unité ou au centre qui est le milieu de toutes choses, il a beau viellir corporellement, il ne s'en croit pas moins au milieu de ses jours. — Nous sentons qu'il n'y a que la mort et le mal qui commencent, mais que la vie, la perfection, le bonheur, (l'unité, l'absolu etc.) ne pourroient être, s'ils n'avoient pas toujours été." *Ministére de l'homme-esprit.* S. 151. Hierauf beruht denn auch die Einsicht, dass z. B. der Mensch zwar seinen Austritt aus Gott, (Mitte) oder sein Aufhören in Gott als Mitte von selber (sponte) anfangen, dass er aber sich gelassen dieses Aufhören nicht mehr aufhören machen oder lassen kann. — Das Sein der Creatur in Gott als Mitte ist übrigens, falls man sich dieses Ausdruckes bedienen könnte, das Gleichwichtigsein mit und in Gott, und eben darum das freie Sein in Gott.

in diesem Sinne Gott einer Sphäre verglichen, cujus centrum ubique, circumferentia nusquam) und nur aus einer solchen Mitte heraus ein Anfangen oder Enden begreiflich ist. Das Centrum hat sich nemlich damit in der Peripherie äusserlich gemacht (producirt), dass es zwischen jeden zwei Peripheriepuncten a, b als c in Mitte in dieser Peripherie selber ist und dass also in dieser nie zwei, sondern immer drei sich kund geben. Eben so falsch ist die Vorstellung, die man sich (auf Veranlassung der geometrischen Figur des Kreises oder der Sphäre) von einem solchen Centrum, als einem in seiner Peripherie Eingeschlossenen (Gefangenen), macht, da im Gegentheile die wahre Mitte das allein Freie und Nichtsperrbare ist, als zwar nicht peripherielos, wohl aber als peripheriefrei.

2.

Als Beispiel des so eben Gesagten kann uns der Feuerprocess in seinem Unterschiede als Brennen und als Verbrennen dienen. Unter jenem versteht man nemlich oder sollte man wenigst darunter verstehen den immanenten, auf sich beschlossenen oder nach innen gekehrten centralen Feuerprocess, welcher nur durch sein Aufgehobenwerden die Erscheinung des ausgekommenen und hiemit verbrennenden Feuers gibt*), als gleichsam eines Hungers (einer Sucht), welcher, seine Speise (Gründung) inwendig nicht mehr findend, weil er sie inwendig nicht mehr sucht, — sich nach aussen kehrt, und als solches ausgekommenes Feuer anfängt. — Dieses Anfangen coincidirt bekanntlich mit dem Aufhören (Verzehrtwerden) der Basis dieses Feuers, d. h. mit dem Aufhören dieses Producirtwerdens. Das Begründende dieses Feuers (der Subjectivität der Natur) wird ihm zum Hemmenden, so wie dem Hydrcphoben dasselbe Lebenselement, dessen Aneignung er bedarf, zur Pein und

*) Dass das verbrennende Feuer nur ein ausgekommenes Feuer ist, und dass dieses Auskommen mit dem Aufhören oder Erlöschen des inneren brennenden Feuers coincidirt — hat zuerst J. Böhme nachgewiesen.

Quaal wird. Das Feuer ist übrigens das subjective Princip der Natur, das Innere (Mas), das Wasser das Objective (Aeussere, Foemina), das Licht der Begriff beider. — Jacob Böhme dehnte diesen Begriff des Brennens (als Lebens) mit mehreren älteren Naturforschern auch auf das geistliche und göttliche (ewige) Leben aus, und zwar keineswegs, wie ihm der Unverstand vorwarf und vorwirft, im naturalistischen oder pantheistischen Sinne *). Alle

*) Auch Rätze's und Petri's Auffassung der Lehre Böhme's in den Artikeln: Böhme und die Böhmisten in Erschs und Grubers allgemeiner Encyclopädie der Wissenschaften und Künste hält sich nicht von dem von Baader gerügten Missverständnisse frei. So anerkennungswerth das Streben der beiden genannten Schriftsteller nach Unparteilichkeit in der Beurtheilung Böhme's ist, so haben sie sich doch des Standpunctes nicht zu bemächtigen gewusst, von dem aus die grossen Leistungen Böhme's in ihrem wahren Lichte erscheinen. Rätze verkennt vor Allem, dass Böhme's Schriften, was man auch als Auswüchse im Einzelnen entfernt wünschen mag, einen bedeutenden theoretischen Werth besitzen. Es genügt nicht, mit Rätze zu sagen, (Blumenlese aus J. Böhmens Schriften etc. Vorrede S. VII), bei allen Mängeln seiner Schriften treffe man doch auf eine Menge Stellen, in welchen die reine Vernunft aus ihm spreche, und tief in das Uebersinnliche, Moralische und Göttliche eindringe. Sein Urtheil im Praktischen sei überall fest und bestimmt, und so rein und heilig Kant die Tugend und Religiosität auf das Sittengesetz baue, ebenso rein und heilig gründe Böhme dieselbe auf den Willen Gottes, dem sich der Mensch ergeben solle, ohne Rücksprache mit seiner Ichheit, Selbstsucht und Sinnlichkeit zu nehmen. Hier muss man schon fragen, welche von beiden Begründungen die richtige ist, und ob, wenn es die Böhme's ist, wie sie es denn ist, die Kants noch religiös und sittlich sein kann. Ueberdies ist die Begründung Böhme's theoretisch und darum constitutiv und nicht bloss wie jene Kants regulativ und quasitheoretisch. Ist sie aber bei Böhme theoretisch, so kann sein Werth nicht bloss praktisch sein. Daher bleibt Rätze weit hinter dem ächten Verständnisse Böhme's zurück, wenn er in seinem Artikel: Böhme (Erschs u. Grubers Encyclopädie XI, 173) sagt, das einzige Haltbare und Anziehende in Böhme's Schriften sei das Moralische, Religiöse und Dichterische, welches überall hervortrete; aber etwas Systematisches und Zusammenhängendes sei in ihnen nicht zu suchen und alle Bemühungen darum seien etwas Vergebliches. Rätze hätte hier das Theoretische mit dem Systematischen nicht vermengen sollen. Niemand behauptet, dass J. Böhme ein System der Philosophie in der Gestalt des Systems gegeben habe, aber dies berechtigt nicht, zu behaupten, dass er nicht die Principien eines Systems, wenn auch in unvollkommener Gestalt und schwerzudurchdringender Form, und eines Systems von grösserer Tiefe, als alle vorausgegangenen und von Epoche machender Bedeutung gegeben habe. Wenn

seine Schriften sind nur Versuche, jenen einen Grundtext der Schrift auszulegen: „Gott ist ein Licht“, wobei er aber die Ne-

---

Rätze ferner sagt, seine philosophischen Darstellungen von dem objectiven Sein, Wirken und Schaffen Gottes enthielten nur Entwicklungen des vernünftigen speculativen Bewusstseins darüber, ohne weitere Begründung derselben durch Beweise, so gibt er also doch im Widerspruche mit dem Vorausgehenden zu, dass Böhme philosophische Darstellungen gibt und es wäre nicht zu begreifen, wie sie nach seinem eigenen Zugeständnisse Entwickelungen des vernünftigen speculativen Bewusstseins sein könnten, wenn sie, wie er meint, ohne alle Begründung durch Beweise gelassen wären. Das ist aber nicht schlechthin der Fall, J. Böhme beweiset nur nicht in der Form des methodischen Philosophen, es wohnt seinen Lehren aber eine eigenthümliche Beweiskraft ein, wenn gleich nur für denjenigen, der sie im inneren Zusammenhange zu erfassen weiss. Vollends aber verräth Rätze, wie wenig er in die Tiefen J. Böhme's eingedrungen ist, wenn er den haltlosen, sich widersprechenden Satz niederschreiben konnte, „von seinen (Böhme's) christlichen Darstellungen isolirt gedacht möchten sie wohl mit dem Spinozismus und mit der Naturphilosophie in Eins zusammenfallen. Aber er stellt Gott auch zugleich von Seiten des christlichen Glaubens auf das Vollkommenste dar, und nicht jene philosophische, sondern die christliche Darstellung enthielt seinen Religionsglauben in sich“. Das lautet fast, wie wenn Einer sagte, dieser Mensch, von seiner Seele und seinem Geiste isolirt gedacht, möchte wohl kein menschlicher Organismus, sondern eine blosse Leiche sein. Doch auch dieser Vergleich trifft die Verkehrtheit der obigen Aeusserung Rätze's noch nicht ganz, denn mit der Leiche hätte es seine volle Richtigkeit, nicht so aber mit Böhme's angeblichem Spinozismus und Schellingianismus der früheren Epoche. Böhme's Lehre lässt sich nemlich von seinen christlichen Darstellungen, seinem Religionsglauben isolirt gar nicht denken. Seine Lehre ist völlig eins mit seinem Religionsglauben und dieser mit jener. Wäre Böhme's Theorie Spinozismus und Pantheismus, so wäre sein christlicher Religionsglaube im Widerspruche mit seiner Theorie und höchstens von subjectivem Werthe gewesen. Schelling selbst hat darüber jedenfalls anders gedacht, sonst hätte er nicht nöthig gefunden, sein früheres pantheistisches System aufzugeben und, durch J. Böhme mit veranlasst, ein theistisches System aufzustellen oder doch anzustreben. Spinozistisch und pantheistisch ist aber das System Böhme's von vornherein s c h o n d a r u m n i c h t, weil es überall von Gott als dem absoluten Urgeist ausgeht und die Welt ihm nicht die Selbstverwirklichung Gottes, sondern Schöpfung als Hervorbringung eines von Gott verschiedenen Daseins ist. Wenn Böhme Pantheist gewesen wäre, so würde er nicht gesagt haben: „Willst du wissen, wo Gott wohnt, so nimm weg Natur und Creatur, alsdann ist Gott Alles.“ (Böhme unterscheidet also nicht bloss die Creatur, sondern sogar die (ewige) Natur von Gott. Hier haben wir, mit Rothe zu sprechen, aller-

gativität dieses Lichtes nicht übersah: „Gott ist ein verzehrendes Feuer“, weil nemlich ein Licht sich nicht gegen ein selbes als

---

dings einen Pantheismus, aber in Gott selbst.) Ebenso würde Böhme nicht gesagt haben: „Gott ist in sich selbst nur Eins, als eine lautere Lauterkeit ohne Berührung. Er bedarf nirgends eines Ortes zu seiner Wohnung, sondern er ist zugleich ausser und in der Welt.“ (Gott ist also supramundan und intramundan, transscendent und immanent. Das aber lässt sich in Wahrheit nur von Gott als urgeistigem, persönlichem Wesen sagen.) Böhme würde nicht die Lehre, dass Gott selbst im strengen Verstande Alles sei und Alles Gott die Religion des Teufels genannt haben, er würde nicht die Ewigkeit im strengen Verstande Gott allein zugeschrieben und sie allem Geschaffenen abgesprochen haben, er würde nicht dem Geschöpflichen eine bloss ideelle Ewigkeit in der göttlichen Weisheit beigelegt und dessen Verwirklichung aus dem Willen Gottes abgeleitet haben. Ebenso wenig würde er die Lehre von der Endlosigkeit der Verdammniss festgehalten haben. In seinen Streitschriften bekämpft Böhme, wie schon gezeigt wurde, den Pantheismus ausdrücklich und nachdrücklich. — Petri glaubt Böhme's Theosophie aus der Naturphilosophie des Paracelsus, aus den aus alter orientalischer Philosophie entwickelten Systemen der Neuplatoniker und christlichen Gnostiker und der Kabbala ableiten zu sollen. Es kann auch nicht jeder Zusammenhang damit abgeleugnet werden. Allein Böhme's Lehre ist keine blosse Eklektik daraus, kein blosser Abklatsch davon, wobei nur „die Kraft und Fülle seiner Phantasie ihn die Leistungen seiner Vorgänger hätte überfliegen“ lassen, auch beschränkte sich seine eigene Thätigkeit in der Umbildung nicht, wie Rätze meint, darauf, dass er alles von Aussen Aufgenommene nur mit dem religiösen Stoff, der ihn begeistert, amalgamirt und in eine dichterische Form gebracht hätte, sondern mit schöpferischer Geisteskraft und Geistestiefe ging er über das Empfangene weit hinaus und drang er in der Erfassung der obersten Principien bis zu einer Tiefe vor, welche vor ihm kein Forscher erreicht hatte. Man muss aber freilich erst diese Principien mit Baader erkannt haben (und es gehörte die Genialität eines Baader zur Lösung der Aufgabe, diese Principien aus der vielfach verschlackten Gestalt der Böhme'schen Schriften an das helle Licht des Tages herauf zu heben), um sich von der Wahrheit dieser Behauptung überzeugen zu können. Böhme hatte übrigens das bestimmteste Bewusstsein von der Originalität, Tiefe und Bedeutung seiner Leistungen, welche übrigens seiner aufrichtigen Demuth und Bescheidenheit nicht den geringsten Eintrag that, auch ihm in der Hauptsache die Mangelhaftigkeit und Unvollkommenheit seiner Darstellungsweise nicht verhüllte, obgleich begreiflicherweise nicht in allen Beziehungen die volle Einsicht davon in ihm vorhanden sein konnte, wie namentlich in seinen Ausfällen auf die Verkehrtheiten seiner Zeit und besonders seiner Gegner, in seinen Anklagen, Ermahnungen und Warnungen zwar überall sein tiefer Ernst hervortritt, aber auch mitunter eine rauhe Derb-

Process aufzuheben Strebendes, als solches, erhalten könnte, falls es nicht die Macht hätte, gegen dieses Aufhebende selbst als aufhebend (verbrennend) sich kund zu geben.

---

heit sich ausspricht und häufig sich die allgemeine Geschmacklosigkeit seiner Zeit widerspiegelt. Wie wenig ihn die Leistungen der Schriftsteller, die er kennen gelernt hatte, zu befriedigen vermochten, darüber drückt er sich an verschiedenen Stellen seiner Werke bestimmt genug aus. „Ich habe, sagt er (bereits in der Morgenröthe c. 10, §. 27.), viel hoher Meister Schriften gelesen, in Hoffnung den Grund und die rechte Tiefe darinnen zu finden; aber ich habe nichts gefunden, als einen halbtodten Geist, der sich ängstet zur Gesundheit und kann doch um seiner grossen Schwachheit willen nicht zur vollkommenen Kraft kommen." Vergl. von den drei Principien göttl. Wesens, c. 10, § 1. — Vom dreif. Leben des Menschen c. 2. §. 2—4, 17—18, 38, 94. c. 3, §. 29. — Unterricht von den letzten Zeiten an Paul Kaym I, 62. Theosophiche Sendbriefe, X, 28. und andere Stellen. Er stellt es ausdrücklich in Abrede, nach andern Meistern und Schriften geschrieben zu haben und erklärt seine Erkenntniss für eine Gabe Gottes, „denn ich ja, schreibt er (10ter Sendbrief), mit nichten sagen kann, dass es meines Verstandes und der Vernunft Werk sei, sondern erkenne es für ein Wunder, darinnen Gott will grosse Dinge offenbaren: da denn meine Vernunft gleich auch mit zusieht und sich immer mit verwundert, denn ich habe die Geheimnisse mein Leben lang nicht studirt, auch fast nicht davon gewusst, denn ich bin ein Laie und soll nun solche Dinge ans Licht bringen, das allen hohen Schulen ist zu mächtig gewesen, gegen welchen ich doch ein Kind bin, und weder Kunst, noch ihre Weisheit habe, und muss schlechts aus einer andern Schule schreiben." „Denn ich nehme, heisst es in der Aurora (c. 2. §. 48 und 49.), mein Schreiben und Buch nicht von andern Meistern. Und ob ich gleich viel Exempel und Zeugnisse der Heiligen Gottes darinnen führe, so ist mir doch solches Alles von Gott in meinen Sinn geschrieben, dass ichs ganz ungezweifelt glaube, erkenne und sehe, nicht im Fleisch, sondern im Geiste, im Trieb und Willen Gottes. Nicht also zu verstehen, dass meine Vernunft grösser wäre, als aller Derer, die da leben; sondern ich bin des Herrn Zweig, nur ein kleines und geringes Fünklein von Ihm; Er mag mich setzen, wo er hin will, ich kann Ihm das nicht wehren. Ebenso ist dies nicht mein natürlicher Wille, den ich aus meinen Kräften vermag: denn so mir der Geist entzogen wird, so kenne oder verstehe ich meine eigene Arbeit nicht, und muss mich auf allen Seiten mit dem Teufel kratzen und schlagen, und bin der Anfechtung und Trübsal unterworfen, wie alle Menschen." (Vergl. 10ter Sendbrief §. 29.) An andern Stellen drückt sich sein Selbstgefühl stärker aus, aber nie im Widerspruche und stets in Unterordnung unter seine Grundüberzeugung, dass er den Reichthum und die Tiefe seiner Anschauungen und Ideen der Gnade und Mittheilung Gottes verdanke.

3.

Wenn schon die neuere Chemie und Physiologie jenen Begriff eines immanenten Brennens als des Grundprocesses oder der inneren Grundbewegung der Natur noch nicht erfasst hat, so nähert sie sich ihm doch sichtbar und folglich auch der Einsicht, dass alle äussere (sogenannte mechanische) Bewegung, insofern

---

Dieser Glaube verleitet ihn aber nicht, sich völlige Irrthumlosigkeit zuzuschreiben. Was er schon in der Aurora von der Aurora selber sagt, passet eigentlich auf alle seine Schriften. Er sagt aber (im 22ten Capitel, 41ten Vers der Aurora): „Jedoch nicht also gemeinet, dass ich gar nicht irren könnte: denn es sind etliche Dinge nicht genug erkläret und sind gleich als wie von éinem Anblick des grossen Gottes beschrieben worden, da sich das Rad der Natur zu geschwinde umwendet und der Mensch mit seiner halbtodten und zähen Begreiflichkeit nicht genugsam fassen kann. „Ich verstund zuvor, heisst es in der ersten Schutzschrift wider Tilken §. 27 und 28, wenig die hohen Glaubensartikel, nur als der Laien Art ist, viel weniger die Natur; bis mir das Licht in der ewigen Natur anhub zu scheinen; davon ich so sehr lüstern ward, dass ich anfing und wollte mir mein Erkenntniss zu einem Memorial aufschreiben. Denn der Geist ging hindurch als ein Blitz, und sahe in Grund der Ewigkeit; oder wie ein Platzregen vorübergehet; was der trifft, das trifft er; also gings auch mir. Ich fing an zu schreiben als ein Knabe in der Schule, und schrieb also in meiner Erkenntniss und eifrigem Trieb immerhin fort und allein für mich selber.“ (Vergl. Unterricht von den letzten Zeiten an Paul Kaym I, §. 60—63 und den 10ten Sendbrief §. 4.) Dass Böhme in ähnlicher Weise auch die übrigen Schriften schrieb, geht aus einer Stelle des zehnten Sendbriefes (§. 45) hervor, wo er sagt: „Und ob ich wohl könnte etwas zierlicher und verständiger schreiben, so dies die Ursache, dass das brennende Feuer öfters zu geschwinde treibet: dem muss die Hand und Feder nacheilen; denn es gehet als ein Platzregen, was es trifft, das trifft es. Wäre es möglich, Alles zu ergreifen und zu schreiben, so würde es wohl dreimal mehr und tiefer gegründet; aber es kann nicht sein: und darum werden mehr als éin Buch gemacht, mehr als éine Philosophie, und immer tiefer, also dass dasjenige, was in éiner nicht hat mögen ergriffen werden, in der andern gefunden werde. Und wäre gut, dass endlich aus allen nur Eines gemachet würde, und würden die andern alle weggethan; denn die Vielheit macht Streit und Widerwärtigkeit wegen des zähen Begriffs der Leser, welche nicht wissen den Geist zu unterscheiden, der also wunderliche Sprache führet, da die Vernunft öfters meint, es sei ihr widerwärtig, und ist doch in der Tiefe nicht widerwärtig.“ (Vergl. den 12ten Sendbrief §. 10—14.) H.

sie dem sich Bewegenden natürlich ist, nur die Folge jener inneren Bewegung, und sohin dieser nur dienend, sein kann. Mit der Gestalt (dem unmittelbaren Ausdrucke jener inneren Bewegung) eines Leiblichen ist auch seine Stellung zu allem anderen Leiblichen inner gewissen Gränzen (einer gewissen Bahn) schon gegeben oder vorgeschrieben, und ein einzelnes Gestirn läuft z. B. nur darum in einer gewissen Bahn mit gewisser Geschwindigkeit und inner einem gewissen Cyclus von Constellationen mit allen übrigen Gestirnen, beschreibt also nur darum eine gewisse Figur (denn alles Bewegen ist Figurbeschreiben, und diese himmlischen Naturen schreiben, weil sie nicht sprechen können), um sein eigenes Corpus zu erhalten, so wie es dieses nur erhält, indem es jene Figur beschreibt, (das Organ setzt sich nur functionirend). Könnte man ein solches Gestirn aufhalten in seinem Laufe, so würde dasselbe vergehen, nur schneller, als jedes Thier, welches man hinderte, seiner Luft, Nahrung &c. nachzugehen.

Bekanntlich betrachteten oder erkannten vielmehr die Alten alle Gestalten der Elementarkörper als eine Sternenschrift. Die stumme Natur schreibt, da sie nicht sprechen kann, d. h. das Wort schreibt durch sie.

4.

Da J. Böhme den Begriff des Brennens als solchen, d. i. immanent, gefasst hat*), so wurde ihm natürlich die Identität oder vielmehr die Unzertrennbarkeit der Wechselwirkung des Verbrennens und des Löschens, wobei es also weder zum wirklichen Verbrennen, noch zum wirklichen Löschen kömmt, des Zehrens (Consumirens) und des Nährens (Speisens oder Producirens) klar, und man kann von ihm sagen, dass er unter den Deutschen der Erste war, welcher, gleich Mose (1 Mose 3, 2—3), den Muth hatte, jenes grosse Gesicht des brennenden und doch nicht verbrennenden Busches näher zu besehen. Die Feuer-, Licht- und Lebenstheorie dieses Schriftstellers führt darum unmittelbar zur Einsicht, dass und wie das wahrhafte

---

*) Böhmes Werke IV, 5 ff. VI, 21. H.

(ewig selige) Leben nur sich bewegend zu ruhen, nur ruhend sich zu bewegen vermag, und wie nicht die abstract gefasste Bewegung der gleichfalls abstract gefassten Ruhe (die abstracte Zeit dem abstracten Raume), sondern nur die ruhige (in sich, wie ausser sich begründete) Bewegung der unruhigen (wie Jacob Böhme sie nennt, abgründigen oder abyssalen, d. i. entgründeten) entgegengesetzt werden kann, jenem Satze gemäss: Motus in loco (natali) placidus, extra locum turbidus. Das Bleibende (Ruhende) der Bewegung (der inneren, wie der äusseren) ist nemlich überall der Begriff und die Figur, welche sie manifestirt, denn was die Figur äusserlich, das ist der Begriff (als Intensum) innerlich.

5.

Adam Müller, welcher bekanntlich den crassen Materialismus unserer Staatswissenschaftslehren zerstörte und uns, statt der bisherigen Anatomien oder Sectionsberichte des Staates zuerst eine Physiologie desselben gab, begegnet in seinem Versuche einer Theorie des Geldes demselben Begriffe der im Normalzustande einträchtigen Wechselwirkung der Consumtion und Production (des Suchens und Findens in J. Böhme's Sprache), gemäss welcher das Essen nur durch das Speisen, das Speisen nur durch das Essen erhalten wird, und beide in dieser Wechselwirkung eigentlich nur ein drittes Höheres, Mittleres, Geistiges, — den Credit oder die Staatskraft, als die wahrhafte lebendige Substanz (Capital im höheren Sinne), — hervorbringen, oder vielmehr deren actuoser Hervorbringung (Manifestation) dienen.

A. Müller hat ferner nachgewiesen, wie nur der Bezug auf diese Staatssubstanz (welche ein Immaterielles, und weil nicht bloss Thier — darum ein Persönliches ist!) jedem einzelnen Staatsbürger das Maass (standard) seiner eigenen Substantialität, d. h. seines Theilhaftseins an (nicht etwa im pantheistisch-spinozistischen Sinne eines Theilseins von) dieser éinen Staatssubstanz oder seines Credits gibt, und ihn sohin gelten oder zu Geld macht. Ein Begriff des Geltens oder des Werthes, welcher auch in der höchsten Lebensregion gilt. Nam quantum unusquisque est in oculis tuis (d. h. in Bezug auf Gott) tantum est et non amplius, ait humilis Sanctus Franciscus. (De Imitatione Christi Lib. III. Cap. L.) Ich erlaube mir zur Erläuterung des Gesagten eine Stelle aus einem meiner Berichte an den ehemaligen russischen Herrn Cultus-Minister, Fürsten Golizin, hier beizusetzen, welche sowohl in engerer staatswirthschaftlicher, als in universeller oder moralischer Hinsicht Anwendung leidet. Dans un ordre quelconque des êtres individuels, ceux-ci ne sont vraiment independants ou libres l'un de l'autre, qu'autant qu'ils sont (chacun d'eux) racinés *dans* (donc soumis à ou dependants *de*) leur *être-Principe (être-centre* ou *etre-cause)*, comme au contraire nous voyons ces êtres devenir moins substantiels, donc moins libres entre eux-mêmes, en proportion que leur enfonçement dans l'être-centre diminue. C. a. d. en proportion de la non-soumission d'un tel être individuel à l'être-centre, tous les autres êtres peseront sur lui comme lui sur eux, et cette pression lui fera naitre avec la repulsion (haine) universelle la tendance superbe de vouloir se soumêttre tous ces autres êtres, et la tendance avide de s'en vouloir approprier toute leur substance. — Weil der zuerst von Gott abtrünnig gewordene Geist Alles (Gott selbst) sein wollte, darum ist er nichts geworden, und weil er nichts (und gleich einem finstern Schatten alles Seienden von diesem allen abhängig) geworden, fährt er in seinem tantalischen Streben fort, Alles sein zu wollen. Darum sagt St. Martin von ihm (l'Esprit des Choses I. S. 212) qu'il n'est rien qu'une universelle concentration sans la possibilité d'aucun développement et cependant sentant le perpétuel besoin d'être tout et d'avoir un développement universel. Mephistopheles bezeuget sich darum (in Göthe's Faust *)) auch damit als Lügengeist, dass er

*) Es ist merkwürdig, dass Göthe den Mephistopheles gleich in seiner ersten Unterredung mit Faust sich als Pantheisten aussprechen und den Ursprung seiner als des Bösen pantheistisch erklären lässt:

Faust.

Nun gut wer bist du denn?

Mephistopheles.

Ein Theil von jener Kraft,
Die stets das Böse will und stets das Gute schafft.

von dem **Lichte** behauptet, es hafte nur an den Körpern und müsse mit diesen zu Grunde gehen, da doch nur der **Schatten** es ist, von welchem wir ein solches unmächtiges Haften an den Körpern behaupten müssen.

6.

In Bezug auf jenen in vorgehender Stelle gerügten Unterschied des Theilseins von einer Substanz und des Theilnehmens oder Theilhaftseins an ihr bemerke ich hier Folgendes. Wenn man nemlich sagt: „**dass Gott alle Dinge, die Er hervorbringt, ist**", so will man hiemit nur sagen, dass alles von Gott Hervorgebrachte keine mit Gott gleiche, von ihm unabhängige Selbständigkeit hat oder dass Gott keinen Gott, sondern nur sein Bild hervorbringt, sich so wenig numerisch fortpflanzend, als numerisch (durch eine itio in partes) theilend. Indem also Spinoza die Alleinigkeit der Substanz (oder dass nur éine absolute Substanz sei) behauptete, sprach er eine ewige Wahrheit aus oder sprach dieser nur nach, was sie (Exodi 3, 14) von

---

Faust.
Was ist mit diesem Räthselwort gemeint?
Mephistopheles.
Ich bin der Geist, der stets verneint!
Und das mit Recht; denn alles was entsteht
Ist werth, dass es zu Grunde geht;
Drum besser wär's, dass nichts entstünde.....

Ich bin ein Theil des Theils, der Anfangs alles war,
Ein Theil der Finsterniss, die sich das Licht gebar,
Das stolze Licht, das nun der Mutter Nacht
Den alten Rang, den Raum ihr streitig macht,
Und doch gelingts ihm nicht, da es, so viel es strebt,
Verhaftet an den Körpern klebt,
Von Körpern strömts, die Körper macht es schön,
Ein Körper hemmt's auf seinem Gange,
So hoff' ich, dauert es nicht lange
Und mit den Körpern wird's zu Grunde gehn.

Dieser Pantheismus ist nur eben der Pantheismus des Teufels, über den er selbst, der es besser weiss, hinaus ist, dessen er sich nur als Verfinsterungs- und Verführungsmittel bedient. Und gewiss diese teuflische Taktik ist nicht schlecht angelegt einem Faust gegenüber. H.

sich sagte: Sic dices filiis Israel: *qui est* misit me ad vos. — Dagegen fehlte dem Spinoza der Begriff der secundairen oder abhängigen Substantialität, und er vermengte das Theilnehmen der letztern an der absoluten Substanz sofort und im abstracten Sinne mit einem numerischen Theilsein von derselben. Wenn aber jedes einzelne von Gott Hervorgebrachte unselbständig (im absoluten Sinne) ist, so sieht man leicht ein, dass eine Allheit solcher Unselbständigkeiten kein Selbständiges machen, und dass umgekehrt ein Selbständiges sich in Unselbständige nicht aufheben (in sie auf- oder darauf gehen) kann, und nichts scheint darum lächerlicher, als den pantheistischen Welt- und Gottesbegriff (der Identität Gottes und der Welt oder beider Homousie, welche der Gebrauch des Wortes modus bei Spinoza ausspricht) uns als das Resultat tiefster Speculation anpreisen zu hören. Wie wahr und klar sprach sich dagegen schon längst Meister Eckart über diesen Gegenstand aus, indem er sagte: „Weil Gott frei ist und ledig von allen Dingen, ist Er alle Ding." *) —

*) So sehr Rätze und Petri Böhme dadurch zu ehren meinen, dass sie (Ersch u. Gruber Encylpd. XI, 176) bei Schleiermacher mehrfache Uebereinstimmung mit Ideen des deutschen Philosophen gefunden haben wollen, so müssen wir doch behaupten, dass solche Uebereinstimmung sich auf einen einzigen der angegebenen Puncte beschränkt. Es soll hier nicht untersucht werden, ob Schleiermacher nicht noch in andern Puncten, die Petri nicht berührt, mit Böhme übereinstimmt oder doch ihm nahe tritt. Richtig ist nemlich wohl, dass Böhme wie Schleiermacher den Glauben als eine Willensthätigkeit aufgefasst hat, unrichtig aber, dass er wie jener in gewisser Hinsicht eine göttliche Causalität der Sünde angenommen und die Sünde und das Uebel nur als einen Durchgang durch die Menschheit vorgestellt habe, indem dieses und jenes durch Christum wieder verschwinden solle. Schleiermachers Glaubenslehre ist bei allem Hochverdienstlichen, was ihr zukommt, doch im Grunde eine freilich geniale Umbildung Calvins durch Schelling und Spinoza (mit zum Theil doch zugleich Jacobi'schen Elementen). Sie ist daher deterministisch und pantheistisch. Böhme's Lehre ist beides nicht. Sie widersetzt sich der Ansicht, dass Gott im Menschen die Sünde wolle und vollbringe, man möge nun einen doppelten (offenbaren und verborgenen) oder einfachen Willen in Gott statuiren, wie sie sich der Ansicht widersetzt, dass die Geschöpfe verschwindende Momente der ewigen Selbstverwirklichung Gottes seien. Die mit grosser Beredsamkeit geschriebenen Streitschriften Böhme's gegen Tilken, Stiefel und Meth sind antideterministisch und anti-

Spinoza's Begriff der Substanz war übrigens auch darum unvollständig, weil er den (in der Anmerk. zum 11. §.) be-

---

pantheistisch. Böhme kämpft dort überall gegen den Calvinismus und gegen den Pantheismus. Hätte Spinoza bereits existirt und hätte in diesem Falle Böhme Kunde von seiner Lehre erhalten, so würde sich Niemand energischer gegen ihn ausgesprochen haben, als er und auch Schleiermacher würde so wenig als Schelling und Hegel im gleichen Falle diesen tiefsinnigen, wenn gleich in Knechtsgestalt in der Welt der Wissenschaft erschienenen, Geist befriedigt haben. Da Böhme auf das entschiedenste und nachdrücklichste die freie Wahl der Geistwesen lehrt und vertheidigt, so schliesst er auch die göttliche Causalität der Sünde aus. Auch stellt er die Sünde und das Uebel nicht als einen Durchgang durch die Menschheit vor (ein ungeschickter Ausdruck), denn er verneint die Nothwendigkeit der Sünde, und er behauptet die Endlosigkeit der Strafen der Verdammten. Es ist kaum möglich, sich stärker gegen die Prädestinationslehre und folglich gegen jeden Determinismus auszudrücken, als es Böhme in seiner 2ten Schutzschrift wider Tilken in folgenden Worten gethan hat: „Meines Gegensatzes Lehre ist durchaus anders nichts, als: mache Gott einen guten Baum, so sei er's, das ist, mache er einen guten Christen, so sei er's, als dürfe der Mensch nichts dazu thun, er dürfe nicht dazu wirken und arbeiten, dass er ein guter Baum werde. Ach, erbarme es doch Gott! Warum hat uns denn Gott Gesetze und Lehren gegeben und gesagt: Du sollst das und jenes nicht thun, so er das Böse haben will? Wie gar schändlich irret doch der Mensch, wie leichtfertig machet er den Menschen! Lieben Brüder, besinnet euch nur ob der abscheulichen Lehre; wie raffet er (Tilken) doch die Sprüche der Schrift zum falschen Gottesdienst zusammen, nur dass er beweise, dass Gott Gutes und Böses in uns wirke. Was darf's Beweis? Ich sage auch also, dass Gottes Liebe Gutes, das ist, Frucht zum ewigen Leben in uns wirke; und sein Zorn, so wir ihm uns eingeben, wirke Böses, Frucht zum Tode und zur Verdammniss. Was hilft ihm doch das, dass er die Menschen auf einen leichtfertigen Weg führet? Er sage ihnen lieber, dass sie sollen Busse thun, wie Gott im Propheten spricht: Heute, wenn ihr des Herrn Stimme höret, so verstocket eure Herzen nicht! Ps. 95. 8. Lasset mein Wort zu euren Herzen und Ohren eingehen! Er aber saget, es könne nicht hinein; Gott mache einen guten oder bösen Baum. Das dienet gut zu aller Leichtfertigkeit und Gottlosigkeit, und endlich zur Verzweiflung; das ist das Ende seiner Lehre, Mehreres und Besseres werdet ihr in seiner Gnadenwahl nicht finden. Und ich sage mit Grunde, und ist die theure Wahrheit, dass, so eine solche Lehre wird angenommen werden, so wird die Welt vollend eine Mordgrube des Teufels werden. Dann würde ein jeder sagen, wie kann ich anders thun, als mich Gott treibet; will mich Gott zum Kinde haben, so wird er mich wohl lehren und führen; bin ich aber nicht erwählet, was soll ich denn lange den Frommen hold sein? Ich will

merklich gemachten Substanzirungsact als ein Sichfassen in einem Abhängigen (in Wesen) nicht kannte. Die Einung (Substanzirung) von A ist nur durch Desubstanzirung (Dissolution, Aufhebung &c.) von B, u. v. v. Z. B. le vieil homme (l'homme des ténêbres &c.) doit étre dissous par le même feu sacré (homme des lumiere) qu'il tient enseveli dans lui-même. — Uebrigens liegt im Begriffe der Desubstanzirung als Theilung jener der Trennung einer Conjunction eines Aeusseren mit einem entsprechenden Inneren. Point d'âppuie ou de ralliement — Nom (bei Namen Rufen) — Initium substantiae. — Bekräftung durch Entkräftung — Behaupten durch Enthaupten — wobei zu bemerken, dass das Böse (die Lüge) es nie zur Substanzirung bringt, sondern immer nur im tantalischen Streben darnach bleibt. Manifestation durch Occultation (was man Attraction als Intensirung nennt, ist eben Occultation oder Aufhebung der Aeusserung).

7.

J. Böhme's Theosophie beruht ganz auf dem Evangelium Johannis 1, 1—4. Nemlich: Gott, der ewig seine Wunder erzeigen, sich selber nach seinem Vermögen offenbar werden, seine Subjectivität mit seiner Objectivität ausgleichen will, bewirkt diese Offenbarung oder Selbstbeleuchtung nicht unmittelbar, auch nicht bloss durch Fassung oder Setzung seiner ewigen Natur als Subjectivität und als der Gebärerin dieser Wunder, sondern nur mittelst des aus dieser Natur aus, sich ewig eingebärenden Wortes, welches jene Natur aufschliesst, so dass sie ihre Wunder in Ihm, gleich einem Gewächse, ins Licht hervorzubringen vermag*). Dieses Wort, als zwar Selbst einerzeugt, nennt darum St. Martin die révelation-centre oder révelation révelante, weil sie alle Offen-

thun, als der Teufel, und sie anfeinden, in dess Reich ich gehöre; ich will stehlen, rauben, morden und den Albernen betrügen, dass ich mächtig und wohllüstig sei; es wird doch nichts anderes daraus. Weil mich Gott nicht ziehen will, so muss ich ja dem Gott Lucifer dienen; will mich aber Gott haben, so wird er mich wohl davon ziehen, dass ich's nicht thue." &c. H.

*) Ich habe bereits im 5ten Hefte dieser Schrift dieses Wort als den Begriff der Subjectivität und Objectivität bezeichnet.

barung (jener Wunder) begründet, so wie in demselben Sinne Paulus dasselbe „den Erstgebornen vor aller Creatur" nennt. Womit denn auch sogleich klar wird, dass die Natur (somit jede Creatur als particularisirte Natur) nur durch und in ihrer Selbstaufhebung in diesem, allem Werdenden rufenden, Worte durch ihr Sichlassen oder Gelassenbleiben demselben ihre eigenen Wunder in jenem hervorbringen (selbst aussprechen) kann. Wogegen der Creatur Selbsterhebung, ihr Bestreben sich für sich zur révelation-centre oder révelante zu fassen oder ihre Coagulirung (als geschlossenes Fürsichseinwollen) dieselbe impotent, unfruchtbar, verstummend oder nichtleuchtend macht, und sie der tantalischen Quaal einer nur negativen Selbstmanifestation unterwirft.

8.

Nicht nur hebt J. Böhme seine Construction nicht, wie man gewöhnlich meint, von jener ewigen Natur an, welcher er immer den unerforschlichen ewigen Offenbarungswillen vorsetzt, sondern es ist bei seiner Darstellung dieses circuli vitae durchaus von keinem (abstracten) Anfange (oder Ende) die Rede. Wenn selber darum von einer ewigen Wiedergeburt, als einer anderen oder zweiten Lebensgeburt spricht, so haben diese Benennungen nur insofern Bedeutung, als in der Reproduction dieser Lebensgeburt (in der Creatur) allerdings ein solches fixirtes Hervortreten eines einzelnen Momentes dieser Lebensgeburt statt finden kann, wo denn durch Aufhalten jenes vollendenden Momentes eben dieser die Vollendung bedingende Moment die Benennung des zweiten zum Unterschiede eines übrigbleibenden ersten erhält. J. Böhme zeigt nun, wie dieser erste Moment, abstract gefasst die ewige Natur, nicht als solcher in den zweiten Moment sich zu erheben oder einzudringen vermag, sondern wie nur durch sein sich vertiefendes Aufheben das Aufgehen seiner Wunder in des Lichtes als des zweiten Momentes Kraft und Verstand möglich und wirklich wird: ein immanentes Sichunterscheiden der niedersteigenden Wurzel und der aufsteigenden Krone — der Demuth und der Erhabenheit, des Verheimlichens und des Offenbarens, — welches jedes Wachsthum bedingt. — Auf dieselbe

Weise vermag nun auch, wie J. Böhme sagt, die Seele des Menschen, als eine ewige Creatur in der ewigen Natur „mit ihrem Stock“ stehend, nicht mit letzterem als ihrem geistigen essentialen Corpus ins Licht Gottes einzudringen, dasselbe zu begreifen oder zu fassen, sondern sie muss gleichfalls als eine Wurzel sich in dieser Lichtregion heimlich halten, und nur mit ihrem Willen, sowohl aus dem äusseren als dem Sternen- und Elementenleben, als auch aus ihrer ewigen Wurzel oder Lebensursache ausdringen, diesen Willen in dem ihr entgegenwallenden Licht- und Liebewillen Gottes schöpfend. Dann wird ihr Wille von Gott angenommen und ihre Seele, mit Gottes Universalwort befruchtet, fähig gemacht, durch und aus ihrer ewigen Particularnatur eben so ein Particularwort auszugebären, wie nach Obigem das Universalwort aus der Universalnatur ausgeboren wird, und nur mittelst dieses ihres Particularlichtwortes (als mittelst ihrer partiellen révelation révelante) vermag auch sie ihre Wunder in dieser partiellen Lichtsphäre auszugebären, und ist, wie J. Böhme sagt, diese Seele hiemit Gottes Kind, denn sie steht in ihrer Qual und doppelten Lebensgeburt, wie Gott der Vater selbst in der Qual der ewigen Natur. Soll darum die Seele zur Wiedergeburt gelangen, so muss in ihr und durch sie vorerst ihr Wiedergebärer geboren werden.

Man vergleiche über das hier Gesagte St. Martin's Schrift: Le nouvel homme. Uebrigens gilt hier was §. 6 vom Unterschiede des Primitiven (Absoluten) und Secundairen (Abhängigen) gesagt worden ist, und es ist und bleibt das Wort bei dieser Multiplication doch ungetheilt nur éines und dasselbe. „Niemand“, sagt Meister Eckart, „mag den Vater erkennen, denn sein einiger Sohn, und Niemand den Sohn, denn der Vater. Und darum, soll der Mensch Gott bekennen, in dem seine ewige Seligkeit steht, so muss er ein einiger Sohn mit Christo sein (nach Obigem nicht ein Theil seiner Natur, sondern dieser theilhaftig sein) und wollt ihr selig sein, so müsst ihr ein einiger Sohn sein (ihr müsst Eins sein in mir, sagt Christus), nicht viele Söhne, sondern éin Sohn. Ihr sollt wohl sein unterschieden (Viele) nach natürlicher oder creatürlicher Geburt, aber nach jener einigen Geburt sollt ihr Einer sein. Denn in Gott ist nicht mehr, denn éin väterlicher Ursprung und darum so ist darin nicht mehr, denn éin väterlicher Ausfluss des Sohnes, nicht zwei, sondern éiner, und darum sollt' ihr Eins sein mit Christo, so müsst ihr ein einiger Ausfluss sein mit dem Worte.“ — An einem anderen Orte erklärt sich Meister Eckart hierüber noch bestimmter: „Wenn Gottes Wille mein Wille geworden — denn es ist zwar gut, wenn ich meinen insofern von Gottes Willen noch unterschiedenen oder nicht schon ihm geeinten Willen jenem lasse, somit mein Wille Gottes Wille wird, aber besser ist es, wenn dieses reflectirende Lassen nicht mehr nöthig und Gottes Wille bereits der meinige geworden, — dass es wird ein einig Ein, so gebiert der Vater vom Himmel seinen eingeborenen Sohn in Sich, und in mich. Warum in Sich und in Mich? Da bin ich einig mit Ihm (nicht etwa confundirt). Er mag mich nicht ausschliessen, d. i. von der Participation Seiner, und in diesem Werk empfahet der h. Geist sein Wesen und sein Werden von mir als von Gott. Warum? Da bin ich in Gott, und nimmt Er es von mir nicht, so nimmt Er's von Gott nicht. Er mag mich in keiner Weise ausschliessen. Dieses zu wissen ist nicht noth (allen Gläubigen). —“ Sonst sagt derselbe Meister Eckart bei solchen höheren Doctrinen: „dass grobe Leute selbe glauben müssen, den Erleuchteten aber sie zu wissen seien“, sohin vor allen, sollte man meinen, den Theologen. Und doch hat erst kürzlich ein Theolog sich keinen Gewissensscrupel darüber gemacht: diesen Eckart, so wie den Tauler, Jac. Böhme &c. für Pantheisten zu erklären, welches Schicksal ohne Zweifel auch dem h. Paulus bevorsteht wegen seiner Behauptung: dass Gott Alles in Allem sein wird. Doch so hat, sagt Eckart, das blosse Wesen der Gottheit das blosse Wesen des (Menschen-) Geistes von ihm selber dermassen an sich aufgezogen und sich gleich gemacht, dass da nichts erscheinet dann ein einig Wesen, obschon doch zwei Wesen da sind. — Wie kann man also dem M. Eckart vorwerfen, dass er die Homousie Gottes mit dem Geschöpfe gelehrt habe? *)

*) Ohne allen Zweifel würden unzählige Namenchristen und Rationalisten, wenn ihnen die h. Schrift des alten und neuen Bundes, besonders

9.

In J. Böhme's Feuer- und Lichttheorie gilt das Feuer oder vielmehr dessen Wurzel (Ursache) als Natur, das Licht als der

---

die Briefe des h. Paulus und das Evangelium des Johannes als noch nicht bekannte Werke von unbekannter Herkunft vorgelegt werden könnten, überall Pantheismus darin erblicken. Man darf behaupten, dass die oben im Texte genannten Forscher von Vielen gerade desshalb des Pantheismus beschuldigt werden, weil sie mit so grosser Lebendigkeit und Innigkeit auf dem Grunde der Schriftlehre wurzeln. Denn, wie Krause (die absolute Religionsphilosophie II, 227.) mit Recht sagt, die Benennung eines Mystikers und ausserdem eines Pantheisten wird vornehmlich einem Jeden zugetheilt, der, mit der Bibel übereinstimmig, lehrt, dass Alles in Gott, und Gott in Allem ist. Ob die Beschuldigung, die in diesen Benennungen liegt, wahr ist, oder auch nur Sinn hat, zu untersuchen, sind Wenige geneigt und fähig; aber die Verläumdung verfängt doch bei Vielen, und die verderbliche, Ruf und Wirksamkeit vergiftende und hemmende Wirkung derselben ist im Allgemeinen gewiss." &c. Hermann Ulrici hat zwar mit Recht der ungründlichen Ansicht Feuerbachs widersprochen, wonach Böhme's Lehre auf Pantheismus hinauslaufen soll. Aber in anderer Beziehung ist seine Auffassung nicht befriedigend. So weit sich, sagt er, (Das Grundprincip der Philosophie kritisch und speculativ entwickelt, Leipzig, Weigel 1845 I, 189) durch die Hülle seiner symbolich-phantastischen Redeweise durchblicken lässt, scheint seine Anschauung folgende gewesen zu sein: »Das ewige, unanfängliche Herz oder Licht Gottes, das da ist in und über allen Himmeln, d. h. das wahre, absolute, dreieinige Wesen Gottes, ist ebenso sehr ewig vollendet, als in einem ewigen Selbstgebärungsprocesse begriffen, der zugleich der Schöpfungsprocess der ewigen, göttlichen, gleich absoluten Welt ist. In diesem Processe schafft zwar Gott zugleich auch diese irdische Welt, aber auch die irdische Welt sich selbst in ihm &c." Diese Auffassung setzt voraus, dass Böhme die Ewigkeit der Weltschöpfung und insbesondere der Schöpfung der irdischen Welt gelehrt habe. Dies ist aber unrichtig. Böhme hat nur die Ewigkeit der idealen Weltschöpfung (wenn man so sagen darf) gelehrt, nicht aber die der realen. Zuvörderst kann nichts gewisser sein, als dass J. Böhme die Schöpfung der irdischen Welt als eine secundäre von der primitiven Schöpfung unterschied, wie ihm denn diese secundäre Schöpfung erst nach dem Falle Lucifers und seiner Engelschaaren begann. Die Nichturprünglichkeit, somit um so mehr die Anfänglichkeit der irdischen Schöpfung hat auch Weisse (Das phil. Problem der Gegenwart, Leipzig, Reichenbach, 1842. S. 250—251) mit Bestimmtheit erkannt. Wenn er aber die primitive und die secundäre Schöpfung mit ewiger und zeitlicher Schöpfung identisch nimmt und auch Böhme mit dieser Identificirung einverstanden glaubt, so ist gegen diese Auffassung Erhebliches zu erinnern. Nach J. Böhme ist, wie Weisse wohl erkennt, Gott

Geist inner und über dieser Natur, und die beständige Begründung, Substanzirung oder Realisirung dieses Lichtgeistes geschieht

---

keine leere und keine unterschiedslose Einheit, sondern Einheit unendlicher und unermesslicher Fülle, er ist auch nicht blosse ideale Fülle oder unendliche Totalität der Idee (Hegel), sondern die Totalität der das Wesen Gottes selbst darstellenden Ideen ist zugleich real, wesenhaft. Gott müsste aber doch nicht wahrhaft unendlich sein, wenn er nichts dächte, wollte und wirkte als nur sich selbst in der Totalität seiner ewig realen Bildungen. Sollte das bloss sich selbst Denken, Wollen und Wirken Gottes Unendlichkeit keinen Eintrag thun, so müsste die Möglichkeit eines von Gott selbst verschiedenen Seins absolut undenkbar, die Denkbarkeit eines solchen absolut unmöglich sein. Die Undenkbarkeit der Möglichkeit eines von Gott verschiedenen Seins hebt sich aber durch sich selbst auf, da sie den Gedanken eines möglicherweise verschiedenen Seins wenigstens als Gedanken immer schon voraussetzt. So ewig daher Gott sich selbst denkt, will und wirkt, so ewig schaut, denkt, will und wirkt Gott daher auch die Unendlichkeit des durch seine Schöpferkraft Verwirklichtwerdenkönnenden, des durch, in und aus Gott, dem Urwirklichen, Möglichen, und das Schauen, Denken, Wollen und Wirken dieser Unendlichkeit des ewig Möglichen ist selbst ein Moment der ewigen und unendlichen Wirklichkeit Gottes. Der Satz: „Gott ist nur Gott als Schöpfer der Welt" hat daher jedenfalls seine Wahrheit, wenn man unter Schöpfung der Welt die ewige ideale Schöpfung der Welt, die eigentlich Erzeugung ist, versteht. Denn so ewig Gott ist, so ewig ist die Möglichkeit, der Gedanke, die Idee, das Urbild der Welt im Geiste Gottes und von diesem Urbilde der Welt sammt den in ihm umfassten Momenten gilt im eigentlichsten Sinne jenes kühne Wort des Angelus Silesius:

„Ich weiss, dass ohne mich Gott nicht ein Nun kann leben,
Werd' ich zu nicht, Er muss von Noth den Geist aufgeben."

Gott also realisirt nicht bloss sich selbst ewig in unendlichen realen Bildungen, sondern er schaut zugleich ewig in seiner ewigen Magie die Urbilder des von ihm selbst verschiedenen Seins, des Geschöpflichen, aber dieses ewig Mögliche ist nicht zugleich ewig verwirklicht. Wäre es dieses, könnte es dieses sein, was schon darum nicht ist, weil solche Schöpfung doch nur Selbstverwirklichung Gottes und darum nicht Schöpfung, nicht Hervorbringung von Gott verschiedenen Seins wäre, so gehörte es zur ewigen Selbstgeburt Gottes, wäre erzeugt, nicht geschaffen, wäre unentstanden wie unbeendbar, anfanglos und endlos und daher auch zeitlos. Zeitliche Entwickelung, geschichtlicher Verlauf wären undenkbar. So verhält es sich nach J. Böhme nicht, sondern die Verwirklichung des als eines von Gott verschiedenen Seins Möglichen hat einen Anfang. Gott ist schon an sich allgegenwärtig und überall. Er gestaltet sich ewig in unendlichen Bildungen und seine Allgegenwart ist die absolute und göttliche, ewige, ungeschaffene Zeit, (obgleich die Zeit nicht besonders und

nach J. Böhme durch eine beständige Subjicirung, Entgründung der Natur (divide et impera), wodurch diese eben heimlich (nicht selbstisch offenbar bleibt, als die göttliche ewig im Lichte verschlungene Nacht, welche nie als solche oder actuos hervorbricht,

---

ausser den Weltwesen geschaffen ist), wie sein Ueberallsein der absolute und göttliche, ungeschaffene Raum. Aber die Verwirklichung des von Gott verschiedenen Seins, der Schöpfung, hat Anfang, wie denn Böhme an unzähligen Stellen seiner Schriften den Anfang der Schöpfung und der Zeit einschärft. Nicht aber statuirt er nur für die irdische Schöpfung einen Anfang, sondern ausdrücklich auch für die primitive (Engelwelt-) Schöpfung; obgleich nicht ganz in demselben Sinne.

Weder die Engel, noch die Menschen, noch irgend welche andere Geschöpfe gelten unserem Böhme für ewig geschaffen, folglich auch das Universum selbst nicht. Was geschaffen ist, ist als Geschaffenes nicht ewig. Denn was Böhme die ewigen Quellgeister, die ewigen Bildungen und Gestaltungen der ewigen Natur nennt, das sind ihm nicht Geschöpfe, sondern von Gott selbst unabtrennliche Momente seiner ewigen Selbstoffenbarung und Selbstgestaltung, immanente Productionen, nicht emanente. J. Böhme behauptet, es habe vor der Engelschöpfung keine Schöpfung stattgefunden und er verneint also nach der Vergangenheit hin die Unendlichkeit von Schöpfungsreihen. Wenn er sagt, vor der Schöpfung sei nur die Ewigkeit gewesen, so könnte man glauben, er habe die Ewigkeit zur Zeit selbst in ein zeitliches Verhältniss gesetzt und sich eine Zeit abgelaufen gedacht, bis Gott zur Schöpfung geschritten sei. Diese Annahme entspricht aber doch nicht seiner wahren Meinung. Nicht in der Zeit oder nach Ablauf irgend einer Zeit hat Gott nach Böhme die Welt geschaffen, sondern erst mit der Schöpfung entstund die Zeit oder die Schöpfung war die Bedingung des Entstehens der Zeit. Ideell ist die Zeit freilich so ewig in Gott, als die Idee der Welt selbst ewig ist. Aber die Idee der Welt ist die Idee des von Gott selbst verschiedenen, sich in Raum und Zeit zu entwickeln und in Gott als in die Vollendung und Ewigkeit sich aufzuheben bestimmten Seins. Die ideelle Ewigkeit der Zeit verneint daher nicht die Anfänglichkeit und die Endlichkeit der Zeit, denn die ewige Idee der Zeit ist eben die ewige Idee des Nichtewigen, des anfangenden und in sein Ende als in seine Vollendung einzugehen bestimmten Seins. Wenn die Idee des Nichtewigen, Zeitlichen ewig ist, so folgt nicht, dass das Nichtewige, Zeitliche selbst ewig und ohne Anfang ist, denn alsdann wäre es ja gerade nicht das Nichtewige, Zeitliche und als solches gedacht, sondern es wäre selbst das Ewige, Nichtzeitliche und als solches gedacht. Unerschütterlich fest steht also, dass alles Geschaffene einen Anfang hat. Aber nimmermehr kann die Ewigkeit der Zeit zeitlich vorausgehen und folglich hört die Ewigkeit nie auf Ewigkeit zu sein, wenn die Zeit aus ihr entspringt. Die Frage: Wann sie aus ihr entspringt? hat keinen Sinn, weil in der Ewigkeit keine Zeit ist. H.

und wesswegen Johannes Gott ein Licht nennt, in welchem keine Finsterniss, oder einen ewigen Tag, welcher mit keiner Nacht wechselt. Ich habe bereits im vierten Hefte dieser Schrift §. 14 bemerklich gemacht, wie eben durch dieses Niezusichselberkommen (auf sich Reflectiren) dieser Natur und deren beständiges vor sich in die freie oder Lichtregion Gehaltenbleiben selbe das Vermögen erhält und behält, ihre Wunder (Erzeugnisse) in diese Region hervor zu treiben, und ihren Wachsens- oder Productionstrieb zu realisiren; wobei denn auch ihre Geburtsangst immer in Geburtsfreude verschlungen bleibt, und nur dann, aber gewiss, sofort hervortritt, sowie das Gebären gehemmt wird. Und so habe ich denn auch in demselben vierten Hefte nachgewiesen, dass und wie nur in der Creatur durch Erlöschen des Lichtes (Aufheben der Mitte) jenes wilde Naturfeuer auszukommen vermag, und dass dieses Auskommen nur begreiflich wird, wenn man die Wechselwirkung des feuererzeugenden (verbrennenden) und wassererzeugenden (löschenden) Processes begriffen hat. So wie ich nemlich meinen Feuerathem der göttlichen Region lasse (mein einmal zu sich selber gekommenes, auf sich beschlossenes Naturgemüth jener öffnen lasse), so werde ich sofort inne, dass jene himmlischen, kühlenden Gewässer der Sanft- und Demuth in mich herabsteigen, welche, indem sie mich substanziren (oder wie der Franzose sagt: les quels substantent mon âme) mich von dem Angstbrennen und Feueraufsteigen d. h. von jener unseligen Centrum- oder Mitteflüchtigkeit befreien und erlösen*). Die in mir entzündete und in dieser Entzündung morbos sensibel (weil selbstisch-real) gewordene Natur wird somit als solche wieder insensibel, und tritt in ihr Mysterium zurück, in welchem,

*) Alle Wesenheit (Leiblichkeit) wird von der Ueberwundenheit als von einer Abgabe (Entladung) einer Activität, diese Entkräftung mag nun freiwillig oder gezwungen sein (das Wesen ist nemlich bei J. Böhme immer ein Aufgehobenes, Durchdrungenes oder Erfasstes). Jene Centrifugalität construirt übrigens J. Böhme als ein beständiges Ausfahrenwollen über die göttliche Majestät, welches (weil inner dem Ixionsrade gehalten) immer nur wieder ein Hinabstürzen unter dieselbe ist. Hoffart und Fall coincidiren folglich hier immer.

wie die Physiologie beweiset, jede vitale Wurzelaction bleiben soll, deren Offenbarwerden darum überall die Folge des Genusses der verbotenen Frucht des Baumes der Erkenntniss des Guten und des Bösen ist.

10.

„Alle Creaturen", sagt Meister Eckart, „wirken danach, dass sie wollen gebären, und wollen sich dem Vater gleichen." *) — Denn der Vater hat die Creatur nicht etwa (wie die älteste und die jüngste Naturphilosophie wähnt) als Sohn, d. h. um an der Welt seinen Sohn zu haben, herausgesetzt, sondern damit sie ihm seinen Sohn, den er ewig in sich hat, den er aber als Wort gleichsam zur Schöpfung der Welt verwendet, aufgehoben oder suspendirt hat, wieder gebäre. Denn so wie (in der Zeit) der Mensch erst die Idea in sich gebiert, ehe er das Werk schafft, und seine Idea (als sein Liebstes) gleichsam in der Ausführung hingibt, so kann man das Schaffen als ein ähnliches Aufheben (Entäussern) der Idea betrachten, welches ihre Restitution und zwar in Potenzirung und Verherrlichung bezweckt **) („mein

*) Wie nach J. Böhme der erste Ausgang (ewige Begierde, Natur etc.) eben nur den ewigen Eingang (Eingeburt) des Sohnes vermittelt. Wogegen Arius nicht den in Gott Seienden, sondern den Ausgegangenen und zwar wesentlich von ihm Unterschiedenen, d. h. das Geschöpf den Sohn nannte, von dessen Wiederaufhebung der Vater doch nur lebte, so dass Gott zwar von der Sünde, Geschöpfe zu machen nicht lassen könnte, durch beständige Wiedertilgung derselben seine Sünde indess ewig bekennte und bereute.

**) „Gottes ewiger Wille" (sagt Böhme im dreifachen Leben des Menschen 16, 37), „ist eine Ursache und Anfang der ewigen Natur, und der Glanz der Majestät Gottes entsteht aus der Schärfe dieser ewigen Natur, und urständet doch vor der Natur als der Blitz der ewigen Freiheit, von dem jene (Natur) den Glanz in ihrer scharfen Gebärung fänget, und ihn im Feuer erhebet (potenziret) zu einem triumphirenden hohen Licht. Um welcher Ursachen willen sich die ewige Freiheit ausser der Natur nach der Natur sehnet, dass sie will im Wunder offenbar sein, und Majestät in Herrlichkeit und Macht haben: denn wenn keine Natur wäre, so wäre auch keine Herrlichkeit und Macht, vielweniger Majestät, auch kein Geist, sondern eine Stille ohne Wesen, ein ewig Nichts ohne Glanz, Schein oder Laut." Die Flachheit findet solche Darstellungen höchstens interessant, hat aber kein Interesse mit ihnen in die Tiefe selber zu gehen.

Wort soll mir nicht leer zurück kommen"); wie denn das dargestellte Kunstwerk dem Künstler seine Idea wieder gibt (der Effect wieder Ursache wird). Und in demselben Sinne sagt die Schrift, dass der Mensch **zum** Bilde Gottes geschaffen worden ist, nemlich dazu, dass er dieses Bild in und durch sich ausgebäre oder realisire, welches er aber unterliess und wesswegen Gott selbst in dem und durch den Menschen diese Ausgeburt wirkte. — Der Moment des Sichaufhebens in ein Anderes ist darum überall von einem zweiten Momente des Wiederaufhebens jenes Aufhebens als eines Wiederausgleichens der mit der ersten Aufhebung eingetretenen Spannung (des Subjectiven und Objectiven) — wohl zu unterscheiden, keineswegs aber davon zu trennen (zu abstrahiren). Vielmehr ist nach J. Böhme alle Verderbniss einer Creatur eben in den Rücktritt und das abstracte Festhalten jenes ersten Momentes zu setzen, und das Periculum vitae für jede Creatur liegt eben in dieser isolirten Fixirbarkeit (Erstarrbarkeit), somit auch Opponirbarkeit dieses ersten Momentes gegen den zweiten, so wie in der Lösbarkeit (Fluidisirbarkeit) dieser Erstarrung ihre Erlösbarkeit liegt.

11.

Alle Verderbtheit, als die legitime Evolution revolutionistisch hemmend, ist sohin in einer Umwandlung eines dienenden Mittels in ein refractaires Hinderniss zu suchen, so wie die Tilgung einer solchen Verderbtheit in einer Wiederaufhebung eines solchen Hindernisses zum Mittel, was natürlich nur für die Creatur gilt, nicht für Gott, für welchen, wie Maistre sagt, alles, auch das Hinderniss nur Mittel ist. Was nun diese Aufhebung betrifft, so ist Folgendes zu bemerken: 1) Soll eine Creatur ihres Mittels mächtig werden, so muss sie sich solches aneignen, wozu aber nöthig ist, dass es sich ihr erst als nicht schon eigen (subjicirt) darbiete, ja in diesem noch unbestimmten Zustande fähig, sowohl von der Creatur subjicirt zu werden, als sie zu subjiciren. Eine Versuchung, die man freilich nur im weitesten Sinne eine solche nennen kann, welche aber jede intelligente Creatur, als ursprünglich unschuldig und darum weder gut, noch böse, zu ihrer Selbstbewährung durchgehen muss, um (wie ich im ersten Hefte dieser Schrift nachwies) zur Illabilität zu gelangen. Ist nun 2) dieser Aufhebungsact von der unschuldigen (als solcher noch labilen) Creatur gehörig geschehen, so wird die Erhebbarkeit des Mittels zum Hinderniss auch für immer in ihr getilgt sein, und der nun permanente Zustand des Aufgehobenseins des ersten wird von Seiten der Creatur keines besondern Actes (z. B. einer Reflexion auf das Gesetz) mehr bedürfen. Ist aber 3) durch Schuld der Creatur die Selbsterhebbarkeit des Mittels bis zur actuosen Selbsterhebung oder illegitimen Verselbständigung gekommen, und ist folglich nicht (wie dieses im Unschuldstande der Fall war) bloss die Entzündbarkeit, sondern ihre wirkliche Entzündung aufzuheben, so begreift man leicht, dass dieser Erhebungsact (für die gefallene Creatur) zwar ein anderer, als jener (für die unschuldige Creatur) sein und denn doch der Zweck derselbe sein muss: nemlich die Aufhebung (radicale Tilgung) aller ferneren Entzündbarkeit, im letzteren Falle zugleich mit und durch die Aufhebung der Entzündung, im ersteren ohne solche, zu bewerkstelligen.

Ohne ein gründliches Verständniss des hier Gesagten ist der Theolog nicht im Stande eine genügende Theorie der Versuchung zu geben, z. B. des Unterschiedes der Versuchung des nichtsündigen Christs von jener des sündhaften Menschen, der doch unmittelbar, wie Jacobus sagt, nur von seiner eigenen Lust versucht wird, weil nur an dieser jeder äussere Versucher (Satan, Matthäi 16, 23., es sei dieser nun ein Mensch, oder kein Mensch) sich zu fassen vermag. In welchem Sinne auch jenes Wort des Christs zu verstehen ist: (Johannis 14, 30) „Es kommt der Fürst dieser Welt und hat nichts an mir“, hat keine Macht, weil keine Fassung an, geschweige in mir. Was sich nemlich als Selbständiges actuos äussern soll, kann es nur an und in einem Unselbständigen, welches jenes als Geist sich zum Wesen anzieht, in ihm sich fasst, und (selbes tragend) gründet. In der Liebe ist dieses wechselseitig; denn so wie a sich dem b als Wesen seinem Geiste lässt, so lässt sich b dem a als solches Wesen.

12.

Was in der Mechanik „Beschleunigung“ heisst, ist eigentlich die Genesis der Verselbständigung einer Bewegung. So lange nemlich eine Kraft gehindert wird, zu dieser Beschleunigung zu gelangen (welches dadurch geschieht, dass dieselbe immer wieder von neuem anzufangen genöthiget wird, sohin immer wieder aus ihrer versuchten Erhebung ohne eine bleibende Spur zurück sinkt, der Zeit nicht Meister werden könnend, so lange bleibt auch diese Kraft in ihren differentiellen Elementen gleichsam disseminirt, zerstreut und im eigentlichen Sinne latent, und kömmt nicht zur Integrirung, worunter man nemlich eine Intussusception jener Elemente (keine blosse Juxtaposition derselben) verstehen muss. J. Böhme's Construction der Manifestation des Lichtgeistes durch Heimlichhaltung der Natur, ist nun, wie man aus der bisherigen Darstellung sieht, auf denselben Begriff der Latenz (und Nichtlatenz) gebaut, welcher auch einigen Physikern (z. B. Leibniz) bei ihrem Unterscheiden der vis viva und mortua vorschwebte.

Wenn z. B. Paulus darüber klagt, dass der Mensch es zwar zum Guteswollen, aber nicht zum Vollbringen bringe, so heisst dies nichts anderes, als dass dieser Wille, zufolge seiner Gebundenheit am materiellen Zeitlichen, sich selber überlassen, nur eine vis mortua sei (tu si ex animo velis, bonum addas opus, sola cadaver est voluntas!) und bleibe, welche, ohne zur Integrirung zu gelangen, mit der Zeit, ihren Bewegungen und Lüsten, hinfliesse; und wie wir hier die desintegrirende Wirkung des Selbstdesintegrirten sehen, so werden wir auch die integrirende Wirkung der Berührung des Selbstintegrirten inne; jenes initium substantiae, von dem ich in meinen „Bemerkungen über einige anireligiöse Philosopheme unserer Zeit“ S. 9 sprach. — Der bekannte Satz in der Dynamik: „vis conjuncta fortior“ ist folglich dahin auszudehnen, dass ein jedes Actuose oder Kräftige eben nur durch eine solche Conjunction (Integrirung) und Intensirung wird, so wie durch deren Gegentheil entwird; und um einen anschaulichen Erweis des Gesagten an einem Beispiele in der niedrigsten Elementarnatur zu geben, mache ich hier auf die Erschöpfbarkeit der Fluidität, wie der Expansivität eines Fluidums bloss durch dessen mechanische Trennung (unter dem Tropfen) aufmerksam welche Eigenschaften umgekehrt mit der Anhäufung (der Zunahme im cubischen Verhältnisse eigener Berührung und der Abnahme äusserer oder fremder im Quadratverhältnisse) sich steigern, woraus auch folgt, dass zwar jeder starre Körper aus discreten Moléculen besteht, nicht aber der flüssige. Da übrigens die absolute Einheit der Action (der absolute Begriff) stets schon fertig ist, wenn auch nicht deren actuose Manifestation in jeder Region, so kann jede Integration eines Einzelnen nur durch ein Eingerücktsein in jene Einheit verstanden werden, so wie jede Differenzirung durch ein Entrücktsein aus letzterer.

13.

Zufolge der bisher angedeuteten Theorie des Normalverhältnisses des Natürlichen zum Uebernatürlichen und der Nothwendigkeit der Selbstaufhebung des erstern am und im letzteren, als Bedingung der freien Productivität oder Evolution des Vermögens der Creatur, wird einleuchtend, dass umgekehrt eben durch das „Sichselbersetzen" (sich Gesetz- oder Autonomseinwollen) jener diese Evolution revolutionistisch gehemmt, das Subject, anstatt subjicirt zu sein, subjicirend wird, und eine solche Creatur sich nicht bloss zur improductiven Natur herabsetzt, sondern zur destructiven Unnatur verkehrt, welche nur negativ sich zu manifestiren vermag, indem hier etwas zu einer usurpirten, wenn schon unwahren, Integrirung (Innerlichkeit oder Selbheit) gelangt, was bloss als Differenzial bestehen, somit der Integrirung eines Anderen als Fliessendes dienen sollte. Alle unsere neueren, seit Kant auf den Begriff einer solchen absoluten Autonomie gebauten, Moraldoctrinen sind sohin in ihrem Princip, im ausgedehntesten Sinne dieses Wortes, revolutionistisch, und eben so antimoralisch, als antireligiös. — Wie übrigens die revolutionaire Praxis (in jeder Region) die Evolution hemmt (§. 10), indem sie dieser ihrer Bedingung, als einem Hemmenden, sich widersetzt, so besteht auch die ganze, nur zu leicht verständliche, Theorie (der Grundirrthum oder die Grundlüge) dieser Praxis in einer Vermengung des die freie Evolution Begründenden mit dem dieselbe Hemmenden. Bekanntlich soll aber diese Begründung weder eine nur innerliche, noch eine nur äusserliche, sondern beides sein, letztere indess der ersteren nur dienen, auf welcher Einsicht, wie ich bereits im ersten Hefte dieser Schrift §. 16 in der Anmerkung zeigte, die Theorie alles legitimen und nichtlegitimen Zwangs beruht. So z. B. soll alle äussere Gesetzgebung nur dem inneren (moralischen) Gesetze dienen, alle Kirchendisciplin nur dem inneren religiösen Leben &c.

Es ist nicht zu leugnen, dass die neueren Lehren der Autonomie dazu dienten und dienen, in den jungen Gemüthern bei Zeiten jenen refractairen Geist der Hoffart zu entzünden, welcher alle bestehenden socialen und religiösen Institute verachtend und hassend als feindliche Hemmungsanstalten ansieht, weil dieselben ja in einer ganz entgegengesetzten Ueberzeugung wurzeln, nemlich in jener: dass ein Gesetz (inneres und äusseres) den Menschen nur insoferne verbinden könne, als es nicht sein eigenes Gemächte sei. (Toujours, sagt Maistre, l'homme *endurci* à la place de l'homme *résigné!*) — Und so kann es denn auch nicht befremden, wenn hiemit in der Brust manches Jünglings jene destructive Unnatur (der uns allen angeborene Keim des Zerstörungstriebs) geweckt wird, welche bekanntlich so sehr sich des Lebens bemeistern kann, dass dieser Zerstörungstrieb mit dem Gefühle des Daseins identisch wird, und ein solcher Mensch, in dem dieses wilde Feuer einmal ausgekommen ist, zerstören (alles Bestehende hassen und vernichten) muss, um sich nur im Gefühle seines Daseins zu erhalten. Umgekehrt gilt, wie wir wissen, dasselbe vom Erhaltungstrieb.

14.

Wer dieses Auskommen des wilden Feuers mit J. Böhme als Folge der Hemmung (Cessirung) des beleibenden (bleibenden oder in Mitte erhaltenden) Lichtprocesses einmal begriffen hat, der wird auch einsehen, dass ein solcher creatürlicher Geist, welcher diese Mitte verloren, sich selber überlassen, zu keiner standhaften Gestaltung (Bestand oder Verstand) kommen kann, und somit, gleich jenen sich immer zu gestalten strebenden und nie zur Gestaltung kommenden Räder- oder Proteusatomen, immer nur in der Phantasei des Gestaltens, als ein entleibter und zu Grunde gerichteter Spiritualist, sich befinden wird, von welchem J. Böhme sagt, dass er die ärmste Creatur sei, weil er Gott und sein Wesen verloren habe. Eine solche Entleibung (Entgründung) veranlasste nun nach J. Böhme die Schöpfung der materiellen Welt, durch welche jene zwar als Entzündlichkeit unaufgehoben blieb, doch aber in ihrem actuosen Ausbruche (der wirklichen Entzündung jenes wilden Feuers) gehemmt (suspendirt) ward.*) Radical kann nemlich diese Entzündlichkeit

*) Die Lehre Böhme's von der secundairen und zeitlichen Natur der materiellen Schöpfung wird von allen neueren Forschern seit Oetinger und St. Martin ausser von Baader und seinen Schülern missverstanden. Schelling hat zwar schon im Denkmal der Schrift Jacobi's von den göttlichen Dingen angedeutet, dass er hier ein Problem anerkenne, wovon der gewöhnliche Pantheismus wie der gewöhnliche idealistische Theismus nicht einmal die Ahnung, geschweige die Mittel der Lösung besitze. Allein obgleich er der Versicherung Jacobi's: „dass Gott nothwendig von Ewigkeit her erschaffen habe, werde auch von den tiefer denkenden Theisten nicht geleugnet," das jedenfalls denkwürdige Wort entgegensetzt: „Hätten Sie nur dies Eine Wort nicht gesagt! Dies Eine zeigt, dass Sie für die eigentlichen Tiefen dieses Systems, welche, überwunden, sich in den kühnsten und zugleich einfachsten Gedanken auflöst, keinen Sinn — dass Sie, trotz der beständigen Versicherungen, der Verstand sei antitheistisch, für die Behauptung dessen, was eigentlich in diesem Systeme den Verstand anzustossen scheint, aber gerade desshalb die höchste Kraft des Verstandes erfordert, — selber keinen Muth haben, indem Sie ihr leichtfertig ausweichen;" so hat doch Schelling selbst diese Auflösung bisher nicht gegeben. Weisse ist der einzige, der den Versuch gemacht hat, das von Schelling angedeutete Problem zu lösen: „Zwischen der Charybdis des Pantheismus und der Skylla des Dualismus, sagt er, wird Keiner unverletzt hindurchsteuern, der sich nicht zu dem Unterschiede einer ersten von der zweiten Schöpfung, dieser ebenso einfachen, als durchgreifenden Lösung eines Problemes, welches eine Zeit lang für das schwierigste von allen gegolten hat, bekennen will." (Das philos. Problem der Gegenwart S. 245 u. 246.) Er hebt auch treffend mehrere Gründe hervor, die zur Anerkennung eines solchen Unterschiedes nöthigen. Allein er identificirt mit Unrecht die ewige Gestaltenwelt des Absoluten, was J. Böhme die ewigen Quellgeister nennt, mit der Engelwelt, er nennt mit Unrecht jene Gestaltenwelt die ewige Schöpfung, da doch was Moment des Absoluten

nur durch jene ewige Wiederbeleibung getilgt und geheilt werden und man hat darum (wie ich in meinen „Bemerkungen über einige antireligiöse Philosopheme unserer Zeit" bereits nachwies) diesen materiellen Leibwerdungsprocess theils als eine Hemmungsanstalt gegen jene Entzündung, theils als die Werkstätte (matrix) einer neuen ewigen Beleibung zu betrachten, durch welche allein das „Uebel" in der Wurzel getilgt wird. In diesem Sinne sagt J. Böhme, dass es nur eine luciferische Hoffart sei, vor Gott, als dem absoluten Geist, ohne Leib sein zu wollen, so wie der ewige Imperativ dieser Beleibung (Gründung) die Höllenpein macht.

J. Böhme setzt (dreifaches Leben c. 10. bes. 7 u. 45, 46, 47, 48 *)) diesen Leib des gefassten Willens Gottes, welcher (gleich jenem Opferrauch im Allerheiligsten) der Creatur die Nähe Gottes erträglich macht, darum in die neunte Zahl vor der zehnten (dem Kreuz) und behauptet, dass jede Creatur, welche, diesen Leib aufhebend, aus dieser Vertiefung und Demuth vor Gott sich erhebend, in die zehnte Zahl eindringen und durch oder über dieses göttliche Centrum hinaus fahren oder speculiren will, durch Gottes Reich hindurch wieder in das Alleräusserste aus Gott und aus dieser Welt Reich ins Feuercentrum hineinfährt, als in eine ewige Finsterniss, da das Feuer schwarz und ein immerwährender Hunger ist, und dass eine solche Creatur hiemit Lucifers Schicksal erfährt, welcher gleichfalls in der zehnten Zahl Schöpfer sein wollte, aber durch sie in das finstere Feuer des ewigen Urkunds fiel. —

15.

Jenem Feuerausbruch (14.) entgegen bewegte sich, nach J. Böhme, Gott im Lichte der Sanftmuth oder zog diese an,

---

selbst, Erzeugung, nicht Schöpfung ist, immanente Hervorbringung, nicht emanente. Die Engelwelt verschwindet ihm daher als Welt geschöpflicher, persönlicher Wesen und was er die zweite Schöpfung nennt ist in Wahrheit als emanente Hervorbringung doch nur die erste und hiemit die Schöpfung doch nur zeitlich. H.

*) Böhme's Werke IV, 143, 149—50. H.

wodurch selbe zufolge des descensus (amor descendit) gleichsam dicker, äusserlicher, d. i. zu Wasser ward, welches Wasser das Feuer gefangen hält, so dass es im Normalzustande der Schöpfung eine „unsichtbare Finsterniss“ bleibt. Sollte nun aber diese Schöpfungsanstalt ihren zweiten oder Hauptzweck erreichen, d. h. als Werkstätte jener ewigen Beleibung dienen, so bedurfte sie des Aufgangs einer zweiten, selbe als äussere Region mit der göttlichen vermittelnden, Sonne, des Aufgangs eines göttlichen Gestirns, d. i. des bereits selbst zu dieser ewigen Leibhaftigkeit oder Wesen gelangten oder gelangen sollenden Bildes Gottes (als Ebenbildes der Dreiheit, der Idea oder der göttlichen Jungfrau nach J. Böhme) und der Mensch ward darum zu diesem Bilde geschaffen, nemlich dazu, um sich mit ihm vermählend, selbem, als bis dahin nur noch einer Figur in der göttlichen Weisheit, dieselbe Leib- und Lebhaftigkeit zu geben, welche durch dieses menschgewordenen Bildes Vermittelung, suo modo, die ganze Schöpfung ausgebären sollte. Bekanntlich hat nun aber der Mensch diese Function nicht geleistet (anstatt sich mit jener himmlischen Jungfrau — dem Weibe seiner Jugend in der Schriftsprache — zu vermählen, hat er sich mit dem äusseren Sternen- und Elementenweibe vermählt) und darum musste Gott diese Function in dem, durch und für den Menschen leisten, und jenem Bilde selber Wesenheit anziehen, — verbum caro factum — damit der Liebe Geist (Seelengeist) Leib habe, in der ewigen Freiheit ewig gründe, und sowohl von jener inneren Entgründung, als von der nur durch diese nöthig gewordenen bloss äusseren Begründung (Beleibung) erlöset werde.

Diese Welt, sagt J. Böhme, ist vor ihrer Schöpfung in der ewigen Weisheit als eine (den intelligenten Creaturen) noch unsichtbare Figur von Ewigkeit gestanden, und ist zu dem Ende als ein eigenes Principium geschaffen (hat eigene, geschiedene Wesenheit erhalten), damit sie alle Wunder soll zum Wesen bringen, welche nach der Zeit (entwickelt und ausgewirkt) in der ewigen Wesenheit erscheinen sollen *). Womit denn auch die

*) Böhme's Werke II, 34 und 35. 46, 199. Morgenröthe im Aufgang c. 3 u. c. 18. III, 30, 31 u. 33 ff. Von drei Principien göttlichen Wesens

Vergänglichkeit dieses äusseren Weltwesens begreiflich wird, weil sie nemlich nur Mittel zu jenem ins ewige Wesen Bringen der Wunder ist, und mit dem erreichten Zwecke (der Vollendung der Zahl jener) ihre Endschaft erreicht *). Wie nun folglich nichts hervorgebracht wird in dieser Welt, was nicht in der Ewigkeit gestanden, so kann keine Creatur der Welt Wunder (Licht- wie Zornwunder) an Tag bringen, als der Mensch. Und hiemit wird auch begreiflich, dass demselben ausser jener himmlischen Wesenheit (welche die Schrift die englische nennt) auch noch dieser äusseren Welt Wesen angeschaffen werden musste (in die er hernach fiel), weil er sonst nicht im Stande gewesen wäre, die von dieser Welt Wesen „verschlungenen" Wunder zu eröffnen.

16.

Das bisher Gesagte wird nun auch dem Leser behilflich sein, jene „drei Weltepochen oder Weltalter" zu verstehen, welche J. Böhme statuirt. „Denn Gott (Vom dreifachen Leben des Menschen 7, 22 **)) ist dreifaltig in Personen, und wollte sich auch dreimal bewegen, nach jeder Person Eigenschaft, und nicht mehr in Ewigkeit. Zum Ersten bewegte sich das Centrum des Vaters Natur zur Schöpfung der Engel und fort zu dieser Welt (bei und in der Schöpfung der Engel war nemlich weder diese Welt, noch minder ihre Krone, die Bildniss der Dreizahl, schon offenbar.) Zum Anderen bewegte sich des Sohnes Natur, da das Herz Gottes Mensch ward: und das wird in Ewigkeit nicht mehr geschehen; und ob es geschieht, so geschieht's doch durch denselben einigen Menschen, der Gott ist, durch Viele und in Vielen. Zum Dritten wird sich am Ende der Welt des heil. Geistes Natur bewegen, da diese Welt wird wieder ins Aether gehen (ihre geschiedene Wesentlichkeit verlieren) und die Todten

---

c. 4. §. 31—32, 37. 45, 46, 57 ff. IV, 13, 17, 39, 59, 69, 70 ff. 285, 346, 351, 452 ff. 474, 493 ff. V, 8 ff. 32 ff. VI, 18, 48 ff. 155, 257 ff. 332 ff. 407 ff. 415, 465, 468 ff. 603. VII, 25 u. 26, 95, 99, 162, 172. H.

*) Böhme's Werke VI, 346. Von sechs theosophischen Puncten c. 2. §. 31. H.

**) Böhme's Werke IV, 104. H.

auferstehen. So wird der heil. Geist der Bewerber sein, der wird die grossen Wunder (Licht- und Liebewunder, wie Finster- und Zornwunder), so in der Welt geschehen sind, alle in die ewige Wesenheit stellen zu Gottes Ehren und Wunderthat und zur Freude der Creaturen, und Er wird der einige, ewige primus motor oder Beweger der Creaturen (Menschen und Engel) sein; denn durch Ihn grünet wieder das Paradies, welches wir allhier verloren haben. Also, wisset, liegen uns die grossen Wunder der Welt im Wege, welche alle erst mussten und bis zum Weltende noch müssen ergehen, und aus der Figürlichkeit in Zeit der Gestalten der Natur (in dieser ihrer Gebärungszeit der ewigen Wesentlichkeit) in dieses Wesen kommen." — So wie nemlich der Begriff des absoluten Gottes weder mit der Nichtunterscheidung (Confundirung), noch mit der Trennung und dem abstracten Festhalten der drei Personen besteht, so kommt auch der Weltbegriff (wie der Begriff des Weltlebens jedes individuellen Menschen) bei einer ähnlichen Confundirung oder Abstraction jener drei Epochen nicht zu Stande.

17.

In Bezug auf den im §. 15 aufgestellten Gegensatz der Figürlichkeit und Wesentlichkeit (eigentlich der noch nicht zum Wesen gekommenen, oder dessen verlustig gewordenen Figürlichkeit und der zum Wesen gekommenen) des untheilhaften und leibhaften Bildes, bemerke ich, dass nach J. Böhme zwar das Wesen dieser Welt vergeht, nicht aber ihre Figur, oder die mittelst jenes Wesens und durch sie ausgewirkten Figuren, welche vielmehr ins ewige Wesen gestellt, und hiemit allen ewigen Creaturen ewig offenbar und sichtig werden (nach ihrer Lichtseite den Bewohnern der Lichtwelt, nach ihrer Finsterseite jenen der Finsterwelt), eine Sichtbarkeit, welche sohin diese Figuren weder hatten, als sie nur erst in Gottes Weisheit standen, noch als sie nur erst im vergänglichen Wesen (im Reflexe) bloss jenen Creaturen sichtbar gewesen, die mit diesem gleichwesig waren, oder dasselbe vergängliche Wesen an sich hatten *). Dagegen

*) Böhme's Werke I, 145 ff. IV, 122—123. VI, 112 ff. 124—125. VII, 163, 187, 195. H.

wird (nach Aufhebung dieses vergänglichen Wesens) das, was jetzt nur noch Figur ist, Substanz werden; denn die vier Elemente halten (wie J. Böhme sagt) ein anderes Wesensprincipium inne, einer anderen Qual und eines anderen Lichtes (dieser äusseren Sonne), wogegen im éinen, ewigen Elemente die Wesen dieser Welt gleichfalls nur eine unbegreifliche Figur sind, somit in der Regel die Wesen jener Welt in diese, so wie die Wesen dieser Welt in jene, nur hineinscheinen oder, wie der gewöhnliche Ausdruck richtig sagt, erscheinen können. — Eine Depotenzirung des realen Empfindens des Materiellen bis zum bloss magischen Schauen desselben (welche Depotenzirung nothwendig die Folge einer geistigen Potenzirung und folglich eine Anticipation des irdischen Todes ist) haben uns die Beobachtungen an dem magnetischen Hellsehen genauer kennen gelehrt, bei welchen auch mir öfter der Fall vorkam, dass Somnambulen mir sagten: „dieser oder jener Theil meines Leibes leidet jetzt und, falls ich wach wäre, würde ich in demselben heftige Schmerzen empfinden.“ — Der Deutung und des Gebrauchs des Wortes „magisch“ im Gegensatze des Reellen, habe ich übrigens bereits im ersten Stücke meiner Schrift „Ueber magnetische Ekstase“ mich bedient, und ich halte diesen Ausdruck für bequemer und philosophisch richtiger, als jenen des Ideellen und Reellen, weil nemlich die Idea bei ihrer wahrhaften Realisirung eben aus ihrem magisch-figürlichen Sein erst leib- und lebhaft hervortritt. — Auch St. Martin nahm das Wort: Erscheinung in seiner engeren und wahrhaften Bedeutung für „apparition“ und nannte in diesem Sinne das Zeitlichmaterielle le tems apparent, solche von der tems vrai und der tems faux unterscheidend. (S. meine Schrift: Sur la notion du tems. Munic. 1818. S. 8. 9.)

Es ist schon öfter bemerkt worden, dass einer bereits weltfrei gewordenen Intelligenz (als Bewohnerin der Lichtwelt) ein Blick in die irdische Welt noch ungleich grauenhafter und gespenstischer oder unheimlicher dünken müsste, als den Bewohnern der irdischen Welt das Hineinblicken in eine tiefere. — Wenn übrigens die magnetischen Erscheinungen bis jetzt noch so wenig

geleistet haben, so liegt dieses theils in ihrer Natur, theils in der Zeit, in welche sie fielen. Einmal ist nemlich nicht zu leugnen, dass dieser Magnetismus sich noch fast ganz „im Elemente der Unwissenheit“ bewegt; indem, wie St. Martin bemerkt, anstatt dass der Geist des Propheten diesem unterthan sein sollte, hier der Prophet nicht nur seinem Geiste unterthan ist, sondern auch letzterer wieder dem Magnetiseur untergeben, der ihn eben so unwissend dirigirt, und der selber wieder durch unbewusste Mächte dirigirbar ist, so dass man sich hier in einer Loge befindet, welche von „unbekannten Obern“ dirigirt wird *). — Sodann darf nicht übersehen werden, dass die leichte Weise, mit welcher die Hellsehenden zu ihrer Erleuchtung gelangen, einem Zeitalter zusagt, welches dem Menschen alles spott-leicht machen und ihm überall jene Krisen ersparen will, welche freilich ganz andere, als diese somnambulistischen, sind. Nous devrions, sagt St. Martin, ne vivre (connoître &c.) ici bas que de sacrifices (supplices, supplications) et nous n'y voulons vivre que de jouissances.

18.

„Ich sahe den Satan vom Himmel fallen wie einen Blitz.“ — In der That bedarf jeder Mensch keiner geringeren Macht, als jener des Blitzes, um jenen finsteren magischen Kreis zu zersprengen, der seinen Geist gefangen hält. Soll nemlich dieses Centrum (bei J. Böhme der circulus vitiosus) **) durchbrochen

---

*) Il y faut ranger la plûpart de ces prodiges qui s'opérent dans l'assoupissement des sens corporels, *et non par la renaisance de nos véritables sens*, et qui livrent ainsi l'Homme-Esprit à toutes les régions qui se présentent, d'autant que nous avons lieu de croire que le crime de l'homme a commencé par le sommeil, et que c'est pour avoir *laissé* assoupir (Euthanasie) autrefois ses véritables sens, qu'il à èté plongé dans l'illusion et les ténèbres. *Ministére de l'Homme-Esprit.* 253, u. 350 sagt derselbe Schriftsteller: — Car c'est pendant la nuit que dans les deux ordres les ennemis peuvent opérer leurs plus grands ravages, comme en effet c'est *pendant* le sommeil de l'homme primitif qu' il devint la proie de son adversaire, et que le contrat divin fut oublié.

**) Ceux qui auront en l'occasion de considérer et des connoitre les formes fondamentales de la nature, n'ignorent pas que le *ver* ne fait qu'en représenter la *racine* (ver radical), et nous peignant l'avilissement que cette

(aufgehoben) werden, so muss (wie im III. Heft §. 3 bemerkt worden) eine Imagination oder eine erst magische Fassung (Willensschöpfung oder Glauben) in die und aus der Freiheit geschehen, welche Imagination diese anzieht, und womit also diese angezogene, von jenem Centrum der Natur nicht haltbare, Freiheit inner letzterem als Blitz aufgeht, welcher sofort dieser strengen, finsteren matrix die Macht nimmt, und wodurch selbe aus Strenge, weichend aus höchster Eigenwilligkeit, willenlos, sohin dem höheren Lichtgeiste Leib, wird; denn leiblich oder Wesen ist gegen ein Anderes das, was diesem Anderen zu Willen ist und selbst willenlos. Eben diese Durchbrechungs- oder Aufhebungskraft der Natur (des ersten Momentes der Lebensgeburt) verlor der Mensch im Falle, und er empfing nur von dem zuerst Erstandenen diese Macht, „Gottes Kind zu werden", wieder. Das Himmelreich leidet darum Gewalt und kann nicht „tout doucement", etwa im somnambulistischen Schlafe, gewonnen werden. *)

---

nature à eprouvé, et les efforts qu' elle fait, mais en vain, pour se delivrer de son angoisse en *circulant* continuellement. Ib. S. 353. Hier wirkt also das nach aussen Gekehrtseinsollende nach innen destructiv, corrodirend, als Wurm, der nie stirbt und beständig beunruhigend. Die Aufstörung der Angst (als Entblössung oder Beichte der racine desordonnée) ist als auf die Spitze Treiben (Pointirung) des hemmenden Princips die Bedingung der Subjection oder Entkräftung (Depotenzirung, Wesenmachung) desselben, d. i. der Befreiung. Uebrigens ist das Kreisen in Unruhe und Angst vom Kreisen in Ruhe zu unterscheiden, so wie das Kreisen in der Zeit von jenem in der Ewigkeit.

*) Unter diejenigen Schriftsteller neuerer Zeit, welche sich nach Kräften bemühen, Böhme Gerechtigkeit widerfahren zu lassen, gehört auch Prof. Dr. K. R. Hagenbach. Derselbe bemüht sich in seinen Vorlesungen über Wesen und Geschichte der Reformation (Leipzig, Weidmann, 1837 III, 345—370) Böhme's Vorzüge nach mehreren Seiten hin hervorzuheben, namentlich schildert er die in seinem Leben bewiesene Duldung, Mässigung und Standhaftigkeit, lobt seine Grundsätze der Duldsamkeit und der Gewissensfreiheit und strebt Mehreres, welches er ablehnen zu müssen glaubt, doch in einem milderen Lichte erscheinen zu lassen. In der Hauptsache aber zeigt sich Hagenbach gar nicht als einen Mann, der in die eigentlichen Tiefen Böhme's eingedrungen wäre, nicht bloss inwiefern es auf seine Philosophie ankommt, sondern auch inwiefern es auf seine Bedeutsamkeit für die Geschichte der religiösen Entwickelung des deutschen

Der hiezu fähige Leser mag nun darüber nachdenken „wie das der Conjunction Widerstehende (den Bruch Erhaltende) erst

---

Volkes ankommt, wiewohl Niemand die letztere vollkommen würdigen kann, der über die erstere nicht im Klaren ist. Schon in Bezug auf die herkömmlichen Beschuldigungen des Pantheismus und des Manichäismus sind die Aeusserungen Hagenbachs schwankend, indem er zuerst S. 26 Jacob Böhme mit Paracelsus, Weigel und Schwenkfeld sammt fast allen Theosophen und Mystikern dem Pantheismus huldigen, später aber (S. 358) bloss an ihn streifen lässt, und noch später (S. 361) zugesteht, dass sich Böhme gegen diesen Vorwurf zu verwahren gewusst habe und dass man auch wirklich nicht glauben dürfe, dass es je seine Absicht gewesen sei, den Unterschied von Gott und Welt ohne Weiteres aufzuheben, dass er vielmehr — und das mit Recht — den lebendigen Gott nicht aus seiner Schöpfung habe verbannen wollen; dass er aber doch einseitig mit den Mystikern nur den Gott, der in uns sei, herausgehoben und darüber die andere Seite (über der Verwandtschaft mit Gott die Abhängigkeit von Gott) vernachlässigt habe. Das hätte J. Böhme gethan? Jedes Blatt fast seiner Schriften führt den Gegenbeweis, den wir uns daher ersparen können. Eben so schwankend sagt Hagenbach, J. Böhme sei nicht ferne von der manichäischen Ansicht vom Ursprunge des Bösen (S. 364). Er wagt weder entschieden die Beschuldigung zu bejahen, noch sie entschieden zu verneinen, sondern glaubt, er könne glücklich zwischen Ja und Nein hindurchsegeln. Beim Lichte besehen hält er aber offenbar die Beschuldigung für begründet und hält das für Milde des Urtheils, es nicht geradezu zu sagen, was doch nur Schwäche oder mindestens eine der Wissenschaft nicht würdige Unbestimmtheit ist. Dass er aber die Beschuldigung für begründet hält, geht daraus hervor, dass er, obgleich er erst aus Böhme eine Bestimmung beibringt, durch deren rechtes Verständniss die Beschuldigung in ihr Nichts verschwindet, nemlich die, dass auch das Böse ursprünglich in Gott sei, nur nicht als ein Böses, es werde erst böse durch den Abfall, doch sagen kann: „Besonders beschäftigt ihn der Abfall des bösen Geistes, den er als König Lucifer bezeichnet. Auch hierin wagt sich Böhme auf ein weites Gebiet der Speculation hinaus. Was ist aber das Resultat davon, als dass er das böse Grundwesen aus dem Wesen Gottes sich hervorarbeiten und gleichsam einen Gott wider den andern streiten lässt; und mit diesem unerquicklichen Streite soll das Räthsel der Entstehung einer sichtbaren Welt, das Räthsel der Schöpfung gelöset sein?“ Damit wäre freilich das Räthsel nicht gelöset, aber, gleichviel ob Böhme dieses Räthsel gelöset habe oder nicht, so ist doch gewiss, dass sein Lösungsversuch etwas ganz Anderes ist, als Hagenbach darüber vorbringt. Nach Böhme war der Wille Lucifers frei, er musste nicht fallen, so wenig als Adam fallen musste, nach ihm arbeitet sich nicht das böse Grundwesen aus dem Wesen Gottes hervor, nach ihm gibt es kein böses Grundwesen im ethischen Sinne, in Gott ist nichts Böses und

auf die Spitze getrieben, bis zur angestrengten Persönlichkeits- oder Subjectivitätsexertion (als Kopf der Schlange) wieder con-

---

die Entstehung des Bösen ist kein nothwendiger, kein Naturprocess und der böse gewordene Lucifer ist kein Gott und wird durch seinen Abfall kein Gott, sondern ist und bleibt ein von Gott geschaffenes, bedingtes und abhängiges Wesen, welches durch seinen Fall aus der Liebe in die Macht Gottes gefallen ist und zwar, weil sein Fall central, der Erlösung unfähig geworden. Den Gipfel des Missverständnisses aber erreicht Hagenbach, wenn er Böhme's Lehre von dem verderbenden Einflusse des böse gewordenen Lucifer auf die Natur dahin missdeutet, als ob man die Schöpfung nicht als ein Werk des guten Gottes allein, sondern als ein Product des Kampfes zwischen dem guten und dem bösen Grundwesen zu denken habe. Im Gegentheile hat J. Böhme gezeigt, dass Gott allein der Schöpfer wie von Lucifer, so von allen anderen geschöpflichen Wesen ist und so wie er gelehrt hat, dass jedes böse gewordene Wesen seine Wahrheit verliert und sich nach innen und nach aussen unproductiv macht, so hat er insbesondere den gefallenen Lucifer als die ärmste Creatur geschildert, welche Gott und ihr wahres Wesen verloren habe und gleichwie er sich selbst innerlich leer, hohl und verzehrend gemacht habe, so auch nach aussen nur beraubend, störend und zerstörend wirken könne. Die secundäre Schöpfung ist so wenig Product Lucifers oder Mitschöpfung desselben, dass sie vielmehr eine göttliche Gegenanstalt, eine Ausschliessung und Bindung des bösen Princips ist. Nach J. Böhme hätte Adam diese Ausschliessung und Bindung abschliessen und vollenden sollen, aber statt dessen hat er durch sein Unterliegen in der Versuchung vom Bösen und zum Bösen die bereits durch Gott wieder zurückgebrachte und unterworfene Negativität in den natürlichen Dingen dieser Weltregion wieder geweckt, frei gemacht und dem verderbenden, beraubenden Einflusse des bösen Geistes geöffnet. In allen natürlichen Dingen ist das Negative schon an sich vorhanden, nur verborgen, nicht offenbar, und in seiner Unterwerfung gut und dem gesunden Leben dienend, vermag aber durch den verderbenden Einfluss der böse gewordenen Geister, des Menschen, wie der Dämonen erweckt und geöffnet zu werden, und wenn es einmal erweckt ist, so streben die negativen losgelassenen Kräfte alles Naturleben in ein wildes Chaos der Zerstörung, der Missbildung und der Finsterniss zu verwandeln, welchem nur durch die göttliche Gegenanstalt der Materialisirung der Natur und durch die Schöpfung der Sonne und durch deren Wirkungen Einhalt gethan werden kann. So hat Gott rettend und helfend eine secundäre, bedingte Weltordnung hergestellt, in welcher das Negative mit dem Positiven in einem Kampfe begriffen ist, in welchem zwar das Positive die Oberhand hat, aber worin das Negative nicht völlig in die Latenz zurückgebracht ist, so dass alle irdischen Wesen in verschiedenen Graden und Stufen als verletzte, verwundete erscheinen und sich nicht bloss sehnen, der Eitelkeit, der Leerheit, sondern auch der Spannung, des

centrirt werden musste, ehe selbes von seiner Seite zerbrochen und im Zerbrechen diese in der Spannung gesammelte Kraft der Persönlichkeit ihm genommen werden konnte" — oder „wie das (der) Böse den Menschen nur mit jener Kraft beherrscht, die der Mensch ihm gab, oder liess (le diable est fort de la foiblésse de l'homme), so wie der Mensch den Bösen gleichfalls nur mit jener Kraft zu beherrschen vermag, die er ihm (dem Bösen) genommen." — Eine Einsicht, welche von sehr altem Datum ist, wie z. B. jene ägyptische Sage beweiset, welche Maistre anführt

---

Zwiespalts, des Widerspruchs ledig zu werden. Dass die irdische Schöpfung in einer solchen Spannung, in einem solchen Widerspruche begriffen ist, dass hienieden ein wahres Mord- und Streitleben durch alle Stufen der Natur hindurchgeht, wenn gleich der Bestand des Ganzen erhalten wird, das kann nur der Geistigblinde übersehen und das wird nicht durch eine angeblich „gemüthliche Naturbetrachtung" hinwegräsonnirt. Eine solche „gemüthliche Naturbetrachtung", welche die Verwundung und Missgestaltung, das Streit- und Mordleben der Natur Gott ins Angesicht wegleugnet unter dem Vorwande, Ihn dadurch zu ehren, (Hagenbach III, 365) kann am allerwenigsten eine christliche genannt werden, da sie mit den Aussprüchen der Schrift von dem über die Erde verhängten Fluche im entschiedensten Widerspruch steht. Kann aber die Thatsache des Widerspruchs und des Zwiespaltes in der irdischen Natur nicht geleugnet werden, so bedarf diese Thatsache einer Erklärung und hier ist keine andere Wahl, als entweder in der Hauptsache die von J. Böhme gegebene Erklärung anzunehmen, oder zu der pantheistischen Erklärung, welche Spinoza ausgesprochen, Hegel aber erst völlig ausgebildet hat, Zuflucht zu nehmen, nach welcher die absolute Idee sich nothwendig in die Endlichkeit und hiemit in die Unangemessenheit ihrer selbst, in den Widerspruch und Zwiespalt entlassen muss, nach welcher das Licht nicht ohne die actuelle Finsterniss offenbar werden, das Leben nicht ohne den Tod sich verwirklichen kann, nach welcher die gleiche Nothwendigkeit auch im Reiche des Geistes waltet, das Böse nothwendig ist und die Tugend nur durch das Hindurchgehen durch die Sünde sich verwirklichen kann. Alle anderen Erklärungsversuche, namentlich die deistische, wonach aller Zwiespalt der Natur auf den unvermeidlichen Conflict der Naturgesetze zurückführbar sein soll, sind pure Kindereien und einer ernsthaften Betrachtung darum nicht würdig, weil die Naturgesetze nichts sind, was nicht auf die höchste Weisheit und den Willen Gottes zurückgeführt werden müsste. Nun wähle Herr Hagenbach und wir wollen sehen, welche Ansicht er gemüthlicher findet, die J. Böhme's, oder die Spinoza's und Hegels, denn welche speculativer und philosophischer ist, das zu entscheiden, können wir ihm kaum zutrauen. H.

(Soirées I. 314): que Mercure a la puissance d'arracher les nerfs de Typhon, pour en faire les cordes de la lyre divine.

19.

Keine Gemeinschaft der Action (des Lebens) geschieht unmittelbar, sondern sie wird immer nur durch ein Drittes (eine gemeinschaftliche Basis) bedungen und vermittelt *). So sagt St. Martin: que nous ne pouvons rien obtenir du Seigneur qu'en lui presentant des *similitudes* sur les quelles il puisse faire descendre et reposer son action. Dasselbe gilt für die böse Action, welche, wenn sie keine analoge Fasslichkeit in uns findet, gleichfalls mit unserer Action sich nicht in Bezug setzen, diese nicht zu sich herabziehen kann. Dasselbe Gesetz befolgt der magnetische Rapport, und, wie ich schon früher in dieser Zeitschrift bemerkte, sind die „Namen" ähnliche Basen oder Fasslichkeiten, mittelst deren sowohl das, dessen Namen wir in uns tragen (was sich uns eingesprochen hat), auf uns agiren, als hinwieder wir (durch Namenanrufen) auf dasselbe reagiren können **). Und

---

*) Dasselbe Centrum C, welches ausser (inner, über) der Peripherie nichtmanifest ist, manifestirt sich als Gemeinschaft vermittelnd zwischen jeden zweien Peripheriepuncten a, b, peripherisch als c; welche Einsicht man gegen die gewöhnliche und schlechte Vorstellung festzuhalten hat, nach welcher das Centrum nur als contrahirter Punct inner der Peripherie besteht, in dieser folglich selber nicht gegenwärtig wäre. Denn das Centrum wohnt seiner Peripherie nicht bloss inne, sondern durchwohnt selbe und wohnt ihr auch bei.

*) Ich bemerke hier, dass Person und Namen in der Schrift dieselbe Bedeutung haben, dass letztrer das zwar von erster unterschiedene, jedoch untrennbare Attribut ist. Darum hat das Weib keinen eigenen Namen, weil sie keine eigene Persönlichkeit (als vom Manne gesondert) ist. Darum tragen (nach der Lehre der Hebräer) die sieben Geister oder unteren Sephiroth den Namen des Geistes, der zu ihnen (zur Sophia oder Herrlichkeit) als Mann zum Weibe sich verhält. Denn nur dem Geist in der letzteren Bedeutung, nicht jenem als der dritten Persönlichkeit, gilt das Foemininum in der hebräischen Sprache. In Bezug nun auf die von den neueren Theologen völlig vernachlässigte und verkannte Lehre von der Sophia (sowohl in ihrer Unterschiedenheit als Einheit mit dem Logos) will ich hier, obzwar nur im Vorbeigehen, dem nachdenkenden Leser einen nicht überflüssigen Standpunct anweisen, von welchem aus selber diese uralte Schriftlehre begreifen kann. Nemlich: alles Extense ist durch ein Intenses

was bezweckt, wie ich gleichfalls im zweiten Hefte dieser Schrift bemerkte, das Opfer anderes, als die Entbindung einer solchen einer höheren (oder niedrigeren) Action, mit welcher wir in active, effective Gemeinschaft treten wollen, analogen (entsprechenden) Basis, d. h. des genitus, welcher sofort seinen genitor herbei zieht? Denn der genitus ist überall die Signatur (Character, εἰκὼν und Magnet) des genitors (als ἀόρατος). In der That ist aber schon keine Immanenz eines Lebens anders, als mittelst einer Basis begreiflich, durch welche jenes sich als Subject und Object mit sich selbst ausgleicht, und wenn darum ein anderes Leben an jener Immanenz Theil nehmen, in selbe gleichsam eingerückt werden soll, so kann dieses eben nicht damit geschehen, dass es jene Immanenz nicht immanent, nur subjectiv, oder nur objectiv fasst, sondern nur damit, dass es in die Mitte, das Herz, Centrum oder den Begriff dieser Immanenz, durch diese Mitte oder dieses Herz selber, eingerückt und ihr theilhaft wird. Alles,

---

vermittelt, alles Aussprechen und Ausscheinen oder zum Vorschein Kommen, durch ein Einsprechen und Einscheinen, so dass also kein zum Vorschein Kommen (Erscheinen) eines Wesens anders als durch eine Duplirung des zum Vorschein Kommenden begriffen wird (wie denn schon das Sichzusammennehmen eines Wesens ein solches Dupliren vorerst wenigst in Conamine ist). Was sowohl für das immanente oder sich selber zum Vorschein Kommen, als für das emanente als das Erscheinen einem Anderen gilt, nur dass bei letzterem die eigene oder Selbsterscheinung die Function der Vermittelung leistet, wie denn z. B. Gott nicht unmittelbar, sondern nur mittelst seiner Herrlichkeit den Creaturen sich manifestirt. — In der Schriftsprache heisst nun Gott als der Einsprechende, der Eingesprochene und der Aussprechende der dreieinige Gott, und obschon er als Ausgesprochener derselbe ist, so unterscheidet doch die Schrift Letzteren als bei und vor Gott Seienden von dem Eingesprochenen oder Inngeborenen, und legt nur diesem, nicht aber jenem (in Bezug auf den heil. Ternar) Persönlichkeit bei, woraus sich der Missverstand jener zeigt, welche gegen den Begriff der Sophia, als vom Logos unterschieden, die Einwendung vorbringen, dass man hiemit eine vierte Persönlichkeit in die Gottheit einführe. Im Gegentheile kann man sich ohne sonderlichen Aufwand von Scharfsinn davon überzeugen, dass gerade die Annahme von Persönlichkeiten in Gott zu jener eines nicht an sich Persönlichen in ihm führt oder des Attributs, was suo modo von jeder Intelligenz gilt, so dass die Leugnung des Nichtpersönlichen in ihr mit jener des Persönlichen zusammenfällt.

was sich mir begreiflich machen oder mich seines Selbstbegriffs wenigst theilhaft machen soll oder will, muss sich mir als Mitte, und durch seine Mitte (Herz) zu fassen geben; diese seine Mitte muss in mich, ich in sie eingehen, und darum ist es unvernünftig, zu behaupten: dass die einmal aufgehobene Gemeinschaft der göttlichen und der menschlichen Action anders oder durch einen Anderen, als durch jenen *Mittler* wieder herstellbar sei, welcher selbst *Mitte* der Gottheit, ihr Herz, ist.

In Bezug auf das, was oben vom „Namen" gesagt ist, bemerke ich (mit Rückweisung auf Seite 32 meiner Bemerkungen über einige antireligiöse Philosopheme unserer Zeit), noch Folgendes: Indem ich mich der (unfreien) Fasslichkeit oder Fassbarkeit von b entziehe, kann ich dies nur mittelst eines Acts, sohin einer gewonnenen Kraft, welche mir, als innerer Gründung, umgekehrt dieses b fasslich (subjicirbar) macht. Wie nun Gott alle Dinge durch sein Wort fasst (trägt, sich subjicirt), so vermag ich ein einzeln Ding gleichfalls nur durch ein partielles, aus jenem Universalwort geschöpftes, Wort mir zu subjiciren. Das Wort ist demnach überall die Macht über die Dinge. Man sieht aber hiemit auch ein, dass diesem wahren, innerlich begründenden, Wort ein gleichfalls nur innerlich entgründendes Lügenwort entgegensteht. —

In der Anmerkung zum 11. §. dieses Heftes wurde der Satz aufgestellt, dass der Verselbständigungsact mit einem Subjicirungsact coincidire, indem das Sichgründende nur in einem Wesen sich zu fassen vermöge. Hiemit wird aber der sonst schwierigste Theil der Böhme'schen Theorie der Natur oder Begierde klar, und man sieht ein, was es mit „jenem Bande, das sich selber macht und das (ausser dem Willen zur Selbstmanifestation) „keinen Macher hat" *), für eine Bewandtniss hat, d. h. mit jenem Widerspruch oder jener inneren Entzweiung, welche diese Natur, so wie sie in sich sich zu gründen (sich in sich zu schliessen) strebt, sofort in sich aufstört. Denn hier lässt (überlässt) sich

*) Böhme's Werke III, 33, 91. VI, 57, 155, 263. H.

dem Anziehenden das Angezogene (als Wesen) nicht (oder noch nicht), sondern widersetzt sich ihm, und beide setzen sich einander nur sich widersetzend (spannend), so dass der Wille nur durch Aufgehobenhalten dieses ersten Momentes seiner Gründung zu dieser gelangen kann. Diese Spannung, dieser Widerspruch, diese Angst oder, wenn man will, dieses Sichselberwehthun und Selbstquälen (denn die Quelle des Lebens wird hier Qual) der in suspenso gehaltenen Begierde als der Wurzel alles Lebens liegt aber dem Menschen zu nahe, als dass er an der Richtigkeit der uns von Böhme hierüber gegebenen Einsicht zweifeln könnte.

20.

Maistre behauptet (Soirées I. S. 54) qu'il n'y a pas un vice, pas un crime, pas une passion désordonnée qui ne produise dans l'ordre phyisque un effet plus ou moins funeste, plus ou moins eloigné, und er bemerkt zur Bestätigung dieser Behauptung, dass der Heiland alle Krankheitsheilung mit der Vergebung der Sünde oder mit der Anerkennung des Glaubens des Kranken begann. Wenn die Materie (das vergängliche Wesen dieser Welt), wie ich in meinen „Bemerkungen über einige antireligiöse Philosopheme unserer Zeit“ nachgewiesen und als ersten Satz einer künftigen Naturphilosophie aufgestellt habe, nur auf Veranlassung des sich Erhebens eines Gott- (Gesetz-) widrigen Willens *) entstand, und nur mit und an dessen Fortdauer fortbesteht, so begreift man leicht, dass jede Entbindung eines solchen gesetzwidrigen Willens den materiellen Process stören und zerrütten muss, und man könnte in diesem Sinne sagen: Pourquoi le crime (developpé) produit la dissolution de la matière? Parceque la *gêne* de ce crime en produit la construction. Der Entwickelung oder Entbindung einer bösen Action muss also eine ihr entsprechende, und die präcipitirende, gute Action (z. B. durch das Gebet)

---

*) St. Martin hat nachgewiesen, wie das sans Dieu dieser materiellen Welt (das ohne Gottsein in ihr) nur durch ein in ihr verborgenes contre Dieu begreiflich ist, und wie der Mensch nicht in dieser Welt ohne Gott sein kann, ohne sofort einer Macht zu verfallen, die gegen Gott strebt.

erst entgegentreten, damit die Materie wieder in ihre ungestörte Function treten kann, und nur die völlige Geistlosigkeit oder Stupidität der materialistischen Philosopheme konnte diesen Begriff „des Exorcismus“ lächerlich finden.

21.

Was im vorhergehenden §. von der natürlichen Affinität des Bösen und Ungesunden (so wie des Guten und Gesunden) gesagt worden, gilt nicht minder von jener des Guten, Schönen und Angenehmen, und ohne Zweifel haben wir nur darum noch keine genügende Theorie des Schönen, weil man in neueren Zeiten sich nicht damit begnügte, das Schöne, wie auch recht war, von dem Guten, so wie von dem Angenehmen bestimmt zu unterscheiden, sondern statt dieser organischen Unterscheidung eine wirkliche Trennung (Abstraction) dieses Ternars eintreten liess. Man verkennt darum noch immer meistentheils die Grösse und die Würde des Problems des Künstlers, welches darin besteht, theils in uns eine Reminiscenz der ursprünglichen, natürlichen Affinität (Association) jener drei zu erwecken und mit derselben das Gefühl der Wehmuth (regret) über ein verlorenes Paradies, theils darin, uns ein Vorbild einer künftigen und zwar indissolublen Reunion dieses Ternars des Guten, Schönen und Angenehmen zu geben, und somit die Hoffnung eines wieder gewinnbaren Paradieses in uns zu beleben.

Wenn ich hier den Begriff des Paradieses in die Union oder Reunion des Guten, Schönen und Angenehmen setze, so gehe ich freilich von der modernen Ascetik unserer transscendentalen, hyperpuristischen Moralphilosophen ab, welche nur das kleine Versehen begehen, „Sinnenfreiheit für Sinnenlosigkeit zu nehmen“, und deren sinnenlose Ascetik darum unverständiger, phantastischer und langweiliger ist, als die missverstandenste und übertriebenste Mönchsascetik in früheren Zeiten war. Dass übrigens die schöne Kunst wirklich einen religiösen Zweck haben sollte, oder nur könnte, wird gleichfalls allen denjenigen lächerlich, wo nicht ärgerlich lauten, welche in dieser Kunst (die ihnen wesentlich nur heidnisch ist) eben nur eine Diversion gegen jeden religiösen Gemüthsaffect suchen. (S. „Bemerkungen über einige antireligiöse Philosopheme unserer Zeit“ S. 46, 47.)

22.

Was im vorhergehenden §. von der natürlichen Affinität des Guten, Schönen und Angenehmen gesagt worden, gilt auch von jener, welche zwischen Religion, Wissenschaft und Kunst statt findet, von welchen bekannt ist, dass sie früher Hand in Hand gingen, und dass nur mit ihrer Trennung ihre Verderbtheit eintrat. Will man nun das Schlechte, was sie in dieser Trennung (Abstraction) producirten und produciren, das Moderne an ihnen nennen, so ist nichts dagegen einzuwenden, falls man nur nicht etwa das Schlechte dieses Modernen der Neuheit (Späte) der Production schuld gibt, womit behauptet würde, dass Kirche, Wissenschaft und Kunst von einem beliebigen Datum an nothwendig zu produciren aufgehört hätten (um ihre Production es geschehen und folglich nur noch eine Geschichte derselben vorhanden sei), mit anderen Worten, dass die Classicität (die Bewahrung des Dogma) und die Genialität (die immer neue, immer sich verjüngende Darstellung dieses Dogma) sich nothwendig widerstritten, folglich nur eine auf Kosten der anderen begünstigt werden könnte, und die Classicität, anstatt die Genialität zu wecken und zu zügeln, in dieser nur ihren Todfeind, wie letztere in ersterer anerkennen müsste. Dagegen ist nun aber nichts gewisser, als dass z. B. jeder Organismus nur gedeihlich in seiner Identität fortwächst, insofern er das Dogma seines Urbildes (es fort explicirend und auslegend) bewahrt; ein Dogma, welches darum über allen seinen einzelnen Evolutionsmomenten steht, und mit keinem derselben vermengt werden darf, indem ein solch abstract gefasster Moment sofort zum Grabmonument des Dogma selbst (hic jacet) erstarren würde. Nur freilich, wenn das treibende Element sich selbstisch erhebt und vom erhaltenden abkehrt (wenn Lehre und Tradition sich von einander kehren), wirkt dasselbe zerstörend auf letzteres, welches sodann gleichfalls nicht mehr erhaltend, sondern aufhaltend wirkt, dem Verwesungstrieb jenen der Versteinerung entgegensetzend.

Wenn darum (in der Kirche) eine falsche Doctrin sich der wahren entgegen erhebt, so genügt es nicht, jener einfach die Tradition (das Dogma) entgegen zu setzen, sondern man muss, wie solches alle Kirchenväter als Kirchenlehrer gethan haben, durch eine neue Entwickelung des Dogma jener falschen Doctrin begegnen. Car c'est par des pensées lumineuses, sagt St. Martin, qu'il faut contenir et mortifier l'acte des pensées ignorantes et criminelles, wogegen eine „hypocrite ignorance“ gegen eine solche „ignorante impiété“ nichts ausrichten wird. — Gegen solche docteurs purement traditionels erklärt sich St. Martin (in seinem Crocodile) auf folgende Weise: Ce sont eux dont les ignorances et les mal-adresses servent de reflet à l'orgueil du philosophe qui voit leur incapacité, à l'aveugle et avilisante crédulité du simple qui ne voit d'autre divinité qu'eux, et à l'animosité des sectes qui se croient en mesure et posséder la vérité quand elles se sont jetées à l'autre extrêmité des erreurs, qu'elles leur reprochent. Lorsque ce miroir à tant de facettes ne subsistera plus, le philosophe ne sera plus arrêté par l'obstacle qui le repousse; le simple pourra porter ses yeux jusqu'à la vérité sans les arrêter dans ses intermèdes, les sectes pourront avoir le loisir d'appercevoir ce qui leur manque, et Mahomet lui-même n'ayant plus d'antagonistes, reconnoîtra sa nudité. —

23.

Eine untergeordnete partielle Einheit vermag ihrer Centraleinheit Totalaction nicht als solche zu ertragen, und zwischen beiden muss das Maassgebende (das suum cuique Zutheilende) vermittelnd eintreten. Hierauf beruht der Begriff der Organisation oder Gliederung, deren Störung oder Aufhebung folglich jene partielle Einheit dem periculum vitae, der unvermittelten Totalaction der universellen Einheit, preis gibt; aus welcher Gefahr nur eine abermalige Entfernung (als neue Vermittelung) erretten kann. Man sieht hieraus, dass die Entfernung des Verbrechers aus oder von Gottes Nähe eben so sehr Gnade, als Strafe ist, und zwar Gnade noch auch darum, weil sie, wie ich in meiner Schrift: Sur la notion du tems bemerkte, das Mittel einer selbst noch tieferen Wiedervereinigung mit Gott sein kann und soll. Zur Erläuterung dessen setze ich aus Fournier's Schrift: Ce que nous avons été, ce que nous sommes et ce que nous deviendrons. Londres 1801. S. 270 folgende Stelle hieher: Nous éprouverions effectivement sans relâche l'horreur du tourment de notre désunion avec Dieu, (désunion bezeichnet hier nicht die Sistirung oder Aufhebung der göttlichen Action, sondern die Aufhebung ihrer Einstimmigkeit mit unserer*)) depuis que nous avons originellement préféré de vouloir agir selon notre propre volonté en désunion de Dieu et en essayant de nous particulariser, comme si nous étions ses égaux, si Dieu eut continué de se communiquer directement à nous sans intermédiaire (d. h. wenn Gott seine Vermittelung, welche stets statt findet, nicht, unserem Gebrechen und Verbrechen entsprechend, geändert hätte); mais ayant eu pitié de nous et afin que nous ne souffririons pas les peines de l'éternité que sa communication directe nous auroit fait endurer, Dieu se fit homme, pour se communiquer à nous en homme &c. Etwas Aehnliches kann man auch von den gefallenen Geistern sagen, welche gleichfalls noch nicht die peines de l'éternité leiden „und noch zum Gerichte behalten werden“ (2 Petri 2, 4) und denen die Schöpfung der materiellen Welt gleichfalls als mildernde Entfernung dienen sollte oder konnte.

24.

Maistre bemerkt in den Soirées (I. S. 48) über die zu allen Zeiten und bei allen Völkern in dem oft unbegreiflichen Offenbarwerden auch der verstecktesten Verbrechen sich kund gebende Nemesis: qu' il y à souvent dans les circonstances qui décèlent

---

*) Der Gottlose wünscht eben nur effectiv von Gott (seiner Action) los und ihrer quitt zu sein, wie denn die Moral, welche der grosse Haufen sich von der Fabel der Aufklärung gemerkt hat, die ist: „das selber herzlich froh darüber ist, dass es keinen Teufel mehr gebe, und nichts dawider haben würde, falls es auch keinen Gott mehr gäbe.“ —

les plus habiles scélérats quelque chose de si inattendu *) de si surprenant, de si imprévoyable, que les hommes appelés par leur état ou par leur réflexions à suivre ces sortes d'affaires, se sentent inclinés à croire, que la justice humaine n'est pas tout-à-fait dénué dans la recherche des coupables d'une certaine *assistance* extra-ordinaire (supérieure). — Ich erlaube mir über diese Stelle folgenden Commentar hieher zu setzen: 1) Eine solche certaine (d. h. hier noch unbestimmte) assistance kann zum Theil von der Art sein, dass der Mensch sie nicht zu verlieren, sich ihrer nicht zu erwehren vermag (welches z. B. der Fall mit jener innerlichen Assistenz oder Resistenz des moralischen Gesetzes ist, die der Verbrecher in seinen Gewissensbissen inne wird), zum Theil und zwar grössterntheils kann und wird eine solche assistance dem Verhalten des Menschen in ihrem Umfange, ihrer Bestimmtheit und Effectivität entsprechen und gleichsam eines maximum und minimum fähig sein. Denn offenbar schimmert in der von Maistre angeführten Beobachtung, wenn schon noch dunkel und unbestimmt, ein Gesetz durch, dessen Ausmittelung die Menschen wohl noch lebhafter interessiren sollte, als jene irgend eines Naturgesetzes, und zu welcher Ausmittelung oder bestimmten Erkenntniss wir auch auf keinem anderen Wege gelangen können, als auf welchem wir jedes Naturgesetz ausmitteln, nemlich auf dem Wege des hinreichend lange und gewissenhaft fortgesetzten Beobachtens und jenem des Experiments. Ich sage: des Experiments, weil dieses bekanntlich keinen andern Zweck hat, als das Geschehende von allem Unwesentlichen, Fremdartigen und Störenden rein hervortreten zu machen, und dieser seiner reinen

*) Hieher gehören ohne Zweifel auch jene nicht eben seltenen Fälle, in welchen ein Verbrecher, der lange alle Kunst aufbot, sein Verbrechen zu verheimlichen, plötzlich selbes kund gibt, weil er die Angst nicht mehr zu ertragen vermag, welche ihm der Conflict dieses Verheimlichungstriebes mit jener zur Manifestation gravitirenden Macht der Wahrheit verursacht. Von einem Verbrechen oder Gebrechen macht sich nemlich der Mensch ganz frei, stellt oder wirft es, als ein nicht mehr Subjectives, aus sich heraus, indem er es nicht nur im Herzen für das anerkennt, was es ist, sondern indem er es auch mit dem Munde bekennt, d. i. seinem Gewissensfreunde, seinem Richter, oder der ganzen Welt — beichtet.

und freien Selbstmanifestation behilflich und dienstleistend zu sein, und weil es darum ungeschickt von vielen Moralphilosophen ist, wenn sie kein Experimentiren im Moralischen gestatten wollen. Falls ich nemlich, wie immer, z. B. von einer solchen Assistenz nur vorläufige Kunde erhalten hätte, so wie auch über die negativen und positiven Coefficienten ihrer Manifestationen, so würde es meine Sache sein, zum Experiment zu schreiten, jene negativen Coefficienten möglichst entfernend, die positiven herbeischaffend; und eben so würde es meine Sache sein, falls ich das Experiment unterliesse, über den Erfolg mir jedes Urtheil zu untersagen. — Hier gilt was St. Martin (L'homme de desir §. 47) über denselben Gegenstand sagt: Cette idée d'une justice distributive (et vengeresse) est un monument, une antique, qui vous met sur la voie des sciences de son tems. C'est un germe des plantes, qui ont végété dans le champ des êtres, où vous avez pris l'existence. Au lieu de laisser dépérir ce germe, commencez par le mettre en culture, plantez-le, soignez-le, arrosez-le. Vous voyez, qu' avec de pareilles attentions (denn jede Cultur, wie jeder Cultus, ist in obigem Sinne ein Experiment) les germes le plus étrangers à notre climat produisent des arbres de leur espèce et procurent mille avantages à ceux qui les cultivent. — 2) Der Glaube oder auch nur der Zweifel und die Ungewissheit an und über das Eintreten einer solchen Assistenz (oder Nichtassistenz und selbst Resistenz) ist keineswegs auf den oben bezeichneten besonderen Fall oder eine besondere Sphäre menschlichen Thuns beschränkt; sondern derselbe begleitet dunkel oder klar jeden unserer Willensentschlüsse, ja schon jede Willensbewegung, welche in uns das moralische Gesetz oder, bestimmter gesprochen, unser Willensgesetz afficirt*). Dieser Glaube (der sich in Furcht

---

*) Was meinen Willen in seiner freien Bewegung oder Expansion innerlich begründet, was ihm also Gesetz ist, muss selbst Wille, ein Wollender (denn ein Wollendes ist ein Widerspruch) sein, und es ist schwer zu begreifen, wie Kant und alle seine Nachfolger diese unmittelbare Erweisung eines wollenden, somit persönlichen, Gottes, als Gesetzgebers unserem Willen, übersehen konnten. Ich habe nun bereits im vierten Hefte dieser Schrift §. 11 nachgewiesen, wie ich denselben Willen nur anders

oder Hoffnung äussert, den wir aber in einzelnen Fällen bis zu jener Infallibilität gesteigert sehen, vor welcher die Menschen und die Natur Respect zeigen) ist aber kein anderer, als der an die executive Macht (die alle Regionen und somit auch die äussere Naturregion durchschlagende Effectivität) jenes Gesetzes, welches eben so unabhängig von den Menschen für und wider sie und, wenn schon öfter, doch nicht immer, nicht nothwendig bloss durch sie, sich als executive Macht kund gibt und geben kann, als dasselbe Gesetz (derselbe Gesetzgeber) sich unabhängig von den Menschen ihrem Willen bloss innerlich als Gesetz im eigentlichen Sinne des Wortes kund gibt.

---

in meinem Wollen inne werde, wenn letzteres mit jenem einwillig, und anders, wenn dieses nicht der Fall ist. Aussi la loi elle-même prise dans son sens intégral et essentiel, n'est elle que la *voie* qui nous ramene à l'unité et qui à l'unité pour *terme*, (die Liebe ist des Gesetzes Erfüllung) c. a. d. la jouissance de la realité. *Car lorsque nous sommes dans l'unité, nous n'avons plus l'idée de la loi, mais dès que nous sortons de l'unité, la loi nous saisit.* Was suo modo auch für das Erkennen gilt, insofern es entweder im Princip (Dogma) ruht, oder aus demselben heraustretend, solches als Gesetz seines Erkennens inne wird und dieses Denkgesetz hat somit dieselbe Function gegen meine aus der Einheit des Denkens herausgetretene Gedankenbewegung, als das Willensgesetz gegen meine gleichfalls aus der Willenseinheit herausgetretene Willensbewegung. Eine Einsicht, welche unseren Logikern noch nicht klar geworden zu sein scheint! — Ich habe nun ferner a. a. O. nachgewiesen, dass das Willensgesetz als solches sich bloss meinem Willen als Gegenwillen kund gibt, als eigentliches Gegenwirken (Thun) aber nur dann, wenn mein Wille in das Thun und zwar erst nur in das innerliche Thun oder in die Fassung des Entschlusses übergeht. Eine Reaction des moralischen Gesetzes, welche sich mir als Resistenz (durch Angst, Erschwerung etc.) eben so deutlich bemerkbar macht, als im entgegengesetzten Falle dessen Assistenz durch innere Erleichterung, Freude etc. — Endlich habe ich in meinen „Bemerkungen über einige antireligiöse Philosopheme unserer Zeit" bemerklich gemacht, dass ich als wollend (als Herz) eigentlich so wenig in dem innerlich Grund- (Willen-, Herz-) losen, z. B. in der unpersönlichen Natur (als Trieb), als in dem zwar persönlichen, aber innerlich entgründeten und darum entgründenden Herztödtenden, dem moralisch Bösen, zu gründen oder, wie Paulus sagt: zu hypostasiren, sohin mich frei zu bewegen oder mich zu expandiren vermag.

25.

Der Inhalt des vorgehenden Paragraphen kann uns abermal von der grundverderblichen, alle Moral und Religion radical zerstörenden, Tendenz aller neueren, auf dem Begriffe der menschlichen absoluten Autonomie erbauten Moraldoctrinen überzeugen. Da nemlich diesem Begriffe gemäss jenes Gesetz nicht bloss in uns, sondern von uns ist, so wird a priori der Glaube (die Furcht oder die Hoffnung) jeder Enaction oder Effectivität dieses Gesetzes, die nicht bloss von Menschen selbst ausginge, als Aberglaube declarirt. Die Herstellung einer executiven Macht des moralischen Gesetzes ist somit und gemäss dieser neuen Lehre weiter nichts, als ein (beliebiges) Kunstwerk des Menschen selbst, bei welchem an eine höhere Assistenz oder Resistenz ganz und gar nicht zu denken ist, und was ältere Theologen von einem „Reiche Gottes" träumten, kann nach diesen Lehren nur als eine phantastische Vorstellung jedes „Rechtsstaates" auf Erden dem Vernünftigen gelten, was denn auch der ganze Sinn der Bitte: „Dein Reich komme" wäre. Hiebei ist nun freilich nicht abzusehen, was neben und in einem solchen bereits realisirten Reiche Gottes (dem Rechtsstaate) noch eine Kirche, und vollends gar eine höhere Assistenz für dieselbe, bedeuten oder leisten sollte, und das summum, was eine solche Kirche erwarten könnte, wäre sohin, dass man sie als eine „antiquirte Formalität" provisorisch noch tolerirte, wenn anders das „échauffement" eine solche Toleranz aufkommen liesse, in welches man sich durch jene nun bereits im zweiten Jahrtausend sich bewährende „Inerzie" dieser Kirche gesetzt findet, welche jeder corrosiv- oder mechanisch wirkenden Macht, jeder Auflösung, wie jeder Zertrümmerung, ihre versteinernde Kraft entgegen setzt.

26.

Dem im vorgehenden Paragraphen gerügten negativen Begriffe der Kirche steht folgender positive entgegen. Religion und Wissenschaft können nemlich nur dann bestehen und gedeihen, wenn 1) die ihrem Bestande und ihrer Pflege gewidmeten Institute zwar neben allen übrigen leiblich und äusserlich (weltlich) bestehen*), weil, wie ich im 1. und 2. §. des zweiten Heftes d. Schr. bemerkte, in dieser Region des sich einander ausser der Einheit (Totalität der Action) befehdenden Einzelnen auch das Allgemeine (Eine) nur durch ein Einzelnes repräsentirt werden kann und muss, und wenn 2) beide nicht etwa als blosse Nationalinstitute, noch minder als Privat- oder Winkelinstitute, sondern, wenn sie als Weltinstitute, anerkannt werden, und ihre Weltstandtschaft ihnen gesichert ist.**) Wenn nemlich schon Religion und Wissenschaft (Priester und Gelehrte) jeder einzelnen Nation oder jedem einzelnen Staate nicht nur dienlich, sondern zur Erreichung des Staatszweckes unentbehrlich sind, so sind doch beide schon aus dem einfachen Grunde nicht Diener eines einzelnen Staates im engeren Sinne, weil es seit Einführung des Christenthums keine National- oder

*) Der Mensch soll jedem seiner guten Entschlüsse, Ereignisse etc. im Zeitleben damit Dauer geben, dass er ihm äusserlichen Bestand gibt, ihn an den Mechanismus des Aeusserlichen fest knüpft, und somit dessen Fort- oder Rückwirkung seinem eigenen Belieben entzieht. Diese Rückwirkung oder dieser Zwang ist eben jene äussere Hilfe, deren er bedarf, um jenes einmal erweckte Innere bei Leben zu erhalten oder, falls es erloschen, wieder ins Leben zu erwecken. Je mehr nemlich dieses innere Leben oder der Sinn für solche äussere Institute erlischt, um so drückender müssen dieselben dem Menschen werden, welcher sogar seinen subjectiven Unverstand derselben sich objectiv zu erklären und den in die äusserste Form gleichsam vertriebenen Geist durch Zerstörung jener auch von da zu verbannen versuchen wird, welchem Zerstörungstriebe indessen die in demselben Verhältnisse zunehmende äussere Anhänglichkeit an jene Form (Bigotterie) glücklich noch entgegen wirkt.

**) Eine Religion, deren Stifter sich der Menschensohn nennt, kann nur als Humanitäts-Institut, und als solches als ein alle Nationalinstitute nicht zwar übergreifendes, wohl aber sie alle als Hospitium humanitatis durchdringendes und ihnen als Seele inwohnendes Weltinstitut gedacht werden. Ob nun ein solches Institut (ohne selbst auf seine höhere Bedeutung noch zu achten) der Societät entbehrlich, oder etwa durch ein polizeiliches Institut surrogirbar ist, gebe ich jedem Besonnenen zu bedenken, und bemerke nur, dass ein solches Institut (Weltkirche) in jeder Beziehung, vor allem also in der Beziehung zu Regierungen und Regierten nicht anders als vermittelnd sich äussern kann. Der Vermittler muss aber frei in Bezug auf die zu Vermittelnden sein, und es ist wohl nicht minder Barbarei, diese Freiheit nicht anzuerkennen, als jene der Wissenschaft, Kunst u. s. f.

Staatsreligion mehr gibt, und der Begriff derselben eben so absurd ist, als jener einer National- oder Staatswissenschaft, z. B. einer bayerischen im Gegensatze einer preussischen Wissenschaft. Hierauf beruht denn auch der Amtsadel des Priesters und des Gelehrten, welchen wir nur dort und dann erlöschen sehen, wo und wann die Religion und Wissenschaft zum Polizeidienst herabgewürdigt werden, oder wo und wann beide (Priester und Gelehrte) durch ihre Trennung und Entzweiung sich selbst herabwürdigen.

27.

Einem allgemein herrschenden Vorurtheile zufolge denken sich sowohl Fromme, als Nichtfromme, sowohl für die Menschheit überhaupt, als für jeden einzelnen Menschen, unter Religion etwas Fertiges, Abgeschlossenes, was hiemit höchstens nur (gleich einer Zeitreliquie, oder Mumie, oder gleich einem alten schriftlichen Document) zu erhalten, keineswegs aber in Theorie, wie in Praxis, einer Erweiterung oder eines lebendigen Fortwuchses fähig sei. — Nun ist freilich das Dogma ein solches Fertiges, so wie es kein neuer, sondern derselbe Christ ist, der in uns (nicht ohne uns) das Erkennen und Thun stets neu fortwirkt (omnia fiunt eadem, sed aliter); aber, wie wir oben sahen, widerstreitet die immer reichere Entwickelung (Explication) des Dogma so wenig dem Fortbestande desselben, dass es diesen vielmehr bedingt, gleichwie dasselbe für jedes organische Urbild als Dogma gilt, oder wie die fortschreitende Productivität eines Capitals dessen Conservation bedingt, nicht selbe gefährdet, und derselbe Christ sagte ja, dass seine Nachfolger (mit und durch Ihn) grössere Werke, als Er, thun würden, so wie, dass Er (durch seinen Geist) denselben (falls sie ihre Mitwirkung nicht versäumen) die Erkenntniss (die Theorie) immer mehr eröffnen werde, so wie denn überhaupt es nicht begreiflich sein würde, dass Classicität und Genialität sich nur in der Religion einander bestreiten sollten! — In der That ist es aber auch nur die geistlose Indifferenz *) gegen Religion, welche die Menschen hier in Trägheit

---

*) Arrêtez un moment (sagt der Verfasser des *Essai sur l'indifférence*

festhält, und würden diese an den religiösen Doctrinen, Vorschriften und Urkunden auch nur jenes Interesse nehmen, welches sie

---

en matière de religion) vos regards sur ce roi de la création: quel avilissement incompréhensible! son ésprit affaissé n'est à l'aise que dans les ténèbres. Ignorer est sa joie, sa paix, sa félicité (seit Kants kritischen Bemühungen sogar seine Wissenschaft); il a perdu jusqu'au désir de connôitre ce qui l'intéresse le plus. Contemplant, avec un égal dégoût, la vérité et l'erreur, il affecte de croire qu'on ne les sauroit discerner, afin de les confondre dans un commun mépris; dernier excès de dépravation intellectuelle où il lui soit donné d'arriver: *Impius, cum in profundum venerit, comtemnit.* Prov. XVIII. 3. Wobei nur zu bemerken ist, dass dieser Verachtung und Indifferenz doch ein nur tiefer versteckter Hass zum Grunde liegt. [Baader erlebte nicht mehr das Erscheinen jenes Werkes: Grundriss einer Philosophie von F. Lamennais. Deutsche Ausgabe, Paris und Leipzig, Renouard u. C. 1841, drei Bände. Er würde dasselbe jedenfalls sorgfältiger beachtet haben als es in Deutschland beachtet worden zu sein scheint. Vor Allem würde Baader manches Verwandte mit seiner eigenen Erkenntnisstheorie gefunden haben, wie z. B. wenn Lamennais zeigt, dass diejenigen Philosophen irren, welche glauben, die Wahrheit müsse immerdar auf einem logischen Beweis beruhen und sich daher bemühen Alles zu beweisen, und wenn dieser Forscher im Gegentheile darthut, dass es Wahrheiten gebe, die nicht bewiesen werden können und dennoch sehr gewiss, sogar die gewissesten seien, weil die Gewissheit aller anderen darauf beruhe, dass die entgegengesetzte Methode zum absoluten Leugnen führe und ausserdem einen reinen Widerspruch in sich schliesse, das erste, weil der Beweis dessen, was jener falschen Methode zufolge nicht ohne Beweis angenommen werden dürfe, d. h. der Beweis der nothwendigen Grundlagen alles Begreifens, alles Denkens, aller Kenntniss unmöglich sei, das zweite, weil nichts bewiesen werden könne, anders als durch vorher schon anerkannte Wahrheiten. Grundriss einer Philosophie von F. Lamennais, I, p. V. Die Meisten unter uns werden dies sehr unerheblich finden, darauf verweisend, dass diese Gedanken in jedem mittelmässigen Compendium der Logik anzutreffen seien. Dies ist auch so ziemlich richtig; nur wird man dabei an Göthe's Worte erinnert:

„Das preisen die Schüler aller Orten,
Sind aber keine Weber geworden."

Man vergleiche nemlich die Anwendung, welche unsere meisten Logiker von jener Erkenntniss machen, dass die Möglichkeit mittelbarer Beweise unmittelbar Gewisses voraussetze, und man wird oder man könnte doch finden, dass dieselben Logiker gedankenlos genug sind, nicht darauf zu kommen, dass jene Erkenntniss zur Einsicht führt (den, der sie noch nicht hat), dass Gottes Dasein darum, weil es nicht erwiesen werden kann, nicht im geringsten ungewiss ist, und dass es eben darum eines Beweises nicht bedarf, weil alle denkbaren Gedanken und Beweise

an den Vorschriften und Erzählungen irgend eines Physikers oder Technikers nehmen, der ihnen vom Erfolge eines von ihm angestellten Experimentes sagt, und auf dessen Wort hin sie sogleich selber Hand ans Werk legen, um seine Entdeckung sich zuzueignen, zu erweitern und ins Leben einzuführen, so würden wir freilich dermalen nicht über die Mattigkeit der Religionspraxis, so wie über die Dunkelheit ihrer Theorie uns zu beklagen Ursache haben, denn zu leugnen ist es nicht, dass im Ganzen die Religion eben so schlecht gelehrt als getrieben wird.

---

das Dasein Gottes immer schon voraussetzen. Dagegen sagt Lamennais mit Baader einstimmig (Grundriss S. XII). „Weit entfernt die Existenz Gottes und die Existenz der Welt beweisen zu wollen, erklären wir sie, im Gegentheil, alles Beweises unfähig (und, hätte er hinzufügen sollen, unbedürftig). Sie sind in unseren Augen die beiden ursprünglichen Thatsachen, die alles Denken, jede Sprache, jedweder geistige Act voraussetzt. Dieselben leugnen heisst soviel wie sich selbst leugnen, unsere Existenz annehmen heisst ihre Existenz zugeben. Der Zweck der Philosophie ist nicht dieselben zu beweisen, sondern begreiflich zu machen und ihre Beziehungen zu einander aufzufinden. Hieraus ergibt sich, dass das absolute Wesen der erste Gegenstand, die nothwendige Grundlage der Philosophie ist, und dass also jedes philosophische System, das nicht von demselben ausgeht, das nicht ganz und gar aus dem Begriffe, den es davon aufstellt, entfliesst, oder einen unrichtigen, falschen Begriff von dem absoluten Wesen aufgestellt hat, in der Wurzel schon unwiederbringlich falsch ist.“ Wir werden anderwärts auf Lamennais' Werk zurückkommen. Es ist auffallend, dass Leibniz, der in der Einleitung zu seiner Theodicee (die demnächst in einer neuen trefflichen Uebersetzung von einem sehr talentvollen jungen Manne an das Licht treten wird) so entschieden die Uebereinstimmung der Vernunftwahrheiten mit den Lehren der geoffenbarten Religion vertheidigt, nicht inne wurde, dass mit diesem Standpuncte das Verfahren sich nicht verträgt, gewisse Wahrheiten als unerschütterlich gewiss anzunehmen auch ohne alle Rücksicht auf die Gewissheit von der Existenz Gottes, womit sich indess Leibniz nur selbst widerspricht, da er anderwärts die Abhängigkeit aller Wahrheiten von der Existenz Gottes zugibt und es in Abrede stellt, dass Wahrheit wäre, wenn auch Gott nicht wäre, obgleich es ebenso unmöglich, anzunehmen, dass Gott nicht wäre, als dass die Wahrheit nicht wäre. H.]

VIII.

Bemerkungen

über

einige antireligiöse Philosopheme

unserer Zeit.

Leipzig, bei Karl Tauchnitz 1824.

Corrupti sunt et abominabiles facti sunt in studiis suis.
Psalm XIII. 1.

Unter den antireligiösen Philosophemen unserer Zeit finden sich drei, welchen als schier allgemein grassirenden und kräftig gewordenen Irrthümern der Religionsvertheidiger mit besonderem Nachdrucke und um so angelegener zu begegnen hat, je gewisser es ist, dass, wie aus der Aufhebung der grössten Sündhaftigkeit die edelste Tugend, so aus der Aufhebung des subtilsten und kräftigsten Irrthums die kräftigste Wahrheit gewonnen wird. Das Eine dieser Philosopheme, von Kant veranlasst, aber von Fichte mit Bestimmtheit ausgesprochen, stellt einen falschen Begriff der Spontaneität intelligenter Naturen im Gegensatze nichtintelligenter auf, behauptend, dass diese Spontaneität nicht darin bestehe, dass z. B. der Mensch das Gesetz (Vernunft) in sich hat, und wegen dieser Fähigkeit, selbes als Causalität selbst in sich aufzunehmen, was das Thier nicht vermag, eben intelligent heisst; sondern dass diese Spontaneität absolut sei, und dass der Mensch als selbst Quelle und Urheber des Gesetzes (autonom) selbes auch ganz von sich habe, folglich nicht, wie die Religion lehrt, des Gesetzes Organ (Gottes Bild), sondern als Gesetzgeber Gott selber sei. Ein zweites Philosophem gibt dagegen zwar zu, dass dem Menschen seine Vernunft als Anlage gegeben sei, behauptet aber, dass selber im Gebrauche und in der Ausübung dieser Anlage ganz nur sich überlassen bleibe, folglich Alleinwirker, nicht Mitwirker mit der göttlichen Vernunft, sei. Ein drittes Philosophem endlich, welches aus der Schule der Naturphilosophie *) hervorging, stellt einen falschen Begriff der Materie auf, indem es von dem vergänglichen und die Verderbniss in sich bergenden

---

*) Die gleiche ägyptische Finsterniss, in welcher seit Jahrzehnten die Stellung Baaders zu Schelling von den Meisten von Grund aus falsch und verkehrt aufgefasst wurde, umgibt auch den Verfasser des Artikels: „Die deutsche Philosophie seit Hegels Tode" im fünfundsechzigsten Hefte der Gegenwart. Eine encyclopädische Darstellung der neuesten Zeitgeschichte für alle Stände (Leipzig, Brockhaus, 1851). Mit vollkommen naiver, absoluter Ignoranz und Ignorirung alles dessen, was Schelling selbst über sein Verhältniss zu Baader bis zum J. 1809 zu verstehen gegeben, alles dessen, was Baader über dieses Verhältniss in seinen Schriften klar und deutlich gesagt hat, trotz der von Anfang gegen Schelling von Baader geübten Polemik, nur früher schonend und nur dem genau Kundigen hinreichend verständlich, später stets schonungsloser, energischer, so zwar dass seine Polemik nicht bloss gegen das frühere, sondern auch gegen das spätere System Schellings gerichtet war, mit Ignorirung alles dessen, was J. H. Fichte, C. Ph. Fischer, Sengler, Hamberger etc. und endlich der Schreiber dieses in einer umfassenden unwiderlegten und unwiderleglichen Darlegung über jenes Verhältniss gesagt haben, lässt der Verf. des genannten Artikels (S. 293 u. 318) Baader unter den Schülern Schellings nach wie vor figuriren. Man muss da billig fragen, ob es denn genüge, Schüler Hegels zu sein, um alle Weisheit, Einsicht und Kenntniss aus den Fingern saugen zu können und ob man hiedurch das Privilegium sich erwirbt, über Dinge, wovon man fast nichts gelesen, kaum etwas gedacht und absolut nichts versteht, wissenschaftliche Berichte zu erstatten? Es kann unsere Absicht nicht sein, dem Verfasser die geistige Fähigkeit abzusprechen, die Lehre Baaders einer wenigstens nach einer oder der anderen Seite hin die Wissenschaft fördernden Kritik zu unterziehen. Diese Fähigkeit mag ihm inwohnen und wohnt ihm vermuthlich inne, aber der von ihm l. c. in wenige Sätze zusammengedrängte Bericht von jener Lehre samt Kritik ist absolut nichts bedeutend und ohne allen wissenschaftlichen Werth. Das Geringste, was man verlangen kann, ist, dass sich die kritiklustigen Herrn erst in die genialen Werke Baaders vertiefen, dass sie erst die Eigenthümlichkeit und das wahre Wesen seines philosophischen Systems gründlich kennen lernen, ehe sie uns ihre Weisheit darüber zum besten geben. Ob sie alsdann dem Manne gewachsen sind oder ob sie ihm etwa nur bis an den Nabel oder gar nur bis an die Fussknöchel reichen oder etwa wirklich ihn überragen, das wird sich alsdann schon zeigen, wiewohl man im voraus gewiss sein darf, dass vom Standpuncte des Verfassers aus eine wahrhaft befriedigende Kritik nicht wird gegeben werden können. Auch die kirchliche Stellung Baaders übersehen oder missdeuten diese Herrn vollkommen und es ist, als ob die hierauf bezüglichen Schriften desselben für sie nicht in der Welt wären. H.

Wesen dieser Welt behauptet, dass solches, unmittelbar und ewig aus Gott hervorgegangen und gehend, als der ewige Ausgang (Entäusserung) Gottes dessen ewigen Wiedereingang (als Geist) ewig bedinge; womit also behauptet wird, dass diese räumlich-zeitliche Creation durch das Manifestationsbestreben und die Manifestationsmacht Gottes schon hinreichend und völlig erklärbar sei, obschon sie in der That eine Hemmung dieser Manifestation aussagt, und diese Hemmung (das Deficit) eigentlich das Zuerklärende ist. Wie nun das erste dieser Philosopheme rein gottesleugnerisch ist, das zweite deistisch und alle Gemeinschaft der göttlichen Action mit der menschlichen leugnend, so ist das dritte dieser Philosopheme unleugbar materialistisch, und man leistet sowohl der Theologie als der Philosophie zu unserer Zeit einen wesentlichen Dienst, wenn man aus letzterer diese falschen Begriffe von der menschlichen Freiheit und von der Materie hinausweiset und die Einführung der richtigen veranlasst, welches denn auch der Zweck dieser Schrift ist. Ich sage: in unserer Zeit, weil nemlich in ihr der Geist der Finsterniss sich der Frommen wie der Nichtfrommen bedient, um ja unter den Menschen die Ueberzeugung von der Vernünftigkeit der Religion und dass sie „die Leuchte des Verstandes ist", nicht aufkommen zu lassen. Denn wenn der sich so nennende Fromme (Pietist) seinen Vernunftgebrauch darum aufgibt oder bei sich und Anderen einstellt, weil er die Religionswahrheiten für unerforschlich hält, so bedenkt er nicht, dass der Mensch eine solche Unerforschlichkeit doch nur auf dem Wege des aufrichtigen Forschens und im freien Gebrauche seiner Vernunft inne werden könnte, wie denn alle Gegner der Religionswahrheiten diese nicht aus dem Grunde verwerfen, weil sie über die Vernunft, sondern weil sie nach ihrer Behauptung wider diese Vernunft gehen, und ein solcher Frommer arbeitet also seinem Gegner (dem Nichtfrommen) in die Hand, welcher gleichfalls alles Speculiren über religiöse Gegenstände theils für unnütz achtet (weil man ja, wie Mephistopheles in Göthe's Faust sagt, zum Grasen auf grüner Weide solches nich bedarf!), theils für thöricht, weil ja der Gegenstand einer solchen Speculation ein Insichunvernünftiges sei. Das Thun dieser lichtscheuen Frommen unserer Zeit ist folglich nicht minder die Zeit befehdend und sie zu revolutioniren strebend, als jenes der ihnen gegenüberstehenden Nichtfrommen, „weil alles, was die Ueberzeugung verdunkelt, dass der Staat die vernünftige bürgerliche Freiheit, und dass die Kirche die Freiheit der Intelligenz begründet, dort wie hier zum Revolutionismus führt." —

Diese Licht- d. h. Wissens-Scheue meint in dem dermaligen Protestantismus im Gefühle, im Katholicismus in der Autorität ihr Refugium zu finden. Unempfindlich für den Schmerz der Unwissenheit und für ihre Schmach fällt den von jener Lichtscheue Befallenen gar nicht ein, dass für ein geistiges Wesen die gänzliche Indifferenz, das völlige Erlöschen des Verlangens nach Erkenntniss, nur die Folge eines Verbrechens sein kann. *)

Berlin den 15. Mai 1824.

---

*) Herbart hat sich „herabgelassen", in der Leipziger Literaturzeitung vom J. 1826 Nr. 11. Seite 82—86 eine Anzeige dieser Schrift Baaders einrücken zu lassen. Man begegnet aber in derselben ausser einigen löblichen Zugeständnissen in Betreff der heidnischen Kunstrichtung Winkelmanns kaum einem nur einigermassen beachtenswerthen Gedanken, geschweige einer Widerlegung. Denn die Bemerkung, der Titel der Schrift: Fermenta cognitionis sei übel gewählt, der der vorliegenden Schrift werde, was der andere verdorben, wieder gut machen sollen, es stehe Niemand zu, dem Philosophen vorzuschreiben, was er über die Spontaneität intelligenter Naturen lehren solle (also auch Herbart nicht, was Baader darüber und über die Gedanken Herbarts davon denken solle) und dergleichen, wird doch Niemand für erhebliche Gedanken gelten lassen. Doch sind drei Puncte erwähnenswerth, nemlich: 1) die ächt Herbart'sche Frage, ob Baader es übernehmen wolle, zu bestimmen, wie viel denn auf die Mitwirkung des Menschen mit Gottes Centralwirken zu nehmen sei? Ob etwa die Hälfte der Wirkung oder drei Zehntheile oder welcher andere Decimalbruch? Und auf wie viel Decimalziffern man denselben mit Sicherheit angeben könne? Als ob es mit der Mitwirkung nichts und der Mensch Alleinwirker sei, wenn sich dieselbe der mathematischen Berechnung entziehen sollte. 2) Die Bemerkung, ihm komme die Beschäftigung mit dem Teufel in mehr als einer Beziehung so vor, wie die Quadratur des Zirkels. Als ob, wenn auch die Analogie richtig wäre, der Teufel für den Theologen und den Philosophen, die Quadratur des Zirkels für den Mathematiker vernünftigerweise aufhören sollte, Gegenstand einer vernünftigen Untersuchung zu sein! Ob aber die Analogie richtig ist, hätte Herbart erst noch zu erweisen. 3) Mephistopheles in Göthe's Faust sei weiter nichts als ein kolossaler Schalk. Sapienti sat! H.

1.

Der Begriff des Christenthums fällt, wie bereits im §. 7 des ersten Heftes der Fermenta Cognitionis bemerkt worden, mit jenem der Menschwerdung des moralischen Gesetzes zusammen, und das Wort Evangelium drückt eben nur die Botschaft (glad tidings) aus „von einem den Menschen durch einen Menschen (welcher darum auch der einzige oder der Mensch par excellence heisst) nahe gebrachten, zugangbar gemachten oder geöffneten moralischen d. i. Gottes-Reich inner dem unmoralischen Weltreich.“ „Solches habe Ich mit euch geredet, sagt Christus (Joh. 16, 33), dass ihr in Mir Friede habt, in der Welt habt ihr Angst, aber seid getrost, Ich habe die Welt überwunden“, d. i. Ich habe euch durch sie hindurch die Bahn in mich und durch mich in eine andere Welt gemacht, die euere wahre Heimath ist, von welcher ihr euch entfremdet, und damit ins Elend (nach altdeutscher Sprache so viel als fremdes Land oder Ausland) gebracht habt. Denn nur in diesem Sinne heisst Christus der Welterlöser.

For Christ is the good will of the Father, which none can do unless he be in Christ, and do it in Christ's spirit and life. Election of grace of J. Böhme. c. 10. §. 128. Der Christ, in der Welt lebend, lebt nicht mehr von ihr, noch für sie. Jede Afficirung des ewigen (Geist-) Menschen durch ein Zeitliches ist und heisst Leidenschaft (Leiden), falls jenes von letzterem subjungirt ist. Dagegen muss es aber auch gute Leidenschaft geben. Der Weltweise oder der auf diese Welt Sichverstehende, in sie nur Sichfindende kann den Welterlöser als Befreier von der Welt und also selbst Weltfreien nicht begreifen. Es ist aber sinnlos, in der Welt gründen — nicht ausser und über ihr — und doch weltfrei sein wollen. Jede Begründung des Willens in dieser Welt ist eine Entgründung in Christo.

„Denn der Mensch (sagt J. Böhme 1. Schutzschrift wider Tilken 70 *)) thut aus (von) sich selber nichts Gutes, aber das Gesetz Gottes, das Gott in seine Natur schreibet, das thut Gutes. Dasselbe Gesetz ist das ewige Wort der Gottheit und zieht an sich göttliche und himmlische Wesenheit, als den neuen Leib; denn es ist Mensch worden, und muss auch in uns Mensch werden. Und in demselben Leibe allein stehet das rechte Schauen, Wollen und Vollbringen und die Möglichkeit eines Christen." — Diese Nothwendigkeit des Theilhaftwerdens dieser neuen Beleibung drückt übrigens folgende Stelle aus dem Briefe Pauli ad Hebraeos 3, 14 mit Bestimmtheit aus: „Participes enim Christi effecti sumus, si tamen *initium substantiae ejus,* usque ad finem firmum retineamus." —

2.

In dieser Welt nemlich, welche taub und stumm ist (Il ne parle pas, sagt St. Martin, parcequ'il n'aime pas), gilt jenes: lex est res surda et inexorabilis; weil sie nemlich, einem Gesetze unterworfen, das ihr nicht innewohnt, und selbst nur äusserlich bestehend, den Menschen, so wie er sie, nur äusserlich berührt, und wie sie selber keine Tiefe hat, die den Menschen vernähme, so auch der Mensch nicht in sie einzugehen vermag. Diesem tauben, die intelligente Causalität nicht in sich habenden (obschon ihr unterworfenen), bloss executiven Welt- oder Causalitätsgesetz entgegen, macht uns Christus ein anderes Welt- oder Causalitätsgesetz kund, nemlich ein vernehmbares und vernehmendes (exorables), ein fühlendes und dem Menschen in seiner Tiefe fühlbares, welchem gemäss „dem Bittenden gegeben wird." — Der Spruch „Suchet, so werdet ihr finden, bittet, so wird euch gegeben, klopfet an, so wird euch aufgethan" wird nemlich verständlich, wenn man: 1) erwägt, dass wie überall das Subjective

---

*) Böhme's Werke VII, 12. H.

seinem Objectiven und v. v. entspricht, also auch hier Gott in uns das Finden, Geben und Aufthun wirken wird, wenn wir ihm unser Suchen, Bitten, Anklopfen untergeben, dass wir mit Gott finden werden, wenn wir mit Ihm suchen &c., und 2) wenn man jenen Satz umkehrt und ihn so stellt: Wenn ihr gefunden habt, so habt ihr gesucht, wenn ihr empfangen habt, so habt ihr gebeten, und wenn euch aufgethan ist, so habt ihr angeklopft, und es ist nur euere Schuld, wenn diese unterscheidende Anerkennung der Gegenwart des Gebers in der Gabe euch bis zur Gottesvergessenheit dunkel geworden ist. In dieser willenlosen Welt kommt der Mensch als wollend zu keinem Contact dieses seines Wollens. Diesen Contact kann er nur im Gebet finden, und wie kann man also eine Willensänderung ohne Gebet denken? Jedes aufrichtige, somit nichtselbstische Forschen ist in der That nur ein Fragen und den oder das Gefragte Vernehmen oder Redenlassen, somit nichts anderes, als ein mehr oder minder gläubiges Bitten um Erkenntniss oder ein Gebet. Dass ich eine Erkenntniss, einen lichtgebenden Gedanken empfange, ist eben so gewiss, als dass das mir Gebende, das meine Frage Beantwortende (Oraculum) selbst intelligenter Natur sein muss, wenn gleich nicht immer Gott selbst oder göttlich. Wenn Fr. Baco für den Anbau der Naturwissenschaften Epoche machte durch seine Erfindung der Methode der Befragung und des Selbstredenlassens der Natur und wenn das Geheimniss der ächten Transscendentalphilosophie in der Erfindung der Methode besteht: allenthalben Gott selbst reden zu lassen, so wird gewiss eine andere, als eine taubstumme Natur vorausgesetzt.

Noch kommt in Bezug auf das moralische Gesetz als moralische Causalität zu bemerken: 1) dass selbes nur dann und nur insofern für den Menschen effectiv wird, wenn und insofern dieser es in seiner Sphäre effectiv macht: Euch Suchenden wird Gott finden lassen, wenn ihr euch von den euch suchenden Menschen finden lasset, euch Bittenden wird Gott geben, wenn ihr den euch bittenden Menschen gebet, und euch Anklopfenden wird Gott aufthun, wenn ihr euch den bei euch anklopfenden Menschen öffnet; 2) dass Sich Christus hier der Welt (als Aeon) entgegenstellt als die alleinige Pforte zu einer anderen Welt (zu einer anderen, d. h. zu einer völligen Manifestation Gottes, in welcher Er Sich als Vater kund gibt: „Niemand kommt zum Vater, denn durch mich") und dass in Ihm sein folglich so viel heisst, als in eine andere Welt eingetretensein. Das Wort Demuth heisst übrigens bekanntlich Tiefmuth, und da jedes Empfangen ein Sichvertiefen (Entsagen) in dem und gegen den Geber ist, so leuchtet der Spruch ein: „Gott widersteht dem Hoffärtigen (lässt ihn leer) und gibt dem Demüthigen." Aber freilich kennt die Welt dieses Geben und Nehmen nicht; denn wie sie nicht ohne Hoffart zu geben vermag, so vermag sie auch nicht ohne Niederträchtigkeit zu nehmen, und der Despot ruft in ihr hier wie überall und immer den Sclaven hervor, so wie dieser jenen.

Gott kann nicht anders mittheilen, als nach dem Maasse, dass dasjenige, was er mittheilt, zu ihm wiederkehre, es ist wie ein stetiger Umlauf oder Aus- und Zufluss (Vergl. M. Guion, Christl. Anweisung IV. 283). Geben und Empfangen ist also immer wechselseitig. Weil nun Empfangen und Geben frei (gegeneinander) sein müssen, so gibt uns Gott diese Freiheit — Selbständigkeit — gegen sich hiezu gleichsam als Lehen. Hieraus folgt: 1) Geist und Einheit sind dasselbe und der Satz: Gott ist absoluter Geist sagt dasselbe, was jener andere: Gott ist der absolut Eine, 2) Einheit ist nichts Stillstehendes, Unactives, sondern die Activität als uniens, 3) aber das Einende erfordert ein Zuvereinendes 4) und desshalb ist der Geist als Centrum der Circulation, als Zusammengehen des Auseinandergehens und des Ineinandergehens zu begreifen, 5) in und aus demselben Dritten, in dem sich Zwei (Viele) einander geben (aufgeben) empfangen sie sich auch zugleich, 6) hiemit wird auch die beständige Erneuerung begreiflich, 7) die Einheit des absoluten Geistes widerspricht nicht der proprietas in personis und diese nicht jener.

3.

Wenn nun aber dieser Welt Wesen (die Materie), als selbst keine Tiefe habend, und durchaus nur Oberfläche (Schein) seiend, für sich den Menschen auch nur an seiner Oberfläche zu berühren*), ihn folglich nicht eigentlich zu rühren oder zu afficiren vermag, (denn nur das, was mich in meinem ganzen Wesen oder central ergreift, afficirt **mich**) und wenn denn doch jenes versuchende Gelüsten (**Imaginiren**) des Materiellen eine solche Rührung des Inneren oder der Tiefe des Menschen, d. h. einen Zug aussagt, welcher, bis in sein Inneres dringend, ihn lockt und verlockt, dieses (sein Herz) ihr zu öffnen (d'y mettre son âme — denn nur hierin besteht der unrechte Genuss oder Gebrauch der Materie: sint temporalia in usu, sagt Th. à Kempis, aeterna in desiderio), und ihn somit zur Verkehrtheit bringt, dass er das, was an sich nur äusserlich ist, sich nicht äusserlich bleiben lässt, sondern gesetz- und naturwidriger Weise in sich als Inneres erheben will: — wenn ein solches Imaginiren, sage ich, von der Materie ausgeht, so kann diese wohl das Leitzeug eines solchen Zuges sein, aber sicher nicht dessen Quelle, und dieser Zug kann nur von einer der Tiefe des Menschen entsprechenden anderen Tiefe oder Untiefe kommen. Diese Materie ist nemlich für sich

*) Ohne Zweifel liess sich Kant durch diese Bemerkung verleiten, den Erkenntnissprocess überhaupt nicht für das zu nehmen, was er ist, nemlich für ein „Eindringen oder Eingehen **in** den Gegenstand, sondern für eine blosse Flächenbewegung **an** ihm.“ Eigentlich kann nichts unverständiger sein, als der Hauptgedanke Kants, der darin besteht, zwar das Ding und seine Erscheinung richtig zu unterscheiden, aber denn doch durchaus keinen directen Bezug zwischen beiden zu statuiren, so dass das Erscheinen eher alles Andere wäre, nur nicht die wirkliche Offenbarung, das Kenntlichmachen und Aussprechen des Dings. Christus dagegen sagt: an der Frucht (der Hervorbringung, der Erscheinung) erkennt man den Baum, nur im genitus den genitor. — In diesem §. ist übrigens die eigentliche Taktik der alten Schlange klarer bezeichnet, als dieses bisher geschehen. Was nemlich dem Menschen Zweck war (der Genuss des Materiell-Sinnlichen, als dessen Auf- und Einnahme in sein Inneres), darin findet er sich betrogen, indem er dabei leer ausging; dagegen findet er jetzt ein anderes in sich, nemlich jene herztödtende Macht, deren Ein- und Aufnahme der nun bleibende Zweck jener Schlange war, welchen sie durch jenes vorübergehende Mittel (den materiellen Genuss des Menschen) erreichte. Wie jeder Taschenspieler darauf bedacht sein muss, den Zuschauern eine Diversion zu machen, so hat sich diese alte Schlange bisher mit gutem Erfolge auch der Philosophen und nun vollends der Theologen, welche den Bösen und das Böse abgeschafft haben, zu solchem Diversionmachen bedient.

gegen den Menschen nur herz- wie geistlos, wogegen jene Untiefe sich als positiv herztödtend erweiset, und der Mensch, sobald selber, jener warnenden Stimme („lass dich nicht gelüsten") ungeachtet, die verbotene Frucht geniesst, ermangelt auch nicht, diese herztödtende (kältende) Macht als blut- und herzsaugende (denn eben die blutlos gewordenen oder kaltblütigen Geister sind wie die blutlosen Insecten Blutsauger des warmen Herzblutes, und ihr eisiges Gift macht dieses erstarren) in sich inne zu werden, d. h. jenen Wurm- oder Schlangenstich, von dem uns bereits das dritte Capitel im Buche Genesis erzählt. Ein tieferes Naturstudium belehrt uns übrigens: dass wir der Materie als solcher so wenig die Schuld jenes Imaginirens (als gleichsam eines phosphorischen Nimbus um sie) beimessen können, dass es vielmehr eben ihre ursprüngliche Function ist, diese Untiefe in sich verschlossen und vom Menschen ab zuhalten (§. 28), so wie es nur in des letzteren Macht stand und steht, diesen Schluss sich zu öffnen, womit er aber auch freilich den Fluch (die Flucht des göttlichen Segens) in diese Materie selbst brachte und bringt.

4.

Was oben vom Geben und Empfangen gesagt ist, das gilt denn auch vom Vernehmen oder von der Vernünftigkeit, vorausgesetzt, dass man hier, wie überall, den groben Irrthum vermeidet: dieses Geben und Empfangen jenem gleich zu stellen, welches zwischen Creatur und Creatur statt findet. Wie nemlich Daub von Gott sagt: Deus est a *se*, in *se* et *sibi*, so kann man von der Vernunft sagen: Deus a *se* sapit, in *se* sapit, et *sibi* sapit, wogegen der Mensch diese Vernunft (als in freier Evolution) zwar in sich hat oder haben soll, aber nicht von sich und folglich auch nicht eigentlich sich hat, weil nemlich die göttliche Vernunft sich in ihm nur repräsentirt oder gleichsam reproducirt. Dieser Mensch zeigt sich darum allerdings als ein anderer, als diese Vernunft, so wie selbe ihm nicht mehr innewohnt (so wie er vernunftlos oder gar vernunftwidrig sich bezeugt), wenn schon diese Vernunft keine andere, als die göttliche ist, weil, wie Meister Eckart*) sagt, das Auge, darin mich Gott sieht, dasselbe ist, darin ich Gott sehe, indem es eins und dasselbe ist, Gott erkennen und von Gott erkannt sein, und Sein Blick meinen Gegenblick hervorruft. Man muss nemlich sagen: Gott ist Vernunft, der Mensch hat sie — von Gott — oder ist nur vernünftig, jener Vernunft theilhaft, nicht Theil von ihr, ganz so wie Gott die Liebe ist, der Mensch ihrer theilhaft ist oder doch sein kann. — Dass der Mensch nicht von sich ist, das weiss er, hiemit weiss er aber auch, dass er nicht sich oder, wie die Autonomen sagen, Selbstzweck ist. Jeder geschaffene Geist, der für sich sein will, fällt dem tantalischen Streben anheim, von sich zu sein. Eigentlich ist die Lehre von der Autonomie oder der absoluten Souveränität des Menschen nur eine Copie der Lehre von der Volkssouveränität, und der Mensch ist nach jener wie jeder einzelne Bürger nach dieser frei, weil er Niemand über sich hat, und jedem Andern gleich, weil jeder einen gleichen Antheil an dieser Souveränität hat. Der deutsche philosophische Sansculotismus entspricht also ganz dem französischen bürgerlichen.

„Die Seel, sagt Meister Eckart, hat nicht, da Gott einsprechen (eingebären) möge, denn Vernünftigkeit" und er nimmt hier dieses Wort als das Vermögen der Seele, ihren Geist in den absoluten Geist aufzuheben oder aufheben zu lassen, womit dieser sich in ihr setzt, gebiert (Sohn oder Mensch im Menschen wird), so wie er dasselbe Wort anderwärts für diesen eingeborenen Sohn selber braucht, und die Seele, welche als Geist sich von Gott abkehrt (ihrem Geist gegen Gott nicht entsagt) eine Wittwe nennt, welche weder den Mann (den Vater), noch den wahren Sohn (die Vernunft) hat.

5.

Nicht minder grundlos, als die im vorhergehenden Paragraphen erwähnte atheistische Behauptung ist jene deistische, welche

*) Meister Eckart. Eine theologische Studie von Dr. H. Martensen (Hamburg, Perthes, 1842) S. 29. H.

zwar zugibt, dass die Vernunft der Creatur als Talent gegeben sei, dass sie aber in der Entwickelung und in dem Gebrauche dieser Kraft schlechterdings allein und ausser der Gemeinschaft mit der göttlichen Vernunftaction sich zu halten habe. „Weil nemlich, sagt z. B. Heinrich Ritter (Abriss der philosophischen Logik, 1824. S. 265), die Vernunft in dem, was ihr (von Gott) gesetzt ist, ihre Befriedigung nicht finden kann (d. h. weil sie nach dem Evangelium mit ihrem Talent für Gott wuchern soll) und diese Befriedigung nur in dem, was sie sich selbst setzt oder in ihrer Thätigkeit erzeugt, zu finden vermag, so muss sie in dem, was ihr (von Gott) gesetzt oder gegeben ist, eine Hemmung erkennen und sie aufzuheben suchen, indem sie dieselbe erklärt, begreift oder aus sich erzeugt." — Nun scheint es wohl eben so unschicklich, die Gabe, das Talent oder das Aliment eine Hemmung des Lebens zu nennen, als die Behauptung unwahr ist, dass die Creatur bei diesem Aufheben allein, und der begründenden, helfenden, leitenden, befreienden Action der göttlichen Vernunft nicht bedürftig, sei und man sieht nicht, wesshalb die Wahrheit der Lehre, dass so wie das moralische Gesetz nicht vom Menschen, sondern von Gott ist, so auch die Kraft, es zu erfüllen nicht vom Menschen kommen kann, sondern von Gott kommen muss, der Vernunft nicht einleuchten sollte. — Noch immer spukt diesen Philosophirenden das Fichtische Setzen im Kopfe, und sie lehren uns, dass wir, nachdem wir einmal bei der Geburt eine Portion Luft in unsere Brust gezogen, diese in uns fest und ja durch Zuhalten des Mundes von der allgemeinen Luft gesondert halten sollen, damit wir ungestört und selbständig unseren Athmungsprocess treiben können. — Nur Gott setzt und wird nicht gesetzt, der Mensch (jede Intelligenz) wird gesetzt und setzt, und nur die nichtintelligente Natur wird gesetzt und setzt nicht. —

Ein Philosophiren, welches das Wort: „Hemmung" so arg missbraucht, dass es dieses Wort sogar auf die Gabe oder das Aliment alles Seins anwendet, kann freilich weder von jener wahren Hemmung, welche die Creatur in der Entwickelung (dem Thun dieses Talents) inne wird, und von einer diese Creatur von dieser Hemmung befreienden Hilfe wissen, und mit dem Zwecke der Religion bleibt ihm auch diese fremd und unverstanden.

6.

Ueber jenes nichtcreatürliche Geben und Nehmen drückt sich St. Martin (Esprit des Choses I. S. 46) folgendermaassen aus: L'homme, lorsqu'il à quelques plans à concevoir ou quelques oeuvres à produire, se concentre (d. h. er hebt seine Selbstmanifestation frei auf, wie jeder Aufmerkende selber zu sprechen aufhört, und zwar hören, aber nicht sich hören will, und sich dieses Sichnichthörenwollens klar bewusst ist) et *attend* d'un foyer qui est à part et distinct de lui, quoiqu'en lui, la chlarté qu'il cherche et le rayon instructeur (guide) dont il à besoin; et ses oeuvres (pensées) sont plus ou moins régulières, selon qu'il à plus ou moins de constance à chercher ce rayon instructeur et d'attention à en suivre la lumière. — Ebend. S. 10 schildert derselbe Schriftsteller den inneren Zustand desjenigen, der, die Gabe und den Geber verleugnend, sich für einen Gottesleugner ausgibt (indem er, wie Ludwig XIV. von Frankreich sagte: l'etat, c'est moi! spricht: la raison, c'est moi!), auf folgende Weise: Et véritablement qu'arrîve-t-il à celui qui se dit athée? Il sent intérieurement, qu'il se divise involontairement en deux êtres, dont l'un lui inspire l'admiration et dont l'autre l'éprouve, et tout en s'admirant lui-même, il prouve et s'oblige à réconnoitre que ce qui dans lui est admiré, ne peut pas être ce qui admire, qu'ainsi il faut qu'il y ait dans luimême quelque chose de distinct de lui, qui, quoiqu'en lui, soit cependent audessus de lui; ce qui dans le vrai, n'est de sa part qu'un abus de mot et une transposition, qui, pour lui, est aussi funeste qu'elle est extravagante; car ne puisant point à l'unique source d'admiration, qui seule pourroit le vivifier (substanter), il n'est pas étonnant que son esprit vive dans un épuisement continuel de sa propre substance et dans une *étisie* permanente, d'où résultent tout le malêtre et les combats sécrets de ces sortes de gens &c. Ein Uebelbefinden, welches sich vorzüglich dadurch kund gibt, dass in ihnen, so wie das Licht immer kälter und kältender, die Wärme immer finsterer und finsternder wird, beide also immer mehr sich von einander trennen! Wesswegen es derlei Menschen so unbegreiflich ist, wenn man ihnen von einer Liebe sagt, welche mit der Klarheit des Erkennens nicht verschwindet, sondern entsteht, mit dieser nicht ab-, sondern zunimmt, und dass es nur ein Constitutionsgebrechen an ihnen sei, wenn ihnen (wie Mephistopheles) im hellen Sonnenlichte nur um so winterlicher inwendig wird. — Von diesen Menschen gilt: qu'ils ne connoissent point, parcequ'ils n'aiment point, et qu'ils n'aiment point, parcequ'ils ne connoissent point, attendu que ne pas aimer est la plus grande preuve de l'ignorance.

Alles Anstrengen des Nachdenkens oder Nachsinnens ist, wie das Wort sagt, ein Aufmerken (d. i. ein Horchen) und die eigene Thätigkeit ist nur Spannen der Receptivität. Eine irrige, wiewohl gemeine, Vorstellung ist es nun, sich den Menschen hiebei als hörend (als Subject), Gott aber als sprechend (als Object) zu denken, da doch Gott nur Subject und Object zugleich und der Sprechende wie der Hörende ist, der mir das Hören (Nachhören), wie das Sprechen (Nachsprechen) gibt. So speiset sich, sagt J. Böhme (Ueber die Wiedergeburt 4. 6), Christi Geist (das Wort) mit seinem heiligen Wesen in mir selber. Dasselbe gilt vom Leuchten und vom Sehen, und es ist ungeschickt, sich hier die Objectivität, das Leuchten, als Sichzusehengeben ohne Subjectivität oder ohne Sehen zu denken.

7.

In der That hat aber der Mensch ein untrügliches Kriterium zur Hand, welches ihm die oben erwähnte Vermengung des nichtcreatürlichen Gebens und Empfangens mit dem creatürlichen ganz unmöglich macht. Wie ich nemlich in meinem Aufgehobenwerden (aus einem Gesetztsein in ein anderes) das Aufhebende überhaupt als solches d. h. als Object inne werde, und wie mir das Lassen meiner selbst (als Causalität) die Objectivität dessen beweiset, an den ich diese lasse oder lassen kann, so beweiset mir die totale Aufhebbarkeit meiner selbst, dass dieses Objective nicht selbst wieder ein Endliches (eine Creatur), wie ich, ist, sondern der Unendliche selber; und hier erst erhält jenes mein Michaufheben seinen wahrsten und schönsten Sinn, als Hinauf- oder Emporgehobenwerden meiner selbst (vielmehr über mich selbst) oder, wie Tauler sagt: mein Verlieren wird hier mein wahrer Fund. — „Nur Gott, sagt J. Böhme vermag diese Speise (den Willen und das Vermögen einer freien Creatur) zu essen“ und jede andere Creatur, sie mag so vortrefflich und so hoch gradirt oder genaturt sein, als sie will, wird dieses nie vermögen, folglich mir immer einen nie in mir aufgehenden Rest meiner Selbstheit als Stachel der Unruhe und der peinlichen Hemmung der völligen Union zurück lassen *). Dieses gilt z. B. für das Erkennen, insofern ich meine Ueberzeugung aus einer solchen Creatur ganz allein zu schöpfen mich bestrebe, wie für die Liebe, bei welcher den Liebenden oft nur nach manchem misslungenen Versuche das Geheimniss sich enthüllt, dass sie nicht und nie unmittelbar, wohl aber mittelbar, zu dieser vom Imperativ der Liebe geforderten, absoluten, wechselseitigen Selbstentäusserung und Verselbständigung zu gelangen vermögen, nemlich damit, dass sie beide, sich vorerst in dem éinen Unendlichen (Gott) aufheben lassend, sich beide an Ihn verlierend, in Ihm sich beide gänzlich vereint wieder finden. Parceque l'unité parfaite ne se trouve que dans notre jonction individuelle avec Dieu, et que ce n'est qu'après qu'elle est faite, que nous nous trouvons naturellement les frères les uns des autres **). —

---

*) Ich kann mich nemlich nur einem mich Nehmenden geben. Dass ich z. B. meiner entzündeten Selbstsucht los werden kann, beweiset die Gegenwart des göttlichen Ausflusses der frei sich gebenden Liebe (Jesu) in mir. Denn der menschliche Wille der Eigenheit kann, wie J. Böhme (Quaest. theos. 11. 18.) sagt, wider des Zornes Fundament nicht siegen, sich von ihm nicht befreien, es in sich nicht aufheben, sondern er muss nur zerbrochen und getödtet und durch den Tod wieder in den h. Namen eingeführt werden. — Wie und weil nur der Schöpfer das Geschöpf ganz aufheben (durchdringen) kann, so kann auch nur er dasselbe ganz und völlig erfüllen und befriedigen. Daher bei aller Creaturerfüllung eine solche von Gott nichtdurchdrungene und also nicht erfüllte Creatur in ihrem Innersten leer bleibt und diese Leerheit empfindet.

*) Man kann sich nicht in die Mehrheit der Personen und die Identität des Wesens in Gott finden, und verlangt doch in der Liebe dieselbe

Der Mensch als erkennend das Wahre, als wollend das Gute, und als schaffend das Rechte, (denn eines und dasselbe heisst gedacht, wahr, gewollt, gut, gethan, recht) hat kein anderes Kriterium, als dieses Bewusstsein der gänzlichen, völlig gelungenen Aufgabe seiner selbst, und alles Anfangens und Gründens, nicht in sich (im eignen Namen), nicht in einer anderen Creatur (in deren Namen), sondern in Gott (in Gottes Namen) *), und er ist sich hiebei der Gegenwart Gottes so klar bewusst, als ihn das Wissen seines Losseins vom bösen Gewissen über die effective Gegenwart desjenigen nicht in Zweifel lässt, der allein Sünden vergeben kann. Der Inhalt der frohen Botschaft (des Evangeliums)

Weseneinheit mit Mehrheit der Personen. „Dass sie Eins seien, sagt Christus, wie Ich und Du (Vater). Eins sind.“ — Wie übrigens die Aufgabe des Endlichen an den Unendlichen das medium der Liebe und Eintracht jedes Endlichen zu und mit einem andern Endlichen ist, so gilt dasselbe für das Einverständniss derselben.

*) Wo darum die Religion dem Menschen die Untergebung unter einen andern Menschen zur Pflicht macht, da sagt sie ausdrücklich, dass dieses nicht um des Menschen, sondern um Gottes willen, in Gottes Namen, geschehen soll, und hierin liegt das wahre point d'honneur des Christen. — Wie ich übrigens bereits in meinen fermentis c. jenen Irrthum religiöser und irreligiöser Mystiker gerügt habe, welche, die Momente des Sichverlierens und Sichwiederfindens abstract aus einander haltend, jenes nicht für das Mittel des letzteren, sondern für den Zweck selber nehmen, so finde ich mich durch ein Gedicht von Göthe (mit der Ueberschrift: Eins und Alles) veranlasst, diese Rüge hier zu wiederholen. Dieses Gedicht fängt nemlich mit den Worten:

Im Gränzenlosen sich zu finden,
Wird gern der Einzelne verschwinden,

d. h. mit einem Widerspruche an, falls man nicht das Sichfinden desselben und also bleibenden Einzelnen im Gränzenlosen (in der Einheit als Actions-Totalität) als in einer Region A sich als bedungen vorstellt durch das Verschwinden oder Sichverlieren dieses Einzelnen aus oder in einer anderen Region B.; denn wer die Dinge (sich selber), sagt Meister Eckart, lässt, da sie getrennt und zerstreut sind, der nimmt (besitzt) sie, da sie einig und ungetrennt sind. — Das Schlechte des Endlichen ist nicht seine Endlichkeit d. h. sein Nichtgottsein, sondern dass selbes als activ der Manifestation des Unendlichen nicht dient, oder ihr wohl gar widerstreitet, und der Grund oder Ungrund dieser Actionsnullität oder Perversität ist aufzuheben, nicht das Endliche selber. [Vergl. Meister Eckart von Martensen. S. 35. H.]

war und ist kein anderer, als Verzeihung dem Sünder und der effectiven Vergegenwärtigung des Verzeihenden durch das Gebet und durch die Busse. Vor Allem kommt es also darauf an, dem Menschen das Bedürfniss dieser Verzeihung als Erlöstsein vom bösen Gewissen recht lebendig zu machen, wovon auch allein die rechte Liebe zu Gott ausgehen kann. Denn nicht wir haben ihn zuerst geliebt, sagt der heil. Johannes, sondern er uns zuerst und also ist unsere Liebe nur Gegenliebe. Noch mehr, er hat uns sogar schon verziehen, ehe wir ihn liebten. „Setzet euer Herz nicht in ein Wesen, welches selber kein Herz hat und also noch vielweniger in ein herztödtendes Wesen. Wir bedürfen der Liebe und der Verzeihung, sagt St. Martin (L'homè de desir S. 156). Wir sollen daher Alles meiden, was der Liebe und der Verzeihung nicht fähig ist und sie nicht gibt. Wenn es in der Schrift bei Lukas 7. 47 heisst: „Ihr sind viele Sünden vergeben, denn sie hat viel geliebt; welchem aber wenig vergeben wird, der liebt wenig," so erklärt sich dies aus dem Gesetze, wonach die Einigung aus aufgehobener Trennung inniger und tiefer ist, wie z. B. der Bund versöhnter Feinde, und wonach die Liebe, welche aus der Verzeihung im Sünder entsteht, tiefer und inniger ist, als diejenige, welche ohne Sünde und also auch ohne Verzeihung möglich wäre. Die neuere Moralphilosophie dagegen weiss nichts von einer Versöhnung und nichts von einem Versöhner, sondern erklärt solche geradezu für unmöglich. Wenn Kant z. B. zum Beweise dessen die Analogie der Hyperbel und ihrer Assymptote herbeizieht, so ist zu erinnern, dass in dieser Berufung ein zweifacher Irrthum liegt, einmal weil der sich selber gelassene Mensch (ex propriis) sich auch nicht um eines Haares Breite der Erfüllung des Gesetzes, geschweige in infinitum immer mehr, annähern kann, und dann weil er durch den Erlöser das Gesetz ganz zu erfüllen und zu versöhnen vermag.

8.

Was nun aber jene Aufhebung unseres Selbst, als eines Endlichen, an den Unendlichen, und als die Bedingung unseres Gesetztwerdens und Seins im Unendlichen, d. h. unseres freien und seligen Seins, betrifft, so finden wir uns alle gleich beim Erwachen unseres zeitlichen Selbstbewusstseins in einem Widerspruche als in einer positiven Widersetzlichkeit oder Hemmung gegen diese freie Aufhebung befangen: — wir finden das Herzblut erstarrt, welches auf diesem Opferaltare fliessen sollte —; und zwar zeigt sich diese Hemmung nicht etwa als ein einzelner, nothwendiger und hiemit unschuldiger Moment in der Geschichte unseres Selbstbewusstseins oder wohl gar, wie Andere meinten, als identisch mit dem Nichtgottsein der Creatur, sondern es gibt sich hier eine doppelte dialektische Bewegung kund, deren eine, als evolutionair, diese Hemmung aufzuheben, deren andere, als revolutionair, dieser Aufhebung entgegen strebt, und zwar so, dass dieses Entgegenstrebende durch den Eintritt jener ersten Bewegung nur aufgeregt, gleichsam in possessione bonorum angefochten und aufgestört, nicht aber erst erzeugt wird.

9.

In einem 1824 erschienenen Buche: Ueber Göthe's Faust und dessen Fortsetzung *) (Leipzig, Hartmann) S. 133 heisst es:

---

*) Wenn Vischer (Kritische Gänge, Tübingen, Fues 1844, II, 111) sagt: „Ueberhaupt hat er (W. C. Weber) die Vergeistigung, welche der Sagenstoff durch Göthe erfahren hat und wodurch der Brennpunct ein ganz anderer wurde, mit freiem Auge erkannt, und steht dadurch rühmlich über Leuten, wie Franz von Baader, de Wette, Wessenberg, Menzel, welche meinen, der Teufel sollte nur immer die Zähne fletschen, den Faust endlich unter Schwefeldampf holen und an den Wänden zerschlagen, dass sein Gehirn herumspritzt, oder wo nicht, so müsste Faust sich hinstellen und als Tugendheld rhetorisch aufspreizen, da doch das Gute, der Kampf gegen Mephistopheles, in ihm die Gestalt seiner Individualität annehmen muss und sich dieser natürlich als Rückkehr zur idealen Contemplation äussert;" so kann der Kenner der Gedanken Baaders über Göthe's Faust solche burschikose, rohe und doch zugleich kindische Verzerrung seiner Ansicht nur belächeln. Käme doch nur bald der geniale Dichter, der es vermöchte, eine Faustdichtung im Geiste Baader's zu schaffen! Eine solche Dichtung müsste an Reichthum der Situationen, an Tiefe der Charakteristik, an dramatischer Kraft und erschütternder Wirkung Alles übertreffen, was bis jetzt in ähnlicher Art geleistet worden ist. Ueberhaupt ist eine ächte Tragödie auf der Grundlage des consequent festgehaltenen Pantheismus ganz unmöglich und alle Geistreichigkeit

„Alle Sünde besteht in einem Missverhältnisse oder in einem aufgehobenen Gleichgewichte (ein hier unpassendes statisches Bild) zwischen dem Endlichen und Unendlichen (ich setze hinzu: in der gehemmten freien Actions- und Lebensgemeinschaft des manifestirenden Organs und des zu manifestirenden Centrums),

---

Vischers ist nicht im Stande, diese Behauptung auch nur im geringsten zu erschüttern. Nicht dass nicht ein theoretisch dem Pantheismus huldigender Dichter eine Tragödie von tiefer Wirkung zu dichten fähig wäre, sondern es wird nur behauptet, dass ein solcher Dichter tiefe Wirkungen hervorbringen kann, nur insofern und in dem Maasse, als er im Dichten seinen Pantheismus vergisst und sich bewusstlos von theistischen Voraussetzungen, Ideen und Gefühlen beherrschen lässt. So erscheint schon Sophokles in seinen Tragödien um so weniger ächt tragisch, um so mehr die Idee des Verhängnisses darin vorherrscht, dagegen um so mehr ächt tragisch, je mehr der Gedanke einer sittlichen Schuld und des freien Willens als Grund des tragischen Geschickes des Helden des Stücks hindurchleuchtet. Eine rein und consequent spinozistische Tragödie vollends vor einem Publicum von eingefleischten Spinozisten würde ohne alle tiefere Wirkung bleiben müssen. Nach Spinoza ist ohnehin die Reue über begangene böse Handlungen und Verbrechen im Grunde unvernünftig und der Bereuende ist d. h. macht sich doppelt elend oder unvermögend, und somit zum Thoren oder zum Narren. Der moderne Spinozismus ist freilich gemüthlicher und ästhetischer. Die Reue ist ihm auch ein nothwendiges und wesentliches Moment des ethischen Processes. Es ist nach Vischer höchst vernunftvoll die Nothwendigkeit des Bösen zu behaupten und folglich alles Bösen, aber darum soll doch das Böse nicht beschönigt werden, die Zurechnung findet doch statt und die Reue ist dem Verbrecher nicht erlassen (Kritische Gänge II, 73). Er soll nicht mit halbem Bedauern und süssem Lächeln auf seine That zurücksehen. — Natürlich, wie wäre sonst auch nur der Schatten einer tragischen Wirkung denkbar! Nur schade, dass uns Vischer so wenig wie seine Vorgänger und Meinungsgenossen die Vereinbarkeit der Zurechnung mit der Nothwendigkeit des Bösen bewiesen hat. Nur schade, dass die Behauptung der Nothwendigkeit des Bösen die Beschönigung desselben schon selbst ist, nur schade, dass eine Reue, die in diesem bestimmten Individuum so nothwendig eintritt, wie seine Sünde nothwendig war, aller tragischen Wirkung baar ist, eben weil sie dem Verstande, der Vernunft wie dem Gefühle des dialektisch nicht verkünstelten Menschen widerspricht. Der Pantheismus ist in seiner Wurzel unpoetisch und unkünstlerisch. Man vergl. was Julius Müller über die Freiheit des Willens als Bedingung der Wahrheit des Schuldbewusstseins tiefeindringend sagt in dessen Werk: die christliche Lehre von der Sünde. Dritte Auflage (Breslau, Max und Comp. 1849. I, 293 ff.) und die Einleitung Schömanns zu seiner Uebersetzung des gefesselten Prometheus des Aeschylos. (Greifswald, Koch, 1844). H.

die Herstellung dieses Gleichgewichts ist die Befreiung von der Sünde" — und S. 123 sagt derselbe Verfasser: „So verschliesst sich selbst der trostreichste Glaube und die Stimme des guten Geistes dem, der in der Sünde das Organ, welches die Vermittelung bewirkt, verloren hat." Ich setze hinzu: der mit der Sündhaftigkeit, als in sich haftender Corruption, sich selbst als Organ zu seiner Function unfähig gemacht, und damit er wieder ein solches, d. h. ein Mitwirker des Centrums, werden kann, sich dem Bedürfnisse eines Vermittlers, eines Befreiers von jener Sündhaftigkeit, unterworfen hat, wobei zu bemerken ist, dass die Function jedes Manifestationsorgans, als repräsentirend (Bild), selbst schon vermittelnd ist; daher die Verwandtschaft der menschlichen Natur mit Gottes Sohn.

Ich habe meines Wissens unter den Neueren zuerst den Satz aufgestellt, dass jede Manifestation nicht bloss durch ein Mitwirken, auch nicht bloss durch ein werkzeugliches Wirken, sondern nur durch beide zugleich zu Stande kommt, oder dass jedes Wirkende in Inneres und Aeusseres immer sich (als Einheit) gleichsam aufhebt (suspendirt), um in der gelungenen Wirkung sich immer zu restituiren, und ich habe darum (im ersten Hefte meiner fermenta c. S. 69) schon die erste Function und Bestimmung des Menschen als vermittelnd (den Geist und die Natur, den Himmel und die Erde) ausgesprochen, wesswegen ich hier auf jene Schrift zurückweise, und nur bemerke, dass die bisherige Nichtbeachtung des unterschiedenen, obschon geeint sein sollenden, Mitwirkens und werkzeuglichen Wirkens eine Theorie der freien Manifestation sowohl als der gehemmten, und endlich eine Theorie ihrer Restauration, unmöglich machte.

10.

Um zu einer vernünftigen Theorie der Sünde als Sündhaftigkeit (manière d'être) zu gelangen, muss man, wie St. Martin sagt, vor allem sich überzeugen, dass dieses Böse keine blosse Geschichte (histoire), sondern eine wirkliche und wirksame Macht (puissance) ist, die wir uns selbst in uns, wenn auch nicht von uns*) erzeugen, d. h. zu welcher Erzeugung wir zwar nicht als principe générateur, wohl aber als Organ oder Mitwirker wirksam sind. Indem ich nemlich an irgend einem einzelnen zur Wahl mir dargebotenen Falle mich als wollend bestimmt habe, so habe ich mich als Causalität nicht bloss für diesen, sondern für jeden künftigen (im quale und quanto oder gradu gleichen) Falle bestimmt, und so oft ein solcher wieder eintritt, wirkt diese Causalität für sich und ich brauche hiezu nichts besonderes zu thun, sondern nur mich gehen zu lassen, d. h. das Princip, für das ich mich entschieden, ist nun in mir bleibend oder ich bin Tugend (oder Untugend). Und dass ich, um mich nicht gehen zu lassen oder um mich anders zu bestimmen, einen Effort zu leisten habe, der mir empfindlich ist und mir wehe thut, beweiset wohl unstreitig, dass jene mir einerzeugte Macht oder puissance bereits zu meiner geworden, gleichsam mit meinem Ich verwachsen ist; (der genitor ist nemlich nur an seinem genitus sensibel), welches übrigens sowohl für die gute, als für die böse Wahl, jedoch mit dem bedeutenden Unterschiede gilt, dass ich im ersten Falle mich als Causalität immer freier, lichter, leichter und expansibler, im zweiten immer gehemmter, unfreier, verfinsterter, schwerer und inexpansibler befinde. Im ersten Falle werde ich meines Willens immer gewaltiger, im zweiten immer ungewaltiger. „L'horreur de la situation de *l'ennemi*, sagt St. Martin, c'est que dans sa propre volonté réside cette puissance d'iniquité et que

*) Kant hat bekanntlich die Behauptung aufgestellt, dass der Mensch das Böse nicht nur allein in sich, sondern auch von sich erzeugt habe, somit selbst Vater der Lüge und Mörder von Anfang sei. Neuere Philosophen haben dagegen der Religion die irrige und absurde Vorstellung angedichtet, als ob sie mit der Behauptung, dass der Mensch das Böse in einer anderen intelligenten Creatur, dieser und zwar von sich selbst einerzeugt, bereits vorfand, dieses Böse selbst wieder zu einer für sich bestehenden Creatur machen und den Teufel also durch einen Teufel erklären wollte. Eigentlich ist es aber das abstracte Auseinanderhalten der Subjectivität und Objectivität der Sünde, nach welcher man bald ausschliessend nur die subjective Tendenz derselben, bald nur ihre objective erfasste, und also auch hier den genitor und genitus trennte, was den Begriff des Bösen als bösen Geistes nicht aufkommen liess als einer Unvernunft, nicht als Mangel an Vernunft, sondern als Vernunftwidrigkeit.

sa volonté est soumise elle-même à cette puissance qu'elle s'est créée et *engendrée.*"

11.

Kaum hatte Goethe in seiner Farbenlehre auf die aller Positivität der Manifestation zum Grunde liegende Negativität wieder aufmerksam gemacht, und dass jedes Zumvorscheinkommen nur durch ein Imgrundehalten und Bleiben eines Anderen zu Stande kömmt, jedes Herausgekehrtsein (Offenbaren) des Einen durch ein Hineingekehrtsein (Verheimlichen) des Anderen, jede Evolution durch eine Involution &c., so meinten Viele hiemit bereits zu einer vollständigen Licht- und Verfinsterungstheorie gelangt zu sein. Sie vermengten aber bei ihren Versuchen: 1) sowohl das bereits geschehene Subjicirtsein mit einem beliebig gedachten ersten Acte des Subjicirens, so wie man nach Obigem die Wirksamkeit eines bereits bestimmten Willens mit dem Bestimmungsacte desselben vermengte, und 2) vermengten sie diesen Bestimmungsact eines noch Indifferenten mit jenem, welcher dann ausgeübt werden muss, wenn jenes zu Grunde Liegende sich erhoben und zu eigenem Manifestationsstreben sich potenzirt hat. In dieser Hinsicht finde ich selbst die Benennung eines finsteren Grundes verfänglich, weil man hiemit leicht zur abentheuerlichen Vorstellung eines präexistirenden Verfinsterungsstrebens, eines präformirten Keimes des Bösen in der Creatur (oder wohl auch zuletzt in Gott) verleitet wird. Man begreift übrigens leicht, dass eine Creatur, welche zum Mitwirken mit dem Princip (Centrum) einer Region in diese gesetzt wird, nur durch dieses Mitwirken sich in derselben fixiren (illabil machen) könnte, und dass sowohl das Nichtmitwirken, als das positive Gegenwirken die Folge der Entsetzung dieser Creatur aus ihrer Geburtsregion und des Sichfindens in einer anderen Region haben musste, welche mit und für diese ihre Inaction oder Reaction ihr aufging oder entstund, und nur mit und für sie besteht. „Welch' ein Volk es ist, sagt Paulus, einen solchen Gott hat es auch." *) (S. Fermentia H. IV. S. 14 &c.)

*) Diese Locomotivität (Labilität) der Creatur wird begreiflich, wenn man erwägt, dass solche aus Gottes Hand nur „unschuldig" hervorgehen

12.

Jener oben gerügten Nichtunterscheidung des Zustandes des Ruhens eines Manifestationsorgans in seinem Grunde von jenem seines selbstischen Erhebungsstrebens aus ihm hat sich nun auch der Verfasser der angeführten Schrift (Ueber Göthe's Faust und dessen Fortsetzung) schuldig gemacht, welcher übrigens gegen mich den advocatus Diaboli macht, und mir es übel nimmt, dass ich den Teufel noch schwärzer mache, als er in Göthe's Faust gemalt ist, ja, zum ersten Revolutionär, indem ich behaupte, „dass der eigentliche satanische Charakter in einem Hass alles dessen, was über ihm, und bloss weil es über ihm ist, besteht.“ — Welchem Schriftsteller ich nur wünschen kann, dass er noch lange in dieser unschuldigen Unwissenheit über die Tiefen der Bosheit verharren möge, bei der er freilich auch keiner tiefer gehenden Theorie des Bösen bedarf. Dagegen lässt Christus (Matthaei 13, 28.) den Hausvater die von den Knechten an ihn gestellte Frage: woher das Unkraut gekommen sei, da er doch nur guten Samen gesäet habe? bestimmt damit beantworten: „dass dieses der Feind gethan habe.“ —

Im Vorbeigehen mache ich hier auf die Taktik einiger Neologen aufmerksam, welche, wenn sie den Menschen über die Existenz des Bösen einen blauen Dunst machen wollen, mit frommer Miene selbe als unvereinbar mit Gottes Güte und Macht erklären, und denn doch bei anderer Gelegenheit nicht ermangeln, eben aus dieser Existenz des Bösen die stärksten Bedenklichkeiten gegen die Existenz Gottes zu insinuiren.

13.

In Bezug auf die im 11. §. bemerklich gemachte Transmutabilität der Region für eine Creatur bringe ich hier jenen

---

komme, und dass, wenn dasjenige, was nur an sich sein soll, zum Fürsichsein kommt, ein Fürsichseiendes zum blossen Ansichsein zurück geht. So z. B. wird die eigentliche Sinnesfunction eines Organs eingestellt, so wie in diesem die Vitalfunctionen sensibel werden, was suo modo auch vom Geiste gilt. Der böse wordne Geist, sagt J. Böhme, hat sich sein Centrum geöffnet und hat darum keines mehr.

alten Satz in Erinnerung: omnis motus in loco (natali) placidus, extra locum (natalem) turbidus, und dieser Satz wird verständlich, wenn man erwägt, dass jedes innerlich grundlose (abyssale) Bewegen ein unfreies Bewegtwerden und die Gründung einer Befreiung oder Erlösung von diesem unfreien Bewegtwerden zugleich aber auch Eintritt und Anfang des freien Bewegens ist. Ein Bewegen, welches mit der Ruhe (dem Inruhelassen oder der Stillung der Unruhe) coincidirt, weil ich nur als unbewegt (relativ unbeweglich) bewege, und weil ich a bewege, so bald ich mich gegen und von a unbeweglich mache.

Der Erlöser oder Befreier von innerer Entgründung oder unfreiem Bewegtwerden ist also der Geber meines freien Bewegungsvermögens, und nur in ihm, von ihm, nicht von mir, bin ich frei. Ich kann nicht zugleich bewegen und in derselben Sphäre selbst bewegt werden; insofern ich bewege, muss ich selbst unbewegt sein. Ich selbst kann mich aber auch nicht von einem solchen Bewegtwerden oder Bewegtsein (einer Leidenschaft) befreien, und das mich Befreiende ist das, worin ich ruhe und das mir die mein Bewegen bedingende Selbstunbewegtheit gibt. Das Active kann aber nur in einer Action ruhen und dieses Ruhen ist also immer nur ein Agirtwerden, sohin zwar auch ein Bewegtwerden, aber ein ruhiges, begründetes. Ich empfange hier Bewegung, die ich Anderen wiedergeben kann, wogegen mir dort Bewegung genommen wird und ich in der Noth bin, Andern sie zu nehmen. Man nennt auch dieses unfreie Bewegtwerden eine Passion oder Leidenschaft. Ich bin also nicht selbst die Unbeweglichkeit, noch habe ich sie aus mir, sondern ich werde ihrer nur theilhaft und in ihr auch der freien, ruhigen Bewegung. Ich ruhe aber in dem, das ich erkenne oder schaue, wesshalb Erkenntniss die Grundfeste aller Freiheit ist. Insofern Wollen Bewegen ist, gründet es im Erkennen.

14.

Die Freiheit (Spontaneität) des Mitwirkers (im Unterschiede der absoluten Freiheit des Alleinwirkers und der gänzlichen Unfreiheit des werkzeuglichen Wirkens) bringt es mit sich, dass er in allen Bestimmungen und Gestaltungen seiner Vermögen (im Erkennen, Wollen, Wirken) den Gestaltungs- und Bestimmgrund (das unbewegliche Bewegende) in sich finde und erhalte, (nicht, dass er darum dieser Grund selber sei oder ihn sich selber gebe) und von keinem äusseren Grunde abhängig sei, ja dass vielmehr alles Aeussere sich von ihm abhängig und als selbst-(willen-) loses Werkzeug (Diener) sich bezeuge, weil nemlich dieses imperium in naturam (der Besitz) ein wesentliches Erforderniss der Effectivität der Freiheit jedes solchen Mitwirkers ist; und wobei nur bemerkt werden muss, dass der Mensch auch diesen äusseren Grund seines Wirkens (das Werkzeug) sich eben so wenig macht, sondern denselben gleichfalls nur findet, jedoch mit dem wichtigen Unterschiede, dass er solchen nur findet, insofern er nicht ihn, sondern ein Anderes (den inneren Grund, das Reich Gottes) sucht. „Suchet Gottes Reich, so wird euch das andere alles zufallen" — oder: ihr werdet gerade darum alle äussere Hilfe finden, weil ihr sie nicht sucht. „Als viel du abgeschieden bist, sagt Meister Eckart, als viel hast du mehr. Meinest du aber das, was dir werden soll, und hast ein Sehen darauf, so wird dir nichts, denn weil Gott ledig ist aller Ding, so ist Er alle Ding." — So finde ich z. B. bei jeder äusseren Sinnesanschauung mein Erkenntnissvermögen (meine Vernunft) vorerst nur von aussen her gestaltet, und ich strebe darum sofort von dieser bloss äusseren Begründung mich frei (nicht los) zu machen, indem ich einen jener äusseren Gestaltung entsprechenden inneren Gestaltungs- (Beweg-) Grund suche, und wenn ich denselben gefunden, mittelst seiner jene äussere Gestaltung mir subjicire oder aufhebend vermittele, bei welcher Vermittelung ich folglich die Function des Organs jenes tiefer liegenden Subjectiven übe, welches mit seinem tiefer liegenden Objectiven in mir zusammengeht. — Nach einer solchen gelungenen Subjicirung sage ich, dass ich den äusseren Gegenstand erkannt oder ergründet habe, und dieser Befreiungsact als Bekennen ist meiner Seits ein Nennen oder Wortfinden. —

15.

Indess gilt das Gesagte nur vom Normalzustande oder dem der völligen Integrität des Mitwirkers, in welchem er freilich keiner äusseren Hilfe zum Sichfreihalten vom äusseren Grunde und der Geltendmachung des inneren bedarf. Aber anders verhält es sich dann, wenn jene Integrität nicht mehr statt findet, und es tritt sodann zugleich mit dem Imperativ des Freiseinsollens (und doch wegen innerer Entgründung und Nichtfindbarkeit des inneren Grundes Nichtfreiseinkönnens) das Bedürfniss eines Befreiers ein, welcher natürlich nun selber in dieser äusseren Region fasslich, findbar, somit klar unterscheidbar sich zeigen muss, weil sonst ein solcher innerlich entgründeter Mitwirker nicht wieder an jenem Befreier sich aufzurichten und aus seiner inneren Entgründung (dispersion abyssale) sich wieder zu sammeln vermöchte. Neben allen äusseren, mein Erkenntnissvermögen z. B. nur äusserlich begründenden, Schaulichkeiten muss also eine zwar gleichfalls äussere Schaulichkeit auftreten („den wir gesehen und unsere Hände betastet haben"), deren äussere Erfassung indess mir es möglich macht, wieder innerlich zur Begründung zu gelangen, und welche mich also sowohl von der meiner Natur widerstreitenden Abhängigkeit von bloss äusserer Begründung, als von der Angst und Unruhe innerer Entgründung befreit, insofern ich die mir angebotene Hilfe mir thätig zueigne. Denn was mir nur äusseren, nicht inneren Grund nimmt, ist ohne Zweifel ein Anderes, als was mir letzteren (den inneren Grund) nimmt; und wieder ein Anderes ist, was mir äusseren Grund, und ein Anderes, was mir inneren Grund gibt.

Es ist eine gemeine, aber falsche Vorstellung, die man sich vom Sehen macht, welcher gemäss jedes Sehen (und nicht bloss jenes von Natur passive, innerlich grund- und lichtlose, somit nur äusserlich beleuchtbare) eines erleuchtenden Gegenstandes neben und in der Reihe der zu beleuchtenden bedürfte; da ja demjenigen, welcher das Licht in sich (nicht darum von sich) hat, solches von allen Wesen seiner Natur von innen frei entgegnen, so wie er selbst Sonne oder Leuchte für alle innerlich lichtlosen Naturen sein wird oder sein soll. Den Alten galten darum, wie Daub bemerkt, die Ausdrücke lumen und numen für dasselbe bedeutend (die Gestirne als lumina galten ihnen für numina), und ein solches Frei- und vom äusseren Licht Unabhängigwerden lässt sich bisweilen schon am astralischen Lichte bemerken, z. B. in dem magnetischen Hellsehen. — Auch die Schrift spricht von einer künftigen allgemeinen Erleuchtung, wo keiner den anderen mehr lehren, sondern wo jeder den Herrn kennen wird, so wie sie (in der Apokalypse) mit dem Aufhören der Zeit und der Nacht ein allgemeines Lichtsein ohne Sonne und Mond verkündet. Uebrigens habe ich in Bezug auf die oben bemerkte Entgründung als einer dispersion abyssale schon in meiner Schrift „über Divinationskraft" bemerkt, dass ein solches in sich zerfallenes Wesen sowohl das Sichnichtsammelnkönnen aus seiner Zerstreuung, als das Sichnichtausbreitenkönnen aus seiner Compression erfährt, auf welcher letzteren als bloss äusserlichem Bestande (und Aufhalten (Hemmung) vom Vergehen) indess seine ganze Existenz noch allein haftet, und wesswegen ein solch böse gewordenes Wesen selbst gegen dieses sein eigenes Sein als gleichsam den Rest seiner Wahrheit als wahrheits- und seinsscheu (toll) (un être qui ne peut plus *boire*) wüthet. — Der böse gewordene Geist kommt darum nie zur Sache (Mitte), das subjective und objective Element fahren ihm b l i t z e n d immer nur zusammen, um wieder aus einander zu fahren, und statt der erfüllten Mitte des Lebens geht ihm immer nur der horror vacui (die finstere Hölle, von hohl oder leer) desselben auf; wogegen jene beiden Elemente im L i c h t e bleiben (sich beleiben) und ihr Ausgang sowohl, als ihr Eingang diesem Innebleiben (der Erfülltheit der Mitte als ihrem wahren Begriffe) nur dient. S. oben Anmerk. zu §. 9. — In Hegels Grundlinien der Philosophie des Rechtes *) wird übrigens S. 17 treffend die Unnatur jedes bösen Geistes mit den Worten bezeichnet: „Nur indem er etwas zerstört hat dieser negative Wille das Gefühl seines Daseins." Womit gesagt ist, dass eine solche „Furie des Zerstörens", einmal entzündet und sich überlassen, nothwendig fortbrennen und fortwüthen muss, um sich in

*) Hegels Werke VIII, 39. H.

der Continuität des Gefühls ihres Daseins zu erhalten. Hier heisst es: Nehmet, so wird euch genommen. Das Gegentheil dieser Furie des Zerstörens ist die zeugende und erhaltende Liebe, welche gleichfalls mit dem Gefühle des Daseins identisch werden kann.

16.

Der seiner ursprünglichen Freiheit verlustig gewordene, aus der Region der Mirwirker in die der bloss werkzeuglichen Wirker gefallene (entsetzte) Mensch (eine Versetzung, welche die nothwendige Folge seines versuchten Allein- oder Ohnegottwirkens war, und welches Alleinwirkenwollen nicht mit dem titanisch-satanischen Gegenwirkenwollen zn vermengen ist) bedarf also allerdings eines, zwar selbst freien, aber frei in diese Region des werkzeuglichen Wirkens eingetretenen, sich dieser somit gleichsetzenden Mitwirkers. Hätte das Centrum (als Alleinwirker) sich nicht dem gefallenen Mitwirker gleich oder zum Mitwirker gemacht, hätte (wie St. Martin sagt) das Princip sich nicht zum Organ gemacht, ohne dass es darum aufhörte, Princip zu bleiben, und hätte sich selbes, als solches (Organ, Mitwirker, Christ) nicht selbst bis in die Region des werkzeuglichen Wirkens herabgelassen, (Mariä Sohn, Fermenta cogn. I. 16); so hätte auch der Mensch, in seine ursprüngliche Dignität (als Organ Gottes) nicht rehabilitirt werden können. Und es darf ihn nicht befremden, dass er nun vorerst nur dienend (zwar recht und dem Rechten dienend) und gehorsamend zu dieser Rehabilitation gelangen kann, weil derjenige, welcher frei sein wollte ohne Gehorsam, erst Gehorsam ohne Freiheit zu üben hat, damit er zur wahren, seiner Natur als Mitwirker gemässen Identität des Gehorsamens und der Freiheit, des Dienens und des Herrschens gelange.

Jene Theologen verstehen ihr Geschäft nur schlecht, welche das Augenmerk der Menschen bloss auf jenen einzelnen Moment der Manifestation des Mittlers (seine räumlich-zeitlich beschränkte Gegenwart) beschränkt halten, und nicht zugleich (denn freilich sind beide untrennbar) auf die Universalität dieser Manifestation jenes Augenmerk richten (auf den zum einzelnen Lichtfunken in der Erdeunacht gleichsam contrahirten Christ, und nicht zugleich auf ihn als eine den Weltraum übergreifende Lichtsphäre), weil derselbe Mittler in jeder Zeit und in jedem Orte, nur auf andere Weise, sowohl vor, als nach jener Centralmanifestation als tiefster Entäusserung und hiermit als Anfangspunct der grössesten Expansion, sichtbar sein musste und sein muss. — Ein Analogon jenes Sich-zum-Organ-machens des Centrums findet übrigens bei jeder Selbstheilung eines krank gewordenen Organismus statt. —

17.

Alleinwirker oder absoluter Wirker heisst das Centrum im vorigen §. nicht darum, weil etwa dieses Alleinwirken vom Mitwirken und werkzeuglichen Wirken abstract bestünde, sondern weil in ihm beide letztere in indissolublem Nexus im Centralwirken vereint oder begriffen bestehen. Was übrigens in demselben §. von der Kränkung oder dem Gekränktsein und Gekränktsichbefinden des intelligenten Lebens und dessen Hilfs-, Heil- und Erlösungsbedürftigkeit gesagt wird, dasselbe gilt suo modo auch von dem nichtintelligenten (animalischen) Leben. Denn jedes kranke Glied ist gleichsam als gefallen aus der Region des freien Gesammtwirkens des Organismus in die des bloss werkzeuglichen unfreien Wirkens zu betrachten, und falls die Pathologen der Sache etwas näher auf den Grund sehen wollen, so werden sie finden, dass die Krankheit auch hier entweder von einem blossen Alleinwirken (ausser oder ohne das Gesammtleben), oder von einem positiven Gegenwirken gegen letzteres ausgeht, obschon beide (Alleinwirken und Gegenwirken des Einzelnen) in der Folge nur zusammen auftreten. So ist denn auch in jeder Krankheit (des intelligenten wie des nichtintelligenten Lebens) ein (geistig- oder materiell-) Substantielles (natura morbi) d. i. ein leiblicher Zustand, welcher aufgehoben und in erneute Erzeugung gesetzt, und ein Erzeugungsprocess (anima morbi), der in seine Schranken zurück geführt werden soll (solve et coagula!); denn überall entsteht, besteht und vergeht der genitor mit dem genitus zugleich! oder wie Schelver (Formgeschichte der Pflan-

zenwelt S. 33) sich ausdrückt: „das animalisch kranke Leben ist einseitig in seine Erzeugungsgeschichte (ins selbstlose Vegetabile) hinüber gefallen, und muss diese durchwandern. Der kranke Mensch ist darum eine Lebenspflanze geworden (aus Mitwirker zum bloss werkzeuglichen Wirker), die ihre abgeschlossene Selbstheit verloren hat, und der allgemeinen Natur (Mutter — mére de famille) in eine Wechselwirkung heimgefallen, welche nur nach den Productionsgesetzen der Vegetation (nach den dem Wissen, weil dem eigenen Thun des Geschöpfes, seinem Empfinden, weil seinem Wirken, entrückten Vitalfunctionen) beendet werden kann. Daher ist die Einsicht von der richtigen Arzneipflanze, welche an jene Krankheitspflanze gereiht wird, nur die Einsicht des Fortschrittes der vegetativen Productionsgeschichte von einer Form zur nothwendig folgenden, und die Arzneigabe (ich setze hinzu: Sacrament) ist nur eine lebendig hinzutretende Fortsetzung und Fortlenkung des kranken Lebens in den Weg, den es selbst (wieder) zu machen hätte.“ (Ich setze hinzu: und den es nun nicht mehr selber ohne diese sacramentliche Niessung allein machen kann.) —

Bekanntlich verdanken wir Schelvern die Einsicht, dass, da die Pflanze, als fortpflanzend, nur unbefruchtete ova zeugt, (welche nur durch den allgemeinen Befruchtungsprocess der Natur in ihren respectiven matricibus ihre Befruchtung erhalten, wobei sie zwar die Function des Ovariums leistet) nicht die Pflanze das Geschlecht, wohl aber das Geschlecht die Pflanze hat, wie die Pflanze denn schon ihrer Selbstlosigkeit wegen geschlechtlos ist. (Fermenta c. III. §. 20.) „Schelver statuit differentiam in eo modo positam, quo animalia et plantae gignuntur: plantam quidem vires generatrices in se habere (continere), sed eas non per se ad agendum incitare, animal vero has vires genetrices non solum in se continere, sed etiam per se ipsum eas incitando efficaces reddere posse.“ Weinrich, Dissertatio S. 26. Hiemit stimmt St. Martin überein, welcher (Des Erreurs et de la verite I.) sagt, qu'ils portent en eux toûte l'étendue du Principe de leur fructification, qui par consequent n'en aïant q'un, n'ont pas besoins (come les plantes) d'etre adhérens à la terre, pour le faire agir

(reactioner). Vom Mineral sagt St. Martin, dass weil es von der Action dreier Agenten komme, von welchen keiner in ihm sei, kein Zeichen der Reproduction geben könne, indem es eben darum nur passiv sei. Die Pflanze dagegen fructificirt durch zwei Agenten, deren einer die Erde ist. Man könnte aber in Bezug auf den constitutiven Ternar jedes Products folgende Reihe aufstellen: 1) alle drei Agenten sind im Product, keiner ausser ihm, 2) zwei sind in ihm, einer ausser ihm, 3) einer ist in ihm, zwei sind ausser ihm, 4) kein Agens ist in dem Product, alle drei Agenten sind ausser ihm.

18.

Da die neuere Philosophie (seit Kant) den Unterschied des centralen (totalen) Wirkens vom Mitwirken und werkzeuglichen Wirken nicht klar erfasst hatte, so musste sie natürlich, um den Menschen über die Region des bloss werkzeuglichen (unfreien, und blinden) Wirkens empor zu halten, ihn sofort in die höchste Region des absoluten Wirkens erheben, d. h. um ihn kein Vieh sein oder bleiben zu lassen, musste sie ihn zum Gott machen. Mit dieser Voraussetzung eines Gottseins des Menschen (welche jenes Wort Pauli bekräftiget: da sie sich für weise hielten sind sie zu Narren worden, und welche Behauptung man zwar mannigfaltig mystificirt, die denn aber doch, durch Confundirung der göttlichen und menschlichen Natur, gottes- und menschenleugnerisch zugleich ist) musste nun freilich dem Menschen seine Degradation entweder ins Angesicht abgeleugnet werden, oder man postulirte (wie Kant gethan) seine Selbstbefreiung und Selbsterhebung vermöge des Imperativs seiner absoluten Autonomie oder seines Gottseins, d. h. eine solche Philosophie musste sich offen oder versteckt, keck oder feige atheistisch und antichristisch zugleich erklären.

Der Mensch ist nichts, falls er nicht das Organ (Bild) Gottes ist, und wer also das Original leugnet, der leugnet auch das Bild, so wie er mit diesem auch das Original leugnet.

19.

Gemäss jener alten Definition der Religion (von religare — expedit a mundo (immundo) nos, religatque Deo) heisst aber eine Erlösungsanstalt für den Menschen entbehrlich erklären, nichts anderes, als alle Religion für entbehrlich erklären, weil nicht bloss der christlichen Religion, sondern allen Religionen, klar oder dunkel, wahr oder entstellt, der Begriff einer Vermittelung zum Grunde liegt, als Aufhebung desjenigen, was die freie totale Actions- oder Lebensgemeinschaft zwischen Gott und Menschen aufgehoben hält, d. h. als Aufhebung jenes Schlusses, welcher den Menschen ausser jener totalen Gemeinschaft, als Region, ausgeschlossen und insofern in einer anderen Region beschlossen hält. So wie alle Religionen unter Cultus, ein Thun verstehen, dessen Zweck und Erfolg eben kein anderer als jene Aufhebung ist, welche somit, so wie sie eintritt, sich effectiv bezeugen muss. Eine Effectivität, welche die Alten sogar von dem verbrecherischen Cultus erwarteten!

Nicht jener Schluss (Veste des Firmaments) ist das Böse, sondern die Nullität oder Perversität der Action des Mitwirkers, durch welche dieser sich jenen Schluss (jene Entfernung von der Totalität der göttlichen Action) zuzog und erhält, und die Natur lässt sofort von ihrer Coagulation nach, sobald sie von dem Gifte frei wird, gegen welches sie sich coagulirt. — In Bezug auf die im Texte erwähnte Nothwendigkeit eines activen Cultus mag übrigens hier folgende Stelle (Tableau naturel I. 237) zur Erläuterung dienen. „L'homme étant un être actif à besoin de prier c. a. d. de concourir à l'oeuvre qu'il desire opérer, et tout objet, qui remplit régulièrement ses fonctions envers l'homme, sans que celui agisse *(parle)*, ne peut donc pas être un objet de son culte, parceque l'homme est destiné, par son origine à exercer une fonction sacré qui le met en correspondance *active* avec son principe." — Der Deismus, der das Gebet einstellt, weil dieses denn doch in den grossen Bratenwender nicht einzugreifen vermag, degradirt darum den Menschen eben so sehr, als ihn früher die materielle Idolatrie degradirt, und führt ihn am Ende zu derselben Stupidität zurück. —

20.

In der That kann es mit dem Menschen dahin kommen, dass er unvernünftig genug wird, sich, nach der Sprache unserer neueren Theologen, zum Rationalismus, d. h. zum Materialismus zu bekennen, nemlich sein räumlich-zeitliches oder materielles Sein für sein einzig natürliches, wahres, ganzes und volles Sein zu nehmen, und sich zu bereden oder bereden zu lassen, dass er mit dieser materiellen Welt ganz nur aus éinem Stücke sei! (the earth has bubbles, as the water has, and I am one of them). In diesem Glauben oder Aberglauben an die Materie müssen nun freilich einen solchen Menschen alle jene alten und neueren Philosopheme bestärken (verstocken), welche dieser Materie gleichfalls eine höhere Dignität andichten, als sie hat, ja insofern die höchste, als sie behaupten, dass diese Materie die unmittelbare, einzige und erste Production Gottes sei (dessen Sohn, nach einiger Platoniker Meinung, und womit sie also die Geburt Gottes für eine fausse couche erklären), d. h. das, was die Religion den Himmel, die himmlische Welt, Gottesreich &c. nennt, und zu dessen vollständiger Manifestation sie nichts Geringeres, als die Aufhebung dieser Materie und durch diese Aufhebung (durch das Weltgericht) die Darstellung des Weltbegriffs für nöthig erachtet, so wie diese Religion zu einzelnen, partiellen und anticipirenden Manifestationen dieser himmlischen Welt und ihres unvergänglichen und herrlichen Wesens partielle Aufhebungen der materiellen Manifestation als nothwendige Bedingung erklärt, weil nemlich diese Materie, als für sich stumm, nicht jene species sein kann, welche, sich überlassen, den Deus sermo (wie ihn schon die Indier nannten) zu manifestiren vermag.

Es ist doch nur eine unphilosophische Zumuthung, welche einige Philosophen (zufolge jenes bon-mot des Dichters „die Weltgeschichte ist das Weltgericht") an uns machen, dass wir uns bescheiden sollten, zu wissen oder zu glauben, dass irgendwo (in Gott z. B.) die einzelne Lebensgeschichte von jedem aus uns, so wie die Gesammtgeschichte der Menschheit schon begriffen werde oder sei, dass wir aber nie wagen sollten, anzunehmen, dass wir selber je zu diesem Begriffe gelangen könnten und würden, und dass folglich die gerechte Forderung (oder Hoffnung) des Gerechten, dass dieser Begriff ihm und allen Menschen objectiv werde und bleibe, eben so thöricht sei, als die Furcht des Ungerechten vor einer solchen Objectivirung, d. i. vor einem Weltgerichte.

21.

Der Mensch befinde sich indess im Materialismus, praktisch oder theoretisch, so fest gebannt als möglich, so kann er sich doch der Dialektik jenes Imperativs nicht erwehren, welcher von ihm fordert, dass er in allen seinen Functionen die Materie sich subjicirt halte, folglich nicht in ihr, sondern inner (über) ihr gründe. „Da mihi punctum, et coelum terramque movebo!“ — Wie nun aber der Imperativ (das Gesetz als fordernd) überall nur beim wirklichen Eintritte des Deficits (dem Aufhören des Gebens von Seite dessen, an den die Forderung gestellt wird), sohin beim Nichthaben, Nichtwissen, Nichtwollen und Nichtkönnen, auftritt, so auch hier, und es bedarf eben keines Aufwandes von Scharfsinn, um einzusehen, dass ein solcher, in der materiellen Region einmal ganz beschlossener, Mensch diesen Lebensschluss ex propriis weder sich öffnen kann, noch es selbst je zum völligen Entschluss des Oeffnen- oder Geöffnetsein-Wollens wird zu bringen vermögen („Ich glaube, lieber Herr, hilf meinem Unglauben“.), und zwar letzteres schon zufolge der Inertie jedes einmal zu sich gekommenen, und sich in seiner Identität zu erhalten strebenden Lebens oder Lebenszirkels.

In diesem Sinne hat man jene Worte des Apostels zu deuten, wo er (Römer 8, 7) sagt, das Fleisch vermöge nicht, dem Gesetze Gottes unterthan zu sein, so wie der fleischlich gesinnte Mensch zwar es zum halben Wollen (velleitas) des Guten, nicht aber zum vollbringenden, ganzen Wollen, zu bringen vermöge. — Das Gesetz, sagt derselbe Apostel, und zwar sowohl das äusserliche (ausgesprochene und geschriebene) als das innerliche (moralische, d. i. jene sich anklagenden Gedanken &c.) gibt mir nur Erkenntniss oder Gewissheit meiner Sündhaftigkeit, d. h. meiner moralischen Corruption und somit meiner moralischen Hilfsbedürftigkeit. Es ist darum eben so unvernünftig, die Moral der Religion entgegen zu setzen, als es unvernünftig sein würde, das Gesundsein dem Heilmittel entgegen zu setzen. Aber dieser Gegensatz ist nicht bloss einfältig, sondern er ist verbrecherisch, wenn man mit ihm die Behauptung verbindet, dass dem einmal moralisch untüchtig gewordenen Menschen (non est qui faciat bonum) nicht mehr zu helfen sei, dass ihn Gott gerade in dieser seiner wichtigsten Angelegenheit hilflos lasse, und der mit seiner radicalen Sündhaftigkeit ringende Mensch ein fool of heaven and earth (eigentlich der Hölle) sei und sein müsse.

22.

Wenn im vorgehenden Paragraphen von jenem natürlich entstehenden Streben des materiellen Lebens gesprochen wird, inner sich und ganz für sich zu einem völlig abgeschlossenen Selbstbegriffe im Menschen zu gelangen, und sich jedem Hindernisse dagegen zu widersetzen, so muss man nicht etwa glauben, dass dieses Streben je von einem Menschen erfüllt worden oder erfüllbar sei; man muss im Gegentheile dieses Streben für thöricht erklären, und jeden Menschen, welcher denn doch meint, solches befriedigen zu können, jenem Verrückten gleich achten, der einen Bruch für sich in ein Ganzes transmutiren zu können wähnt, oder welcher sich fest einbildet, aus dem Unrath, den er im Tiegel kocht, am Ende doch das lautere ganze Gold hervorzaubern zu können. Wenn darum schon aus einer unten angeführten Stelle aus Göthe's Winkelmann gefolgert werden könnte, dass die Heiden wirklich diesen Stein der Lebensweisheit besessen hätten, welchen ihnen (folglich der Menschheit) nur das neidische und ihr gediegenes, klares Lebensconcept ihnen (den Menschen) verrückt habende Christenthum entrissen habe, so wird doch jeder, der nicht bloss die antike Heiterkeit (Lichtseite), sondern auch die häufig bis zum Grässlichen gehende antike Verzweiflung (Nachtseite) kennt, und dem jene tiefe herzzerreissende Wehmuth nicht unbekannt bleiben konnte, die, einem finstern Schatten gleich, durch das ganze Heidenthum, neben den lichtesten Momenten, am Rande des Abgrundes hinschreitet, die

Haltlosigkeit jener Behauptung leicht einsehen, und statt dem Christenthume den aus einer doch nur ohnmächtigen Christophobie hervorgehenden Vorwurf zu machen, dass es erst jenen Riss im irdischen oder Zeitleben des Menschen gemacht hätte, wird derselbe im Gegentheile dankbar in ihm die Quelle eines Lebensbalsams anerkennen, welcher allein jene seit Anbeginn irdischer Dinge klaffende Wunde in der Brust des Menschen gründlich zu heilen vermochte, und dessen Heilkraft Göthe selbst aussprach.

Die Stelle, auf welche sich dieser Paragraph bezieht, findet sich unter der Aufschrift: „Heidnisches" in Göthe's Winkelmann und sein Jahrhundert (1805 S. 397. *)) und ist folgende: „Jene Schilderung des alterthümlichen, auf diese Welt und ihre Güter (ausschliessend) angewiesenen Sinnes führt uns unmittelbar zur Betrachtung, dass dergleichen „Vorzüge" nur mit einem heidnischen Sinne vereinbar seien. Jenes Vertrauen auf sich selbst (Prometheus), jenes Wirken in der Gegenwart (leider fehlt der Zeit das Praesens), die reine Verehrung der Götter als (längst verschiedener) Ahnherren, die Bewunderung derselben gleichsam nur als Kunstwerke (die man beliebig, wie Töpfe, selbst machen und wieder zerschlagen kann), die Ergebenheit in ein übermächtiges Schicksal (als ob in ein blindes, übermächtiges Schicksal ein freies Ergeben möglich wäre, und als ob die Ergebung an einen solchen übermächtigen und übermüthigen Tyrannen nicht den feigsten Sclavensinn ausspräche), die in dem hohen (eitlen) Werthe des Nachruhms selbst wieder auf diese Welt angewiesene Zukunft, gehören so nothwendig zusammen, machen solch ein unzertrennliches (kümmerlich zusammengeflicktes) Ganze, bilden sich zu einem von der Natur selbst beabsichtigten Zustand des menschlichen Wesens, dass wir in dem höchsten Augenblicke des Genusses, wie in dem tiefsten der Aufopferung (an Wen?), ja des Unterganges eine unverwüstliche Gesundheit gewahr werden. (Siehe dagegen Römer 1, 18—32. —) Dieser heidnische Sinn leuchtet aus Winkelmanns Handlungen und Schriften

*) Göthe's Werke. Vollständige Ausgabe letzter Hand. Stuttgart u. Tübingen, Cotta 1830. XXXVII, 33. H.

hervor, und spricht sich besonders in seinen früheren Briefen aus, wo er sich noch im Conflict mit neueren Religionsgesinnungen abarbeitet. Diese seine Denkweise, diese Entfernung von aller christlichen Sinnesart, ja seinen Widerwillen dagegen (der ohne Zweifel ihm erst die Weihe zum Connoisseur gab) muss man im Auge haben, wenn man seine sogenannte Religionsveränderung beurtheilen will. Diejenigen Parteien, in welche sich die christliche Religion theilt, waren ihm völlig gleichgiltig, indem er seiner Natur nach niemals zu einer der Kirchen gehörte, welche sich ihr subordiniren." — Von dieser „köstlichen" antiken Natur behauptet nun Göthe, dass sie Winkelmann angeboren gewesen sei, und dass darum die christliche Taufe sie ihm nicht habe nehmen können. Hierin aber dürfte nun Winkelmann vor uns übrigen keinen Vorzug haben, insoferne wir, nach der Kinderlehre, alle als blinde Heiden geboren werden.

23.

Wenn nun nach Obigem der in der materiellen Region befangene Mensch weder in ihr zu bleiben (zu ruhen), noch sie zu durchbrechen vermag, so begreift man, dass ihm die Initiative zur freien Communication mit einer höheren und ihm die Ganzheit seines Lebens begründenden Region nur von dieser selbst kommen kann. Nur seinem Objectiven tritt jedes Subjective wirklich und wahrhaft entgegen, und es bieten sich uns sofort zwei Merkmale dar, welche diese Objectivität (sonst unter dem Namen des Wunders bekannt) unterscheiden, und ihre Vermengung mit jeder anderen Objectivität dem Menschen unmöglich machen. Eine solche Manifestation muss nemlich: 1) den Charakter oder die Eigenschaft der völligen, räumlich-zeitlichen oder empirischen Erfahrbarkeit haben. Die höhere Region muss vorerst nur scheinbar als einzelnes Glied (in Knechtsgestalt) inner dem Kreise der niedrigen Region ein- und auftreten, und es muss hiemit dem Menschen möglich gemacht sein, ohne jenes empirische Bewusstsein aufzugeben, doch inner und mit ihm die Handhabe eines höheren Bewusstseins zu erfassen, so wie es ihm zugleich unmöglich gemacht wird, dieses einzelne Glied seiner empirischen Erfahrungsweise wieder fahren zu lassen oder von ihm zu abstrahiren. Eine solche Manifestation muss aber 2) dialektischer d. h. forttreibender Natur sein, d. i. sie muss es dem Menschen ebenso unthunlich machen, sie erfassend doch inner jener niedrigeren Region als einem Absoluten oder Ganzen zu bleiben (dieselbe, wie man sagt, natürlich zu begreifen), als sie sich kräftig erweisen muss zur Erhebung des Menschen aus jener niedrigeren Region, und zum Begreifen dieser aus einer höheren. Das wahrhafte Wunder muss also, wie jedes Licht, deprimirend (blendend) und elevirend (erleuchtend) zugleich wirken, als jenes nemlich auf das desorganisirte Auge, als dieses auf das gesunde.

Wenn noch die fernsten und trübsten Reflexe solcher Manifestationen (z. B. in der Kunst, denn nicht nur die Religion, sondern alle Poesie und Kunst würde ohne wirklich einmal geschehene Wunder ein unerklärliches Wunder sein) etwas von dieser, Geist und Gemüth erhebenden und befreienden, Kraft behielten, so lässt sich hieraus der Schluss auf ihre ursprüngliche Macht machen. Nachdem aber die Menschen diese Himmelsfunken wieder aus- oder vorübergehen liessen, ohne an ihnen das heilige Feuer zu entzünden und das entzündete fort zu bewahren oder zu erhalten (eine Erhaltung, die als lebendige Tradition die Zeitdistanz ununterbrochen aufhebt, so wie das Aufhören dieser Erhaltung oder Tradition diese Zeitdistanz als solche hervortreten macht!), so musste natürlich endlich jene Geistes- und Gemüthsmattigkeit, d. h. jene Philisterei eintreten, welche wir dermalen in allen Fächern des Wissens und Thuns sich so breit machen sehen, und welcher Mattigkeit (Asthenie) wir uns als einer aus der soeben durchgangenen, ruchlosen oder sthenischen, Revolutionsperiode gewonnenen Tugend mit demselben Rechte rühmen, mit dem sich ein völlig erschöpfter Wüstling etwa seiner Eingezogenheit rühmen dürfte. —

24.

Wenn nun Religion (so wenig als Sprache) ursprünglich eine menschliche Erfindung ist und sein kann, wenn alle tradita der Völker der ersteren eine geschichtliche Basis geben (auch die Apostel erzählten nur, was sie gesehen und gehört hatten), und wenn selbst der fromme oder nichtfromme Betrug aller Zeiten durch seine Accomodation die Wahrheit der Sache nur bekräftigt, so tritt hiemit sowohl die Unerlässlichkeit des Festhaltens des geschichtlichen Momentes der Religion überhaupt hervor, als auch die Nothwendigkeit, dem begrifflosen oder begriffwidrigen, ausschliessenden Festhalten einzelner Momente in dieser Geschichte zu wehren. Was nemlich erstere (die Continuität der Geschichte) betrifft, so thut derjenige, welcher die Continuität frevelhaft (revolutionirend) unterbricht und den Faden der Geschichte zerreisst, in der Zeit dasselbe, was jener thut, welcher die Continuität der Raumerfüllung eines Organismus unterbricht und diesen hiemit tödtet. — Aber nicht minder tödtet die bleibende, lebendige Gegenwart in der Geschichte derjenige, der durch isolirtes (begriffloses) Festhalten eines früheren Moments die Evolution (lebendige Tradition) derselben hemmt, und das Geschehene sohin als ein Abgestorbenes, zum Monument Erstarrtes, nicht mehr Fortgeschehendes, Forterzeugendes, Fortsprechendes, nicht mehr in die verjüngende Zukunft Eingeführtes, sondern dieser feindlich Entgegengesetztes, also nicht mehr Lebendig-gegenwärtiges aufstellt. Keine Religion hat übrigens Erkenntniss und That so untrennbar verbunden, keine hat dem Menschen den Satz so an das Herz gelegt: „q'on doit pratiquer les arts pour en approfondir la théorie," als die christliche, und der Mensch hätte nicht scheiden sollen, was Gott hier vereinte, Theorie und Praxis, Wissen und Thun, allgemeines, weltkundiges Geschehen, und partielles, heimliches, vergangenes Geschehen und zukünftiges &c. Aber die Menschen fingen früh an, diese Trennung zu versuchen, und kaum beginnt eine Geschichte der Kirche, als wir schon mit der Gnosis die Abstraction der Speculation von der Geschichte und mit ihr die erste Befehdung der Kirche eintreten sehen.

Die seit geraumer Zeit in der Theologie aufgekommene Begrifflosigkeit in Behandlung und Studium der Geschichte stimmt ganz mit jener Begrifflosigkeit überein, welche in der Naturkunde herrscht, indem die meisten Naturforscher sich zu simplen Registratoren der Naturacte herabgesetzt haben, denen man folglich die Unwissenheit über deren Inhalt nicht mehr zum Vorwurfe machen kann.

25.

Man hat keineswegs den Materialismus aufgegeben, wenn man die crasse Atomistik zwar aufgibt, dafür aber mit Hegel die Materie ewig aus Gott hervorgehen lässt, damit dieser ewig als Geist in sich zurückkehre, weil auf solche Weise diese Materie denn doch der ewige Leib Gottes bliebe. Eine Behauptung, die aller Religion den Rücken kehrt und den Apostel Lügen straft, welcher sagt: „Ich weiss, dass in mir, das ist, in meinem Fleische, nichts Gutes wohnet. Ich elender Mensch, wer wird mich erlösen von dem Leibe dieses Todes?“ (Römer 7, 18, 24,) d. h. wer wird mir einen anderen, unverweslichen, herrlichen Leib geben? denn von einem solchen geistlichen Leibe (corpus spirituale im Unterschiede des corpus animale), nicht von einem Geiste des Leibes, spricht der Apostel 1. Korinth. 15, 44. — Diese Philosophie der Materie missversteht übrigens gleich von vorne herein jene feindliche und gewaltsame polarische Spannung (Spann und Widerred hat im Altdeutschen dieselbe Bedeutung), welche das Leben dieser Materie beherrscht (und welche nur die Folge einer Metastasis, einer Versetzung oder usurpirten Gleichsetzung derselben Principien sein kann, die in dieser Gleichsetzung gegen einander wirken, gleichwie sie in ihrer Unterordnung zusammenwirken), indem diese Philosophie diesen feindlichen für jenen primitiven freundlichen Gegensatz (der Action und Reaction) des ewigen Lebens nimmt. Ihr gilt sohin jene bange Unruhe, jenes Palpitiren und Anheliren jedes in dieser materiellen Welt zum Leben Gekommenen, welches die beängstigende Nähe eines Verderbers (periculum vitae) aussagt und das Seufzen aller diesem Dienste des Eitlen unterworfenen Creatur veranlasst, für die nothwendige, ewige Bewegung des in sich sicheren, seligen und ausser sich beseligenden Lebens selbst, d. h.: diese Philosophie nimmt das Angstleben für das Freudenleben, den Tod für das Leben!

Wenn Mani *) den Ursprung des Bösen einer Vermengung (somit Gleichsetzung) zweier Principien zuschrieb, so gab er ja

*) Vergl. über Mani und den Manichäismus: Matters kritische Geschichte des Gnosticismus etc. Uebers. v. Dörner II, 231—255. — Das Manichäische Religionssystem nach den Quellen neu untersucht und entwickelt. Von Dr. Baur (Tübingen, Osiander 1831.) und desselben Werk: Die christliche Gnosis etc. (Ib. 1835) S. 63 ff., 192, 209 ff., 283, 437, 545, 580, 606. Ein Forscher, der, wie Fr. Chr. Baur, die Geschichte der Religionsphilosophie umfassend verfolgt, wird überall bestrebt sein, den Zusammenhang der Entwickelung aufzuspüren und im Früheren den Keim des Späteren nachzuweisen. Dieses Bestreben ist auch vollkommen berechtigt, nur muss es sich hüten, der Gefahr nicht zu unterliegen, über den Zusammenhang nicht den Unterschied, die höhere Entwickelung zu verkennen und namentlich die Frage der Verwandtschaft nicht durch die Aufzeigung äusserer und untergeordneter Aehnlichkeiten oder auch selbst Uebereinstimmung in untergeordneten Puncten entscheiden zu wollen, und es darf ebenso wenig nach der Voraussetzung verfahren werden, dass das Spätere stets und überall auch das Entwickeltere und Vollkommnere sei. Wenn nun Baur das Wesen des Gnosticismus darein setzt, dass derselbe einen Selbstoffenbarungs- und Entwickelungsprocess Gottes lehre, in welchem das ewige Wesen der Gottheit selbst aus sich herausgehe, sich in einer endlichen Welt manifestire und sich mit sich selbst entzweie, um durch diese Manifestation und Selbstentzweiung zur ewigen Einheit mit sich selbst zurückzukehren (Die christliche Gnosis oder die christliche Religionsphilosophie in ihrer geschichtlichen Entwickelung, Tübingen, Osiander, 1835, S. 22.), so ist es nicht ohne Grund, wenn er „die Gnosis in diesem Sinne mit der neusten Religionsphilosophie“ nahe verwandt und ihr analog findet. Baur versteht hierunter die Hegel'sche Religionsphilosophie und er hätte füglich auch die Schelling'sche nennen können. Wenn er aber die Lehre Böhme's als eine merkwürdige Gestaltung der Religionsphilosophie bezeichnen zu sollen meint, welche auf dem Wege von der alten Gnosis in dem bezeichneten Sinne zu der neueren überall eine genaue Verwandtschaft mit jener verrathe, so müssen wir dieser Behauptung darum entschieden widersprechen, weil Böhme weder die Nothwendigkeit der Entzweiung Gottes mit sich selbst, noch die Nothwendigkeit der Rückkehr des Entzweiten in die göttliche Einheit lehrt oder zugibt. Böhme's Gnosis ist durch ihren Grundcharakter wesentlich von dem alten Gnosticismus verschieden und ruht vielmehr ganz auf der Gnosis des hl. Johannes und des hl. Paulus. Unter den früheren Gestaltungen der Religionsphilosophie hat sie am meisten Berührungspuncte mit der Kabbalah, fasset aber die Ideen der Kabbalah tiefer als diese selbst, und hält sich frei von den bereits zum Pantheismus neigenden Irrthümern derselben. Man darf auch annehmen, dass Böhme von den Gnostikern im bezeichneten Sinne auch nicht das Geringste gewusst und erfahren hat, wohl aber konnte er möglicherweise aus deutschen mystischen Schriften des fünf-

selbst hiemit zu, dass von diesen Principien keines an sich böse, dieses somit nichts Essentiales sei, und sein Irrthum würde leicht

zehnten und sechzehnten Jahrhunderts einige mittelbare Kunde von der Kabbalah erhalten haben. Noch ist unseres Wissens von Niemand eine kritische Untersuchung gelungener und möglichst erschöpfender Art unternommen worden über die Frage, welche Schriften J. Böhme gelesen haben konnte und welche einen erkennbaren Einfluss auf seine Ideen gehabt haben mochten. Eine solche Untersuchung würde sicher nicht ohne wichtige Ergebnisse bleiben, wenn sie von Jemand angestellt würde, der nicht bloss mit Böhme's Schriften selbst, sondern mit der gesammten theologischen, naturphilosophischen und mystischen Literatur des fünfzehnten und sechzehnten Jahrhunderts, so weit dieselbe in deutscher Sprache (gleichviel ob Original oder Uebersetzung) vorhanden war, vollkommen vertraut wäre. Wie fern übrigens Böhme der Weltanschauung des Gnosticismus, wie ihn Baur bestimmt, gestanden war, ergibt sich auch schon daraus, dass er die Lehren Tilkens, Stiefels und Meths, welche unleugbar auf dem Grunde und Boden der gnostischen Weltanschauung standen (ob mit Bewusstsein oder nicht, gilt hier gleich), mit voller Entschiedenheit in überlegener und geistvoller Polemik bekämpfte. Hätten Baur und Andere die höchst wichtigen Streitschriften Böhme's, auf welche auch Rosenkranz ein bedeutendes Gewicht legt, hinreichend beachtet, so würden sie vielen Irrthümern über das Wesen der Lehre unseres deutschen Philosophen entgangen sein und eine ganz andere Anschauung von dem Charakter und der Bedeutung derselben gewonnen haben. Wenn vollends Baur Böhme durch die Voraussetzung einer ursprünglichen Dualität der Principien mit dem Manichäismus zusammentreffen lässt, so gibt er zwar selbst zu, dass er sich doch wieder wesentlich dadurch von ihm unterscheide, dass er das eine der beiden Principien nicht ausserhalb Gottes, sondern in das Wesen Gottes selbst setze, (S. 569), er gibt zu, dass Böhme dadurch, dass er das erste Princip immer zur Voraussetzung des zweiten mache, das zweite nur auf der Grundlage des ersten sich entwickele und vermöge dieses Verhältnisses der beiden Principien die ewige Gottheit in der ewigen Geburt ihres eigenen Wesens begriffen sein lasse (S. 581), allein er findet Böhme's System, eben weil auf diese Weise der Dualismus doch in den Monismus hineingetragen sei, von einem überwiegend dualistischen Charakter beherrscht und meint, die beiden Principien seien zwar in einer äussersten Spitze zusammengefasst, aber sobald sie in Thätigkeit übergingen, suchten sie sich in der Eigenthümlichkeit ihres Wesens zu erfassen, der Dualismus, von welchem Manes ausgehe, realisire sich so erst selbst und wenn er einmal gesetzt sei, sei der Begriff der beiden Principien beinahe derselbe wie bei Manes (S. 580). Alle diese Behauptungen sind unbegründet und irrig Steht J. Böhme, wie gezeigt, dem Grundprincip des Gnosticismus überhaupt entgegen, so kann er auch nicht mit einer der besonderen Gestaltungen desselben, dem Manichäismus wenigstens in den Grundprincipien zusammentreffen.

widerlegt worden sein, wenn man nur nachgewiesen hätte, dass eine solche Vermengung oder Versetzung der Principien nur in einer und für eine Creatur stattfinden kann.

Vor Allem ist bei J. Böhme die göttliche Monas nicht die Spitze oder deutlicher der Rahmen, in welchen der Gegensatz zweier Principien zusammen- oder eingefasst wäre, sondern sie ist die geistige Energie, die sich in ihre Unterschiede scheidet und als Macht derselben sie von innen heraus zusammenhält und beherrscht. Die Tiefe, in welcher Böhme die göttliche Einheit als Energie und Macht ihrer selber gefasst hat, schliesst unbedingt jeden Dualismus aus. Die göttliche Einheit als solche Energie ist aber nicht abstracte Einheit, nicht Unterschiedslosigkeit, sondern sie scheidet sich selbst in ihre Unterschiede, um in deren Vermittelung, Wiederzusammenfassung zugleich mit ihrer ewigen Setzung sich als concrete, erfüllte Einheit zu finden. Fasset man den Moment der Unterscheidung abstract und isolirt aus dem göttlichen Lebensprocesse heraus, so widersprechen sich die Unterschiede und streiten gegen einander und gegen die Einheit und in dieser Abstraction betrachtet spricht Böhme öfter uneigentlich von einem Bösen in Gott. In der concreten Betrachtung des göttlichen Lebensprocesses, wie er sich wirklich ewig vollzieht, ist dieser Schein des Bösen verschwunden. Alle Gegensätze in Gott sind ewig zur vollkommensten Harmonie temperirt, in Gott ist Alles gut und in ihm ist in Wahrheit keinerlei Böses. In jeder, auch der göttlichen Selbstunterscheidung müssen zunächst die unterschiedenen Momente als Negationen sich gegeneinander verhalten, aber diese Negativität der Momente ist selbst nur Moment und hebt sich eben so ewig als es gesetzt ist ewig in der Vermittelung der Momente unter sich und mit der Einheit wieder auf. Die Permanenz des Gesetztseins und des Wiederaufgehobenseins der immanenten Unterschiede ist das göttliche Leben, in welchem Alles in lauterer Harmonie und Alles gut ist. Das Negative in Gott ist selbst gut, weil es nicht abstract hervortritt und nicht hervortreten kann und dem Positiven ewig zur Offenbarung dient. Dies ist der wahre Sinn der Lehre Böhme's vom Negativen in Gott, und dass dies der Sinn seiner Lehre ist, geht aus dem Charakter des Ganzen wie aus zahlreichen einzelnen Stellen hervor, wie er sich denn selbst darauf beruft, dass er in seiner Schrift: Von sechs theosophischen Puncten am tiefsten und klarsten gezeigt habe, wie sich alle Momente des göttlichen Lebens unter einander vertrügen und in der vollkommensten Temperatur stünden. Wer diesen Punct nicht erfasst und verstanden hat, der versteht nichts von Böhme. Im Sinne Böhme's findet daher in Gott keineswegs eine Spaltung in zwei entgegengesetzte Principien statt, die hintennach erst wieder aufgehoben werden müsste, sondern Gott ist ewig die Vermittelung und Versöhnung aller seiner Unterschiede und Gegensätze und die Möglichkeit des Zwiespalts ist daher ewig aufgehoben, aber nicht bloss durch sein ewiges Sein, sondern durch sein ewiges Wirken. Von diesem

26.

So wie man versucht, die Materie (das Zeitlich-räumliche) als etwas in sich Ganzes (Absolutes) zu begreifen, wird man die dialektische Fortbewegung aus ihr inne, welche sich jedem Vereint- und Festhalten- (zum Standbringen-) wollen des in sich Vereinten und also Bestandlosen widersetzt und der Geist kann darum so wenig in dieser Materie ruhen (sich frei expandiren), als das Herz. Diese Materie weiset uns hiemit auf eine Anomie und Antinomie, welche ihrem Entstehen und Bestehen unterliegt, und wie sie nur zufolge einer Differenzirung zum Vorschein kommt, so muss sie mit der eingetretenen Reintegration des in Differenz Gekommenen wieder verschwinden. — Dass alles Sein und Wirken in der Zeit (und im Raume, d. i. in der Materie) ein Sein und Wirken ausser der Einheit (als Totalität der Action) ist, somit ein motus turbidus, weil extra locum natalem, war nicht wohl zu verkennen; aber man deutete dieses ausser der Einheit Wirken oder diese Entäusserung falsch. Man nahm sie nemlich sofort für jene des Hervorganges, der Emanation des Productes aus seinem Producirenden; ein Hervorgang oder eine Entäusserung (Unterscheidung), welche so wenig einen Heraustritt aus der Totalität der Action bewirkt, dass sie vielmehr diese bedingt. Denn das Kind stellt mit der Mutter nach der Geburt eine active Einheit her, da es früher mit ihr nur eine essentielle Einheit bildete. Was hier erklärt werden sollte (die Nichteinheit oder die Suspension der Totalität der Action) ward auf solche Weise nicht nur nicht erklärt, sondern nur das Deficit der Erklärung hiemit klar gemacht, weil, wenn die Materie unmittelbar aus Gott hervorging, die volle Actionsgemeinschaft zwischen beiden sofort auch gegeben sein musste und der Cultus der Materie sofort auch der alleinige Gottesdienst wäre.

Standpuncte aus erledigen sich von selbst die einzelnen Missgriffe, die Baur in der Darstellung und Beurtheilung Böhme's des Weiteren beging, der gleichfalls sich zu viel auf die Aurora bezogen hat, welche erst aus den späteren, reiferen und klareren Werken Böhme's ihr richtiges Verständniss gewinnen kann. H.

Eben so wenig wird das Problem (wie ich bereits in den fermentis cogn. bemerkte) durch jene Vorstellung der Naturphilosophie gelöset, der gemäss die materielle Natur selbst der Abfall der Idee von sich sein soll (nicht durch einen solchen Abfall veranlasst), weil sie schon in ihrer Aeusserlichkeit die Bestimmung der Unangemessenheit mit sich (warum nicht der positiven Widersetzlichkeit?) haben soll! (S. Hegels Encyclopädie S. 228 *). — Woraus folgen würde, dass Gott die Aeusserung oder Offenbarung seiner selbst ewig misslänge und dem tantalischen Streben eines Künstlers, mit nur untauglichem, schlechtem Stoffe zu bilden, ewig unterläge!

27.

Die Entäusserung sowohl des universellen, als jedes partiellen Princips der Materie wird dagegen richtiger gefasst, wenn man sie, mit den älteren und den ältesten Naturphilosophen, als die Entfernung und Hemmung einer Action bezweckend begreift, welche in jene Einheit (Totalität) der Action störend und gegenwirkend einzudringen strebte und strebt, und die Explosion der materiellen Sphäre (der allgemeinen wie jeder einzelnen) als nicht nur diese sich erhoben habende Reaction von der Einheit entfernt (negativ vermittelnd) und in Dissolution haltend sich denkt, sondern auch ihr denn doch einen äusseren point de ralliement mit jener Einheit (positiv vermittelnd) wieder darbietend. Wobei nicht zu übersehen ist, dass die Anerkenntniss einer solchen Reaction, als die Erscheinung der Materie veranlassend, völlig unabhängig von jeder Theorie über deren erstes Entstehen und schon im Begriffe der Materie gegeben besteht. Jedes der materiellen Manifestation (als seinem zeitlichen Tagwerke) subjicirte Princip muss darum sowohl als Vertheidiger der Einheit betrachtet werden, („Hier sollen sich legen deine stolzen Wellen"), als dessen Repräsentant in einer Region, wo es einer solchen Repräsentation dieser Einheit bedarf. Man mag nun folglich über das Wesen oder das Unwesen einer solchen

*) Hegels Werke VII, 28. H.

Gegenwirkung denken, was man will, so ist doch soviel klar, dass ihre Tendenz keine andere ist, als jene Totalität der Action aufzuheben und ihr eine andere zu substituiren (denn das Negationsstreben ist nur mit einem Positionsstreben, so wie dieses nur mit jenem vorhanden), und so wird auch in der Schrift der Teufel als „Mörder vom Anfange“ (der Creatur) bezeichnet, welcher nicht bestund in der Wahrheit, weil er diese nicht in sich zu Bestand brachte. — Mit andern Worten: Nur ein ungeheueres Verbrechen (minder ein Abfall, als eine Empörung gegen die Einheit) konnte diese materielle Manifestation (als Krisis, Hemmungs- und Restaurationsanstalt) veranlassen, und nur die Fortdauer dieses Verbrechens macht den Fortbestand oder die Forterzeugung dieser Materie begreiflich; die sohin nicht das unmittelbare Product der Einheit, sondern jenes ihrer Principien (Bevollmächtigten, Elohim) ist, welche (Principien) sie (die Einheit) zu diesem Zwecke hervorrief.

Kant*) urtheilte über die Raum- und Zeitbeschränktheit insofern richtig, als er sie nicht für die jeder endlichen Intelligenz nothwendigen Anschauungs- und Wirkungsformen hielt, wogegen Fichte jene Beschränktheit für nothwendig erachtete und den Menschen, sowie jede endliche Intelligenz somit für nothwendig naturunfrei (was bekanntlich etwas anderes ist, als naturlos) oder für materiell erklärte; denn wie ich bereits im vierten Hefte meiner fermenta cogn. bemerkte, gibt uns das dreifache Verhältniss jeder Intelligenz zur Natur den Schlüssel zu einer Theorie des Raumes und der Zeit oder zur Theorie des seligen, des natürlichen und des unseligen Bewusstseins. Das isolirte Nichtjetzt und Nichthier oder Zeitlichkeit und Räumlichkeit sind nemlich in dem Immer und Ueberall als aufgehoben, und treten erst mit dem Aufheben (Cessiren) dieses Aufgehobenseins als solche hervor, so wie sie an demselben und für dasselbe Wesen wieder verschwinden müssen, sobald jenes Cessiren cessirt. — Auf gleiche

---

*) Kants Werke von H. II, 69, 71 ff. J. G. Fichte's nachgelassene Werke I, 252, 334 u. 335. III, 337, 341. H.

Weise ist die chaotische oder abyssale Bewegung in der begründeten (§. 13.) aufgehoben, und tritt nur mit Aufhebung der Begründung hervor.

28.

Was im vorhergehenden Paragraphen von jener Dissolution der bösen Action gesagt ward, welche durch den Bestand der Materie bewirkt wird, so drückt sich hierüber St. Martin mit folgenden Worten aus: „La matiére empêche le mal qu'il ne puisse jamais prendre nature.“ — Und wirklich sehen wir auch überall, wo diese Function der Materie gestört wird, mit der materiellen Corruption das Böse als Geist aufgehen, und wie es darum ein Aufheben der Materie gibt, welches einen guten Geist befreit, so gibt es ein anderes, welches einen bösen Geist in Freiheit setzt oder ihn effectiv macht. Mit Recht heisst darum letzterer ein Verderber der materiellen Formen, und ein (obschon unreiner) Spiritualist, und es ist folglich von grossem Belange, die Menschen schon früh richtig über diese materielle Natur urtheilen zu lehren und ihnen die Einsicht zu verschaffen, dass sie, indem sie meinen, sich lediglich dem Cultus dieser Materie hinzugeben, eigentlich doch nur die dupes eines schlechten und bösen Spiritualismus sind, zwar nicht als Supranaturalisten, wohl aber als Infranaturalisten. —

29.

Der hier aufgestellte Begriff des materiellen Wirkens erklärt nun auch, warum dieses nothwendig egoistisch ist, weil im Kampfe um seine gefährdete Existenz. In der That gelangen diese Weltwesen nie zum freien Leben, weil sie immer nur mit Noth sich des Sterbens zu erwehren haben, und diese eigene Lebensnoth, Lebensarmuth und Lebensgefahr lässt darum auch keine Liebe aufkommen. „Alle Liebe dieser Welt“, sagt Meister Eckart, „ist gebauet auf eigene Liebe, und nur insofern du von der Welt lässest, lässest du von Eigenliebe.“

30.

Ursprünglich stand der Mensch an der Spitze der Creation, und war darum materiefrei; aber er verrückte sich den Standpunct gegen sie, fiel hiemit selber der Materialisirung heim, und dieser Mensch, der nur Gott über sich haben sollte, bekam nun das ganze materielle Universum über sich, unter dessen Last er, gleich dem Atlas, ohne die Hilfe eines Herkules erliegen müsste. Dieses Weltkreuz trägt jeder von uns, und wenn schon das Gefühl desselben (als jenes der Weltschwere), gleich nach dem Aufhören der Kindheit eintretend, sich bald als ein constitutives und insofern ununterscheidbares Element unseres Bewusstseins geltend macht, so treten doch häufig wieder Momente ein, in denen dem Menschen eine solche Unterscheidung möglich, und in denen er den Schmerz und die Schmach dieser Weltlast inne wird, so wie andere Momente eintreten, in welchen eine Lüftung dieser Last für ihn statt findet, und in denen er sich weltfrei fühlt. Und diese Weltschwere ist es, welche dem Menschen in der That als das wahre Nicht-Ich, in jedem materiellen Objecte als Vorwurf (weil nemlich als selbstverschuldeter Widerstand), entgegentritt.

„L'univers matériel, sagt St. Martin, avoit été formé par la *justice* (violence), dont il conserve le caractère, comme l'homme fut émané *par* la *miséricorde*, et *pour* la miséricorde, et il est dévenu l'objet de la grace, ayant cessé d'en être l'instrument.“

31.

Auch die Vergänglichkeit der Materie oder des Wesens dieser Welt wird aus dem gegebenen Begriffe derselben klar. Denn dass die Materie durch ihr Wirken, ihr Sichpotenziren oder Gemeinsamen sich erschöpft und aufhebt (erlischt), folgt freilich nicht aus dem Begriffe dieses Wirkens selbst, weil ja das Gegentheil hievon an der göttlichen und geistigen Natur statt findet, welche durch ihr Sichäussern sich innerlich bekräftigen (la force se nourrit par l'action). „Ich habe es mehr gesprochen, sagt Meister Eckart, Gott und aller vernünftigen Creaturen Ausgang ist ihr Eingang, und je mehr sie aus sich gehen, je mehr gehen sie in sich ein, was an leiblichen (materiellen) Naturen nicht ist, je mehr sie wirken, je minder sie wieder eingehen.“ — Dieses Nichteingehen wird aber begreiflich, wenn man bedenkt, dass, da diese Materie mit einer Differenzirung ihrer Principien (ihres Wesens) entstand, ihr gelungenes Wirken der Reintegration jener, sohin der Aufhebung ihrer eigenen, aus der Totalität oder Einheit der Action geschiedenen, Existenz nothwendig zugeht.

32.

Endlich gelangen wir auf diese Weise zu einem richtigen Begriffe der Zusammengesetztheit des materiellen Wesens im Gegensatze des Nichtmateriellen, Nichtzusammengesetzten, welche Zusammengesetztheit nemlich nur dessen Unganzheit, folglich Versetztheit (Derangement) ohne Abgang eines constitutiven Bestandtheils aussagt, weil nur, was ganz ist, eins oder einfach ist; so wie auch der Bestand dieser Materie, als gleichsam eines Deficits der Action, mitten in der Totalität der Action hiemit begreiflich wird. Wenn nemlich mitten in einem vollstimmigen Concert mein Ohr erkrankt und nur einzelne Töne desselben mehr fasst, deren Befassung mir eine Disharmonie gibt, so entsteht für mich gleichsam inner jenem vollstimmigen Concert ein anderes, ein nichtharmonisches, und doch besteht jenes erstere fort, und doch sind es dieselben Instrumente, die ich jetzt höre, und die ich früher mit gesundem Ohre hörte, oder die ein Anderer mit mir zugleich, jedoch als Harmonie verbreitend, hörte.

33.

Die strenge Consequenz bringt in der Philosophie manchmal denselben Nutzen, den sie in Geistesverrücktheiten hat, d. h. sie dient, die Absurdität eines Princips in seinen nothwendigen Folgen eclatant zu machen. So bemerkt der Verfasser der angeführten Schrift (über Göthe's Faust und dessen Fortsetzung S. 14 &c.), dass es vermöge des Satzes der Identität des Seins und Wissens*) so wahr sei, dass das Sein und Erkennen Eins

---

*) Das „scimus quia facimus“ (nescimus quae non facimus) sagt eigentlich die Identität des Wissens und Thun aus, weil das Sein nur in seiner Reproduction erkannt wird. Diese Identität ist also ursprünglich die des sprechenden (gebärenden) Thuns und des gesprochenen (geborenen), des genitor und genitus. Gott spricht als Vater und hört als Sohn.

sei, dass Gott erkennen Gott sein heisse. — Da nun aber auf solche Weise Gott und Mensch eigentlich nie zusammen kämen; denn wo der Mensch noch wäre, da wäre Gott noch nicht, und wo dieser wäre, wäre jener nicht mehr; so bliebe uns bei dieser Lehre eigentlich gar keine Hoffnung, Gott zu erkennen übrig. Tröstlicher klingt dagegen, was uns der Apostel von einem solchen Erkennen lehrt 1. Korinth. 2. 10—12. „Uns aber hat es Gott durch seinen Geist geoffenbart; denn der Geist erforschet alle Dinge, auch die Tiefen der Gottheit. Denn welcher Mensch weiss, was im Menschen ist, als der Geist des Menschen, der in ihm ist? Also auch weiss niemand, was in Gott ist, als der Geist Gottes. Wir aber haben nicht empfangen den Geist der Welt, sondern den Geist aus Gott, dass wir wissen können, was uns von Gott (zu wissen) gegeben ist." — Wenn ich also schon nicht Gott bin und in Ewigkeit nicht Gott werde, so kann doch Gott mich seines Wissens theilhaft machen, wie seines Seins (seiner Natur, 2 Petri 1, 4), so wie ich nicht mein Freund bin, und doch seines Wissens theilhaftig werden kann. Hier ist also ein Wissen, welches sich als Gabe weiss und zu welchem ich offenbar auf andere Weise komme, als zu jenem, welches ich mir gleichsam durch einen Subjectionsact (Selbstbeleuchtung) selber nehme. Es ist darum falsch, wenn sowohl Jacobi als seine Gegner, wenn unsere Ultra-Nichtswisser „die, wie Paulus sagt, zu ihrer Schande nichts wissen von Gott," und unsere Ultra-Alleswisser *) den Wissensact durchaus als einen solchen Eroberungs- oder Selbstbeleuchtungsact nehmen, dem sich z. B. der

*) Beide diese einander bekämpfenden Parteien sind doch darin im Grunde einig, dass sie beide Rousseau's Behauptung unterschreiben: que l'homme en commençant à penser cesse de sentir, und also beide des Glaubens sind, „dass der Mensch nur unwissend Gottesdienst thun kann." Apostelgesch. 17, 23. — Der selige Jacobi beklagte sich einst gegen mich über den neuen selbstgemachten Gott der Philosophen, welcher, als gemacht, kein Gott sei etc., wogegen ich ihm bemerkte, dass mir auch sein Gott, von dem er behauptete, dass Er ihm nur so lange bliebe, als er sein Denken (Speculiren) gegen ihn einhielte, auf gleich schlechten Füssen zu stehen, und gleichfalls nicht der wahrhaftige Gott zu sein scheine, weil ja ein Gott, den ich mir beliebig wegdenken könnte, um nichts besser sei, als jener, den ich mir beliebig selber erdenke.

liebe Gott selbst nicht zu entziehen und dessen er sich nicht zu erwehren vermöchte. Welcher Gott sohin nicht, wie man bisher nach jenem „In Deinem Lichte sehen wir das Licht" glaubte, dem Philosophen wie jedem Menschen, der in die Welt tritt, bei allem seinem Forschen leuchten, sondern sich von diesem erst beleuchten lassen müsste. — Die latente Verrücktheit, welche dieser blasphemischen Behauptung zum Grunde liegt, könnte uns wenigst auch in unseren Speculationen Gott fürchten lehren und uns die Ueberzeugung geben, dass wir auch in ihnen uns versündigen können, weil uns auch hier jener Versucher zur Seite steht, welcher, so wie er unseren ersten Eltern das Kunststück lehrte, wie sie ohne und gegen Gott sich Gott gleich machen könnten, uns das ähnliche lehren will: ohne Gott Gott zu erkennen! *)

*) Ist es nicht möglich Gott ohne Gott zu erkennen, so ist es auch nicht möglich die Welt ohne Gott zu erkennen. Wer die Gotteserkenntniss nun überhaupt als unmöglich aufgibt, der sollte folgerichtig auch alle Welterkenntniss aufgeben. Allein viele Philosophen bilden sich ein, sie vermöchten die Welt um so gründlicher zu erkennen, je weniger sie von Gott wüssten und je mehr sie principiell alles Gott- Wissen und Erkennen ausschlössen. Unter Wissen und Erkennen verstehen sie ein absolut spontanes Erzeugniss ihrer Vernunft, wobei ihnen bei Leibe Niemand, kein geistiges Wesen und am allerwenigsten der liebe Gott selbst, auch nur die geringste Hilfe bringen darf, widrigenfalls sie ihre hoffnungsreichsten Gedanken, wie die Vögel ihre von Menschenhand berührten Eier, unausgebrütet lassen. Die Einen bringen es nun glücklich zu der Einbildung das absolut spontane Erzeugniss adäquater Gottes- und Welterkenntniss zu Stande gebracht zu haben, in welcher sie natürlich erkannt haben, dass sie selber im Grunde der liebe Gott oder doch seine Selbsterscheinung, sein Selbstbewusstsein sind: diese sind selig, so lange die Einbildung vorhält. Die Anderen, die es nicht zu dieser Einbildung bringen, erklären eben darum alle Gotteserkenntniss für rein unmöglich und verweisen den Menschen in Rücksicht seines Verhaltens zu Gott an den Glauben. Besieht man sich aber diesen Glauben etwas näher, so gewahrt man bald und leicht, dass dieser Glaube die Dienstmagd der Vernunft oder der Unvernunft des Philosophen ist, dass dieser Glaube bei Leibe nicht „die rationellen Begriffe" des Philosophen überschreiten darf, wenigstens an gewissen Grenzlinien seiner Vernunft nicht, die sich einbildet, wenigstens manche Offenbarungslehre, die über ihren Horizont hinausgeht, als widersprechend bezeichnen zu dürfen. Solche rationalisirte Vernunft hat gar kein Kriterium der Unterscheidung des Ueberveruünftigen von dem Widervernünftigen und

indem sie doch im Allgemeinen diesen Unterschied anerkennt, ist sie in jedem concreten Falle einer willkürlichen und zufälligen Entscheidung preisgegeben. Hartenstein rühmt es, „dass die in dem ganzen Zusammenhange seiner philosophischen Ueberzeugungen wohlbegründete Verzichtleistung Herbarts auf eine speculative Theologie in strengem Sinne des Wortes der Wärme seiner religiösen Gesinnung keinen Abbruch gethan habe" (Herbarts Werke III, X.). Allein es ist uns gar nicht um ein Urtheil über die persönliche Religiosität Herbarts zu thun (hierin kann man nicht leicht vorsichtig genug sein), sondern darum, ob seine Philosophie für eine so riesenhaft grossartige Erscheinung, wie das Christenthum ist wir wollen nicht sagen, die geistigen Mittel eines ächten Verständnisses enthält, denn diese besitzt sie in keinem Falle, ob sie auch nur so beschaffen ist, dass sie einem aufrichtigen und tiefen Glauben an die Wahrheit ihrer weltumfassenden, Sinn und Verstand des irdisch gesinnten Menschen weit übersteigenden Offenbarungen den Weg nicht verlegt. Wie sollte aber die Reflexionsphilosophie Herbarts mit den grandiosen Anschauungen der h. Schrift alten und neuen Testamentes von dem Zusammenhange des Geistes und der Natur, von deren Solidarität im Guten wie im Bösen, vom Ursprung der Welt überhaupt wie der irdischen insbesondere und von den letzten Dingen auch nur als Glaubensartikel im Einklange oder auch nur Nichtwiderspruche stehen können. So viel wir einsehen, kann sich die Herbart'sche Philosophie nur mit einer rationalistischen (somit nur deistischen) Theologie vertragen, ähnlich wie die Kantische. Vgl. Herbarts sämmtliche Werke I, 158—159, II, 56—71, VI, 611—622. Auch Allihn hat uns in seiner Einleitung in das Studium der Dogmatik (Leipzig, Reclam 1837) eines Anderen nicht belehrt. Ebensowenig Taute in seiner Religionsphilosophie und auch nicht Drobisch in seinen Grundlehren der Religionsphilosophie (Leipzig, Voss, 1840), so grosse Vorzüge auch diese Schrift, vom Standpunkte Herbarts aus beurtheilt, besitzt. Solang ihnen die Dreipersönlichkeit Gottes und die Menschwerdung Gottes im Sohne wenigstens zweifelhafte Lehren der christlichen Religionsurkunden bleiben, so lange geht ihnen das ächte Verständniss derselben ab, und so lange kann ihre Religionsphilosophie auch nur rationalistisch ausfallen, und für das, was jenseits des Wissens als Glaube festgehalten werden soll, kann es entweder nur (unzulängliche) Wahrscheinlichkeitsgründe, oder gar keine Gründe geben. Das Wissen weiss nicht, welche Grenzen es dem Glauben ziehen kann und darf, der Glaube erfährt nicht, ob er dem Wissen nicht widerspricht. Ist die Brücke zwischen Wissen und Glauben völlig weggeworfen, so ist Gewissheit der Harmonie beider nicht mehr zu gewinnen, das Wissen dringt nicht mehr in die Tiefe ein und bleibt eine blosse Oberflächenbewegung des Denkens, der Glaube ist blind. Können uns die Freunde Herbarts eines Besseren belehren, so soll es uns im höchsten Grade willkommen sein. H.

IX.

Ueber
die sich so nennende
rationelle Theologie in Deutschland.

Beilage
zum ersten Bande
der
gesammelten philosophischen
Schriften und Aufsätze.

Münster, Theissing, 1833.

Die Quintessenz der sich so nennenden rationellen, seit geraumer Zeit fast auf allen Universitäten Deutschlands gelehrt werdenden Theologie ist: dass man aus der Schrift und Tradition zwar alle Vorschriften oder, wie sie sagen, die Moral des Christs annehmen und behalten, sich aber von aller Christolatrie (Lukas 42, 52) enthalten solle, d. i. von aller Lehre über Ihn so wie von allem Glauben an oder in Ihn als ein wirkliches und wirksames, persönliches oder individuelles, helfendes und hilfreiches Wesen. Der Mensch besässe folglich, diesen Theologen gemäss, nicht nur für sich allein die Macht, sondern er hätte auch die Pflicht, mit seinem verdorbenen, rebellischen und selbstsüchtigen Willen das Reich Gottes sich selber d. i. eigenmächtig zu nehmen, und es gäbe weder ein Bedürfniss, noch, wie wenigst Kant behauptete, ein Mittel für ihn, sich von diesem seinem verdorbenen Willen, welcher ihm eben den Eintritt in dieses Reich Gottes versperrt, zu befreien und denselben zu tödten. — Nachdem die doctrinaire Schlange unseren ersten Eltern das Kunststück lehrte, ohne Gott, ja gegen Seinen Willen, sich Gott gleich zu machen, und nachdem so viele Philosophen uns im Grunde dieselbe Wissenschaft lehren (nemlich Gott ohne Ihn kennen zu lernen oder Ihn und von Ihm, ohne Ihn, zu wissen), — wie sie denn in allen ihren Beweisen und Constructionen Gottes immer von Etwas, das nicht Gott ist, anfangen, und dann uns am Ende doch zu Gott führen wollen; — so kann es nicht befremden, endlich auch sich christlich nennende Theologen zu sehen, welche uns ohne einen Christ christlich und ohne einen Dämon dämonisch machen wollen. In welchem Sinne denn diese Theologen uns auch von einer (vergangenen) Zeit sprechen, in welcher noch kein Christus gewesen sei, um uns von einer anderen Zeit (der gegenwärigen) sprechen zu können, in welcher keiner mehr sei; so dass also sowohl der Christ wie der Lucifer der Schrift ihnen nur antiquirte Personagen oder die Fabel ihrer Moral sind.

Es fragt sich nun, ob diese Rationalisten in der That gut oder schlecht über die Natur des Menschen und seine moralische Güte oder Bosheit vernünfteln, und ob es mehr als erweisliche Anmaassung ihrer Seits ist, wenn sie sich uns als die allein Vernünftigen geben. In der That glaube ich aber im Gegentheile schon durch folgende Beleuchtung der Natur und Wirkungsweise des menschlichen Willens den Beweis zu geben, dass eben nur die Unkenntniss der letzteren diese Rationalisten verleiten konnte, der Schrift, der Tradition und der inneren allgemeinen Ueberzeugung und täglichen Erfahrung aller Menschen entgegen, die Wurzelwahrheit aller Religion zu verleugnen, nemlich die Nothwendigkeit und Unaufgebbarkeit des Gebetes als einer nicht minder vitalen Function des Gemüthes, wie das äussere Athmen eine solche für das äussere Leben ist. Uebrigens behaupten diese Rationalisten wenigst zum Theil auch noch darum, dass der Mensch, sei es um sich boshaft und schlecht zu machen, sei es um gut zu werden, schlechterdings sich selbst genügen und allein sein müsse, weil sie vermeinen, ausserdem seine Wahlfreiheit oder was sie sehr uneigentlich Autonomie nennen nicht retten zu können.

Was nun die Heimlichkeiten der Willensgeburt, Willensformation oder Willensbestimmung betrifft, so bemerke ich zuerst, dass der Wille (das wollende Wesen oder die Seele) nicht unmittelbar handeln oder wirken kann, sondern hiezu der Vermittelung des Eingangs (des Sichaufhebens) in einen Grund (Basis, Centrum, Kreis *)) oder, wie man auch sagt, in einen

---

*) Der Physiker lehrt, dass es ohne (innere oder äussere) Stützung keine Bewegung gibt. Uebrigens hat man sich von der gemeinen, aber

Beweggrund als eine Stätte seines Wirkens (Producirens) bedarf, gleichwie man sagt, dass der Magus seine Operation nicht beginnen könne, bevor er nicht seinen Kreis gebildet und geschlossen habe, eine Bildung und eine Schliessung, welche eben das sind, was man die Selbstbestimmung des Willens nennt. Anima est, sentit et agit, ubi (quamdiu) amat (vult); d. i. die Seele ist nur empfindlich und wirkend, wo und wann sie liebt, und ihre wahre Localität, so wie ihre Dauer ist nur in ihrem Affecte.*) Wenn nun aber der Wille in der Wahl seines Motivs als seiner Wirkungsstätte frei ist, so ist er dieses doch sicher nicht, nachdem er einmal in diese Stätte eingegangen ist, sich für sie oder sich in ihr entschieden hat, welche Entscheidung nemlich nur der Natur dieser Stätte, dieses Princips (wie die Hebräer sagen: Bereschit), entsprechend sein kann; weil jede Bestimmtheit oder Form einer Handlung, welche Gesetzlichkeit heisst, unmittelbar nicht vom Handelnden, sondern vom Princip als dem Motiv oder der Stätte ausgeht, in welcher und von welcher aus gewirkt wird. In diesem Sinne sagt auch Paulus, dass der Mensch sein Gesetz, dem er sich, ihm dienend, eingibt, selber sich wählt. Diese Stätte (Mutter) ist es darum auch, welche auf den in sie eingegangenen Willen mittelst des Gezeugten entweder erhebend, ausbreitend und verherrlichend, oder aber nieder- und zusammendrückend wirkt, und welche sowohl die Gestalt oder das Bild des Willens, als die Weise des sich Findens, Empfindens oder Befindens in jener bestimmt.

Zweitens denkt man sich den Willen als noch in kein Motiv eingegangen, folglich noch unwirksam und in seiner Wirkungsweise noch unentschieden, so begreift man, dass seine Möglichkeit z. B. nach der Weise *a* zu wirken, nicht

---

schlechten Vorstellung des Centrums als contrahirten Punctes fern zu halten, und das Centrum als Ubiquität (in seiner Sphäre) zu fassen.

*) Wenn schon dieses sich uns nur in jenen Fällen bemerklich macht, in welchen der Affect überwiegend hervortritt, wie in jeder Ekstasis z. B. in der somnambulistischen, so wirkt doch der Affect in diesem Sinne raum- und zeitfrei auch in jenen Fällen, wo sein Wirken nicht merklich wird.

anders zur Wirklichkeit kommt, als dass die Möglichkeit der Wirkungsweise b in ihm getilgt werde, wie die Liebe nicht anders actuos zu werden vermag, als durch Tilgung der Entzündbarkeit (posse inflammari) des Hasses, welche Tilgung auch da geschehen kann und muss, wo es noch zu keiner wirklichen Entzündung desselben kam. Hieraus sieht man die Nothwendigkeit der Wahl zwischen mehreren Motiven (d. h. die Nothwendigkeit der bewährenden Versuchung) für die wollende Creatur ein, so wie man aus diesem Standpuncte auch zur Einsicht gelangt, dass, wenn der Wille schon durch seinen Eingang in ein Motiv a, dessen Wirksamkeit in sich erhebt oder zur herrschenden macht, hiemit doch die Wirksamkeit eines zweiten Motivs b nicht ausgeschlossen, sondern nur dem a subordinirt oder zum Dienenden herabgesetzt wird, wie z. B. die Ueberwindung eines sich erhebenden Naturtriebes diesen als plastische Kraft nicht ausschliesst oder zerstört, sondern in der Formation des Willens nur einem anderen Principe unterordnet. Endlich kann man, wie ich anderwärts zeigen will, hieraus noch auf eine andere, bis jetzt noch unbekannt gebliebene, Einsicht gelangen, nemlich, dass wenn eine Mehrheit der Motive zur Willensbestimmung nöthig ist, „diese Mehrheit sich auf die Dreizahl reducirt," so dass der Wille eigentlich nicht zwischen zwei, sondern zwischen drei Motiven sich für eines derselben entscheidet, welches er hiermit zur Mitte der beiden anderen zu erheben strebt, wie denn der Begriff der Gründung jenen des Ternars schon in sich schliesst, und diese Triplicität der Wahlfähigkeit macht sofort auch die Duplicität der abnormen Wahl begreiflich, deren Anerkenntniss das Christenthum voraussetzt. Wenn ich nemlich von dreien Motiven jenes, welches ich soll, nicht als das mittlere in mir erhebe, so kann ich nur das eine oder das andere der beiden übrigen zur Mitte erheben wollen; wie sich dieses in dem Falle aus Hoffart und in jenem aus Niederträchtigkeit erwiesen hat*).

---

*) Wenn man sagt, dass der Mensch, von Gott und dem gottinnigen Leben (ein bezeichnender Ausdruck des Hrn. Prof. Krause) sich zur Natur

Drittens sehen wir den Willen als Vater und Agens des Werkes, welches er in seinem Princip oder Beweggrund wirkt,

---

abkehrend, in diese abfiel, so muss man erstens nicht meinen, dass er hiemit seinen Zweck (seine Vereinigung mit der Natur) erreicht habe, weil er es in der Abkehr von Gott doch nur zu einer unbefriedigbaren Natursucht zu bringen vermag, was auch vom zweiten Abfalle (aus der Natur in sich oder in den Egoismus) gilt, in welchem der Mensch gleichfalls sich nicht wahrhaft findet und hat, sondern nur eine tantalische Selbstsucht in sich entzündet, somit selbstsüchtig wird, wie er im ersten Abfalle natursüchtig geworden. Es muss aber auch zweitens bemerkt werden, dass dieser Abfall in die Natur nicht möglich gewesen wäre, falls letztere nicht bereits in Folge einer früher erlittenen Katastrophe in einem anderen Sinne gegen Gott äusserlich geworden wäre, als sie dieses vermöge ihrer Geschöpflichkeit war, wesswegen man sich vor dem naturphilosophischen Irrthum zu verwahren hat, welcher die eine Weise des Aeusserlichseins mit der anderen vermengt, d. i. den Urstand des Geschöpfs mit seinem Abfall. So wie es gleichfalls ein grosser Irrthum ist, wenn man die Sendung des Menschen in diese bereits vor ihm verzeitlichte und materialisirte Natur seinen Fall nennt, da doch der Mensch nur damit fiel, dass er zugleich die göttliche Mitte in sich (in der Zeitregion) nicht erhielt, welche er erhalten sollte, um von ihr aus diese Natur gleichfalls wieder zu reintegriren oder in ihre frühere Stellung zu Gott sie wiederbringen zu können, wie Paulus sagt, dass die dem Dienste des Eitlen (Gottleeren) unterworfene Creatur nach der sie von diesem Dienste befreienden vollendeten Offenbarung der Kinder Gottes seufzt. Endlich muss man drittens den zweiten Abfall des Menschen (in sich) nicht für seine Erfindung uns geben wollen, sondern sich überzeugen, dass der Mensch nur durch Verführung in diesen schon (creatürlich) bestandenen Abfall hineingezogen ward. Wenn man übrigens diesen zweifachen Abfall auf das Verhalten des Menschen zur Natur anwendet, und zwar sowohl für die Physik als Cultur der Natur, als für die bildende Kunst, so sieht man für beide die Möglichkeit dreier Epochen ein, welche ich die religiöse, die naturservile und die egoistische nenne. In der bildenden Kunst z. B. ist die religiöse Epoche derselben nicht diejenige, welche nur religiöse Gegenstände bildet, so wie jene Philosophie nicht religiös ist, welche über Religion und Gott irreligiös und gottlos raisonirt, — sondern diejenige, in welcher der Künstler, seines hohen Berufs als sprechendes und bildendes Gottesbild eingedenk, alle Gegenstände religiös behandelt und gleich einem Orpheus das höhere Licht und die Gluth seines Gemüths auf jene verbreitet. Die zweite Epoche (als die erste Stufe der irreligiösen) ist die natursevile, wo der Künstler zum blossen Copisten der taubstummen Natur sich herabsetzt. Die dritte endlich ist die egoistische oder die hoffärtige, wo er, von Gott und der Natur verlassen, über beide Herr geworden zu sein

nicht mehr frei, um wieder aus letzterem zu treten, so lange nicht ein anderer Grund oder ein anderes Motiv sich ihm naht und sich ihm ihn anziehend (als Lust) öffnet, so wie der Wille hinwieder sich diesem neuen und anderen Motive öffnen muss*),

---

wähnt, in der That aber nur als ein unheimliches Gespenst unter den Gräbern und Reliquien der Religion und Natur sich heremtreibt. Es ist zu bedauern, dass Göthe trotz seines plastischen antiquen Natursinns, ja seiner Gebundenheit an die Natur, in diese moderne egoistische, sich nur selber überall bespiegelnde Epoche eintretend, ihrer nicht Meister zu werden vermochte. Das Gesagte gilt auch vom dreifachen Verhalten der Regierten und Regierenden sowohl im geistlichen, als im weltlichen Regiment, wesshalb es gleich ungeschickt ist, den Rationalismus durch den Bigottismus, als den Liberalismus durch den Servilismus beschwichtigen, und die Führer (meneurs) der geistlichen und weltlichen Societät zu deren Nachzäglern (traineurs) herabsetzen zu wollen.

*) Die Empfindung der Lust selbst ist nur durch diese Wechselseitigkeit zu begreifen. Man weiss aber, dass jede Production nur von Lust ausgeht, und dass jede Lust Zeugungslust ist oder Vermählungslust. Wesswegen es auch, wie St. Martin bemerkt, kein Leiden oder keine Qual gibt, als die Trennung des Bräutigams und der Braut, sei es nun, dass diese Scheidung eine freiwillige Suspension, oder dass sie eine Strafe ist. — Wenn übrigens der Wille ausser einem Motiv unwirksam ist und selber sein abnormes Motiv verlässt, so sinkt er ja hiemit in seine Unwirksamkeit zurück, und das neue Motiv muss ihm also gegeben werden. (Myster. Magn. 27, 5.) Man versteht übrigens nichts vom Willen, wenn man den Unterschied der Lust und der Begierde nicht versteht. Die Lust ist eine Affection des Willens, welche vom Motiv ausgeht und des Willens Oeffnung und Eingang sollicitirt. Der eingegangene Wille aber wird begehrend, d. i. sich an der Vision versehend (a visu gustus) centrirt er sich, fasst und modelt oder imaginirt er sich dem Gesehenen gleich. Wesswegen J. Böhme das *Fiat* als das schaffende Vermögen und als den eigentlich plastischen oder Bildungstrieb, somit den Anfang der Natur, in die Begierde legt. Den ewigen Urstand der Lust oder des Lustgebenden weiset J. Böhme im ewigen Ausgange des Willens des Ungrundes nach, welches sein aus sich Ausgehen sein erstes Sichfinden ist, weil es ein die Idea (nicht, wie die Naturphilosophen und Hegel arg genug sich irren, die Natur oder Creatur) producirendes Entäussern ist, welche Idea J. Böhme, gleichwie Thomas von Aquino, die sapientia ingenita nennt, welche durch Fassung sapientia genita oder concepta wird. Hieraus zeigt sich übrigens auch die List der Lust, indem es doch diese (das Motiv) ist, welches durch den eingegangenen und begehrenden Willen, nemlich durch die gewonnene Kraft der Begierde geformt und entwickelt wird. Adde animam, sagten in diesem Sinne die Alchemiker, i. e. coagula. Endlich muss ich noch in Bezug auf den Unterschied der Idea (des

damit mittelst dieses wechselseitigen Zuges der Wille in letzteren einzugehen, und nun sowohl ein neues Werk in ihm zu beginnen, als von ihm aus sein früher erzeugtes Werk (als gleichsam seinen erstgezeugten Sohn) gänzlich wieder zu zerstören vermag. Es genügt nemlich nicht, wie die Schrift uns lehrt, sein Herz der Sünde zu entziehen, sondern man muss seine gewirkte Sünde (den alten Adam oder den Menschen der Sünde) völlig wieder zerstören. Eine Zerstörung oder Tödtung, die empfindlich sein muss, weil der Vater in seinem Gezeugten sensibel ist: Generatio unius, destructio alterius. Nur fallen der Schmerz der Tödtung der einen Wesenheit und die Lust der Erzeugung einer anderen Wesenheit in verschiedene Regionen desselben Seienden. Nur im Vorbeigehen kann ich hier bemerken, dass alles soeben

---

Gedankens) und des Wortes bemerken, dass der (begehrende) Wille, jene (als Vision) wieder in sich (zum Wort) fassend, hiemit tiefer in sich eingeht, und sich höher ausführt, zur Potenz erhebt); wesswegen auch der zweite Ausgang (aus dem Worte) tiefer geht, als jener erste (magische), und ein grösseres Moment oder Autorität gewinnt, und zwar nicht als ob sich der Wille hiemit begehrend der Lust entgegen in das Wort fasste, sondern dass derselbe die tiefere Mitte über beide (die Lust und Begierde) gewinnt, wobei die Lust erhoben wird, die Begierde (Natur) aber niedergeht. Mit dieser Lehre von der Bildung und Gewinnung des Wortes als einer Macht (potestas) bekommt solche freilich eine tiefere Bedeutung, als dieselbe bisher als blosse Zeichenlehre hatte, so wie hieraus allein hervorgeht, wie der schauende Wille durch das Wort sui et alterius compos d. h. zum sich und Anderes nennenden und erkennenden Geiste wird. In Bezug auf eine Darstellung von Hrn. Prof. L. Schmid (in seinen Vorlesungen über die Bedeutung der hebräischen Sprache), nach welcher der Geist als der Sprechende durch den Accent ausgedrückt ist, welcher den Vocal und Consonans vereint, bemerke ich noch hier, dass letzterer an sich so wenig äusserlich ist, als ersterer, und dass sie beide in die Aeusserlichkeit (in den Laut als Leib) sich führen, indem sie beide aus der stillen Tiefe in die laute Höhe gehen, weil Offenbar-werden ein Sich-erheben ist, wie Sich-occultiren (Verbergen) ein Sich-vertiefen, so wie man sagt, dass Mann und Weib als Geschlechtspotenzen in einen Leib sich führen. Uebrigens bezeichnet diese Schrift des H. Prof. Schmid in Verbindung mit den Leistungen des H. Pr. Molitor eine erfreuliche und nicht mehr rückgängig zu machen-mögliche Fundamental-Reform in der Dogmatik und Exegese. [Vergl. Philosophie der Geschichte oder über die Tradition. Münster, Theissing, 1834—39. H].

über die Freiheit und Nichtfreiheit des Wollens in Bezug auf dessen Motiv Gesagte auch für den Act des wesentlichen Erkennens gilt, insoferne das intelligente Wesen frei ist: durch seinen Geist oder seine denkende Macht in den einen oder den anderen sich zu diesem Eingange oder zu der durch ihn bewirkten Entwickelung darbietenden Gegenstand einzugehen, welcher letztere als das Cognoscibile und darum noch nicht Cognitum sich somit zur ausgewirkten oder wirklichen Erkenntniss eben so verhält, wie sich nach Obigem das Motiv zu dem in ihm Gewirkten verhält *). — Eine für die Erkenntniss-Theorie lichtgebende, wenn schon noch neue, Einsicht, welche indess nur meine frühere Behauptung von der Identität des Erkennens und Zeugens bestätigt, woraus aber folgt, dass jedes Verbot einer Erkenntniss A (wovon z. B. in der Genesis die Rede ist) nothwendig mit einem Gebote einer anderen Erkenntniss B zusammenfällt, so wie dass eine Intelligenz, welche einmal von ihrem Erkenntnissvermögen jenen Gebrauch machte, den sie nicht hätte machen sollen, hiemit aber zu einer Erkenntniss kam, die sie nicht haben sollte und die ihr zur Pein, zur Qual und Strafe ist, sich selber überlassen, die Freiheit verloren hat, sowohl dieser abnormen Erkenntniss wieder los zu werden, als auch die ihr mangelnde normale zu gewinnen **). Diese abnorme Erkenntniss A ist nun aber verfinsternd und beraubend die Erkenntniss B, und soll letztere wieder in der Intelligenz aufgehen, diese wieder klar und licht werden, so muss erst das Feuer in ihr entzündet werden, welches jene erste Erkenntniss (als Finsterniss) aufhebend oder verbrennend der anderen den Eingang öffnet *). Das Ver-

---

*) Es ist ein Irrthum, zu meinen, dass bei der wesentlichen Erkenntniss das oder der Erkannte gleichgültig oder unafficirt bleibe, und dass dem Erkenntnisstrieb nicht jener des Erkanntwerdens entspreche.

**) Man muss Denjenigen keinen Glauben beimessen, welche uns versichern, dass sie alles Wissens oder alles Glaubens sich entschlagen könnten, weil sie hiemit nur ihr schlechtes Wissen und Glauben uns verheimlichen wollen.

*) Nicht die Abwesenheit aller Erkenntniss, sondern nur eine widersteitende Erkenntniss (Irrthum und Lüge) muss man hier Finsterniss nennen. Wenn übrigens dieses Ver-

klärtwerden einer niedrigeren Sehsphäre durch eine höhere ist nemlich nicht das Durchscheinen oder blosse Anscheinen, sondern das Ein- und Ausscheinen letzterer durch und in jener, wodurch die niedere Sehsphäre nicht wie jene finsternde aufgehoben, sondern in die höhere erhoben wird.

Ich bemerke viertens, dass es nicht hinreicht, die Nothwendigkeit des Einganges des Willens (des Hauchs der Seele) in irgend ein Motiv als empfindliche Stätte seines Wirkens anzuerkennen, sowie dass die Wahl derselben für den Wollenden (die Seele) keineswegs gleichgiltig ist, und für sein Gut- oder Bösesein, wie für sein Wohl- oder Uebelbefinden entscheidet, — sondern dass man sich überdiess überzeugen muss, dass, falls es zu einer eigentlichen Wirkung kommen soll, — diese Wirkungsstätte des Willens analoger Natur mit ihm sein, d. h. selbst wollend oder Wille (Seele) sein muss. Eben diese Manchem wohl befremdliche Behauptung: dass nämlich das letzte Motiv eines Willens nur selbst ein Wille sei, dass man eigentlich nur ein Wollen wollen kann*), — diese Behauptung, sage

brennen der in uns nicht ohne unser Zuthun wesentlich gewordenen Finsterniss immer schmerzlich ist, so ist doch der Schmerz geringer, wenn das Verbrennen auf nassem Wege, als wenn es auf trockenem geschieht. Man weiss aber, dass das christliche Princip immer nur auf ersterem Wege wirkt. Uebrigens ist die hier gegebene Einsicht fest zu halten, dass nur ein Sehen einem anderen entgegen wirkt, um die Function des Glaubens einzusehen, insofern dieser dem abnormen Sehen abwehrend und verneinend entgegen steht.

*) Anstatt mit Lucretius zu sagen: nil datur praeter simulacra fruendum, sollte man sagen: nil datur praeter voluntates fruendum. Dieser Satz fällt aber mit jenem zusammen: nil datur praeter voluntates — sciendum, und mit J. Böhme's wie folgt zu formulirender Behauptung: non existentis nulla cupido, sicut non cupiti nulla existentia. — Insofern nemlich einerseits der wollende Geist auch der schauende und erkennende Geist ist, somit das eigentliche Cognoscibile und Cognitum doch nur wieder eine Cognitio und Cognoscens, und andererseits alle Realität durch Begierde und Imagination bewirkt wird, wie in und durch diese sich erhält und fortpflanzt, wenn schon bisher die meisten Philosophen anderer Meinung sind, indem sie das Licht, in welchem wir sehen, nicht als ein Eingerücktwerden und Theilhaftwerden eines schon vorhandenen Sehens begreifen, sondern jenes Licht selber für blind und finster halten. So wie diesen Philosophen nicht einfällt, dass der Mensch oder der creatürliche,

ich, beweiset uns selbst der in sich verliebte, nur sich wollende Selbstling, indem er als Individuum, um sich lieben, d. h. um sein Wollen wollen, um in sich eingehen, sich mit sich selbst erfüllen und speisen*) zu können, — sich beständig auf zwar unnütze und lächerliche Weise abmüht, sich zu dupliren, weil er doch anders sich nicht selbst — umarmen kann.

Fünftens muss nicht nur das Motiv oder die heimliche Wirkungs- und Wohnstätte**) einer wollenden, athmenden, somit

---

sprechende, in und aus sich bildende Geist nur in einem Sprechenden als sprechend gründen und somit sprechen, das Wort, in dem er spricht, nicht selber stumm und taub sein kann. Vorzüglich diesem Unbegriff der bisherigen Philosophie hat man ihren Unbegriff der Religions-Doctrinen beizumessen, so wie jene sinnlosen Theorien eines Ursprungs der Sinnenfunction aus dem Nicht- oder Unsinn, des Bildes aus Nichteinbildung, des Verstandes aus dem Unverstand, des Lebens aus dem Tode, der Kraft aus der Ohnmacht etc.: wogegen man von dem hier aufgestellten Standpuncte aus zugleich zur Einsicht in die Identität (d. h. die Untrennbarkeit wie Unvermischbarkeit) des Gebers und der Gabe in der lebendigen Region gelangt, worüber ich mich bereits in meinen 40 Sätzen aus einer religiösen Erotik ausgesprochen habe. So z. B. ist schon für die Somnambule der Arzt zugleich die Arznei, und diese hinwieder jener, weil nemlich in keiner Region des Lebens die Gabe und der Geber trennbar sind, somit erstere nicht etwa, wie man sagt, ein mystisches (d. h. unreales) Zeichen des letzteren ist, sondern ihn wirklich und wirksam vergegenwärtigt, so wie diese Gabe, bei nicht rechtem Gebrauche oder Missbrauch als solche vergeht, weil der Geber sich aus ihr zurückzieht. — Besonders ist dieses bei den Sacramenten der Fall, deren Wirklichkeit und Wirksamkeit nur die Unwissenheit des hier angedeuteten Gesetzes der Untrennbarkeit der Gabe und des Gebers, der Sache und der Person leugnet.

*) Im Vorbeigehen bemerke ich hier, dass wenn ein Wille nur von einem und für einen Willen lebt, jener Spruch Christi begreiflich wird, dass das Thun des Vaterwillens seine heimliche Speise sei.

**) „In mir habt ihr Frieden, in der Welt Angst." (Ev. Joan. 16, 33.) Ohne den Begriff dieser Durchdringung oder dieses Ineinanderseins der Wesen unbeschadet ihrer Unterschiedenheit, d. h. der Subordination ihres Zusammenseins, bleibt das Verständniss sowohl in der Religion, als in der Physik verschlossen, wie dieses denn bis jetzt der Fall ist. Die Physiker z. B. hätten gerade aus dem Unvermögen der Materien, einander zu durchdringen oder in einander einzudringen, auf ihr Unvermögen schliessen sollen, sich des Eingringens und Durchdrungenwerdens von physischen immateriellen Substanzen zu erwehren, welche

redenden Seele eine gleichfalls wollende und sprechende Seele sein, sondern man muss noch zwischen partiellen Motiven und Wirkungsstätten der einzelnen Willen oder Wollenden unter sich und zwischen jenem Centralmotiv oder Principalwillen und jedem einzelnen unterscheiden, ohne welches Centralmotiv die letzteren sich unter sich nicht zu einigen oder zu associiren vermöchten, weil jede Association (Gesellung) nur durch den gemeinsamen Eingang aller eigenen Willen in einen und denselben Principal- und Centralwillen zu Stande kommt, folglich nicht, wie man lange genug Rousseau gedankenlos nachschwatzte, durch eine Aggregation dieser Privatwillen, sondern durch ihre Subjection oder Auslöschung in einem anderen Willen, welcher nur insoferne der Gemeinwille oder der Wille Aller ist, insoferne er der Eigen-Wille keines einzigen ist; eine Behauptung, von deren Richtigkeit sich jeder schon dadurch überzeugen kann, dass er aus einer freiwillig einstimmig gewordenen Berathung mit einem anderen Willen austritt, als er in dieselbe eintrat. Wo aber nur wieder ein eigener und einzelner Wille hierbei zum Herrschen kommt („car tel est notre plaisir"), da ist wohl ein Zusammengebundensein der Eigenwillen, aber kein freier Bund derselben *).

Was nun aber diesen Centralwillen oder Wollenden einer Region (als dessen Reichs und Bereichs) betrifft, so muss ich

---

lezteren, obschon in Bezug auf diese Materie activer und eindringender Natur, doch, unter dem wollenden Geist stehend, hinwieder von diesem durchdringbar sind. Auch Hegel hat sich durch den vagen Begriff von Stoffen von der klaren Erkenntniss des Unterschiedes immaterieller und materieller physischer Substanzen entfernt gehalten. Nichts kann aber geistloser und flacher sein, als die Art und Weise, wie diese zweierlei Naturwesen in den physikalischen und chemischen Lehrbüchern noch immer hinter einander als zu einer Reihe gehörig aufgezählt werden.

*) Nur wenn jeder Einzelne innerlich auf seine Eigenheit resignirend seinen eigenen Willen demselben Centralwillen, der in Allen ist, lässt, wird der Wille jedes Einzelnen hinwieder in seinem Ausgange sich mit allen anderen gemeinsamen, was auch vom Einverständnisse als der Subjection jedes einzelnen Verstandes demselben Centralverstande (nicht Unverstande) gilt: so dass die Menschen es nur von Gott haben, dass sie einträchtig und einverstanden sein können.

sechstens bemerken, dass es nicht der kleinste Irrthum unserer Philosophen, namentlich der Naturphilosophen und somit auch der Rationalisten ist, dass sie einem solchen Centralwesen seine Individualität und Einzigkeit, somit seine Wahrhaftigkeit abstreiten, weil sie meinen, dass Individualität und Universalität sich einander widerstreiten, da doch ein solches Centralwesen in Bezug auf alle ihm untergeordneten partiellen Individuen im Gegentheile als das Individuum par exc. begriffen werden muss. Wer darum in der Schriftlehre vom Lucifer zu einem solchen Nominalismus sich bekennt, der muss, falls er anders consequent und aufrichtig ist, dasselbe Bekenntniss auch gegen die Schriftlehre von Christus ablegen. Am allerwenigsten sollte übrigens die Macht, welche nach der Schrift dieser böse Geiet noch jetzt auf den Menschen und mittelst seiner auf die Natur ausübt, jenen befremden, der theils die Schranken dieser Maeht bedenkt, theils die ursprüngliche Würde und kosmische Virtualität dieses verfinsterten und, wie Isaias sagt, gefallenen Morgensternes *), und welcher endlich nicht völlig gedankenlos über das: „Libera nos a malo" im Vaterunser hinwegstolpert, weil, falls dieser Böse oder Verderber wirklich weiter nichts, als ein heilsames Reactionsprincip im Universum wäre, als bösewollendes *Agens* aber nur das Geschöpf unserer Phantasie, wir wahrlich keines Gottes (Gottmenschen) gegen ihn bedürften **).

---

*) Wenn es bei Hiob. 38, 7, heisst: „Da mich die Morgensterne miteinander lobeten und jauchzten alle Kinder Gottes" („als ich (Ibid. v. 4) die Erde gründete", womit aber Lucifer aus dem Himmel gestürzt ward), so können hier nicht die äusseren Sterne gemeint sein, welche erst nach der Erde geschaffen wurden.

**) Da hier von dem Einflusse die Rede ist, den ein wollendes Wesen auf ein anderes wollendes ausübt, so finde ich für gut, obschon nur im Vorbeigehen, über diesen noch dunkel gebliebenen Gegenstand Folgendes zu bemerken. Ein wollendes Wesen kann nemlich den Willen eines andern unmittelbar und ohne dass es zur Reaction und Wahl kommt bestimmen; wohin der theologische Begriff der gratia efficax gehört, so wie viele Schriftstellen, nach denen Gott die Willen der Menschen wie Wasserbäche neiget, oder aber das eine wollende Agens wirkt unmittelbar erregend oder deprimirend nur auf die einzelnen Triebe des anderen, welche an sich noch keine Willen, obschon Willenskräfte sind, weil der Wille nur durch

Ich begnüge mich nun aus diesen sechs hier aufgestellten Sätzen noch folgende Schlüsse gegen unsere Rationalisten zu ziehen.

Es zeigt sich nemlich sogleich, dass sowohl der Atheist, wie der Deist nur ihre Nichtkenntniss der wahrhaften Natur der Seele und ihrer Vitalbedürfnisse kund geben, wenn sie behaupten, dass der Wollende, Liebende, folglich Sprechende, nemlich der das Bedürfniss und die Macht habende Mensch mittelst des Hauches und Odems seiner Seele in eine andere Seele einzugehen, in einem Central-Wesen oder Individuum zu ruhen, d. i. frei sich in ihm zu bewegen und sich ausbreitend in ihm aufzusteigen, so wie sich von ihm zu speisen (zu substantiiren) vermöchte*), welches doch selber willen-, liebe- und sprachlos wäre und wenn sie behaupten, dass der Mensch, der wirklich in einem solchen stummen Wesen, dem sogenannten äusseren Universum und in seiner Mechanik, befangen ist, in demselben als in seiner ihm natürlichen Region sich befinde. Dasselbe muss darum auch von der Vernunft gelten, von welcher die Rationalisten meinen, dass sie völlig nur in dieser äusseren Region zu Hause sei als in einem Medium, mit welchem sie völlig gleichwichtig sich verhalte. Woraus

---

eine bestimmte Subordination der Triebe sich bestimmt, und es, wie bereits bemerkt, unmöglich ist, dass die Einheit des Willens ohne die Vielheit der Triebe (Motive) zu Stande komme; eine Vielheit, welche schon der Begriff der Bestimmung des Willens als Formation mit sich bringt, und den Schlüssel zu J. Böhme's drei Principien gibt, durch welche der Wille sich formirt. Dieses Sichformiren des Willens in seinen Grund oder sein Motiv ist als Imaginiren, wie bereits bemerkt ward, ein Sich-selber- (nach diesem) bilden als ein Sich-versehen; denn in Etwas imaginiren (begehren) heisst sich dem hingeben, in das man eingegangen ist.

*) Ich habe bereits in meinen vierzig Sätzen zu einer religiösen Erotik das hier nachgewiesene Gesetz der Assistenz und Resistenz des befassenden Willens in Bezug auf den befassten durch das hydrodynamische Gesetz der Gleichwucht und Nichtgleichwucht mit dem Medium erläutert. Es lässt sich übrigens nachweisen, dass mit dem Worte: Himmel eigentlich nichts anderes bedeutet wird, als jene Localität, welche dem in demselben sich befindenden Wesen den Vollgenuss seines Seins gewährt.

denn aber ferner folgt, dass man jenen, wenn schon noch ziemlich gemeinen, Religionsunterricht (nemlich von einem Welterlöser) verderblich und einfältig nennen muss, welcher mit etwas Anderem beginnt, als mit der Erweckung der Ueberzeugung, dass der Mensch als irdisch geworden in dieser Welt nicht in seiner Heimath (zu Hause) ist, sondern in ihr befangen, entfremdet, im Elend (in Noth) und im Exil sich befindet, wesswegen er, wie der Apostel sagt, in ihr eine andere bleibende Stätte (die Region oder das Reich Gottes) sucht. Ich sage, dass man jenen sich christlich nennenden Religionsunterricht einfältig nennen muss, welcher dem Menschen gegen dieses Suchen des Reiches Gottes (als einer anderen Welt) gleich von vorne herein damit eine Diversion macht, dass man ihm selbst das Forschen nach seinem Irdischgewordensein (womit füglich jenes nach dem Urstande der Erde zusammenhängt) als einen nicht nur unnützen, sondern selbst als einen frevelhaften Fürwitz ausschwatzen will, weil ja doch, wie diese in ihre Materiellheit Verliebten meinen, Gott selber nichts Besseres und Vortrefflicheres gewusst und vermocht hätte, als Sein (Gottes-) Bild sogleich (als Fausse-couche) verthiert, d. h. als irdisches Thierbild entstehen zu lassen, dessen sich doch der Mensch selber vor Gott und der Welt schämet, und dessen Himmel der Thierkreis, nicht aber jener ist, von dem im Vaterunser gesprochen wird.

Eine zweite Folge des Gesagten ist, dass der Mensch, durch den rationalistischen Solipsismus hierin sicher gemacht, das Gebet vernachlässigend, auf doppelte Weise sich um sein Seelenheil betrügt. Jener Mensch nemlich, welcher versäumt, mit dem Odem seiner Seele in jene liebende Centralseele einzugehen oder deren Eingang in sich sich offen zu halten, welche beständig dieser Oeffnung harrt („Siehe, ich stehe vor der Thüre und klopfe an" Offenb. Johann. 3, 20) und welche im Innersten jedes Menschen beständig gegenwärtig ist (als das Licht, jedem Menschen leuchtend, der in diese Welt kommt), wesswegen alle Menschen geborene Christen sind, und welche in allen ist, weil alle in ihr sind, so wie sie auch beständig ausser den Menschen und um sie ist, wie die Figur und der Schatten der Substanz immer um diese sind, ein solcher Mensch, sage ich, gibt den Odem seiner Seele, weil er doch athmen **muss**, entweder der äusseren Welt, und will also **in** ein Wesen eingehen, welches ganz nur äusserlich ist, somit nichts eigentlich in sich aufzunehmen, wie nichts dem Menschen innerlich wieder zurück zu geben vermag*), — oder dieser Mensch geht mit seinem eigenen Willen in jenen in jedem wie um jeden Menschen seienden Verderber ein; womit er aber die geistige, **herzblutsaugende Macht** desselben sofort inne wird, wie denn bekanntlich alle (physischen wie geistigen) Gifte blut- und seelekältender, eisiger Natur sind.**) In dem ersten dieser zwei Principalmotive wirkt der Mensch als wollend nichts, und, sich als ein beständig vergehendes Wesen bindend, vergeht er mit diesem oder geht mit ihm vorüber; befindet er sich aber in dem zweiten Motiv, so wirkt sein Wille freilich, aber er wirkt nur seinen Tod, wie er nur seinen Tod aushaucht. Im ersten Falle erfährt der Mensch die passive Leere der Zeit, im zweiten aber die active Leere jenes nie sterbenden Wurms, von dem Christus spricht, d. i. der Hölle.

Wer aber die jeden Augenblick erfahrbare Wirksamkeit und also Wirklichkeit eines solchen feindlichen und giftigen Wesens (welches in der Schrift der Menschenmörder heisst) noch bezweifeln wollte, dem geben wir nur zu bemerken, dass er mit jeder inneren Berührung dieses vergiftenden Willens die An-

---

*) So lange darum der Mensch mit seinem Willen nur in diesem äusseren Wesen oder Motiv wirkt, so lange bleibt ihm sein Wirken nur **sensitiv** oder **sensuel**, ohne ihm **sensibel** zu werden. Aber ein Wesen, welches nicht selber will, sondern nur wollen, hiemit reden und thun gemacht wird, spricht und handelt eigentlich nicht, und man kann darum nicht sagen, dass nur jenes Wesen sich mit einem anderen frei zu vermählen vermag, welches das Wort zu eigen hat, und sich desselben zum Eingange in ein anderes Wesen oder Gemüth frei bedient.

) **Dante hatte darum Recht, dass er Lucifern im Innersten der Hölle einen Thron von Eis gab. Indem ich übrigens hier von der sowohl äusserlich, als innerlich findbaren Gegenwart des Dämons spreche, bemerke ich, dass es eben so ungeschickt ist, beide zu trennen, als von einem bloss innerlichen, oder bloss äusserlichen Christus zu sprechen, wie auch von einer bloss äusseren, oder bloss inneren Kirche. [Vergl. Dante's göttliche Komödie I. Theil: die Hölle, vierundzwanzigster Gesang. H.]

steckung der Stummheit desselben in sich erfahren wird, nemlich die Schwächung seines eigenen Vermögens der Rede oder des Gebetes. Ich sage Stummheit, weil der Verderber als selbstthätiges Wesen zwar immer spricht, sein Wort aber, anstatt ihm den Eingang des Liebewillens und Liebeodems Gottes zu öffnen, gegen diesen ihn nur verschliesst, so dass man Recht hatte, zu behaupten, dass dieser Verderber nichts thut, als sein zum coagulirenden Gifte gewordenes Wort beständig in sich auszugiessen und wieder zu verschlingen, d. h. dass seine Blasphemie immer nur in ihn zurückstürzt, wie Milton von der Sündenbrut sagt, deren ihre Mutter nie los werden kann. *)

Begreift man aber, wie hier geschieht, das Wort oder die Rede in ihrer höchsten Bedeutung, nemlich als Gebet, so muss man auch einsehen, dass das Gebet vom Willen untrennbar ist, indem der Wille irgend einer Basis seines Wirkens sich zukehrend, um in dieselbe einzugehen, diese Basis eigentlich bittend und gläubig anspricht, woraus denn folgt, dass jeder Mensch, er mag sich dessen nun klar bewusst werden oder nicht, in jeder seiner Willensbestimmungen entweder zum Christ als Welterlöser, oder zum grossen Weltthier, oder endlich zum Verderber sein Gebet richtet **), und

*) Aus dieser Stummheit des bösen Geistes begreift man auch, warum so viele von ihm inspirirte Redner und Schriftsteller eigentlich nie zum Herzen sprechen, sondern nur Kopf- oder Bauchredner sind. Aber leider haben diese Schriftsteller, die in der Regel nicht so schlimm als ihre Bücher und Systeme sind, keine Ahnung von ihrer intellectualen Besessenheit.

**) Baco sagt, dass jeder physikalische Versuch eine Frage an jenes Naturwesen ist, von dem wir Aufschluss verlangen. Aber Fragen ist in das gefragtwerdende Wesen (wie immer) eingehen, und falls letzteres über mir steht, ich folglich ein Niedersteigen zu mir und in mich erwarten muss, ist die Frage (interogatio) eine Bitte (rogatio). Alles Suchen und Versuchen, Forschen und Speculiren, welches von der Eigenheit als solcher ausgeht, findet darum nichts, als diese Eigenheit und was unter ihr, in ihrem Bereiche liegt; wogegen nur das von einem Höhern ausgehende Suchen, dem ich mein Suchen eingebe als meinem Führer, dieses Höhere in mir findet. Hegel hat zur Erkenntniss dieser Fundamental-Wahrheit für die Religionswissenschaft den Weg mit der Behauptung gebahnt, dass Gott nicht das Object meines Erkennens wäre, falls Er

dass, da der Mensch vermöge seiner Natur, nemlich als wollend ein religiöses, betendes Wesen ist, d. i. ein Wesen, welches mittelst des Odems seiner Seele sich einem jener drei Central- oder universellen Wesen gelobt und verlobt, die Frage nur die sein kann, zu welcher dieser drei Regionen oder Culte er sich bekennt, und wohin er sein Gebet und seine Andacht wendet? *)

---

nicht zugleich das Subject meines erkennenden Subjects wäre. — Das wahre Gebet ist mir darum von Gott gegeben und aufgegeben, wie mir der Odem gegeben und sein Auswirken und Wiederausathmen d. i. Wiedereinathmen in den Odemgebenden mir aufgegeben ist (Genesis 2, 7.) und der in mir Bittende und Rufende ist auch der in mir Hörende und Erhörende. Wie nemlich (gemäss der Genesis) von allem, was hienieden Odem hat (spiritus a respiratione) der Mensch allein diesen unmittelbar von Gott selber empfing, so hat auch er allein das Vermögen und die Verbindlichkeit, diesen Odem eben so unmittelbar (nur ausgewirkt) wieder Gott zurück zu geben, d. h. wie er allein aus Gott athmet, so soll er allein in Gott athmen, und sich in ungehemmter Σύμπνοια (Conspiratio oder Eingeistung) mit Gott, der der Geist ist, erhalten. „Denn, dass der Mensch redet und versteht, sagt der Philosophus Teutonicus, das kommt nicht aus den Sternen und Elementen, sonst könnten's andere Creaturen auch. Es kommt dem Menschen aus dem eingehauchten und eingeleibten oder geformten Worte Gottes: es ist der Name Gottes, den er nicht missbrauchen, sondern heiligen soll („Geheiligt werde dein Name!") bei Vermeidung ewiger Strafe. Dasselbe eingeleibte Wort hat der Mensch aus allen drei Principien in sich, und hat eignen Willen zur Formung desselben in Substanz, aus und in welchem Princip er will, und darauf folgt auch die Scheidung und Einernte jeden Gewirks (mit seinem Wirker) in seinen Stall." — Jacob Böhme war übrigens nicht, wie man ihm oft verächtlich nachsagt, ein Schuhflicker in Görlitz, sondern ein ehrbarer und ausgelernter Meister sowohl in der Schuhmacherkunst, als in der Philosophia, wogegen Viele, die gegen ihn als Philosophen vornehm thuend, Meister zu sein sich dünken, doch nur hinter ihm als Flicker zurück bleiben.

*) Der hier ausgesprochene Ternar des Sich-Gelobens und Verlobens d. h. Glaubens oder Sich-Verlassens (Gründens) des Menschen kann auch aus dem Standpuncte der dermaligen Philosophie in Deutschland begreiflich gemacht werden. Indess Fichte nemlich den Accent hauptsächlich auf den Begriff des Setzens, Hegel dagegen auf jenen des Aufhebens legte, hat letzterer zwar (schon in der Phänomenologie des Geistes) den richtigen Satz aufgestellt, dass der Mensch oder überhaupt das selbstische Wesen sich nur insofern und in dem Grade auszubreiten oder, was dasselbe ist, als Geist aufzusteigen vermag, in welchem dasselbe als

Der religionsmörderische Rationalismus unserer Zeit, indem er, das Gebet leugnend, eigentlich nur jenes zum lebendigen Gott (Deus sermo oder verbigena, wie die Indier ihn anriefen) einstellen will, vermag sich somit nur durch die Nichtkenntniss der Natur des Menschen als wollenden Wesens zu halten oder durch eine Mystification über dieselbe, und dieser Rationalismus ist in der That nur auf den Nihilismus der wahrhaften Vernünftigkeit gebaut.

Gemüth sich vertieft, stille oder inne hält, oder dass das Sprechen des Menschen durch sein Schweigen, Hören oder Vernehmen (Vernunft) bedungen ist u. u.. — Aber er hat aus diesem Satze nicht jene Folgerungen gezogen, die er hätte aus ihm ziehen können und sollen, womit aber freilich sein egoistischer Spiritualismus nicht hätte bestehen können. Wenn nemlich Aufsteigen als Ausbreiten (Expandiren), als ein Setzen und Aussprechen, ein Erheben ist, so ist dieses nicht nur durch ein Vertiefen und Aufheben bedungen, sondern, was weder Hegel noch die Naturphilosophen bemerkten, durch eine besondere Weise des (nicht ein Anderes, sondern) Sich-selber-Aufhebens oder Vertiefens, so dass nur die normale Selbstaufhebung die wahre Erhebung, Erhöhung und Verselbstigung des Menschen zur Folge hat, wogegen die abnorme Vertiefung und Aufhebung (sei es nun dass der Mensch nicht in Gott sich aufhebend in die Natur, sei es dass er in sich selber sich vertieft, in jener, oder in sich gründen wollend) keine wahrhafte, standhaltende Erhebung und Erfüllung zur Folge hat, sondern entweder als Last ihn niederdrückt, oder, wie wir es an der Expansion der Materie gleichwie an dem Sich-Aufspreizen des Eigendünkels gewahren, sich ausbreitend dem Nichts zuführt, durch die Nullität der Potenz die Unwahrheit der Wurzel beweisend. Wenn also Hegel den Begriff des Aufhebens mit Recht in die Philosophie einführte, und auch darin Recht hatte, dass er behauptete, dass die Verselbstigung des endlichen Geistes nur durch Aufheben (als Subjiciren) eines Anderen vermittelt und effectiv wird, so hat er nur eine Hauptbedingung dieses activen Aufhebens übersehen, nemlich die freie Aufhebung seiner selbst an den Höchsten, an Gott. — Seine Philosophie führt darum als Motto: non serviam! entspricht aber ganz dem Egoismus des Zeitalters, und kann nur durch Unverständniss als mit dem Christenthume verträglich ausgegeben werden.

X.

Ueber

den Begriff der Zeit

und die

vermittelnde Function der Form oder des Maasses.

Beilage

zum ersten Bande

der

gesammelten philosophischen

Schriften und Aufsätze.

Münster, Theissing, 1833.

Wenn Etwas sein Sein (Existenz) oder seinen Bestand verliert, so sinkt es gleichsam ab actu essendi in die blosse potentia essendi, und zwar hier nicht als in das Vermögen zu sein, sondern in das Unvermögen oder in die Ohnmacht (Deliquium) zurück. Dieses Seiende fällt oder geht also nicht, wie man bis jetzt zwar allgemein sich vorstellte, in das absolute (abstracte) Nichts über, sondern in jenes conamen essendi oder existendi als in den Conflict des Seins und Nichtseins, als in ein beständiges Vergehen zugleich mit einem beständigen fruchtlosen Ansatz zum Entstehen; worin eben das Wesen oder Unwesen der Zeit als negativer Macht und ihre vis inertiae *) besteht, ihre Schwere und Leere, d. i. ihre Formlosigkeit (Centrum-, Begriff-, Grund- oder Bestandlosigkeit, Objectlosigkeit oder Abgründigkeit) zugleich mit dem Widerstande, den sie der (normalen) Formung entgegensetzt. Von dieser Haltlosigkeit des Zeitlichen ist aber wohl jenes subjective Unvermögen jedes endlichen Geistes zu unterscheiden, den unendlichen in seiner Bewegung zu stellen, zu halten, d. i. zu begreifen oder in seiner Vermessenheit, selbst Maass dieses Unendlichen sein zu wollen **).

*) Dieser paradox scheinende Ausdruck bezeichnet nemlich ein Reactives, welches bloss in seiner versuchten Aufhebung in Wirksamkeit tritt, wie man sich z. B. die Erbsünde als Erbneigung denkt. Diese Reaction scheuend unterlassen wir die Aufhebung desjenigen, was darum uns aufhebt, oder wir füttern die Zeit mit unserem Wesen, anstatt sie aufzuheben, d. h. sie vertreibt uns, indem wir sie zu vertreiben meinen.

**) „Wie sich das Urleben, welches das Ursein und nur sich bewegend ist, in keine manente Form (vom Geschöpfe) bringen lässt, so ist dem

Diesen Begriff der Zeit (dieselbe als Moment des entstehenden Seins abstract fassend) hatten die Parsen im Sinne, als sie das Urwesen (den Urstoff der Dinge) die Zeit ohne Gränzen (Zeruane akerene) nannten als ungeformte (indefinirte) Zeit *) oder als unaufgehaltenes, unaufgehobenes, unbeschränktes Vergehen. Diese Berchränkung oder dieser Uebergang aus der Impotenz der Existenz in ihrer Potenz geschieht aber, was man bisher zu wenig bemerkt hat, nicht unmittelbar, sondern durch Vermittelung einer Form und des Einganges oder Ingresses in diese Form oder dieses Centrum, welche Form darum Grund heisst des Seins, so wie der Act des Ingresses jener der Begründung der Existenz heisst, sei es, dass man denselben immanent als Selbstbegründung und zwar sowohl als innere, denn als äussere Selbstbegründung oder Formation fasst, sei es als emanent, nemlich als Begründung eines andern Seienden **), womit denn die vermittelnde

---

Hebräer auch das Sein als ein stabiles unausdrückbar, und es verschwindet ihm fortwährend zur Vergangenheit und Zukunft, er hat keine reine (starre) Gegenwart, sondern nur eine Form, in welcher Vergangenheit, Gegenwart und Zukunft zugleich sind. Daher er die Gegenwart bald mit der Vergangenheit, bald mit der Zukunft, oder der Vermittelung beider in Einem, Particip, bezeichnet. Er vereinigt desshalb für das Ursein alle Formen des zeitl. Seins, (die fälschlich so genannten drei Zeiten) in einem Worte: יְהֹוָה (י fut. הֹ part. הָ praet.)“ Vorl. üb. d. hebr. Sprache, v. L. Schmid. S. 17. — Eben aber weil die Zeit gegenwartleer, in ihr nur ein Kommen und Gehen, aber kein Bleiben ist, wird diese Gegenwart jedem Kommen vor-, jedem Gehen nachgesetzt, d. h. eine ewige Zeit ist — keine Zeit, — wenn schon die Ewigkeit alle Zeit ist.

*) Omnis determinatio (als positio) est negatio negationis. — Noch jetzt statuiren übrigens in der Regel die Philosophen keine geformte definirte Ewigkeit und diese ist ihnen gleichfalls nichts, als noch ungeformte Zeit oder (nach der Formel: $+ - = 0$) die chaotische prima materia der geformten Zeit; wogegen man richtiger die Zeit eine difformirte, entstellte Ewigkeit nennen könnte. Aber die Philosophen vermengen von jeher das Infinitum mit dem Indefinitum.

**) Es ist der Radicalirrthum der neueren deutschen Naturphilosophie, dass sie die immanente und doch äussere Selbstbegründung mit der emanenten vermengt, und innere und äussere Selbstbegründung eines und desselben Seienden so wenig zusammenreimen kann, als ihr Magister (Spinosa) den Begriff der causa immanens und der causa transiens zu-

Function der Form bereits ausgesprochen ist, somit des *Λόγος*, dessen Begriff mit jenem der Urform (Weisheit) als Sapientia concepta *) identisch ist als der Stätte, Gegenwürflichkeit oder Objectivität.

Was man aber bis jetzt völlig unbeachtet liess, war, dass bei einer solchen Erhebung der Impotenz des Seins in dessen Potenz jenes Fliessende (zugleich Vergehende und Entstehende) nicht absolut aufgehoben oder so zu sagen der formlose Zeitstoff nicht völlig weggeworfen wird (womit die Form selbst als abstract nicht zur Wirklichkeit oder Actuosität kommend erstarrte oder verbliche), sondern dass dieses Fliessen und Verfliessen zu einer in sich (inner dieser Form) kreisenden oder wiederkehrenden Bewegung determinirt wird, hiemit die beständige Erneuerung desselben Seienden bewirkend **). Wie denn das wahrhaft (lebendig) Seiende sich als in seinem Verfliessen (Bewegen, Verändern) bestehend (ruhend, unverändert) und umgekehrt in dieser Ruhe sich bewegend (gratus in otio labor) erweiset, — in seiner Freiheit sich bestimmend, wie in seiner Bestimmung sich befreiend. — Hiemit aber macht sich uns sofort das Mysterium alles Lebens verständlich, wie nemlich

---

sammenreimen konnte. — Das Wort Gestalt drückt übrigens die Feststellung aus. —

*) Die gefasste Lust (Weisheit oder Idea) wird nemlich (durch den Ingress des Genitors und mit Ihm) die wirkende oder gebärende; und wenn darum schon das Wort als verbe die unmittelbare erste Immanation (genitus) ist, so geht doch nur aus jenem Ingress der Geist als effectiver Sprecher beider oder als parole aus.

**) Woraus sich also ergibt, dass durch das zwar beständig misslingende Bestreben des Zeitlichen, in eine dauernde Objectivität zu gehen, wenigst dessen Herkunft und Abfall aus einem Ewigen sich beurkundet. Die Gnostiker (Manichäer) vermengten bekanntlich diesen Abfall der Zeit mit ihrer neuen äusseren Begründung durch die Materie. Wie man übrigens die Nichtform sowohl von der normalen Form, als von der Unform zu unterscheiden hat, so gilt derselbe Unterschied zwischen dem freien, normalen Kreisen (in welchem der Widerspruch zwischen Inhalt und Form völlig oder radical gelöset ist), — zwischen dem leeren Zeitkreisen, in welchem dieser Widerspruch suspendirt (gedehnt), und endlich jenem Kreisen, in welchem dieser Widerspruch völlig zu sich selber gebracht und fixirt sich befindet. —

mit und in jenem Ingress in die Form (Begründung) der **Geist** aufgeht oder urständet, welcher eben als Spiratio, als Aus- und Eingang oder als kreisendes Gehen und Kommen (als ire und redire), sich kund gibt*). So wie wir hieraus, nemlich aus der Einsicht in die Bewältigung, Formung und Enthebung der Zeit aus ihrer Begriffslosigkeit, zum Begriff der Integrität des Seins als wechselseitiger Ausgleichung der Vergangenheit (des Alters, Todes) und der Zukunft (der Geburt, Kindheit) gelangen, endlich auch zur Einsicht in den Unterschied der productiven Lust von der improductiven, sowie von der destructiven Lust, weil nemlich zwar jede Lust als solche ein Verfliessen und ein Vergeben ist, in der productiven Lust dieses aber mit einem Entstehen oder Erneuern des Seins zusammenfällt, was in der improductiven Lust nicht geschieht, indess in der destructiven sogar das Gegentheil hievon eintritt. Uebrigens haben schon die Alten mit dem Ternar von **Zahl, Maass** und **Gewicht** den hier aufgestellten Begriff der die Begründung (Bewährung) des Seins vermittelnden Function der Form oder des Maasses damit erfasst, dass sie im Ingress der Zahl in das Maass (in oder aus ihrer Multiplication) die bestimmte Energie des Seins (dessen Moment oder Gewicht im positiven Sinne) hervorgehen liessen. Woraus sich denn aber auch die (bis jetzt meines Wissens noch gänzlich unbemerkt gebliebene) Verwirrung einsehen lässt, welche Kant in die Theorie der Zeit und des Raumes damit brachte, dass er von einer Zeitform (diese abstract vom Raume genommen) sprach, da ja doch die Zeit als Subject an sich formlos (objectlos und anschauungslos) ist**), und eben durch ihren Ingress in dem Raum erst Form

---

*) Unsere Physiologen und Theologen können uns diese Spiratio (Circulatio) darum nicht in der Emanenz begreiflich machen, weil sie dieselbe nicht in der Immanenz fassen. Kaindl weiset übrigens in dem syrischen אזל asal, abire et redire, den Begriff, der athmenden, lebenden, den Odem von sich lassenden und **wieder holenden** Seele nach. —

) Kant würde der Wahrheit näher gekommen sein, falls er von einer inneren und äusseren Formung, Gestaltung oder **Stellung der Zeit gesprochen hätte, jener als **Zahl-Figur**, dieser als äusserer, so wie von der Identität des formenden Princips in beiden. Insofern jede Bewegung eine Figurbeschreibung ist, ist das Begreifen derselben ihr

gewinnt und bestimmter Inhalt wird, so wie hiemit auch der Raum als solcher oder als Form (Maass) sich determinirend verwirklicht. Es muss bemerkt werden, dass dieser richtige Begriff (des Ternars von Zahl, Maass und Gewicht *)) der Hegelschen Construction der Materie zum Grunde liegt, womit Hegel weit über Kant vorschritt; es muss aber auch zugleich bemerkt werden, dass im Zeitwesen als solchem doch kein wahrhafter Ingress des Inhaltes und der Form statt findet und dass diese beiden hier doch nicht wahrhaft in einander sind, wesswegen Meister Eckart **) sagt: dass im zeitlichen Sein Vater und Sohn aus einander gehalten sich befinden. Ein Seiendes aber, dem die Form nur äusserlich ist, ist auch nur äusserlich, während es innerlich nur immer vergeht, wie dieses z. B. vom Sünder in Bezug auf Gott gilt, welcher in der Wahrheit nicht besteht, weil diese (die Bestand-gebende Form) nicht in ihm ist (Evang. Jo-

---

Verstehen als Bestehen, Fassen oder Stellen dieser Figur: arrez — arrêter — terra. Die innerlich gefasste (gestellte) Bewegung ist die den Klang oder Geist gebende.

*) Die Physik hat also mit einer Zahlenlehre, Raumlehre und reinen Dynamik zu beginnen, Die letzte dieser drei Wissenschaften erwartet (als höhere Dynamik) noch ihre bestimmte Gestaltung. —

**) Die oft paradoxe, bisweilen verfängliche Weise dieses kühnen Forschers, sich auszudrücken, veranlasste bekanntlich die Verdammung einiger seiner Sätze, so wie deren Zurücknahme von ihm. Ich bemerke noch in Bezug auf das, was hier von einer Suspension einer Formation gesagt wird, Folgendes: Das Voneinandergehaltensein des Inhaltes a von seiner Form b, womit denn also auch der Geist c nicht zur Effectivität kommt, ist nur denkbar durch einen anderen (jenem widersprechenden) Ingress und somit wenigst durch das Bestreben zu einer anderen Formation. Wie ich nämlich anderswo zeigte, ist jede Manifestation nur durch eine Occultation, jedes Formen nur durch ein Ungeformt- oder Flüssig-Halten, jede Multiplication (Potenzirung) nur durch eine Division (Depotenzirung) (radix) bedungen. Wobei ich wieder auf jene grosse Wahrheit hinweisen muss, welche ich bereits in der Vorrede zum 2ten Bande m. ph. Schriften S. 25 aussprach, dass nämlich, falls ein abnormer Ingress (eine mésalliance von Inhalt und Form, Subject und Object), der nun einmal eingetreten ist, von seiner Fructificirung abgehalten und wieder depotenzirt werden soll, nur das Opfer einer Suspension des normalen Ingresses zum Ziele führen kann. Woran sich die ursprüngliche Bedeutung des Coelibats und Fastens im höchsten Sinne anschliesst. —

hannis 8, 44), — Christus nennt sich nemlich die Wahrheit par excellence *), welche somit dem Sohnleeren, unversöhnten Geschöpfe nicht inwohnt, obschon, wie das Wort: Intelligenz sagt, ein solches Geschöpf zu einer solchen Inwohnung bestimmt ist. Eine solche innere Anomie (Ungesetztheit oder Grundlosigkeit) ist übrigens nur als Folge des aufgekommenen tantalischen Bestrebens einer absoluten Autonomie begreiflich, so wie sich hieraus für eine Zeittheorie die wichtige Folge ziehen lässt, dass nur, nachdem der Zeitstoff von dieser widerstrebenden Sucht befreit und erlöset ist, derselbe in die innige ewige Vermählung mit der normalen Form als in seinen Sabbath einzugehen vermag. Eine Befreiung und gleichsam chemische Scheidung des Lichtes von der Finsterniss, welche das fortgehende opus sex dierum und dasZeittagewerk jedes Geschöpfes ist, welches dieser Zeit anheimfiel als einem in seinem Urstande Confundirten **). Alle Schaulichkeit, Bestimmtheit, Erfülltheit, Formation u. s. f. wird nun in Folge des Gesagten nur durch einen Ingress des Inhaltes in die ihm entsprechende Form bewerkstelligt, so wie man sagt, dass der Magus seine Operation nur in und nach geschlossenem Kreise zu leisten vermag, und wenn man schon zwischen einer immanenten und einer emanenten Function dieses Formprincipes, Wortes oder Λόγος zu unterscheiden hat ***), so hat man doch die Iden-

---

*) Von baar (bloss, offen, unbedeckt) ist (s. Kaindl) durch bahren (bara) die Wurzel wahr (Gewahrwerden oder machen, Sehen). Von Wahr ist Wort (Gewahrmachen des Gedankens oder innere Anschauung, Idea). Dieses Wort heisst auch das Angesicht Jehova's oder Antlitz, von Ant- (Ent-) und lizen (falten), somit der Entfaltende, Offenbarende. Wie denn auch des Menschen Antlitz das allein Offenbare an ihm, und in der That die allein für sich verständliche Figur und das Prototyp aller Figuren ist, mit welcher Erkenntniss die Morphologie beginnt.

**) Diese Confusion oder Dissolution entsteht nemlich in dem abnormen Ingress oder, so zu sagen, in einer mesalliance der Form. Und doch wollen Viele uns diese Zeit als primitiv unmittelbar aus dem ewigen Gott hervorgegangen vorstellen, da sie doch nicht leugnen können, dass diese Zeit überall hinter ihrer Formlosigkeit eine Unförmlichkeit (Resistenz gegen normale Form) zeigt. Uebrigens drückt schon das hebräische Wort Maim (untere Wässer) den unreinen Dualismus des Zeitstoffes aus.

***) Die immanente Function unterscheidet sich wieder in die als Λό-

tität desselben in allen diesen Functionen oder Thätigkeitsweisen festzuhalten, und nicht ausser Acht zu lassen, dass, wie derselbe Meister Eckart sagt, nicht mehrere Söhne, sondern nur éin Gott-Sohn (Deus filius, nicht Dei filius) ist. Dieser Λόγος (das Wort oder die Urform) würde nemlich nicht als εἰκών, Ebenbild oder Charakter der Substanz (wie der Apostel Paulus sich ausdrückt) den Urstand, Bestand und die Restauration des Geschöpfes (in Bezug auf Gott als den Schöpfer) vermitteln, falls derselbe nicht immanent in Gott als Urform und Urgestalt dessen Seinsvollendtheit vermittelte, d. h. falls er als Christ nicht zugleich Gott wäre und bliebe. —

Fasset man aber den Genitus, wie man muss, als Urform und Maass, so hat man nicht nur seine unmittelbare Erzeugung ($I \times I = I^2$), sondern zugleich *) den Ingress beider ($I \times I^2 = I^3$), somit den Urstand des Geistes zu fassen, welcher also nicht, wie Einige sagen, den Vater und Sohn eint, sondern welcher aus ihrer Einung hervorgeht (procedit), und durch welchen als die dritte Potenz der absoluten Einheit diese sich cubirt, nach allen Dimensionen vollendet oder absolvirt, wie denn auch der geometrische Körper nicht erst als Länge (Linie), sodann als Breite (Fläche), endlich als Höhe und Tiefe entsteht, sondern alle diese drei Dimensionen nur zugleich gewinnt, woraus sich aber die Triplicität des Begründungsactes der Existenz oder des Wesens als immanenter Dehnung des Einen ergibt **). Ich habe nun bereits anderswo (in meiner Schrift

---

γος ἐνθετος und ἐκθετος, so wie die emanente in die schaffende und restaurirende. —

*) Siehe: Vorlesungen über die Bedeutung der hebräischen Sprache von Leopold Schmid. Frankfurt, Andreae, 1832. Eine Schrift, über deren wichtige Tendenz (in Verbindung mit den Leistungen des Herrn Prof. Molitor in Frankfurt) in Bezug auf die hiemit begonnene Restauration der Exegese ich mich anderweit erklären werde. Noch muss ich bei dieser Gelegenheit bemerken, dass ungeachtet der eingeführten Benennung von drei Personen der Sohn oder das Wort doch als personans und Gestalt noch in einem besonderen Sinne diese Benennung heischt, worüber das, was ich im ersten Bande meiner philos. Schriften S. 308 in der ersten Anmerkung erinnerte, nachzusehen ist. —

**) Es sind nemlich immer drei, welche das Wesen produciren.

über den Begriff des positiven und des negativen endlichen Geistes) in Erinnerung gebracht, dass, da alle diese Wirkungen und Wirker inner derselben Einheit bleiben und dieselbe alleinige Einheit sind, man darauf zu achten hat, sowohl die Vorstellung eines Schaffens (als eines bereits emanenten Hinzusetzens) vom Begriffe des Ternars fern zu halten, als noch mehr jene des fortpflanzenden creatürlichen Zeugens, welches eine in die Zeit protrahirte Schaffung (Procreatio) ist. In Bezug nun auf den letzteren Irrthum *), welcher sich dem Vernehmen nach in der neuesten Auflage der Naturphilosophie wieder geltend machen will, bemerke ich hier, dass derselbe sich unzweideutig in jener Definition ausspricht, welche Schelling neuerlich in seinen Vorlesungen von der Zeugung des Sohnes mit folgenden Worten gibt: „Der Vater erzeugt den Sohn. Zeugen ist aber nichts anderes, als Etwas von dem ausschliessen, worin es vorher verschlungen war, und dasselbe damit in die Nothwendigkeit versetzen, sich selbst zu verwirklichen.“ Hiemit wird also der Gott-Sohn, der *Λόγος* dem Centrum universale gleichgesetzt, welches sofort seine potentia durch die wirkliche Creaturisirung ad actum zu bringen haben soll, womit denn dieser vom Vater (zwar nicht, wie Hegel will) abgefallene, aber doch ausgeschlossene oder verwiesene Sohn freilich sein Schicksal (seine Geschichte) erhält, und durch mancherlei Fata, so gut oder schlecht es geht, sich durchschlagen muss, d. h. der Erst- und Ewig-Inngeborne, das Angesicht Jehova's selber, wird als Geschöpf heraus und herabgesetzt, oder wie J. Böhme sich ausdrückt, das sprechende Wort

---

Dieses Wort hier als geoffenbartes (esoterisches) Sein genommen. J. Böhme hat nun gezeigt, dass dieser Uebergang aus dem esoterischen in das exoterische Sein oder Wesen als Selbstpotenzirung nicht anders, als durch die Vermittelung einer Subjection der inneren eigenen Natur des Seienden geschieht, wodurch diese Natur Wurzel des Wesens wird und bleibt.

*) Dieser alte, erst gnostische, sodann arianische Irrthum blieb und bleibt so lange auf speculativem Wege unwiderlegt, als man nicht die hier zur Hand gegebene Einsicht erfasst von der vermittelnden Function des Λόγος sowohl immanent in Gott als emanent und der Identität desselben in beiden diesen Functionen.

wird mit dem durch dasselbe ausgesprochenen Wesen vermengt*), ersteres somit geleugnet und mit ihm das Vitalprincip des Christenthums selber**).

---

*) Dieser Vermengung würden die deutschen Naturphilosophen entgangen sein, falls sie den philosophum teutonicum fleissiger studirt und sich aus ihm belehrt hätten, dass das Fassen und Durchführen der Kräfte des Wortes in und durch die ewige Natur zur Gewinnung ihrer vita propria auf keine Weise mit dem emanenten Schöpfungsacte zu vermengen ist. Aber diesen Philosophen fehlt der Hauptbegriff J. Böhme's, nemlich der einer ungeschaffen immanent in Gott seienden ewigen Natur.

**) Ohne alle Ahnung des wahren Verhältnisses zwischen Schelling und Baader registrirt Michelet (Geschichte der letzten Systeme der Philosophie in Deutschland von Kant bis Hegel, Berlin, Duncker u. Humblot 1837—1838, II, 417 ff. 447, 482—505) in jener äusserliche Gesichtspuncte zu wesentlichen Eintheilungsgründen erhebenden Constructionsmanier der Hegel'schen Schule Baader in die Schelling'sche Schule ein, und glaubt besonders einsichtsvoll und gerecht zu sein, wenn er, indem er durch Oken die schematisirende, durch Klein die ethische, durch Schubert, Baader und Steffens die mystische Naturphilosophie vertreten sein lässt, den drei letzteren Denkern die höhere Stufe der totalen Betrachtung einräumt, welche sich nicht mehr einseitig auf die eine oder die andere Reihe der Wissenschaften wirft, sondern in lebendiger Beziehung beider Potenzen des Universums die entgegengesetzten Richtungen verknüpft. Allein wie es sich auch mit Schubert und Steffens verhalte, so gehört doch Baader schlechterdings nicht zur Schelling'schen Schule, so wenig als Böhme ein Schüler Spinoza's gewesen sein könnte, auch wenn er nicht vor ihm, sondern gleichzeitig mit ihm gelebt hätte. Wie sich Theismus und Pantheismus unterscheiden, so unterscheiden sich Böhme und Spinoza, Baader und Schelling, nemlich der Schelling der Naturphilosophie, welche doch nur durch Fichteanismus idealistischer Spinozismus war. Baader dagegen war von Anfang der Vertreter des Theismus, der Vertreter des Theismus auf der Grundlage der Ideen Böhme's. Der spätere Schelling dagegen ist der Mann, welcher nicht ohne Einfluss Baaders den Versuch machte, seinen ideal. Spinozismus durch Böhmismus zu verklären, ein Versuch, der insofern der Spinozismus doch darin erhalten werden sollte, misslingen musste, übrigens auch schon darum misslang, weil Schelling den Ernst und die Tiefe des Gegensatzes zwischen Böhme und Spinoza gar nicht recht erkannte und bis zum Centrum des Verständnisses der Ideen Böhme's gar nicht vordrang. Daher sank die spätere Philosophie Schellings immer mehr zu einem modernen Gnosticismus herab und drückte ihre Verwandtschaft mit dem alten Gnosticismus auch durch die unklare und wirre Vermischung unvereinbarer Gegensätze aus. Baaders energischer und tiefer Geist sprengte die Natur-

Die obige Definition Schellings ist nemlich vollkommen richtig für die Fortpflanzung des Geschöpfes in der Zeit, indem das: „Wachset und mehret euch“ eigentlich die sich integrirende Verwirklichung der nur erst in Potentia (im essentialen) Stande seienden Stammeinheit ausdrückt und das als Same Herausgesetzte hiedurch determinirt, sich zu verwirklichen. Wobei man nur die allgemein herrschende aber falsche Vorstellung aufgeben muss, als ob durch diese in der Zeit (successiv) geschehende Fortpflanzung jene Stamm- oder Gattungseinheit nur inner der Zeit erhalten würde, da vielmehr diese Enumeration nur so lange währt, bis das durch sie Gewirkte, ausser die Zeit Fallende, vollendet ist, was für die gesammte Natur nicht minder, als für den Menschen gilt. —

Indem ich übrigens die Schriftausdrücke: Wort, *Λόγος*, Weisheit als gleichbedeutend mit dem Worte: Urform oder Urmaass erkläre *), kann ich nicht umhin, auf eine Folge aufmerksam zu machen, welche sich aus dieser Identität für eine künftige Bearbeitung der Logik ergibt.

Insofern nemlich der *Λόγος* die Urform ist, und die Logik die Lehre vom *Λόγος* ist oder sein sollte **), ist dieselbe frei-

---

philosophie gewissermaassen in die Luft und nöthigte Schelling und seine Schüler der rechten Seite (denn auch Schellings Schule zerfiel in rechte und linke Seite) zum Versuch, sich in höheren Regionen anzubauen. Michelet's Darstellung der Lehre Baaders gibt nur ein ganz abgeblasstes Bild von derselben und das Wenige, was er zur Beurtheilung derselben beibringt, ist gar nicht der Rede werth. So leichten Kaufs, als sich die Seichtigkeit Michelet's vorstellt, ist denn doch unter allen Umständen mit Baader nicht fertig zu werden. H.

*) *Cogitatio formata verbum est.* Verbum sive interne conceptum, sive ad extra prolatum cogitationis *Imago* est. Eoque verbum sive *Sapientia* Patris Imago et *Primogenitus* dici meretur. Aber nur im Ingress des Gedankens als Inhalts in das Wort als Form verwirklichen sich beide. —

**) Es ist auffällig, dass Staudenmaier, fast überall wo er Baaders gedenkt, eine Abgeneigtheit, die sich in fast malitiösen und mitunter beleidigenden Ausdrücken Luft macht, nicht verbergen kann. Dass er aber Baaders Schriften höchstens flüchtig gelesen, nicht aber gründlich studirt hat, ergibt sich überall aus seinen Ausfällen. In seiner Philosophie des Christenthums (I, 918—919.) verirrt er sich in seiner Unkunde der Baaderschen Lehren bis zu der grundfalschen Beschuldigung, Baader habe der

lich eine formelle Wissenschaft, was ihr folglich nicht als Mangel oder Vorwurf gedeutet werden kann, wohl aber, dass sie (seit

falschen Lehre (des Schelling-Hegel'schen Pantheismus) gehuldigt, wonach der göttliche Λόγος als die reine Vernunft des Vaters, und diese selbst wieder als unpersönliche Vernunft des Universums, als Idee der Welt, als Urform der Dinge oder Idee der Ideen gefasst werde. Denn das ist doch der Sinn der an dieser Stelle etwas verworrenen Aeusserungen Staudenmaiers. Allein gerade diese falsche Lehre hat Baader schon mit Geist und Energie bekämpft, als Staudenmaier vielleicht noch nicht auf den Schulbänken sass und zu einer Zeit, wo es noch ein wenig schwieriger und verdienstlicher war, als in den dreissigern und vierzigern Jahren unseres Jahrhunderts. Baader hat hier so wenig, wie Staudenm. mit herabsetzendem Ausdrucke sagt, eine falsche Weisheit nachgebetet, dass er vielmehr diese falsche Weisheit in ihrem Nichts durchschaute, als ein grosser Theil der geistvollsten Männer der Nation in ihr die höchste Offenbarung des Genius bewunderte. Man muss nicht zehn Zeilen mit Unbefangenheit in Baaders Schriften gelesen haben, um fähig zu sein, ihn der Betheiligung an den Irrthümern beschuldigen zu können, wonach der Vater sein Bewusstsein nur im Sohne hätte, somit selbst bewusstlos wäre, und wonach der Sohn doch nur die unpersönliche Vernunft des Universums wäre, womit denn der Vater auch im Sohne sein Bewusstsein nicht haben könnte, folglich überhaupt nicht in sich als überweltlichem Wesen, sondern nur in geschöpflichen Wesen (Geistern) als verschwindenden Momenten des göttl. Denkens. Nach dieser für den Unterrichteten wahrhaft unsinnigen Beschuldigung fügt Staudenmaier noch die Gedankenlosigkeit und zugleich Grobheit hinzu: „Auch den abgeschmackten Gedanken finden wir bei ihm an demselben Orte, dass „die Logik die Lehre vom Λόγος" sei." In dieser ungezogenen Weise glaubt Staudenmaier gegen einen Baader sprechen zu dürfen! Wäre Baaders Gedanke auch ganz oder theilweise irrig, so kann doch nur ein unspeculativer Kopf, oder ein befangenes, eingenommenes Gemüth sich eines so anmaassenden Ausdrucks wie Staudenmaier bedienen. Wäre St. bei Friedrich Schlegel, J. Görres oder Aehnlichen solch einem Gedanken begegnet, so würde Staudenmaier vielleicht auch, in der Meinung besserer Einsicht, den Kopf dazu geschüttelt haben, aber schwerlich würde er seine ehrfurchtvolle Achtung vor dem Genie, welches eines so kühnen, wenn auch irrigen, Gedankens fähig gewesen, zu bezeugen unterlassen haben. Wenn übrigens St. jene Idee erst besser im Sinne Baaders verstanden haben wird, dann wird er vielleicht die Entdeckung machen, dass seine eigene Ansicht in dem fraglichen Puncte sich nicht oder nur unwesentlich von jener Baaders unterscheidet. Den Sinn aber, in welchem Baader jene Definition der Logik genommen wissen will, glaubt der Herausgeber klar und verständlich genug in der Einleitung zu den logischen Schriften Baaders (I, 1.) dargelegt zu haben. H.

Aristoteles, d. i. seit ihrem Entstehen) diese Form nur in ihrer Abstractheit (Leere) oder in ihrer blossen Aeusserlichkeit auffasste. Wenn nun Hegel inner der Negativität sich haltend freilich zu dieser Concretheit des Inhaltes und der Form nicht selbst kommen konnte, so war er doch der Lösung dieses alleinigen Problems der Philosophie näher, als diejenigen, welche, obschon sich zur Identitätslehre des Subjects und Objects bekennend, ihr Unvermögen, diese Concretheit zu erfassen, damit zu verheimlichen meinen, dass sie die abstracte Empirie (Historie) als solche in der Speculation festhalten wollen, wie sie sagen als positives Element derselben, nicht bedenkend, dass der Servilismus der in die Sache versenkten Empirie ebenso schlecht ist, als der sachflüchtig gewordene Liberalismus der abstracten Theorie. Aber diese forcirte Stellung der Historie in der Philosophie entspricht freilich jener forcirten Stellung, die Schelling neuerlich, wie wir gesehen haben, dem Sohne Gottes, d. i. Gott Selbst als der Geschichte unterworfen gibt. — Der Evangelist Johannes muss der erste gründliche Logicus genannt werden, da dessen Evangelium (wie aus Origenes' Streitschrift wider Celsus zu entnehmen ist) zuerst den Titel führte: „Evangelium secundum Johannem de Filio Dei, qui est ejus *Λόγος*." Wesswegen Johannes auch der Theologe heisst. Wenn man aber nicht weiss, was der *Λόγος* überhaupt ist, so weiss man auch nicht, was der *Λόγος Θεός* und was der *Λόγος Θεοῦ* ist. — Noch muss ich zur Erläuterung der oben gegebenen Exposition des Ternars folgendes hier nachtragen. Wir haben nemlich gemäss dieser Exposition drei Wirker und drei Wirkungen oder Gewirkte zu betrachten. Der Vater als erster Wirker, selbst ungewirkt (*ἀγέννητος*), wirkt in sich den Sohn als ersten Gewirkten und zweiten Wirker, mit welchem der Vater den Geist wirkt als zweiten Gewirkten und dritten Wirker; weil der Geist (zusammt dem Vater und Sohn) die Sophia wirkt als Ebenbild des Ternars (obschon dieses Ebenbild insbesondere den Sohn repräsentirt) und als drittes Gewirktes, welches aber nicht selbst wieder wirkend (Person) ist, so wie der Vater wirkend und nicht gewirkt ist. Wenn es nemlich schon richtig ist, dass jeder Egress aus einem Ingress hervorgeht, und diesen wieder zur Folge hat, so gilt doch dieses insoferne weder vom ersten Ingress, der keinen Egress eines andern vor sich hat, noch vom letzten (dritten) Egress, welchem kein neuer Ingress eines andern folgt (wesswegen J. Böhme die Sophia (Idea) die Jungfrau nennt), zwischen welchen beiden Terminis darum das Leben kreiset. In diesem Ausgange (Expansion) wird der Ternar sich augenscheinlich (evident) oder weiss sich in ihm, welches Wissen z. B. Hegel fälschlich für das Totale des Seins der Intelligenz erklärte, obschon dasselbe dessen Beschluss als denkend auf sich macht. Alle bisherigen Expositionen des Ternars blieben aber unvollständig, weil sie diese Production der Sophia entweder ganz übersahen, oder diese für ein Selbstisches (in Bezug auf die drei Personen), somit für eine vierte Person (Hypostase) oder für ein Geschöpf hielten, überhaupt bereits für ein Emanentes nahmen, obschon sie hätten bedenken sollen, dass das Spiegelbild nichts an und für sich Bestehendes, Leb- und Leibhaftes, und nur in Bezug auf den sich in ihm Spiegelnden ist, was denn auch von dieser nur erst magischen Projection gilt, insoferne von Natur- und Creaturgrund hier noch abstrahirt wird. Endlich muss ich noch wiederholt bemerken: 1) dass man hier alle Vorstellung von Succession fern halten muss, wesswegen das Letzte (Spiegelbild) wieder das Erste ist, dass also diese vier Momente der absolut auf sich beschlossenen, darum ewigen Lebensbewegung nur zugleich und ineinander zu fassen sind, weil, wenn der Ungrund, als Vater in den Sohn übergehend, sich in diesem als Grund aufhebt und Vater und Sohn in den Geist über- und ausgehen, dieser aber mit beiden ersten in die Sophia, letztere jedoch in Nichts mehr übergeht und keinen Grund mehr macht, d. h. der Ungrund restituirt sich in ihr und als sie (als schauend), um sofort als Vater wieder zu beginnen, welcher als absoluter Selbstegress des Ungrundes ohne jenen seinen absoluten Selbstingress nicht wäre. Ich bemerke 2) dass diese Exposition des Ternars so wenig bloss theoretisch ist, dass sich z. B. in ihr sofort die drei Hauptmomente der Religion nachweisen lassen, nemlich die Bewunderung (in der Anschauung), die Liebe (im Ingress) und die darstellende, thuende, gehorchende Energie. Denn nur jener Mensch ist religiös, in welchem diese drei Eins sind, welcher nemlich liebt (lieben kann) was er bewundert, welcher bewündert (bewundern kann) was er liebt, und welcher thut und darstellt was er bewundert und liebt. — Dem Theologen, welchem, wie der Name eines Geistlichen sagt, vor Allem obliegt, den Begriff des ewigen Seins und Lebens gegen alle Säcularisirungsversuche der blossen Weltweisen festzuhalten, stelle ich nun folgende Bemerkungen, welche sich aus dem bisher Gesagten ergeben, zum weiteren Nachdenken anheim.

Wenn nemlich soviel klar ist, dass der Ewige als Endzweck kein Zeitliches schaffen, sondern dass das Bezweckte der Schaffung nur ein Ewiges sein konnte, weil doch alle Production als Bezweckung immanent ist, und wenn man darum das zeitliche Universum nur als Mittel in Bezug auf diesen Zweck erkennt, so sind nur drei Vorstellungsweisen von dem zeitlichen Universum möglich oder drei Weltansichten, deren Festhaltung oder Nichtfesthaltung für die Gesinnung und für das Thun des einzelnen sowie des socialen Menschen entscheidet, und die also nichts weniger als bloss theoretische, auf das sogenannte praktische Leben keinen Einfluss habende Grübeleien sind. Man leugnet nemlich erstens das Geschaffensein oder werden der zeitlichen Creaturen im engeren Sinne völlig, indem man ihren Urstand und ihr Vergehen als dem Bestande und der Formation (Modification) des Ewigen dienend betrachtet, so dass die Materie als Leib des Ewigen (Gottes als Geistes) *) mit diesem nur zugleich gedacht werden kann, wie die Peripherie nur mit ihrem Centrum. Nach dieser Weltansicht wird übrigens nicht nur der Begriff der ewigen Natur mit der zeitlichen vermengt, sondern diese letztere als universelle Creatur, wie bereits bemerkt, mit dem Λόγος selbst, sei es nun, dass man dessen Urstand aus Gott als Abfall und Sünde, sei es dass man ihn als Geschick vorstellt **).

---

*) Der Geist der Materie ist aber selber materieller Natur, wie der Thiergeist thierischer Natur ist, was unsere Naturphilosophen nicht einsahen.

**) Unsere neueren Dichter haben nicht ermangelt, diese erbauliche Weltansicht auch ihrerseits zu verbreiten. Z. B. Schiller, wenn er sagt, dass die Weltgeschichte schon das Weltgericht sei, oder dass der auf den

Nach einer zweiten Weltansicht nimmt man den Urstand der zeitlichen Creatur aus Gott zwar als primitiv und unmittelbar an, erkennt ihn aber doch als Schöpfung und als Mittel zu einem bezweckten ewigen Sein der Creatur, zu welchem Sein dieselbe indess nicht anders, als durch ihr zeitliches Sein zu gelangen vermöge. Diese Vorstellung kann sich jedoch gegen jene erste schon darum nicht halten, weil sie jenem Widerspruche nicht entgehen kann, welcher bereits in der Behauptung liegt, dass der Ewige unmittelbar Zeitliches, d. i., wie wir vernahmen, von der Ewigkeit Abgefallenes hervorbringe, womit der Hauptirrthum der ersten Weltansicht durch diese zweite stillschweigend angenommen wird.

Eine dritte Weltansicht endlich, welche ich seit geraumer Zeit mir angelegen sein liess, gegen jene beiden ersteren festzuhalten, ist die, dass die Zeitlichkeit (Desintegrität) der zur Fixirung in der Ewigkeit (Integrität)*) bestimmten Geschöpfe zwar ein nothwendiges Mittel zur Gewinnung der letzteren Seinsweise ist, dass aber diese Nothwendigkeit nur mit dem Eintritte ihres Bedürfnisses der Restauration eintrat und zwar für jene Creaturen, welche durch die Weise ihrer Desintegrirung für eine solche Restauration noch empfänglich blieben. Wenn aber dieses verzeitlichte (vergängliche) Sein der Creatur, folglich auch des Menschen**) nur

---

Genuss Resignirende durch den Glauben (eines anderen Genusses, d. i. eines anderen Lebens) schon abgefertigt sei.

*) Unter Zeitlichkeit wird hier Zeitgebundenheit verstanden und bemerkt, dass, wenn schon die Creaturen nicht Glieder Gottes sind, doch von ihnen, wie von den letzteren in Bezug auf den ganzen Organismus die Integrität als ihr Zweck behauptet werden muss. — Anderswo habe ich die Identität der Begriffe: Desintegrität, Nicht-Einfachheit und Zusammengesetztheit mit jenem der Versetztheit (Dislocation oder desordre) nachgewiesen. So dass also die Zusammengesetztheit der Materie auf eine Versetztheit weiset und mit Aufhebung derselben wieder vergehen muss.

*) Man muss Zeitfreiheit nicht mit Zeitlosigkeit vermengen. Der Mensch ward nemlich in die Zeit gesendet und gesetzt, nicht um ihr unterworfen zu sein, sondern um, von ihr frei (über oder inner ihr) sich haltend, sie zu beherrschen und zu leiten. Zu welchem Ende er zugleich eine andere, höhere und zeitfreie Region bewohnte, in welcher er sich hätte fixiren sollen, und welche ihn als Burg und Waffe gegen jene desorganisirenden Einflüsse schirmen sollte, denen jedes bloss in der

ein Mittel oder Zwischenstand für dieselben ist, so muss für jeden einzelnen, in die Zeit tretenden Menchen wie für den ersten gelten, dass er doch nur aus einem nichtzeitlichen Sein in dieses Zeitliche tritt, so wie hieraus folgt, dass, wenn den in der Zeit gleichsam atomistisch (unorganisch) vereinzelten Menschen-Individuen ihr künftiges (ausser die Zeit fallendes) gemeinsames organisches Leben ein unbegreifliches Mysterium ist, obschon die Menschen doch schon inner diesem zeitlichen Leben dieses Leben und Sein als oder im homme général gewissermaassen, wenn schon nur in einzelnen eternal moments, anticipiren können*), dieselbe Unbegreiflichkeit für ihr ausser- und vorzeitliches, gleichfalls gemeinsames Sein um so mehr statt finden muss, da sie im letzteren Falle nur erst in potentia (essential oder samlich) als einzeln, dieser Einzelnheit jedoch ungeachtet, schon hier bereits in Solidum coexistirten.

Zeit lebende Wesen sich ausgesetzt findet. Wie denn jenes an Adam ergangene Verbot keinen anderen Zweck hatte, als ihn vor einem solchen Contact oder Eingang zu warnen, welchem er noch nicht gewachsen war. — Dieser Warnung ungeachtet öffnete der Mensch sich diesem verderblichen Einflusse und verlor hiemit seine feste Burg und Waffe, welche beide sofort ein anderes Agens in Besitz nahm. Die Gnostiker (Manichäer) fielen übrigens in Bezug auf den materialisirten Menschen in denselben Irrthum, in den sie in Bezug auf die materialisirte geschaffene Natur fielen. — Sie vermengten nemlich die nicht gute causa occasionalis der Materie mit ihr selber und hielten diese für böse, da sie doch als gegen das Böse geschaffen gut und nothwendig ist. — Ignorirt oder leugnet man aber, wie ich anderwärts bemerkte, den secundären Urstand des Menschen als eines in Folge und zur Restauration einer von vor ihm geschaffenen Intelligenzen ausgegangenen Weltkatastrophe Gesendeten und lässt man diesen Menschen mit jenen zugleich entstehen, so kann man auch keine Rechenschaft über die demselben von der Schrift beigelegte höhere Dignität geben. Welche man indess aus der Einsicht begreift, dass jede restaurative Emanation eine tiefere Fassung in dem diese Emanation Leistenden aussagt, so dass also der Mensch schon im ersten Urstand dem Herzen Gottes (der verzeihenden, heilenden Liebe) näher stund, als jene Engel als Zeugen der Macht und Herrlichkeit Gottes. S. meine Sätze aus einer religiösen Erotik.

*) „Dass Ihr Eins seid in Mir, wie Ich und der Vater Eins sind", sagt Christus. — Ueber den homme général verweise ich auf den zweiten Band meiner philosoph. Schriften, Münster, Theissing, S. 3.

Schlusswort des Herausgebers.

Wer nächst dem ersten Bande den vorliegenden mit der nöthigen Vertiefung studirt haben wird, dürfte sich nicht leicht der Ueberzeugung verschliessen können: 1) dass hier nicht etwa bloss geistreiche und tiefe Einfälle und Gedanken geboten werden, sondern dass hier der Sache nach ein philosophisches System vorliegt, 2) dass dieses System von allen neueren Systemen verschieden ist, 3) dass das, was dieses System in Uebereinstimmung mit älteren Forschern lehrt, hier eine philosophischere Gestalt und durch schärfere Fassung grössere Klarheit gewonnen hat, 4) dass dieses System an innerer Widerspruchslosigkeit und Folgerichtigkeit die Systeme der bedeutendsten Philosophen übertrifft und in ihm, welches auch sonst seine Mängel seien, kaum ein einziger jener kolossalen, Verstand und Vernunft beleidigenden Widersprüche anzutreffen ist, die schon jeder mittelmässige Logiker in den Gedanken Spinoza's und Hegels, Leibnizens und Herbarts, Kants, Fichte's und Schellings nachweisen kann, 5) dass dieses System ungleich tiefsinniger ist, als alle, jemals zu einer Art von zeitlicher Herrschaft gekommenen Systeme und einer in das Unendliche gehenden Ausbildung fähig, 6) dass es mit der Erfahrung im Allgemeinen besser zusammenstimmt, als die berühmtesten Systeme der Philosophie, obgleich hie und da im Einzelnen Irrungen vorkommen dürften, 7) dass diess System, obgleich aus freier Forschung hervorgegangen, in einer so tiefen Uebereinstimmung mit den Urkunden der christlichen Offenbarung, den Schriften des alten und des neuen Testamentes, steht, wie kein anderes der herrschend gewordenen Systeme der Philosophie, 8) dass in diesem Systeme die Principien der Philosophie und der Religion, des Wissens und des Glaubens, in einer solchen Tiefe gefasst sind, dass von ihnen aus die Ausgleichung der Gegensätze der christlichen Confessionen ermöglicht erscheint und dass somit dieses System mindestens in kräftiger Weise vorbereitend die zu erwartende Herstellung der éinen allgemeinen christlichen Kirche wirken wird, 9) dass die Socialprincipien dieses Systems evident machen, dass die wünschenswerthe Erhaltung und Dauer der monarchischen Verfassungsformen nur möglich ist durch die Pflege ächt christlich freisinniger Institutionen, 10) dass Baader unter unseren grossen Philosophen am centralsten den Grundcharakter der Deutschen ausprägt, und dass er gerade darum am meisten fähig ist, der Lehrer aller europäischen Völker in der Philosophie zu werden. Er wird es auch werden, obgleich schwerlich sehr bald und seine Wirkungen werden sicher auch die Grenzen Europa's überschreiten und namentlich in Nordamerika den noch schlummernden Geist tieferer Forschung mächtig wecken. Auch dort wird in nicht allzu langer Zeit, wie einige Vorläufer bereits ankündigen, wie anderwärts der Pantheismus seine Flügelschläge versuchen und er wird wie anderwärts in den crassesten Materialismus übergehen. Um so mehr wird der Kern der geistigen Repräsentanten der Nation einer tiefreligiösen Forschung bedürfen und diese wird sich an nichts lebhafter und nachhaltiger entzünden können, als an den Werken Baaders.

So hoch wir aber auch Baaders Leistungen stellen, so scheint doch auch dieses Forschers System seine Achillesferse zu haben und diese Achillesferse scheint in seiner Kosmologie und Naturphilosophie zu liegen. Seine Lehre vom Kosmos scheint jedenfalls den Behauptungen der neueren Astronomie zu widersprechen und sie widerspricht ihnen wirklich. In der That steht Baaders Lehre vom Ursprunge und von der Verbreitung der materiellen Natur im Universum im bewussten und ausgesprochenen Widerspruche mit jenen Behauptungen der neueren Astronomie. Die letzteren scheinen so begründet, dass Baaders Lehre dagegen als eine völlig unhaltbare Hypothese zu verschwinden und aufgegeben werden zu müssen scheint. Beide können nicht miteinander bestehen, und eine muss nothwendig der anderen weichen, so dass, wenn Baaders Lehre unterläge, dieses Unterliegen bis in die tiefsten Wurzeln seines Systems zurückgreifen müsste und es mindestens nach éiner Seite hin eine bedeutende Umgestaltung erfahren müsste. Indess ist hier noch nicht der Ort, über diesen Punct das entscheidende Wort zu sprechen. Noch ist der wissenschaftlichen Welt ein wichtiger Theil der Ideen Baaders über diese Frage unbekannt. Erst die noch nicht gedruckten Bände der nachgelassenen Schriften werden das hierauf Bezügliche zu Tage fördern und dann erst wird die Frage spruchreif werden, ob Baader hierin einem ungeheueren Irrthum unterlag, oder ob der Schein der Unwahrheit sich in einen um so glänzenderen Triumph seines Systems verwandeln wird.